U0108057

夜天使1

黯影之途

布蘭特・威克斯　著

陳岳辰　譯

THE NIGHT ANGEL TRILOGY 1

THE WAY OF SHADOWS

Brent Weeks

致謝詞

七年級以後這條路才順遂起來。那一年，我的英文老師Nancy Helgath給了我表現的機會，她要我在午餐時間，朗誦艾倫·坡的作品給全班聽。大家瞪大了眼睛，聽著我唸誦《陷坑與鐘擺》、《貝瑞妮絲》以及《烏鴉》，但是我自己的目光全集中在一個人身上：一個高挑聰明、使我又愛又怕的女孩——Kristi Barnes。

不久以後，我動筆寫了第一篇小說，然後打定主意要成為英文老師兼作家，還要跟Kristi Barnes結婚。

如果沒有我母親，這本書不可能問世——理由應該顯而易見吧。我閱讀起步晚，而且一開始我很討厭看書，一年級老師又是個在我唸課文唸不通順的時候，會對著我大吼「七零八落！」的人，所以我媽媽就申請在家自學（想必大家聽過很多相關的尷尬笑話）。因為有她持之以恆的付出，我終於對閱讀產生很大的興趣。

再來要感謝我兩個妹妹，Christa和Elisa，她們老是要我說床邊故事。熱情又體貼的聽眾，對於剛啟蒙的青少年作者而言是非常大的鼓勵，所以我寫的書裡如果出現公主請找她們算帳。

不過喜歡閱讀跟實際寫作是兩回事。高中時教我英文的Jael Prezeau是百萬人中難得一見的好老師，激發了好幾百人的潛力。她是個恩威並施、讓人自動自發前所未有地用功，結果只拿到B還會樂得半死的高手。她曾經說過，在我真的出書以前，不可以違反她教過的文法規則，可惜這件事情我辦不到，不能怪她。

上大學以後，我一度想要從政。太可怕了。還好有些人從旁打消我這念頭。其中一位是我在牛津遇上的產業間諜，他讀了我寫的故事之後說：「我真希望可以做你這樣的工作。」嗯？後來我最要好的朋友Nate Davis成了校內文學刊物的編輯，舉辦了短篇小說徵文大賽，真是不可思議啊，我得獎拿了一大筆現金，接著赫然發現那數字比最低薪資稍微高一些。我就這麼上鉤了（當時我可不容易賺到那麼多），然後著手寫新故事；每次我想要認真做作業的時候呢，叫做Jon Low的傢伙就會來敲我的門說：「喂，威克斯，新的一章寫好沒？我要看。」一聽了很煩卻也很有成就感，事後我才知道這就是有編輯時會發生的事情。

我也感謝愛荷華大學的寫作班沒有收我。雖然我偶而也是全身黑、喝拿鐵，但他們這個決定，使我認真開始創作自己喜歡的作品，而不是他們認為我應該喜歡的作品。

對於妻子Kristi的感謝怎麼說也說不完，是她的信心支撐我一路走來，她的犧牲令我訝異。而且也是憑藉她的智慧，許多故事才不至於斷頭。作家在出書的路上遇到阻礙就要跨越，但我在娶Kristi的路上可是有阻礙打下去就對了。

經紀人Don Maass對於說故事這份工作的理解，在我眼中無人能出其右。Don，你幫我使故事更合理，而且是個時時給我鼓勵的睿智導師，是你使我成為一個更優秀的作家。

對於Orbit出版社出色的編輯團隊，我在此致上深深謝意。謝謝Devi非常熱情提供我寶貴意見，在你的指導之下我度過了陌生的階段。謝謝Tim願意給我一次機會。Jenni使者，妳是我跟Orbit出版社接觸的第一個窗口，我真的非常感激能在發信同一天早上就收到回音。後來妳寄文件給我時——我終於知道自己不是在作夢了。Alex，感謝你設計的精美網頁跟留言版，還有紐約時報全版廣告，以及給 Border 連鎖書店的廣告立牌，真的很棒。Lauren，謝謝妳把我打出來的零跟一化為真實。Hilary，最厲害的審稿編輯，一定要特別感謝那關乎本書存亡的四個字：「罣丸小刀」。

還有許多在 Orbit 以及 Hachette 工作的同仁，我們這些所謂藝術家穿得一身黑躲在咖啡廳喝拿鐵時，是靠你們不斷辛勤工作才有了成果。我很希望可以叫出你們的名字來致意，只可惜我不知道，所以只能在此一併感謝，謝謝各位認真對待我寫下的一字一句。排版、美術（真厲害！）、文書人員、會計人員、法律顧問、快遞，多謝你們。

愛作夢的人需要很多人打氣才活得下去。Kevin，你的支持是一個弟弟最棒的動力來源。爸，我最早的記憶就是告訴你說，我很擔心太空船飛出地球，會在大氣層上戳出一個洞；那時候你不但沒有糾正我，還很仔細地聽我說——到現在都一樣。Jacob Klein，你多年來的友誼與鼓勵都無可取代，我記得一開始（應該是凌晨四點在 Niedfeldt 吧）你就在了。希爾斯戴爾大學的「小屋幫」（Cabin Guys），容我向你們問好，再也找不到比你們更好的人一起擠在狗窩裡了。Dennis Foley，你是第一個肯花時間認真指導我的專業作家，而且你還說如果你認為我該放棄寫作、另謀生路的話，一定會告訴我——結果你叫我別放棄。Cody Lee，感謝你那股管不住的衝勁，我到現在想到都會微笑呢。

也謝謝這幾年來，聽到我是作家沒有劈頭就問「你出書沒？」的那些朋友。

最後，謝謝你，願意看看致謝詞的讀者。我想你也知道，一般會讀致謝詞的人，都是想看看自己的名字在不在上面，對吧？但若是你連作者是誰都不清楚，卻願意看一看他寫的致謝詞，相信我們一定能夠相處融洽才對。翻開一本陌生作者所寫的書需要莫大信心，那麼我也應該有所回饋：請再多翻幾頁，我會帶你進入精彩刺激的冒險。

一

阿索思[1]，蹲在巷子裡，冰涼泥水灌入腳趾縫間，他盯著酒館牆下的窄小空間，想要鼓起勇氣鑽進去。還有幾個鐘頭才天亮，店裡頭沒客人在；本來這城裡大部分酒館不鋪地板，但「兔窩」這一角原本是沼澤，泥巴可以淹到腳踝，酒鬼踩在泥裡也會興致全無，老闆只好以堅固的竹子架起底盤，將酒館地板撐高幾吋。

竹條之間有縫隙，客人不小心掉了錢幣，就會滾到架子底下，但下面空間太狹窄，一般人可沒辦法進去撿回來。幫裡頭的大個兒塞不進去，小個兒不只怕窄怕黑，還怕蜘蛛、蟑螂、老鼠跟貓。那隻公貓是酒館老闆養的，但跟野貓一樣兇。糟的是每當有客人走過頭頂，竹地板總會沉沉地壓著你的背。之前一年，阿索思很喜歡來這兒試手氣，不過他也長大了些，上次鑽進去後竟卡在裡面，心驚膽跳了幾個鐘頭才等到下雨，趁泥巴鬆軟趕快挖出一條生路。

現在泥土軟，沒有客人在，加上先前他看見公貓去別處玩耍，更重要的是「鼠頭」明天就要收規費，阿索思交不出四枚銅板，他一毛錢都還沒弄到，恐怕只能硬著頭皮上了。鼠頭耳朵不聽解釋，拳頭不知輕重，活活打死過好幾個小個兒。

1. 譯註：原文Azoth，若以現實世界之鍊金術而言，表面意義為水銀，更深一層含意則是字母序列首位的A，加上拉丁字母末尾的z、希臘字母末尾的o、希伯來字母末尾的th，也就是最初亦最終的合而為一，另有一說即為所謂鍊金術之終極理想賢者之石。

阿索思挖開幾團泥巴，然後趴在地上，襤褸的衣衫一下子全部浸濕，他心想動作一定要快，自己身子骨單薄，要是染上風寒很難康復。

他在黑暗中鑽動，張望著哪兒有金屬反光。上頭酒館大廳還掛著幾盞燈，火光穿過竹架縫隙，在泥巴與積水上映出妖異的方格圖案，光柱中濃重的沼霧揚起又落下。阿索思的臉撞上蛛網，扯破了，隨即覺得頸背一陣搔癢。

他楞了一下，唔……應該只是想太多而已。他緩緩吐一口氣，瞥見一道閃光，第一枚銅板到手。接著阿索思溜到沒上漆的松木橫梁旁邊，之前就在這兒被卡住，所以他知道要先挖個窟窿，但眼看水都流進去了卻還嫌太窄，得側著頭才能夠鑽到裡面，於是他閉氣將臉埋進泥水裡，慢慢爬到更深的地方。頭跟肩膀擠得過去，衣服後面卻給裂開的竹片鉤住，不僅衣服被扯破，竹片還猛地戳到阿索思背上，差一點點把他嚇得叫出來。他很慶幸自己沒有真的叫出聲，因為這時從較寬的竹縫中，阿索思看見還有一個人在酒館內飲酒。

活在兔窩，必須學會很快看透一個人。以阿索思來說，雖然手腳很俐落，但是每天都得偷東西，給人逮到只是早晚的事情。商家抓到小偷當然要毒打一頓，不然往後生意也甭做了。幹扒手這行的訣竅呢，就是要懂得挑下手的對象；有些老闆打人，圖的是要你下次換家店去偷，但有些老闆打人圖的卻是要你沒辦法有下次。

阿索思望著那個瘦長的身影，看上去三十歲左右，金色鬍子很亂，腰間掛了一把巨劍，整個人散發一種仁慈、悲傷而又孤獨的氣質。

「你居然背叛我？」那男人話說得相當小聲，阿索思只能勉強聽辨。他左手拿著杯子、右手也握了個東西，但阿索思看不見是什麼。「我服從你，服從了這麼長的時間，你現在就這樣子拋棄我了？就只因為芳達的事情嗎？」

阿索思小腿癢癢的，但他沒多管，心想一定是自己多慮了。他伸手到背後把衣服拉開，打算趕快撿了銅板離開這裡。

結果不知什麼東西重重落在他頭上的地板，把阿索思的臉也給壓進水裡。他心一慌，氣全吐出來，差點吸入泥水嗆到。

「德佐．布林，你這人真叫人摸不透呢。」阿索思頭頂上傳來聲音，但透過竹架只看得見一把出鞘的短刀，猜想他是從天花板上跳下來的吧。「呵，就當我是用激將法好了，誰知道你真的不救她、連試一下都不肯呢。你真該看看她聽說這事以後的表情哪，我難過得眼睛都快哭瞎啦。」

瘦高男子轉過身來，說話聲音緩慢破碎：「我今天晚上已經殺死六個人了，你想當第七個？」

阿索思慢慢聽懂上面兩人的對話內容。這瘦高男子叫做德佐．布林，是個「刺客」，說穿了也就是所謂殺手；但要是把刺客看作殺手，差不多就是把老虎當成是貓。德佐．布林身為刺客之中第一把交椅，這點毫無異議，或者如阿索思的老大所言，有異議的人都活不了太久。

我剛剛居然認為德佐．布林是個仁慈的人？

他的小腿又癢了起來，看樣子不是多心，是真的有東西爬進他褲管裡面，還挺大的，但比蟑螂小些。阿索思的恐懼成真，那是隻白狼蛛，牠的毒液會緩慢擴散並溶解肌肉，就算被咬的是成年人加上找得到大夫，通常也得截肢，更不用說他只是幫會裡的小老鼠罷了。

「布林，你可喝了不少酒，能不能站起來都還是問題。單就我看見的，你已經——」

「喝了八杯，你來之前還有四杯。」

阿索思不敢動，要是他夾腿壓死蜘蛛，就會濺起水花，上頭兩個人馬上知道他躲在底下。也許德佐·布林看起來像是好人，但他的劍還是太大一把，而且阿索思才不相信這些大人。

「少唬我。」那殺手雖是這麼回答，但阿索思卻能從他聲音中聽到恐懼。

「我從不唬人，」德佐·布林說：「不請你朋友進來嗎？」

蜘蛛沿著阿索思大腿內側往上爬，他身體顫抖了起來，伸手扯一下衣服又往兩邊抓一下褲子，開了一條縫看看蜘蛛會不會爬出去。

頭頂上那殺手兩根指頭搭在嘴唇上吹起口哨，阿索思沒看見德佐動作，可是口哨聲音斷在咯咯聲中，吹口哨的人倒在地板上。酒館前後門被人衝開，竹架子上下震盪起來。阿索思很怕蜘蛛會驚慌，所以完全不敢動，就算又有一個人倒地以後，把他的臉給短暫壓進水裡頭也一樣。

蜘蛛從他臀部那兒往外爬到拇指上，阿索思慢慢地把手舉到面前看個清楚，還真的猜中了，這隻白狼蛛跟他的拇指一樣長，他趕快手一抖將蜘蛛甩開，再揉揉手確定沒被咬。

接著他伸手將鉤住衣服的竹片折斷，卻沒料到上面忽然鴉雀無聲，折斷竹片的聲音聽來異常響亮。阿索思從竹架空隙中看不到人，但知道幾呎外有東西滴到架子底下的水塘中，昏暗裡他看不清楚到底是什麼，但心裡早有答案。

上頭的沉默非常詭異，要是有人踏過地板，竹條應該會晃動、還會發出嘎嘎聲才對。他們的打鬥才不過二十秒吧，阿索思很肯定並沒有人走出去，難道全部同歸於盡了？

他渾身發冷，不單純是因為衣服濕了。兔窩這兒死幾個人也不算大事，問題是這麼短的時間裡死了這麼多人，倒是阿索思第一次看到。

接下來幾分鐘，他一邊注意蜘蛛一邊撿錢，最後拾到六枚硬幣。要是他膽子夠大，該上去酒館把屍體身上的錢都拿走才對，不過他不相信德佐．布林會死在這裡。幫裡有些鼠輩說那男人根本是妖怪，說不定他已經站在酒館外頭，等著殺自己滅口也不一定。

想到這兒他嚇得胸口一緊，轉身朝剛剛進來的地方鑽去。六枚銅板很多了，他這期規費只要四塊錢，剩下的明天可以買麵包跟賈爾和娃娃兩個人分著吃。

只差一呎就能出去，不料一道閃光從鼻子前面竄下，距離太近了，阿索思花了好一會兒才看明白，居然是德佐．布林的巨劍穿過地板插進土裡，硬生生攔下他的去路。

阿索思的上方、竹架子另一邊，德佐．布林輕聲說道：「不要聲張，聽懂了嗎？殺小孩對我來說也算不得什麼。」

巨劍抽回去以後，阿索思衝進黑夜裡拔腿狂奔，好幾哩之後才敢停下腳步。

二

「四個銅板！這是四個銅板嗎？」鼠頭臉都脹紅了，一臉的疹子只剩下白色小點。他拎起賈爾破爛的衣服，整個人往地上一摔。阿索思撇開頭，不忍心看。

「我數給你看，一、二、三、四！」鼠頭口沫橫飛，手掌甩過去、甩回來、甩過去、甩回來，阿索思看得出來他在作戲。這意思不是說他沒用力打，鼠頭不可能放過賈爾，但他故意攤開手，這樣賞起巴掌才大聲。而且鼠頭眼睛看的也不是賈爾，而是幫裡頭其他人，他要大家怕他。

「下一個是誰？」鼠頭把賈爾丟到一旁以後問。阿索思馬上衝出去，免得鼠頭還要多踢他朋友一頓。鼠頭十六歲，但是個頭已經跟大人一樣，肥肉又多，所以混在這些奴隸生的孩子之中顯得相當顯眼。

阿索思把四枚銅板遞出去。

「渾球，你要給八塊錢。」鼠頭一把將銅板都抓走。

「八？」

「你得幫娃娃付錢啊！」

阿索思看看四周希望有人可以幫他，但是年紀大一點的幫內弟兄卻只敢左顧右盼、交換眼神，沒有人敢替他出頭。「她還太小了啊，」阿索思反駁道：「沒滿八歲的『小個兒』不用繳規費吧？」

大家的目光集中在娃娃身上，娃娃自己坐在髒亂的巷子裡，她也發現大家看著自己，不自在了起來，縮成一團。娃娃個子嬌小，眼睛卻很大，雖然臉上髒兮兮的，但看得出五官細緻漂亮，確實是個名符其實的娃娃。

「我說她八歲就是八歲，除非她自己說不是！」鼠頭冷笑道：「娃娃，妳自己說啊，不說話我就扁妳的小男友喔！」娃娃眼睛瞪得更大，鼠頭狂笑，而阿索思懶得多說了。娃娃是啞巴這件事情眾人皆知，鼠頭當然也知道，但鼠頭幹到幫裡的「執拳」，唯一壓得住他的就是傑拉里爾，偏偏傑拉里爾不在場。

鼠頭把阿索思拉近，低聲說道：「你怎麼不乾脆來當我的可愛小弟弟呢，小阿索？那樣你就不用管規費了喔。」

阿索思想要回嘴，但是喉嚨卡得緊緊的，只能發出咕咕聲。鼠頭又笑了，大家跟著他一起笑，有人是真的樂見阿索思受侮辱，但也有人只是希望讓鼠頭開心一點，這樣等一下繳規費可以少挨點打。阿索思覺得自己內心的怨恨像股黑氣竄上來，他恨鼠頭、恨這個幫會、也恨他自己。

他清清喉嚨準備重新開口，鼠頭朝他眼睛望了一下，又輕蔑地笑了起來。鼠頭四肢發達，但頭腦可不簡單，他知道自己把阿索思逼到極限了，他要的是阿索思崩潰、恐懼，變得跟其他人一樣。

不過阿索思朝鼠頭臉上啐了口痰：「你自己操自己去，肥鼠。」

那陣沉默長得好像不會結束，實則只是短暫的勝利，阿索思彷彿聽到有人下巴掉下來的聲音，但鼠頭那拳掄在耳朵邊時，現實排山倒海般轟了下來。阿索思倒在地上，眼前一片黑，他瞇起眼睛仰望鼠頭，看見那張臉遮住太陽，頭髮像是一團黑色光圈，心想自己這條小命到此為止。

「鼠頭！鼠頭！快進來。」

阿索思頭一轉，看見傑拉里爾從樓裡出來。今天不算熱，但他蒼白的皮膚上全都是汗珠，還病懨懨地咳嗽著。「鼠頭！現在就給我進來！」

鼠頭面色一變，怒氣一瞬間全沒了，這轉變太過劇烈，反倒比他勃然大怒更嚇人。但他收起表情以後，卻朝阿索思揚起嘴角，冷笑了一下。

「嘿，阿賈！」

「嘿，阿索！」賈爾跑到阿索思跟娃娃身邊：「知道嗎，你真是蠢到家了，大家一定會在背後叫他肥鼠叫上好幾年吧！」

「他居然要我當小妞陪他耶！」阿索思嘆道。

三個人靠在幾條街外的一道圍牆上，阿索思買了一條不怎麼新鮮的麵包要分來吃。水溝很臭，河岸堆了一堆垃圾很臭，鞣革舖子傳來尿臊味跟內臟的味道也很臭，可惜天色晚了，不然麵包店傳出的香氣會重一些，可以掩蓋住更多臭氣。

宿羅國的建築特色在於竹子、米紙牆、帳子屏風，精細典雅；賽納利亞的建築相較之下則是笨重粗糙。艾里泰拉的建築特色在於花崗岩以及松木，堅固耐用；賽納利亞的建築相較之下又不夠持久。奧森國的建築充滿了高塔拱廊，氣勢雄偉；賽納利亞的建築除了東側少數貴族豪宅，根本不會有二樓。賽納利亞的建築特色是低矮潮濕廉價劣質，在兔窩區尤其如是。壽命有四倍的建材，只要價錢是兩倍，就不會有人要，因為賽納利亞人不會想這麼長遠，絕大多數人也不會活這麼長久。賽納利亞的房屋融合各種素材，竹子跟米紙、松木跟花崗岩在本地都不難取得，可是卻沒有發展出一套風格，因為這個國家過去幾百年遭受太多侵略，唯一的驕傲就是韌性，不過在兔窩區，連驕傲二字都不存在。

阿索思心不在焉地將麵包掰成三塊，一看自己也皺起眉頭，兩塊大一塊小，於是他將一塊大的擺在自己腿上，一塊大的遞給娃娃。娃娃一直跟在他後頭如影隨形。他要將小的那塊給賈爾時，卻看見娃娃五官皺在一起，非常不高興。

結果他只能嘆口氣，把小的那塊留給自己，但賈爾什麼也沒注意到，只是順著剛剛的話題說：「當他的妞兒總比死掉好吧？」

「我才不要像畢姆一樣。」

「阿索，等傑拉升上去以後，鼠頭就會變成我們老大。你才十一歲，還要五年才可以升級，哪撐得到啊？鼠頭一定會整死你，跟你比起來搞不好畢姆還比較幸運呢。」

「那你說我該怎麼辦呢，賈爾？」平常阿索思最享受這段時光，不但終於有東西充飢，身邊還是唯二他信得過的人。不過一聊起這話題，他吃起東西也味如嚼蠟，明明雙眼望著市場，卻連魚店老闆娘在打老公也沒多留意。

賈爾笑了笑，牙齒跟雷迪許人的黝黑膚色一比顯得特別閃亮：「跟你們說個祕密，不可以說出去喔。」

阿索思左顧右盼了一下才靠過去，卻聽見嚼麵包舔嘴脣的聲音，害他楞了一下才開口：「我是可以保密啦，但我不知道娃娃可不可以。」

兩個人回過頭看著娃娃，娃娃一邊啃麵包一邊氣呼呼地瞪他們，臉上還沾滿麵包屑，兩個男孩子哈哈大笑了起來。

阿索思拍拍她那頭金髮，看她還在生氣就要把她拉到身邊。娃娃一開始動來動去，可是等阿索思放開手，她也沒急著跑開，反而滿臉期待地看著賈爾。

賈爾拉起上衣，解下一條布，之前他都纏在身上當作腰帶。「阿索，我不想跟別人一樣，我不要任命運擺布，我想離開這裡。」他把那條布攤開，裡面居然有十幾枚銅幣、四枚銀幣，最離譜的是有兩枚金幣。

「四年了，這是我四年來的積蓄。」他又掏出兩個銅板丟進去。

「你是說……每次你都錢不夠，被鼠頭打得亂七八糟，結果你偷偷存了這些錢？」

賈爾又笑了，阿索思慢慢醒悟過來。如果人生能有希望，每天挨打又如何？幫裡頭的小老鼠們鎮日渾渾噩噩、一事無成，最後真的淪為畜生，再不然就像阿索思今天一樣，怒急攻心、發瘋闖禍，白白賠上性命。

看著這麼大一筆錢，阿索思忽然心生歹念，他想給賈爾一拳然後將布條搶走，帶著錢離開這鬼地方，有了錢他就能離開、換新衣、能夠隨便找個地方當學徒，只要能離開這裡就好了。說不定他還可以拜德佐．布林為師呢，這件事情他跟賈爾還有娃娃提了好多次。

可是他看見了娃娃。他知道如果自己真的做出那種事，娃娃會露出怎樣的眼神。「我相信你一定可以離開兔窩的，賈爾，你辦得到，這也是你應得的。不過你有計畫了嗎？」

「那當然，」賈爾抬頭時，棕色眼珠子閃著光：「阿索，把這些錢拿去。我們趕快想辦法打聽到德佐．布林住在哪裡，然後讓你先走，知道嗎？」

阿索思呆呆看著那堆錢，四年來一頓又一頓的毒打，而自己不但沒有東西可以回報賈爾，剛剛居然還想搶劫他。熱淚不爭氣地湧出來，阿索思只覺得好慚愧，又好害怕，他怕鼠頭、怕德佐，他一直、一直很害怕，但如果他真的能離開這裡，他就可以幫助賈爾，德佐·布林也會教他怎樣殺人。

阿索思看著賈爾，但卻不敢望向娃娃，他不想看見娃娃咖啡色大眼睛裡的表情。「好，我懂了。」

而他也已經知道自己第一個要殺的是誰。

三

德佐．布林翻上小宅子的牆頭，守衛正好從底下經過。這守衛以刺客的角度來看，還真是完美無缺——反應遲鈍、想像力貧乏、責任感卻很重。守衛走了三十九步，停在轉角，戰戟握柄往地上一頓，伸手到軟甲裡抓抓肚皮，朝各方向望了一圈，然後繼續巡邏。

三十五……三十六……德佐在守衛背後滑下牆頭，用手指勾著不落地。

跳。德佐．布林隨著守衛的戰戟握柄一起落在木頭走廊上，他懷疑不這麼麻煩，守衛也不會聽見他落地的聲音，可是身為刺客，他的信念就是謹慎為上。圍牆裡面庭院很小，宅子本身也不大，宿羅風格的建築會以透光的米紙來隔間，門板、廊柱用的是落羽杉以及白扁柏，門框、地板則採用當地生產、較為廉價的松木。整間屋子確實傳達出簡單樸實的宿羅風味，與卜蘭將軍的戎馬生涯、刻苦性格極為相襯，但更重要的是這樣一棟房子合乎他的財力，因為即便卜蘭將軍戰功彪炳，戴文王卻沒有給他多少賞賜——刺客此行也與此關係密切。

德佐攀上二樓，找到沒鎖的窗戶，將軍的妻子睡在床上，看樣子他們終究不是宿羅人，沒睡在織蓆上。不過刺客注意到，將軍夫妻可還真的不是有錢人，床墊裡面塞的竟不是羽絨而是稻草。這女人看上去也很樸素，輕輕地打鼾，睡的位置偏中央，她臉朝的一側被褥有動過的痕跡。

刺客鑽進房間裡，他的異能可以消弭踏在木板上的腳步聲。

怪了……他看了一眼，可以肯定將軍並非只是過來行房，而是確實與妻子共用這片空間，換句話說將軍的處境比外人所想更為拮据。

面具底下，德佐皺起了眉，不過這些細節他不該去思考。他抽出淬了毒的短刀，走到床邊，這女人一點感覺也不會有。

但他又停住了，將軍妻子的臉朝向被褥動過那邊，看來丈夫離開之前，這兩個人應該靠在一塊兒，不像那些政治婚姻，夫妻兩人都分得很遠。

所以他們彼此相愛。將軍的妻子一死，親王艾稜．岡德很快就會安插有錢的貴族千金過來。但是以將軍可以為愛迎娶平民來看，他面對妻子遭到刺殺的反應恐怕會與預料中大大不同。

蠢才。親王自己野心勃勃，就以為每個人都野心勃勃。刺客將刀先收起來，往屋子裡面走，他還得快點確認將軍身在何處。

「操他媽的！戴文王都快駕崩了，我說他活不過這星期了吧。」

先不論是誰出的聲，這人說的一點也不錯。刺客今夜給國王下了最後一劑毒藥，等到日出他就一命嗚呼，有可能繼承王位的兩個人，一個能幹正直，另一個無能貪腐。暗中操控這個國家的御影，對王位爭奪戰的結果不可能不關心。

聲音從樓下客廳傳來，刺客竄到走廊底，發現將軍這屋子真的太小，所以客廳跟書房共用。底下兩人一覽無遺。

卜蘭．亞耿將軍鬍子斑白，一頭短髮根本不用梳，動作俐落、眼觀四面，身材結實精瘦，可是長年策馬征戰，所以兩腿微微彎曲。

將軍對面則是瑞格納．翟爾公爵。公爵挪了挪位置，身下的高背椅吱吱嘎嘎叫了起來。翟爾公爵身形狀碩，個頭高、肩膀寬，身上贅肉極少，他手指搭在腹部，上頭戴了很多戒指。

夜天使在上，我現在一次做掉他們兩個的話，九人眾就不用愁了。

「卜蘭，我們算是自欺欺人嗎？」公爵問道。

將軍過了一會兒才回答：「公爵殿下——」

「等等，卜蘭，我是要你以朋友的身分回答，而不是以部下的身分向我報告。」

刺客靠過去些，抽出飛刀，小心避開淬了毒的刀刃。

「我們按兵不動的話，」將軍開口：「艾稜．岡德就會登基為王，他這個人軟弱卑劣不存善念。『御影』的勢力已經拿下兔窩區，國王軍卻還只敢在幾條幹道上面巡邏，想必你也料得到事態只會更加惡化。廢除生死格鬥賽算是給了御影重重一擊，可是艾稜那個人沒骨氣也沒本事可以和御影抗衡，換做是我們，就有機會一鼓作氣剷除那些黑幫了。相信你比他更適合當國王，這樣算是自欺欺人嗎？我完全不覺得。你登基是天經地義的事情。」

德佐．布林一聽差點冷笑起來，其實御影九人眾也同意他們的每一句話，但正因為如此，才更不可以讓瑞格納．翟爾得到王位。

「但是依局勢而言，我們做得到嗎？」

「小範圍流血衝突免不了。威索羅斯公爵目前到國外去了，現在城裡面只剩下我的部隊，而且大家對你有信心，殿下。人民需要賢君、明君，這個國家需要你啊，瑞格納。」

瑞格納．翟爾看著自己的手：「可是親王的家人怎麼辦？包含在你所謂的『小範圍流血衝突』

中？」

將軍輕聲回答：「想聽真話嗎？確實如此，而且就算我們不下這命令，還是會有人為了保護你而想斬草除根、甘願上絞刑臺，他們對你的愛戴就是有這麼深。」

翟爾公爵呼了口氣：「那麼問題就在於，多數人的未來是不是可以建立在少數人的性命上？」

我多久沒這種內心掙扎了啊？德佐強忍著沒將飛刀射出去，突如其來的暴怒連他自己都感訝異：我在想什麼啊？

其實是瑞格納．翟爾，這位公爵使他想起以前服侍過的一個君主，一個值得他付出的君主。

「這個問題要由你自己回答，殿下。」卜蘭將軍說：「但恕我直言，這恐怕並非哲學問題？」

「你的意思是？」

「你還愛著娜麗亞吧？」將軍說的是艾稜親王的妻子。

瑞格納露出錯愕神情：「卜蘭，我們十年前就訂婚了，是彼此的初戀啊。」

「殿下，抱歉，」將軍又道：「我不是——」

「沒關係，卜蘭。我以前不肯提這件事情，但現在也到了該說的時候，這是決定我要當個男人，還是當個國王的時刻。」

「娜麗亞她父親背著我，把女兒嫁給艾稜那畜生，也已經十五年了。」公爵繼續說：「我該釋懷了，或者說我的確是釋懷了，除非是非得見到她、見到她的小孩，然後腦袋裡得想像她居然與艾稜．岡德同床共枕。說起我自己的婚姻，其中唯一值得高興的就是我兒子羅根，想必她的處境也差不多吧。」

「殿下，你們兩位的婚姻都並非出於自願，何不與卡翠娜離婚之後——」

「不成。」公爵搖搖頭：「娜麗亞的孩子活著，對我兒子就永遠是個威脅，不管我是放逐他們、收養他們，結果都一樣。她大兒子都十四歲了，太大了，不可能不知道自己本來有機會成為國王。」

「殿下，你師出有名，而且這些問題，說不定在你登基之後，自然就會有出路啊？」

瑞格納悶悶不樂地點點頭，他非常明白自己的決定牽動了千千萬萬人的性命，但他不知道的是自己的性命也就繫於這麼一念之間。假使他決意起兵謀反，那麼，奉夜天使之名，我要當場斃了他。現在我的主子只剩下御影了，當然還有自己——每個決定都是自己下的。

「希望後人可以原諒我，」瑞格納．翟爾公爵熱淚盈眶：「可是亞耿，我做不到，我沒辦法為了這種事情殺人，所以我打算宣誓效忠。」

刺客將刀收回鞘內，不理睬自己那種又是安心又是絕望的矛盾情緒。

都是那女人……她毀了我，她毀了一切。

德佐．布林在五十步外就已經瞧見伏兵，但卻大剌剌地走過去。還有一小時才日出，這會兒還在兔窩區街上逗留的人，恐怕先前都睡在不該睡的地方，現在才要回去給老婆一個交代。

他一開始就看到了，是黑龍幫的標誌，那群人躲在小胡同裡面，這個位置很適合這群鼠輩前後夾攻，甚至是從矮屋頂上跳下來奇襲。

刺客假裝右膝蓋受傷，又用斗蓬緊緊纏住肩膀，拉低兜帽遮住臉，蹣跚走到路口。一個年紀稍長，也就是他們口裡所謂大個兒的傢伙，手裡握著把生鏽的軍刀，他見德佐走近，隨即吹起口哨，一堆黑龍幫的大鼠小鼠圍了上來。

「挺聰明的嘛，」刺客說：「你們趁黎明前下手，這時候不但其他幫派的人還在睡，而且可以堵到那些嫖了一整晚沒回家的錢袋，那些傢伙可不想身上有瘀青，免得難跟老婆解釋，一定會乖乖給你們一點錢。真是妙計，是哪一個想出來的啊？」

「阿索思。」有個大個兒朝刺客背後一指。

「羅斯你給我閉嘴！」老大開口。

刺客回頭一看，羅斯指的是屋頂上一個小男孩。男孩手裡抓著一塊石頭，藍色眼珠子透著堅決，蓄勢待發，而且那張臉很面熟。「你居然就這麼把埋伏點破了啊？」德佐問道。

「你也給我住嘴！」黑龍幫的老大朝刺客一揮刀：「把錢包交出來，不然就要你的命！」

「傑拉里爾——」一個皮膚黝黑的小老鼠說：「他剛剛說『錢袋』，一般攤販不知道我們這麼稱呼他們，這傢伙是御影的人。」

「住口，賈爾！不管那麼多了，」傑拉里爾咳出血來：「把你的——」

「我沒空跟你們鬼混，快閃開。」德佐說。

「——交出來！」

刺客身影往前一閃，左手扣住傑拉里爾握刀的手，一扭將刀摔出去，同時身體旋入、右肘撞在傑拉里爾的太陽穴上，不過他稍微收起力道，不會出人命。

等黑龍幫那一窩鼠輩反應過來大吃一驚，這場架都已經結束了。

「我說過了，我沒空陪你們鬼混。」刺客將兜帽拉下。

他知道自己不過就是個五官還算深邃、體型瘦長的人，加上金棕色頭髮、一點點鬍渣以及臉上淡淡的痘疤，說真的貌不驚人，可是對這些年輕人來說，卻好像是個三頭六臂的怪物。

「德佐．布林！」羅斯低呼起來。

那些鼠輩手裡的石頭都掉在地上。

「德佐．布林！」這名字像是海浪一樣一波一波傳開，他可以看見這些孩子眼睛裡的恐懼與敬畏，他們剛剛想打劫的是一個傳奇人物啊。

他冷笑了起來：「磨磨你的刀吧，外行人才會拿生鏽的刀出來耍。」他把軍刀朝滿是穢物的水溝一拋，穿過這群不良少年揚長而去。黑龍幫的人只敢乖乖讓路，深怕他一不高興決定不留活口。

阿索思看著德佐．布林走進晨霧中，一如兔窩其他的希望之光，最後總是會消失。德佐．布林與阿索思的處境可謂天壤之別，他擁有力量，是個危險人物，充滿自信而無所畏懼，簡直像是神。就算面對一整個幫會，還有羅斯、傑拉里爾、鼠頭那幾個大個兒，仍能夠一笑置之。他居然笑得出來！阿索思在心中發誓，有一天一定要跟他一樣。但阿索思甚至不敢在心裡把整句話說完，深怕德佐．布林連別人的心事都聽得見。只不過，他的身體蠢蠢欲動。有一天一定要跟他一樣……

等到德佐．布林走得夠遠，應該不會被發現了，阿索思尾隨在後。

四

兩個彪形大漢守著御影的地底基地，他們沒好氣地看了看德佐。這兩個打手是雙胞胎，也是御影整個組織裡面最魁梧的兄弟檔，額頭都有閃電的刺青圖案。

「有帶武器嗎？」其中一個問道。

「你是雷夫吧。」德佐一邊說著，一邊取下自己的劍、三把匕首、手腕上的飛鏢，還有另一隻手上藏的一堆玻璃珠。

「我才是雷夫。」另一個守衛過來用力拍了拍德佐。

「喔，你們這麼介意我帶東西進去？」德佐問：「我們不都很清楚嗎？要是我真想殺裡頭的誰，有沒有武器根本沒有分別。」

雷夫氣得臉脹紅：「你別逼我把你的劍給——」

「雷夫的意思是說，你就配合一下，不要一副想殺人的樣子進去，這樣我們看起來才有用啊。」伯奈打圓場道：「你也知道只是形式而已，就像平常跟人問好，也不代表我們真的想知道他好不好吧。」

「我不跟人問好的。」

「芳達的事情我也聽說了。」伯奈一說完，德佐整個人停下來，肚子好像給人用把長槍戳進去一樣，「節哀順變。」大個兒伯奈邊說邊把門推開，然後看了兄弟一眼。

德佐意識到自己應該要說些什麼話，俐落的、兇狠的、好笑的都無所謂，可是他的舌頭卻動不了。

「呃……布林先生？」伯奈見他遲疑，出聲叫喚，德佐這才回過神，低著頭步入九人眾的會議廳。

會議廳的設計就是要人心生恐懼。中央是一個黑色玻璃雕出的大平臺，九人眾的座位就在上頭，但有第十張椅子凌駕其上，好像王位一樣。在那些座位前面只有地板而已，無論是誰來見九人眾，都得要站著說話。

房間形狀是狹而深的長方形，天花板極高，隱沒在黑暗中，所以站在這裡會有種置身於地獄遭到拷問的錯覺。椅子、牆壁、甚至地板上都有惡魔、惡龍加上人類在哭喊的雕刻裝飾，於是恐怖的氣氛更加濃厚。

不過對德佐．布林來說，這一切都太熟悉了，他站在會議廳裡一點感覺也沒有。反正他也摸黑習慣了，什麼都逃不過他的眼睛。至少這一點我還沒變。

除了K媽媽之外，九人眾都罩著兜帽，雖然他們當然知道不可能在德佐面前隱藏身分。九人眾之上那位置坐著是龐．卓丁，身為「神駕」的他依舊是不動如山。

「將軍呼人死了嗎？」問話的人是柯賓．費希爾，他面貌英俊、穿著入時，卻也以性格殘忍著稱，尤其對於手底下那些幫派的小伙子不留情面。他咬字不清，但看見他臉上那種兇狠模樣，通常也沒人笑得出來。

「狀況跟你們所想的不同……」德佐簡短報告所見所聞，國王很快會駕崩，不過御影擔心會取而代之的那位公爵其實並不想追求王位，也就是說艾稜．岡德會成為新王，他那窩囊廢才沒種管御影的閒事。

「我反而建議，」德佐繼續說：「逼親王拔擢亞耿將軍吧，如此一來親王反而受到箝制，加上卡利多那邊如果有什麼風吹草動——」

個子瘦小、之前專司奴隸買賣的波貴肯插嘴道：「布林先生，我們瞭解你對於卡利多那一方有……顧慮，可是我想我們也不應該將政治資本投注在一個自以為是君子的將軍身上。」

「是沒這個必要，」K媽媽開口了，她掌管聲色場所，多年以前也是城裡的一代名妓，直到現在都還美艷不可方物。「反正打著別人的名號，也能達到同樣目的吧。」眾人一聽都豎起耳朵。

「親王都肯拿政治婚姻來收買將軍了，何不告訴他要個官位是亞耿本人開的條件？反正將軍那兒不明就裡，親王多半也不會去問他。」

「這樣要談奴隸買賣也比較容易喔。」波貴肯聽完了說。

「他媽的我可不要再搞什麼奴隸制度！」布瑞特．哈金吼了起來，他原本身材壯碩，現在則是發福了，但那副粗厚的下巴加上小眼睛以及都是疤痕的拳頭，也不愧是御影裡頭所有打手的頭子。

「那個待會兒再縮，布林沒必要留下來。」柯賓．費希爾那對雙眼皮很深的眼睛轉向德佐．布林：「你今天晚喪一個人也沒撒……」這句話簡單明瞭，卻懸在空氣中。

德佐也望著他，不對他的挑釁予以回應。

「你還有辦法撒人吧？」

對上柯賓．費希爾這人多言無益，不如過招見真章。德佐走到他面前，柯賓也沒有退縮，就這麼任德佐踏上平臺，然而九人眾之中有些人顯然緊張起來了。而德佐則看出費希爾絨布褲下的肌肉已經隆起。

費希爾對著德佐的臉踢出一腳，可是德佐早就閃開了，而且跳開之前還在對方小腿上深深扎進一根針。

接著忽然響起鐘聲，伯奈與雷夫兩兄弟衝進來，德佐兩手交叉在胸前，省了自衛的架勢。

德佐個頭高，可是身材精瘦，雷夫卻像是一頭戰馬般朝他衝撞過去。但是德佐只是伸出雙手，連拳頭都沒有握，雷夫撞到他面前時，卻發生了不可思議的現象：個子較小的德佐沒有被他撞倒，反而是雷夫的衝勢停了下來。

最先停下來的是雷夫的臉，鼻子砰地撞上德佐攤開的手掌，然後脖子以下騰空而起，最後整個身體與地板平行，轟的一聲摔落地面。

「給我住叟！」費希爾叫道。

伯奈原本也已經衝到德佐面前，聞言轉而跪在兄弟身邊察看傷勢。雷夫發出呻吟，嘴裡流出的血灌滿地上雕刻的一隻老鼠嘴巴。

費希爾把針從腿上拔出來，繃著臉問：「德佐．布林，你什麼意失？」

「你不是問我還能不能殺人？」德佐拿出一個小瓶子擺在他面前：「要是那根針有毒，喝下這個能解毒。但要是那根針沒有毒，這藥水會要了你的命。你自己看著辦。」

「喝吧，柯賓。」龐．卓丁說話了，這是德佐進入會議廳以來他第一次發言。「德佐，要是你不那麼清楚自己是最頂尖的刺客，反而能更上層樓才對。你是第一高手，但別忘記你得聽我的指令，下次你再對九人眾出手，後果自負。現在退下吧。」

這隧道感覺不對勁。阿索思進過兔窩區其他隧道，摸黑行走雖不自在，但對他也不是什麼大問題。

剛進來的時候，這隧道沒什麼特別，山壁粗糙、路線彎彎曲曲的，沒有光線是不在話下。問題是走到深處以後，牆壁跟地板變得平整起來，看來有人很重視這兒。

如果只是這樣，充其量稱之為不同，還不算是不對勁。不對勁的感覺來自於阿索思面前一步距離，他蹲在地上，一邊休息一邊思考，不過不肯坐下；除非確定四周沒有需要逃跑的理由，不然就不應該坐下。

阿索思沒有聞到什麼怪味，雖然下面空氣凝重、甚至有種黏答答的感覺。他以為瞇著眼睛可以看見些什麼，但結果只是錯覺罷了。他攤開雙手感覺一下，這兒的風，是不是比較冷一點？

然後他很肯定他感覺到一股氣流，心中冒出莫名恐懼。二十分鐘之前，德佐．布林從這裡經過，而且他並沒有拿火把。阿索思當時沒針對這一點多想，現在他才回想起聽說過的那些傳聞。

淡淡的酸味從阿索思臉頰邊掠過，他緊張得想拔腿狂奔，但是不知道該往那個方向跑才安全。他也沒有任何方式可以保護自己，因為武器都由執拳看管。另一邊臉頰也感覺到氣流。這味道……有點像大蒜？

「小朋友，世界上有很多祕密。」一個聲音說道，「比方說魔法警報，比方說九人眾的真實身分。你再多跨出一步，就會知道其中一個祕密，但是兩個見到外人就格殺勿論的守衛也一定會逮到你。」

「布林先生？」阿索思望著一片黑暗。

「下次你跟蹤人，不要鬼鬼祟祟的，只會引人疑心而已。」

阿索思不懂他的意思，只覺得聽起來不是好事。「布林先生──？」

但阿索思隨即聽見笑聲沿著隧道往上揚長而去。

阿索思追上去，心想笑聲消失的話，等於他的希望又要落空，於是也沿著隧道衝進黑暗裡。「等等！」

沒有人回應他，阿索思越跑越快，最後被石頭絆倒。重重摔在地上，膝蓋破了、手掌擦傷。「布林先生，請等一下！我一定要拜你為師，拜託！」

那聲音從他頭上傳來，但他一抬頭，卻什麼也看不見。「我不收徒弟，回家去吧，小朋友。」

「我不一樣啊！要我做什麼都可以，要錢我也有！」

完全沒有回音，布林已經走了。

沉默與膝蓋和手掌上的傷口同樣隱隱作痛，可是阿索思無力回天，想哭，但又覺得自己已經不是襁褓中的嬰兒了。

天漸漸亮了，他走回黑龍幫的地盤，兔窩區正慢慢從醉夢中清醒。麵包師傅起床準備，鐵匠舖的學徒開始起爐生火；幫會的鼠輩、路邊的妓女、酒場圍事還有闖空門的小偷倒是要去睡了，之後天更亮一點，扒手、騙子、搶匪這些趁人多下手的傢伙才會醒過來。

平常阿索思覺得兔窩區裡面的氣味算是舒服。外圍牛欄飄來的牲畜味道四處瀰漫，蓋過了大街小巷間水溝的臭氣，汗水最後流進普利茲河，河水一天比一天臭，河彎水淺的地方雜草浸水後也會發出腐臭味。運氣比較好的話，微風會帶著淡淡的海水味進來，但那些只會睡覺從不洗澡的乞丐也帶著一身刺鼻味道四處走，他們看見幫會的鼠輩們常不分青紅皂白就打，可能只是因為他們痛恨自己所處的這個世界而已吧。但是對阿索思來說，這味道第一次不再有家的感覺，他現在只覺得這環境真是髒亂惡劣，厭棄與絕望像蒸氣般從兔窩的每一個腐朽廢墟、每一處屎堆蒸騰而上。

這兒有座廢棄磨坊，以前農家用來去米殼，現在給黑龍幫霸占了，一方面是基地，另一方面也傳達訊息給大家知道：西岸這兒的磨坊，碰上了無路可走的人，不管農家找來多厲害的警衛，也是一樣會給闖入。磨坊裡如今滿是垃圾與廢物，而阿索思屬於這裡。

回到基地之後，阿索思只對把風的人點個頭，毫不遮掩地就走進去。幫裡的人覺得半夜有小孩子起床尿尿再正常不過，要是阿索思特地偷偷摸摸溜進去，反倒啟人疑竇。

這就是「鬼鬼祟祟」的意思嗎？

他走到窗戶旁邊平常睡覺的地方，往娃娃與賈爾中間一鑽。這裡蠻冷的，但至少地板還平，沒有什麼木屑會扎人。他躺下後用手撞撞朋友：「阿賈，你知不知道『鬼鬼祟祟』是什麼意思啊？」

賈爾翻到一邊，咕噥了聲，阿索思又撞了他一回，但賈爾動也不動。晚上可能很忙吧。

他們三個跟別的孩子一樣，睡覺的時候依偎在一起取暖，平常在中間的是娃娃，她還小，容易冷，不過今天賈爾跟娃娃兩個卻沒靠在一塊兒。

娃娃翻過身來，兩手環繞著阿索思，緊緊抱住他，阿索思覺得很溫暖，卻又好像有哪兒不對勁，最後實在太累了，於是沉入夢鄉。

五

阿索思醒過來，卻發現惡夢這才開始。

「早安哪，」鼠頭朝他道：「不知道咱們家的小混蛋睡得好不好？」

看見鼠頭臉上的冷笑，阿索思立刻心知不妙。羅斯跟兔唇兩個傢伙站在鼠頭左右，臉上同樣興奮得不得了。娃娃不見了，賈爾不見了，傑拉里爾也不知道在哪兒。基地的屋頂有縫隙，射進熾烈陽光，阿索思眨眨眼睛，站起來趕快看看周圍狀況，發現幫裡頭其他人都不在，可能去做事、去撿錢、或者只是單純覺得不要在場比較好。換句話說，大家都看見鼠頭進來。

羅斯站在後門守著，兔唇也停在鼠頭背後，看樣子就是要預防阿索思朝前門衝，或者跳窗逃出去。

「你昨天晚上去哪兒了？」鼠頭又問。

「去尿尿啊。」

「你錯過好戲了呢。」鼠頭說這句話的時候，語調一點起伏也沒有，絲毫不帶情緒，這反而使阿索思嚇出一陣寒顫。他見過水手遭人殺害、看過妓女身上新留下的傷疤、還有一個朋友被攤販逮到活活打死，所以阿索思明白人類世界的暴力是什麼，也體認到在兔窩，人不只是貧困、不只是憤怒，還會變得殘酷無情。看著鼠頭那雙眼睛，會覺得他比兔唇還要像怪胎；兔唇是天生少了一塊嘴唇，鼠頭卻是天生就少了良心。

「你幹了什麼好事？」阿索思問道。

「羅斯？」鼠頭朝站在後門的大個子撇了撇下巴。

羅斯一邊開後門一邊喃喃說：「乖孩子。」那語氣好像在叫一頭狗，而且他一伸手抓住什麼就往內丟，阿索思定睛一看，居然是賈爾。賈爾的眼睛嘴脣都被打得發黑發腫，眼珠子夾在一條縫裡面，不知道還看不看得見東西，牙齒少了幾顆、臉上還有血跡，是因為頭髮被人用力拉扯，扯到頭皮都流血了。

而且他穿著一件女孩子的洋裝。

阿索思覺得身體忽冷忽熱，好像血液都往臉上衝。他不想在鼠頭面前表現出軟弱的一面，卻又沒有辦法出去，只好轉過身，免得真的嘔吐。

但他背後傳來賈爾微弱的啜泣聲：「阿索，別這樣，你不要轉過身去，我不想——」

鼠頭甩了他一巴掌，賈爾摔倒在地，動也不敢動。

「賈爾是我的人了，」鼠頭說：「他還打算每天跟我鬥，就讓他鬥吧，反正……」他淫笑，「反正遲早都要乖乖聽我的話，老子有的是時間耗。」

「我發誓一定會殺了你……」阿索思吐出這句話。

「喔，你已經拜在德佐．布林門下了嗎？」鼠頭冷笑著，阿索思朝賈爾瞪了一眼，深感自己遭到好友出賣。賈爾看著地板，他不敢哭出聲，肩膀一直顫抖。「賈爾什麼都跟我們招啦，不知道是羅斯上的時候還是戴維上的時候哪？可是我說這就怪了，要是布林先生肯收你，你回來幹啥啊，阿索？該不會就是回來殺我的吧？」

賈爾止住眼淚，翻過身，手裡抓著稻草。

阿索思也不知道該說什麼，索性承認，「他不肯收我。」賈爾聽了，整個人像洩了氣的皮球。

「大家都知道他不收徒弟的啊，白痴。」鼠頭又說：「話說回來，我是不知道你到底做了啥好事，不過傑拉里爾要我不准動你，很好……那我就不動你，但黑龍幫早晚要落在我手中。」

「只會早不會晚吧？」羅斯一邊說一邊對著阿索挑了挑眉毛。

「我已經盤算好拿下黑龍幫之後的路要怎麼走，說什麼也不會讓你出來礙事啊，阿索。」鼠頭說。

「你到底想怎樣？」阿索思的聲音乾澀又虛弱。

「我要把你變成英雄。我要每個不敢親自對付我的人把希望寄託在你身上，然後呢，我要毀掉你做過的事情、你喜歡的東西，把你徹徹底底給毀了，以後就再也沒有人敢違逆我的心意。所以現在隨便你，你愛怎樣就怎樣，不然你什麼都別做也好，無論如何都是我贏。永遠都是我贏。」

隔天阿索思沒有給規費，他希望鼠頭痛毆他一頓，只要鼠頭揍他，大家就不會覺得他不一樣，他會跟幫裡其他人平起平坐。但是鼠頭真的不打他，吹鬍子瞪眼的同時眼神卻帶著笑意，然後大吼要阿索思下次拿兩倍來。

又到了繳交規費的時候，阿索思還是一臉頹喪兩手空空攤給大家看，但鼠頭大罵他目中無人以後，仍舊沒有對他出手。此後每次繳規費的時候，同樣戲碼不斷上演，漸漸阿索思回過頭繼續生錢，把錢都藏在賈爾給他的布包中。白天很難熬，鼠頭不讓賈爾跟阿索思說話，過了一陣子以後，阿索思覺得賈爾根本就不想與他說話了吧。以前認識的賈爾好像一點一點不見了，即便後來已經沒再逼他穿女裝，但往日的感覺已經不見了。

到了晚上更慘，鼠頭每天晚上把賈爾帶過去，幫內上下裝作沒聽見，而阿索思只能跟娃娃緊緊相依，聽著後來的低沉啜泣不時打斷寂靜的夜，他躺在地板上腦袋轉動好幾個鐘頭，但他知道自己想的那些復仇計畫沒有一個能實現。

之後阿索思越來越大膽，當著鼠頭的面罵他、質疑他的命令，也會出面挺那些被鼠頭毆打的人。鼠頭一定會罵回去，但是眼睛總帶著笑。幫裡頭的小個兒和那些偷不到錢的人越來越往阿索思靠攏，對他投以崇拜的目光。

有一天幫裡兩個大個兒居然替他買了午餐，陪他坐在院子裡吃，這時阿索思驚覺事態嚴重，接著恍然大悟：以前他不敢相信真會有人追隨自己，沒理由吧？他能給別人什麼呢？可是現在他赫然察覺他錯得厲害，已經有人想與他連成一氣，但他半點計畫也沒有。看著院子另一頭，傑拉里爾坐在那兒，一直咳血，樣子十分悲慘，恐怕撐不了多久。

我真是太傻了……鼠頭等的不就是這一刻嗎？他都明講了要把阿索思塑造成英雄啊！鼠頭策畫的不是內鬥奪權，而是格殺肅清。

「爸，你可以不要走嗎？」羅根．翟爾忍著晨風忍著淚，替父親牽著戰馬前進。

「那些別帶了，」翟爾公爵對著管家溫德爾．諾斯吩咐，管家正在叫僕人把好幾箱公爵的隨身衣物搬出去。「不過幫我在一星期內送一千件羊毛斗蓬過去，用我們自己的錢就好，別跟國庫要，免得國王藉機來個下馬威。」他戴著鐵手套的雙手扣在背後：「不知道駐紮地那兒的馬廄狀況好不好，但也問問海弗米那邊在入冬前可以送多少匹馬過去。」

「殿下，已經送信過去了。」

下人進進出出、四處奔走，貨車上堆滿要運向北方的物資。一百名翟爾名下騎士也抓緊最後機會作足準備，檢查馬匹武器，要跟著過去的僕役正在倉促中跟家人道別。

公爵轉頭看著羅根，而羅根單是看見父親套上鍊甲，就驕傲又恐懼得想落淚。

「孩子，你也十二歲大了。」

「我可以上場作戰了啊，連佛登守衛長也說我的劍術和士兵不相上下了。」

「羅根，要你留下來，不是因為我不相信你的本領，而是因為我對你有信心啊。我就明說吧，你留在這兒的母親，會比到山上的我，更需要你的幫忙。」

「但是我想跟你一起去。」

「能選擇的話，我根本不想去。這和我們自己想要做什麼，一點關係也沒有。」

「嘉辛說『阿九』故意要羞辱你，才會故意派一個公爵去做這種工作。」羅根沒把嘉辛說的其他事情也講出來。他不認為自己脾氣差，但是戴文王駕崩、艾稜．岡德登基成為艾稜九世——很多人私下戲稱為『阿九』——之後的短短三個月內，羅根已經跟人打了六次架。

「那兒子，你自己有什麼看法呢？」

「我覺得你不會怕他吧。」

「嘉辛說我膽小，對不對？所以你手指節上才會有瘀血？」

羅根傻笑了一下，他已經跟父親一樣高了，或許體格沒有瑞格納．翟爾那樣魁梧，但根據守衛長佛登的說法，也只是時間的問題而已。羅根和人打起架，可是不會輸的。

「孩子，你要想清楚。去嘯風谷駐紮或許不夠體面，但總比遭到流放或賠上性命要好。我留著不走，國王遲早會使出那兩招對付我吧。每年夏天，你還是可以過來跟我手下的人一起受訓，可是其他時間我需要你留在這邊，因為另外一半的時間，我需要你成為我在賽納利亞的耳目。你母親——」他話說到一半，視線飄向羅根背後。

「——你母親覺得你爸是傻子。」公爵夫人卡翠娜忽然從後頭冒出來，她出身葛瑞芯世家，承襲家族遺傳的綠色眼珠、嬌小骨架跟剛烈個性。時間還早，但她已經穿上綠絲華服、披著貂皮出來，頭髮梳理得整整齊齊。「瑞格納，你上馬的話，以後就乾脆別回來了。」

「卡翠娜，我們現在不要吵這個好嗎？」

「你明知道他是頭豺狼虎豹，一定會要你我兩家反目，然後不管毀掉哪一邊，他都漁翁得利啊。」

「這裡就是妳家，卡翠娜。我已經決定好了。」翟爾公爵語氣尖銳，像是對部下發號司令，而這種語氣也使得羅根想要找個地方躲起來，不要給父親看見。

「喔？那你打算把哪幾個小姑娘帶去啊？」

「我一個也不會帶，不過有幾個的型可還真的不好找呢。我會把她們都留在這兒，也是因為我尊敬妳身為——」

「你真當我沒腦袋？到了那兒你不會再找嗎？」

「卡翠娜，現在就給我進屋裡去！」

夫人轉過身，公爵瞪著她直到她走進房子裡，頭也不回地對羅根說：「你母親她……有些事情等你大一些再跟你說吧，現在我希望你好好敬重她，不過我不在的時間裡，翟爾家由你作主。」

羅根一聽瞪大眼睛。

父親拍拍兒子肩膀：「我的意思可不是說你能蹺課，溫德爾會繼續把你該知道的事情都教會你，我敢打包票，論起治理領地的本事，他可是比我還高竿呢。駐紮的地方，騎馬過去也才四天路程，但是兒子，你頭腦夠好，所以我要你留下來。這城市是個毒蛇窩，有人虎視眈眈想要毀了我們家，你母親已經看見蛛絲馬跡，也才會整天憂心忡忡。我把一切賭在你身上了，羅根，我也希望有別的選擇，但是你是我剩下的最後一步棋。讓我們的敵人大吃一驚，你要比他們想像得更聰明、更勇敢、反應更敏銳。我知道給你這樣的重擔很不公平，不過我也無路可走了。我能依靠的只有你，翟爾家能依靠的只有你，所有的家僕、部下、甚至整個國家搞不好都要靠你了。」

翟爾公爵跳上雄偉的白色戰馬：「兒子，我愛你，希望你不會讓我失望。」

六

黑暗如死者的擁抱一般緊密而冰冷，阿索思靠著小巷子牆壁蹲下，想靠著夜風掩蓋心中止不住的雷聲。第五個投靠他的大個兒幫了個忙，從鼠頭的兵器庫那邊偷出了把彈簧刀給他防身，阿索思用力握住刀，握得手掌都發疼了。

巷子裡頭沒有動靜，阿索思將彈簧刀往泥土地一插，手插在腋窩取暖。也許要等上好幾個鐘頭吧，但這無所謂，他機會不多了，之前浪費太多時間。

鼠頭不是笨蛋，雖然性格暴戾，但可不是就不懂得動腦筋。相較之下阿索思根本沒有策略，之前三個月他任自己恐慌失措，錯過布局的絕佳時機。敵人把作戰計畫挑明說給他聽，本來對他非常有利，畢竟阿索思猜得出鼠頭打的是什麼算盤，只要把種種線索拼湊在一起就能得出全貌。如今他試著沙盤推演，並不覺得困難，彷彿靈魂出竅、進了鼠頭體內，讀得到鼠頭的心思：

只來場肅清是不夠的，肅清完了也不過給我幾年安穩日子而已。其他幫會的頭子也靠排除異己鞏固地位，跟他們一樣殺、殺、殺，沒辦法讓我與眾不同哪。

阿索思站在鼠頭的立場盤算，知道對手野心不小，能夠忍氣吞聲三個月……是什麼樣的事情能要他讓步足足三個月？

毀滅。只有這個可能。鼠頭想轟轟烈烈地毀掉他，藉此建立他的威嚴、鞏固他的勢力，他要阿索思的慘劇在幫裡頭口耳相傳，所以很可能根本不殺掉阿索思，而是讓他斷手斷腳，生不如死悽慘度日，往後任誰看見阿索思的模樣，都會打從心裡更害怕鼠頭。

小巷子裡冒出一陣唰唰聲，阿索思渾身一緊，非常非常緩慢地拔出彈簧刀。巷子很窄，房子靠得很近，大人一伸手就碰得到兩邊牆壁。阿索思會挑這地點，就是不想讓看上的獵物輕易溜走，可是現在兩道牆看上去好像變成飢餓的怪物，伸出魔爪想要抓住彼此，它們的手遮蓋了星空，還朝著他撲過去。風吹過屋頂發出呼呼聲，傳唱著那些駭人聽聞的故事。

阿索思又聽見唰唰聲，這次卻讓他放心了，原來是隻身上有疤的大老鼠，躲在一堆發黴的木板底下嗅來嗅去。老鼠探頭出來，阿索思一動也不動，牠跑到阿索思腳邊聞了一下，濕濕的鼻子又撞了撞，覺得這人不危險，便上前想張口大嚼。

老鼠才要開口，阿索思手中彈簧刀立刻朝牠耳朵一刺，穿過牠身體直沒入土中，老鼠身體抽動一下，但連叫聲都來不及發出。阿索思將刀收回去，對自己的俐落動作感到很滿意，然後察看巷子前後，還是沒人經過。

我的弱點是什麼？如果我是鼠頭，會怎樣對付我自己？

脖子上忽然癢癢的，他伸手一拍。*這些蟲好煩哪。*

*蟲？外頭這麼冷……*他拍過蟲子的手竟感覺熱熱的、黏黏的。

他一回頭就出手，可是手腕不知給什麼打中，短刀應聲飛出。

德佐．布林蹲在不到一呎外，他沒開口，只是露出比夜色更冷的目光盯著阿索思。

兩人互望很久，都沒有說話。最後阿索思先開口：「你看見我殺老鼠了。」

德佐挑了一下眉毛。

「所以你才會傷我身上同一個地方。你想要我明白，雖然我遠勝那隻老鼠，但是你也遠遠勝過我。」

刺客的嘴角似乎露出一抹微笑：「你這幫會小老鼠倒是挺妙的，好像很聰明，卻又笨得要命。」

阿索思看看自己那把彈簧刀，不知道什麼時候跑到德佐手裡了。真是慚愧啊。他確實是很蠢。他剛剛在想什麼？居然敢對一名刺客揮刀？但他還是開口了：「我要拜你為師。」

德佐．布林攤開的那隻手朝他臉上甩了過去，把阿索思打飛撞在牆上，臉給石頭刮傷了，整個人重重摔落地。

翻過身時，德佐已經站在阿索斯身邊：「給個好理由，說說我為什麼不乾脆殺死你？」

娃娃。這不是德佐要的答案，而是阿索思最大的弱點。鼠頭一定會把她當成目標，一想到這兒他就覺得噁心，先是賈爾……然後是娃娃。

「你是該殺了我。」

德佐又一次挑起眉毛。

「你是這城裡最厲害的刺客，但並不是唯一一個刺客。你不肯收我做徒弟，卻又不殺死我，最後我就會去找胡．吉貝或者刀疤瑞伯學藝，慢慢等待有一天你也會落到我手上。我會等到你以為我忘記今天這回事，我會等到你以為現在是個幫派小孩子對你亂放話。但是等到我也成為刺客以後，會先在暗處嚇嚇你，等你嚇到好幾次但是都找不到我，你開始見怪不怪，然後我就真的出現了。就算你拉著我一起死也無所謂，反正拿自己的命跟你換，對我而言划得來。」

德佐的眼神從笑中帶著殺氣變成完全只剩下殺氣，這差距其實很小，而阿索思也沒有察覺，因為他含著淚的眼睛只看見賈爾那空洞的神情，然後想像著娃娃也露出同樣的神情，想像著鼠頭每天晚上把她拉進去——頭幾個星期她一定想叫，可是她叫不出聲音，或許還會咬人、會抓人，但這都不會持續太久，慢慢地她不叫了、不掙扎了，每天晚上只聽見肉體碰撞的聲音還有鼠頭發洩完的喘息聲。賈爾也是這樣過來的。

「你的人生有這麼空洞嗎？」

要是你不點頭，就真的會這麼空洞了。「我想跟你一樣。」

「沒有人會想跟我一樣。」刺客抽出黑色巨劍抵住阿索思的喉嚨，可是阿索思此刻根本不在意這劍是不是會讓他血濺五步。如果他得眼睜睜看著娃娃也一點一點消逝，那死了還比較乾脆些。

「你喜歡傷害別人？」德佐．布林問道。

「不喜歡。」

「有殺過人嗎？」

「沒有。」

「那你還來浪費我時間？」

搞什麼鬼，他是認真的？不可能吧？「我聽說你也不喜歡傷人、不喜歡殺人，但是喜不喜歡與功力高下，並沒有絕對的關係。」阿索思這麼回答。

「是誰跟你說的？」

「K媽媽。她還說，這一點是你與其他刺客不同的地方。」

德佐皺起眉頭，從一個小袋子裡拿出一瓣大蒜丟進嘴裡，收起劍以後嚼了起來。

「好，小伙子，你想變成有錢人是嗎？」阿索思聽了點點頭。「你反應夠快，但是你猜得到你的目標在想什麼嗎？你能夠一次記住五十樣東西嗎？手夠不夠巧？」阿索思拚命點頭。

「那你怎麼不去賭場就好了？」德佐笑了起來。

阿索思可笑不出來，他看著自己的腳，「我不想要再害怕下去了。」

「傑拉里爾打你？」

「問題不是傑拉里爾。」

「那是誰？」德佐問。

「是我們的執拳，叫做鼠頭。」為什麼連說出他的名字都這麼難？

「是他打你？」

「要不打也可以，但是得……得跟他做一些事情。」他語焉不詳，可是德佐也沒追問，阿索思繼續道：「我不要再被打，以後永遠都不要。」

德佐看著遠方，給阿索思一些時間止住淚水。今天是滿月，整座城市都沐浴在金色的月光下。「不管發生什麼事……」德佐說：「這老蕩婦還是可以這麼美啊。」

阿索思聽了，順著他的視線望去，但是誰也沒看見，只有銀霧自牛欄邊的堆肥飄起，捲過老舊荒廢的渠道之間。黑暗之中，雖然阿索思看不見血人幫種種蠶食鯨吞的行動，但是他很清楚黑龍幫的地盤打自傑拉里爾患病以來，就日漸縮小。

「先生……？」

「這城市除了街頭文化之外沒有文化可言，這條街上的屋子用磚頭砌起來，下一條街的則是木頭和著泥漿，再過去還有竹子搭起來的。我們用的官名頭銜從艾里泰拉抄過來，服飾學的是卡萊那邊，但拿來彈的則是塞斯人的豎琴還有羅綴卡那邊來的七弦琴，連稻田也是從宿羅偷來的玩意兒。可是呢，別去碰她，別靠太近，有時還是覺得她很美。」

阿索思覺得他懂。在兔窩這兒，要碰什麼、要上哪兒，都要十分小心。好比街上到處都有嘔吐物和其他分泌物，還有店家拿牛羊糞便點火煮大鍋油，冒出的蒸汽把附近所有東西覆上一層黏膩光澤。但是他沒回答德佐的話，其實他根本不確定德佐說話的對象是不是他。

「你差不多了，小子，但是我不收徒弟，所以也不會收你——」德佐一邊說話，一邊把彈簧刀在指頭上翻來翻去：「除非，你能做一件你做不到的事情。」

壓抑了好幾個月，阿索思心中第一次有希望的火花炸開來：「我什麼都願意做！」

「這件事情，你得一個人辦到，不可以讓任何人知道。時間、地點、做法等等，全部要由你自己去想。」

「到底要我做什麼？」阿索思彷彿感覺到夜天使的手指搭上他的肚子，為什麼他好像知道德佐·布林接下來要說什麼呢？

德佐·布林把死老鼠拎起來，朝著阿索思一丟。「一樣，去殺了你家那隻大老鼠，記得帶證據回來，給你一週時間達成。」

七

索隆·托夫森牽著小馬沿席林大道前進，走過賽納利亞貴族區俗麗而擁擠的住宅圈，這裡房子大部分新建不到十年，歷史稍久一點的近期也曾翻修過。大道上的房屋跟賽納利亞其他地方很不一樣，住戶以為用錢買得到文化，於是每棟房子都極盡華麗之能事，並且想要以各種異國情調達到鶴立雞群的目的，無論是工人自己幻像出來的雷迪許尖塔、弗里亞庫大圓頂，或者是比較貼近原型的艾里泰拉風豪宅，以及堪稱維妙維肖的宿羅式別墅。更妙的是他以前在圖畫上看過伊默國的圓形神殿，竟也在這兒看到一模一樣的東西，連祈禱用的旗子都一樣。還不是奴隸賺來的錢嘛，他心裡這麼想著。

他對奴隸制度不以為意，反正家鄉島國上也曾有過，只不過跟這兒狀況不同就是。賽納利亞的華宅背後，是將奴隸推進生死格鬥，是要奴隸與孩子骨肉分離；說穿了也不關他的事，不過他之前經過兔窩區，看過自己新家那沉寂的另一半是什麼個景況。兔窩區的汙穢低賤，映襯出這裡的雕梁畫棟有多麼不堪。

他覺得累了，雖說他不高，但塊頭不算小，肚子挺大的，幸好胸部、肩膀更大些。他的那頭小馬體格不錯，但畢竟不是戰馬，所以一路上他騎馬的時間跟走路的時間差不多一半一半。

前方有幾座大莊園，跟周邊的宅子不同，莊園內部建物大小跟其他豪宅差不多，但是圍牆裡頭土地寬廣，不像外頭那些房子前胸貼著後背喘不過氣。莊園入口都有人守著，大門不是雕花而是鐵木，可以推測有點歷史了，當年注重的是擋不擋得住敵人，不是看起來漂亮不漂亮。

他經過的第一座莊園，大門上有鍍金的鱒魚雕飾，這是黠文氏的徽記。索隆從縫隙中看見裡面有豐饒的花園，雕像有的是大理石、有的外頭鍍金，也難怪他們要請這麼多守衛啊。這些守衛各個是好手，長相也都不差，看來外頭對公爵夫人的傳言不假，索隆也因此加快腳步走過這兒才安心。他一身橄欖色皮膚加上黑眼黑髮，好像還沒染上黎明灰色陰影的深沉黑夜，外表算是頗為英俊，偏偏公爵夫人的丈夫常要出使外地、久久返家一次，導致她夜夜笙歌，索隆可一點都不想惹上這種麻煩。

但他要去的地方可也沒有多平靜。老友多利安啊，希望這麼做真的是個明智抉擇。如果不是的話，那下場他根本不願意去想。

到了翟爾家大門，他上前通報：「我是索隆．拖夫森，來此求見翟爾大人。」

「呃，公爵嗎？」門口守衛一邊問，一邊把鋼盔往後推，搔了搔額頭。

這傢伙一定頭腦不靈光。「對，我找公爵殿下。」他慢慢一字一句說得很清楚，其實應該不用這麼誇張，但是他好累。

「可惜你跟他無緣啊。」守衛說。

索隆等了一會兒，但這守衛也不想說清楚。不是頭腦不靈光，是腦袋裝大便吧。「翟爾大人不在？」

「在啊。」

如果要我來是因為會碰上這種事情，紅頭髮的傢伙早該先通知我一聲的！索隆又開口說：「我知道經過上百年遭外族侵犯的日子以後，比較聰明的宿羅人遷到內陸去，剩下你的祖先留在沿海地區。之後呢，賽斯海盜來搶劫，還把能看的女人全給擄走了，又留下你的祖先繼續生小孩。換句話說，你現在生得又蠢又醜，說真的不是你的錯，但是你到底要不要說清楚為什麼翟爾公爵一下還在一下又不在了？你不能說白話文嗎？」

沒想到，那個守衛居然看起來挺樂的，「你身上沒印記、臉上沒穿環，身上也沒有魚腥味啊，話說回來你是魚的話也太胖太老了點，所以我猜猜喔……是不是他們把你丟進海裡祭祀海神，但是海神不想要你，你被沖到岸邊以後給個巨怪抓去，被牠當成小孩養大了對吧？」

「牠瞎了啦！」

守衛聽了大笑起來，索隆這下子倒覺得這人還不賴。

「翟爾公爵今天早上啟程了，恐怕不會回來。」守衛解釋道。

「不會回來？你是說他回不來的意思嗎？」

「以我的立場不該多談啦，但是我沒猜錯的話，應該不可能回來了吧。他被分派去駐守嘯風谷要塞。」

「但是我剛問你翟爾大人在不在，你說他在啊。」索隆又問。

「公爵下令他不在的期間，由兒子當家作主。」

「可是公爵一輩子回不來了。」

「嗯，以一條魚來說你還挺伶俐的。現在當家的是羅根．翟爾。」

不妙。索隆想破了頭也想不起來多利安到底是說翟爾公爵還是翟爾大人，畢竟他當初也沒料到翟爾氏居然會有兩個當家。要是預言講的是翟爾公爵，他應該要立刻轉頭上路才對；但若預言說的是那個小當家，他就會在那孩子最需要援手時離開啊。

「可以讓我跟翟爾大人說句話嗎？」

「你掛那把劍不是好看的吧？」守衛問道：「要是你不會用劍，那我建議你把東西藏起來算了。」

「嗯？什麼意思？」

「別說我沒警告過喔，跟我來吧。」那守衛叫了牆上另一個人下來幫忙守門，然後有個小廝出來把索隆的馬牽走，索隆沒把劍收起來就走進去了。

翟爾家古意盎然，保留有名門世家的傳統氛圍，索隆看了印象深刻。圍牆內側種了很多葉薊，下頭的紅土應當是特別從外地運過來，栽種這種有刺的植物不單純為了預防乞丐、小偷等等翻牆進來，也因為這種植物與艾里泰拉王室淵源頗深。莊園內主建物也算壯觀，用的都是厚重石材，門戶特別牢固，碰上攻城車都撐得住。唯一看得出為求美感而加以妥協的地方，只有門窗框邊都纏繞著鮮紅的玫瑰。在黑色石塊以及鐵窗的烘托下，玫瑰完美的色澤更令人驚豔。

守衛領著索隆進了屋子，穿到後頭，這時候他才注意到有刀劍相搏的聲音。從這兒可以遠眺普利茲河，看見對岸的賽納利亞城堡，場上有幾個衛兵，正在觀看兩個身穿練習用盔甲的人對打。身材較小的那位不斷後退，用盾牌抵擋對手的攻擊，但是他腳步一個不穩，對手看準機會就撲過去，想要用盾牌撞他個四腳朝天，小個子見狀舉起長劍，卻不料被對方一招打飛、又一記敲在鋼盔上，發出鐘一般的聲音。

羅根．翟爾拿下頭盔大笑，把倒地的衛兵拉起來。索隆看了心一沉，這位就是現在的翟爾大人？根本只是個大人軀體的小孩而已吧？臉都還有些嬰兒肥呢，不超過十四，應該更小一些。索隆心裡冒出多利安奸笑的模樣，多利安明知道他最討厭小孩子。

領著索隆進來的宿羅護衛上前去跟翟爾小當家報告。

年輕的翟爾大人聽完，轉身對索隆打了招呼：「你好啊！馬可士說你自以為是個高明的劍客？」

索隆看看那朝他竊笑的守衛，他明明是個宿羅人，居然叫做馬可士？這國家連名字也一團亂，根本不管一個人的血統背景。艾里泰拉的人名如馬可士、路西恩，和羅綴卡那兒的羅多、黛卓，還有宿羅國的英夫、清水之類，跟著賽納利亞當地固有的艾稜、費琳這些名字全部混著亂用。「翟爾大人明察，我對劍法只是略懂而已，冒昧求見是想與您對談，而不是對打。」趁現在趕快走的話，七天左右可以到得了公爵那兒……

「要跟我說話不成問題啊——打完以後有的是時間。馬可士，拿盔甲給他吧。」旁邊圍觀的護衛可開心了，索隆看得出來這些家臣把這孩子當成自己家人那樣愛護，寵他、溺愛他，即便他一轉眼成了當家作主的人，大家都只覺得新鮮有趣，從沒認真看待此事。

「我不用盔甲。」

這下子大家笑不出來，全部傻傻望著他。

「你想要不穿盔甲比劍？」羅根問。

「我根本不想與您比劍，但倘若您堅持如此，我也不得不從，可是我從不以鈍劍出手。」多數下人聽到這賽斯矮個居然不穿戴護具就想跟他們的寶貝大個子打一場，吹起口哨等著看戲，不過馬可士以及其他一兩個人卻察覺到不對勁。羅根身上穿著厚重的防具，就算對上拿真刀真劍的人，理論上雖不致受重創——但終究有風險，而且索隆現在觀察羅根的眼神，確定這孩子其實也注意到這點，羅根正在懷疑自己該不該如此莽撞，相信一個毫無所悉的陌生人，天知道對方會不會想暗算他呢。羅根又看著索隆，打量了一下他粗壯的體格。

「大人，」馬可士出面道：「不如就先——」

「我同意。」羅根卻逕自回答索隆，戴上鋼盔鎖好面甲，抽出長劍說道：「隨時候教。」

但羅根根本來不及反應，索隆的手指已經插進他的面甲，抓著鼻甲將羅根整個人往前一踴朝地上摔去。羅根悶哼一聲，索隆卻已經抽出羅根腰帶上的短刀，架在他的眼前，而且索隆還用膝蓋壓住他的頭盔側邊，要他動都動不了。

「認輸了嗎？」索隆問。

大男孩呼吸都亂了：「認輸了。」

索隆放開他站起來，拍了一下褲子上的塵土，但沒有伸手將翟爾小當家給扶起。旁邊那些士兵個個噤聲，有幾個拔出佩劍，卻又不敢上前。任誰也看得出來，索隆真想殺死羅根的話，羅根現在早該斷氣了，問題是，要是羅根就這麼死了，天知道公爵會做出什麼可怕的事情。

「翟爾大人，您還太年輕，不夠世故，」索隆開口說：「所以才會像個小丑一樣，每天表演給部下看，殊不知將來有一天會需要他們為您賣命。」他不禁心想，多利安說翟爾公爵，沒錯他是說翟爾公爵。問題是他要我到這兒來啊，但是如果說的是公爵，為什麼不直接叫我去嘯風谷找他呢？但預言又不是針對我，多利安也不知道我路上會耽擱，拖到這樣晚才進城……是吧？

羅根脫下鋼盔，面紅耳赤，但沒有惱羞成怒，反而回答道，「我……是我不好，剛剛被你打倒在地也是我活該。真抱歉，身為主人還對客人動粗，本來就不應該。」

「您知道這些人都是故意輸給您嗎？」

羅根聽了像是晴天霹靂一樣。他望向索隆來之前跟他對打的那個衛兵，然後瞪著自己的腳。過了一會兒，彷彿用了很大的意志力才抬起頭：「我懂了，你說的沒錯，我非常慚愧，謝謝你的指教。」他這麼說完，換成部下全部滿臉慚愧，大夥兒讓著他是因為寵愛他，現在卻因此傷及他的自尊，實在令人難過又心痛。

這小伙子為什麼能讓士兵如此忠心？只是靠著父親的威望嗎？他從旁觀察羅根，發現羅根一一看著他的屬下，而且都等到對方回應他的凝視，並又轉開視線才會換下一個；索隆心想這小子沒那麼簡單才是。

羅根放著那尷尬的沉默延續好一段時間，接著忽然對眾衛兵宣布：「再過六個月，我也得去駐紮地跟父親一起作戰，我不會躲在城堡裡面，我會親自上戰場，你們也一樣。看樣子大家都認為比劍只是消遣而已，那麼各位今天就多玩一下，遊戲到半夜吧。明天我們開始正式訓練，日出前一小時在這裡集合，知道了嗎？」

「是，長官！」

羅根說完轉頭過來：「托夫森先生，要你見笑了，以後請直呼我羅根就好。相信你應該有空留下來與我共進晚餐吧？不過不知道該不該為你準備個房間呢？」

「好，」索隆回答：「我想我該留下來。」

八

鼠頭每回見尼夫，達達都在不同地點，有時是旅館房間，有候是船家地窖，還有糕點店、東郊公園、兔窩區的死胡同之類。尼夫發覺鼠頭怕黑之後，就刻意都選在晚上跟他會面。

這天晚上，尼夫也看著鼠頭帶兩個手下走進這座狹小飽和的墓園。其實環境沒有尼夫想像中的黑，大概三十步不到的距離外，還有酒館賭場娼寮開著。鼠頭進來了，還不肯立刻要手下退出去。這墓園就跟兔窩區其他地方一樣，只比河面高出大概一呎。兔窩區最早的居民如地名一般，大家戲稱為「兔子」，兔子的習俗就是將死者直接埋在泥裡，除非有錢才買石棺，而且石棺是不埋的。幾年前經過某次動亂，後來的新移民傻傻地把死者裝在木棺埋進地底，雨水沖刷之後又冒出地面，木頭腐爛之後屍體就成了野狗的點心。

鼠頭和他兩個手下好像都嚇壞了。「下去吧！」鼠頭好不容易才開口，面無表情地從地上抓了個骷髏朝嘍囉丟去，嘍囉很快閃到外頭，那骷髏不知是老人家的還是病死的，摔在石頭上立刻脆弱地裂開。

「孩子，你來啦。」尼夫的聲音像是銼刀鑽進鼠頭耳裡，鼠頭聽了身子一縮，尼夫見狀露出大牙縫冷笑起來，稀疏白髮糊成一綹一綹散落在肩上。他站得很近，逼得大個兒男孩忍不住要後退。

「你想幹嘛？為什麼叫我過來？」鼠頭問道。

「呵，不耐煩卻又想要深思熟慮啊。」尼夫又靠了過去。他在卡利多東側，羅綴卡那一帶長大。羅綴卡地方的風俗認為一個人故意站遠，只要超過可以嗅到對方呼氣的距離，就代表那個人正在隱瞞些事情，在賽納利亞這邊的商家眼中當然很受不了，只是為了賺到他們的錢，也只好任他們愛站多近就多近。問題是尼夫．達達故意靠過去，根本不是風俗因素，他都快半世紀沒回羅緞卡了，會故意湊過去只是想看鼠頭渾身不自在的反應罷了。

「哈！」尼夫呼出的氣帶著腐臭味噴在鼠頭臉上。

「幹嘛？」鼠頭忍著沒有再閃開。

「我可還沒對你死心啊，你這豬腦袋笨歸笨，但有時候好像還是學得會一點兒東西，真是出乎意料啊，是吧？不過這不是我過來、也不是你過來的目的。該行動了，你的敵人已經開始布局，不過還沒什麼組織就是。」

「你怎麼知道？」

「我知道的事情比你以為的要多很多，你這隻『肥鼠』。」尼夫說到這裡又狂笑起來，口水都噴到鼠頭臉上去。鼠頭差點兒就想要動手，尼夫看得出來。鼠頭可以在黑龍幫混到執拳的位置總是有些骨氣，但當然他不敢真的對尼夫動手，老傢伙看起來再弱不禁風，終究是個符術士，自保手段可不會少。

「你知不知道你父王生下幾個小孩？」尼夫忽然問道。

鼠頭東張西望，好像以為有人竊聽尼夫不會先發現一樣。在尼夫眼中他實在蠢得無可救藥，但蠢歸蠢卻還是有些心計，加上那冷血的性子，是還有點機會──尼夫為數不多的機會之一。來到賽納利亞時，他分配到四個孩子，看起來最有潛力的一個居然頭一年就吃壞東西，尼夫還來不及查明病情，他就已經先死了。這星期另一個孩子死在幫會爭奪地盤的械鬥中，於是尼夫只剩下兩個了。「我最後一次計算的時候，陛下有一百三十二個子嗣，但他只留下有『異能』的，因此剔除了一大半。你是四十三個種子之一，這件事情我以前也告訴過你，但我沒告訴你的，則是你們每個人都肩負一項任務，完成任務的人才能證明自己對你父王的價值。通過考驗的人，也許有一天能登上神王的寶座。你猜不猜得到自己的任務是什麼？」

鼠頭想到有可能登上高位，圓大的眼珠子發出精光。

結果卻給尼夫甩了個巴掌，「傻小子，任務啊！」

鼠頭揉揉臉頰，氣得渾身顫抖，但靜靜地說道，「成為『神駕』。」

尼夫一聽，心想這渾小子的眼光居然比他所猜想的還要高哪。這樣也好。「神王陛下已經明示過，賽納利亞必將敗亡，南方諸國氣數已盡。賽納利亞真正的權力核心其實是『御影』，所以你說的沒錯，目標就是成為神駕，拿下賽納利亞以後將這個國家的一切交給你父王。當然更可能發生的情況，其實是你失敗，然後死掉，任務由你的兄弟接續下去。」

「城裡頭有我其他兄弟？」鼠頭問。

「你父王是神，但以人類做為工具，所以不能保證成功，神王陛下知道這一點，已經做了通盤考量。眼前的問題是你這個成事不足敗事有餘的小伙子，到底打算怎樣收拾阿索思？」

鼠頭眼神中又竄出怒火，但他還可以克制，畢竟尼夫隨便下個咒就可以要鼠頭成為另一具水上浮屍，尼夫當然有恃無恐。甚至可以說尼夫一直在測試他，以前就看過鼠頭用他那種嗜血狂怒嚇退可以殺死他的大人，問題在於如果他無法控制自己的脾氣，那就成不了大器。

「我會把他殺了，死之前要他全身上下——」

「萬萬不可殺了他，一旦你殺死他，大家就會忘記這件事，然後會有人接替他的角色。只有讓他活得人不像人、鬼不像鬼，而且活在人人看得到的地方，大家才會牢牢記住。」

「那我就在大家面前揍扁他，把他手腳打斷——」

「要是跟他連成一氣的那些小蜥蜴出面幫他呢？」

「他們？他們才不敢，根本沒那膽子。」

「阿索思跟我看到的其他孩子可不一樣，」尼夫說：「其他年紀大的朝他靠攏，他知道這代表什麼意思，搞不好他早就在暗地裡計畫好下一步。他最想看見的，就是你會因為害怕而對他動粗，他早就準備好了才對。」

尼夫眼看著鼠頭這才恍然大悟，這才知道搞不好黑龍幫真的會被別人搶走。如果鼠頭輸了這一役，人生也等於告終。

「但是你也有策略了，」鼠頭說：「你已經想到我該用什麼手段毀掉他，對不對？」

「而且說不定我會教你呢？」尼夫答道。

時候到了。阿索思躺在地板上，但他感覺得到。身邊都是蜥蜴，這是他的幫派，他的人馬，小的十五個、大的五個，也就是黑龍幫裡一半的小個兒，四分之一的大個兒，大夥兒安安穩穩睡在他身邊，也許連說好只是裝睡把風的獾狼都入夢了呢。

阿索思已經四天沒睡了。跟布林講到話的那天晚上開始，到現在的每一個晚上，他躺著也沒辦法睡著，腦袋反覆盤算策畫，興奮於未來的日子搞不好能夠擺脫鼠頭，但又時常沒有信心。第一絲晨光透出薄霧，是他執行計畫的好機會。原本他只是開玩笑，把投靠他的人叫做蜥蜴，因為這夥人哪可能是什麼黑龍呢——沒想到大家居然引以為傲，沒有人聽出他這玩笑有多無奈。

這幾天他有許多行動，發號司令將這微不足道的勢力動員起來，靠著逼自己忙碌來暫時忘卻殺死鼠頭這件事情。鼠頭還要等多久？他要肅清的話，時機已經成熟，大家都在等他出招，大家都認定他必然要採取行動。倘若他真的這麼按兵不動下去，再過不久連那些支持他的人都會起疑心，結果他就會一瞬間全盤皆輸。

一開始阿索思要三個比較信任的小個兒時時刻刻守在娃娃身邊，但後來他發現這麼做沒有意義，根本是浪費手頭上的資源。小個兒派去探聽消息最好，可以偷聽幫裡頭的人對話，也可以去打探有沒有其他幫會有意願吸收他們。更何況，三個小個兒對上鼠頭派去的大個兒，能有什麼功用？一個八歲、一個十歲、一個十一歲，鼠頭手下都十五、十六，攔也攔不住。所以他改派兩個大一點的去看著娃娃，他自己只要醒著也都不離開娃娃身邊。

可是他快要撐不下去了，連著幾天不睡覺遲早要體力不支，現在連思緒都糊成一團。這麼下去的話，他犯下大錯只是時間問題，而會拖延到這地步，是因為他沒辦法一鼓作氣把鼠頭給宰了。

今夜可以下手，而且應該可以輕易得手。鼠頭在半夜以前帶著兩個嘍囉出去，一回來應該會馬上睡著，鼠頭這傢伙可一向很好睡。阿索思除了短刀以外，還有另一個大個兒偷來了把真正好砍人的刀，所以他走到鼠頭身邊插下去就對了，只要戳得到肚子就好。就算鼠頭手底下那些龍派人馬真那麼忠心，肯帶他去找大夫，光這傷肯定會花光他所有積蓄。看到混幫派的小子，醫生哪有可能義診？現在只要等鼠頭回來，過個五分鐘，然後假裝起來尿尿，溜回裡面把他殺掉就大功告成。

只有這麼做，娃娃才有辦法過得安全。

然後他會變成刺客，他知道這代表什麼，一切都會不同。刺客見不得光，但阿索思能學會戰鬥、殺人的藝術，學會了之後也得實際動手做，德佐．布林一定會派他出任務。他心頭不安，但這就好像娃娃瞪他的時候，只要他不轉頭去對望，就可以裝作沒事。他沒有太深入思考殺人這回事，只是想著德佐．布林的模樣。德佐．布林敢對著整個黑龍幫狂笑，對著鼠頭和他的走狗狂笑，德佐．布林天不怕地不大，而他，阿索思，可以和德佐．布林一樣。

但跟著德佐．布林，就代表要離開這裡。阿索思不可能真的成為黑龍幫老大，也不可能繼續領導這群小蜥蜴。事實上他並不想。他不喜歡那些小個兒彷彿把他當成爸爸的樣子，也不喜歡比他還大的人看著他，以為他真的知道自己在做什麼、怎樣保護大家安全。他覺得他連自己都保不住，一切都是裝模作樣罷了，這是自欺欺人，大家居然看不出一切都是鼠頭設下的陷阱。

前門發出嘎嘎聲，毫無疑問是鼠頭回來了。阿索思依舊很害怕，若不是他有吩咐獾狼先別睡，現在可能就會偷偷啜泣了，只不過他不可以在投靠他的大個兒面前表現懦弱。他心想鼠頭會不會忽然衝過來，要人把自己抓走，然後施以最嚴厲的懲罰，讓他過得比賈爾還慘很多很多。結果鼠頭直直衝進他那個後宮，躺下沒多久便睡著了。

要當刺客怎麼可以哭呢。阿索思調節一下呼吸，認真聽著鼠頭的護衛有沒有睡著。

要當刺客不可以膽怯，刺客要殺人，所以是別人該害怕。御影的人都知道刺客有多可怕。

要是我躺在這兒，就這麼睡了，很可能接下來的一天、兩天、一星期都沒有進展。可是鼠頭最後一定會解決我，然後他會毀掉一切。阿索思看過鼠頭的眼神，知道鼠頭不可能放過他，也認為根本不可能再延宕一星期。不是他死，就只有我亡。阿索思心裡已經描繪出自己的英雄形象，跟吟遊詩人的歌謠一樣：他會把錢還給賈爾，向傑拉里爾買到他的入關資格，幫裡上上下下因為他把鼠頭幹掉了所以愛戴他，娃娃甚至激動地開口說話，眼神充滿欽佩感激，訴說他有多英勇。

太蠢了。現在不是作夢的時候。

該去尿尿了。阿索思帶著一股怒氣跳起來，從後門走出去。經過鼠頭的保鏢身邊，看見他們一動也不動。

夜風冰涼但依舊很臭。阿索思把他這兒能集到的錢大部分用在餵飽底下的人，今天他買了魚回來，那些餓壞的小鬼連內臟也挖出來吃，結果都吐了。黃色液體畫出一道弧線落入巷子裡，阿索思心裡想著食物的事情也該叫別人張羅才對。而這只是他遺漏的細節之一。

忽然聽見裡頭有怪聲，他馬上轉身並且拉起褲子。黑暗之中沒看到異狀，他心想大概是體力透支到極限，一點風吹草動也會大驚小怪。屋子裡有六十個人擠在一起睡覺，有些人餓肚子也會咕嚕叫，翻來翻去更是吵得很。

忽然間，他的手搭上短刀然後露出冷笑，也許這世界上太多事情他不懂、太多事情他無法掌控，但此刻該怎麼做，他心裡有數。

鼠頭非死不可，就這麼簡單。動手之後，阿索思會有什麼下場不重要。大家會感謝他，還是會殺掉他，這都沒關係。他一定要殺死鼠頭，一定要在娃娃遭殃之前殺死鼠頭。他現在就得殺死鼠頭。

下定決心之後，他將短刀扣在手腕那兒，悄悄走進屋內。鼠頭睡在他的後宮之間，距離阿索思回去的路徑也才兩步之遙，就算有別人看見，他也可以裝作不小心走歪了而已，接著趁勢把刀子往鼠頭肚子一插，一直插一直插，插到鼠頭死，不然就插到他自己死。

距離可以出手的地點四步遠時，阿索思卻注意到剛剛睡覺的地方有些不對勁。

獾狼仰躺在黑暗中，脖子上有淡淡一條黑線，在他的白皮膚上相當明顯。獾狼雙眼圓睜，但是人卻完全不會動。

娃娃的位置空著，她不見了。還有鼠頭也不見了。

九

阿索思躺在黑暗中，激動得連哭都哭不出來。雖然他十分震驚，但還是意識到鼠頭手下那些大個兒恐怕根本沒睡，一直在等待這個機會。阿索思不過離開片刻，他們就馬上把娃娃給擄走了。現在就算阿索思把幫裡所有人都叫醒也無濟於事，又暗又亂，絕對分不出有誰失蹤，而且就算知道誰不在又能怎樣？沒辦法問出他帶著娃娃上哪兒去了啊。即便問出娃娃被綁到哪兒，他又能怎麼樣呢？

他還是躺在黑暗中，腦袋一直轉，盯著低矮的天花板。他剛剛有聽見啊！他真該死！明明聽見不對勁，居然沒有立刻回來察看。

他繼續躺在黑暗中，無計可施。把風的人輪班了，太陽從東方慢慢升起，幫裡鼠輩騷動起來，他還是瞪著慢慢塌陷的天花板，等待著天花板跟身邊所有人事物一樣崩落，壓死他。就算他想動，也沒力氣動了。

他依舊躺著，但是已經躺在晨光下。耳邊有小孩子的尖叫，一堆小個兒伸手扯他衣服，鬼吼著些什麼。好像是在嚷嚷獾狼怎樣了。然後一堆問題，一堆字，像風一樣掠過去。有人直接搖他，但他的意識好遠好遠。

過了好久之後他才醒過來，能夠把他從恍惚中帶回現實的聲音只有一個：鼠頭的笑聲。

阿索思渾身一麻，坐起身來。短刀還是在他身上啊。地板上有乾掉的血跡，但是他視若無睹。他只是站起來，朝門口走去。

猖狂的笑聲又傳過來，他往外跑去。

他一跨過門檻，眼角就瞥到門框邊的影子忽然伸出來朝著他一拍，那速度跟他在野外看過的蝗蟲一樣快，力道也同樣猛，整個人就這麼被捲到影子裡，好像撞在牆壁上一樣。他頭昏腦脹，發現被拉到黑龍幫基地與鄰近一座廢屋中間的暗處。

「你這小伙子很想死就對了？」

阿索思連搖頭或者掙扎都沒辦法，那影子的手像鐵一樣扣住他臉頰，過了一會兒他才反應過來：是德佐．布林。

「五天了，渾小子，明明你有五天時間可以殺掉他。」德佐朝著阿索思耳朵邊悄聲說話，大蒜與洋蔥混合的淡淡香味飄過來。往前一看，鼠頭跟幫裡其他人聚在一塊兒，他自己笑了起來，還作勢要其他人一起笑，在場有些已經投靠阿索思的小蜥蜴，但他們也跟著笑，不然一定會被鼠頭挑出來。

已經開始了。阿索思好不容易累積出一點實力，現在開始瓦解，原本與他同一陣線的人都避風頭去了，恐怕過陣子才會回來看看狀況；阿索思也怪不得他們，在兔窩，為了生存常常沒有太多選擇，這不是任何人的錯，一定要怪的話得怪他自己。德佐．布林說對了，鼠頭兩旁的人看樣子已經做好準備，鼠頭也是一副守株待兔的模樣，要是阿索思剛剛真的衝過去，那肯定穩死無疑。應該說會比死還要淒慘得多。他明明有很多時間可以策畫，最後卻什麼也沒有做，就算真的賠上一條命也只是他活該而已。

「冷靜了沒，小子？」德佐．布林問道：「很好，我現在要帶你去看看遲疑會有什麼後果。」

領著索隆去用晚餐的是位駝背老先生，老先生穿著一件剪裁合身的制服，上頭有金色流蘇，黑底徽章上有翟爾氏的白鷹印記。那圖案原本是隻矛隼[2]，可是經過數百年流傳，已經很難看出原貌。矛隼是生在北方的鳥類，連卡利多或羅綴卡都還找不到，只有在更北邊的大冰原才能看見。這麼說來，翟爾一族與賽納利亞的淵源，應該也不會比我深多少吧。

晚餐席設主廳中，索隆覺得這是個奇怪的決定，倒不是說主廳不壯觀，而是因為太壯觀了，可能與賽納利亞城堡的大廳一樣寬敞，裝飾有許多掛簾、旗幟、死去敵軍的盾牌、大幅油畫、大理石與鍍金的雕像等等，天花板上有壁畫，主題是奧凱斯提亞的美景。由於這空間太壯闊華麗，餐桌反而顯得好小，其實明明有十五步長。

「托夫森氏族之索隆．托夫森閣下，來自外海賽斯帝國布瑞登王室之逐風者大駕光臨！」老者大聲通報。索隆聽了頗欣慰，不知道他是原本就熟悉索隆的頭銜還是特地查過，說真的賽斯國現在也稱不上是什麼帝國了。索隆上前迎向翟爾夫人。

夫人端莊美麗，有葛瑞芯家典型的深綠色眼珠，膚色較深，骨架也特別纖細。她身材保持很好，但以賽納利亞人的標準來說穿著卻很樸素，衣領高及頸部，裙襬低至腳踝，灰色的禮服合身但不到緊身的程度。

「上天眷顧您，夫人。」索隆一邊說，一邊以賽斯人的禮俗攤開手掌鞠躬：「願太陽對您微笑，暴風永不侵襲。」他的禮數有點過頭了，不過三個人在這麼大的地方用餐也一樣很誇張。

夫人只是嗯哼了一下，似乎不想與他交談。三人都坐下以後，僕人送上第一道菜，是茴香鴛鴦湯。

2. 譯註：矛隼原文為gyrfalcon，與翟爾此姓氏原文Gyre之語源應有相關。

「我兒子警告過我你是什麼身分了，不過你還算會說話，看樣子臉上也沒穿過孔才對，更慶幸的是你有穿衣服呢。」看樣子夫人聽說了兒子跟人比劍比輸的事情，很想替他出一口氣呢。

「所以我聽說的都是真的嗎？」羅根跟母親分別坐在長餐桌的兩端，索隆是客人，所以很不幸地就坐在中間。「賽斯人在船上都不穿衣服？」

「羅根！」卡翠娜．翟爾語調尖銳。

「夫人，就容我解釋一下，因為這是外國人常有的誤會。大洋有一股熱流，流經我們國家的時候一分為二，因此在我們那兒就算到冬天還是很暖。跟貴國相比，我們在故鄉的時候衣服是穿得比較少比較薄，但我們對於何謂體統還是有自己的標準。」

「體統？所以你們覺得女人家在船上袒胸露背成何體統呢？」翟爾夫人問完，兒子倒是一臉充滿遐想的模樣。

「我不敢說我國國民都非常體面，但其實以我們的風俗而言，胸部與脖子根本沒什麼分別，因為都是我們想親吻的地方，但習俗不同也不至於——」

「你越說越不堪了！」翟爾夫人喝道。

「好比說我們認為女性露出腳踝的話，代表她們希望有男人陪著進船艙去，請夫人明察。」索隆說完還故意一挑眉毛，假裝朝著夫人腳踝望去。當然隔著長長的一張桌子根本不可能看得見，何況還有桌腳擋著。「我國女性在場的話，其實反而覺得您相當豪放呢。」

翟爾夫人聽完臉都綠了。

但她還來不及開口，羅根卻笑了起來：「腳踝？你說腳踝？好……好蠢喔！」他還吹起口哨，

「媽，妳腳踝很美哪！」說完狂笑起來。

僕人送上第二道菜，但索隆根本沒發現。我在幹嘛啊？他這牙尖嘴利的性子時常鑄下大禍。

「看來對翟爾大人動粗，在你眼裡只是小意思而已？」夫人怒道。

這時候就會說兒子是翟爾大人？這麼說來那些下屬並非笨蛋，不單純是溺愛羅根，很可能是夫人暗地裡禁止大家在練劍時跟他認真打。

「媽，他沒有對我不敬的意思，對妳也一樣。」羅根看了看母親，又看了看索隆，兩個人都露出冰冷的眼神瞪著對方。「托夫森閣下……你說對吧？」

「夫人，」索隆說：「我父親以前說過，練武時無高低之分，因為戰場上也無貴賤之分。」

「胡說八道，」翟爾夫人回答：「貴族到哪裡都是貴族，賽納利亞人可不會以下犯上。」

「媽，他的意思是說敵軍看到農夫會砍，看到貴族還是會砍哪。」

翟爾夫人完全不搭理兒子，逕自說了下去：「托夫森先生，你千里迢迢過來到底所求為何？」問客人這種問題很失禮，以平民頭銜稱呼索隆更失禮。他先前還期待翟爾家會善待客人，這樣他有時間好好觀察，每天與他們一同用餐，然後過上半個月、一個月以後才說出自己的來意。現在呢，索隆覺得這小伙子不算太差，但翟爾夫人……唉！黠文家那個如狼似虎的公爵夫人可能還討人喜歡些。

「媽，妳會不會太——」

夫人看都不看兒子，還揮手要他住嘴，眼睛狠狠瞪著索隆，眨也不眨。

原來如此。

羅根是她兒子，但也是她的傀儡。從她輕蔑的手勢，索隆便可以看穿這家族近幾年的狀況。夫人這麼一抬手，兒子還小、沒什麼見識，只知道乖乖閉嘴，沒辦法意識到母親這是以下犯上，也無法有當家作主的氣魄加以處罰。從夫人對自己、對兒子的傲慢態度，索隆完全可以體會到當初公爵為何明令由兒子接掌，公爵他根本不相信妻子可以撐起這個貴族世家。

「我還在等你說話呢。」翟爾夫人語氣惡劣，索隆也因此做出抉擇。

他不喜歡小孩，但更厭惡自以為是的大人。多利安，你真該死啊。「我來擔任翟爾大人的參事。」他露出和煦的笑容。

「哈！痴人說夢。」

「媽……」羅根的語氣開始生硬。

「不可能。」夫人又說：「其實我想你可以走了，托夫森先生。」

「媽。」

「現在就走。」

索隆沒有起身，反而拿了刀叉起來——他正慶幸自己還記得怎麼用呢——這表示他根本不打算走。

「夫人打算到什麼時候才讓翟爾大人真的當家作主呢？」

「等他準備好、等他年紀夠大，而且一個賽斯野蠻人有什麼資格——」

「公爵啟程之前是這麼吩咐的嗎？他有說過他不在的時間裡，要等到兒子準備好才可以主管大小事務？再引句我父親說過的話：可以拖延的服從，根本就不是服從。」

「守衛！」夫人叫了起來。

「夠了，母親，別鬧了！」羅根猛然起身。椅子往後翻倒，重重敲在地上。

兩個衛兵朝索隆走到一半，現在楞在原地，不知如何是好。他們互望了一陣，腳步越來越慢，雖然想要安安靜靜走過去，卻徒勞無功，因為身上的鎖鍊甲一直發出叮叮咚咚的聲音。

「羅根，我們待會再說。」卡翠娜．翟爾下令道：「塔朗、布侖，馬上送客。」

「這裡由我作主！誰都不許碰他。」羅根斥喝道。

守衛停了下來。卡翠娜雙眼閃過怒意：「你居然這樣忤逆自己的母親，在一個外人面前跟我作對？羅根．翟爾，你不覺得慚愧嗎，你家的臉都被你丟光了，真不知道你爸怎麼敢讓你當家作主！」

索隆覺得這場面真是太難堪了，從羅根的表情看來想必他更覺得難受、震驚，身體忽然顫抖起來，好像要垮了。不識大體的女人，毀掉了她原本該悉心保護的東西啊。她兒子的自信心全給她粉碎了。

羅根看著塔朗與布侖。兩個守衛眼看主子遭母親羞辱也處境尷尬。他像洩了氣的皮球，氣勢越縮越小。

我得幫他一把。

「翟爾大人——」索隆站起來，吸引眾人目光：「我深感抱歉，勉強您招待並非我的本意，而我更不希望造成您家庭失和。方才是我一時失言，對夫人說話太過坦率，可能我還是不很瞭解賽納利亞人那種……敏感的心理吧？翟爾夫人，對您以及翟爾家的種種失禮之處，請您大人大量、不要計較，若覺得我有輕慢之處也望您別見怪。翟爾大人也請寬恕我的不敬之處，若您准許的話，我這就告辭了。」說到若您准許時，他特別加強了語氣。

羅根挺起身子：「我不准。」

「殿下……？」索隆故意裝出大惑不解的模樣。

「托夫森閣下，我發現自己家裡因為過分縱容而使真相遭到蒙蔽。」羅根回答：「你沒有任何舉動冒犯到我，我希望你可以繼續留下來作客，相信我母親也會盡力使你賓至如歸。」

「羅根．翟爾，你竟敢——」卡翠娜．翟爾仍不鬆口。

「來人！」羅根大聲朝部下號令，打斷母親說話：「夫人很累了需要休息，送她回房去，麻煩你們晚上派個人守在夫人房門口，她要什麼東西就替她送去。明天早上也請送她下來，我們明天用早餐的地點照舊。」

索隆心裡竊笑起來。羅根手段頗高，這麼一番話根本等於把夫人軟禁在房間，直到早上都不能跨出門半步，但是夫人也找不到任何藉口來抗議。這孩子以後一定很厲害！

以後？現在已經非常高明了，連我都等於給他綁住啦。想到這兒換成索隆不安了，其實他根本還沒決定要不要留下來。半小時前，他還打算觀望幾週再決定，這下子卻非得當羅根的參事不可。

你預知會有這種狀況嗎，多利安？多利安認為世界上沒有巧合，但索隆可沒這麼宿命論，但不管他吃不吃那一套，現在可真的沒得抽身。索隆覺得脖子有點緊，好像給人套上奴隸的項圈，還小了兩號。

後來他們在沉默中用完晚餐。索隆告退之後，就出去找找看附近哪間酒館有賣賽斯酒。

十

女孩兒的臉已經毀了。阿索思以前看過被馬踹了的臉，那人牙齒全碎，七孔流血，喘息很久才斷氣。現在一看，娃娃的臉好像更慘。

阿索思別過頭不敢看，但是德佐扯著他頭髮將他的頭扭回來。「你他媽的給我看清楚，這就是你幹的好事啊，小伙子。你猶豫半天，結果就是這樣子。我叫你殺，你就給我殺，還一天一天拖個五天是怎麼回事？叫你殺就是當場去殺，沒有猶豫、沒有質疑、沒有第二句話，只有絕對的服從。你懂不懂『服從』是什麼意思？你是什麼東西，懂得有我多嗎？你除了窩囊廢之外什麼也不是！你比這女孩兒鼻孔流的血還不如。」

阿索思喉頭發出嗚咽聲，他一直扭動掙扎，卻敵不過德佐鋼鐵般的爪子：「你別想逃，給我看仔細！這是你做的，全是你的錯！你的『死人』對她下手，可是『死人』根本不應該可以動，『死人』當場就得死，不是五天之後才死！你接受委託的瞬間，『死人』就已經死了。你聽懂了沒？」

阿索思開始嘔吐，德佐還是糾著他頭髮，不過把他轉到另一邊，不讓他吐在娃娃身上。等阿索思吐完了，德佐把他拽到另一邊推了出去，這時候阿索思卻又轉頭回來，嘴角也不抹乾淨，淨看著娃娃。娃娃撐不久了，她每一次呼吸都很吃力，而且口鼻一直冒出血沫，一點一點往下滴到被子，然後流到地面。

他一直看著娃娃，看到最後她的臉也消失了，原本可愛的臉龐只剩下紅色的角和曲線。紅色的角在他腦海中忽然發出灼熱的白光燒炙著他，阿索思一動也不動地看著，他要讓娃娃臉上一道又一道的傷痕全部烙印在自己心頭。

德佐站在一邊什麼也沒說，反正無所謂了。他不重要，阿索思自己也不重要，現在唯一重要的是躺在被子上那個渾身是血的小女孩。阿索思覺得心中有什麼地方好像崩潰了，所有的氣都被擠出體外。但他卻有種莫名的欣慰，覺得活該墜入無底深淵永遠翻不了身，一切都是他不好。

可是過一會兒那種念頭消失了。他眨眨眼睛，發現自己眼中無淚。他不會被擊倒，他心裡有一個聲音說不可以就這麼垮了。於是他又轉身看著德佐。

「你救她一命，以後要我做什麼都可以，直到我死。」

「小伙子，你好像還沒搞懂狀況。你已經失敗了，更何況她也活不久了，你還想挽回什麼呢。她活起來也沒用，在這裡女孩子的價值就是賣身可以賺多少，她就算給你救起來，這輩子還是一樣悽慘，根本不會感激你。」

「鼠頭死了我再回來找你。」阿索思說。

「你已經失手了。」

「你說過給我一星期，現在才過了五天。」

德佐聽了搖搖頭：「看在夜天使分上。好，隨便你，但你沒有證據的話，我會親手解決你。」

阿索思沒再說話，他已經轉身離開。

那女孩兒放著必死無疑，更麻煩的是她還會死得很慢很痛苦。德佐沒有投射感情進去，但以專業角度來說還是有點生氣，下手的人做得太差勁太惡劣。從小女孩臉上的傷口判斷，原本是想要她一輩子醜陋羞愧地活著，問題是卻又把她弄得奄奄一息，斷鼻將生命一點一點呼出去。

可是德佐也無能為力，他一下子就可以判斷出來。看守的兩個大個兒已經被他殺掉，不過依他猜想下這重手的另有其人，因為連那兩個倒楣鬼似乎都覺得這事情太殘酷了所以良心不安。某一部分的良知運作下，德佐很想衝出去立刻把兇手給宰掉，但眼前他得先處理這女孩。

他救出女孩以後，將她帶到他在兔窩區用來避風頭的一間小屋，擱在小床上盡量幫她把傷口清理乾淨。德佐懂得很多救命的辦法，就好比他懂得很多殺人的辦法一樣，反正只是將生死的方向交換而已；不過也就因為如此，他看得出來自己的技藝並不足以應付女孩的傷勢。女孩被人用腳踹過，受了很重的內傷，因此就算臉上那些傷口的出血要不了她的命，她也仍舊逃不過一劫。

「生命本質就是空虛，」德佐對著動也不動的女孩說：「生命毫無意義、毫無價值，而且充滿難過痛苦，對妳慈悲的話其實該讓妳死才對，妳活下去只會醜陋不堪，成為眾人笑柄。大家會一直看妳、對妳指指點點，妳也會聽到每個人在背後竊竊私語，自以為是地同情妳，再不然妳就是會被當成怪物看待。其實妳已經沒有活下去的理由了。」

德佐覺得沒有選擇，只能讓這女孩兒死掉了，這樣才是對她好啊。或許不太公平，但真的比較好。不公平……這念頭在他腦海中盤旋不去，女孩渾身的血跡、悽慘的臉龐還有虛弱的喘息聲也揮之不去。

但或許他得救一救這女孩。為了那男孩吧。說不定這樣可以激勵他，K媽媽曾說阿索思會太心軟，經過這件事情，也許他能懂得下手必須快狠準，任何威脅都要及早除掉，不能像這次一樣優柔寡斷。但是救這女孩也有風險，阿索思已經答應完全遵守德佐的命令，要是這毀了容的女孩繼續待在男孩身邊，會不會造成什麼影響？每次看見女孩，男孩就會想起自己的失敗。

德佐可不希望阿索思毀在一個女孩子手上，他不准。

聽見女孩的喘氣聲，德佐做出最後決定。他不會主動結束女孩的性命，也不會懦弱到轉身離開任由她自身自滅。也罷，他會盡全力試著救她，如果她還是活不成，也不能說是他的錯了。但如果女孩僥倖活下來，他再來處理阿索思的問題。

比較重要的是，到底誰有辦法救她？

索隆瞪著他的第六杯酒，說是賽斯紅酒，但他覺得跟餿水差不了多少。如果回到他故鄉島上，就算是碰上最不討喜的外甥成年禮，有信譽的酒商也不會拿出這種酒來啊，一杯裡有一半都是渣！該有誰去提醒老闆，賽斯的葡萄酒不是越陳越香，其實釀好之後不用藏在地底，反而要擺在外面，一年內喝掉就對了。如果卡蒂在這兒，一定比他還生氣吧。

他跟酒館老闆開口提了，看了對方表情才意識到他已經說過了，而且這次可能是第三次。

隨便。花錢的人是他，喝到難喝東西的人也是他，原本他還以為灌了幾杯之後就會習慣，可惜他錯了，他是越喝越介意、越喝越生氣。誰這麼無聊，從大洋的另一邊進口劣質的酒來？這樣賺得到錢？

他又放下一枚銀幣，這才想通進口這酒的確能賺錢，而凱子就是像他這種想家的人。想通以後他有種反胃的感覺，不過反胃說不定是因為這酒太難喝。以後有機會，他該跟翟爾大人提一下，賽斯紅酒也是值得經營的項目啊。

索隆又往椅子裡陷得更深點，招手又要了一杯酒，對店裡頭其他客人以及一臉無奈的老闆視若無睹。他心想現在這自怨自艾的情緒可真說不過去，他不就是要翟爾小當家別因為年紀輕所以犯這種毛病嗎？那他千里迢迢來到這哩，到底是要幹嘛呢？一想到這兒，索隆腦海浮現出多利安的笑容，那種淘氣的微笑，很多女孩子看了會興奮地吱吱喳喳叫呢。

「一個國家的命運操在你手中，索隆。」

「賽納利亞怎麼樣都不關我的事啊，那在世界的另一邊哪！」

「我並沒有說是賽納利亞吧？」又是那種笑容，不過多利安很快收起笑意：「索隆，你應該明白，要是有其他辦法的話，我就不會──」

「你又不是無所不知，總會有其他辦法的。至少也該告訴我要我做什麼吧？多利安，你明知道要我去這一趟是叫我放下什麼吧？你知道這代價對我來說有多大才對。」

「我當然明白。」多利安貴族般的五官露出痛苦神色，像一個偉大君主正要派部下深入險地進行重要使命：「但是那個人需要你，索隆──」

忽然有一把匕首抵在脊椎上，硬生生把索隆從回憶中給拉回來，他猛地挺直身體，第七杯劣酒灑了一些在桌子上。

「別動了，朋友。」一個低沉聲音傳進他耳裡：「我知道你的身分，現在我要你跟我來。」

「不然？」索隆醉醺醺地問道，他心想到底會有誰知道他在這兒？

「不然，看著辦。」對方的回答帶著一抹笑意。

「看著辦是什麼意思？難道你要當著五個人的面殺掉我？」索隆問歸問，但是他很少喝超過兩杯酒，所以現在神智沒有很清楚。這傢伙到底是誰啊？

「你是個聰明人才對，」那男人說：「我都知道你的身分了還敢來威脅你，你認為我會不敢對你出手嗎？」

這句話可就激到了索隆：「那你憑什麼認為我不會——」

匕首又戳了他脊椎一下：「廢話不多說，你已經中毒了，照我的話做，我就給你解藥。這樣你還有疑問嗎？」

「我可不——」

「一會兒你脖子跟腋下都會發癢，然後你就可以肯定你中毒了。」

「嗯哼，紫花蔥根？」索隆一邊問一邊想，這人是不是嚇唬他而已？但為什麼要這麼做呢？

「不只，有加其他東西。這是最後一次警告。」

肩膀真的癢了起來，可惡。如果只有紫花蔥根，索隆自己就能解決了，問題是……「你到底想幹嘛？」

「到外頭去，不要回頭，不要說話。」

索隆走到門口，身體差點兒顫抖了起來。這男人一直都說知道他的身分，而不是單單說知道「他是誰」，乍聽之下好像只是想點出他是賽斯人，但仔細想想這傢伙絕對還有弦外之音，可惜這賽斯人在許多方面雖然頗有名聲、或說是惡名亦可，但靠的也不是腦袋，所以想不出答案。

他才剛踏到街上，又感覺到背脊那兒給戳了一下，對方還出手從鞘內摘去他的劍。「沒必要這樣吧？」索隆開口時，不知道是出於想像，還是脖子真的也發癢了？「你就直接告訴我來意如何？」

對方帶他繞到酒館後面，兩匹馬已經在那兒等著。他們一起往南過了范登橋、進入兔窩區。索隆不覺得對方彎來彎去是特地要叫他認不得路，但轉了好幾次以後他的確是迷路了，果然不該喝太多酒。

最後停在一棟毫不起眼的小屋前面，他搖搖晃晃下了馬，跟那男人進屋去。押他過來的男人身穿黑色的衣服，批了灰色大斗蓬，兜帽拉上了，所以索隆只能勉強看出他挺高，身材應該頗健壯，偏精瘦才對。那人朝房門一撇頭，索隆乖乖走進去。

血腥味撲鼻而來，他看見一個小女孩躺在矮床上，呼吸都快停了，血也快流乾了，那張臉給人用刀劃得亂七八糟，真是不忍卒睹。索隆轉過頭：「她活不久了，我也沒辦法。」

「我已經盡可能替她急救，」對方回答：「現在換你盡你的力，工具我全張羅好了。」

「不管你以為我是什麼身分，你一定搞錯了，我又不是大夫！」

「她死的話你就跟著死。」

索隆彷彿感覺得到那人的視線重量一般，可是對方轉頭離去。

他看看緊閉的門，覺得好像有兩道絕望的黑色浪潮從左右包夾過來。他甩甩頭，真是夠了，他好累還醉醺醺的，加上中毒癢得要命，更何況他根本就不擅長醫術啊。多利安說過這裡有人需要他是吧？那他應該不會死在這兒。

除非激勵羅根脫離母親的控制就已經算是完成任務。

唉，預言就是這麼麻煩。根本什麼都沒辦法確定啊。索隆跪在女孩兒旁邊，開始動手為她治療。

十一

K媽媽翹起腿的模樣非常撩人，只有資歷豐富的交際花能有如此自然的動作。每個人都有小動作，但是K媽媽舉手投足都很誘人。她的身材連旗下姑娘們都羨豔不已，初見面的人可能以為她才三十多歲，但她自己都不避諱，四十歲生日還辦了盛大的宴會。許多人稱讚她比那些小姐們都要美，這些人可不是恭維，想當初她還以葛溫芙．祈蓮娜這名字闖蕩的時候，可真是有傾國傾城的本領。德佐．布林聽說過不下十餘場決鬥是因她而起，也有許多王公貴族向她求婚，不過當年的葛溫芙．祈蓮娜不願被男人綁住，身邊那些男人的心理她都一清二楚。

「那個阿索思真的讓你很緊張呢？」K媽媽嘆道。

「還好。」

「不老實。」K媽媽微笑，雙唇紅潤、牙齒皓白。

「從哪一點看得出我不老實？」德佐漫不經心地問。其實他真的在緊張，總覺得狀況不是他所能掌握。

「你盯著我胸部看呢。你會把我當成個女人看的時候，就是你注意力無法集中，所以防備心鬆懈的時候。」K媽媽又笑了：「沒關係，我覺得你這樣很可愛。」

「妳都不累嗎？」

「德佐．布林，其實你比自己想像的還要單純很多喔，每次你碰上不能應付的狀況，也就只有三個依靠而已。需不需要我一個一個點出來呢，冷血無情的刺客先生？」

「妳該不會都這樣子跟客人聊天吧？」這反擊沒什麼格調，而且她絕對聽過太多次，早就已經麻痺了吧。

K媽媽眼睛都不眨一下。「當然不會，」她說：「倒是有個靠人家接濟的變態男爵曾經要我裝成保姆，他不乖的時候我就要——」

「饒了我吧。」雖然K媽媽說故事挺精彩，但是放著她講下去又得講個十分鐘才會鉅細靡遺全部交代完。

「不然你來這兒到底想幹嘛呢，德佐？你現在又盯著你的手了喔。」

他真的是盯著自己的手呢。有時候葛溫芙找的麻煩比給的幫忙還要多，但她的建言是真的值得一聽。在德佐認識的人裡面，她的觀察力與敏銳度都是一等一，比起德佐高出一大截。他沉默了好久，終於抬起頭不再盯著手：「我只是想知道該怎麼辦比較好。」

「那男孩子的事情嗎？」

「我覺得他好像少了些什麼。」

阿索思繞回黑龍幫當成基地的廢屋，鼠頭坐在後院門廊，他一看見那醜陋的大塊頭，就覺得心頭一緊。鼠頭是一個人在這兒等著阿索思，手裡拿著短刀轉啊轉，鏽跡斑斑的刀刃不時反射出月光。

鼠頭沒有防備的時候，面部表情就好像是旋轉的刀子一樣，一下子是阿索思一直以來所熟悉的禽獸，一下子又像是個長得太大但還驚慌失措的小孩。阿索思慢慢靠過去，看見鼠頭好像有著一點點人性面並不會使他安心些，反而是更迷惘、更害怕，畢竟阿索思已經看到太多黑暗面。

他穿過臭氣沖天的巷子，幫裡的人把這兒當成茅坑。阿索思根本沒注意踩在什麼東西上頭，他整個人好像都空了。

等到他抬起頭，看見羅斯站在面前，嘴上掛著一如往常的獰笑，提了一把生鏽的劍抵住阿索思的喉嚨。

「夠了。」更前頭的鼠頭說道。

阿索思身子一縮。「鼠頭——」他吞了一下口水。

「別再靠近，」鼠頭又說：「你身上有刀吧，交出來。」

阿索思都快哭出來了，把彈簧刀從腰帶取下，握柄朝外遞出。「拜託……」他哀求道：「我不想死，都是我不好。你要我做什麼都可以，不要傷害我。」

鼠頭拿走刀子。

「我承認他是挺聰明的，」德佐說：「但是頭腦好還不夠，那些混幫派的小老鼠妳都見過，他到底算不算……？」他掐著手指，想不出適合的形容詞。

「我只有冬天會見到他們啊，平常他們是睡在街上的，太冷的天氣我才收容一下，可沒讓他們把這兒當成自己家喔。」

「但總之妳是見過他。」

「這倒是沒錯。」其實K媽媽根本不會忘記那孩子。

「那，葛溫芙，他夠『狡猾』嗎？」

鼠頭把彈簧刀塞在腰帶上，然後手掌在阿索思身上拍來拍去，沒找到其他武器。這下子他可不怕了，覺得非常興奮：「別傷害你？」說完他反手一掌甩在阿索思臉上。

結果十分荒謬，這一巴掌打得阿索思幾乎飛了出去，整個人四腳朝天摔在地上，慢慢爬起來以後手跟膝蓋都流血了。他個子還真小！

我怎麼會怕這樣一個小孩子啊？眼看阿索思兩眼流洩著恐懼，在黑暗中哭泣哀求，鼠頭又說：「我怎麼能不打你呢，這是你逼我的啊，阿索思。我本來可也沒打算這樣，你乖乖聽話不就沒事了？」

這未免太容易了些，阿索思已經廢了才回來，鼠頭可不太高興，得想點辦法徹徹底底羞辱他一番才成哪。

他上前抓住阿索思的頭髮，將他從跪姿揪了起來，聽見小男孩痛苦哀嚎的聲音他就覺得開心。這招是尼夫．達達傳授的。鼠頭並沒有特別愛找男孩子，男女對他都一樣，所以他沒想過原來這可以當成武器。但是尼夫告訴他：人的肉體遭到強占，心智會跟著崩潰。

於是鼠頭就愛上這檔事了。嚇唬女孩子的話誰都辦得到，但是幫裡頭的男孩們最怕的就是他，看過畢姆、看過威斯，然後帕德還有賈爾……大家膽戰心驚，鼠頭卻食髓知味，現在看著阿索思跪在地上，雙眼圓瞪嚇得半死，鼠頭下腹部冒出一陣酥麻。對他來說，最過癮的莫過於激起對方掙扎反抗，然後非常快又或者非常慢地，一點一點把對方眼神裡的火焰給澆熄。

「要當刺客就得失去自我，」德佐說：「不對，是放棄自我。要成為完美的殺人者，一定得為每一次出手換上最好的面具。葛溫芙，妳應該瞭解這一點？」

她又重新擺過那雙修長美腿：「『瞭解』就是我們跟路邊妓女最大的差異。每個走進我房間的男人，都會被我看得一清二楚，只要我認識了一個男人，我就一定會知道他喜歡什麼，也知道怎樣可以要他出錢出力搏我歡心，卻又不會妒忌其他也想討好我的人。」

「『刺客』面對『死人』也是同樣的道理。」德佐回答。

「你認為阿索思辦不到？」

「不，我認為他可以。」德佐說：「但是瞭解一個人到這麼深的程度，進入對方靈魂一陣子以後，通常會對那些人生出感情──」

「那並不是真感情。」葛溫芙淡淡地說。

「對別人有感情的時候，卻也就是刺客必須下手的時候。」

「而你認為阿索思做不到。」

「他心太軟。」

「就算是在那小女孩兒的事情之後？」

「沒錯。」

「你說的對，」阿索思邊哭邊說，他看著站在面前的鼠頭，月光從鼠頭背後打下陰影，籠罩阿索思全身上下。「我知道你想要的是什麼，我也想要！我只是……只是不敢而已，現在我準備好了。」

鼠頭低頭瞪著他，眼神中閃過一絲懷疑。

「我找了一個很特別的地方……」阿索思說到一半又改口：「沒關係啦，在這裡也可以。嗯，在這裡好了。」鼠頭眼神專注，但看不出來到底在想什麼。阿索思慢慢起身，抱住鼠頭大腿：「就在這裡好了，這樣幫裡的人全都會聽到，大家就都知道了。」

阿索思渾身顫抖，想停也停不下來，噁心的感覺從體內深處如閃電流過全身，他盡力做出充滿期盼的表情，希望可以將發抖掩飾成天真爛漫的羞赧。不行、不行，讓他殺了算了，不可以——要是他這麼想下去，要是他有半分猶豫，他就輸定了。

他伸出搖搖晃晃的手探上鼠頭的臉頰，打直了腿，踮起腳尖親他。

「哼！」鼠頭又甩了他巴掌：「不是我聽你的，是你聽我的！」

「要做這一行，不能在乎任何東西，一定要犧牲……」德佐越說越小聲。

「犧牲一切？」葛溫芙逼問：「像你這樣子是嗎？我妹可能不大同意喔。」

「芳達會死就是因為我沒辦法犧牲一切。」德佐說完，不願意面對葛溫芙的目光。窗外夜色漸漸無法再壓制這座城市。

看著德佐那張坑坑疤疤的臉在油燈光線底下鬱悶不已，葛溫芙柔聲說：「德佐，你戀愛了。刺客也過不了這一關，愛是沒有道理的。」

「愛就是失敗。我失敗了，所以失去一切。」

「那麼倘若阿索思也失敗，你要怎麼辦？」葛溫芙問。

「讓他死，不然就是我親手殺死他。」

「你需要那孩子。」葛溫芙輕聲說：「你自己說過，要靠他將另一個鎧恪理引過來。」

德佐還來不及開口，傳來一陣敲門聲。

「進來。」K媽媽說。

探頭進來的是她這兒的一個僕人，原本應該也是交際花，但年紀太大了沒辦法繼續那種生活。「有個小男孩說要見您，他叫做阿索思。」

「讓他進來。」葛溫芙說。

德佐朝她望去：「他怎麼會跑到這兒來？」

「我不知道。」葛溫芙帶著笑意說：「我想，如果他是可以調教成刺客的孩子，那有他自己的情報網也不奇怪喔。」

「他媽的，我三個小時之前才見過他。」德佐又說。

「那又如何？」

「我說過如果他沒帶證據來見我，我會親手了結他。妳應該知道，我必須言出必行，該殺的就得殺。」德佐嘆口氣：「就算妳剛剛說的對也沒用，這下子不是我可以解決的了。」

「德佐，他並不是來找你，是來找我的。你就用那個影子的小把戲先躲起來不就好了？」

「影子小把戲？」

「快點，德佐。」

門又開了，一個滿身是血，狼狽不堪的小男孩走進來。但即便他這副德行，葛溫芙也可以從千千萬萬個混幫派的年輕人中找到他。臉上一堆傷、口鼻都是血，但阿索思站得很挺，面對K媽媽也不羞澀，不過不知道是真的還小，或者是過分單純，他的視線對準了K媽媽的眼睛，而不是她的乳溝。

「你真的經歷太多了點哪，是吧。」K媽媽這語氣根本不是在問他。

阿索思也沒點頭，他還小，沒聽出K媽媽的意思。他凝結的目光傳達出另外一種訊息。

當然。「看樣子挺糟糕？」

阿索思瞪大眼睛，身體顫抖，一直看著她。他是兔窩區這邊每天都在消逝的純真靈魂，K媽媽見狀心裡也生出一種悸動。她知道其實不必多說什麼，只要像個媽媽一樣張開雙臂擁抱這孩子、給這孩子一點安穩就夠了，對這從小在兔窩長大的男孩而言，那種舉動足以成為避風港。溫暖的眼神、在臉頰上輕輕地一拍，開口叫他一聲，這孩子一定會撲倒在她懷中嚎啕大哭。

德佐呢？芳達過世還沒超過三個月，但她從德佐身邊帶走的不是一個愛人而已。葛溫芙不知道德佐到底能不能治好心中的傷。他能不能明白，阿索思的眼淚不會讓他軟弱？

而葛溫芙也知道婦人之仁對阿索思很不公平。她都已經想不起來了，上一次拘人沒收錢，到底是哪一年的事情？

要是德佐現在看到何謂感情又會如何？他會更有人性一點？還是會認為阿索思太軟弱，不承認自己需要這孩子，直接動手殺了他？

她只花了一秒鐘打量這孩子，心中便做出決定。風險太大，她不想妄動。

「阿索思，」她將雙手扣在胸前：「你殺了誰？」

男孩臉上的血都乾了，他眨眨眼睛，原本快要流出的淚水隨著湧出的恐懼感又縮了回去。

「第一次殺人是吧？」K媽媽又說：「很好。」

「我不知道妳在說什麼。」阿索思回答得太快了些。

「但是我知道殺人的人，看起來是什麼樣子。」K媽媽的聲音銳利：「你到底殺了誰？」

「我需要跟德佐·布林見面，請妳幫忙。上哪兒可以找到他？」

「在這兒就成。」德佐·布林忽然從阿索思背後現身，阿索思吃了一驚。「你找到我了，」德佐又說：「代表有個人該死了。」

「他——」阿索思看了看K媽媽，不知道自己可不可以在她面前透露這件事：「他已經死了。」

「屍體呢？」德佐追問。

「在……在河裡。」

「所以死無對證?太便宜行事了吧。」

「你要的證據在這裡！」阿索思忽然生氣地叫了起來，把手裡抓著的東西朝德佐丟過去，德佐順手接住。「這也叫證據啊？」刺客攤開手，K媽媽從旁邊看見那是血淋淋的耳朵。「耳朵就是耳朵。葛溫芙，妳有聽過人斷了耳朵就會死嗎？」

K媽媽駁道：「德佐·布林，你可別想把我扯下水。」

「要看屍體我帶你去。」阿索思說。

「剛剛不是說在河裡？」

「沒錯。」

德佐猶豫了。

「夠了，德佐，你就去一趟。」K媽媽開口說：「這可是你欠他的。」

兩個人到修船廠時，太陽已經升到地平線上。德佐一個人進去，十分鐘後出來，將浸濕的袖子捲下來。他沒有低頭看阿索思，只是開口問：「孩子，他沒穿衣服，這是不是代表他對你——」

「我一開始就先在他腳上套好繩結，他還沒有……我在那之前就殺掉他了。」阿索思語調疏遠冰冷，但也道盡了一切。這夜晚像個惡夢慢慢褪去，男孩還記得一些他做過的事情，但他不願意相信那是自己的所作所為，那是別人下的手吧？聽他描述的時候，德佐·布林露出以往沒有別人對他表現過的眼神，也許那就是所謂憐憫。阿索思不懂，他沒看過別人的憐憫。

「娃娃撐過去了嗎？」阿索思問。

德佐的手搭在他肩膀上，直視著他雙眼：「我不知道。她的狀況很糟，我已經找我能找到最高明的人替她治療。孩子……」德佐別過頭，眨了一下眼：「我要再給你一次機會。」

「還要考驗我？」阿索思雙肩一垂，整個人洩了氣，連發脾氣的力氣也沒了。「別這樣，你說的每件事我都做到了。」

「不是要考驗你，而是要給你考慮的時間。你的確做到我指定的任務，問題是這並非你想要的生活。你只是不想繼續流浪街頭吧？我可以給你一大袋錢，同時送你去城東的弓箭匠或藥草師傅那邊當學徒。但如果你決定跟我走，你得放棄現在的一切，踏上這條路你就無法回頭，只能自己一個人，一切都不再一樣，也沒辦法後悔。」

他繼續說：「而且還會有更糟糕的事情。我說這些話不是要嚇你……不對，也許我是想嚇退你，但重點是我沒有誇大其詞，我沒有說謊。最糟糕的一點，孩子——任何『關係』都是繩子，『感情』則是套索。想跟我走的話，你必須放下所有的感情，懂這意思嗎？」

阿索思搖搖頭。

「意思就是說你以後愛跟誰胡搞都沒關係，但是不能跟任何人談戀愛。我不能讓你毀在女人手上……」他越說越激動，指頭緊緊扣著阿索思肩膀，眼神也變得兇狠，「你聽懂了嗎？」

「那娃娃呢？」阿索思又問了。他好累，話還沒說完其實也知道自己犯了大錯。

「你是十歲還是十一歲？你該不會以為你愛上她了？」

「沒有。」太遲了。

「我會告訴你她是生是死。但是阿索思，你想跟我走的話，以後就不能跟她見面了。你明白嗎？要是你選擇去當學徒，那你愛怎樣跟她見面都隨便你。孩子，不用想不開，這是你最後一次有機會去過幸福的人生。」

幸福？我只是想要過著不必害怕的日子。德佐·布林什麼都不怕，只有別人怕他而已，然後敬畏地低語他的名字。

「跟我走的話，」德佐說：「奉夜天使之名，你就『屬於』我，然後你不當刺客就是死路一條，御影不會給你其他選擇。你也可以留下來，過幾天我會去找你，帶你去找師傅學手藝。」

德佐站在旁邊搓了搓仍潮濕的雙手，彷彿要洗去沾在上頭的東西。然後他忽然轉身走進暗巷中。

走出暗處之後，阿索思朝百步之外黑龍幫的基地望過去。也許他不用跟德佐·布林走，他已經把鼠頭殺死了，回去幫裡頭也沒關係……

回去？我太小了，根本不可能當上幫主，傑拉里爾也不可能撐到我長大。賈爾跟娃娃身受重傷，現在回去也沒人會把他當英雄，羅斯或者其他大個兒又要開始角力，阿索思遲早要重回恐懼之中，結果什麼都沒改變。

他剛剛說可以送我去當學徒！他答應過了。但是大家都知道，這些大人的話不能信。德佐·布林還是讓人迷惑，他剛剛說到娃娃的口氣好像不大對，阿索思從中找到了那個關鍵。這個刺客在意他，這個傳說中的人物，心裡有個角落是替阿索思著想的。

阿索思不相信娃娃不漂亮了，人生就注定要愁雲慘霧。阿索思也不知道，是不是還能像今天這樣子奪走別人的性命。他不知道德佐·布林打算要他做些什麼、原因又是什麼。但是他剛剛在刺客身上看見的，比起現在他心中所有的顧慮都還要寶貴。

街的另一邊，賈爾從基地走出來。雖然離得很遠，但他看見阿索思了，臉上露出微笑、黝黑的皮膚襯托出潔白的牙齒。後院地上有血，鼠頭人也不見了，大家應該猜得到他死了。賈爾用力揮著手，在明亮陽光下大步朝阿索思跑過來。

阿索思轉身背對最好的朋友，遁入了影子的懷抱中。

十二

「歡迎回家。」德佐．布林的語氣帶著一種酸溜溜的味道，可是阿索思卻沒聽出來，因為家這個字對他有種魔力，他以前從來沒有家。

這間屋子藏在兔窩區一間廢棄神殿的地底，阿索思進去以後非常訝異，從外面看上去無法想像裡頭有這些房間，而且都很大。

「你以後在這裡訓練戰鬥技巧。」德佐．布林一邊說，一邊鎖上、打開、又重新鎖上三道門栓。這房間又寬又深，堆了各種裝備：各式各樣的靶、塞滿稻草的墊子、各色練習武器、垂吊起來的木棍，還有伸出木頭分支的奇怪三腳架，以及纜繩、鉤爪、階梯之類。

「你還要學會用這些東西。」刺客指著靠牆排放的武器，每件武器周邊都以白漆描出輪廓線。阿索思看到有各種形狀尺寸的兵器，小自單刃匕首、大到巨型砍刀，有直有彎、單面雙面、單手雙手，鋼質也有不同顏色跟紋理。還有一些帶著鉤子、槽口、或者倒鉤的刀劍。此外也有重兵器，如釘錘、槤枷、斧頭、戰槌、棍棒、長戟、鐮刀、刺槍、投石索、飛鏢、絞索、長短弓以及十字弓等。

到了隔壁，裡面一樣驚人。牆邊有很多偽裝工具，一樣煞費苦心地以白漆標出位置。除此之外，還有幾張桌子，上頭堆滿書籍跟試管。書上插了許多書籤，一張大桌子上頭的瓶罐中都是種子、花葉、蕈類，以及不同的液體粉末。

「這些是世界上絕大多數毒藥使用的原料，K媽媽之後會教你讀書識字，然後你得把這些書上的內容都背起來。下毒不只是技術，可以說是藝術，你一定要精通。」

「是。」

「再過幾年，你體內的『異能』覺醒的時候，我會教你法術。」

「法術？」阿索思的體力一秒比一秒虛弱。

「我收你為徒總不可能是因為你長得帥吧？法術是刺客必備的能力，不會法術的人沒辦法當刺客。」

阿索思腳步站不穩了，但是在他倒下之前，德佐已經抓住他那破爛衣服的領子，將他拉到另外一間房裡去。房內有一張簡單小床，可是德佐沒扶他上去，而是把他放在小火爐旁邊。

「第一次殺人比較難受，」德佐．布林又開口，聲音好像從很遙遠的地方傳過來：「這星期你可能會忽然想哭，記得挑我不在的時候。」

「我不會哭。」阿索思鄭重宣告。

「隨便，睡吧。」

「生命空虛，我們奪去他人性命，並非搶走有價值的東西。刺客的唯一本質、唯一目的就是殺人，不需要多愁善感。」德佐．布林說。

阿索思睡著的時候，他應該出去過了，不然阿索思手上怎麼會多出一把小劍，正好適合十一歲小孩子握緊，只是他依舊覺得很不適應。

「朝我砍。」德佐．布林又說。

「什麼？」

德佐的刀背立刻重重拍在阿索思頭上。

「一個指令一個動作，不准猶豫，聽懂了沒？」

「是。」阿索思爬起來，撿起劍，揉了揉頭頂。

「出手。」德佐吩咐。

阿索思胡亂朝師父揮劍，德佐擋下後閃到一邊，阿索思無法控制揮劍力道，摔倒在地。

德佐邊教導動作邊說話指點：「你不是在畫畫，你是要殺人，怎麼殺的都無所謂。」他迅速格擋，阿索思的劍滑過地面。「去撿起來。」他跟在阿索思後面，馬上又出招。「不要玩弄獵物，不追求一刀斃命，砍他二十刀讓他失血過多而死一樣是死，下手漂亮不會比較有用。這不是畫畫，是殺人。」

戰鬥訓練就這麼持續著，身體的動作加上德佐單方面說教，然後他會幫阿索思整理一遍、重新示範，最後做個總結。

到了書房內，說教的內容改成：「不要用嘴嚐。這裡的瓶瓶罐罐都可以要人命，把這些藥粉藥膏沾在手上，你可以殺人，但是如果你舔了自己的手指，你揉了自己的眼睛，那你就會殺死自己。洗手要用這瓶酒精和這盆水。這盆水不可以用來做其他的事情，要倒掉的時候一定要倒在我指定的地點。千萬不可以沾到嘴。」

然後是外頭街上：「擁抱陰影……呼吸沉默……你是個路人，沒人看得見……注意你的目標，看清楚脫身路線……」

阿索思犯錯的時候，德佐．布林不會大吼大叫。如果練武的時候阿索思無法擋下師父的攻擊，他的小腿會被鈍劍狠狠打一板。如果是書背不好、回答不出問題，每次就是一巴掌。

德佐手下不留情。阿索思覺得理所當然，但是他片刻不得鬆懈，如果一而再、再而三出錯，以德佐這種打法，可能真的會被打死，有時候只是那麼一兩巴掌的差距，阿索思可能斷氣前才知道自己又出錯了。

他好幾次都想走，但是絕對走不掉。還有好幾次，他生出殺死德佐．布林的念頭，但他很清楚死的一定是他。好幾次，他想要哭，但是他發過誓絕對不哭，所以他不哭。

「K媽媽……芳達是誰？」阿索思問道。學過生字以後，夫人端了一杯椰汁茶，打算開始教他歷史、政治、宮廷禮儀等等。他跟德佐．布林對打一整個早上，下午就來這兒讀書，通常都腰酸背痛，但晚上可以睡得又暖又安穩，不會發抖害怕，肚子咕嚕叫又渾身無力之類的事情已經是模糊的記憶。阿索思絕不抱怨，因為一有怨言，說不定就會被送走。

K媽媽沒有立刻回答：「這問題挺複雜的。」

「意思是說妳不會回答？」

「意思是說我不想回答，可是我會告訴你，因為你應該要知道，偏偏原本該回答的人一定不會告訴你。」她閉上眼睛一會兒，重新開口時語調平板：「芳達是德佐的愛人，德佐有一樣寶物，卡利多的神王非常想要得到。你還記得我教過你有關卡利多的事情？」

阿索思點點頭。

K媽媽睜開眼睛，挑了一下眉毛。

阿索思皺起眉頭開始背誦：「卡利多位於我國北方，一直聲稱賽納利亞以及米希魯大陸絕大部分地域皆屬於他們管轄，但實際上他們無法攻下賽納利亞，因為翟爾公爵駐守在嘯風谷。」

「嘯風谷是一個易守難攻的地形，」K媽媽提示：「衝過來有什麼獎賞？」阿索思不解地望著她。

K媽媽見狀接著往下說：「卡利多可以繞過嘯風谷翻山過來，但他們不這麼做是因為——」

「因為賽納利亞沒有那個價值，而且這裡由御影控制。」

「賽納利亞王室腐敗、國庫空虛，南邊有宿羅侵擾，東境遭到勒諾族把持。勒諾族討厭魔法，但更討厭卡利多人，所以拿下這兒沒有多大的好處。」

「跟我剛剛回答的不一樣嗎？」

「結果對了，但是理由錯了。」K媽媽說完啜了一口椰汁茶。阿索思心想她是不是忘記一開始那個問題，或者以為這樣子可以轉移話題，但她卻又開口：「為了得到德佐手上的寶物，神王綁架芳達，對他提出交換條件，也就是以寶物交換芳達的命。德佐最後認為寶物比較重要，便放棄了芳達，可是後來又發生別的事情，導致德佐還是保不住那寶物。芳達等於是白死了。」

「所以妳很生氣。」阿索思說。

K媽媽語調死板，眼神也一樣死氣沉沉：「那件寶物很重要，其實換作是我，也會做出同樣的決定，只不過……」她望向遠方，「芳達是我妹妹。」

十三

索隆用長劍架住戟刃揮開，往前一挺出腿踹向羅根一個部下的腹部。幾年以前，這一腳應該可以踢到對方的頭盔才對，他心想能夠打敗翟爾家的衛兵已經算是不錯了，可惜的是他的好友之中偏偏有個先知、還有一個是二階大劍師。這下可好，費爾一定會聽說我讓自己變得多胖、多遲鈍。

「主君──」溫德爾．諾斯走到練劍場邊。

羅根從快要打輸的一場比試中退到旁邊，索隆跟了過去。翟爾家總管給了索隆一個白眼，但也沒有特別抗議他跟過來。「主君，夫人剛回來。」

「喔？她上哪兒去了呢，溫德爾……呃，我是說，『諾斯先生』？」羅根在其他部下面前可以保持威嚴，但面對一個幾星期以前還負責管教他的人，實在很難裝成大人的樣子。索隆逼著自己不可以偷笑，阻礙羅根當家作主的有翟爾夫人一個就夠，他可不想變成共犯。

「夫人去見王后了。」

「她見王后做什麼？」

「夫人請願要做為監護人。」

「什麼？」索隆訝異問道。

「夫人想透過王室下令，由她作為女公爵代理職務，直到公爵殿下回家、或者是主君您成年為止──托夫森閣下，在我國律法上，所謂成年是指二十一歲。」

「我父親不是寫信指定我代理嗎？」羅根說：「如果氏族沒有謀反，國王不可以干預家務事吧？」

溫德爾．諾斯不大自在地推了推鼻梁上的眼鏡：「主君，現實恐怕並非如此。」

索隆回頭看見衛兵沒在練習，偷偷朝這兒靠過來，便大罵一聲：「你們還不滾回去練習！」衛兵一聽連忙溜回去。

「在前一位主君沒有留下明確條文的情況下，國王確實可以替未成年的繼承人指定監護人，」溫德爾繼續說：「現在的狀況是這樣——您父親留下兩封正式信函指定由您統帥翟爾家，一封在夫人手中，另一封則由我保管。我聽說夫人去晉見王后之後，便趕快去看看我那一封是不是還在。我特地鎖起來了，但卻已經找不到。主君，請恕我無能，」總管臉一紅，「我發誓我絕對沒有與夫人共謀，只是我以為只有我有鑰匙。」

「那麼王后那兒怎麼回覆？」

溫德爾眨眨眼睛，索隆猜得到這總管其實已經聽到風聲，但他並不願意給索隆摸清楚他的情報網絡有多廣。但是一會兒以後，總管還是不得不說：「原本這件事情很單純，但國王不准王后擅自下任何命令，所以陛下介入王后與夫人的會晤，並表示此事等他諮詢以後再議。很抱歉，主君，我不知道國王陛下言下之意是什麼。」

「我想我懂。」索隆說。

「是什麼意思？」羅根追問。

「你們家族的律師是哪一位？」

「我先問你的！」羅根道。

「孩子——」

「榮柏．椎克伯爵。」羅根沒好氣地回答。

「也就是說我們要趕快與這位椎克伯爵談一談。」

「我一定得穿鞋子？」阿索思不喜歡穿鞋，腳碰不到地面就感覺不到有多濕滑，另外鞋子會夾腳。

「那你就套上衣服光著腳去見椎克伯爵好了。」

「可以嗎？」

「你作夢。」

以前阿索思在市集見過商人與貴族的小孩，他一直很羨慕，現在才知道原來這些人穿的衣服很不舒適。但德佐成了他的師父，而且對他要花很多時間打理門面才能帶出門已經不耐煩了，所以阿索思決定乖乖閉嘴。拜在德佐門下還不久，阿索思始終擔心會被攆出去。

穿過范登橋到城東，這對阿索思來說是個全新的體驗。他以前沒有穿過這條橋、也不相信幫裡頭其他鼠輩口中那些成功過橋的事蹟，橋上有守衛看著呢。到了河的東岸，看不見廢屋、空屋，街上沒有乞丐，空氣的味道也不一樣，聞不到牲畜糞便臭氣燻天，令人覺得好像到了另一個國家。這兒連水溝都不一樣，每三條街才看見一次，而且不經過大馬路，居民也不把垃圾餿水隨手往外倒了等水沖走，而是將要丟的東西特別拿到水溝邊，順著石造渠道流走，而且這邊的街道都有鋪上圓石子，走起來非常安全。阿索思最意外的一點，是這裡連路人身上味道也不同，男人身上沒有汗水或者勞動以後的味道，女人行經身邊也只留下淡淡香水味，而非濃得發臭還與汗水混在一起的風騷氣息。阿索思後來問了德佐．布林這是怎麼回事，德佐．布林卻只是說：「你真的是很難教喔？」

兩人又行經一棟頗大的建築物，上頭冒著蒸汽，一堆臉泛水光、包著頭巾的男女走出來，阿索思不敢多問，可是德佐．布林卻解釋了起來：「這是澡堂，也是宿羅那兒傳過來的東西，不過在這裡男女分開洗，當然在K媽媽那兒例外。」

到了叫做「搖擺小妞」的酒館以後，老闆娘出來接待，卻稱呼德佐圖里先生，而德佐也故意操著口音用種卑微態度請她把馬車牽出來。

上車以後阿索思問：「我們要去哪兒？椎克伯爵是誰？」

「他是我一個老朋友，也是個要做事才活得下去的貴族。他是個律師。」眼看阿索思一臉不解，德佐只好說明：「律師就是做的事情都合法，但是比犯法的壞蛋還惡劣的人。不過椎克伯爵人很好，而且他會幫我把你弄得有用一點。」

「師父，」阿索思又問：「娃娃還好嗎？」

「她不關你的事，以後不准提起。」走了一分鐘以後，德佐才又開口：「她還沒完全康復，但是死不了。」

後來一路上，德佐沒再說話，最後兩人進了伯爵小小的宅邸裡。

椎克伯爵看上去大概四十歲左右，確實面容和藹，背心口袋插了一副夾鼻眼鏡，他走起路一跛一跛的，為兩人關上房門以後又走回座位，桌子上堆了很高的文件。

「德佐啊，我可真沒想到你會收徒弟。我好像記得你還發誓不收人的啊，說了一大串呢。」伯爵道。

「我是說過，而且都是真的。」德佐回答的語氣很生硬。

「呵，我看你不是說話技巧太高明，就是根本說話不經大腦吧。」椎克伯爵笑了起來。阿索思覺得他那是真正的笑容，不帶一點惡意或算計。

而且連德佐也露出笑容：「他們挺想念你的喔，榮柏。」

「是嗎？我怎麼不記得最近有人朝我射箭哪？」

德佐聽了發出笑聲，阿索思差點從椅子上摔下來。原來這刺客也會笑啊。

「有件事情想請你幫忙。」德佐說。

「儘管吩咐。」

「給這孩子一個新身分。」

「有什麼想法？」椎克公爵望著阿索思，露出疑惑神情。

「弄成貴族，不太有錢，會受邀去一些社交場合，但又不會引起注意的那種人。」

「唔——」伯爵回答：「那就某男爵的第三個兒子好了，這樣具有貴族身分又沒什麼真正的地位。等等……東部的男爵好了，我有遠親住在距離海佛米騎馬兩天的地方，土地大半都已經給勒諾族給搶走。假如你想要的是查得到的身分，那就把他送進史登家去吧。」

「就這麼辦。」

「名字呢？」椎克伯爵問阿索思。

「阿索思。」

「孩子，不是說真名哪，」伯爵又問：「新名字是？」

「奇勒。」

伯爵拿了張白紙出來，也抽出眼鏡：「怎麼寫？下棋的『棋』？」

德佐寫給伯爵看，伯爵看了一笑：「古羯羅語的雙關？」

「你懂我的。」德佐答道。

「呵，一點也不，我可不覺得誰懂你哪，德佐。話說回來，這名字不大吉祥吧？」

「跟這種生涯很能呼應。」

應該有上百次了吧，阿索思覺得自己像是局外人，似乎到處都是他不知道的祕密、解不開的謎團。一開始是德佐跟K媽媽壓低聲音討論某個叫做鎧恪理的東西、御影的局勢、宮廷權謀等等；再來是魔法還有北方冰原上的幻想生物，有的德佐堅稱存在、有的他又堅持絕對不存在；他們還提到神與天使之類，阿索思就算問了德佐也不肯明說。可是現在不同吧，這是他自己的名字哪，阿索思才要開口問清楚到底是什麼意思，德佐跟伯爵已經討論起其他事情。

伯爵問：「要多快，多可靠？」

「越可靠越好，盡快就可以。」

「跟我想的一樣，」伯爵又說：「我會處理到好，除非真的史登家有人過來，不然絕對天衣無縫。當然啦，更麻煩的問題是你得教會他貴族的儀態。」

「不用我教。」

「你不教是誰……」伯爵說著說著一咂舌：「好吧、好吧。」他扶正眼鏡看了看阿索思，「什麼時候接他過來？」

「個把月以後吧，當然前提是他還活著。有些事情得先教會他才成。」德佐看著窗外：「那是誰？」

「啊，」椎克伯爵回答：「是翟爾家的少爺羅根，等他長大了應該會成為優秀的公爵吧。」

「我是說那個賽斯人。」

「我不清楚，以前沒見過，看樣子是那位少爺的教師之類。」

德佐暗地罵了一聲，然後抓起阿索思的手，幾乎是用拖的將他帶走。

「你服從命令嗎？」德佐忽然問道。

阿索思趕快點點頭。

「看見那個男孩子沒有？」

「你說那是『男孩子』？」阿索思反問。他們稱作羅根．翟爾的年輕人，披著件黑滾邊綠斗蓬，腳上精緻的黑皮靴擦得晶亮，身上是棉質上衣，佩了一把劍，目前距離門口二十步左右，有個門房小廝領著他進來。羅根．翟爾面孔看來還稚嫩，但那體格可是讓他乍看比阿索思年長了幾歲，不只是比阿索思要高，也比阿索思見過的人都要魁梧，而且是真的健壯，而非臃腫。另外，阿索思穿起正式服裝覺得礙手礙腳，羅根看上去倒是舒適自在、精神奕奕，不僅有自信，還有種威嚴。單是這麼遠觀而已，阿索思就覺得自己很不堪。

「去跟他打架，分散那個賽斯人的注意力，一直到我出去為止。」

「羅根！」樓上有個女孩兒的聲音傳來。

「賽菈！」羅根也喊了回去。

阿索思回頭要找德佐．布林，但師父已經不見蹤影，看樣子沒有時間交談，成不成就看他的悟性了。有些祕密他還不能懂，現在可以選擇的是要不要行動、要不要聽師父的指令。

門房開門時，阿索思退到角落，避開眾人視線，等羅根一進來往上看、臉上露出微笑時，阿索思便從角落衝出來。

兩個人撞在一起，阿索思往後倒在地上，羅根大步要跨過去，阿索思連忙往旁邊一滾，讓羅根的腳正中阿索思肚子。

「噢！」

羅根趕快抓住欄杆：「真抱歉──」

「你這肥猴子！」阿索思捧著肚子站起來：「臭水溝的老鼠都──」說到一半，他忽然發現再這麼罵下去，他的用詞一定會使人懷疑他出身於兔窩區。

「我不是──」羅根還想辯解。

「怎麼回事啊？」一個女孩下樓來，羅根抬起頭，滿臉都是歉疚。

阿索思對著他鼻子就是一拳過去，打得羅根的頭往後仰。

「羅根！」一旁的賽斯人大叫。

羅根臉上溫順的表情不見了，好像罩了層面具，凝重但倒不是憤怒。他抓了阿索思批的斗蓬，將他整個人抬離地面。

阿索思這下可慌了，只好胡亂出手，一邊大叫一邊猛毆羅根的臉頰與下巴。

「羅根！」

「住手！」羅根朝著阿索思吼叫：「給我住手！」阿索思簡直是瘋了，羅根終於也無法平靜，臉上燃起怒火，單手就將阿索思抓在半空，騰出另一手握緊拳頭往阿索思腹部揍了一下、兩下——阿索思身體裡的空氣都被擠了出來，卻在這時候，那槌頭大的拳頭又朝鼻子敲了下去，阿索思立刻痛得流下眼淚，什麼也看不見。

接著他聽到朦朧的尖叫聲，吵雜之中他凌空旋轉，一會兒之後整個人飛出去。最後頭撞在什麼堅硬的木頭上面，世界忽然閃過一片亮光。

十四

羅根堅持要上樓去照顧奇勒・史登，他嚇壞了，原因之一是他居然在椎克伯爵那位漂亮的千金面前失心瘋大鬧一場。索隆倒覺得那十秒時間對羅根的人生很寶貴。

現場剩下伯爵跟索隆兩人，伯爵帶著他進辦公室，「您先請坐吧。」椎克伯爵回到自己座位上：「托夫森先生是從哪兒來的呢？」

這是禮數還是套話？索隆咯咯笑了起來：「我是頭一遭給人問這問題呢！」他說完往自己身上指了指，好像是說：你看我的皮膚顏色也知道啊！

伯爵卻說：「我在您身上沒看見代表氏族的鐵環，或是拔掉環子以後的傷口啊。」

「嗯……不是每個賽斯人身上都要穿孔。」

「我一直以為賽斯人都要穿環呢。」椎克伯爵又說。

「所以？有話就請直說吧。」

「托夫森先生，我想知道您的真實身分。羅根・翟爾是個好孩子，我把他當親生兒子一樣對待，而且他才忽然接掌了這國內最位高權重的貴族世家。我以前沒見過您、沒聽說過您的名字，很難想像您怎也忽然成了他身邊的參事？我自然非常好奇了。您如果真是賽斯人也無所謂，但我去過霍凱也去過托格圖，在那兒臉上沒穿環的賽斯人都是遭到流放、失去氏族與親人的。然而如果您曾經被流放，也該有環拔下來的痕跡才對，可是您身上什麼也沒有。」

「伯爵對於我國文化相當熟悉，可惜理解尚未完整。我來自托夫森氏族，也就是王室派遣的逐風者，我父親曾經出使於修肯迪。」

「在赤法師領地擔任大使？」

「沒錯，修肯迪接受來自世界各地的學生，但我沒有什麼法術天分，所以就跟著商賈以及貴族長大，那些人的心胸可沒那麼寬大，所以不穿環日子好過一點。還有其他一些因素，但我想我的人生經歷恐怕不是伯爵您需要詳查的重點了。」

「的確。」

「伯爵又為什麼造訪賽斯？」索隆問。

「奴隸啊。」伯爵回答：「七年前我還沒加入解放運動的時候，心想或許可以用中庸之道處理，所以去了霍凱，想瞭解有什麼辦法能夠改善奴隸的生活條件。」

索隆觀察了伯爵住宅的大小，以貴族而言，即便伯爵地位不是很高，這房子還是嫌小，所以說椎克伯爵的確不是先靠奴隸成了暴發戶才悔過向善、投入解放運動，而是一開始就投身改革之中吧。

「賽斯的狀況已經大有不同，」索隆說：「『喜樂之年』過後一切都改觀了。」

「我知道，而且我還在賽納利亞推動同樣政策，原本通過立法了，卻又馬上給御影攔截，結果無法一到第七年就解放所有奴隸，而是由契約時間開始算，到第七年才終止。御影聲稱這種做法比較單純，否則有人在第六年買下奴隸，可能一個月甚至一星期就得放人，未免太過荒謬。問題在於，實際狀況卻是御影把持所有奴隸契約，結果七年時間一到，貴國那兒歡欣鼓舞，慶祝奴隸獲得解放，我們這邊的奴隸卻看不見自由的那天，恐怕一輩子都走不了，得繼續挨打挨罵、送去生死格鬥，奴隸的小孩也被集中安置。」

「聽說情況非常惡劣……」索隆嘆道。

「御影算計過了，他們說妓女的小孩去了托育所可以過比較好的生活，雖然還是奴隸身分，但不會吃那麼多苦，聽起來很棒吧，結果卻導致我們要蓋安樂院那種設施……抱歉，我不該說個不停，那段過去不堪回首。話說那孩子到底打不打算下來？」

「我想我們兩個先切入正題吧，」索隆回答：「這件事情不能等，而且從羅根看貴府千金的表情呢，他應該會在上頭待一段時間吧。」

伯爵呵呵笑：「您這是試探我啊？」

「翟爾公爵是否知道此事呢？」

「知道，他跟我是老朋友了，瑞格納因為自己的婚姻不美滿，所以也不大想干涉羅根的私生活。」

「我對這狀況不很瞭解，方便透露嗎？」索隆問。

「以我的立場是不大方便哪，總之等羅根跟賽菈長大也許就不一定了吧。您要提的問題是？」

「卡翠娜．翟爾。」

「閣下要小心用詞啊。」伯爵提醒。

「公爵有沒有留一封書信給您，指定他不在時由兒子掌管翟爾家？」

「他只有口頭提及，但急著上路，所以只有交代他們家的總管。」

「翟爾夫人偷了信毀掉，然後去謁見王后。」

「見誰？」伯爵很吃驚。

「她見王后很奇怪嗎？」

「翟爾夫人與王后算不上有交情，這到底怎麼回事？」椎克伯爵追問。

「翟爾夫人要求擔任羅根的監護人，可是這件事情被國王聽見，於是國王介入說他經過諮詢再議。這段話到底又是什麼意思？」

椎克伯爵摘下夾鼻眼鏡，揉了揉鼻梁：「意思就是說國王動作快一點的話，可以指派他的人馬過來。」

「卡翠娜．翟爾不合資格嗎？」索隆問。

椎克伯爵嘆口氣：「依法而言，只要跟羅根有一點點血緣關係的人，就可以受國王指派擔任羅根的監護人，但這代表幾乎所有貴族都符合資格。一旦監護關係成立，就算瑞格納回來也不能取消，也就是說卡翠娜這麼一攪局，等於把翟爾家拱手交給國王宰割。」

「您是翟爾公爵的辯護律師，他也已經吩咐過要如何處理，這樣依舊使不上力？」索隆又問。

「那是在國王想要瞭解內情的狀況下才有用。現在如果想要挽救翟爾家，我們需要的是翟爾族譜、公爵璽印，然後吃了熊心豹子膽來偽造文書。國王半個小時後要召見朝臣，想必這件事情會是第一要務，我們哪來的時間？」

索隆清清喉嚨，拿出一捆厚重羊皮捲以及一個大印章。

椎克伯爵冷笑接過卷軸：「托夫森閣下，我忽然開始仰慕您了喔。」

「溫德爾．諾斯幫我潤過文字，」索隆說：「簽名跟蓋章部分我想還是得由您來才成。」

椎克伯爵在桌上翻了一下，抽出一封公爵寫來的信，將信壓在羊皮卷上頭，又快又穩地模仿公爵簽名，看上去一模一樣。他有點罪惡感，抬頭解釋：「小時不學好啊。」

索隆趕快滴上封蠟：「為伯爵您的年少輕狂乾一杯吧。」

「下一次你就可以動了。」德佐．布林說完，阿索思發出呻吟，腦袋清楚了些。

「我覺得我應該一輩子動不了了吧，感覺好像有人抓著我的頭撞牆壁。」

德佐笑了，這是最近阿索思第二次聽見他的笑聲。他坐在阿索思床邊：「你表現得很好，他們以為你生氣是因為給人撞倒，在伯爵女兒面前出糗的關係，所以都覺得只是小孩子打鬧罷了。翟爾家那小伙子打了你以後也是嚇得不知所措，看樣子他雖然像個巨人，但脾氣挺溫和，不是很容易動怒。當然也是因為他有你的四倍壯吧，另外賽菈小姐看了也不高興，大家都印象深刻呢。」

「印象深刻？這種蠢事……」

「在他們的世界裡，打架也有規則，打架的風險是出糗、是疼痛、最多就是可能傷及顏面，鼻子會斷、皮膚留下疤痕之類，卻跟生死一點關係也沒有。在那個世界裡，跟人打過架也可以當朋友，其實你現在就得這麼做，你要跟羅根變成朋友，不然遇上他這種人，不是很好的朋友就是很要命的對手。你聽得懂吧，奇勒？接下來我們得趕快準備你的新身分。」

「是。不過師父，你為什麼不想讓托夫森先生看見？是因為這理由才叫我跟羅根大鬧一場吧，調虎離山？」

「因為索隆．托夫森是法師，一般而言男性法師單憑肉眼無法分辨對方身上有沒有『異能』，可是女性法師做得到。有些遮掩的方法我以後會教你，但剛剛沒時間，我也不想衝上樓跳窗出去。」

阿索思有點疑惑：「他看起來不像法師啊。」

「你怎麼判斷的？」德佐問。

「呃……」阿索思心想要是回答「他看起來跟故事裡的法師不一樣吧。」德佐聽了不會多開心才是。

「其實，」德佐說：「索隆沒有對羅根或其他人坦承自己的法師身分，你也不要說出去。知道一個人的祕密，就等於有辦法操縱他，『祕密』是人的弱點，每個人都有弱點，就算是——」他說到這兒聲音卻不見了，眼睛看著遠方，不帶一點生氣。之後他起身離開，沒再多說什麼。

阿索思閉上眼睛，思緒還是很混亂。他想搞清楚師父的心思，想知道黑龍幫怎麼樣了，傑拉里爾升上去了沒，賈爾又過得如何。他更想知道娃娃到底好不好。

「嘿，阿索！」

「嘿，阿賈！」阿索思說話的語調跟以往一樣，但是他覺得自己有一部分已經死去。這回是最後一次以阿索思的身分出來，之後他會成為奇勒，行為舉止會不同，用字遣詞會不同，他根本沒辦法回來兔窩。不過時候還沒到，阿索思的世界卻已經漸漸崩潰，以後沒辦法再跟賈爾聯繫了，這與為了變成奇勒而必須偽裝無關，而是因為鼠頭的關係。兩個人之間不一樣了，永遠不一樣了。

阿索思與賈爾對望了好長一段時間。他們所在位置是K媽媽那間店的休息間，已經半夜了，幫派的鼠輩們等會兒就會被趕出去；K媽媽這兒開放給他們進去，但是只有冬天才可以在那裡過夜，而且一定要守規矩。K媽媽的要求是不可以打架、不可以偷東西、除了廚房和休息間以外不可以亂竄，當然也不可以騷擾進來的大人。如果有人不守規矩，K媽媽會把整個幫會都給攆出去，那一年冬天都別想進門。其實這等於是宣判死刑，因為被趕出去以後大家只能躲在下水道避寒，一定會氣得把那個犯規的人給打死。

但很多人選擇窩在這兒，因為店裡有壁爐，地上鋪了柔軟的毯子，躺在上頭很舒服。毯子一開始很乾淨，後來會沾了這些鼠輩身上的塵土，但是K媽媽從沒有因此發過脾氣，而且每過幾個月又會換上乾淨的毯子。她還準備了堅固的椅子給大家坐，有玩具、布偶跟一些小東西可以玩耍，所以大家都聚在這兒賭錢吹牛聊天，而且不分幫派打成一片。也只有在這裡，這些孩子才真的有孩子的樣子，因為這是他們所知唯一一個安全的地方。

此時重返，阿索思卻覺得眼前是另一個光景。以前他覺得這兒算豪華了，現在看起來卻很樸素，家具很簡單、玩具很簡單，反正稍微細緻些的好東西到了那些鼠輩手上也全都會壞掉、髒掉，倒也不是他們故意要這麼做，只是他們懂什麼呢。其實休息間沒變，變的是阿索思──或者說是奇勒。總而言之，他現在就連嗅到鼠輩身上的氣味都覺得不可思議。這些傢伙聞不到嗎？他們都不害臊？或者說，害臊的是阿索思，他不敢想像自己以前是這樣子的人。

每次跟著K媽媽唸完書，他就會過來看看能不能遇上賈爾，但今天兩個人真的碰面了，卻找不到一句話說。

「我有事請你幫忙。」阿索思好不容易開口，他也不知道如何更婉轉，其實他來這兒根本不是找朋友，而是還有別的目的在。

「要我幫忙？」

「我想知道娃娃過得怎樣，她到底在哪裡？另外我也想知道那些幫會的狀況。」

「我就猜你大概不清楚吧。」

「是不清楚。」混幫派已經不是他過的生活，一切都變了。

「布林先生打的？」賈爾看著阿索思的黑眼圈。

「是跟別人動手。師父會打人，但跟——」阿索思很快閉上嘴。

「跟鼠頭不一樣是吧？」

「鼠頭怎麼了？」

「這該問你吧？是你殺的啊。」

阿索思張開嘴想說話，但是看見有兩個小個兒在外頭，又把話吞了回去。

賈爾卻壓低聲音追問：「是德佐．布林要你動手，看看你是不是有種殺人？」

「才不是，你發什麼瘋？」他腦袋裡一直迴響起德佐．布林訓練時說過的話：說出去的話，潑出去的水，都收不回來。

很久一段時間賈爾都沒說話，但從他眼神看得見創傷。「抱歉，阿索思，我不該逼問你，直接道謝就好了才對。鼠頭……把我整得很慘，我常常都不知道到底該怎麼辦，我恨他，但是有時候我又……鼠頭不在了、你又跟著德佐．布林跑掉了，我……」他眨眨眼睛，看著別的地方：「有時候我也覺得很恨你，把我一個人丟在那兒無依無靠，但我知道這樣想不對，你沒做錯什麼，有錯的是鼠頭……還有我自己。」

阿索思聽完，也不知道該說什麼好。

賈爾則是露出生氣的表情，眨了好幾下眼睛對自己叫道：「閉嘴啊賈爾，別說這種話。」然後用拳頭抹掉淚水，「那你到底要我幫什麼忙？」

阿索思覺得該說些什麼話安慰賈爾才對，但卻又不知道究竟該說什麼。以前他跟賈爾是朋友，但現在賈爾變了，他也變了。他該成為奇勒．史登了，可是他卻還游移在兩個世界之間，自以為可以將已經分裂的生命拼湊在一起。鼠頭帶來的劇變顛覆了阿索思的人生，不管往後他往哪兒走，可以肯定的是他與賈爾之間已經出現一條鴻溝。阿索思連面對彼此間隔閡的勇氣也沒有，他不明白這到底是怎麼一回事，只知道這麼想下去會覺得好髒好可怕。還好賈爾用這個簡單的問題讓他重新築起心牆，他只要俐落地回答就好了，這件事情他們還是可以一起解決。

「就是娃娃的事情。」阿索思從這昔日好友身邊退開了些，忽然覺得舒服許多，但這念頭又使他有了罪惡感。

「喔——」賈爾回答：「你知道她被……？」

「她好起來了嗎？」

「還活著，但是不知道能撐多久，大家都笑她，你不在身邊之後她也變得怪怪的。我一直分吃的給她，但是黑龍幫那邊也快倒了，狀況很糟糕，食物不夠。」

已經是「那邊」不是「這邊」了嗎？阿索思不動聲色，不想面對這個傷心的事實。其實也不該覺得心痛才對，原本就是他想走，他也真的走了，只不過現在還是覺得心空空的。

剩下你一個人。跟他們不一樣了。永遠不一樣。

「傑拉里爾也快嚥氣了，因為後來發現鼠頭把他升格要用的錢給偷走啦，他們的濱水區地盤已經落到火人幫手裡，其他很多幫派也都虎視眈眈呢。」

「你說『他們』？」

賈爾臉一垮：「非要我說就是了。我被攆出黑龍幫啦，一堆人都被趕出去了。那些人說什麼不要愛鼠頭愛雞姦的人在幫裡面。」

「所以你現在沒在幫派裡面了？」阿索思心想這樣頗糟，失去幫派保護的鼠輩等於誰都可以欺負。賈爾都被掃地出門了，還能生存真是令人意外，更不用說他居然還有吃的東西可以分娃娃，他應該自身都難保才對啊。

「我們一些人暫時聚在一起，大家就說我們是雞姦幫。之後我打算加入北邊的雙拳幫，聽說他們已經往德敦的市集那兒進軍了喔。」

賈爾還是一樣，總是有計畫。

「他們願意讓娃娃也加入？」

換來的回應是充滿罪惡感的沉默。

「我問了，阿索思，我真的有問，但是他們不肯。要是我一直——」賈爾張著嘴巴好像要說什麼，但又闔上了。

「沒關係的，賈爾，我沒要你再問。我找你是想還你一樣東西。」阿索思翻起衣服，掏出裝滿硬幣的布包，遞到賈爾手上。

「阿索思——怎麼變成兩倍重了？」

「娃娃的事情我來處理，但得給我幾星期時間。這段日子你先照顧她好嗎？」

賈爾的眼睛泛出淚，阿索思很怕自己會跟著哭。現在他們居然稱呼彼此的名字，而不是叫對方阿索、阿賈了。

阿索思又說：「我會跟K媽媽提一下你是個聰明人，看看她能不能幫你找份好差事。嗯，只是預防你跟雙拳幫也談不攏啦。」

「你會幫我問？」

「有什麼問題呢，阿賈。」

「阿索……？」

「怎麼啦？」

賈爾猶豫了一下，吞口口水：「我真希望——」

「我也一樣，賈爾。我也希望。」

十五

不聽命令的下場就是死。每天阿索思計畫著如何違逆師父的命令時，腦海中都會響起這句話。

阿索思受的訓練雖然辛苦但並不殘酷。如果待在幫會中，執拳為了殺雞儆猴，打人有時會錯下重手，造成人永遠殘障。但是德佐．布林可不會犯錯，阿索思受傷輕重總是在他控制之中，但傷勢通常並不輕。

那又如何？現在阿索思每天有兩餐，而且想吃多少都沒問題；此外每天訓練的時候，連他的筋骨痠痛問題，師父都有辦法解決。

起初一直挨打挨罵，感覺上阿索思什麼事情都做不好，但是責罵只是空氣，疼痛也是短暫的，忍一忍就過去了，德佐．布林不會要阿索思真的變成殘廢。至於他的性命，如果德佐．布林真的想奪走，阿索思本來就無力抵抗。

所以這已經比起他以往的生活都還要安全了。

過了幾星期，他發現他挺喜歡那些訓練內容。格鬥、兵器、越野，甚至是草藥學都不錯。跟K媽媽學習讀書識字比較麻煩。那又如何？每天兩小時而已，算不上什麼挫折，他現在的日子好得很。

拜入德佐門下一個月後，他意識到自己天資頗高。跡象不明顯，幸好他密切注意德佐．布林的每個情緒與反應，否則很可能也不會發現。阿索思三不五時發現師父露出淺淺的訝異，因為阿索思熟練新技巧的速度比他預期得要快。

但阿索思卻因此更努力，他希望不是一星期才看見一次那種表情，而是每天都能看得到。另一方面，K媽媽要他看懂那些蝌蚪文，則比想像中還要難，不過K媽媽懂得怎樣用笑容跟言語帶領他度過艱苦的時光。她說：文字就是力量，善用的話可以成為另一把劍。阿索思如果想要使其他人相信他真的是奇勒．史登，也一樣要懂得運用語言文字的力量，所以她陪著阿索思一起熟悉這個新身分，問他一些其他貴族可能提出的問題，替他捏造一些無傷大雅的小故事來佐證他真的出身於東賽納利亞，也幫他打好禮儀基礎。據她所說，等阿索思搬過去椎克伯爵家裡以後，會由伯爵教授他其餘需要注意的事項。她也強調一旦阿索思跨過伯爵家的門檻，他就要徹底化作奇勒．史登。德佐．布林會改在東區的基地繼續訓練他，K媽媽在那邊也有住宅，阿索思除非是與師父一起出任務，不然就不會回到兔窩區。

他一直跟著K媽媽用功讀書，大半時候沒有怨言，唯一一次例外是他真的受不了自己太笨，把書往房間另一邊摔過去。後來一整星期K媽媽極度不悅，阿索思也苦不堪言，最後去偷了把花來賠罪，K媽媽才原諒他。

他已經將一大筆錢交給賈爾，希望可以照顧到娃娃，但是賈爾不能就這麼把錢都交到娃娃手上，不然會被人偷走。現在最糟糕的問題在於娃娃都是一個人，她不會說話，臉又被打得亂七八糟，根本交不到朋友。

不聽命令的下場就是死，德佐．布林這樣說過，而且他還永遠禁止阿索思去見娃娃。

K媽媽說德佐遲早會跟阿索思親近起來，然後就會信任他，但在那一天來臨前，德佐說的話就是「法」，阿索思一定要遵守。聽到這種比喻，阿索思原本還覺得有希望呢，但是K媽媽隨即澄清：她說的不是「王法」那種可悲無用的東西，而是永遠不變的「道理」這種水準。很可惜，因為阿索思還是打定主意要見娃娃最後一次。

後來真的有機會了，但不是他自己安排的計畫，而是因為德佐．布林接到了工作，就讓阿索思一個人在家，只是事前吩咐了些雜務要他辦妥。阿索思算了算，要是動作快些，可以騰出好幾個鐘頭空檔，接著才要去找K媽媽唸書。

於是他瘋狂地開始動作，首先打掃武器房，搬了梯子才搆得到擺在高處那些裝備。除了木頭的練習兵器要擦乾淨，他也要把師父最近用過的東西清理以後上油。至於師父要他打的那些靶子跟人偶，就要抹上另外一種油，檢查以後還發現師父出腳踢過的地方綳開好幾處，他得全部縫好。阿索思不頂擅長針線活兒，但也就這麼一件差事，德佐．布林不怎麼要求。配備都打點好，他開始掃地，德佐．布林說過除非有下令，不然不准他自己出去，所以灰塵不直接拿到外面丟，要先堆在一個小桶子內。

他注意到有一把匕首，已經是第二次清洗了，刀刃又長又細，上面有小小的金絲花紋，不知道是巧合還是用過太多次，鑲金的部分剝落了，露出底下的淺槽，細細的凹槽裡都是血。德佐．布林應該才用過這刀，而且收回刀鞘的時候很倉卒，現在阿索思得拿著另一把刀，不然剔不出乾硬的血漬。

原本應該要先把刀泡在水裡，然後慢慢刷洗，可是這已經是最後一件差事，距離K媽媽的課也還有三小時，既然上課時間還沒到，K媽媽當然也會以為他乖乖待在基地打雜吧？

「沒有行動，會有什麼後果？」德佐．布林曾經這麼問過他，「沒有後果。這是一種代價、也是莫大的自由，小伙子，你要記得這一點。」原本師父是在談狀況危急時是否要對目標展開行動，但現在阿索思卻感覺得到這番話有多沉重。

要是我行動，最糟糕的後果是什麼？會被師父殺死。很糟糕，但機率很低。德佐．布林跟那些可能一生都耗在兔窩區的刺客不一樣，要他動手得負擔得起他的價碼。換句話說，會找上他的多半是貴族，貴族都住在城東，所以他應該在另一頭。

要是我不行動，真正最糟糕的後果是？娃娃會死。

他扮個鬼臉放下匕首。

要找到娃娃可沒有說的那麼簡單。黑龍幫不復存在，阿索思回去以前那片地盤，卻發現屋子上、水管上的黑龍圖案漸漸模糊，被紅手、火人、鏽刀這些標誌給取代。他身上帶了一對匕首，但也沒有拿出來的必要，只有一次給火人的鼠輩攔下，其中一個大個兒是當初他身邊的蜥蜴之一，那人跟伙伴講幾句話以後，伙伴放棄打劫阿索思的念頭，掉頭離開。不過那蜥蜴也完全沒跟阿索思寒暄。

他在那區域繞了好幾回，一直找不到娃娃。途中好像還看見柯賓．費希爾，小時候他就認得這人，也猜得到對方應該有些來頭，但經過德佐．布林說明，他才知道原來那是九人眾之一啊。他也看見其他混幫派的人，但沒有人敢靠近他。

時間越來越少，阿索思最後才想到舊烘焙坊，娃娃果然在那兒，只有她自己一個人。她背對著阿索思，而阿索思站在那邊好一會兒，不敢引起她注意，可是她終究轉頭了。

鼠頭的暴虐留下太深刻的痕跡。一個月不足以使傷口復原，還是看得出這幾個星期她的臉有多慘，也看得出往後她的長相大概會是如何。看樣子鼠頭應該是先打了她，可能想嚇得她不敢反抗，或者是直接把她打量了，之後拿刀在她臉上亂劃。

左眼角到嘴唇間有很長一道疤，密密麻麻地縫合了，可是這道疤牽著娃娃的嘴角，所以她一直露出不自然的笑容。另外一邊臉頰上有個X形的大疤痕。嘴唇上也有同樣形狀的小傷口，想必她不管是吃東西、微笑、還是想皺個眉頭，每個動作一定都苦不堪言。娃娃有一隻眼睛還腫著，阿索思不確定她那隻眼睛往後是否還看得見。其他傷勢比較輕，應該好得起來，像是額頭上已經結痂了，另一邊眼睛沒那麼腫，烏黑瘀血剩下淡淡泛黃；娃娃的鼻子一定是有人幫她接好，阿索思才不相信落在鼠頭手裡，鼻子能夠完好如初。

總而言之，娃娃的面孔是暴行的證據，鼠頭刻意不使她的傷勢看來像是意外，他要大家都知道是他故意下的手。這一刻，阿索思還真希望當初能用更慘的方式殺了鼠頭。

時間忽然好像又動起來了，他注視著娃娃，就算是朋友，他還是忍不住露出了害怕的神情。娃娃的雙眼原本盛滿驚喜與期盼，現在冒出淚來，兩手往臉一遮，轉身靜靜哭了起來，纖瘦的肩膀一直顫抖。

他過去坐在娃娃旁邊。「我盡快了。現在我有個師父，過來找妳其實就已經算是沒聽話了，但我不會不管妳的。這陣子妳過得很糟糕喔？」娃娃聽了啜泣起來。

他可以想像現在那些小孩會給娃娃取什麼綽號，有時候他真想把兔窩區所有人給殺光算了。為什麼他們可以奚落娃娃？為什麼他們可以傷害一個小女孩？她能活下來都可以說是奇蹟了啊。除了奇蹟之外也是靠著賈爾幫忙，賈爾恐怕為這小女孩冒過很多次生命危險吧。

阿索思將娃娃拉到身邊，娃娃轉身緊緊抓住他，好像怕被自己的眼淚給沖走似的。阿索思也抱住她，跟著哭了起來。

過了一段時間，阿索思覺得眼淚都流乾了，他不知道抱著娃娃有多久，但肯定是太久了點兒。「有好消息要跟妳說喔。」

娃娃抬頭時，棕色的大眼睛盯著阿索思。

「跟我來吧。」

娃娃隨著阿索思離開兔窩區，走過范登橋，到了椎克伯爵家。兩人往裡頭走的時候，娃娃眼睛瞪得又圓又大，等到老門房開門讓他們進去時，她更是目瞪口呆。

伯爵在辦公室內，起身招呼兩人進去以後，臉上表情對於娃娃的樣子毫無反應，他比阿索思還要善良。

「小姐，阿索思有沒有說他為什麼帶妳來啊？」伯爵刻意說了他的本名，阿索思也察覺到了。娃娃是阿索思生命的一部分，卻不是奇勒．史登生命的一部分，所以她不能知道那個新名字。

娃娃害羞地搖頭，還是抓著阿索思不放。

「娃娃，我們替妳找了個家。」椎克伯爵說：「有一對夫婦要收養妳喔，以後就有人照顧妳啦，不用在街上流浪了。他們住在城東這兒，所以除非妳想回去看看，不然就再也不用到兔窩區啦。」

真相當然沒有如此單純。椎克伯爵確實認識這樣一戶人家，那對夫婦許多年下來收養不少奴隸的孩子，但是也到了極限，沒辦法再負擔更多張嘴。阿索思答應會出錢養娃娃，反正現在德佐．布林給他的學徒工資不少，還說等他更有用一點就能加薪。椎克伯爵的立場並不想刻意隱瞞德佐．布林，但阿索思解釋了他的狀況，伯爵才首肯幫忙。

娃娃抓著阿索思，那表情不知道是聽不懂，還是不相信伯爵說的話。

伯爵站起來：「嗯，我猜你還有些話要跟小姐說吧，反正我也要去看看馬車準備好了沒，你們就先聊吧。」他留下兩人獨處，娃娃望著阿索思的眼神像是控訴著什麼。

「妳從來就不笨哪。」他說。

娃娃用力地掐掐他的手。

「布林先生不准我見妳，所以今天就是我們最後一次見面。」

她抓住阿索思的手，表情很生氣。

「真的，最後一次了。」他說：「我也不希望事情變成這樣，但是如果布林先生發現我居然違抗他的命令，一定會殺死我。對不起，拜託妳別生氣。」

娃娃又哭了，這次阿索思不知道該如何是好。「我得走了，布林先生隨時可能會回去，真的很抱歉。」他強迫自己不去看娃娃，然後轉身朝門口走。

「不要離開我……」

那聲音像是一枝冰矛射進他脊髓。阿索思轉過身，絲毫不敢相信。那是小女孩的聲音，不知道娃娃是啞巴的人，一定會覺得她說話就是這種聲音。

「拜託……」娃娃真的說話了。聲音很可愛，和被鼠頭打壞了的臉一點也不相襯。

阿索思的眼睛再次冒出淚水，然後他奪門而出——

接著就這麼撞上了一個高瘦、硬得像石雕般的身軀。阿索思一屁股坐倒在地，驚慌地抬頭望去。

德佐．布林的臉氣得發紫。「你好大的膽子！」他怒吼道：「我這麼辛苦栽培你，你居然敢反抗我的命令？我才剛殺了一個九人眾，結果你幹了什麼好事？你在那邊閒晃了兩小時，現在每個人都知道德佐．布林的徒弟出沒在現場。你想把事情給搞砸嗎！」

他把阿索思像小貓一樣一把拎起來，打了阿索思，阿索思的衣服在他手中裂開，於是整個人又重重摔落在地。德佐．布林還不放過他，湊上去握緊拳頭就往阿索思下巴招呼。

阿索思的臉在地板上彈了好幾下，幾乎沒看到娃娃朝德佐·布林衝過去，那把黑色巨劍正要出鞘。

「不要傷害她！」情急之下他一邊大叫一邊朝師父撲過去，伸手抓住報應的劍身。但是德佐·布林的力氣可不是他能應付得了，還是跨過去將娃娃抓起來丟到走廊上，然後俐落地鎖上門、開鎖、再上鎖。德佐轉身望向阿索思的時候，原本要說的話卻全部吞了回去。那把黑色巨劍還卡在阿索思手上，都傷及骨頭了，問題是劍身已經不是黑色，而是發出藍光。

阿索思的手忽然跟著放出刺目藍焰，從手指的傷口往巨劍蔓延。

「住手！不是這個，這是我的啊！」德佐·布林喊著，把劍像毒蛇一樣拋到離兩人很遠的地方去。如果說他剛剛是生氣，現在的眼神就是失去理性的狂怒吧。阿索思沒有看見那一擊，也不知道怎麼又倒在地上，還有黏糊糊的東西遮住了視線。

他只記得一次又一次的衝擊、爆炸般的光芒和疼痛，還有德佐·布林口裡辛辣的大蒜味道，遠方依稀有人喊叫著、用力敲著門，但是距離好遠、好遠。

十六

德佐．布林看著冒泡的麥酒，好像可以從其中找到答案似的。當然不可能，他還是得自己做決定。妓院裡面一貫的矯情嬉鬧，但無論男女，沒有人過來打擾他。可能是因為他把報應出了鞘就這麼擱在桌上，但也可能只是因為他臉上的表情而已。

不要傷害她！阿索思那時候這樣大叫，到底把他德佐．布林想成什麼樣的怪物了，以為我會傷害一個七歲小女生？但他後來真的狂毆那孩子，阿索思才幾歲哪，他卻把人家打得不省人事，直到椎克伯爵破門而入制止。他差一點兒也對椎克伯爵出手了呢……真的是失心瘋。結果伯爵死盯著他看——伯爵那雙眼睛真是他媽的太聖潔了點兒。

更他媽的就是那道藍光。他媽的魔法！藍光這麼一閃，等於宣告他的希望破滅。芳達死後這希望越來越渺茫，但看見藍光就代表真的沒指望。這代表阿索思比德佐更有資格，然後德佐這麼多年來的努力成了泡影。那男孩將德佐之所以獨一無二的關鍵搶走了，那他還剩下什麼呢？

灰啊。骨灰，血，然後沒了。

一瞬間眼前這把報應像是個大玩笑。報應？就是給人應得的下場？果真如此，我該拿這爛劍朝自己脖子砍下去才對吧。

上一次他這樣發瘋是因為芳達死了，確實的時間是四個月又六天前。德佐一邊嘆氣一邊搖晃杯子裡的酒，但卻沒有喝。之後再說吧，等他做了決定後有的是時間喝，而且一杯肯定不夠。做了決定後，他大概得喝上一打吧。

以前他與芳達常常一起喝酒，惹得她姊姊不開心。應該說兩個人交往這件事情，就已經惹得K媽媽不高興。K媽媽不准德佐找妹妹，也不准妹妹見德佐，可惜機關算盡太聰明，K媽媽此舉只是使他們感情益發深刻。那時候德佐不管花不花錢買，反正身邊有一大堆女體圍繞，卻也因此顯得芳達更是特殊，他想要搞清楚那種小處女的模樣到底是不是演出來的。

結果是演的，他雖然失望但沒有多說什麼，反正是他不懷好心，何況芳達這人還有好多神祕之處。芳達對他也不是多溫柔體貼，但至少不會怕他；德佐有時覺得芳達是因為不瞭解，所以才不怕他。她不像別人老想往深的地方鑽，總是淡淡從水面掠過。這是德佐不懂的點，也是他著迷的點。

兩人關係剛開始時，他打算保密。這做得到，他很清楚葛溫芙平常的作息，所以要瞞上她好幾年應該都不成問題，就算她心思敏銳，德佐也知道怎樣不露馬腳。但事情發展卻不受他控制，因為芳達直接說了，依照德佐對芳達的瞭解，搞不好她是兩人一交往就說了。這麼說是有點無情，但是芳達真的不知道她闖下什麼禍。

「德佐．布林，快點收手。」葛溫芙冷冷地說：「她會毀了你。我愛我小妹，但她真的會毀掉你。」平常她說幾句話就可以操弄別人，但即便厲害如她，碰上真正關心的人，卻一點力也使不上，於是更加氣惱。

結果也真的給她說中了。或許跟她當初說那番話的意義有些不同，但終究是給她說對了。葛溫芙比任何人都要瞭解德佐，反之亦然，他們兩個好像鏡子內外：倘若德佐可以愛上鏡子裡的倒影，那他跟葛溫芙可是天作之合。

我想這些做什麼？陳年往事哪，早就過去了。他得做出決定，是要把希望都放在那孩子身上，還是趁現在趕快殺死他？

希望，嗯，就是我們說些關於未來的謊話騙騙自己而已。以前他也懷抱很多希望，斗膽夢想能過著不同的生活，可是時候一到──

「你看上去悶悶不樂的呢，蓋倫．星火。」一個雷迪許族的吟遊詩人說完，問也不問一聲，逕自坐在德佐對面。

「我正在想到底要殺誰。亞里斯塔裘，你再那麼叫我的話，我就把你擺到名單最上頭去。」

詩人笑了，笑容中帶著股自信，彷彿知道那口潔白牙齒可以使他看來更英俊。夜天使在上。

「我們相當好奇這幾個月之內的狀況呢。」

「你跟你們那鬼學會都該死。」德佐回答。

「我以為你很享受這種注目呢，德佐．布林。要是我們真該死，早就死在你手上了吧。還是說，你真的受到所謂『報應』的拘束？學會裡頭對此可是眾說紛紜啊。」

「啊？你們還在討論同樣的問題？你們這些傢伙真的沒別的事好幹了？一直清談，不打算有點實質貢獻嗎？」

「我們有努力啊，德佐。其實我來這兒也是為這件事情，我要幫你一把。」

「真是謝謝你喔。」

「你搞丟了吧？」亞里斯塔裘問道：「該說是你搞丟，還是說你被拋棄？那些石頭真的自己選擇主人？」

德佐意識到他又拿起刀子在指頭間轉啊轉。他倒不是要恫嚇詩人，反正亞里斯塔裘也很厲害，正眼都沒看刀子一眼；會有這種動作，是因為德佐想讓手有事做，有點幼稚，他停了下來。「亞里斯塔裘，就是因為這樣，我沒辦法和你們那個學會的人交朋友。我不知道你們這幫人是真的對我有興趣，還是對我的能力有興趣。之前我還曾經想過把一些祕密透露給你們瞭解。但後來我發現狀況不對，跟你們一個人說了，最後就全部的人都知道。你倒說說看，我為什麼要這樣幫對手？」

「我們成了這種關係嗎？」亞里斯塔裘又問：「對手？既然如此，你大可把我們全部清理掉吧？這不是你最擅長的一件事？」

「沒有理由我就不殺人。『恐懼』這種事情還不足以逼我動手。或許你聽不懂，但對我而言，有力量並不代表一定得用。」

亞里斯塔裘搔搔下巴：「看樣子你的性格比多數人以為的要好得多，那我可就能明白一開始為什麼會選上你了。」他站起身又開口，「德佐，我離家鄉很遠，或許用處沒那麼大，但如果你有需要，儘管吩咐，我會盡量幫忙，只要你認為該做的事情，我都不會過問太多。那我先走一步了。」

詩人走出妓院途中還對著姑娘們擠眉弄眼，眼看生意要飛了，姑娘們可是失望得很。在德佐看來，他那種魅力像是一副面具。

面具可以換，戴面具的人能不能換？德佐一直在人性底層打滾，看到每個人心中最汙穢的那一面，所以他知道人心有多髒、多灰暗，這一點也沒錯。就算是榮柏．椎克也一樣。問題在於榮柏．椎克做人做事是發自內心黑暗面嗎？不是。就算只有獨自一人，事實上戴面具的人也可以不一樣。

德佐想到剛剛居然說恐懼不能逼他動手，他明明就在計畫殺掉一個小孩。我是個什麼樣的怪物啊？

他很為難，不知道該怎麼辦。他殺了柯賓．費希爾，這是神駕以及其餘九人眾的制裁。柯賓．費希爾管理幫會的方式，跟他當初在卡利多一樣，挑起幫派彼此仇視、對立，對於殘酷暴行絲毫不加以管束。卡利多人的信念是適者生存，能活到最後就是最強的人，但是御影只想有充足的人手，並不打算培育出怪獸。

更進一步，則是因為有跡象指出柯賓．費希爾可能真的暗地為卡利多做事，這可就不能原諒；他要這麼做其實未必不可，但是一定要先通過九人眾同意，忠誠是御影最在乎的事情。

因此奪走他性命合乎邏輯，當然柯賓．費希爾的朋友未必會認同就是了。德佐以前也殺過九人眾，但會很小心不要留下痕跡。只是這一次阿索思居然在案發地點附近晃了好幾小時，而且完事前後他都在那兒。已經不少人聽說德佐收了阿索思為徒，所以難保沒有人將兩件事聯想在一起，而當這樣的說法出現以後，大家就會覺得德佐．布林的手法粗糙，已經在走下坡了。

坐上第一把交椅就會招人眼紅，如果露出弱點，那些二流的刺客都會想要往上爬。阿索思當然不懂這些，他還很多事情都不清楚。德佐在報應閃現的藍光中看見自己的死期，男孩活下來的話他就得死，早晚的問題罷了。

天理一直如此運行，有人生則必有人死。

德佐想出結論了，於是開始喝酒。

「師父都沒來吧。」

「沒來。」K媽媽回答。

「都四天了，妳不是說他不生氣？」阿索思握著拳頭問。他印象中割傷了手，現在卻一點痕跡也沒有，身上其他地方倒是還在痛，所以被打不是作夢。但是他的手卻沒事。

「三天而已，他沒生氣，先喝藥吧。」

「我不要喝了，越喝越難過！」阿索思剛說完就後悔了，K媽媽眉毛一抖，眼神馬上冷了下去。就算躲在K媽媽的客房，身上也裹著厚毯子，看見她那種冷若冰霜的目光，還是覺得一點暖意也沒有。

「孩子，說個故事給你聽，你有沒有聽說過『哈朗大蛇』？」

阿索思搖頭。

「那種蛇有七個頭，而且每切下一個頭，就會生出兩個新的。」

「真的嗎？真有這種生物？」

「沒有。到了哈朗，他們會說那東西叫做『雷迪許大蛇』。反正是想像出來的。」

「那妳還跟我說？」阿索思問道。

「你故意裝傻嗎？」看阿索思沒回話，K媽媽又繼續說：「讓我說完的話，你會聽得出這故事只是比喻而已，大人最愛用比喻的方式說謊。」

「幹嘛說謊？」整天躺在床上，阿索思脾氣也衝了起來。

「人為什麼要說謊？當然是因為說謊可以達到目的啊。你現在乖乖把藥給我喝了，然後閉嘴。」K媽媽說。

阿索思看得出鬧過頭了，所以沒再多回嘴，聽話把飄著薄荷與茴香氣味的藥汁給服下。

「阿索思……奇勒，現在御影也遇上大蛇了。你知道柯賓·費希爾這個人嗎？」

阿索思點點頭。柯賓·費希爾是個長相英俊令人印象深刻的年輕人，有時候會到黑龍幫跟傑拉里爾談話。

「他原本是九人眾之一，負責管理年輕人的幫會。」

「原本？」阿索思的聲音像是擠出來的，他自覺應該不夠格知道柯賓·費希爾是個重要人物，更別提知道他有多重要了。

「三天之前，德佐殺了他。當年安置奴隸兒女的收容所關掉以後，御影本來能夠趁勢培養自己的軍隊，但柯賓·費希爾居然鼓吹幫會鬥爭，導致奴隸的下一代人數大減。另外他還是個間諜，原本御影以為他是宿羅派來的，後來懷疑他拿的是卡利多給的錢。卡利多刻意用宿羅的金幣作為酬勞，大概就是擔心有人識破，而且給他宿羅的金幣，他不能馬上花天酒地，也能避免引起不必要的注目。

「現在柯賓死了，也已經搜過他家，很可惜沒有什麼肯定的答案。要是他真的替卡利多辦事，那造成的威脅遠比我們所想的要大，御影應該要活捉他好好拷問才對。錯就錯在當初急著宰掉他以儆效尤，現在妻子更大了。

「柯賓管幫會的時間應該沒有長到讓下頭的人也為卡利多賣命。流落街頭的鼠輩們有得吃就很高興，沒有什麼忠誠心，問題在於卡利多想得到對這些幫派下手的話，代表他們做了長遠的打算。」

阿索思問道：「說不定只是因為柯賓·費希爾比較好收買而已？」

K媽媽聽了笑道：「這我們的確不確定。不過卡利多那邊也起了內戰，狀況並不很穩定，而神王可是出了名的老謀深算，我認為他已經想過了，能夠揮軍南下也是好幾年以後的事情，他打算挑賽納利亞最脆弱的時機一舉成擒。要是他能控制御影，攻下這座城就簡單了許多，所以我們面對的問題是，他都可以滲透到柯賓．費希爾這種地位的人，很難說是不是還有更多奸細混在我們之中，『蛇』隨時都會冒出頭來啊，這樣子誰都沒辦法信任。」

「妳為什麼要煩惱這件事？」阿索思問。

「我當然要煩惱，因為我也是九人眾之一啊，奇勒。酒色場所都歸我管喔。」

阿索思的嘴慢慢張開成O字形。以前在他心裡，御影是龐大恐怖又遙遠的組織。至於K媽媽，其實想通了很合理，大家都知道她以前是名妓，現在又是個貴婦，只不過阿索思沒有將這些蛛絲馬跡串在一塊兒。K媽媽掌管所有情色場所的話，代表跟這行有關的人都要聽她號令了。

K媽媽微笑道：「我底下那些姑娘呢，除了比較——費勁兒——的那種活以外，也很懂得聽人說話。你要是看過男人面對著一個他們以為很蠢的妓女會變得多麼口無遮攔，一定會大開眼界喔。也因此呢，我還管理御影的情報網絡，我得搞清楚卡利多那邊的動靜，我不知道就等於御影不知道的話，這個國家就很有可能會滅亡，但沒有人會想接受蓋洛司．烏蘇爾統治才對。」

「妳跟我說這些又是為什麼？」阿索思問：「我又不是什麼重要人物。」

「『阿索思』或許是個無名小卒，但你即將成為『奇勒．史登』。」K媽媽解釋：「我認為你比德佐評估的還要聰明，告訴你這些就是希望你跟我們站在同一陣線。之前阿索思跑出去遊蕩確實看來很蠢，運氣不好可能會賠上你跟德佐的性命。可是就是因為你不知道現在的局勢，才會傻呼呼地跑去那邊。或許你做錯事了，不過德佐不應該衝著你有自主表現就打你，我想他心裡也很懊惱才對，只是他那個人不會認錯、不會道歉的。奇勒，我們需要的，不僅僅是讓你當一個學徒而已，我們希望你是『伙伴』。你準備好了嗎？」

阿索思，或者說是奇勒，緩緩地點點頭：「妳要給我什麼任務？」

十七

奇勒進去翟爾家宅邸時，努力想要找對東西露出目瞪口呆的表情。K媽媽說如果是「阿索思」的話，看見大的東西或者金色的東西就可以露出這種表情，問題是奇勒．史登「準男爵」只有看見「又大『又』金的東西或者是藝術品，才可以有這樣的表現。羅根因為動手打人過意不去，於是邀請奇勒到家裡作客，而奇勒為御影進行的第一項任務，就是要與羅根．翟爾變成好朋友。

門房送他到裡面，有個服裝更體面的人出面迎接，奇勒差點兒就脫口而出要拜見公爵大人，但仔細一看發現只是翟爾家總管而已。總管帶他進了大廳，左右各有一道階梯往三樓繞去，中間夾著一對氣勢磅礴的大理石像，是雙胞胎面對面正要廝殺，互相看著對方的破綻準備出劍。K媽媽跟奇勒介紹過，這叫做「葛拉斯克雙生子」，是世界上最有名的藝術品之一。K媽媽還說，史實是這兩兄弟穿著厚重的盔甲上戰場，士兵為了避免與旗手分散便無法彼此識別身分，都會在甲冑外面多披上一層繡有紋章的制服，可是經過激戰以後這兩個人的制服都破了，因此縱使他們之前都一直不想與對方交手，最後卻還是自相殘殺。在這尊雕像中，兩個人除了劍盾以外全身光溜溜的，但是因為盾牌擋住視線，這對雙胞兄弟直到痛下殺手時才第一次看到對方的臉。

總管帶奇勒上樓，走過宅子的一側。這裡的走廊比兔窩大多數街道都還寬敞，左右有許多大理石半身像及裱框油畫，畫像主題有男人交談、男人鬥毆、男人抓著女人、家族的遷徙、女人痛哭、戰爭過後的慘況，還有地表裂痕裡竄出怪獸，畫框都鍍了金，畫布很大一張。因為他走在總管後頭，所以不用管臉上的表情，他就一直都是那副土包子呆樣。最後到了一扇巨大的門前，總管以手中的枴杖輕輕敲了幾下，然後開了門，裡面是個圖書館，有幾十列整齊的書架，牆邊也堆滿書籍卷軸等等，足足有兩層樓高。

「主君，準男爵奇勒．史登來訪。」

羅根．翟爾面前桌上有一個打開的卷軸，他聽到總管報告便站了起來：「奇勒你來啦！正好我也看完了，這卷軸是我借來的，從——啊，不重要！歡迎歡迎！」

「多謝您的邀約，翟爾公爵，貴府實在相當氣派，一進門的雙子像真是雄偉。」這段話K媽媽要他預先死記下來，不過此刻他是發自內心讚嘆。

「請您別多禮，直接叫我羅根吧。你真的喜歡那東西？」羅根問道。

他那個「您」，露出了馬腳。羅根和奇勒一樣，盡力裝成大人的樣子，奇勒知道自己是假扮的，所以很緊張，但看樣子這位「公爵」大概也覺得自己不是正牌，對於那個聽來很嚇人的新頭銜還不大適應。奇勒察覺這點以後，乾脆擺出率直的態度：「我是真的覺得挺壯觀的，但如果有穿衣服會更好吧。」

羅根聽了大笑起來：「我就說嘛！平常我看習慣了也不會注意啦，但有時候一進門會嚇一跳，為什麼家裡會有兩個沒穿衣服的男人啊？因為現在身分變了，我常常要招待我爸爸的家臣跟朋友等等，很多貴婦趁這時候介紹女兒給我認識，希望我能看上她們。有一次我就這麼出去見客，一位夫人帶著女兒來，名字就別提啦，總之兩位都美麗端莊，氣質高貴。我個兒很高我知道，所以她們兩位得抬頭才能看著我的眼睛跟我說話，我跟她們說起個故事，說到一半，那位夫人不知為什麼偷笑起來，她女兒也不知怎麼了好像恍神一樣，害我以為是我頭上還是耳朵邊沾到東西，因為她們的視線一直都微微偏向一邊呢。」

「啊，這個尷尬。」奇勒聽到這兒就笑了。

「我一回頭嘛……嗯，是放大三倍的，呃……陽具。然後她們也知道我其實注意到她們一直看著我背後那玩意兒，當然我同時也想到原來那小姐是第一次看到男人裸體的樣子，害我一下子就忘記故事說到哪兒囉。」

兩個人同聲笑了起來。奇勒心裡鬆了口氣，幸好羅根的話裡有線索，他還能猜出「陽具」到底是什麼意思。貴族說話都是這樣子嗎？要是下次羅根沒頭沒腦丟了個啞謎過來，不知道該怎麼辦哪？

羅根指著牆壁上一幅畫，是個臉形陽剛、衣著風格很奇怪的禿頭男子。「都是他闖的禍囉。這是我曾、曾、曾、曾祖父，他熱愛收藏藝術品。」

奇勒臉上帶著微笑，心裡卻好像被呼了一巴掌。羅根知道自己的曾曾曾祖父是誰，奇勒連自己的爸爸都不認識。兩人沉默了片刻，他心想應該是自己要接句話吧，「唔……我聽說葛拉斯克那對雙胞胎，事實上有六次領軍對抗的紀錄吧？」

「你聽過他們的事蹟？」羅根問道：「我們這年齡的人，知道的很少呢。」

雖然遲了點，但奇勒已經注意到羅根愛讀書，當然也是真的看得懂書，在他面前假裝愛聽故事其實有點危險。「我是挺喜歡那些歷史故事，」他回答：「不過我父母覺得我不該把時間放在沒用的故事上頭。」

「所以你真的愛聽故事啊？我每次講歷史故事的時候，艾稜都會假裝打呼呢。」艾稜？喔……一定是說艾稜．罔德十世吧，也就是王子殿下。羅根果然活在一個完全不同的世界裡。「你過來看，」他示意奇勒到桌邊去：「看這個。」

看得懂的話我也樂意之至哪。奇勒胸口一緊，原來他這個偽裝還是脆弱得很哪。「這樣子好像在上課喔，」他揮著手嚷嚷：「我才不要在那邊自己看一小時的書，這樣你在旁邊會很無聊吧。你就直接跟我說精彩部分比較快。」

「可是那就變成都是我一直在說話啦，」羅根一副羞赧的模樣：「不太禮貌的感覺。」

奇勒聳聳肩：「我不覺得啊，是個新的故事還是？」

看見羅根眼睛都亮了起來，奇勒就知道逃過一劫。

「不是哩，是奧凱斯提亞年代結束那時候，七大古國滅亡之前的事情。我爸常要我讀一些偉大領袖的故事，這個故事說的當然就是宙辛．奧凱斯提囉。他們在黑山岡遭到圍攻，宙辛的左右手狂人伊茲拉──嗯，其實這故事發生的時候，還那地方還不叫做黑山岡，伊茲拉也是五十年後才躲在森林裡不出來。總之呢，伊茲拉恐怕是歷史上最偉大的一個魔法師，僅次於宙辛皇帝。他們遭到圍攻以後，伊茲拉開始製作一些非常厲害的東西，像是歐倫．瑞金用的戰鎚、沒有『異能』的士兵也可以用、會放出火焰跟閃電的機關。另外是力量之劍『夸亟』、規律之杖『幽睿』，以及六個叫做『鎧恪理』的法器。鎧恪理平常看起來像是發光的珠子，但是只要持用的人用手一擠，就會融化成一層膜包住持用者全身，就像第二層皮膚，然後透過這層膜發揮控制元素的力量。好比說艾瑞卡斯．達筑爾得到刀槍不入的銀色液態金屬皮膚；寇費爾．布萊克維可以控制火焰，得到紅色寇費爾的別名；崔絲．阿法古拉尼亞原本是醜女，卻搖身一變成了那時候全天下最美的女人；歐倫．瑞金獲得大地的力量，體重超過一千磅，皮膚硬得像石頭；伊瑞尼亞．卜拉威得到控制所有綠色植物的能力；旭瑞德．瑪登能夠操縱水，甚至可以把別人的血液給抽出來。

「我一直好奇另外一件事。」他又說：「宙辛．奧凱斯提是非常英明的領袖，儘管那些有異能的人大多都自恃甚高，他還號召那麼多人，不但能統馭他們，還真的能夠成事。奇怪的是，故事到了後面，他居然不把鎧恪理交給好朋友俄凱勒斯．索恩，反而給了自己也不很欣賞的旭瑞德．瑪登。你有聽過俄凱勒斯．索恩這個人嗎？」

「好像有。」奇勒並沒有說假話，以前幫裡一群鼠輩窩在酒館窗戶外面，正好有個詩人進去吟唱，零零碎碎聽到了這故事的一些片段。

「俄凱勒斯是技藝高超的戰士，但也是個高貴的傻子，他不懂人情世故，對於虛假、政治、魔法這類東西都不屑一顧，但若把劍交到他手上，有必要的話他一個人也會衝向千軍萬馬。他就是這麼狂野而又善良，所以部下都很忠心。相當重視榮譽的他，看見明明不如自己的人受到重用，一定會覺得很不堪，所以後來才會叛變。但宙辛怎麼會不知道呢？他應該很清楚這樣做會害朋友覺得受辱啊。」

「那你覺得是為什麼？」奇勒問。

羅根搔搔頭：「應該不是什麼特別的理由吧，那時候在打仗啊，搞不好只是大家都太餓太累，腦袋不大清楚，宙辛王也做了錯誤的決定。」

「那這故事有教你什麼領導統馭的道理嗎？」奇勒又問。

羅根一臉茫然：「要多吃蔬菜、睡眠充足？」

「怎麼不是『對下屬好一點，小心他比你厲害』之類？」奇勒笑道。

「史登準男爵好像是想找我比劃一下的意思？」

「公爵大人想輸一次的話我樂意奉陪啊。」

十八

奇勒走進基地，剛剛打贏了，他還興奮得兩頰發紅。羅根的劍術其實比他好，但是K媽媽說過，羅根去年整整長高一呎，到現在都還不習慣自己的體型。「我成功了，不只和羅根．翟爾打好關係，跟他鬥劍還贏了一局呢。」

德佐．布林連頭都沒有抬，一直看著燒鍋，顧著把銅盤底下的火生得更旺：「很好，不過以後別跟他練劍。那個給我。」

聽師父這麼說，奇勒心裡有點悶，但還是乖乖從蒸餾器的彎曲管子下面卸了個燒瓶出來交過去。德佐把濃稠的藍色液體倒上銅盤，剛開始沒什麼變化，過一會兒沸騰了才開始冒泡。

「為什麼不能跟他練？」

「去把渣盆拿來。」

奇勒又乖乖把盆子拿到桌上，德佐這才說：「我們打鬥的方式跟這城裡其他用劍的人可不一樣。你跟羅根繼續練下去，就會模仿他那種書上學來的步數，然後可能變成沒用的廢物；也可能會暴露出你學的東西完全不同，當然也可能既變成廢物又被人識破。」

奇勒乾瞪著鍋子。他知道師父說的對，而且就算不對也只能聽命照辦。藍色的液體燒成了暗藍色粉末，德佐隔著厚毛墊端起銅盤，把粉末刮在渣盆裡，又拿了另一個盤子、倒上藍色液體，擺回燒鍋上頭，然後戴上厚手套把第一個盤子擺在旁邊冷卻。

「師父，你知不知道為什麼宙辛．奧凱斯提沒有把鎧恪理賜給最好的朋友，害他受辱？」

「可能因為那朋友無聊的問題太多。」

「羅根說俄凱勒斯．索恩是宙辛王身邊品行最好的人，但後來卻叛變了，造成七大古國衰亡。」奇勒說。

「奇勒，多數人的信念沒辦法跟我們一樣堅強，他們會憑著妄想來讓自己安心，那些妄想包括天神、正義、人性本善之類的，可是這種想法在戰場上一點用也沒有，只會使人崩潰而已。搞不好俄凱勒斯就崩潰了。」

「你確定嗎？」奇勒心想這與羅根書上讀到的可是南轅北轍。

「確定？」德佐不屑地回答：「我連七年前奴隸制度結束以後，住在這兒的貴族怎麼辦也不確定啊。誰有辦法確定幾百年前的事情？這拿去餵豬吧。」奇勒把那些渣滓拿去給豬吃，德佐因為要做實驗才特地弄了頭豬來。

回過身以後，他看到德佐直直盯著他，一副有話想說的樣子，但是桌上銅盤子卻咻地一聲噴起火，他還來不及害怕，德佐倏地轉過身，忽然有隻影子般的手出現，直接從火裡抓起燒熱的盤子擱在桌上，然後那影子就消失了。整件事情發生得很快，奇勒不知道是不是自己眼花。

盤子冒著煙，原本該燒成藍色粉末狀的東西已經焦黑成一塊，他心想大概又是他要去把盤子刷到發亮吧。

德佐罵道：「看吧，沉溺於過去就會失去當下。算了，去看看那頭臭豬是生是死，然後得處理一下你的頭髮才行。」

豬死了，死之前吞下很多毒劑，當然也不能吃，所以奇勒花了大半天時間把豬劈成一塊一塊，然後拿到外面埋。回來以後，德佐要他打赤膊，在他頭上塗了種刺鼻的東西，還刺得他頭皮發麻，但是師父要他就這麼擺著一小時。洗掉之後，德佐要他照照鏡子，結果頭髮居然變成白金色，他都要認不出自己來了。

「要慶幸你年紀還小，不然連眉毛也得弄一番，」德佐布林說：「去換衣服吧。換『阿索思』的衣服，今天你要扮成『阿索思』。」

「我也得跟你去……出任務嗎？」

「快去換！」

「我可以理解『死因為肺癆』索價九百枚金幣，可想而知你需要下很多次毒才能模仿疾病症狀，」貴族男子說：「但是『死因為自殺』要收費一千五百個金幣？這太好笑了吧，拿刀戳死他，把刀子放在他手上，這很難嗎？」

「我看我們重新來過，」德佐．布林靜靜地說：「這一次你記得把我當成這裡最厲害的刺客，然後我這次也會讓你覺得有機會成交。」

酒館二樓房間裡，氣氛彷彿一觸即發。卜蘭．亞耿將軍臉色凝重，深呼吸一口氣之後手探入白髮抓了抓，「為什麼假自殺會要一千五百個金幣這麼多？」

「設計自殺有可能用上好幾個月，」德佐回答：「這跟死人的狀況有關。要是對方一直鬱鬱寡歡，那可以縮短到六星期左右，如果他以前自殺未遂過，甚至可以壓到一星期以下。不過我都得想辦法近身，下特殊的藥劑才行。」

阿索思很想注意聽師父說話，但是換上以前的衣服，一下子把這段日子的新生活又給打亂了。奇勒消失，但並不是因為阿索思聽了師父的話「假扮」成阿索思，而是因為奇勒只是他的一張面具，騙得過羅根、也可以騙自己一陣子，但這面具拿下來以後，他還是阿索思，他還是很無力，他不知道為什麼要到這兒來，他覺得很害怕。

德佐輕輕瞥了他一眼，繼續說了下去：「首先要讓死人看似陷入低潮、心事重重、疑神疑鬼，這種症狀要慢慢加重，然後搭配寵物死掉之類的事件，這麼一來下手的對象開始脾氣暴躁、出現被害妄想，然後跟朋友失和。接著，那些登門拜訪、至少會跟他一起用餐的人，也對他感到不耐煩，吵架以後不再去探視。之後要讓這死人寫下一些留言，搞不好真的產生自殺的念頭，但我要密切注意，一定要讓他用理想的方式死掉才行。只要好好安排，根本不會有人懷疑死因不是自殺。連家人都不會想對外透露，反而把僅有的一點點線索都給藏起來。」

「我的天……這麼複雜的事情真辦得到？」將軍嘆道。

「當然。但是難不難？難極了。需要非常小心調配出很多藥物。話說回來，你知不知道每個人對於毒物的反應有所不同？所以當然要花非常多時間。如果需要模仿對方寫下一些文件，還得分析書信、日記等等，以確保不只筆跡一樣，書寫的風格與用字都不可以偏差。」德佐猙獰一笑：「閣下得明白，暗殺是門藝術，而我是這城裡最有才能的藝術家。」

「你殺過多少人？」將軍又問。

「我沒有閒下來過。」

將軍撥弄著鬍子，兩眼看著德佐在單子上列出的各種殺人方法與價錢，看得出來他因此心神不寧：「布林先生，可以請教其他死法怎麼處理嗎？」將軍的語氣添了一絲敬意。

「我建議你針對真正有興趣的部分就好了。」

「為什麼？」

「我喜歡保密，也必須保密，不能針對殺人方法透露太多細節。另外，知道太多的客人常常會受到驚嚇，以前就碰過一個人自以為自家防守密不透風，還問我如果對象是他要怎麼辦到，他把我惹毛了，我就真的告訴他。

「後來……」德佐繼續說：「他請其他刺客暗算我，但是賽納利亞境內專業的刺客都不肯接這案子，最後只好找業餘的人來。」

「你把自己說得好像是什麼傳奇人物一樣。」將軍瘦長的臉孔繃緊了起來。

德佐．布林本來就是傳奇人物啊！會找上他的人，不都知道這一點才對？話說回來，聽師父跟個貴族，也就是跟稚克伯爵差不多的人談生意，這實在很詭異。阿索思覺得所處的兩個世界給人用力擠在一塊兒，而且他心裡有一股跟這貴族同樣的畏怯。

那些混幫派的小伙子常常以德佐．布林為偶像，他功夫高強、受眾人畏懼，但他自己則是什麼都不怕，也就因此阿索思才想要跟著他。現在眼前這貴族對德佐．布林卻有不同的情緒。對這些貴族來說，德佐．布林是不能見光的人，是破壞他們心愛世界的人；刺客的存在，讓將軍身邊所有人事物都置身險境。將軍的表情不是害怕，而是厭惡。

「我的意思不是這城裡其他刺客都怕我。」德佐．布林冷笑：「只是我們這些專業刺客，就算不是什麼常聯絡的圈子，至少也是很小的一個團體。畢竟是同業，有些人彼此也有交情在。剛剛說的那個人，後來去找刀疤瑞伯——」

「我聽說過這人，」亞耿將軍插嘴道：「應該是僅次於你的殺手吧。」

「我們是『刺客』。」德佐糾正他：「瑞伯跟我是朋友，所以就通風報信了。嗯，我想軍事的比喻你會比較容易懂？一支小型部隊想要突襲一個毫無警覺的城市有機會，但想突襲早就守株待兔的城市就只是自殺而已。」

「我懂。」將軍頓了一下，似乎察覺到原來德佐．布林知道他的身分，忽然也露出笑容：「你這戰術也不差。」

「怎麼說？」

「我想你講完這故事之後，應該很少有人會不付錢吧？」

德佐．布林大大笑了起來，一旁的阿索思發現這兩個男人間生出一種默契。「一個也沒有。謀略是戰爭的延伸啊。」

「我們這邊的說法是戰爭是謀略的延伸。」卜蘭．亞耿回答：「但我明白你的意思。之前有一次，我領軍抵禦勒諾族，但是人數遠少於對方，增援要兩天才能到。我手邊有些俘虜，故意把他們安置在防守薄弱的地點，故意告訴守衛援軍一早就到。後來開打了，俘虜跑回去把消息報告給他們的上級，勒諾族心一冷就按兵不動，等我們的援軍真來了才開打。可以說我們靠謀略成功撿回一條命。先回到一開始的問題——」將軍繼續說，「我可能需要你使出單子上沒列出的手段，很抱歉我一開始不夠坦白。布林先生……我是代表國王前來見你。」

德佐·布林的表情忽然冷了下來。

「我明白說開這件事情之後，恐怕跟你之間的聯絡人就完蛋了，但是陛下認為這任務值得犧牲一個線民、甚至值得犧牲一個朝臣，也就是我本人。」

「你該不會蠢到派兵包圍這棟樓吧？」德佐問道。

「沒這回事，我自己一個人來的。」

「那你今天作了個明智的決定。」

「應該不只一個，我們找上你、對你開誠布公，希望你能體會我的用心。想必你也明白，國王雖然有錢，但是在政治以及軍事方面的勢力卻不強，雖然很無奈，但也是眾所周知的事實了，畢竟王室不興已有百年之久。艾稜·岡德希望能夠改變這個局勢。有關政局動盪的狀況，相信你這兒的消息比我猜想的還要更多才對，但國王還發現另一個陰謀。有人想要竊取一筆鉅款，不只是從國庫而已，規模之大波及到國內每個貴族。我們推測這個計畫最終目的，是要逼賽納利亞淪落到連軍隊都養不起的窘境。」

「這麼大一筆錢想要神不知鬼不覺搬走啊。」德佐嘆道。

「總司庫察覺有異，所以著手反制，外界還不知道這件事。對方的策畫頗高明，願意等上個六到十年才來收成，他們將間諜安插在一些重要的職位上，目前這些人都還沒有輕舉妄動。背後牽扯太多利益了，但並不是我們現在討論的重點。」

「那，重點是什麼？」德佐·布林瞇著眼睛問。

「布林先生，我也對你稍微做了點調查，」將軍說：「不得不說你確實相當神祕。大家都知道御影在我國有著舉足輕重的影響力，連其他國家，包括卡利多在內，也都對這狀況瞭若指掌。」

「因此，」將軍繼續解釋：「國王需要你往後幾年進行一連串任務，有些是單純殺人，有些是反間，有些則更簡單，只要你露面給人看見就可以。目標呢，就是使神王烏蘇爾認為御影已經跟王室聯手了。」

「就是要我幫王室做事。」

「不……完全是如此。」

「然後我做的事情都會獲得特赦？」德佐．布林問。

「國王已經授權我這麼做。」

德佐笑著站起身：「不可能的。將軍，再見了。」

「恐怕不容你拒絕，國王不會同意。」

「希望你言下之意不是買賣不成就要我的命哪。」

「會先送命的，」將軍終於看了阿索思一眼：「是這孩子。」

十九

德佐．布林聳聳肩：「所以？」

「接下來會死的是你的情人，她叫做芳達對吧。」

「儘管殺，不過我想你會發現挺麻煩的，人家都已經死了四個多月。」將軍面不改色：「再來是那位祈蓮娜『媽媽』，看樣子她是你唯一的朋友吧。我並不希望場面這麼尷尬，但是國王已經下令了。」

「有兩件事情你弄錯了。」德佐回答：「第一，你以為我會在乎其他人的命，你明知道我幹哪一行的還這樣想？第二，你甚至以為我會在乎自己的命。」

「請別誤會，我只是奉命行事。以我個人立場來說，我根本不希望與你有任何瓜葛。」將軍說道：「我還認為國王陛下求助於罪犯根本不成體統，不給你戴上手銬腳鐐，還要把你的荷包給塞滿？在我眼中你根本是頭禽獸，失去了人類該有的樣貌，可惜陛下認為你這樣出賣靈魂的人還能派上用場。身為軍人，我受了王命就一定要達成。」

「但是你們已經犯下策略上的失誤。」德佐．布林回答：「就算國王殺了我徒弟、我朋友、甚至我自己，至少也要賠上一個將軍，這樣划不來吧。」

「即便我死了，陛下恐怕也不認為是太大損失。」

「啊哈，看樣子你倒是很清楚自己的立場。」德佐又說：「卜蘭．亞耿，你是第一次見到我，但我可不是第一次見到你。」

將軍楞了一下：「見過我又如何，這城裡半數以上的人都見過我。」

「睡覺的時候，你太太還是會窩在你身邊嗎？那感覺應該挺窩心的是吧？她的睡衣還是褐色滾雛菊花邊的那一套嗎？你們應該很恩愛吧。」

將軍聞言動也不敢動。

「你覺得我是禽獸？」德佐問道：「你不知道你的命是我撿回來的！」

「什麼意思？」

「你難道沒懷疑過，為什麼你不是被人暗算，反倒還可以升官？」

從將軍的眼神，連阿索思都看得出他早就懷疑過了。

「戴文王駕崩那天晚上我在你家呢，你跟瑞格納．翟爾碰面了對吧？本來我是要去殺了你妻子給你個警告，艾稜．岡德會找個年輕的豪門千金賞給你生小孩，而且如果發現你跟瑞格納．翟爾想要起兵自立，我還可以當場殺了你們倆。是我刻意放過你的，沒屍體我還領不到錢呢。我說這些也不期待你會感激什麼的，將軍大人，但你嘴巴至少給我放乾淨些！」

亞耿將軍面色鐵青。「你……是你們跟艾稜說我可以收買，然後他就以為拿官位換得我的效忠，才打消賜婚的念頭……」阿索思從他臉上表情，猜想他應該是回想著這四個月以來旁人的指指點點，覺得越來越無力，最後將軍才又開口：「為什麼你要這麼做？」

「你不是縱橫沙場的豪傑嗎？你自己說說看哪。」德佐冷笑。

「軍權繼續放在我手裡，御影的敵人就會分散，若是給國王機會安插自己的人馬，對你們而言更麻煩。可惡，你們這些傢伙到處都有耳目是嗎？」

「跟我有什麼關係，我只是出賣靈魂的禽獸而已。」

將軍氣色還是很差，但身子直挺毫不動搖。「你……看樣子我該對你改觀才對，布林先生。我還是認為你所做的事情死不足惜，但剛剛的確是我出言不遜，請接受我的道歉。然而這並不代表國王的決心會因此動搖，我──」

「出去吧。」德佐說：「等你想清楚再說不遲，反正我還會在這兒待一陣。」

將軍站起來，一直盯著德佐，退到門口開了門，一直到門關上了才轉身。阿索思聽見他的腳步聲在走廊迴盪。

德佐看著門口，忽然從桌子邊退開。將軍走了他反而才緊繃起來，渾身上下都散發出殺氣，像是貓鼬對上了蛇。

「阿索思，不要靠近門，」他說：「站在窗戶旁邊。」

阿索思已經記取教訓，毫不猶豫乖乖照做；他不需要知道理由，聽師父的指令就對了。

接著樓梯那一頭傳來碰撞聲跟咒罵聲，阿索思站在窗邊看著師父，師父臉上沒有透露出一點線索。過不了多久，門忽然被撞開，將軍提著劍衝進來咆哮：「你暗算我？」他彎著膝蓋，身子靠在門框上，似乎差一點兒就要跌倒。

德佐沒答腔，將軍眨眨眼，想挺起身子，不過腹部攪動、一陣痙攣，忍過之後他又開口：「怎麼做到的？」

「門把上抹了毒，」德佐說：「會滲透到皮膚底下。」

「要是我們協議成功——」將軍問道。

「那我會主動幫你開門。就算你有戴手套，我也還有其他備案。你給我聽清楚，國王是個無能昏庸、狼心狗肺還口無遮攔的死小鬼，所以我要把話講清楚。我是一流刺客，他是三流君主，我才不要替他賣命，但如果你有興趣，倒是可以雇用我——要我殺國王可以，要我為國王殺人就免了，不管是你還是他都別自以為逼得動我。」

「我知道他沒這麼好說話，艾稜．岡德以為他要的都有辦法弄到手。我這就告訴你要怎麼叫他閉嘴。」德佐布林站起身：「第一，今天晚上我會去他城堡裡留個訊息。第二，你們可以去查一下攸沙．葛林伯爵，看看不聽話的客人我會怎麼處理。第三，你目前的下場就是個很好的證明。第四——亞耿，坐吧，劍先收好，這樣不太有禮貌喔。」

將軍癱在椅子上，長劍從指尖滑落。似乎沒有力氣再撿起來。不過他眼神還很清澈，應該把德佐的每個字都聽進去了。

「將軍，你們想殺誰，我無所謂。我知道外頭被包圍了，每扇門窗都有人拿著十字弓瞄準，這也無所謂。連國王怎樣威脅我，我也一樣無所謂。我不會變成別人的走狗，我幫誰做事、什麼時候做什麼事，都是我的自由，我不會聽艾稜．岡德的命令。阿索思，過來。」

阿索思走到師父面前，但他不明白為什麼師父會說出他的本名。德佐雙手搭在阿索思肩膀上，把他轉過去面對亞耿將軍。

「阿索思是我的得意門生，敏捷、聰明、各種技巧教一次就會，而且還很勤勞。阿索思，告訴將軍，關於『生命』你學到了些什麼？」

阿索思毫不猶豫地背誦：「生命空虛，我們奪去他人性命，並非摧毀有價值的東西。刺客的唯一本質、唯一目的就是殺人，不需要多愁善感。」

「將軍，」德佐又問：「你還聽得見吧？」

「聽得見。」將軍眼中冒出火。

德佐的聲音卻吹著雪：「那就聽清楚，與其給你們利用，我會親手解決掉自己的徒弟。」

將軍好像遭雷擊一樣在椅子上抽動起來，他看著阿索思。阿索思順著他的目光，垂頭看著自己的胸口。

沾了血的刀刃從阿索思胸前竄出幾吋，同時他感覺到一股令人極不舒服的力道從背後往身體裡面鑽。冷冷的，卻又溫溫的，最後很痛。他緩緩眨了一下眼睛，抬頭看著將軍，將軍眼裡盡是驚恐。阿索思又看看那把刀。

他還認得那把刀呢。去找娃娃的那天，最後清理的就是這把刀，希望這次師父至少先擦過一次再帶回去，不然乾掉的血液又會卡在凹槽裡面，阿索思得用上另一把刀子才剔得掉，那可得花上好幾個鐘頭呢。

阿索思還注意到，以這刀子的角度，插在小孩的胸口，應該正好把心臟上面的動脈給挑斷了吧。刀子一拔出來，人就會死，會噴很多血，撐不了幾秒。

阿索思身體抽搐，刀子不見了。他依稀感覺到自己雙腿彎曲，往旁邊倒下，胸前有什麼東西熱熱的湧了出來。

木頭地板好硬。他臉朝上躺在地上，師父握著刀子，口中還在說些什麼。

師父拿刀刺了我？阿索思真不敢相信，為什麼？他一直以為師父對他算是滿意。那麼一定是因為娃娃吧，結果師父還是在生氣。還以為之後就一帆風順了呢。白色、金色的光芒籠罩整個世界，他覺得很暖，非常暖。

二十

「請陛下三思！」

艾稜．岡德九世一屁股坐在王位上：「卜蘭，只是一個人，一個人而已！」他補了幾句難聽的話後又說，「你要我因為怕一個人就把全家送到鄉下避難？」

「陛下，」卜蘭．亞耿將軍回答：「『人』這個詞不能套用在德佐．布林身上，我明白背後牽扯——」

「你知道就好！那你更應該知道我真的帶著家人跑掉，大家會在背後怎麼說吧？」國王習慣性地又講了些粗話，「我知道他們在背後說我什麼，我都知道！我才不要再有把柄落在那些人手裡！」

「陛下，這個刺客不會空口說白話。我對天發誓，真的親眼看見他把自己的徒弟殺了，就只為了證明這一點哪。」

「你被耍了，將軍。你中毒了不是嗎，一定誤判了。」

「我的身體受到影響，但是心智還是正常，我很確定我沒看錯。」

國王悶哼一聲，嗅到硫磺味，他噘起嘴脣大罵：「混帳東西！那些蠢才什麼事情都辦不好！」

城堡北邊有一處叫做佛斯島斷層的地形，他們從那邊引入了管線將熱空氣導入城內，顯然現在管線又有裂縫。他從來沒想到，工程師把管線埋在城堡的石壁裡面，每年可以省下多少錢。他也不知道光是斷層那裡的風力就可以運作兩百座磨坊。他只知道兩個星期聞到一次硫磺的臭味就生氣。亞耿將軍心想賽納利亞不知道惹怒了哪一位神祇，居然出現這樣一個君主。

當年他該多推翟爾公爵一把，該把這後果說得更清楚。他甚至該說謊，不要明講如何處理艾稜與娜麗亞的小孩，那麼此刻就可以驕傲地服侍新王瑞格納，而且也會是莫大的榮譽。

「你看到他殺死一個小孩……」國王又說：「誰在意啊！」你該在意啊，換做是瑞格納就會在意。「還不就是他從街上隨便拉了一個倒楣鬼過去殺掉，就是要嚇唬你而已。」

「陛下恕我無禮，但您誤會了，我也見過許多難纏的角色。我曾經跟多庚當瓦爾單獨對決，也與隱王圭布朗率領的勒諾族槍兵戰鬥過，我——」

「好了、好了，你打過幾千場仗，都在我老爸的年代。很厲害、很厲害。」國王道：「但是你根本沒搞懂怎樣治理國家吧？」

亞耿將軍臉一繃：「自然不如陛下。」

「要是你弄清楚了，我說將軍大人……那你就知道絕對不可以壞了名聲！」他又斷斷續續罵了幾回，「怎麼可以半夜逃出自己的城堡啊！」

看樣子是不可能說得動國王了，他只會羞辱亞耿、然後連帶羞辱自己。亞耿發誓效忠他，而且亞耿很久以前就認為能否遵守誓言決定一個男人的價值。一如他的婚姻，他不會因為妻子無法生育，就輕易與她離異。

但如果服侍的君主密謀奪去自己性命呢？不是光明正大的對決，而是找殺手半夜飛來一刀？

不過那是亞耿立誓以前的事情，既然已經立誓了，他就無法回頭。但假如當初他知道這件事，他寧願死也不會尊此人為王。

「陛下，那是否至少容我今晚率禁衛軍以及您的法師團進行演習？禁衛軍指揮官也常常不先宣布直接操演，保持部下的警覺心。」問題在於我不知道為什麼要保住你那空空如也的腦袋。

「你愛怎麼搞就怎麼搞吧，神經兮兮的，隨你便。」

亞耿將軍轉身離開謁見廳。先王戴文也不是聰明人，但他有自知之明，所以聽得進臣子說的話。現在的王子，也就是艾稜十世，儘管只有十四歲，感覺上還算有前途。或許是遺傳了母親的智慧吧。等十世夠大，可以繼位了，說不定我真的會找那殺手。老天，我真的可以花錢要他出手。但將軍又搖了搖頭，這種念頭就是謀反啊，身為將軍可不會如此胡思亂想。

費袞．薩法斯第能派駐在賽納利亞王城，並非因為他法力高強，而是因為他懂得官場生存之道。當年他這身藍袍子得來很勉強，但他在賽納利亞卻爬到挺高的位置，靠的不是「異能」而是「才能」。現任國王是很蠢，不過不是無法相處，只要能忍受他暴躁的脾氣跟動不動罵人的習慣就好了。

不過今天晚上費袞卻像個守衛一樣四處巡邏。他向國王艾稜九世提出疑問，但那個大家喝酒時說是「阿九」的國王卻只是大罵一頓，要他乖乖照將軍的吩咐做就對了。叫他阿九不是因為他是「九世」，而是他的腦袋只有「九歲」大。

費袞知道亞耿將軍是沙場老將，心想他跟國王處不來其實很可惜，不然對國政應該很有助益。話說回來，國王身邊親信越少，費袞自己的地位就越有保障。

他覺得夜間巡邏這差事真夠無聊，到底是要找什麼東西呢？他一個人穿過城堡庭院，原本他有想過要開口找個護衛兵，但大家都認為法師能夠以一擋百，雖說他知道自己沒那能耐，但也沒必要張聲讓大家都知道他不行。

庭院是個寬約三百步、長約四百步的菱形，普利茲河流經城堡北邊，受佛斯島隔斷後包夾城堡西北與東南兩側，然後到了南邊重新匯聚。

院子裡有人、馬、狗的聲音，時間不算太晚，軍舍內還有士兵在賭博，配著七弦琴跟叫罵的聲音飄進籠罩城堡的濃霧中。

費袞將斗蓬拉緊包住肩膀，霧氣從河面上穿過城門飄進來，淡淡的月光照不透這片迷濛。濕氣舔過他脖子時，他心想真不該剪頭髮才對；國王笑他留一頭長髮，但其實費袞的情人喜歡。問題是他剪頭髮以後，國王又說短髮看起來也很蠢。

詭異的大霧流竄入城門，費袞集中能量……集中？他覺得應該是跟那股力量在拉扯才對，然後凝神注視這場霧。能量集中後，他也因此鎮靜下來，強化過的視覺與聽覺都沒察覺什麼異狀。

他深呼吸一口氣之後穿過城門。不知道是不是幻想，他總覺得這陣霧像是侵略的士兵一樣撲向城牆，從城門的裂口一湧而入。感覺霧就擋在面前，上頭兩個守衛拿的火把起不了什麼作用。

費袞朝衛兵點頭，然後掉頭走回城堡，這時候他覺得有個重量壓在肩胛骨間，通常被人盯著才會生出這感覺，讓人忍不住想回頭看。奇怪的是，都走到馬廄了，這種感覺居然更強烈。空氣濕而重，好像走在一碗湯裡那樣；霧氣彷彿故意包住他，舔著他的頸子戲弄他。

霧氣更濃了，星空、月光完全消失，整個世界化為一片朦朧。

走到馬廄轉角他不小心絆了一下，連忙伸手要穩住身子，但卻覺得摸到什麼溫軟的東西，簡直像是有個人站在那兒。

他大吃一驚，站穩後再度凝聚能量，但還是什麼也看不見，沒有人啊。終於他的「異能」也派上用場。馬廄裡面好像有人影晃動，不過不知道是不是多心而已。

這是大蒜的味道嗎？不可能，幹嘛胡思亂想呢。話說回來，沒來由地為什麼會以為有大蒜味？他遲疑了頗長一段時間，但是他法力不強，不代表個性也軟弱，所以最後擺出架勢隨時準備拋出火球，另一手抽出刀，跨過轉角時將感官跟魔法感應都發揮到極限。

一闖進馬廄他趕快四下張望，還是什麼也沒看到。馬匹都還在，動物的味道跟霧氣混在一塊兒；有蹄子的聲音，也有牲畜睡覺時的呼嚕聲。費袞注意著黑暗中的動靜，還是沒有異狀。

他越看越覺得自己這樣有點傻，心裡一方面覺得該走到馬廄深處查個明白，另一方面又覺得趕快出去比較好。反正他沒認真巡邏，不會有人知道，就到城堡的另一邊晃晃也可以；但他又覺得要是能夠單槍匹馬逮到入侵者，國王一定會大大賞賜。阿九沒什麼長處，就是出手大方這點好。

費袞慢慢讓剛剛準備好的火球具現，起初火苗有點搖曳，後來穩定了下來，在他掌心發出微光。第一道柵欄後頭的馬嘶了一聲嚇著了，費袞上前想安撫牠，但一手火一手刀，那馬兒可是一點都不安心，越叫越大聲還踩地板想叫醒同伴。

「噓！」費袞說：「別怕，我不會對你怎麼樣！」

但他是生面孔，加上捧著魔火，動物哪承受的了，所以牠們都大聲嘶鳴了起來，第二道柵欄那邊也傳出蹄子踩地板的聲響。

「你幹啥嚇馬啊！」一個聲音從費袞背後傳來，他嚇得刀子一丟、魔火也消失了，轉身之後才看見原來是馬廄總管，他來自普蘭嘉島，身材矮胖滿嘴鬍子，名字叫做多格・蓋米。馬廄總管提著個燈籠，挺不屑地看著法師小心翼翼從馬糞堆把刀撿回來。

多格一一拍撫馬兒、對著馬兒說話，牠們很快就安靜下來。費袞看了覺得自己的立場還真尷尬。多格結束後又走過他面前。

「我只是在巡邏——」

「拿個燈啊，白痴！」多格把手上的燈塞在他手中然後掉頭走開，口中喃喃罵道：「幹啥用什麼巫火嚇馬兒啊！」

「『魔火』跟『巫火』不一樣。」費袞對著他的背影唸道。

多格頭也不回走出馬廄。正當費袞要回過頭的瞬間，突然傳來砰的一聲。

費袞趕緊也衝出馬廄，卻看見多格已經倒在地上昏迷不醒。費袞還來不及大叫，脖子上覺得一陣熱辣辣的，他伸手一探，另一手提的燈卻忽然給誰輕輕取走。費袞全身肌肉僵硬。

然後燈也熄了。

二十一

「你幹了什麼好事?」K媽媽抬頭瞪著闖進來的德佐。

「確實是好事，」德佐回答：「又快又好，今天晚上還可以休息休息。」他笑得有些輕浮，身上帶著酒精與大蒜的氣味。

「我才懶得管你上哪兒去胡鬧了，問題是你怎麼把阿索思搞成這副德行?」她看著躺在客房床上，一動也不動的年輕人。

「他沒怎樣，」德佐傻笑道：「妳仔細看看，他沒事的。」

「還說沒事?他都失去意識了!我一回家，僕人都嚇壞了，他們說你帶了一具『屍體』過來!結果我上來一看居然是阿索思，搖也搖不醒，好像真的死了。」

不知怎地，德佐聽了居然捧腹大笑。

K媽媽見狀用力甩了他一巴掌。「快點說你到底搞了什麼鬼，你對他下毒?」

德佐清醒了點兒，搖搖頭想集中精神，「他死了，他非死不可。」

「把話說清楚。」

「我說葛溫芙大美女，」德佐回答：「有些事情不能說太多，只能說有人想威脅我，而且是真有那本事的人。他們揚言先對阿索思下手，再來就是妳;另外這些人連芳達的事情都知道!」

K媽媽聞言大吃一驚，居然有人能夠威脅德佐．布林?誰有這天大的本事令他顧忌?

德佐癱進椅子裡，兩手捧著臉：「所以得讓全天下都以為他死了，至少今天晚上他不能活著。」

「所以你假裝殺死他？」

德佐點點頭：「這樣對方才會認為我不在乎，找不到辦法繼續威脅我。」

問題是——K媽媽心想：問題是你分明就在乎，所以對方也還是知道你的弱點。她看得出來德佐也明白，眼前的刺客已經不像從前那樣天不怕地不怕，他心頭的裂縫越來越大。現在K媽媽能力所及，只能讓德佐去她旗下的妓院避一避，雖說大概得關在裡頭兩三天，但她吩咐人看著的話，總是比在其他地方安全些。

「這孩子就交給我吧，」她茫然地開口：「他醒了之後該怎麼辦，你想好了沒？」

「照之前的計畫，送他去椎克那邊待著。對其他人來說他已經死了。」

「你用的是什麼？」

德佐看著她，一臉困惑。

「我是說你用的藥——唉，算了，告訴我他會昏多久就好。」

「我也不知道。」

K媽媽聽了瞇起眼睛，想再賞他一巴掌。這男人太不知輕重了點，雖然他精通毒物，但小孩子的體質很難說啊，畢竟小孩不只是縮小版的大人。運氣不好的話，阿索思根本醒不過來，跟死了沒兩樣，再不然就是醒過來，但成了智障、或者四肢無法動彈，也是一樣糟糕。

「你明知道他可能會真死。」

「有時候只能賭一把啊。」德佐掏著口袋要找大蒜。

「你明明就挺喜歡這孩子，所以才會這麼慌慌張張。你心裡是真的有點想要他死了算了，對不對，德佐？」

「如果妳非得在我耳邊吱吱喳喳，好歹讓我喝一杯吧。」

「快點說。」

「生命空虛、感情脆弱，他現在死，總比過沒多久把我跟他一起害死要好。」話說完，德佐整個人好像洩了氣的皮球，K媽媽也看得出他已經無言了。

「你要找姑娘找幾天？」她問道。

「天知道。」德佐幾乎動也不動。

「去你的！那比平常多幾天還是少幾天？」

「多幾天吧，」過了一會兒他才回答：「一定是多幾天哪。」

國王罵人的聲音比他的腳還要早十秒進入謁見廳。亞耿將軍聽見下人匆忙迴避，入口衛兵神情侷促，還注意到那些有理由不在場的人已經開始鳥獸散。

艾稜九世氣呼呼衝進來：「卜蘭，你這窩——」他說了一大串卜蘭．亞耿到底是哪些噁心的東西組成，但是將軍已經習慣性地在腦袋中過濾掉，只留下重點，「昨天晚上到底怎麼回事？」

「陛下，」將軍回答：「我們也不知道。」

又一大串斥責，這次比平常有創意了那麼一點點，但基本上阿九就是個頭腦不算靈光的人，更何況沒人敢在他面前出言不遜，所以他罵了半天還是離不開屎尿這類字眼兒。

「我們可以確定的只有一點，」卜蘭．亞耿說：「有人闖進城堡，而且我認為可以推論就是昨天我們說過的那個人。」他不想說得太明白，畢竟隔牆有耳。

「德佐．布林！」國王點著頭。

將軍嘆口氣：「是，陛下，他使城堡內一名守衛、一個馬廄僕役，還有費袞．薩法斯第失去意識。」

更多的咒罵，國王來回踱著步子，「什麼叫做『失去意識』？」

「這三個人身上沒有明顯外傷，也不記得發生什麼事情，只有那個守衛脖子上有個很小的孔，似乎是針刺出來的。」

國王繼續罵，不忘連那個沒用的法師也一起罵進去。一如往常，將軍後來不再覺得被冒犯，只感到無趣，國王整天罵啊罵地，只是昭告天下：我就是個被寵壞的孩子！好不容易阿九終於又說到重點，「沒別的線索？」

「目前還沒發現。陛下、王后、王子及公主殿下的寢宮外，守衛都表示沒有異狀。」

「真沒天理，」國王跺著腳走到王座旁：「為什麼我會碰上這種事啊？」他一屁股癱在位子上鬼叫，但忽然又跳了起來，一把抓住亞耿將軍：「老天，我頭好暈，我要死了！你們這些混帳……我快死了！來人啊，快來人啊！」國王音調越來越高，後來放聲大叫，護衛連忙吹哨子敲鑼，謁見廳一時喧囂不已。

亞耿將軍手一鬆將兩腿發軟的國王推到愛拍馬屁的費袞懷裡，那法師一時不察沒接住，就這麼讓國王摔在地上，像個小娃兒似地大哭。將軍理也不理，逕自走到王座旁。

他馬上就找到目標了，是根又長又粗的針，從王座座墊比較薄的地方竄出頭來，他想拔卻發現拔不出來；那根針經過特別固定，免得因為國王的施力方向不對而折斷。

將軍拔出短刀將座墊割開，然後取出針，完全不想管敲鑼打鼓的聲音，也不想理會那些湧進謁見廳、包圍住國王，想趕人到另一間房去盤問的衛兵。

他把針高高舉起，上頭黏了一張便條，寫著「我想下毒也可以。」

「讓開、讓開！」一個矮個子在人群後面大聲嚷嚷，把士兵都給推開，原來御醫也趕到了。

「快讓他過來。」將軍一下令，衛兵趕忙散開，留下國王一個人在地上呻吟。

將軍把御醫拉到一邊，給他看過那根針以及便籤上的留言：「陛下他可能要服一點……也許多一點止痛藥，不過他沒中毒。」

「我明白了。」御醫回頭看見國王當眾拉下褲子想看自己臀部的傷，「交給我吧，我知道怎麼處理。」

將軍忍著沒笑，朝衛兵下令：「護送陛下回房休息，門口加強警戒，寢宮內由兩名隊長親自鎮守，其他人回到自己崗位上！」

衛兵將國王扶起來，國王不忘大叫：「卜蘭！我要他死！可惡，把那畜生給我宰了啊！」

卜蘭．亞耿等到謁見廳都沒人了才走。國王想要跟這國家的黯影開戰，那黯影沒有形體只有刀刃。想要刺客的命，就會有這種結果。為了保住國王的顏面，不知道有多少人得先犧牲？

「大人……？」一個侍女遲疑地開口，手裡捧了包東西：「他們派我……過來稟報，但是大家都跟著國王走了，我該怎麼……？」

將軍看了一下，她年紀不小了，表情像是怕不小心丟了人頭，看樣子他們是用抽籤決定派誰來吧。

「妳要報告什麼事情？」

「下人發現一些東西，不知道是誰放在各寢宮內。」

包袱一打開，是六把黑色匕首。

「放在哪裡？」將軍差點喘不過氣。

「在……在幾位殿下的枕頭下面。」

二十二

小小的腳走進阿索思的意識中，一個死人聽見這樣的聲音有些奇怪，但阿索思也想不出別的可能性了。那是一雙小腳走在石頭地板上，而且是在外頭吧，腳步聲沒有回音。他想要睜開眼睛，但睜不開，他懷疑這就是死了以後的世界，也許靈魂不會離開身體，也許人會躺在自己的屍體裡，感覺得到自己漸漸腐敗。他希望不會碰上野狗、野狼一類。之前他做過恐怖的噩夢，是一頭惡狼眼睛發著黃色光芒瞪著他。如果意識無法離開肉體，被野獸分屍的時候怎麼辦？他會像沉入夢鄉一樣失去意識？或是意識也會跟著分成好多塊，經過無數野獸的肚子然後排出來與土壤合而為一？

有什麼東西碰了碰他的臉，他眼睛終於打開了，聽見一聲驚呼，然後視線聚焦，看見原來是個五歲左右的小女孩，大大的眼睛占了半張臉。

「沒見過死人？」他問。

「爸！爸！」小女孩用稚嫩童音訝異地扯開嗓子亂叫。

那聲音好像刀子戳著他腦袋，他呻吟，身子往後一倒，發現有枕頭。枕頭？這代表他還沒死吧，理論上是好事。

再度醒來時應該過了一段時間，房間裡明亮通風，大窗戶敞開，陽光將櫻桃木家具與大理石地板照得閃閃發光。天花板上的雕花，阿索思記得之前也盯著看過，於是知道這是椎克伯爵宅裡的客房。

「看樣子地獄不收你哪，小伙子。」椎克伯爵說這話的時候臉上堆滿笑容，但看見阿索思的反應他連忙改口：「啊，別介意哪，別多心、什麼都先別想，吃點東西。」

他端了一個盤子放在阿索思面前，上面裝滿熱騰騰的蛋與火腿，另外還有一杯加水稀釋的紅酒。阿索思腦袋一空，改用肚子思考，過幾分鐘等他回神，杯盤已經清空。

「很好，」椎克伯爵坐在床邊，下意識擦了一下眼鏡：「你知不知道我是誰、這兒是什麼地方？好……那你記得自己是誰吧？」

阿索思點點頭。他是奇勒。

「我有些事情要轉達給你聽，但要是你身體還不舒服——」

「沒關係，請說吧。」

「那位『圖里』先生吩咐，你現在的任務就是習慣新生活，好好休養身體。他其實是說：『給我躺好別動，等我過去的時候你最好已經準備好』。」

奇勒笑了笑，果然是師父會講的話。「那他什麼時候來接我？」

伯爵臉上表情有點複雜：「恐怕要過陣子吧。但是你不用擔心，就先住在這兒，你以後都住這裡了。當然，你之後還是得跟你師父繼續訓練，不過我們就先想辦法幫你改頭換面一番。另外你師父要我提醒你，你的身體不會像你以為的一下子就好起來喔。另外，我這兒還有一件事情要跟你說，是關於你那位小朋友。」

「你是說——？」

「奇勒，她現在過得很好。」

「真的嗎？」

「那一戶人家替她取了名字，叫做『以琳』。她現在吃得好、穿得好，養父母人也和善，會好好愛她。那孩子終於可以好好過生活了，你如果還想為她做點什麼事情，就得先把身體照顧好喔。」

奇勒有種飛起來了的感覺，窗外射進的陽光好像更加明亮，窗臺上栽種的橙玫瑰跟薰衣草也發起光。這是從鼠頭成為黑龍幫執拳以來，他就沒有感受過的美好。

「養父母還帶她去給法師看過，法師說她不會有大礙，但是臉上傷疤沒辦法處理。」

那份快樂忽然又蒙上了灰。

「別難過了，孩子，」伯爵說：「你已經盡了力，而且我向你保證，她一定會過得比之前在街上還要好。」

奇勒看著窗外，聽而不聞，「我還沒錢可以給你，得等師父，等我師父給我工資才行……」

「別著急，等你有錢再給吧。喔，你師父還要我轉達另一件事情，他叫你『跟身邊的人學學如何變得更強，其餘的事情都不要管。多聽少說、多休息多放鬆，這可能是你生命裡唯一一段好日子了』。」

奇勒在床上躺了好幾個星期，椎克家的人都要他多休息，他也盡量配合，但是時間還是太多。他不曾有過這種空閒，所以很不習慣。以前在街上，他得一直擔心下一餐怎麼辦、鼠頭或者其他大個兒會不會欺負他。跟著德佐．布林之後，他也一直忙於訓練，所以沒有太多時間思考。

像這樣整天賴在床上，他什麼沒有，就是時間最多。反正不可能練武，最多就是讀讀書，可是他依舊覺得讀書很痛苦。他把時間花在融入奇勒這個身分。之前師父有說過一些原則，他也想了別人會問些什麼事情，於是編造出更多家族故事、出身背景、以前有些什麼遭遇等等，內容大都平凡無奇，是一般人認為十二歲孩子會有的生活。

結果他一下子就上手了，大半時候真的以奇勒這身分思考。他認識了伯爵的三個女兒。艾雷娜就是那個五歲的可愛女孩兒，之前看見奇勒清醒給他嚇得半死；梅格八歲，身材纖細；賽菈脾氣比較彆扭冷淡些，今年十二歲。三個女孩兒有時也會來探望他，但是伯爵夫人總叫女兒不要一直「打擾」阿索思「靜養」。

伯爵夫婦對他都相當照顧，但伯爵忙於工作，伯爵夫人則對於十一歲小孩有很多既定的印象，可惜她所知的世界跟奇勒差距很大。奇勒懷疑夫人知道他的底細，但是陪著演戲讓他習慣新身分，還是說榷克伯爵連自己太太也瞞著沒說。

榷克夫人身材苗條、皮膚細緻，加上一對藍色眸子，是榷克家族諸種美德的具體象徵。她跟伯爵一樣，堅持親自照顧奇勒，似乎也藉此表明她並非高高在上，但這種行為並非偽善。好比說奇勒剛到的第一週，身體很不舒服，吐得滿地都是，夫人竟願意抱著他直到他症狀緩和，然後還捲起袖子親自把穢物清理乾淨。奇勒那時候身體不適，事後回想起來才覺得相當驚訝。

另外夫人也不知道多少次帶著吃的東西進來餵他、唸些他覺得有點蠢的童書給他聽。書上寫的英雄老是要打敗邪惡法師，書裡頭的小孩不需要在酒館外面翻垃圾、挖嘔吐物找一些還可以吃的剩菜，當然也不會有年紀大的人要強暴他。書裡的孩子不用棄朋友於不顧，書裡的公主不會遭人毀容到連法師都無法挽回的程度。

奇勒討厭這些故事，但他也明白伯爵夫人是為他好，所以每次聽到主角勝利了，就點頭、微笑甚至歡呼——而主角總是會贏。

難怪貴族小孩都想領軍打仗，如果都跟媽媽說的故事一樣，那當然很好玩。如果壞人就這麼死了當然好玩。但如果壞人被切了一邊耳朵，露出底下的軟骨還噴出一大團血，那會讓人想吐，一點都不好玩。如果壞人流著血等死，腳踝纏著繩子被推進水裡，血滴在水面漾起成千上萬漂亮的紅色漣漪，他實在想不出為什麼好玩。

伯爵夫人說完故事，假如看見他發抖嘔吐，都會說他還得多休息；於是在她用故事招來糾纏奇勒過去的鬼魂之後，她留奇勒在房裡獨自面對。

一到晚上，奇勒又變回阿索思。一到晚上，阿索思轉頭看著修船廠的岸邊，看見鼠頭挺著毛茸茸沒穿衣服的巨大身軀，滿臉淫邪朝他走來。一到晚上，阿索思看見鼠頭腳踝綁著重物落入水中。一到晚上，他又看見鼠頭毀了娃娃的臉。

他會從惡夢中驚醒，躺在床上獨自對抗悲慘的回憶。阿索思就是這麼軟弱，但阿索思已經不存在了；奇勒很強，奇勒會主動出擊，奇勒跟德佐．布林一樣什麼都不怕。現在這樣比較好；比起每晚聽賈爾遭強暴、啜泣，躺在床上面對惡夢要好多了。

驚醒之後就算再睡也是繼續做惡夢，直到天亮他的情緒才會逐漸好轉、痛苦的回憶慢慢褪去。到了早上他會告訴自己一切都是必要的，他必須殺死鼠頭、必須拋下娃娃跟賈爾，以後都不能見他們兩個，而他事前根本不知道娃娃會有這種下場。他不斷對自己說生命空虛，殺人也不代表奪走什麼有價值的東西。

他能撐過這段日子，也多虧羅根．翟爾常來探望。羅根每兩天就會來一次，他都帶著賽菈一起去找奇勒，一開始奇勒以為這小子還覺得歉疚，但很快就發現不單純是如此。他們兩個很欣賞對方，一下子就成為好友。羅根對他來說是個奇特的人，跟賈爾一樣頭腦靈活，還讀過好幾百本書，可是奇勒不認為他能在兔窩活過一星期；反過來說，羅根能夠將宮廷形勢說得一清二楚，知道那些重要人物以及他們的背景、有哪些朋友又有哪些仇家等等，這國家裡頭的高官貴人到底盤算些什麼其實羅根都知道。只是一半時間裡，奇勒都不是很能理解他在說什麼，不知道是因為兩個人出身差距太多，還是因為羅根老愛講些難懂的字眼兒，連羅根都說自己愛「掉書袋」，天知道是什麼意思。

即便如此，兩人的友誼還是與日俱增，而其中賽菈功不可沒。她多半跟著羅根一起出現，而且她會幫忙填補空檔。不知道有多少次，奇勒根本聽不懂羅根說的人事物，沉默在對話間蔓延；但在羅根問他為什麼不說話之前，賽菈會先忍不住把話題扯開。但要不是奇勒心存感激，賽菈的喋喋不休還真會把人給逼瘋，他猜想貴族女孩子恐怕都是如此吧。

後來一天早上，奇勒經過一晚掙扎，醒來後坐在床上。在夢裡，打娃娃、踹娃娃的都是他，而且就在他勃然大怒地毀掉娃娃漂亮的臉蛋之後，他竟然察覺到一種快感。

椎克伯爵進來了，指尖還沾有墨水，臉上露出疲態，他拉了一張椅子到床邊。

「危機應該解除了。」他說。

「請問是什麼意思？」奇勒問。

「抱歉之前都瞞著你，奇勒，因為怕你太過衝動會壞事。這幾個星期裡頭，一直有人想要你師父的命，後果就是這城裡又少了四個刺客。經過前三次之後，你師父對國王發出警告，如果國王不罷手，就等著駕崩吧。」

「德佐師父真的殺了國王？」奇勒問

「噓，你別提到他名字！在這兒也不行哪。」椎克伯爵說：「九人眾之一，掌管貨物走私的達賓・波夏聽說你師父居然威脅國王，自以為聰明將計就計，找了第四個刺客過去，心想順利的話殺死你師父，不順利的話也可以騙你師父對國王展開報復行動，但是卻給你師父發現啦。然後你師父把第四個刺客跟達賓・波夏都給宰了。」

「我躺在床上這幾星期，發生這麼多事情啊。」

「孩子，你知道了也幫不上忙啊。」椎克伯爵說。

「達賓・波夏跟德——跟我師父有什麼冤仇嗎？」這名字奇勒聽都沒聽過。

「不知道，說不定他們無冤無仇，但御影就是這樣的組織，大家勾心鬥角的結果常常是誰也沒占到好處，他們想了大半天的計謀常常一出手就失敗，但如果畏首畏尾的就又什麼事也幹不了。

「總之呢——國王也聽說有人四度暗算你師父，很怕你師父去找他算帳。本來這該是個好消息才對，但我們的國王陛下卻用了個很笨拙的手法要鞏固王權，所以羅根得出城一段時間了。」

「我跟他才剛變成好朋友呢。」奇勒說。

「孩子，相信我，羅根・翟爾這樣的人，會是你一輩子的朋友。」

二十三

有人甩了奇勒一巴掌，力道不輕。

「小伙子，醒醒。」

奇勒掙扎著從惡夢中醒來，看見德佐站在一呎外，正準備要再甩他一巴掌。「師——」他改口道：「圖里先生？」

「你還記得我，真是榮幸哪。」德佐．布林說。

他走去關上房門：「時間不多，你身體復原了沒？不必說謊討我歡心。」

「體力還沒完全恢復，但已經差不多了。」奇勒的心噗通噗通跳著，這幾星期他都很想見到師父，但現在師父人就在面前，他卻又不知道為什麼有點氣憤。

「接下來幾星期你可能還是不會多舒坦，我猜是童叵草和甘露膏混在一起有我不知道的作用，再不然就是因為你的『異能』。」

「那是什麼意思？『異能』？」奇勒無法自制，語氣有點尖銳，但德佐似乎沒注意到。

「唔，只是個可能性，」德佐布林聳聳肩：「有些人剛開始對魔力不大適應。」

「可是到底是什麼意思？是說我以後可以——」

「飛？隱形？拆牆？飛簷？變成神？」德佐冷笑：「恐怕沒機會。」

「我只是想知道，動作能不能跟你一樣快。」奇勒的語氣還是帶著點刺。

「這我就不知道了，你絕對可以比沒有『異能』的一般人要來得迅捷，但天賦跟我一樣的人不太多。」

「那我到底可以做些什麼事情？」

「奇勒，你身體還沒好，之後再談吧。」

「我現在根本沒事做啊！連下床都不行，然後大家什麼事情也不肯說。」

「要聽也成，只是說了跟沒說一樣。」德佐回答：「在瓦德林或是艾里泰拉呢，大家會說你是法師，然後會有六間學院爭論你該去哪兒念書、該穿什麼顏色的袍子。到了羅綴卡、卡利多這兩個地方，你叫做術士，手臂上會有像是圖騰的『符印』；術士表面上把國王當成神，但私底下隨時準備暗算他。如果在伊默，你擅長逆蹤追跡，是受到敬重的『獵者』，獵物有時候是動物、有時候是人。在弗里亞庫叫做苟洛提，憤怒的無敵戰士，南征北討以後奴役其他部落的人，最後稱王，還被當作詩歌的題材。到西方的話嘛……唔，會被丟進海裡。」他說完露齒一笑。

奇勒可笑不出來。

「法師的猜測——他們都說是『假設』，好像這樣比較厲害似的。他們認為不同國家的人可能會有不同的『異能』，所以白皮膚藍眼珠的人變成法師、黑皮膚的人變成苟洛提。他們用這種理由解釋為什麼干督島上會法術的人都是醫者，看見黃皮膚的人會治療的魔法，就說黃皮膚等於醫療的法術，但其實他們錯了。世界被人分成很多塊，但是異能只有一種，我們可以理解魔法的一些型態——勒諾族的人除外，他們厭惡魔法、不相信魔法的存在，但這個以後再說吧。重點是，人對於魔法各有其觀感，比方說干督很久以前有過世界上最頂尖的大法師，但那種破壞力他們自己都覺得可怕，所以才捨棄以魔法為武器的行為，只繼續鑽研醫道，幾百年下來當然在醫療法術這個領域特別發達，其他部分就失傳了；現在如果有干督人擅長運用火焰，他跟家人還要引以為恥呢。」

「外界也就根本不會知道有這樣的人存在。」奇勒說。

「沒錯，所以人有天賦之分，但也要看身邊的人給予什麼指導、容許什麼法術存在，因此異能是先天跟後天的結合，跟心一樣。」

奇勒愣愣地看著德佐。

「這樣子比喻吧：不是有人可以在腦袋把一大串數字加起來嗎？但另外有些人能夠說很多種不同語言，對不對？這兩種人應該都很聰明？」

「嗯。」

「但是呢，就算天賦的心算能力很強，也不代表你會去學啊。如果換成一個幫忙記帳的女人，應該就派上用場了。而語言能力強的人，要是沒有去學別的語言，這輩子還是只會一種而已吧。」

奇勒點點頭。

「擅長算數的女人要是用功學習，也可能學得會另一種語言，但要她精通十幾個國家說的話，那就為難她了。但會說很多語言的人，碰上一大堆數字要心算卻也不容易，這樣子解釋你懂了嗎？」

奇勒想了一會兒，德佐等到他開口。「所以我的體內也有異能，但不知道有多強、也不知道適合用在什麼地方，所以師父也沒辦法告訴我怎麼做才對？」

「沒錯。」德佐說：「有我指導的話，有些東西你一定學得到。需要隱身？我可以教你怎樣扭曲光線。需要靜悄悄地走路？用魔法把聲音蓋住。但是魔法跟一般的技術一樣，總是有個極限，日正當中的話別人還是看得到你，踩在乾葉子上想不被聽到也難。有異能不代表可以成為神，就像口才再好的人對著一國之君罵粗話，還是等著上斷頭臺。」

「如果我會十二種語言，」奇勒也打個比方：「偏偏有人跟我說出第十三種，那我就會聽不懂。」

「看樣子你腦袋還有救。」德佐說：「我先走了，椎克伯爵會繼續照顧你。奇勒，伯爵人很好，應該說太好了，你的性命交在他手裡無所謂，但是靈魂最好別送出去。還有你要時時刻刻把自己當成奇勒；阿索思已經死了。」

「死了？」這兩個字像十字弓的機簧一樣，奇勒心裡頭那些恐懼與憤怒的回憶一瞬間全釋放出來。彷彿他的假面具又掉了，露出底下那個阿索思。

他抓住德佐的臂膀：「我——我真的死——」

「沒有！你還沒死，這兒看起來像地獄嗎？」德佐揮手道：「如果是天堂，哈，我哪進得來？」

但阿索思還記得低頭看見胸口被刀子貫穿那一幕，太真實了。怎麼可能呢？

「我說什麼也不能跟他們扯上關係，」德佐說：「不然等我殺掉太多人、知道太多內幕，他們覺得控制不了我了，最後一定會殺我。明槍易躲，暗箭難防啊。」

「那你真的殺了其他刺客？」阿索思一邊問，一邊想要鎮定下來。這幾個星期，他一直不敢回想那個午後，但現在怎麼也克制不了。他記得那位將軍的眼神，將軍嚇壞了，順著將軍的目光他看見自己胸口——

「真正厲害的刺客不會願意對付我，刀疤瑞伯、胡．吉貝還有剪刀手平常賺的錢很夠了，何苦要冒險對付一個真正的刺客？你要記住你已經變成史登準男爵了，或許家裡不算有錢，但你還是引以為傲；

你將來要繼承男爵的位置，雖然階級最低，但還是個名門正室的貴族——」

「我知道，」阿索思打斷他說話：「我知道。」

是他多心，還是剛剛師父臉上真的洩漏出罪惡感？德佐從口袋掏出一瓣大蒜扔進嘴裡。如果面前這人不是德佐，阿索思一定認為對方是想分散他的注意力，在他抓住對方算那一刀的帳之前就開溜。為什麼人家想殺我，我還想討他歡心？

我以為他在乎我。這幾個星期，奇勒躺在床上，一直都很孤單。他曾經有過賈爾跟娃娃這兩個在乎他的真心朋友，但已經沒辦法回到從前的日子；後來雖然以假身分與羅根．翟爾締結了交情，但現在連他也要離開。而K媽媽，這段時間也一直沒出現。

伯爵伉儷一齊出現時，他不只是心，甚至身體都能感受到一種痛。任誰也看得出這對夫妻之間的愛，兩個人過著平靜快樂而真實的日子。就算是羅根與賽菈，彼此互望的眼神也透露出好感。這些人之間的情感觸動了阿索思內心深處的空虛，他覺得胸口彷彿有個大洞；這種感覺有點像是飢餓，但又不太一樣。曾經在街頭流浪的他懂得飢餓的感覺，就好像他知道冬天可以躲在下水道避寒一樣，那種感覺很熟悉了，雖然不舒服但是不叫人害怕。但那大洞，應該叫做飢渴吧，好像身體裡的水分全被抽乾，很快就會崩裂。他在世界上最大的一座湖邊，卻因為喝不到水而瀕臨死亡。

因為這裡的水他不能喝。這裡的水是鹹的，如果他喝下去，只會越喝越渴，最後發瘋而死。感情對刺客來說就是死亡，使人發瘋、軟弱，然後賠上性命，而且不只是自己的命丟了，連所有他愛的人都會跟著慘死。阿索思的生命已經結束了，他發過誓不會愛人，但當時他還沒看過伯爵夫婦這樣的愛。如果還有人在乎他，或許一切就不再那麼難以忍受。

跟著德佐．布林的這段時間，他一直以為師父喜歡他、在意他，有時候還認為師父以他為傲。但是即便那位頭髮斑白的將軍是個徹底的陌生人，阿索思也看得出他目睹德佐出刀殺死徒弟時，眼神裡面那種憤慨、那種不解，他怎麼可以這麼做？

阿索思想到這兒突然大哭起來：「你怎麼可以做那種事！為什麼？那不對啊！」

德佐．布林先給他嚇得一楞，後來忽然暴跳如雷，扯著阿索思的上衣大力搖了幾下：「白痴，動動腦好嗎！要是你連這種事情都想不通，我還不如真的一刀宰了你！我說他們殺了你也無所謂的時候，他相信我了嗎？」

阿索思撇過頭默認了：「那就是你的計畫吧。」

「我當然計畫過了！不然你以為為什麼你得漂白頭髮？想救你只有這個法子，阿索思死了、但是奇勒可以活下來，不然他們絕不會善罷干休，你所有的羈絆都會變成對付你的工具。這就是為什麼我們能壯大，也是為什麼四個刺客出馬一樣解決不了我。我沒有羈絆，而你不可以對人有感情，感情會讓你脆弱；要是你有了離不開的對象，那你就被困住了，注定沒有好下場。假如別人真以為我在乎你這樣一隻小老鼠的安危，那不知道會有多少人想逮住你。」

他怎麼辦到的？怎麼可以這麼厲害？

「現在，你他媽的看清楚我的手！」德佐攤開手掌，空無一物，但他一邊手握了拳，敲在另一邊手臂上，手臂另一側竟冒出了刀刃。他拳頭一抽，刀刃拔出，卻化成煙霧消失了。

「我可以用異能製造幻象，而且上次對你用的是很高級的招數，不然恐怕不夠逼真。事實上，我只是用手敲了你的背，製造幻象的同時戳進一根毒針讓你昏過去。」

「但我感覺到了啊！」奇勒回答的時候，情緒已經穩定不少，不再哭了，而且有身為奇勒的自覺。

「你當然會有那種感覺，因為你被我打了一下，然後又看見刀子從胸前冒出來。那時候你身體還要對抗十幾種微弱毒素的交互作用，感官不可能非常清楚。那是我賭的第一局，製作出那麼逼真的幻影，會耗盡我一天能夠運用的魔力，要是亞耿的手下闖進來，我們還是沒辦法逃過一劫。另外，我用的毒藥對你衝擊很大，確實有可能害死你，但這是我賭的第二局了。」

師父還是在意我的安危。他有種當頭棒喝的感覺。德佐．布林用盡所有辦法要救自己一命，就算只是一個師父對優秀徒弟的惜才之情，這種認同對阿索思──不，是對奇勒而言已經足矣，彷彿那冷血刺客給了他一個大大的擁抱。

以前沒有大人在意過他。還有一個人曾為他鋌而走險，那是賈爾，但賈爾已經活在另外一個世界。真相是阿索思自己都厭惡阿索思，因為阿索思怯懦消極軟弱而且沒義氣，是個優柔寡斷的人。德佐．布林並不知道，但他的毒針確實殺死了阿索思，保住的是奇勒，一個阿索思沒有勇氣去承擔的角色。

就在這一刻，阿索思完全成為奇勒，奇勒也完全被德佐收服。之前他或許不聽話、抑或許是因為害怕才聽話，還幻想著有一天要為了這嚴苛的訓練殺死師父報復，但這樣的念頭已經一掃而空。他知道德佐對他苛刻，那是因為人生就是如此冷酷；不管遭遇多大的困難，德佐都能超越；兔窩區那種地方不可能擊倒他。他要奇勒不可以有感情，是因為感情會害了他。師父懂的道理比奇勒多得多了，他不只自己很強、也會使奇勒變得很強；他一無所懼、奇勒也將會一無所懼；他做的一切是為奇勒好，保護奇勒、讓奇勒發揮所有的天分，成為最厲害的刺客。

這不是感情。那又如何？反正也是一種牽繫。貴族在大湖的岸邊開心地喝水，但那種生活不是幫派出身的鼠輩注定該有的。奇勒的生命應該是一片沙漠，沙漠之中也有一小片綠洲，而綠洲只屬於奇勒，不能分給阿索思；綠洲太小，阿索思太渴。奇勒的話就可以接受了，他會成為一個讓德佐．布林感到光榮的學徒。

「好了，」德佐雖然不知道奇勒心裡在想什麼，但看得出他雙眼露出的那種渴望：「你準備好成為黯影裡的一把劍了嗎？」

二十四

「小伙子，起床殺人了。」

奇勒瞬間清醒。十四歲的他已經受了紮實的訓練，一醒過來先評估生存機率，每個問題都要簡明扼要找到答案。為什麼醒來？聲音。看見什麼？黑暗、灰塵、午後的陽光、小房間。聞到什麼？師父，水溝跟普利茲河。摸到什麼？溫暖的毯子、新鮮稻草、我的床，沒有什麼奇怪的刺痛感。能動嗎？可以。身在何處？基地。有沒有危險？最後這個問題自然也最重要，他可以動，武器還在身邊，看來沒大礙。

但即便在這裡，也不保證他一定平安。祕密基地位在廢渠道的暗處，但是德佐可不止一次把劍懸在奇勒床鋪上方，一睜開眼直對著該死的劍尖，幾乎可說看不見。德佐叫醒奇勒以後，要是奇勒沒辦法在三秒鐘內察覺危機，就會切斷繩子任劍落下。頭兩次他用的是沒開鋒的劍，第三次開始用的是真劍。

還有一次，德佐特地請來他口中的「小伯」，也就是刀疤瑞伯過來叫醒奇勒。刀疤瑞伯換上德佐的衣服，將他的聲音模仿得維妙維肖──這是瑞伯的異能，不過奇勒沒有上當，因為加了大蒜的料理跟直接嚼大蒜的味道還是不一樣。

最後一件事情才是思考德佐說的話。起床殺人了。

「你覺得我可以了嗎？」奇勒心臟噗通噗通跳著。

「一年前就可以了，我只是在等適合你的工作。」

「是什麼?」原來我一年前已經合格了?德佐如果讚美人,大概就像是這樣;他如果忍不住說了幾句讚美的話,也一定隨即要挑剔些小地方。

「進王城,今天內完成,死人二十六歲,沒有習武,應該沒帶兵器。但他交遊廣闊,通常是應酬不斷。如果只是『殺手』就得連陪葬的人都殺光……」他說到殺手兩字帶著輕蔑,所有的刺客都有這種傲氣:「但契約沒有限制這一點,只要他成了死人就算完成。」

奇勒心跳還是很快,這個時刻終於來了。第一次的任務是個考驗,重點不是奇勒能不能獨自殺死目標,而是奇勒殺人的手法有沒有達到刺客的水準;他是否可以獨自找出潛入路線(而且第一次就是王城)、獨自殺死對方、過程中不傷及無辜,而且得手之後平安脫身?更重要的是,他是不是可以使用異能?這才是刺客與普通殺手最大的分別。

*師父怎麼老想得出這些辦法?*奇勒的師父一再磨練他最脆弱的部分,尤其是其中最大的一個問題:到現在他還無法使用異能。連一次紀錄都沒有。德佐說他也到了該覺醒的時刻,所以用過各種手段刺激他,希望藉由極端的壓力或者需求引出他的異能,卻始終沒有成效。

德佐也不諱言直說過搞不好他根本該把奇勒殺了算了,但最後他說只要奇勒的表現有達到刺客的程度,那他就先睜隻眼閉隻眼,繼續訓練下去。但他也曾說,這麼下去奇勒遲早會失手,因為沒有異能算不上是真正的刺客。

「委託者是誰?」奇勒問。

「神駕。」

「你把這麼重要的任務交給我?」

「你今天下午行動，要是你沒成功，晚上我再親自出馬，帶兩顆人頭去交差。」不必問也知道多出來的是哪顆人頭。

「那個死人做了什麼？」

「跟你無關。」

「不能知道嗎？」

德佐手上忽然閃出一把刀，但他眼中沒有殺意，只是一邊思考一邊用指頭翻弄刀子，一根指頭、兩根指頭、三根指頭，停住，然後再一根指頭、兩根指頭、三根指頭，轉圈。奇勒看過外頭賣藝的詩人玩弄硬幣，但可以這樣耍刀的，他只見過德佐一個人。

「可以，」德佐回答：「無傷大雅。死人的名字叫做迪馮．寇基，姑且說多數人轉身離開黑暗的時候，都想要順手牽羊拿幾包東西帶走，但這麼一來手腳就慢了，根本別想逃得出去。我活到現在也只見過一個人願意付出離開御影的代價。」

「是誰？」

「小伙子，再過兩小時你就要出發殺人，我想你應該還有其他事情可以問。」

「迪馮．寇基？」衛兵深深皺眉：「嘖嘖，沒聽過。喂，甘柏，有聽過叫做迪馮．寇基的人嗎？」他問走過城堡西門的另一個守衛。

進展很順利。奇勒很久以前就偷了一套送信小廝穿的制服，這兒的人如果沒有請僕人，都會找些小孩子幫忙；當然，他們要找也是找住在城東的小孩，才不會去找兔窩那邊的鼠輩。在路上如果看見守衛想盤問他，他就乾脆迎上前先問路。

他們真的看不出來？這些衛兵的職責應該是要保護像迪馮．柯基這樣的人吧，居然幫著要殺他的人找路？這些傢伙怎麼這麼蠢？奇勒知道自己有這種能耐以後卻又覺得不自在，雖然這證明跟在德佐身邊的日子沒有白費，現在的他是個危險人物，但是——這些人為什麼沒辦法看穿他的真面目？

「喔，就是這星期才過來的那個傢伙吧，眼皮老跳，而且疑神疑鬼的。我記得他應該住在北塔裡頭吧，要送信的話我可以幫你喔，再過十分鐘我要去巡邏，第一站就會到那邊。」

「哈，多謝，但我想自己去，不然領不到小費哩！該往哪兒走好？」

衛兵指明方向以後，奇勒開始擬定戰略。殺人不難，因為他是小孩子，所以湊近到大人身邊，等對方起疑心時通常已經太遲了。比較棘手的是找到目標，這個叫做迪馮的人似乎沒有辦公地點一類，常常都在移動，這樣風險很大，尤其奇勒的任務有時間限制。如果是在北塔就好多了，位置比較孤立，不過剛剛那衛兵又說會過去巡邏，而且奇勒問過他話，等於留下了線索。

德佐替他易容了，現在看起來像是另一個人，而且年紀更小了些。但如果可能，最好一點蛛絲馬跡都不要留下。刺客留下的痕跡只有屍體而已。所以奇勒該做的事情就是找到迪馮．寇基，躲在旁邊等到守衛離開，然後才出手殺他。

進出都不是問題才對，就算沒有異能也一樣。

王城很壯觀。即便德佐提起的時候總是語帶不屑，這兒終究是奇勒所見過最雄偉的建築，跟兔窩的古渠道一樣以黑色花崗岩為主體，這種石材要特地從與宿羅國的交界處才可以取得。採礦那塊事業版圖也受御影掌控，所以現在只有真正有錢人家才能住石磚屋，這也是那些古渠道成了今天這副荒廢樣的原因之一：窮人家老早就把石頭搶走，或者自用或者透過黑市賣給中產階級（還得小心御影追殺呢）。

王城建於四百年前，當時賽納利亞在俄比納贊王統治下，壯大了三十年之久。城堡剛興建完畢，他就致力於往東側擴展版圖，希望拿下天使教會，卻在數千名女法師合力反抗下失敗。王城一開始沿用賽納利亞已經持續一百年的木頭城寨地形，以普利茲河為護壕，將佛斯島填土堆高以後在上面築了碉堡，而原本的外牆則延伸到現在的兔窩區北部。兔窩區是一條狹長的半島，沿岸都是陡坡，直到距離海岸線半哩處才稍微平坦。這種地勢非常易於防守，所以北側的碉堡跟圍起來的兔窩區都沒被敵國侵占過。隨著俄比納贊王時代國勢壯大，城堡也改為石造，整個城池往普利茲河東岸推進。而古渠道則是個不解的謎題，其存在早於俄比納贊時期，加上普利茲河的河水即便不算太乾淨也還是清水，沒有人知道為什麼要特別建築溝渠。

穿過城堡的菱形庭院後，奇勒爬上通往內院的石階梯；經過幾百年使用，每一階的中間部分都比兩邊要凹了一些。這兒的衛兵都沒管他，奇勒也就裝成下人的樣子繼續前進，反正這是他最常用的一種偽裝；而且德佐常說偽裝得宜的話比躲在暗處更方便。奇勒這一招幾乎可以瞞得過所有人，椎克伯爵除外，他觀察力敏銳得很。

經過內院、大廳，他繼續往裡頭闖，很多人在謁見廳外等候，隊伍都排過了門到花園裡面去。很快他遠離人群以後直取北塔，一路上還是很多人來來去去，直到他跨進北塔前廳為止。

迪馮．寇基不在這兒，奇勒首次需要煞費苦心保持安靜，他輕輕推開門、爬上樓。樓梯間空蕩蕩，沒有擺設、裝飾或雕像和布簾之類東西，所以他想躲也找不到地方躲。

他一路上了頂樓，這兒看起來曾是個大寢室，目前無人使用。有一個年輕人捧著偌大一本帳簿，看來正在五斗櫃間清點裡頭折疊整齊、可以鋪在大羽絨床上的的床單，以及這房間的備用窗簾，雖說窗戶已經加上了遮板。奇勒靜靜等待，現在迪馮側身朝著門口，奇勒沒有異能可以遮蔽形影，貿然上前很可能被對方看見。

等待是最難熬的，奇勒無處可去，不得不擔心要是守衛上樓來，看見他這麼晚還在這，一定會搜身，然後發現他的褲子有暗袋，靠近大腿處有把刀。不過那都是奇勒在幻想，他躲得很好，眼觀四面、耳聽八方，最好是對方動筆寫字的聲音都別錯過。

後來他看見迪馮往圓形寢室更裡頭的盥洗室走去，便悄悄竄進去想找地方藏身。奇勒沒有腳步聲，連鞋子皮底跟石頭的摩擦聲也沒有。德佐教過他如何煮沸橡膠樹汁做成極為柔軟而且不會有聲音的鞋底，這種材料需要從外國進口，相當昂貴，比起特別處理過的皮革也只是更安靜了那麼一點點，但是在德佐眼中，這一點點差異就夠了。他就是靠這些小地方成為第一高手。

奇勒找不到好地方藏匿。如果可以看見整個房間的狀況，先抽出武器預備，需要動手或逃跑的時候能夠很快行動，那算是「很好」的位置；而就算只是「好」的藏匿點，也要看得清楚現場狀況，出手或逃走不會太困難。但這房間沒有什麼陰暗角落，是個圓形，雖然有幾架米紙糊的屏風，但都折疊好靠著牆壁，於是真正可以躲的地方只有床底下了。如果奇勒是個真正的刺客，他或許可以踏著牆壁躍上大燈座，但現在的他還做不到。

躲在床底下？師父應該會直接殺了我吧。

沒別的辦法了，奇勒一趴鑽到床底下；下面空間很狹窄，還好他個兒仍舊瘦長。他卡在裡頭以後，正好聽到有人上樓來。

衛兵來巡察了，看一看趕快滾出去吧。

他挑的那一邊可以看到盥洗室，但也就代表看不到樓梯口，不過他能由聲音判斷，來人肯定不是守衛。迪馮拿著口箱子從盥洗室出來，臉上閃過罪惡感。

「妳怎麼可以到這兒來呢，貝芙？」他開口。

「你要走了對吧。」在奇勒視線之外的女人語帶指責。

「沒有哇。」迪馮回答時眼角抽動了起來。

「你從他們那邊偷東西，又從國王這兒偷東西，然後還不知道為了什麼理由，居然對我也說謊。你真是個混蛋。」奇勒聽見貝芙轉身，迪馮走到了床邊，箱子扔在床鋪上，雙腳和奇勒只有幾吋距離。

「對不起，貝芙。」他朝門口走去。奇勒開始緊張，要是他就這麼追著那女人下樓去，該怎麼辦呢？在樓梯間把兩個人都殺掉嗎？可是衛兵不知道什麼時候會過來。「貝芙，別這樣——」

「去死！」那女人吼完甩上門。

包妳如願以償哪。德佐式的黑色幽默。他還常常說，可以偷聽到別人說話是種附加樂趣，畢竟幹刺客這行已經夠苦悶。他對苦悶這兩個字可是相當強調。如願以償？奇勒發現自己的想法時並不很開心，眼前這男人計畫的人生即將結束，他居然在說笑。

迪馮自言自語罵了幾句，但沒有追出去。「那個守衛死哪兒去啦？不是應該要來了嗎？」

過程就是這樣，德佐也告訴過奇勒。刺客通常會介入一場戲，可能才開幕、可能已經演了好幾年，但刺客代表曲終人散的時刻，但多半不知道故事的經過。貝芙跟迪馮是什麼關係？愛人？共犯？單純的朋友？還是手足呢？

奇勒不知道，也永遠不會知道。

門後樓梯口傳來叮叮咚咚的聲音，給門板擋住有點模糊。迪馮又拾起帳簿，門同時打開。

「喂，迪馮。」衛兵打招呼道。

「喔，你好啊，甘柏。」迪馮的聲音有點慌張。

「那個送信的找到你了沒？」

「送信的？」

「嘖，渾小子大概迷路了吧。你這兒都還好？」

「沒事，沒問題。」

「那待會兒見。」

迪馮等到衛兵出去又過了三十秒以後，走到床鋪邊拿起東西往口袋塞，但是奇勒的角度無法看見是些什麼東西。

好機會。守衛已經走遠，有人大喊他也聽不到。迪馮轉身往櫃子走過去，奇勒像隻小蟲無聲無息爬出床底，站起身抽出刀子，目標只有幾步之遙。他的心在砰砰跳，好像聽得見血液加速流動。

奇勒的每個動作都正確，出手前重心壓低，腳步輕巧而迅速，保持平衡以免死人忽然轉身讓他措手不及。他持刀與眼同高，準備抓住迪馮，賞他一個德佐稱之為「紅色笑臉」的招式——一刀劃過咽喉，將氣管徹底割開。

但他彷彿看見娃娃，看見她發現阿索思留了最大一塊麵包給自己時，臉上露出責備的表情。你這是在幹什麼，阿索思？你明知道這樣不對啊。

他回神得太晚，這段日子的訓練好像都成為泡影。他跟迪馮還是只有一小段距離，而且迪馮還沒察覺背後有人，只是奇勒意識到兩人之間距離，忽然慌張了起來。他朝迪馮的脖子刺去，可是一定先發出了聲音，因為迪馮竟然轉頭，刀刃插進他後頸，撞在脊椎上，接著往外彈。奇勒太緊張了，刀握得太緊，所以刀子彈飛出手。德佐知道了一定會打死他。

迪馮轉身慘叫，看到奇勒似乎比脖子受傷還令他吃驚，結果他跟奇勒兩個人同時往後退。迪馮伸手按了一下傷口，看見指頭上都是血，兩個人又一起低頭看著刀。

迪馮沒有衝過去撿，奇勒瞬間彎腰將刀拿回來，但迪馮卻跪在地上。

「拜託……」他說：「饒了我。」

實在很荒謬，這男人圓睜的眼裡盛滿恐懼，但奇勒根本是個小孩，加上這身偽裝就顯得更小了，為什麼會怕他呢？迪馮卻像面臨審判的犯人一樣，臉色發白睜圓了眼睛，模樣可悲又無助。

「求求你！」迪馮又說道。

奇勒一怒之下朝他喉嚨甩出一刀。他為什麼不自衛？為什麼連試一下都不肯？他個子比奇勒還高啊，明明有機會才對，怎麼像頭綿羊一樣動也不敢動？這樣子除了看起來像人、個子比較大，不就只是頭牲畜，蠢得動彈不得。他劃的那刀割破了迪馮的氣管，卻沒有切斷靜脈，所以雖然致死，卻要花上比較長的時間。奇勒抓住他頭髮，再揮出一刀、兩刀，都往更高一點的位置砍，這樣子血液會往下噴，不會沾在奇勒身上。這是德佐教他的手法。

樓梯那方向又傳來聲音。「迪馮，對不起……」貝芙還沒進來就隔著門說道，「我還是要回來跟你說，其實我不是——」一開門，她便看見奇勒。

她看見奇勒的臉，奇勒手上的刀，奇勒另一手抓著迪馮的頭髮。貝芙是個樸素的年輕女子，穿著白色的侍女服，臀部有點大，兩眼分得頗開，嘴巴露出一個O字形，她的頭髮很黑很漂亮。

完成任務。

這次刺客的訓練使他保持鎮定，立刻到門口將那女人往裡頭一扯，腳一拐逼她跪下。奇勒的行動變得跟德佐一樣無情，女子被他壓在地板上面朝地毯，下一步是將刀劃過她肋骨間，她不會有感覺，而奇勒也不需要看見她的臉。

他遲疑了一下。這是個你死我亡的局面，貝芙看見他了，偽裝有效的前提在於沒有人懷疑一個十四歲的少年殺人，但是貝芙連他的臉都看到了。可惜她跑來見死人，受到間接傷害、成了德佐所謂的陪葬者，但有些事情刺客不得不做，或許會顯得不夠專業，但還是不可以省略。德佐說這些都無所謂，任務有完成就好了。

而且奇勒可以活下來的前提，就是即便不能使用異能，還是得有刺客水準的表現。

但現在看著貝芙趴倒在地，奇勒壓制著她，刀尖在她脖子上游移，左手揪住她的黑髮。他不敢想像鮮血沾在白色制服上的畫面。這女人其實什麼也沒做啊。

生命空虛，生命毫無意義。奪走生命也並非奪去有價值之物。我是這麼相信的，我是這麼相信的！

可是有沒有別的辦法呢，叫她逃命去？叫她不要聲張，逃到國外別回來？她會聽話嗎？怎麼可能呢，她一定會馬上去找衛兵，而當她看到一個魁梧的衛兵可以保護她，奇勒不就只是個拿著刀的小孩而已嗎？

「我早就警告過他了，從御影那兒偷東西不會有好下場啊。」貝芙的聲音出奇地冷靜：「他還真是個混蛋啊，明明已經從我這兒拿了那麼多走，現在還要我用一條命來陪他。我是來找他和解的，不過你一定會殺了我，對吧？」

「對。」奇勒說謊，他已經把刀挪到下手的位置，卻沒辦法刺下去。

他眼角餘光瞥見樓梯口人影晃動。他沒有動，他不願意去搭理眼前的東西，但是他心裡一寒。天還沒黑，房裡沒有蠟燭或火把之類會動的影子，一定是師父，他一直跟著奇勒、監視他的行動，既然是神駕交代的任務，必然不容有差錯。

奇勒將刀插進她身體，往外一劃，女子的身體震動了一下，然後在他面前死去。

他抽出刀子，站起身，意識忽然變得好遠好遠，就跟殺死鼠頭那天一樣。他用貝芙的白衣擦了擦刀刃，然後收回大腿邊，在房間裡的鏡子看看身上有沒有血跡，這些都是訓練過的。

身上乾乾淨淨，手上也乾乾淨淨，卻顯得這世界更加淒涼。

轉身他看見德佐站在門口，雙臂交抱在胸口。奇勒看著他，但還沒回過神，他很慶幸自己可以如此麻木。

「不漂亮，」德佐開口說：「但勉強可以接受，神駕應該也會滿意。」他看見奇勒眼裡的疏離，噘起雙唇。「生命毫無意義，」他用手指夾著一瓣大蒜：「生命毫無意義，生命就是空虛，奪走生命並非奪去有價值之物。」

奇勒茫然地看著他。

「給我照著說一次，混帳！」德佐手一閃，一把刀就這麼插在奇勒背後的櫥櫃上。

他動也不動，死板地重複了那段話，覺得指尖有種刺痛感，好像不斷重複剛剛揮刀切開人類肌肉的動作。真的這麼簡單容易嗎？手一用力就死了一個人？毫無靈性或非凡之處，沒有椎克伯爵口中的天堂或地獄。人就這麼停住了，不再說話、呼吸、移動，最後連抽搐都停止，完全停止。

「你覺得痛，」德佐的聲音幾乎稱得上溫柔：「是因為你心裡的假象崩潰了，那個假象就是『意義』。奇勒，這世界上沒有什麼更崇高的存在意義，沒有所謂的神、也沒有所謂的對與錯，我不會要你喜歡這樣的現實，但我要求你必須堅強到可以面對一切。此外什麼也沒有。我們變成武器以達到完美，跟刀劍一樣鋒利無情。活著並不會比較好，生命根本就是一場空。生存只能見證誰是贏家，而贏的必然是我們，我們除了繼續勝利也別無他途，但勝利本身也沒有意義，追求勝利只是因為不想輸，但結果與手段之間沒有關連，沒有公理與正義。你知不知道我殺過多少人？」

奇勒搖頭。

「我自己也不知道。一開始我有算過，還會把在戰場之外殺掉的人名記下來，但一下子就多到記不住，後來就只算數字，慢慢地只算無辜的人，最後什麼都不記得。而我這些罪行、業障到底帶來什麼懲罰呢？什麼也沒有。我的存在證明了人類那些抽象思考有多愚蠢，如果宇宙之中真有什麼天理，一定會除掉我這種人才對。」

他抓起奇勒的手：「跪下。」

奇勒跪在貝芙流出的血泊旁。

「這是洗禮，」德佐將奇勒的雙手壓在仍有餘溫的鮮血中，「這是你的新信仰。如果你必須信神，那就去學其他刺客一樣信『奈索斯』，祂司掌血液、精液跟酒。其實祂跟所有神一樣都是假的，但好歹這些東西還有點力量，不會讓你越信越弱。從現在開始，你已經是殺手了。出去吧，別洗手，另外要記住——下次要殺目標之外的人，別讓他們開口說話。」

奇勒跌跌撞撞，像個醉漢一樣在街上走著。他覺得很不對勁，明明該有點感觸的，卻只剩下空洞，手上那血跡好像是從靈魂的傷口噴濺出來。

血乾了以後變得很黏稠，鮮紅本來該漸漸變成暗棕色，可是在他握緊的拳頭裡不是如此。他藏著手、藏著血、藏著自己，腦袋比起心要清醒一點，所以他意識到這一切的意義。以後他成為刺客，永遠都得躲藏。奇勒這身分就是個面具，為了方便而生的工具。這一個面具，和其他的偽裝都將變得相稱，因為在訓練結束前，所有能夠辨別是阿索思的特徵都會消失。任何一張面具都上得了他的臉、瞞得過別人的眼，因為揭開面具後，底下什麼也找不到。

穿得像個送信小廝不能闖進兔窩區，不合身分，所以他打算先回城東區的基地，那兒是工匠跟貴族家中僕役聚居的區塊。在街角轉彎時，他與一個女孩兒迎面相撞，他連忙伸手抓著女孩的臂膀，不然女孩就摔個四腳朝天了。

「對不起！」他看著那女僕身上簡單的白色制服，女孩束起頭髮，拎著一籃剛摘採的草藥。然後他看見他在女孩兩邊袖子留下深紅色的痕跡。他連忙想要逃跑，免得這女孩看見身上髒汙要質問他，卻看見那女孩子臉上有一道弧、兩個叉叉，這畫面像是拼圖在他腦海組合起來。

傷口好了結疤癒合，留下白色的傷痕，在他心裡卻還是又深又紅的潰瘍；鮮血汩汩冒出，她吞進喉嚨隱約發出咕咕聲，血液冒著泡、在歪曲的鼻梁邊破裂。最後一瞬間，他看見的是這不可能認錯的疤痕，以及不可能認錯的棕色大眼睛。

娃娃很淑女地低著頭看他，不知道眼前這個殺人犯就是她所認識的阿索思。她這麼一低頭也正好看見袖子沾了兩片紅，又抬頭的時候表情帶著比那些疤痕還深刻的惶恐。

「天哪，」女孩說：「你流血了！是不是受傷啦？」

他已經拔腿狂奔，不顧一切往市集衝了過去。但無論他跑得有多快，也無法逃離那對充滿關心以及驚慌的美麗眼睛。那雙棕色眼眸緊緊跟隨，他知道這輩子都逃不開了。

二十五

「準備拿冠軍了嗎？」德佐問道。

「什麼意思？」奇勒跟師父剛結束早上練劍的課程，他的表現比之前還要好，而且覺得隔天也不會肌肉酸痛吧。十六歲了，一連串訓練也終於有明顯的成效，他當然還是沒辦法勝過師父，可是漸漸看得到這種可能。反過來說，德佐倒是一整星期都悶悶不樂的樣子。

「國王錦標賽。」德佐回答。

基地又小又悶，奇勒抓了塊布擦臉。艾稜．岡德九世說動大劍師在賽納利亞舉行劍道賽。當然，他們會觀賽，但結果可能連優勝者也不夠格成為大劍師，不過也可能一次就有三、四個人夠格。要是成為大劍師，就算只有一階的實力，也會受到各國宮廷重用。奇怪的是德佐原本對這件事情不屑一顧，所以奇勒又問：「你之前才說會參加這比賽的人，要嘛是孤注一擲，要嘛是錢太多，再不然就是腦袋有問題。」

「嗯哼。」

「現在卻又要我去參加。」奇勒心想這是要他孤注一擲嗎？因為多數人的異能在青少年期會覺醒，他身上卻遲遲未見跡象，德佐也開始不耐煩了。

「國王辦這比賽是為了找保鏢。他怕最後找來的人就是刺客，因此比賽有特殊的規定：有異能者不得參賽。在比賽場地會有女法師駐守，是天使教會的醫者，她負責監督參賽者，還會在刀劍上施法確保不出人命，賽後也提供治療。九人眾活動活動筋骨，安排個人過去拿下冠軍，讓國王知道誰才是老大，這狀況簡直就像跛子裝義肢一樣再適合你不過。當然這並非純屬巧合，比賽也是九人眾暗地策畫的，他們知道你，也知道你的小狀況。」

「啊？」奇勒很訝異，他還以為九人眾不知道他是誰。而且要是他輸了又怎麼辦？

「這星期胡．吉貝帶了徒弟去見九人眾，是個女孩子，叫做斐瑞狄亞娜。我也看了她的招數，她當然懂得用異能，你完全不是她的對手。」

奇勒一聽覺得很慚愧。胡．吉貝是個兇殘的殺人魔，嗜血如命，雖然沒有失手的紀錄，卻也屢屢殺死不相關的人。德佐打心底看不起他，但奇勒的實力卻使師父顏面無光，好像比個屠夫還不如。

「等等，」奇勒忽然想到：「錦標賽不就是今天嗎？」

中午時奇勒來到位於兔窩區北邊的競技場。這競技場十二年來都用於賽馬，在此之前則是生死格鬥場。靠近以後，奇勒聽到裡面人聲鼎沸。據稱這兒可以容納得下一萬五千人，現在聽起來應該坐滿席了。

現在奇勒用一種趾高氣昂的腳步走路，符合他目前年輕氣盛的劍客裝扮，但更重要的是可以遮掩他原本的姿態。椎克公爵看到這種活動，只會想到以前奴隸時代的生死格鬥，所以不會來觀看，但羅根．翟爾很可能到場，加上奇勒這段日子也常常跟一些年輕貴族有所接觸。平常偽裝時，奇勒並不覺得焦躁；他現在已經擅於易容，也不覺得會露出馬腳，而且他知道焦慮的態度反而會壞事，可是此刻他卻覺得渾身不對勁，因為他今天的偽裝就是沒有偽裝。

德佐沒多指示什麼就給了他一套衣服，顏色是刺客的灰，和師父的衣服一樣精緻。黑色加上斑駁灰點可以蒙蔽人體形狀，所以在黑暗中其實比全黑的衣著更有掩護效果。衣服非常合身，緊緊貼著四肢，但不會妨礙動作。奇勒心裡還懷疑這麼俐落的剪裁另有其他目的：九人眾希望他看起來年紀更輕。我們派了一個連異能都不會用的小孩子去大鬧一場拿下冠軍；等我們派個真的刺客去，國王你要怎麼辦好？

除了夜行衣之外，奇勒的造型還包括黑斗蓬跟黑面具——都是絲綢做的呢！面具只在眼口兩處留下開口，還露出一束頭髮。他在頭髮上塗了些藥膏，頭髮看來烏黑蓬亂。原本劍鞘刀鞘也都該是黑色，可是師父卻全部都拿了金色的給他，匕首、長劍跟飛刀都各有金色的鞘具，在暗色的刺客裝扮上顯得十分刺眼。德佐把鞘具交給奇勒時翻了翻白眼，「我看你去唱戲也不錯。」

這也怪我？

街上人不多，奇勒一走進格鬥場側門，就發現觀眾、攤販全朝著他瞪大眼。他逕自入內找到選手休息室，有兩百多個男人和幾十個女子在裡頭準備，有些是奇勒見過的打手，有些是傭兵、軍人，有些是遊手好閒的年輕貴族子弟，甚至也有兔窩來的農夫，不知道這些人怎麼會想舞刀弄劍。果然是孤注一擲、錢太多跟腦袋不清楚的人才來參加。

裡頭原本有些人大聲說笑、有士兵在活絡筋骨、女戰士們反覆檢查裝備，但他一進去立刻引起大家注目，靜默擴散開來。

「所有人都到了嗎？」一位看來像讀書人的女士跟在個魁梧的男人後頭進來，那男的忽然停下腳步，害女士差點兒撞上去。奇勒見狀倒抽一口涼氣，是羅根哪，羅根不是來欣賞比賽的，他想下場打呢。女法師看見奇勒，表情倒是比其他人鎮定一些，「嗯——好，年輕人，跟我來吧。」

奇勒特別注意保持傲慢的步伐，走過羅根身邊、穿過其他參賽者，聽到背後議論紛紛還挺得意的。

檢查室很久以前用來治療受傷的奴隸鬥士，確實有種死過很多人的氣氛，牆壁底下還特別挖了凹槽方便清理血水。「我是卓莎．耐爾，」女法師自我介紹道：「雖然『大劍師』使用所有有刀刃的武器，但在這次比賽裡面只准用劍，所以得請你將其他兵器先拿下來。」

奇勒裝出德佐那種眼神瞪了她。

女法師清了清喉嚨：「好吧，那我在刀鞘上施法術，魔法波紋大概六小時會散去，這段期間你會拔不出刀。」

奇勒點頭同意，女法師便低聲呢喃了一段咒語，將魔力波紋纏在刀鞘上頭。這時奇勒順便看了牆上的賽程表，一下子就看到羅根的名字，卻半天都沒看到自己。九人眾哪會笨到讓我用真名出場？「上頭哪一個是我？」他直接問。

女法師一頓，指了個名字說：「我敢打賭一定是這個吧。」上頭寫的竟是影，「年輕人，如果你不是御影派來的，那我會勸你趕快溜。」

很好，奇勒跟羅根的場次正好排在兩端。雖然羅根又高又壯，反應快、手腳長、力氣也大，但是兩天一次一小時的劍術練習，跟奇勒每天花好幾個鐘頭與德佐．布林對打，這程度可大不相同。羅根的武藝算是不差，但不可能一路晉級，所以奇勒不會跟他對上才是。

接著他抽出劍讓卓莎．耐爾施法術。他試了下劍，發現這女法師不是讓劍刃變平，而是變成圓弧狀，看來對刀劍頗有經驗。練習用的鈍劍其實也有辦法砍傷人，這是力道夠不夠的問題。此外，施過法術的劍在重量以及手感上毫無變化。「很好。」奇勒今天說話刻意學德佐一樣簡單俐落，因為他不想讓人注意到聲音。奇勒在聲音上即便加以偽裝，聽來還是像小孩子裝大人樣，不但沒用，還有點好笑。

「比賽規則是用劍碰到對手三次就贏，我會在每個參賽者身上施法，劍接觸到會有反應，第一次閃黃光，第二次閃橘光，第三次就閃紅光了。還有一點，」女法師解釋：「為了確定你不會使用異能，我現在要接觸你的身體。」

「我以為妳們看得出來？」

「是這樣子沒錯，但是我們也聽說過，有些人可以刻意隱藏異能，而我已經宣誓要維持這次比賽的公正，所以就算是御影的手下，我還是得檢查。」卓莎將手放在奇勒手上，嘴裡不停喃喃自語。德佐說過，女法師使用異能時需要唸咒，現在看來咒語倒是不用唸給別人聽懂。

她忽然停下動作，直視奇勒眼睛，咬著嘴唇收回手。「你沒有隱藏，但是我從來沒看過……他們知道這件事情嗎？一定知道吧，就是知道才叫你來，可是這……」

「妳到底在說什麼？」奇勒問。

卓莎不情願地退後一步，一副手頭上有更有趣的事情，卻得來應付這個人類，勉強極了。「你有殘缺。」

「妳找死嗎？」

她眨眨眼睛：「啊，抱歉，我是說……外行人提起『異能』都好像很簡單，但是實際上有些複雜。想要用魔法，必須滿足三個條件，首先是要有『拙火』，講白一點就是生命能量，也就是生存過程中累積的魔力，就像我們從食物獲取能量；也可能源自於靈魂，實際原理我們還不明白，只知道這種能量存在人體內。超過半數人都有『拙火』，說不定每個人都有，只是太弱就無法感應到。第二個條件是將拙火轉換為法術或者行動的『脈絡』或媒介，多數人的脈絡太狹窄，甚至有些人的脈絡根本不通。但舉例來說呢，如果有人看見親兄弟被裝滿稻草的貨車給壓住，因為狀況緊急，就會激發出一生一次的潛能，忽然有力氣把貨車給搬開。有拙火、脈絡也順暢的人時常體能發達或者擅於打鬥，表現比起一般人都要優異，可是他們跟普通人一樣需要休息才能回復，這是因為他們能運用的魔法很少，太快就消耗殆盡。如果去跟這樣的人說，其實他們一直都在使用魔法，他們根本不會相信吧。要成為法師需要的第三個條件，就是必須能從陽光或者火光吸收精華，補充拙火。多數法師透過眼睛吸取能量，但也有些人是利用全身皮膚。根據這一點，我們推論弗里亞庫的苟洛提狂戰士之所以習慣打赤膊上戰場，目的不只是震懾敵軍，也是要盡量吸收能量。」

「那我的狀況是？」奇勒問。

「年輕人，你絕對可以吸收能量，不管是透過眼睛還是皮膚，其實你全身都散發出魔力啊，我想你在體術方面有相當的天分才對。至於拙火呢，我只能說我沒見過像你這樣巨大的容量，就算用上大半夜也不會枯竭吧，如果你要當刺客，實在是理想人選，不過——」她皺眉道：「很抱歉，你的脈絡不行。」

「嗯，堵住了？還是太窄？」他其實知道是堵住了，師父這幾年一直想辦法要突破這障礙，聽完女法師的說明，他也才瞭解為什麼師父會要他在大太陽底下躺著、或者靠在火爐旁邊打坐，這一切都是為了製造大量魔力流動，希望奇勒的身體會承受不住加以釋放。

「你根本沒有脈絡。」

「可以治好嗎？錢不是問題。」奇勒胸口一緊。

「這種事情可不像在牆壁上打洞。要比喻的話，比較像是給你一副新的肺吧。天使教會的醫者沒有處理過這種問題，當然從來不曾想去實驗。再加上你的異能相當龐大，我推測如果要為你建立脈絡，對你、對醫者雙方而言都有生命危險。你認識哪位法師肯為你賭命嗎？」

奇勒搖搖頭。

「那我也愛莫能助了。」

「干督的醫者可以幫得上忙嗎？聽說他們有最高明的醫療法術？」

「這種話說給我聽聽就算了，我其他姊妹聽到的話會生氣喔。我也聽過一些綠袍法師學院的故事，信不信是其次，但據說他們曾經把嬰兒從斷氣母親的肚子裡取出，放進死者姊姊的子宮裡保住一條命。但就算這故事是真的，處理孕婦、難產等等本來就是我們醫者常碰到的狀況。你的問題是我們碰都沒碰過的，大家會找醫者，多半是生病；小孩子被帶到我們教會或者男法師的各個學院，則是因為他們施展出使穀倉起火、治好玩伴、或者操縱桌椅打人的特殊能力。像你這種情況的人，其實不會求醫，通常只是一輩子無奈挫折，有志難伸。」

「好吧，謝謝。」奇勒說。

「非常遺憾。」

「遺憾也沒辦法了，不是嗎？」

「我想古人應該有辦法幫助你這種人；干督的圖書館說不定有些文獻裡會有線索；或者我們教會裡有人在研究關於『異能』失調的疾病，只是我沒聽說。總之，我也不知道，你可以試看看，但換做是我，其實不會想要浪費時間追求得不到的東西，接受事實會比較容易。」

這次不用裝，奇勒直接給了她一個德佐式白眼。

二十六

奇勒踏上格鬥場沙地準備，蓄勢待發；觀眾席人山人海，他從沒見過這麼多人。小販在走道逡巡叫賣著米飯、烤魚、麥酒等等，貴族有僕人搧風消暑，國王在寶座上與群臣飲酒作樂。奇勒好像還看見苦瓜臉的亞耿將軍躲在一邊，以「影」為名的他一上場又引起竊竊私語。

對面的門開啟，走出一個大個兒農夫，觀眾席零零落落有些喝采，那些人其實不在乎誰贏，反正有打架可看就高興了。號角響起，農夫拔出生鏽的巨劍，奇勒也抽出劍等他出招。農夫衝過來劈頭就砍。

奇勒一躍欺近他身邊，一劍戳向他肚子；農夫收不住勢繼續往前，奇勒的劍順勢在他腰上、腿上拍了兩下，瞬時黃、橘、紅三色閃爍。

觀眾幾乎都呆了，只有坐在貴賓席、披著紅色與鐵灰色披風的大劍師除外，他們立刻搖起鐘。有幾個人歡呼、幾個人發出噓聲，大多數人還沒回過神。奇勒收了劍走回休息室，那農夫則是拍了拍衣服低聲咒罵。

他一個人坐在裡面等，沒動、也不跟人說話。下一場開始之前，有個額頭上有閃電刺青的壯漢到他身邊坐下。奇勒心想他是伯奈吧——還是雷夫——不對，分辨這對雙胞胎的辦法，就是看雷夫斷掉的鼻梁。

「有『九』個觀眾很喜歡你，不過他們希望你下一場多表演表演。」壯漢說完又走了。

接下來這場，奇勒碰上來自伊默國的人，他們是遊牧民族，不常出現在城市中，所以激起觀眾興奮的情緒。這伊默人個頭不高，身上披了幾層棕色馬皮，臉也給皮甲擋住了。他腰間也插著刀，是伊默人擅用的前曲刀；手上拿的也同樣是彎刀，騎馬打仗的話效果很好，比劍的時候卻不算理想。另外，這伊默人根本喝醉了。

奇勒接獲指示，所以就跟他玩了幾回，對方出重招時他總到最後一刻才閃開，中間添上迴旋踢之類的雜耍，其實完全違背了德佐平常的教導。德佐說過，碰上厲害的對手，出腳不應該高過對手的膝蓋，不然動作都太慢；另外腳根本不該離地，處在跳躍的拋物線上都無法及時應變。飛踢是宿羅人創出來的招式，使用時機其實是你站在地上，對方騎馬衝過來時，可以把對手踢下馬。這一場奇勒又贏了，而且搏得滿堂彩。

奇勒回去休息的時候，看見羅根正要出場，他的對手是伯奈或者雷夫。奇勒一開始祈禱著那對雙胞胎別下手太重，沒料到幾分鐘後，羅根神采飛揚地回來了。看樣子不管是伯奈還是雷夫，總之他們輕敵了。

奇勒第三仗對上一個貴族子弟的劍術教練，他看著奇勒的表情就好像面對全大陸最凶猛的毒蛇一般，而他格擋之後總是急著還擊，不過只打中奇勒一次之後就輸了比賽，氣沖沖地離場。

直到羅根也贏了第三場，奇勒才開始覺得不對勁。第四場他碰上一個老兵，怪的是對方軍階不高、出身也不好，打起來卻覺得異常麻煩。對方不太會偽裝；奇勒好幾次看見破綻，都覺得明顯得誇張，一定是陷阱，所以一概不出手。

但他忽然想通了。第一場的農夫沒問題，第二場的伊默人遭下藥，第三場的劍術教練受到脅迫，第四場這老兵則收了錢。比賽規則中沒有敗部復活，現在只剩下十六人，奇勒認出其中四個是御影的手下，因此可以推測很可能還有另外四個也是御影派來的，只是他沒認出來。九人眾把整個賽程玩弄於股掌間，他意識到這一點以後很氣憤，不過還是繼續飛踢掃腿肘擊，用盡那些誇張的招數，挺認真地打了後面幾場。

他原本以為九人眾真的相信他、給了他一個表現的機會，失敗的下場就是死。結果呢，只是一場騙局，對手裡頭有些強者，但都被買通了，也難怪他發現跟羅根一路晉級，在觀眾席開賭盤的人也一路收錢。高大英挺的羅根．翟爾出身高貴，受到很多人崇拜，御影特別安排他前幾場苦戰得勝，這樣賠率才會漂亮，接下來這幾場羅根就贏得比較輕鬆；他的對手武藝雖不差，卻會犯下不可思議的錯誤，然後御影賺進一筆又一筆賭金。

通常造假造得也挺像真的，畢竟出招的人劍術不差，要假裝沒擋住也不難；但奇勒看得穿，他還肯定大劍師也已經察覺異狀，所以表情都很憤慨，恐怕之後很長一段時間都不可能在賽納利亞舉辦錦標賽了吧。想必他們看得出整個比賽都已經走樣，所以就算他從頭再打一輪，也拿到冠軍，仍舊不可能得到大劍師的認可了。

問題是顯然國王不知道，一直到有個大劍師過去對他說了幾句話為止。艾稜．岡德九世聽完跳了起來，旁邊朝臣費了好一番功夫才讓他先冷靜坐下。看樣子九人眾已經給了國王一個下馬威，剩下的比賽主要就是賺錢了。如果奇勒沒猜錯，九人眾根本打算要對全城的人示威。

他五味雜陳地踏進場中面對羅根。這是總決賽，已經沒有後路了。奇勒想過乾脆把劍朝羅根一丟，直接投降算了，但這麼一來國王或許會以為御影表態要拱羅根造反，恐怕過不久便會有刺客上翟爾家去；就算御影不肯，國王還是找得到普通殺手。故意跟羅根糾纏一陣才讓他贏也沒用，國王已經知道比賽受御影掌控，若是看到羅根苦戰後依舊得勝，只會認為御影在幫翟爾家造勢而已。那他到底該怎麼辦呢？當眾羞辱自己的好友嗎？

羅根臉上也不再帶著興高采烈的神情。他穿著做工精細的鎖鍊甲，前後的扣環處是家徽矛隼的圖案。看見兩人上場，觀眾歡聲雷動，但兩個年輕人都充耳不聞。

「我有自知之明，能過關斬將進入決賽，全都是你們設計的吧？」羅根開口：「我一直在想該怎麼辦，原本打算棄劍投降當作抗議，但你是御影、我是翟爾，我不可能降服在惡勢力之下。你會怎麼做？身上藏了一把沒被法術封印的刀嗎？要光天化日之下殺了我，讓賽納利亞人看清楚這是誰的地盤？」

「我只是奉命行事。」奇勒說話的聲音和德佐一樣粗啞。

羅根冷笑：「奉命行事？你可撇得一乾二淨。明明就已經泯滅人性、自甘墮落於黑暗，為的是什麼，還不就是錢？」他吐了一口口水，「既然收錢要殺我就來吧，『影子』。不過我可不會束手就擒。」

錢？羅根這人懂什麼錢？他活到現在什麼時候缺過錢？他用舊了的鐵手套拿去典當，換到的錢夠幫會的鼠輩活好幾個月啊。奇勒覺得滾燙的怒意充斥他的血液，羅根什麼都不懂——但他說的卻又一點也沒錯。

號角響起的瞬間奇勒就衝了出去，他不在乎有沒有犯規，羅根要拔劍了，他也一樣不在意。奇勒湊上前，一腳踹在羅根握劍的手上。

羅根的劍還沒完全抽出，就被奇勒的蹴擊逼得鬆開握著劍柄的手指，羅根的勢子也歪向一邊；奇勒接著腿一拐，羅根就被纏倒在地。

然後奇勒落在羅根身上，聽見羅根嘶地吐出一大口氣。接著奇勒單手揪起羅根的手臂拽到背後，又扯住他頭髮用盡全力往沙地一推，推了好幾回，不過沙地太鬆軟，沒能將羅根撞暈。

還站著的奇勒拔出劍，羅根的呻吟與奇勒沉重的呼吸彷彿是世界上僅存的兩種聲音。格鬥場完全安靜下來，連風也無言了。好熱，實在很熱。奇勒對著羅根腰部左側、右側分別重劈一次。劍刃受到法術封印，不會真的砍傷羅根，但還是如同遭槌子重擊般痛苦。

羅根痛喊出聲，突然聽起來好年輕。雖然體型龐大，羅根畢竟還沒滿十八啊，奇勒聽了卻為他感到羞愧。這種聲音代表軟弱、代表羞恥、令人憤怒。奇勒朝格鬥場四處張望，九人眾一定裝成普通人的樣子看著一切，臉上還學旁邊老百姓一樣露出驚訝神情。明明看不起人，卻裝作是他們的朋友；只要收得到錢，就會立刻把他們給出賣掉。

他背後傳來聲響，奇勒轉頭看見羅根四肢著地，掙扎著想起身，臉上已經給沙子磨出血，眼睛根本無法聚焦。

奇勒舉起閃著橘色光芒的劍給群眾看，然後一回身，狠狠拍向羅根後腦杓。他的好友就這麼倒下、昏迷，觀眾席上不約而同抽了口氣。

只有羞辱羅根，才可以拯救羅根。以這種兇殘下流的招數打敗羅根，外界就不會將注意力擺在翟爾家繼承人戰敗這一點上，而是會注意在背後搞鬼的御影有多無恥殘暴卻又強大，因為今天奇勒就是御影的化身。他將閃著紅光的劍甩在地上，高高舉起雙拳伸出中指，你們都該死，我也該死。

然後跑了出去。

二十七

莫丹煙館的窗戶是來自普蘭嘉島的厚玻璃，切割成楔形拼貼出古怪的螺紋圖案，看著窗上的花樣，很容易忘記外頭的世界，這也正是設計目的。看著那些圖案，連玻璃另一邊有柵欄都不會注意到。奇勒站在窗邊，目光也穿過柵欄，望著席林市集裡的一個女孩。

那女孩兒正在跟賣菜的攤販討價還價。娃娃——現在叫做以琳，她也長大了，奇勒十八歲，所以她大概是十五歲。從這安全距離看過去，以琳很美，樸素的衣服底下有圓潤線條，盤在後面的頭髮在陽光下閃爍金色光輝，臉上帶著一抹自在的微笑。太遠了，奇勒看不見她臉上的疤；透過玻璃，她一身白衣也染成血紅色，大些的螺紋線條讓奇勒想起她臉上的傷痕。

「她會毀了你。」K媽媽的聲音從後頭傳來：「人家活在另一個世界，你到不了那裡。」

「我懂。」他靜靜回答，頭也不回。K媽媽帶了另一個城東這兒的姑娘進來，那女孩年輕貌美，K媽媽正在幫她梳理金髮。這間店跟城裡其他妓院性質不同，姑娘不只床上功夫要好，也要談吐得宜並具備音樂素養，她們不穿低俗暴露的服裝，不裸露也不公然肢體接觸，同時還不准平民百姓入內。

K媽媽當然在很久以前就發現奇勒會偷溜到這一帶，在她面前能有什麼祕密呢？K媽媽為此罵過奇勒，每次看見他到附近都還要補上一兩句，但後來發現他說什麼也要來，便叫他乾脆進店裡偷看吧，既然一定要蠢也得蠢得安全些；要是任奇勒在外頭，過不久一定會跟女孩碰到面，接著是談話、上床、戀愛，然後就等死吧。

「別害羞，」K媽媽對那姑娘說：「以後你要在男人面前做的，可不只是換衣服而已啊。」

奇勒也聽見姑娘更衣的聲音，正好當成不轉身的藉口，反正他情緒已經夠低落了。

「黛卓，第一次都會有點可怕，」K媽媽柔聲說：「這工作很吃力。你說是嗎，奇勒？」

「碰上吃力的客人，總比碰上沒力的客人好。」

黛卓咯咯笑了起來，不過應該不是覺得奇勒幽默，只是情緒緊張不知如何是好吧。奇勒還是沒轉身，眼裡只剩下以琳。如果她看見奇勒背後這個正準備第一次接客的女孩兒，不知棕色眼珠會有怎樣的神情？

「妳一開始可能會有罪惡感，」K媽媽繼續對黛卓說：「心裡要有準備，不要想太多。妳不是妓女、也不是騙子，妳的工作是娛樂客人。那些男人買賽斯的紅酒不是因為渴，而是喝了會開心，也因為花錢就讓他們自我感覺良好。他們上這兒來也是同樣道理。男人想做壞事總會掏錢出來，不管是買酒、還是掀妳裙子——」

「或者殺人。」奇勒的手搭上腰帶的錢包與匕首。

他說完也覺得空氣中漫起一陣寒意，不過K媽媽沒理他，又說了下去：「訣竅是要清楚妳什麼可以賣、什麼不能賣。心是絕對不可以賣的。有些姑娘不接吻、有些姑娘不肯給客人獨占，還有些姑娘不肯替客人做某些服務。我自己是什麼都做，但是心絕對不交給他們。」

「喔？」奇勒問：「妳確定？」他說完轉身，但心臟差點跳出來。在K媽媽的巧手打扮之下，黛卓簡直跟以琳一模一樣，一樣的身材、一樣的柔美線條，頭髮也同樣金光耀眼，穿著一樣的侍女裝，全身上下都一樣，唯一的差別就在於她站在鐵窗的這一邊而已，伸手就摸得到，而以琳卻遙不可及。黛卓臉上掛著不知所措的笑容，很難想像居然有人這麼跟K媽媽說話。

K媽媽氣極了，衝過去揪住奇勒的耳朵，像對付一個淘氣大男孩一樣把奇勒拎到房外。二樓的走廊上擺著很多墊子填充飽滿的座椅和做工精緻的地毯，角落有個圍事，還有四扇門通往四個妓女的房間。階梯底下是一樓的接待廳，牆上掛了煽情但不露骨的繪畫，書架上擱著皮革裝訂的精裝書。K媽媽揪著奇勒到門外才放開他的耳朵，輕輕掩上身後的門。

「夠了，奇勒，黛卓已經嚇壞了，你還在那兒說什麼風涼話啊？」

「只不過是說出醜惡的真相罷了，」他聳聳肩：「當我瞎說也成。隨便。」

「要真相，我照該死的鏡子就好。人生不一定非得有真相，善用擁有的一切就行了。你就是為那女孩兒鬧脾氣，不是嗎？奇勒，你發什麼神經呢。你救了她啊，該放她自由了，她的一切都是你給的。」

「我給她的只有疤痕。」

「你真的蠢斃了。你難道都沒注意過以前黑龍幫的女孩子有什麼下場？不用十年，她們要嘛酗酒、不然就整天抽菸，不是小偷就是乞丐，有的跛了、有的當路邊流鶯，可能十五歲就生小孩但是養不起，也可能因為打胎太多次所以一輩子不會懷孕。你們這些混幫派出身的，被變態毀容的女孩子可不只她一個，但她恐怕是唯一一個看見希望、重獲新生的人啊。這些是你給她的，奇勒。」

「我當初應該——」

「你唯一沒做好的，就是沒早點出手殺了那個大個兒，讓他根本沒機會胡來。不過要是你那時就能下手殺人，根本沒道理會在乎一個小女孩兒是生是死。說穿了，就算你真的做錯什麼，以琳用臉上的傷換到現在的一切，也非常划得來。」

奇勒轉身，樓梯間這兒也有一扇窗戶對著市集，而且是普通的透明玻璃，不像姑娘的房間一樣有很多色彩跟圖案。窗外還是上了鐵條，而且鐵條邊緣處跟德佐的刀一樣銳利。以琳走近了些，奇勒現在看得到她臉上的疤痕，不過她一笑起來，那些痕跡好像就都不見了。

兔窩的女孩子，有多少時候能夠這樣子歡笑？奇勒發現自己跟著笑了，這種輕鬆的感覺他以前從來沒有過。他轉身，笑著對K媽媽說：「我沒想過會是妳來赦免我的罪。」

K媽媽沒有回以微笑：「這不是赦免，是現實。我是最適合要你認清現實的人。要說罪孽，你跟德佐一樣沾了滿手吧。」

「師父？他從來不會對任何事有罪惡感吧。」奇勒回答。

K媽媽臉上掠過一絲厭惡，轉頭看著以琳：「奇勒，鬧劇該落幕了。」

「什麼意思？」

「德佐已經告訴過你該守的規矩，你可以跟女孩子上床，但你不能談戀愛。他不知道你在這兒做什麼，但我可是一清二楚。你自以為愛上以琳了，所以不肯跟別的女孩子有染，但你為什麼不跳出這個無底洞？」她聲音緩和下來：「奇勒，外頭那女孩兒，你一輩子也得不到。就享受你眼前看到的吧。」

「妳是說——」

「去找黛卓吧。她會很感激，我也樂意招待。要是你擔心你沒經驗，反正她也是第一次。」

「也」？老天，K媽媽非得把別人底細摸得這麼清楚嗎？

「不用了。」奇勒說：「謝謝好意，但我心領了。」

「你到底還在等什麼？想跟外頭那女孩來個久別重逢大團圓嗎？你再怎麼樣也只能跟人家上床而

已，你知道這就是代價啊，奇勒。每個人都必須付出代價，我付過、德佐也付過，你也不能例外。」

但她還是死心了，對著樓下一個圍事揮揮手，要他放個客人上來。

一個體毛茂盛的邋遢鬼喘著大氣爬上樓梯，衣著是很有錢的樣子，但又胖又醜，而且還臭得很，咧嘴淫笑露出一口黑牙。他在樓梯間停下舔著嘴唇，整個人就是一副猥瑣樣。那客人對K媽媽點了點頭，又自以為有默契地朝奇勒眨眨眼，然後便進了那處女的房。

「有時候付出了代價，卻換不到什麼好下場。」奇勒嘆道。

「不重要，反正不能回頭。」

二十八

修肯迪學院高聳的金字塔內，費爾．庫撒在一扇門上敲了敲，扣扣——扣扣——扣。他、多利安和索隆三個人在火法師學院求學時，根本沒資格住進這些大名鼎鼎的房間；如今讓他和多利安入住了，可不是感念他們過去的貢獻，而是因為高層想要監視他們的一舉一動。

門開了一條縫，多利安的眼睛探出來。費爾總覺得好笑，多利安明明是個先知，大至一國興衰、小至賽馬結果他都能未卜先知，以前費爾說得動他幫忙，靠這招賺了不少，但多利安竟無法知道誰在敲房門。他有提過，觀看自己的未來，會使意識旋轉不止、會把人逼瘋。

多利安把費爾拉進房裡，趕快關上門。費爾跨入時，察覺這兒魔法結界出奇地多。不出所料，其中一層用於防止竊聽，另有一層阻擋外人強行闖入；施術者本身留在房內時，還用上後者，這可稀奇了。最妙的是多利安居然設下魔力不外洩的結界，費爾晃起手指，感受一下魔法波紋，搖著頭大為讚嘆。多利安是不世出的魔法奇才，去過甘督國以醫術見長的荷瑟拉魔法學院，年僅十六便將那兒可以傳授的法術都精通了；後來到了火法師領地，連假裝有興趣都不肯，但同樣將火系法術操縱自如。多利安後來還留在這裡，是因為結識費爾跟索隆。索隆僅對火魔法有才能，但單純以法力而言，卻是三人之中最高。費爾有時搞不懂，為什麼會與這兩人合得來呢？也許是因為朋友的傑出並不會給他帶來太多壓力。在他眼中，多利安跟索隆都是神眷之子，所以他有好長一段時間連想都沒想過要嫉妒。也可能與他出身農家有關，再不然就是因為每次他學不會法術、開始對朋友眼紅時，多利安和索隆會拉他去練劍。

費爾看起來個子很大，但動作靈敏，而且每天與大劍師練習。大劍師的主道場，距離修肯迪學院只有幾分鐘路程。以索隆或者多利安的程度，跟他練劍當然換得一身傷；擦傷瘀青這種小事，練完以後多利安可以用魔法解決，但治好之前還是會痛的。

現在一看，多利安床鋪上擺了個收拾一半的行囊。

費爾嘆口氣：「你明知議會下令禁止你離開啊。他們哪會在乎賽納利亞的存亡呢？說真的，如果不是索隆已經過去那邊，我也不會在乎哪。要不要捎信叫他回來算了。」學院高層的說詞自然並非如此，他們聲稱都是為了保護米希魯大陸上、也許是全世界唯一真正的預言者，不給神王有機可乘。

「你還沒聽到最精彩的部分。」多利安笑了，好像大夥兒都還是小孩一樣。

費爾只覺得血液都往臉上衝去，頓時想通多利安為何要阻擋房裡的魔力外洩：「你該不會打算把那玩意兒給偷走吧。」

「在我看來，原本就是我們的東西。是我們三個人費盡千辛萬苦，找到下落以後還把它帶來這裡，真要說『偷』的話，是他們偷我們的東西才對，費爾。」

「是你附和說這裡比較安全，才讓他們保管的啊。」

「那我總有拿回來的權力才對。」多利安聳聳肩。

「你又要跟全世界作對就是了。」

「是我要『為』全世界貢獻一份心力，費爾。願意跟我一起去嗎？」

「和你一起去？你又發什麼神經啊？」

多利安的預知能力覺醒以後，他當然也想要知道自己的未來，結果發現不管他怎麼做，總有一天會真的發瘋，若是繼續探究自己的命運，更會加速那天來臨。「我記得你說你至少還有十年腦袋清楚的時間啊。」

「恐怕縮短囉。」多利安又聳聳肩，彷彿是說這種小事不重要、他不為自己的命運痛心；當初要索隆去賽納利亞，明知道索隆會為此失去卡蒂時，他也這樣聳聳肩。「費爾，先告訴你一些事情，之後你再回答。如果你跟我走，路上你會後悔很多、很多遍，而且不可能再回到修肯迪學院。」

「你這說客當得不賴啊。」費爾翻了翻白眼。

「路上你會救我兩次，事後會有自己的工坊，成為聞名天下的偉大兵器匠，拯救這世界的任務你參與了一小部分，離開人世的時候心滿意足，但恐怕不會如你我所期望的那麼長壽。」

「嗯哼，這一段好些。」費爾說得尖酸，實際上卻胃痛了起來。多利安很少將看見的未來告訴他們，不過只要他說了，就代表會成真。「拯救世界的任務，我只能參與一小部分而已啊？」

「費爾，人活在世上的目的並不是追求自己的喜樂，我們都只是故事的一個片段，每個人都一樣。不是最精彩的片段，難道就可以不存在了嗎？我們這次旅行，不是要去救索隆，而是要去見一個年輕人。我們跨越重重阻礙才能找到他，就算為此送了命也不是不可能。你知道我們為什麼要見到他嗎？只是要跟他說五個字而已，而且其中三個字是人名。想不想知道內容？」

「說吧。」

「『去問K媽媽』。」

「就這樣？到底什麼意思啊？」費爾問。

「我不知道。」

預言者有時候很難溝通。

「你知道這對我來說犧牲很大。」

多利安點點頭。

「答應的話，會後悔？」

「中途後悔很多次，結束之後就不會。」

「你別透露這麼多，不是比較容易說動我嗎？」

「費爾，相信我，」多利安說：「其實我很希望沒有把你每個選擇的後果看得清清楚楚。我故意隱瞞的話，你以後一定會埋怨我；但我說得更仔細，你聽完可能又沒那份勇氣了。」

「夠啦。」老天，居然這麼糟？

費爾低頭看看雙手，他能有自己的工坊？他打造的兵器將名聞天下？這是他的夢想啊，搞不好他還會結婚生子呢。他原本想問問多利安，卻又覺得別知道比較好，只能嘆口氣，揉揉太陽穴。

多利安露出大大的笑容：「很好！現在先幫我想想看怎樣把『夸亟』從這鬼地方帶走。」

費爾心想是不是誤會了什麼，但血液又從頭部往下竄，阻擋魔力往外流動的結界浮現在腦海。「你說的『鬼地方』是說『這間學校』，是說我還有機會勸你不要妄想竊取米希魯大陸受到最嚴密保護的神器？」

多利安掀開床上的被子，下面是一柄鞘中劍，乍看樸實無華，但劍鞘以鉛鑄成，並且覆蓋住整把劍，包括劍柄部分，藉此遮蔽寶劍散發出的魔力；除此之外，沒有任何異狀。然而這卻不是普通的魔法劍，這是「傳說中的」魔法劍，宙辛・奧凱斯提皇帝使用的佩劍「夸亟」，也有人稱之為「力量之劍」。一般法師連持用的能耐也沒有；像費爾這樣的人若是拿起來，可能一秒便會身亡。依照多利安所言，連索隆使用起來都不大保險；其實宙辛皇帝死後，用過這劍的人屈指可數，那些人可不只毀掉一個國家而已。「剛開始我心想得看自己的未來，不過後來有個守衛的未來，才能找到辦法，結果我發現偷看守衛的未來，一樣能知道怎麼偷到手。計畫大致順利，不過後來有個守衛偏偏在那約莫千分之一的機率下，進了那條走廊。我沒別的選擇，只好把他打暈。但有失也有得，那守衛以後會跟照顧他傷勢的可愛女孩結婚。」

「等等，意思是說現在樓上有個衛兵昏了，隨時會被發現？然後我們還在這兒自顧自地聊天？你到底在想什麼啊？」

「他需要這把劍。」

「他？你是說我們要去講什麼K媽媽的年輕人？」費爾追問。

「不是。呃，應該說，不是直接給他用。需要夸亟的人、這個世界正在等待的人，其實根本還沒有出生，但現在不帶走，以後就沒機會了。」

「天哪，你是認真的就對了。」費爾說。

「別再裝得一副你要考慮的樣子了，早就決定了不是嗎？走吧，到賽納利亞去。」

預言者「有時候」很難溝通？應該是預言者「每一次」都很難溝通才對！

二十九

「你是怎麼回事？」德佐．布林叫道。

「沒——」奇勒正要回答。

「再來！」德佐．布林又大吼。

奇勒雙臂交叉，擋住鈍刀突刺，順勢想要鎖住德佐的手掌與手腕，不過給他溜走了。師徒在新基地練習場上對峙，踏著牆壁騰躍，想將對方逼到梁柱下，利用地形突起陷害對方，卻一直平分秋色。

奇勒拜在德佐．布林門下整整九年，的確成長不少。二十歲左右的他，身高不如德佐，且體格恐怕難再成長多少，但身材結實精壯，眼珠子依舊一抹澄藍。揮汗格鬥時，無論手、胸、腹部，每一條肌肉的運作都相當完美，問題是精神面卻無法投入。

德佐．布林看得出這點，也因此十分生氣，口沫橫飛不停地罵。他說奇勒這態度如同妓女躺在床上像條死魚，表情像是某些不怎麼可能像臉的器官，還說奇勒腦袋跟農場牲畜同樣水準。師父再度出招，奇勒看得出他攻勢益發猛烈。

德佐．布林的可怕之處，在於即使動了怒氣，招式卻毫無破綻。只有到對手倒地了，通常渾身是血時，才能看出他的情緒。

他慢慢逼退奇勒，有時出拳、有時出刀，鈍刀在半空劃出重重圓弧與直線。有回突刺，他收手慢了不及一秒，奇勒便找到破綻，擊中他手腕。

不料德佐握緊刀柄沒脫手，而且往回一抽削過奇勒的拇指。

「年輕人沉不住氣，下場是少根拇指。」

奇勒喘著氣停下動作，目光沒離開師父。他們用過不同款式、長度的刀劍對打，有時用同種兵器、有時練習以不同武器互搏，好比德佐拿雙刃闊劍、奇勒用干督刀對抗，或者奇勒用小刺刀，應付德佐的曲刃刀等等。「換成別人，刀子早飛出去了。」奇勒說。

「但你不是在跟別人打。」

「赤手空拳對上拿武器的你，我才不幹。」

德佐手一揚，刀子掠過奇勒耳邊，奇勒文風不動。他知道德佐．布林還是有可能想取他性命，但他也知道若師父真起了殺念，躲也躲不過。

德佐再度出招，這次全速進攻。奇勒以腳制腳、以手格拳，閃開重招以臂、腿、臀緩衝力道。兩人出招沒有機巧，純粹比拚速度。

打得不可開交之中，奇勒一如往常發現德佐慢慢取得上風。師父就是比他強；每次差不多到這個時候，奇勒會想出奇制勝，德佐也嚴陣以待。

奇勒打出一連串招數，速度極快，但是力道輕如微風，即便點到德佐身上也傷不了他，用意只在於干擾。奇勒速度越來越快，手腳擦過、蜻蜓點水便縮回。

最後一指戳向德佐腹部，逼他本能地彎腰，奇勒趁機朝他下巴猛然轟出一拳——這一拳在半途戛然而止。德佐反應很快，看見那拳時已經出手要擋，沒料到是記虛招，格擋落空來不及收手，奇勒的拳頭已經朝他鼻子落下。

不料奇勒沒打著，一道無形力場將奇勒彈開，他連忙穩住腳步，想擋下德佐出腳，但這腳勁道超乎常人，衝擊穿過雙掌，奇勒被踹飛撞上後方的梁柱。他先聽見橫梁發出碎裂聲，然後摔在地板上。

「換你先出手，」德佐說：「如果碰不到我，會有特別處罰等著你。」

特別處罰？非常好。

奇勒縮在地上，手還在痛，他沒多說話，站起來一轉身，看見德佐原本的位置現在竟換成了羅根．翟爾。但是羅根臉上不會有那種輕蔑神情，不難料想這是德佐．布林的幻術。幻影雖有七呎高，但動作模式該跟德佐一模一樣。奇勒朝幻影膝蓋狠狠一踢，想不到卻踢了個空；德佐其實站在幻影後面兩呎處。奇勒重心不穩，德佐又一揮手，飛拳幻影襲來，奇勒被打倒在地。

奇勒彈起身，剛好看見德佐往上跳。天花板有十二呎高，但德佐的背居然就這麼附著在上面。德佐開始爬行，陰影隨即包覆全身，與天花板上那片黑暗合而為一。剛開始奇勒還能聽見聲音，知道德佐正往自己頭頂移動，但過了一會兒，聲音不見了，因為德佐的異能連衣服與木頭刮擦的細微聲響都能抹消。

奇勒只能一直移動，觀察天花板上的影子是否有異。

「換成刀疤瑞伯，還能把自己的聲音、或者別種聲音給投射出來，」德佐的說話聲從上頭遠處傳來：「你行不行我就不知道了。」

奇勒看見、或者說他以為他看見一片影子撲過來，立刻抽出飛刀朝那方向一拋，結果影子消散、刀子插在木頭天花板上搖晃；又是一道幻象。奇勒緩緩轉身，試圖聽見除心跳之外最微弱的聲響。

布料滑過地板的聲音從背後傳來，他瞬間轉身出手，只見德佐的衣服堆在地上，人卻不見蹤影。背後這才有了重物落地聲，奇勒腳步一扭同時，左手已被制住，右手也跟著動彈不得。

德佐．布林上身赤膊、眼神冷凝，雙手垂在身側。桎梏著奇勒的是魔法，他雙手遭魔力緩緩向外拉扯、拉到極限也不停，奇勒盡力忍耐，最後關節彷彿要脫臼了，終於忍受不住大叫出來。

魔力桎梏一鬆，奇勒摔在地上。

德佐失望地搖搖頭，奇勒趁隙發動奇襲，但那掃腿到了德佐膝蓋前，又像是撞上彈簧一樣反彈，害得奇勒捲成一團往後滾去。

「你看清楚了嗎？」德佐問。

「你又把我打得落花流水。」奇勒說。

「在那之前？」

「我差一點擊中你。」奇勒回答。

「你唬到我了，差一點可以要我的命，但我使出異能，你卻不以異能還擊。為什麼？」

因為我有缺陷啊。四年前聽過卓莎．耐爾的解釋之後，奇勒思索不下一百遍，不知該不該告訴師父：他的脈絡不通，這問題無藥可醫。但他知道師父的底線——不能成為刺客，等於他的死期。剛剛打鬥的結果，無非再度證明奇勒沒有異能，根本無法擔任刺客。在他看來，讓師父知道他的缺陷，只會加速死亡。奇勒努力嘗試啟動異能、也下了工夫研究，但沒有任何進展。

德佐深呼吸一口氣，又開口時語調平靜許多：「奇勒，該跟你說真話了。你在格鬥方面水準很高，雖然長柄兵器、棍棒、十字弓用得還不夠純熟——」他意識到自己太囉唆了，趕快改口：「空手搏擊很厲害，用起宿羅長柄劍，我沒見過比你厲害的人。剛剛你有可能打敗我，下一次還不會得手，但希望越來越大。你的身體瞭解該做什麼、腦袋也開竅了，接下來幾年你會更敏捷、力量會更大，反應速度可以快個一半以上。這些東西你都沒問題，剩下的就是多加磨練。」

「然後？」奇勒問。

「跟我來，或許有個東西幫得上忙。」

奇勒跟著德佐．布林走到工坊，跟舊基地的工坊相比要小一些，但他們將養牲畜的柵欄隔到別處，味道因此好得多。奇勒對工坊內部瞭若指掌，跟架上的書籍像是老友，還跟著師父在書上增補了幾十種配方。經過九年時間，他也學會欣賞師父所謂的毒藥美學。

刺客當然都會用毒。毒芹、毒蔘茄、金鳳花、紫花蒽根這些致命毒物已經不希罕，德佐知道幾百種毒藥配方，書上很多地方被他整頁劃掉，旁邊以有稜有角的筆跡寫下：「別傻，毒性會變弱。」其他地方則是加上註解，例如毒性多久發作、何種下毒途徑最好、不同天候下如何培育毒草之類。

德佐．布林拿出一個盒子：「你坐下。」

奇勒坐在桌邊，手肘靠在桌面撐著下巴。德佐把盒子在他面前直接打開。

一條白色小蛇掉在桌上，奇勒反應過來時，那條蛇已經撲上來。他看見毒蛇開嘴，尖牙閃著冷光，身子想往後抽，但根本來不及。

蛇從眼前消失，奇勒摔到板凳下，背部著地時瞬間蹬腳翻起。

是德佐．布林伸手掐住毒蛇後頸，沒讓牠咬到奇勒。「知道這是什麼嗎？」

「白角蝰。」世界上毒性最強的蛇種之一，體型很小，通常不超過成人前臂長度，但被咬到的話，幾秒就會斷氣。

「這是你失敗的收場。奇勒，以沒有異能的人而言，你的表現比我見過的人都要好，但你無法成為刺客。你會配毒、會殺人，反應速度可說無人能敵，直覺相當敏銳，藏匿或者偽裝都難不倒你，格鬥也強，但這些事情做得再好，都只是屁，什麼用也沒有。隨便一個『殺手』也能把那些事情做得漂亮，但是殺手只有『目標』，刺客有的卻是『死人』。為什麼說是『死人』？因為契約成立那一刻起，『死人』的殘餘壽命只是形式而已了。奇勒，你有異能，卻不肯用、不能用。你看過我能教你多少，但你無法運用那股能量的話，一切都是空談。」

「我明白，我都明白。」奇勒不敢跟師父四目相對。

「說實話，當年我不需要什麼學徒，現在、未來都一樣。但我聽說賽納利亞藏有一件古代神器——銀色鎧恪理。據說出自狂人伊茲拉之手，外表只是個小銀球，啟動以後卻可以擋住所有兵器的傷害，還能夠長生不老。它拿金屬以外的東西沒辦法，但重點是長生不老啊，奇勒！那時候你正好找上我，你知不知道你的體質？卓莎．耐爾跟你提過才對？」

所以德佐認識卓莎．耐爾？「她說我有缺陷。」

「鎧恪理是為你這類體質缺陷所設計，異能強大但脈絡不通的人，跟鎧恪理能夠彼此吸引，所以你應該會把這個神器召喚過來才對，奇勒。你不知道怎樣跟神器結合為一，但你將神器吸引過來以後，交給我，我就可以長生不老。」

「然後我還是一樣有缺陷。」奇勒語帶諷刺。

「這沒關係，拿到手之後，先交給卓莎．耐爾研究，她在醫術方面造詣很高，花上幾年該會有點成果。問題是，時間不夠了，」德佐說：「你有沒有想過，為什麼我不安於讓你做個平凡殺手？」

這問題奇勒當然想過很多次，但他總以為答案是德佐．布林堅持名師出高徒。

「有異能的人，才能跟御影『神駕』以魔法締結契約，徹底為他效命。如此一來，神駕不用擔心遭人暗殺，御影也無須懷疑我們不忠。這魔法效果不強，但想要破解，得靠法師或卡利多符術士才行。城裡所有法師都替御影工作，而會去找符術士的人腦袋都有問題。奇勒，你已經是個厲害的殺手，但也因此『神駕』更憂心，覺得芒刺在背。」

「但我怎麼可能背叛神駕？這不是自找死路嗎？」

「這問題不重要。神駕如果不盤算這種事，通常真的活不了太久。」

「你以前為什麼不說？」奇勒追問：「為了我用不出異能這件事，你打了我不知道多少遍，結果根本是要瞎子讀書一樣沒道理！」

「你想要使用異能的慾望，可以將鎧恪理吸引過來。我一直在幫你，現在還要再推你一把。」他指著手上的蛇：「這是給你的動力，也是我所知道最仁慈的毒藥。」德佐．布林盯著奇勒，「孩子，你得把鎧恪理弄到手。從一開始，這就是你的最後考驗，過不了這關你註定得死。」

空氣彷彿冷了下來，奇勒感覺得到，這真的是最後一次警告。

德佐．布林將毒蛇收好，拿了幾把兵器跟一個整理好的包包，從牆上木釘椿取下巨劍報應，檢查過黑色刀刃之後收在鞘內。「我要出門一陣子。」

「我不用跟？」

「你只會礙事。」

礙事？實話令人難過，但師父不痛不癢的語氣，一樣令人難過。

三十

「我覺得事有蹊蹺。」索隆說。

瑞格納・翟爾迎風而立，頭髮隨風飛揚。雙子山今天看似平靜，只有風呼嘯過圍牆的聲音。他靜靜地聽，彷彿風中有什麼訊息。

「過了十年，忽然下令召你回去，」索隆繼續說：「國王挑你兒子成年前一天這麼做，有何居心？」

「把敵人集中，最好的理由是什麼？」瑞格納問得很輕，聲音幾乎給風蓋過。春天即將結束，嘯風谷一樣很冷，這兒從來不暖。北風無情，羊毛擋不住，男人留長髮蓄鬍也不太有用。

「一網打盡。」索隆回答。

「先下手為強，免得敵人聯手。」瑞格納・翟爾說：「國王算準我會認為時機敏感，為求兒子安全，一定最快速度趕回去，隨扈人數不可能多。」

「還刻意下旨叫你多帶兵馬保護，故意提醒你？」索隆說：「我不知道原來他心思這麼細。」

「朋友，他有十年時間可以策畫，更何況他還養了一頭黃鼠狼。」他口中的黃鼠狼就是費袞・薩法斯第，這人可不是修肯迪學院裡頭的道德派。如果索隆給費袞瞧見了，只要他覺得是見縫插針的機會，一定會大肆張揚索隆的法師身分。也因此，自從羅根常常得進宮後，索隆便乾脆過來守在瑞格納・翟爾身邊。

現在一回顧，真覺得大錯特錯。

「你認為他們打算半路攔截？」

瑞格納迎風點點頭。

「我開口勸你別走也沒用吧？」索隆問。

瑞格納笑了笑，索隆不由自主地讚賞這男人。即便公爵權力受到王室箝制，已然無心爭奪大位，但戍守嘯風谷的生涯卻給他注入了新生命。

他體內有一把火，如同古時勇猛高傲、以武為尊的君王。他既威嚴又仁義，在部下眼中是家長、是王者、也是兄弟。只要是為了正義而戰，他就能夠精神抖擻、勇往直前。

卡利多高原人都是勇士，不肯對任何人卑躬屈膝，他們為戰而生，認為死在床上十分可恥，相信戰功彪炳、經由詩人傳唱，能在歌謠中獲得永生。

這樣一支民族，也以其語言稱呼瑞格納·翟爾是盧斯塔克·斯拉根，直譯過來就是「牆之惡魔」。過去十年間，高原人無數青年撲向這道銅牆鐵壁，他們想從正面翻過、從暗處竄過、嘗試花錢買通，或者攀過雙子山從嘯風谷後方偷襲，結果都被瑞格納·翟爾一一打敗，而且通常不折損一兵一卒。

嘯風谷是賽納利亞與卡利多邊界唯一通道，三個最狹窄的隘口都築起高牆，高牆間便是殺戮戰場。瑞格納指揮手下，在此布滿鐵蒺藜、陷坑、繩圈等，並利用兩側高山地形投入落石壓垮敵軍。有兩次，高原人部隊成功突破第一道牆，卻在陷阱陣內全軍覆沒，無人生還說出牆內到底是什麼光景。

「會不會並沒有想暗算你？」索隆又開口：「羅根說過，他跟王子關係不錯，搞不好是王子在背後使力？」

「我對王子殿下可沒什麼好感。」

「但王子對羅根卻是相當賞識，說不定他遺傳到王后的性格。甚至說，這一次可能是王后在幫忙？」

瑞格納沒說什麼。他到現在還是不願意提及娜麗亞的名字。

「那就心懷樂觀、行動保守吧？」索隆問道：「帶十名菁英，每人多準備一匹馬，避開大路沿海岸走？」

「沒這必要，」瑞格納回答：「如果會偷襲，兩條路都會有埋伏。既然要玩，挑開闊一點的場地比較好。」

「如你所囑。」索隆只希望知道玩的是誰的命。

「你還寫信給那位叫卡蒂的女子嗎？」

索隆點頭，身子一僵，胸口空蕩蕩的。翟爾司令怎可能不知道呢，索隆每星期都寄信，卻始終沒有回音。

「嗯……如果這次還不回，至少可以肯定不是因為你寫的信太無聊。」瑞格納拍拍他肩膀。

索隆無奈笑了笑，弄不懂瑞格納怎麼辦到的。在他身邊，無論心痛或死亡，都不再難以面對。

K媽媽坐在陽臺上，這棟豪宅跟所處地段極不相稱，一般人可能覺得屋主瘋了，但羅斯．葛理森的確將華麗居所蓋在兔窩區中間。

她徹頭徹尾不欣賞羅斯，但在公事上遇見的人，她原本就沒對幾個有好感；現實問題是，K媽媽必須應付羅斯，他是不能輕忽的角色，在御影內地位越來越高，手段靈活，什麼東西經過他的手，似乎就變成了黃金。幫派鬥爭告一段落後，他成為紅色打手的老大，占下兔窩區大半地盤。

德佐．布林殺死柯賓．費希爾，那是御影介入的第一步，後來依舊花上多年才將亂象弭平。其間九人眾不免懷疑，羅斯到底靠著什麼辦法，能把幫會治理得井然有序，勢力發展得如此龐大。羅斯明顯不希望K媽媽打探太多，但他一直很識相，畢竟K媽媽一句話會斷了他邁向九人眾的路，兩句話會斷的就是他的命。羅斯是聰明人，不會與她正面衝突。

羅斯將近三十歲，又高又壯，氣質舉措與身邊的人相比有如王子一般。他兩眼相距很近，髮色烏黑，酷愛高級服飾。今天穿著灰上衣，綴有普藍嘉島繩結裝飾，才剛起步流行而已；褲子搭配得很好，高統靴銀光閃閃。他將黑髮上了些油，一撮微捲劉海偶而垂至眼前。

「要是你不想待在司庫底下做事，不如來我店裡好了，客人一定很喜歡。」K媽媽故意說話激他，看他如何反應。

他只是笑著說：「我會放在心上。」

羅斯揮手招僕人送上早餐，小桌子靠在陽臺邊緣，兩個人坐在同一側，看得出羅斯故意要K媽媽欣賞美景，甚至存心要K媽媽問他為何選擇在此居住。

但K媽媽並不打算讓他稱心如意，更何況她早知道答案，箇中理由頗為實際：這棟房子靠河邊，幹起走私生意很方便，而且小港口也不至於引來王室注意。此外，選在這種地段，當初購地價錢低，只是施工期間得花大錢聘保鏢，結餘未必省下多少。原本這塊地上的窮人家被趕走，附近一帶不管善良百姓還是宵小之輩，都以為羅斯是傻子，在這兒蓋華宅不啻是請人來扒，紛紛探出第三隻手。結果保鏢打過不下數百人，K媽媽也聽聞出過幾十條人命，但當然沒人會說是羅斯默許的。

圍牆很高，上面插滿碎玻璃與金屬刺，晨光映照出一道道黑影。牆底下很多警衛，論打人他們既專業又熱忱，後來鄰近沒人敢胡來，外行小賊要嘛試過後付出慘痛代價，要嘛聽說過失手下場多悽慘；老手們算計一下，便知道過橋去東區下手還容易些。

庭院很美，花草修剪低矮，不會阻礙弓箭手的視線。紅、綠、黃、橙各色花圃，與兔窩區那片烏煙瘴氣簡直是天壤之別。

下人送上第一道菜，血橙切片後淋上焦糖凝固成晶。羅斯開口，卻拿天氣做文章，不算有創意，但K媽媽也不覺得他能想出更好的開場白。

接著他聊到這座花園，下人又送烤甜麵包上來。羅斯帶著新貴惡習，三不五時提到每件東西的價錢。他若仔細想想，該知道以K媽媽的身分，看看菜色跟下人素養，就算得出他開銷多大，怎麼不速速切入重點呢。

「九人眾有空缺。」羅斯脫口而出，氣氛突兀。K媽媽心想，他可以先提些自己在御影的經驗，然後才引導出這話題，轉折就會順暢許多。看來對他還得仔細觀察。

「沒錯。」她不多說什麼，何必隨著對方起舞？旭日方升，天空泛橘光，看來會很熱，才這時刻她已經不覺得需要蓋著披肩了。

「我跟菲尼斯．塞瑞欽合作了六年，對這事比誰都熟。」

「當他的手下和跟他合作不要混為一談。」

羅斯眼睛乍漏兇光，但沒多說什麼。看來性子挺大，容不得旁人多言。

「恐怕妳手下的奸細不夠能幹，竟然不知道我跟他誰做得多。」

K媽媽一挑眉：「奸細？」

「大家都知道，到處都有妳的人。」

「大家都知道啊？那想必沒有錯。」

「喔，我懂了，」羅斯聞言道：「雖然是公開的祕密，但我不能把話挑明，這樣太沒分寸？」

「在這組織裡，對某些人沒分寸確實很危險哪，年輕人。你想得到我這票，不是該好好攏絡我才對？」

羅斯比了手勢，下人過來收拾盤子，端上肉片以及乳酪溏心蛋。

「我沒有要攏絡妳。」羅斯淡淡地說。

K媽媽吃了溏心蛋，然後叉起肉片，口味不錯，廚子可能是干督人。她一邊用餐，一邊看著天色漸明，太陽升得比宅子鐵柵門還高了。如果羅斯吞回剛剛那句話，可以考慮饒他一命。

「我不知道妳在九人眾裡怎麼會有這麼大的影響力，不過我知道我得拿到妳那一票，而且我要定了。」羅斯說：「要不到妳的票，我就要你外甥女的命。」

剛才肉片還鮮美多汁、入口即化，此刻K媽媽卻覺得嚼的是團沙。

「是個漂亮小女孩兒呢？尤其辮子很可愛。可惜媽媽死了，幸好阿姨有錢，居然把她送進王城裡養大呢！只是這麼有錢的阿姨，居然隨便找個女僕當她保姆，感覺不挺用心。」

她聞言一僵。這傢伙怎麼知道？

帳冊。K媽媽都用暗碼記帳，但菲尼斯．塞瑞欽身為司庫，為御影操縱資金，經手的財務文件分量之大，幾乎等於國內其他人加起來那樣多。羅斯一定從資料中發現異常，知道有人付給王宮女僕一大筆錢，那女僕個性膽小，給羅斯威脅一下恐怕就會和盤托出。

羅斯站起來，盤子已經空了：「別急著起來，先吃飽再說。」

她也的確繼續吃著，但只是反射動作，腦袋則是不停轉動：有辦法神不知鬼不覺將女孩送走嗎？這件事不能找德佐．布林幫忙，但話說回來，K媽媽認識的刺客當然不只他一個。

「葛溫芙女士，我不是什麼好人，殺人這種事情……」羅斯非常興奮，身體顫抖起來：「比起妳賣的東西都還更讓我爽快啊。但我不會縱慾，自制力是人跟賤民之間的分界，妳說是不是？」

他說完戴上一雙厚皮手套，同時底下柵門拉起來，K媽媽看見大門外聚集一堆衣衫襤褸的農民，看似每天都會過來等。

四個僕人搬出一桌菜到前院門口，放下後走回屋內。

「下面那些廢物，沒辦法克制食慾，已經淪為慾望的奴隸，根本不配當人。」

排在後頭的飢餓農民開始推擠，前排的人身不由已給逼到院內，他們抬頭看著柵門尖刺，又看看羅斯跟K媽媽，視線最後回到食物上，表情宛如牲畜。吃都吃不飽了，能有什麼理智。

有個婦女率先發難，朝桌子狂奔。看見有人動手，其他人跟著追上去。男女老幼都有，共通之處在於不顧一切。

K媽媽不懂為什麼他們這麼著急，每個人抓了食物往嘴巴塞、往口袋塞，一下子吞進這麼多，等會兒會想吐吧。

一個僕人送上彈簧弩給羅斯，已經裝了箭、拉好弦。

「你這是幹嘛？」K媽媽問。

農夫看見了，開始鳥獸散。

「我殺人有個簡單規律。」羅斯說完舉起弩箭、按下機簧，一個年輕人脊椎中箭，頓時倒地。

他壓低彈簧弩，不動機簧，直接用戴著手套的手拉弦，剎那間黑色如刺青的東西浮現在他皮膚上，好像生物般蠕動著。但是，不可能才對……

他又射一箭，帶頭衝進來的那個少婦倒地，毫無優雅可言。

「我每天都餵他們，每個月第一週的第一天我動手，第二週的第二天我又動手。」他舉高弩箭，射穿一個女人的腦袋：「依此類推，每次最多殺四個人。」

大部分貧民已經逃了，一個老人還在緩慢朝門口前進，只剩三十步左右的距離。弩箭一閃，他膝蓋濺血，尖叫一聲便倒地，但仍舊努力向前爬。

「這些賤民就是想不通，因為他們只聽肚子的話，不聽腦袋的話。」羅斯等老人抵達門口，先射歪了又補上一箭，老人在劫難逃。「那邊還有個人，看見了嗎？」

貧民都一哄而散了，K媽媽看見竟有一個人要進來。

「只有他還行，」羅斯說：「摸清我的時間表了。」那個人進來以後，表情完全不畏懼，還對羅斯點了點頭，慢條斯理吃起東西。

「他如果把規則告訴大家，可以救很多人的命，但我很可能因此換一套新的規則，那他還有什麼戲可唱呢。葛溫芙女士，每條路都有過路費。」羅斯把彈簧弩跟手套遞給下人，看著K媽媽，「問題在於，妳能走多遠？」

「我走過的路，比你想像中長得多了，這票給你也罷。」之後再找機會除掉他，現在不能示弱，不能流露情緒。羅斯是禽獸，禽獸嗅得到人的恐懼。

「呵，我要的不只是這一票而已。我要德佐．布林，我要銀色鎧恪理，我要……很多很多。有妳幫忙，應該通通都能弄到手吧。」他冷笑道：「下過田的肌肉吃起來結實嗎？」

K媽媽搖搖頭，心不在焉地望向空盤，回過神立時楞住。底下僕人正將屍體往房子裡拖。

「你剛剛是說……『雞』肉？」

羅斯只是冷笑。

三十一

「你看起來怎麼像是頭往北跑的馬——從南邊看過去的樣子啊。」羅根在稚克家的院子攔下奇勒。

「真是謝謝你啊。」奇勒從他身邊走過，注意到他沒跟上：「怎麼了，羅根？」

「唔……？」羅根支支吾吾。他看上去一派純真，但個子又非常壯碩，不過他並不是傻大個兒，大家都知道他其實相當聰明；另外他長得太過英俊，若人間男子有個完美典型，應該非他莫屬。羅根看上去，像是一尊英雄雕像有了血肉。每年隨父親受訓半年，他肌肉糾結，有了全賽納利亞女性為之傾倒的氣概，牙齒、頭髮這些小細節也完美無缺，更重要的是再過三天，他就滿二十一歲，也等於繼承家族那筆數目大得嚇死人的財產，種種條件使他與艾稜王子一樣備受注目——甚至比王子更討某些女性青睞，因為有些女性不希望只跟丈夫上過一次床，丈夫就另結新歡。更妙的一點，在於羅根完全不知道自己這種魅力，不知道人家多麼羨慕、嫉妒，所以奇勒常開他玩笑，說他是山怪。

「羅根，除非你是想出來晒太陽，否則你見我進院子就出來，代表有事等我才對。偏偏你在這兒罰站，不跟我一起進去，可見得有話不想給別人聽到。還有賽菈沒像平常跟在你後頭，看樣子應該是跟夫人出去買衣服之類。」

「去買繡花用的材料。」羅根回答。

「所以到底是怎麼回事？」奇勒追問。

羅根侷促不安地交換重心：「你真的很討厭哪，不肯讓我慢慢說。我是想啊——喂，你去哪裡啊你？」

奇勒沒停下腳步：「等你廢話說夠了，我再回來聽。」

「好、好，你先停。我只是在想，我們要不要像以前一樣，空手打一回？」

空手打一回？誰說四肢發達，頭腦就簡單？

「我幹嘛給你打個鼻青臉腫？」奇勒笑著扯謊。認真打起來，羅根會懷疑、會追問，誇張一點的話，說不定會懷疑距離他們上一次練拳是不是只過了九年。

「你不覺得我會贏？」在格鬥場上慘敗受辱以後，羅根拚命練武，每天花上好幾個鐘頭與城裡頭除御影以外功夫最好的劍手對打。

「我們哪一次對打，不是我被你打得亂七八糟？」

「哪一次？我們只打過一次吧，十年前的事！」

「九年而已。」

「差沒多少。」羅根回答。

「你那拳頭跟鐵砧一樣，給你打到我哪醒得過來。」奇勒這話倒是不假。

「我會小心啦！」

「我才不跟山怪打。」事情不大對勁，羅根幾乎每年都要提一回類似的事，但以前從未如此認真。他愛講騎士精神，朋友說不打，他雖不解緣由也不願苦苦相逼。「到底怎麼回事，羅根？你幹嘛這麼想和我打一場？」

羅根看著地上，搔了搔頭：「賽菈問，為什麼我們不比試看看誰厲害一些，她覺得我們兩個應該可以打得很精彩。不是想看我們受傷啦，只是——」他很尷尬，沒把話說完。

只是這樣你就有機會在她面前出風頭了是吧，奇勒邊想邊說：「要精彩的話，你還不快點通過那個劊子手的重重阻礙，把她娶回家去？」

山怪重重嘆息，其實他每次嘆氣都很沉重，只是這次尤其明顯。過了一會兒，他抓了張馬廄小廝用的板凳過來坐下，完全不管身上那襲高貴斗蓬沾上塵土。

「我幾天前跟伯爵提了。」

「真的？」奇勒問：「結果呢？」

「他同意。」

「那就恭喜啦！所以你打算什麼時候脫離光棍生涯？」

山怪眼神茫然：「可是他很擔心。」

「你開什麼玩笑？」

羅根搖搖頭。

「他從你出生看著你到現在，兩家關係這麼親。然後說真的，是他女兒高攀你——攀得很高很高。你前途大好，訂婚也好幾年啦，有什麼好擔心？」

羅根盯著奇勒：「他說你會懂。賽菈愛上你了嗎？」

糟糕。「沒有。」不過奇勒楞太久了。

羅根注意到不對勁：「她愛上你了嗎？」

奇勒猶豫了會兒才說：「我猜她不知道自己喜歡誰吧？」他故意省略些細節。羅根猜錯了，賽菈對奇勒沒特殊感情，奇勒對賽菈則連感覺都談不上。

「我是真心愛她啊，奇勒。」

奇勒也不知道該說什麼好。

「奇勒？」山怪熱切地看著奇勒。

「怎麼了？」

「你愛她嗎？」

「不愛。」他開始覺得噁心不耐煩，但臉上沒透露蛛絲馬跡。他早就跟賽菈說過，她該向羅根解釋清楚，她也答應了啊。

羅根一直看著他，可是表情沒如奇勒預期的雨後天晴。

「先生——」奇勒背後冒出個聲音，他居然分神到沒聽見門房靠近。

「什麼事？」他問那老人。

「有人送信給您。」

信封沒上封蠟，奇勒正好趕快取出來看，免得要與羅根大眼瞪小眼。

你得來見我，今晚十點在藍豬酒館。

賈爾

奇勒看了渾身一冷，賈爾？離開兔窩以後，沒再聽過這名字。賈爾應該以為他死了才對啊。換句話說，賈爾會找上他，一個可能是真要找「奇勒．史登」，另一個可能是他知道奇勒等於阿索思。奇勒可想不出什麼理由，能讓賈爾找上史登家的人。

但若賈爾知道他真實身分，是不是還有別人也知道？

師父出門了，所以奇勒得親自去見賈爾，自己解決這件事。

「我得走了。」他說完就朝大門走。

「奇勒！」羅根叫道。

奇勒轉身：「你信得過我嗎？」

羅根無奈地攤手，「信吧。」

「那就相信我。」

藍豬酒館是K媽媽旗下最高檔的妓院，位在席林大道東側，靠近拓摩伊大橋，以高級酒類聞名全賽納利亞，上這兒來的男人回家很容易跟太太交代。「我有朋友說，看見你進了藍豬酒館？」「是啊，親愛的，談生意嘛，那兒的酒很棒！」

奇勒是第一次來，酒館共三層樓，一樓供應食物飲料，看上去與一般好餐館無異，二樓貼出告示為「休息室」，三樓則是「客房」。

他尷尬呆立在門口，身邊忽然冒出一個帶著嬌喘的聲音：「大爺您好。」

一轉頭，奇勒臉頰發燙，有個女孩子貼得很近，香水味席捲而來，嗓音低沉撩人，好像他們有什麼共同的祕密，就算沒有，也很快就會有。她身上衣服更令人不自在，奇勒不知道這還算不算衣服，雖說從頸子到腳踝都罩住，卻只是一層白色蕾絲，還鬆垮垮的，裡頭什麼也沒有。

「呃……妳說什麼？」他趕快把視線往上拉，兩頰飛紅。

「有什麼我能服務的地方嗎？要不要我給您送杯賽斯紅酒過來，跟您介紹一下這裡好玩的事兒？」

這女孩彷彿以奇勒的窘境為樂。

「不用了，小姐，謝謝。」他回答。

「還是我們上去會客室，嗯……『私底下』聊聊呢？」女孩的手指劃過他下巴。

「我看……呃，也不必這麼麻煩，多謝妳了。」

那女孩的表情，好像是奇勒說了什麼猥瑣的話一樣。「通常我覺得男生慢慢來比較好，但如果你想直接帶我進房間，我也——」

「不是！」奇勒意識到自己喊得太大聲，旁邊客人都看了過來。「真的別客氣了，我是來找賈爾的。」

「喔，你也是喔。」女孩兒的口吻瞬間正常起來，聽起來反倒覺得刺耳。奇勒這才察覺，這女孩子歲數應該沒他大，不超過十七才對，害他不由自主想起梅格那娃兒。「賈爾在辦公室，那一頭。」

女孩不繼續捉弄他，奇勒才意識到她似乎很難相處，路上還聽她自言自語：「怎麼稍微好看點的人，都愛鋤另一邊的田呢？」

他不懂這話什麼意思，只能繼續往前，心想是在取笑他吧。經過幾張桌子以後，他回頭看看，女孩已經搭上一個年長些的商人，在人家耳邊呵氣呢喃，那男人當場眉開眼笑。

奇勒走到辦公室前，敲了敲門，門直接滑開，傳出賈爾的聲音：「快進來。」

奇勒踏進辦公室，心裡五味雜陳。眼前的人一看就知道是老朋友賈爾，但賈爾也長大了，面貌英俊、衣著講究，是最時髦的款式，靛青色絲衫上衣，小鹿皮緊身褲，配上細工銀皮帶，黑髮束成很多細長辮子，每一綹都上油後梳。賈爾也在打量著奇勒。

房間角落傳出布料的擦刮聲，奇勒知道有人從視野外逼近，反射動作往那方向一踹。這腳落在保鏢胸口，即便保鏢塊頭大，奇勒也知道他踢斷了對方肋骨。那人彈上牆，滑落倒地後動也不動。

奇勒掃視房間一輪，看來沒有其他威脅，賈爾也攤開手表示沒帶武器。

「他不是要偷襲你，只是想確定你有沒有帶武器，真的。」賈爾看著地上那人：「我的天，你居然把他給殺了。」

奇勒皺起眉頭看著保鏢，保鏢大字形癱在角落。他走過去跪下，伸指探探對方頸部，沒有脈搏。他又把手貼在保鏢胸口，觸觸看肋骨斷裂後是否刺穿心臟，發現也沒有。於是奇勒握拳，對準保鏢心窩搥一拳，又一拳。

「你這是幹什——」賈爾話還沒說完，保鏢猝然轉醒，咳嗽哀嚎了一陣。奇勒心想他現在連呼吸都要疼，不過死不了。

「找人照顧他吧，他肋骨斷了。」

賈爾瞪大眼睛，然後走出去，一會兒帶了另外兩個保鏢進來，也是人高馬大，看來要起腰上的短劍大概挺厲害。兩個人瞪了奇勒一眼，就把傷患架起帶走。

賈爾隨即把門關上，「看來你真的學了不少啊？這不是測驗你實力，是那傢伙硬要留下來，我以為……算了，無所謂。」

奇勒瞪著這老朋友好一會兒才開口：「看來你過得不差。」

「你要說的應該是『賈爾你給我說清楚到底怎麼找到我的』才對吧？」

「賈爾你給我說清楚，到底怎麼找到我的？」

賈爾笑了起來：「其實我一直知道你在哪兒，也從沒相信你死了。」

「喔？」

「你哪一次瞞得過我呢，阿索思？」

「不要再用那個名字，當年的小男孩已經死了。」

「死了？」賈爾回答：「真遺憾。」

兩人看著彼此，沉默在房內蔓延開來。奇勒不知道如何是好，賈爾曾經是他的朋友，或者說是阿索思的朋友，但是不是現在這個奇勒的朋友呢？賈爾知道奇勒的真實身分，看樣子好幾年前就知道，所以至少截至目前，應該並無惡意。奇勒很希望賈爾只是單純想念他，藉機要把當年在街頭來不及完成的告別畫下句點；然而他跟著師父多年，知道這念頭太天真。賈爾此時此刻找上他，動機絕對不單純。

「我們兩個都熬過來了。」賈爾最後說。

「你找我過來，是想敘舊？」

「熬了這麼久——」賈爾好像很失望：「我一直希望你的轉變不像我這麼大。其實我想見你已經很多年了，你走了以後我常常想找你，想跟你說抱歉。」

「抱歉？」

「奇勒，我不是故意放她自生自滅，只是當年我不太有機會看著她。有機會的時候我也找過她，根本找不到，她就這麼憑空消失，我連她最後下場如何都不知道。真的很抱歉。」說著說著，賈爾眼睛泛出淚光，忍不住咬緊牙根別過頭。

*他以為以琳死了，為此自責不已，這些年來都懷著罪惡感過日子。*奇勒張開嘴，想告訴他以琳沒有死，從報告看來過得很不錯。他還想告訴賈爾，其實他會去偷看以琳上街買東西呢。但他說不出口。德佐．布林說過，兩個人之間保守祕密的唯一辦法，那就是其中一個人是死人。奇勒已經不認識眼前的賈爾，雖然看來賈爾為K媽媽管理這間酒館，但難保他不會背地跟別人連成一氣。

太危險了。奇勒不能說。*任何『關係』都是鎖鍊，『感情』只是束縛。*奇勒想要活下去，就不能讓人知道有條枷鎖掛著他的名牌。連他也不知道以琳住在哪裡，只知道是東岸某處安全所在。搞不好以琳已經成婚，算算她也十七了吧？大概過著美滿生活。看上去她過得很幸福，但奇勒不敢更靠近。師父說的沒錯，想要給以琳安穩的日子，奇勒就千萬不可以接近。

賈爾的罪惡感與以琳的生命安全相比，或者該說，任何東西與以琳的安全相比，都顯得微不足道。師父到底為什麼可以忍受這樣的生活？為什麼他可以那麼堅強、那麼理智？

「這件事情我不怪你。」奇勒覺得可悲，這麼回答解不開賈爾的心結，但他卻找不到更好的辦法。

賈爾眨眨眼睛，又看著奇勒，淚珠已經消失。「我當然不是純粹為了這事情找你過來。德佐．布林在外有樹敵，你也一樣。」

「這我知道。」奇勒跟德佐．布林從不對外張揚他們幹過的工作，對他們行動有第一手經驗的人應該都死了。問題是消息無法完全封鎖，其他刺客可能轉介客戶，而客戶也可能對別人吹噓自己請到什麼高手。此外，他們可能真的跟人結下梁子，也可能是人家莫名其妙想要找碴，畢竟身為第一高手就是樹大招風；很多人死了親戚朋友以後，都把矛頭指向最強的刺客，不願接受是二流角色幹的。

「你還記得羅斯嗎？」

「鼠頭身邊的大個兒？」奇勒反問。

「對。看樣子，那傢伙比我們當初想的聰明太多。鼠頭死了以後……嗯，大夥兒認為黑龍幫要倒了，其他幫會也出面搶地盤，所以我們鳥獸散以求活命。羅斯跟著鼠頭的時候沒交到朋友，後來好幾次鬼門關前走一遭，他好像把這些恩怨都算在你頭上。」

「我？」

「他認為是你殺死鼠頭，才害他淪落到那般田地。要是鼠頭還在，誰敢動他呢？另外，他也不相信你就那麼死了，當初他沒法查清真相，現在可不同了。」

奇勒胸口一悶：「他知道我還活著？」

「還沒有，但是一年內、我想會更快些吧，他將成為九人眾之一。九人眾有個空缺，羅斯積極運作中。要是他得到那麼大的權勢，要找到你就不是難事。我沒親眼見識過，但外頭風聲說……他變態、冷血無情、心狠手辣，蠻令我憂心啊，奇勒。他讓我害怕的程度就跟……你知道的，跟那個人一樣。」

「所以你是為這件事找我來？警告我提防羅斯？」奇勒問。

「對，但還不只這樣。快要爆發戰爭了。」

「戰爭？等等，賈爾，你現在是什麼身分？你怎麼知道這麼多？」

賈爾頓了一下：「這十年你跟著布林先生，我則是跟著K媽媽。你學會的，想必不只是戰鬥跟殺人，我學到的，也不會只有……討人歡心之類的事情。這城裡大小祕密，都可以從床笫間打聽到。」他學K媽媽的語氣真是維妙維肖。

「你為什麼要幫我？我們已經不是當年偷麵包的小鼠輩了……」

賈爾聳聳肩，又別過頭：「你是我唯一的朋友。」

「嗯，我們還小的時候——」

「奇勒，我不只是說當年，到現在都一樣，你是我唯一的朋友。」

奇勒聽了心裡自責，他多久沒想到賈爾了？「這裡的人呢？和你共事的人？」

「同事、部下、客戶之類。我還有個類似情人的對象呢，但也不算是朋友。」

「女朋友還不算是朋友？」

「我的『女朋友』叫史蒂芬，今年五十三歲，開間布行，有老婆跟八個小孩。『他』幫我不少忙、還會買衣服給我，只要我跟他上床就可以了。」

「喔……」所謂鋤另一邊的田，這下子奇勒可會意過來了。「賈爾，你在這邊過得快樂嗎？」

「快樂？這什麼鬼問題啊？快不快樂不是重點啊。」

「抱歉。」

賈爾苦笑：「奇勒，你怎麼忽然天真無邪了起來？剛才不是說阿索思死了？」

「什麼意思？」

「你知道我跟男人上床，現在是不是想落荒而逃啦？」

「不，」奇勒說：「你是我的朋友。」

「你也是我的朋友。說真的，要不是剛看你差點踹死葛可，我還真不信你是個刺客。你怎麼一面殺人一面保持靈魂純潔，奇勒？」他刻意在那名字上加重了一些。

「那你怎麼一面出賣肉體，一面保持靈魂純潔？」

「沒有啊。」

「那我也沒有。」奇勒回答。

賈爾沒說話，看著奇勒一會兒：「那一天，到底發生什麼事？」

奇勒知道賈爾問的是什麼。一陣顫慄襲過他全身。「德佐．布林說，我想當他徒弟，就得先把鼠頭殺了。看見鼠頭對娃娃幹的好事以後，我……就下手了。」

「應該沒你說的這麼輕鬆吧？」

奇勒考慮要不要說謊，但他認為如果世界上還有人該知道真相，那非賈爾莫屬，他受到鼠頭荼毒比誰都要嚴重。剛剛娃娃的事情已經不跟他坦白，這件事情奇勒不想再瞞他下去。

於是他將故事說了一遍，如同當初說給師父聽。

提到比較血腥的部分，以及鼠頭慘死的狀況，賈爾好像不為所動，面無表情。「他活該，死得越慘越好，」賈爾說：「我真希望我有膽動手，在旁邊看也好。」他柔柔地揮了揮手，「也罷。有個客人要來了，你仔細聽好——卡利多要進攻了，御影裡頭有不少行動，但絕大多數是障眼法，恐怕只有九人眾知道最後要如何應付，說不定只有神駕本人知道。我到現在還不確定御影會往哪一邊靠攏。

「問題是，賽納利亞不能輸了這一仗，我不知道九人眾有沒有意識到這一點。烏蘇爾王室幾十年前就揚言會拿下賽納利亞；到了幾個月前，烏蘇爾神王要求賽納利亞進貢一個特殊的寶石，還要我們開道給卡利多部隊通過，聲稱要攻打的是莫丹國。岡德王有所回應，當然是要他閃邊涼快去。

「情報來源說，神王準備殺雞儆猴，派出超過五十名巫師，實際數字搞不好遠遠超過。至於岡德王這兒，我想連生出十個法師跟人家對抗都成問題。」

「御影還是會存活才對。」奇勒雖然口中這樣說，其實心裡根本不在意御影的下場，他只知道這樣下去，椎克家、翟爾家首當其衝。

「御影當然不會輕易垮臺，但奇勒你要想想，烽火蔓延造成百業蕭條，大家都沒有錢，商人沒錢就不賭博、不嫖妓。有些戰爭可以用來發財，眼前這戰爭只會毀掉賽納利亞。」

「你跟我說這些的用意是？」

「這把火已經燒到德佐．布林身上了。」

「他當然不可能置身事外，」奇勒回答：「王軍裡頭搞不好有一半以上的貴族想把上頭的人做掉，以為這樣就能升官，不過師父有他的原則，不接影響國家安危的工作。情勢要是真像你所說的這麼惡劣，那他就會更小心。」

賈爾搖頭：「我認為他現在替國王辦事。」

「不可能，他說過不會為王室工作。」

「人家挾持他女兒的話就未必了吧。」

「他的誰？」

三十二

亞耿將軍站在城堡石雕花園中一片白色碎石子地上，內心緊張、外表強做鎮定。可真是跟殺手見面的好地方啊。

正常狀況下，他的確認為這是跟殺手見面的好地點。德佐．布林自然叫他不准帶衛兵，但如果他真的想帶，附近很多暗處可以藏人。跟對方約在城堡內見面，理論上也安全許多——不對勁的地方在於：這地點是德佐．布林主動要求的。

夜風呼嘯、烏雲掩月，將軍仔細聽著碎石地上有無異樣聲響，希望提前發現德佐．布林的蹤跡。德佐．布林一定進得來，這點他沒有半分懷疑，當年僕從在王室成員枕頭底下找到匕首那件事，至今還清晰刻印在他腦海中。只是今夜他受了王命，不得不從。

他看著身邊的石像，都是些英雄人物，他不知道自己在這裡做什麼。平時他把這花園當成避風港，踏著黑白石子路欣賞大理石偉人，想像這些豪傑要是陷入他的困境中，會如何應對應變。今晚，石像的陰影好像特別長，應該只是他的幻想，但他沒有忘記十年前德佐．布林曾經進入他臥室，打算取他們夫妻性命。跟這種人沾上邊，一輩子都不會有安全感。

一尊石像底下有沙沙聲，亞耿轉身時下意識握住劍。

「別白費力氣。」德佐．布林的說話聲卻從背後傳來。

亞耿將軍連忙二度轉身，德佐．布林離他不到兩呎，將軍倉皇一退。

「那聲音出自你的人，不是我。」德佐拉開一個狼般的微笑：「但我不是叫你別帶人來嗎？」

「我沒帶。」亞耿回答。

「嗯哼……」

「你遲到了。」亞耿將軍勉強從容了些，但要跟毫不在乎生命的人交涉，還是十分棘手。有過之前經驗，他確實相信人命在德佐．布林眼中無足輕重。接受這一點，對將軍自己也有好處，因為想跟德佐．布林談判，最重要的體認便是刺客的確可以取走他的命，但那一點也不重要。德佐．布林露臉，不是因為要殺死他，而他代表國王與刺客交涉，工作內容也與他的小命無關。然而，即便明白這點，他還是很想問：刺客怎能如此生存？

「遲到，是先看看那些士兵藏在哪兒。」

亞耿看了他的服裝又覺得頭暈，刺客今晚有備而來——灰色棉質布料染有黑色斑紋，剪裁合身但不至於妨礙動作，褲子也是同樣的材質；身上掛著許多投擲武器，有些種類連身為將軍的他都沒見過。但亞耿很肯定，不少暗器除刀刃鋒利外，還淬有劇毒。

他想嚇唬我？亞耿真的沒帶士兵，雖說刺客無意取他性命，但他也不想打草驚蛇。「我說到做到，就算面對御影的敗類也一樣。」

「說來也怪，將軍大人，其實我是相信你的。要說你多高尚也未必，不過我倒不覺得你會卑鄙或傻到想暗算我。真的不要我幫你除掉國王？軍權在你手上，只要你夠聰明、夠好運，說不定坐得上王位呢。」

「不必多言，」亞耿說：「我發誓效忠吾王。」這種話我還真說得出口。

「我可以給你折扣。」德佐．布林笑道。

「你到底要不要聽工作內容？」亞耿問。

「我們以前不是談過了？」德佐．布林回答：「答案不變，今天過來只是跟你敘舊而已，亞耿將軍。順便讓你看看這城堡……我說老實話，防禦太差勁，就算你們想要設計我，也絕對攔不住我。」

「你還沒聽到工作內容。國王現在很看重你，價碼一定是你前所未見，只要你——」

「保他不死對不對，我知道。胡．吉貝接了暗殺國王的差事，」德佐．布林無視亞耿將軍的震驚：「但是很抱歉，我還是不打算接這工作，不想替那草包做事。你也知道，艾稜．岡德——還敢自稱『九世』，好像他跟之前八位有什麼關係似的。他根本是個窩囊廢。」

亞耿背後是岡德大公爵的雕像，下面忽然閃出一道人影，亞耿認得出那姿態，心為之一沉。艾稜．岡德九世拉下斗蓬風帽吼道：「來人啊！快來人！」

附近所有陽臺、樹叢、陰暗角落都冒出士兵，手持短弓或十字弓，花園另一頭也有護衛趕來。

「陛下駕到，真是驚喜。」德佐．布林優雅鞠躬：「誰也想不到您居然會躲在令尊的陰影下啊。」

「你這臭……臭……臭大便！」國王嚷嚷起來，又對守衛大吼：「還楞什麼！快包圍他！」衛兵將德佐、亞耿和國王三人團團包圍，眼看刺客跟國王相距極近，不禁面露焦慮，但沒有人敢強行衝進兩人之間，深怕此舉觸怒國王。

「陛下！」亞耿看到國王竟想上前毆打德佐．布林，趕快出面阻攔。他居然要打德佐．布林！

「你這殺手，竟敢不聽國王命令！」

「我之前說過，現在當面再告訴你一次：殺你可以，替你殺人我不幹。」

衛兵聽到這種大逆不道的話語當然稱不上高興，亞耿卻舉起手要大家按兵不動。一群衛兵圍著，弓箭手無用武之地。可真是高高在上啊，國王陛下……這種場面，真發生流血衝突，他跟國王不可能活著離開，但他沒把握能拉德佐．布林陪葬。

「很好。」國王說。

「是很好。」德佐．布林冷笑。

國王居然也跟著冷笑：「那我只好把你女兒給殺了。」

「我的誰？」

國王笑得更猖狂：「自己想想。」

那一秒鐘極其凶險，亞耿很擔心下一刻國王會駕崩在他懷裡，但眼前驟然一閃，德佐．布林動作快得視線完全追不上，他翻過包圍的士兵，踏上一尊雕像飛身出去。

下一瞬間，附近城牆傳出嚓嚓聲，聽起來像是貓爪爬樹。

有個士兵慌張之下，竟然發射十字弓，還好是瞄著天空，但還是被亞耿狠狠瞪一眼。

那士兵吞口口水說：「抱歉，長官！」

國王回宮去了，過兩分鐘以後，亞耿才忽然想到——剛剛德佐差一點害他當著國王的面，親口說出要謀反。

有人開了基地的門，奇勒立刻察覺一股氣流，他視線離開桌上的書，同時手也握住桌上出鞘的短刀。

從他坐的地方，可以將門口看得一清二楚。師父一向如此擺設房間，但其實剛才聽音辨人，已經可以確定是師父回來。喀、喀、喀；喀、喀、喀；喀、喀、喀。師父每次都將鎖鎖上、打開、重新鎖上，這是他的一個迷信。

奇勒沒有開口詢問師父工作狀況，德佐．布林不喜歡一回來就談公事，他說夜天使不喜歡這樣。在奇勒看來，意思應該是說讓我通通忘記吧。

白角蝰毒液跟其他毒物擺在一起，奇勒同樣不願多談自己的問題，便提起另一件事：「你說的方法應該沒用。我查過每一本書，找不到相關記載。」

「他們該寫本新書。」德佐．布林將淬毒短刀放在特製匣子內，另一些武器塗的毒液不能維持太久，他便直接擦掉。

「我知道有些毒藥給動物吃下，牠們不會有事，但人類再吃牠們的肉就會中毒。這種作法我們實驗過，但當初那個『死人』只是出現症狀而已。你現在說的雙重毒劑搭配法，說真的我不明白。」

德佐把武器套掛起來：「你的『死人』只吃豬肉的話沒感覺，頂多有點頭暈，只吃鵪鶉也一樣，但兩種肉一起吃進肚子，他會死。這叫『潛伏作用』，兩種藥物混合在一起，才會發揮功效。」

「這樣一來，整頭豬和好幾隻鵪鶉都得先下毒，經過廚房檢查？」

「有錢人家裡會有好幾個人試吃，等他們發現不對勁，該死的人早就死了。」德佐說。

「但這樣做，等於在場所有人都中毒了，怎麼有辦法——」

「我就是有辦法！」德佐．布林大吼一聲，摔了一把刀在地上，出去時使勁甩上門，牆上掛的兵器都震動了。

以琳望著空白信紙，將乾掉的羽毛筆重新插回墨水罐中。椎克家餐桌另一頭，梅格與艾雷娜正在下棋，姊姊梅格很專心，但是妹妹艾雷娜一直偷瞄以琳。

「唉，」以琳嘆氣道：「為什麼我老是愛上不可能的對象呢？」以琳．可洛威與椎克家姊妹相識多年，以彼此地位差距而言，原本不可能發展友誼，關鍵在於椎克家信奉唯一神，教義認為在神面前人人平等；三人長大以後，知道這段友誼在外人眼中不合體統，但保持私下聯絡，友誼一樣真誠。

「那個叫做詹安的園丁，哪兒跟妳不可能啦？」艾雷娜邊說邊挪棋子，梅格先對著棋子皺眉頭，接著又對妹妹皺起眉頭。

「我們的可能才維持了兩個鐘頭而已，」以琳回答：「他一打開那張臭嘴就結束啦。」

「妳之前對波爾也有意思吧。」梅格插嘴說。

「還好，他對我不錯，我不想辜負人家而已。」以琳說。

「至少波爾摸得到喔。」艾雷娜說。

「妳少給人家出餿主意。」梅格罵道。

「妳不要輸了就遷怒。」

「我哪有？」梅格問。

「再三步我就贏啦。」

「妳確定？」梅格看著棋盤：「妳這小兔崽子……不過以琳啊，至少我是很高興妳沒跟波爾繼續下去，只是這樣就沒人陪妳來我家的宴會了。」

以琳丟了筆，把臉埋在兩掌間哀怨地說：「妳們知道我去年給他在信上寫什麼嗎？」她又望著眼前白紙發呆。

「我以為波爾不識字呢。」艾雷娜說。

「我不是說他，是說我的恩人。」

「不管妳寫了什麼，他還是繼續送錢過去，對不對？」艾雷娜完全不管姊姊那副想要殺死她的眼神。艾雷娜．椎克今年十五歲，不過好像老是把梅格吃得死死的，碰上大姊賽菈就沒輒了。

「他沒停過啊，我早跟他說錢太多了用不完。不過，也不是錢的問題哪……」以琳接著解釋：「去年我跟他說我愛上他了。」但她沒說她當時邊寫邊哭，墨水都給眼淚暈開了，「我說以後叫他『奇勒』好了，『奇勒』是個好人，反正我不知道恩人到底叫什麼名字。」

「結果現在妳喜歡上奇勒……妳跟他不是根本沒說過話嗎？」

「我這是做什麼啊我，幹嘛讓妳們問我這種事。」以琳說。

「艾雷娜可是一聊到奇勒，就會吱吱喳喳說個不停喔。」梅格那語調，彷彿她身為姊姊，終於逮到機會出口氣：「她自己才喜歡人家呢！」

「我沒有！」艾雷娜尖叫起來。

「那妳的日記是怎麼回事啊？」梅格故意掐著嗓子學艾雷娜的聲音說：「『奇勒怎麼都不跟我說話呢？』『奇勒今天早餐的時候和我說話了，他說我很可愛，這到底是不是好事啊?他還把我當小妹妹看嗎？』妳很噁心耶，艾雷娜，他根本算是我們的哥哥耶。」

「妳這臭巫師！」艾雷娜大叫著朝桌子對面撲過去，梅格跟著尖叫起來，以琳看著這對姊妹不知道是該害怕還是該笑才好。

姊妹倆一邊大叫一邊互抓頭髮，以琳連忙起身要勸架，免得不小心真的受傷。

冷不防門忽然砰地一聲打開，門板差點倒下來。奇勒站在門口，手持著劍，轉眼間氣氛一變，三個女孩覺得他渾身充滿力量與氣勢，男人味十足。以琳更是覺得彷彿有一道大浪打得她差點站不穩，還拖著她往海裡去，連呼吸都困難了起來。

聽到房裡有巫師，奇勒壓低重心衝進房裡，兩手握住出鞘寶劍，目光掃過所有家具、每道門窗及陰暗角落，連天花板也沒放過。摔在地上的姊妹倆也呆了，艾雷娜還抓著梅格一把頭髮，兩人臉上滿是歉疚。

他那雙淡藍色眼珠怎麼這麼熟悉，是以琳自己幻想出似曾相識的感覺嗎？那對眼睛轉過來，四目相交時她全身宛若觸電。這男人看著她——看的是「她」，不是「她的傷疤」。奇勒看的是「以琳」。她想要說話，卻不知道能說什麼。

奇勒也張開嘴，似乎想說話，但忽然臉色刷白，匆忙將劍收回鞘內急急轉身。「抱歉驚擾三位小姐。」他低著頭快步離去。

「我的天哪……」梅格說：「妳們看到沒？」

「好可怕……」艾雷娜說：「也很——」

「很迷人。」以琳說完臉頰燒紅，趁兩姊妹從地上起來時轉過身，坐下以後拿起了羽毛筆，一副可以寫出東西的表情。

「以琳，剛剛怎麼回事？」梅格問道。

「他剛剛看到我的臉，好像看到鬼一樣呢。」以琳回答。為什麼呢？奇勒明明沒注意她臉上的疤，一般來說男生是因為疤才嚇著。

「他只是害羞吧，妳美得像天使呢。給他個機會如何，我們叫他帶妳去宴會？」艾雷娜提議道。

「不、不行，不可以喔。人家是準男爵呢。」

「是個家道中落的準男爵，土地都被勒諾族強占啦。」

「反正我配不上人家啊，不能想太多。」

「哪會配不上呢，只要他也跟我們信同一個教……在唯一神的眼裡，大家都是平等的。」

「艾雷娜，妳就別拿這種事情跟我開玩笑了，我是個女僕、臉上還有疤，神怎麼看待不是重點。」

「神怎麼看待不是重點？」梅格在一旁輕聲問。

「妳們知道我的意思。」

「羅根搞不好會娶賽菈過門，他們兩個之間的距離，跟沒錢的準男爵與女僕相比，沒差多少吧。」

「階級高的貴族跟階級低的貴族結婚，的確也會引發一些議論，但貴族跟不是貴族的人結婚？這不一樣啊……」

「我不是說你們該結婚。只是一起去宴會玩一玩嘛。」

「不可以，」以琳說：「不准妳們多事。」

「以琳——」

「別多說了。」以琳瞪著兩姊妹，直到她們無奈點頭。「不過呢，」她改口道：「多跟我說點他的事情倒是無妨。」

「奇勒，」椎克伯爵出聲了，奇勒正想悄悄溜過辦公室門口上二樓，「有空進來聊聊嗎？」

他不好意思拒絕，只能暗叫不妙，看樣子今天很漫長啊，凌晨還要遵照師父的吩咐外出辦事，本以為有機會先睡幾小時。另外，他心裡明白伯爵想談什麼，所以踏進辦公室時，有種要聽爸爸解釋性是怎麼一回事的感覺。

經過很多年，伯爵幾乎完全沒變，彷彿活到一百歲也會像四十歲的樣子。他的桌子在同樣位置，衣服同種剪裁配色，每次要開啟一個麻煩的話題之前，一樣要揉揉夾鼻眼鏡下的鼻梁。

「你跟我女兒上過床嗎？」他問道。

奇勒下巴差點兒垮了下來，這次切入主題可真迅速。伯爵面無表情地望著他。

「我完全沒對她動手，伯爵。」

「我說的不是『手』的問題。」

奇勒瞪大眼睛。他認識的伯爵，是個滿口都是神的人，就好像農夫每天都要聊天氣一樣。伯爵是怎麼回事？

「孩子，先別擔心，我相信你。只是我猜，賽菈對你可不會沒興趣。」

奇勒的血直往臉上衝，答案不言而喻。

「那她喜歡你嗎，奇勒？」

奇勒搖搖頭，還好這問題他答得出來。「我想呢，賽菈只是追求她自認為得不到的東西而已。」

「包括跟不知道多少個年輕男子上床，偏偏其中沒有一個是羅根？」

奇勒開始結結巴巴：「伯爵，我覺得在賽菈小姐背後評論她，有點不成體統——」

伯爵舉起手，神情很難過。「如果你覺得我說錯了，就不會這樣回答。你會說根本沒這回事，然後說我這麼講很對不起女兒。不過，你現在說的也對……」他揉揉鼻梁，眨了眨眼睛：「抱歉，奇勒，是我不好，有時候我還是沒辦法妥善運用神賜予的智慧。但我在乎的是對與錯，不是體統與否，你懂嗎？」

奇勒聳聳肩，他知道無須回答。

「我並非是要苛責寶貝女兒，」伯爵繼續說：「其實我幹過的事情，惡劣的程度她一輩子也想像不到吧，但我不能只顧慮她的幸福啊。羅根他……知道賽菈私底下做的事情嗎？」

「我有請賽菈小姐跟他溝通，但我猜想她還沒提。」

「你知道羅根跟我提親嗎？」

「我知道，伯爵。」

「那你認為，我該祝福他嗎？」

「伯爵應該找不到更好的女婿了吧？」

「對我家來說當然是一樁喜事，但對羅根而言呢？」

奇勒猶豫了，過了一會兒才開口：「羅根愛她。」

「他希望我兩天之內給個答覆，」伯爵說：「他即將二十一歲，可以繼承翟爾家。就算這十年來，國王處心積慮削弱翟爾家，但羅根還是會成為這片大陸上最有錢有勢的人之一。王位繼承權他排行第六，扣掉目前王室中人，等於排在最前頭。從外人眼光看來，跟賽菈結婚是委屈了他，完全配不上。」

他往遠方看去，「平常我不在乎別人怎麼想，反正他們不懂是非對錯。問題是這一次，我擔心他們說對了。」

奇勒不知道該說什麼好。

「這麼多年來，我一直希望幾個女兒找到好歸宿，也祈禱羅根有個匹配的妻子。現在看來，好像不是這麼一回事？」他又搖搖頭，掐了掐鼻梁：「抱歉，我幹嘛問這些你回答不出來的事情呢，不過我也有你答得出的事情要問。」

「是什麼呢，伯爵？」

「你愛賽菈嗎？」

「不，伯爵。」

「另外那個女孩呢？你送錢送了將近十年的那位？」

奇勒臉一紅：「伯爵，我發過誓，不可以愛人。」

「我問的不是可不可以，是你愛或不愛。」

奇勒走出房門。

他踏上走廊，伯爵的聲音從背後傳來：「我也一直有幫你禱告，奇勒。」

三十三

娼寮已經打烊好幾個小時。姑娘們在樓上蓋著臭毯子休息，這兒什麼怪味都有，酸酒氣、汗臭味、柴火的煙、廉價香水。門鎖了，燈大半熄了，剩樓下兩盞舊銅燈，K媽媽不會讓店裡有一絲一毫浪費。

樓下只有一男一女在吧檯邊。男人身旁地板上淨是碎玻璃。

他喝下第十三杯，舉起杯子朝地板摔，又多出一灘玻璃渣。

K媽媽從酒桶再倒了杯啤酒，沒眨半下眼、沒說半句話。德佐．布林準備好的時候，自己會開口。不過她倒好奇為何挑這間店，又髒又亂，漂亮姑娘都不在這兒。K媽媽買下其他妓院之後通常都會花錢整修，但這間店位於兔窩深處，而且不靠大路，藏在彎彎曲曲的胡同裡。她的第一次也在這兒，那次拿了十個銀幣，她還覺得幸運。

她實在不愛回到這裡。

「我該殺了妳才對。」德佐．布林終於開口，六小時以來第一句話。他喝完啤酒，杯子順著吧檯一推，滑出幾呎後摔落，又砸了個粉碎。

「原來你還會說話。」K媽媽再拿出杯子倒酒。

「而且我還會生小孩？」

K媽媽聞言一呆，來不及關上酒桶塞子，啤酒溢了出來。「芳達要我發誓不能說，她擔心要是告訴你，等她死了……你會恨她。不過她是因為愛你，才選擇生下孩子，德佐。」

德佐．布林看她的眼神既懷疑又厭惡，葛溫芙真想朝那張醜臉打下去。

「妳這妓女懂什麼愛？」

她原以為沒人能用言語傷她，也早知道罵她的話能多難聽。換做她自己罵，一定更尖酸刻薄。但德佐諷刺的語氣刺進她的心坎，而且居然是出自這男人口中！害得她渾身無力，呼吸困難。

良久以後她才回應：「我只知道，如果像你一樣，有機會可以愛，那我才不幹妓女，我願意拿一切來交換。我是身不由己，你是自作自受。」

「我女兒叫什麼名字？」

「你要我來這兒，是要我想想在這鬼地方被人玩過幾次？我記得、我都記得！我賣身是為了不讓妹妹下海。你又是來做什麼的？每星期上我五次，卻跟芳達說你愛她、搞大她的肚子，然後一走了之。我是可以先提醒她，告訴她事情一定會這麼發展，我實在看得太多了。問題在於，你的身分跟其他嫖客可不一樣，你害她被綁架，之後呢？你有去救她嗎？沒有，你徹徹底底表現出你有多愛她。還說對方只是嚇唬你？拿別人的性命當賭注，對你可一點都不難哪，德佐．布林？你這沒種的傢伙。」

酒杯在她身後酒桶炸開，德佐全身劇顫，伸手指著她的臉：「妳！妳有什麼資格說我。妳會為愛放棄一切？鬼扯！那妳的王子在哪兒啊，葛溫芙？妳現在不是妓女了，不用擔心男人為妳爭風吃醋啊，為什麼還不找個好男人嫁掉？妳知不知道為什麼妳當妓女當得那麼好？跟妳身邊沒男人是一樣道理。因為妳不會愛人，妳就是賤。妳喜歡男人在妳身上找樂子，搾乾他們以後就甩掉。別跟我說什麼妳是為妹妹好那種屁話，妳根本覺得很享受！有些女人賣身是為了錢、為了名、或者真的無路可走，但也有些女人只是賤而已。葛溫芙，就算妳不跟人上床，妳還是個妓女，一輩子都只是個妓女。廢話不多說，我．

女・兒・叫・什・麼・名・字？」他咬牙切齒地吐出每一個字。

「尤莉，」葛溫芙靜靜地回答：「全名尤莉珊卓，跟保姆住在城堡裡。」

說完她看到手裡有杯酒，剛剛都忘記了。面對德佐．布林，她就成了個乖乖聽話的……？她不知道自己算是什麼，只覺得遍體鱗傷，這時候低下頭，說不定會看見腸子流了滿地。

她鼓起全部力氣，勉強做出不在意的樣子，朝啤酒吐了口口水，放到吧檯上。

「反正大家都是身不由己。」德佐．布林的語氣像把利刃。

「你該不會……你不會想殺了自己的小孩吧。」就算是德佐．布林，應該也不可能才對？

「輪不到我出手，」德佐說：「他們會幫我解決。」

說完他拿起酒杯，朝著葛溫芙那口口水笑了笑，然後吞進喉嚨，一口灌了半杯。「我要走了，這地方聞起來跟老妓女一樣臭。」剩下半杯酒，他灑在地上，這次將杯子好好擺在吧檯才離開。

日出前兩個鐘頭，奇勒醒了過來。他有時懷疑若能好好睡一覺，是不是死了也值得，但思考到最後答案總是否定的。幾分鐘後他跳下床，在黑暗中靜靜換好衣服。刺客夜行裝一向摺好擺在第三格抽屜，裡頭還有罐灰渣用來塗臉。

九年來，他努力學著彌補沒有異能的這個缺陷。師父心情好的時候不多，但開心時會為此稱讚奇勒；師父說很多刺客過分依賴異能，他自己則是時時把非異能的技巧也磨練到極致，以避免出乎意料的狀況——對這一行而言，出乎意料就是意料之內。另外他還補充說明：倘若一開始就幾乎沒有腳步聲，根本不需要消耗太多異能來抹除聲音。

奇勒的適應力，在戰技之外的行事細節上更顯而易見，好比說他記得將夜行裝用同樣的方式清潔整理、收納在一模一樣的位置。他希望這真的是個好習慣，不是傳染了德佐．布林吹毛求疵的毛病。他不明白師父為什麼老是要把鎖開開關關、喜歡轉刀子和嚼大蒜，而且成天夜天使這夜天使那的。

他悄悄開了窗，爬到屋頂上。經過這些年，他已經摸清楚哪些地方可以走、哪些地方必須爬，以避免屋裡的人發現。他滑過屋頂邊緣，落在院子裡的石板地上，蹬著塊大石頭翻上牆，看看外面沒有閒雜人等，於是溜上街。

在街上用走的其實無妨，畢竟已經離開椎克家，又還沒靠近藥草園，就算被看到也不礙事，但隱匿行蹤也成了癖好。工作就是工作，沒完成之前都是在工作。又一句德佐．布林的名言，還真多謝囉。

但是今夜，他一直偷偷摸摸前進，兩哩路途走了將近一小時，並不單純只因德佐灌輸的教條，另一個很大原因在於賈爾的警告：「不只是德佐．布林有樹敵，你也一樣。」

也許時候到了，該搬出椎克家，才不會牽連到他們。奇勒已經二十歲，雖說財力不如真貴族雄厚，但至少德佐．布林發起工資並不吝嗇。其實該說這師父不在意金錢，除了偶而喝酒找女人，德佐開銷不大，裝備跟藥品買最好的，但保養得宜、折損很低。以他每次工作的價碼和接到工作的頻率來看，收入應該很多、多得不得了。奇勒的金錢需求也不大，這到跟他的師父如出一轍。賺來的錢，一部分透過椎克公爵轉交以琳，剩下很多，有些轉成金幣、珠寶，再來就是K媽媽與羅根兩邊都提供一些投資機會；可惜利潤再多也沒用，他拿了錢也不能怎樣。既然扮演家道中落的貴族，真實身分又是才剛出道的刺客，自然不能太過奢侈引來注目。換句話說，想花錢也沒地方可以安全地花。

但要搬出去住應該不成問題。可以在東區南端、高級社區最外圍找間小房子。依照師父所言，在一個地區裡挑最便宜的房子住，不管是不是個高級社區，其他人都會對你視若無睹，即便鄰居正眼瞧見，也會故意裝作沒看到。

奇勒終於到了那間店。御影很久以前就掌握城裡頭所有草藥鋪，一般鋪子會進些非法藥物，御影則保證他們不遭小偷。這種地下交易王室知情，但是無力介入。

藥草園的老闆叫做艾列普，客源以富商、貴族居多，因此他始終不肯將違法的東西公然陳列在店面，擔心太張揚會惹麻煩。面對御影其他人，他還能夠討價還價，但碰上德佐．布林，他也沒輒了，只能乖乖調一些極稀有的藥材。而德佐．布林則向他擔保，除了德佐本人，御影裡其他人不會騷擾艾列普。

負責提貨、付款的人是奇勒，今晚過來便是為了這事。替師父跑腿，好處不只在於熟悉刺客生活，以後也就知道上哪兒弄草藥，還可以開始自己收集藥材做研究。要像德佐．布林一樣收集那麼多罕見藥劑，不僅得花上很多年，也要花上幾千、甚至幾萬枚金幣。

但跑腿的壞處自然是睡眠不足。他表面身分是年輕貴族，如果不是前一夜跟朋友喝個酩酊大醉，躺到中午才露臉顯得相當奇怪，所以奇勒明明快天亮才回家，天亮不久後也得下床。

現在他跑腿跑得滿腹牢騷，其實之前他曾經覺得半夜在賽納利亞街道上潛行很有趣。

藥草園後門一如往常上了鎖，艾列普很注意門鎖牢不牢靠。奇勒還沒跟老闆見過面，都用字條聯絡，時間久了還是彷彿有種交情在，只是仍舊認為對方是怪胎。明明有了德佐．布林的保護，門戶敞開都沒關係，城裡還有誰敢來偷他東西？

然而德佐又一次說得好，不掉以輕心才是最大的保障。儘管他自稱討厭當老師，卻針對什麼場合都有句箴言可說。奇勒從腰帶上取出合適的挑針跟扳手，跪在門前開始解鎖，接著嘆口氣。艾列普又換了鎖，而且還是城裡第一鎖匠蒲羅科師傅的作品。新鎖不管品質好或不好，轉起來就是比較緊些，開鎖器折斷也不是什麼大損失，只是會弄得心情很差罷了。

奇勒小心挑著鎖內的彈子。鎖芯共有四個彈子，其中兩個較鬆，所以該是蒲羅科的大弟子所做，不是他本人的工法。不消十秒鐘，奇勒一扭扳手，門便應聲開啟，但收工具時他還是忍不住暗罵，扳手又得換新了。若有機會，要學師父訂做一套祕銀開鎖器，至少弄根祕銀扳手。祕銀韌性好，折不斷，不過比鑽石還要昂貴。

艾列普稱自己的店是藥草「園」有其道理，裡頭三個隔間，較大的是舒適的店面，擺滿貼著標籤的瓶瓶罐罐，較小的是辦公室，最後則是奇勒進來的這間培育房，裡頭狹窄潮濕，還瀰漫著熏人的怪味。

他先檢查蕈類的生長情形，狀況很好，一週內能夠收成幾種致命毒菇。蕈類是艾列普尚敢在店裡公然栽種的東西，因為食用蕈類與毒菇，在外行人眼中長得差不了太多，只有懂草藥的人或會使毒的人才分得出差異。

奇勒步伐依舊謹慎，不願踩上鬆動地板嘎嘎作響。他在藥草園中穿梭，仔細辨識各種植物。然後在第二列的第三個盆內找到六個羔羊皮包裹，經過確認都是預定的貨品沒錯，四包是師父要的、兩包是他的。奇勒有個包包貼身捆在背上，東西收進去以後，用斗篷遮蓋住，最後把要給艾列普的錢包擺進盆子裡，再把盆子放回原位。

這時他察覺有異，一轉眼抽出兩把短劍。

奇勒動也不動，不對勁的感覺還在，不是真的出了什麼差錯，而是當下有個東西在培育房裡，而且很靠近。沒有聲音，沒有人朝他攻擊，但奇勒感受到一股輕微的壓力，好像手指極輕柔地撫過。

他眼觀四面耳聽八方，同時也沒放過那個感覺，只覺得輕微的壓力經過他，然後——

後門鎖發出喀嚓一聲。他被反鎖了。

三十四

奇勒忍住衝動，沒有立刻衝去開門。他靜止不動，原以為房裡沒別人，但仔細一聽卻聽到呼吸聲。他還察覺對方有兩人，其中一個較亢奮、呼吸淺而急，另一個呼吸輕而緩，毫無緊繃感。後者令他焦慮。

面對刺客，什麼人能夠這麼平靜？

不能坐以待斃，他慢慢靠到牆邊，另一側是店面。要是他判斷沒錯，對手其一就在牆的另一邊。奇勒短劍回鞘，為了不出聲，放慢動作後比反而更費力。接下來，他從背上拔出宿羅長柄劍。

奇勒以劍尖抵住牆壁，等對方發出聲響。

什麼也聽不到，連比較急促的呼吸聲也消失了，可以推測他們確實在隔壁，較冷靜的人站得稍遠。

奇勒等待，身體因蓄勢待發而顫抖起來。他猜得到對方之一是巫師，不知道是不是賈爾跟他說過的卡利多入侵？但他很快把這問題拋諸腦後，反正不管對手什麼來頭，都已經把他困住了；無論他們是把奇勒當作德佐．布林或是一般小賊，現在都沒差了。

問題在於哪一個是巫師？緊張的那一個嗎？原本不會這麼猜，只是剛剛關門的氣流擾動，似乎來自那個方角。

地板發出嘎嘎聲。

「費爾，回來！」離奇勒較遠的人喝道，奇勒劍光一閃，穿過一指厚的木板牆。然後瞬間將劍抽回，朝內門衝去，闖過門簾、直取櫃檯，剛剛他一招未中的對手就在那兒。

對方在地板上一滾，奇勒揮劍掠過他頭頂。這人個兒很大，比羅根還粗壯，不過體型像樹幹般沒有線條，看不出腰跟脖子在哪兒。他雖躺在地上，也瞬時揮劍抵擋奇勒的攻擊。

如果奇勒的劍完好無缺，他也許真能擋到，偏偏奇勒那柄劍的劍身，有半截在剛剛刺穿牆壁時，便被魔法打斷了，就落在大個子身旁。

奇勒的劍根本沒掃到他面前，出乎大個子意料之外，所以那招格擋去勢難收，奇勒趁隙往下猛刺；剩下半截劍，比平常要輕多了，突刺速度也更快，眼看大個子的腹部就要開個洞了。

不過奇勒突然覺得好像被關進教堂大鐘裡頭，一股低沉的震盪打上腦袋，簡直像是一塊石碑從兩層樓高處掉下來，砸在奇勒腦袋旁。

那衝擊將他打飛出去，穿過一排架子，摔進第二排裡，瓶罐都被掃到地上。

奇勒眼冒金星，劍已經不見了。他眨眨眼，視力慢慢回復，發現自己趴在地上，倒下的貨架還壓在背上，瓶罐碎片跟藥草灑了滿地。

然後是大個子一聲悶哼以及腳步聲，他按兵不動，事實上也沒太多力氣亂動。鼻端傳來藥材的味道，他嗅了嗅，知道有蓬蕈草籽、烏布朵花苞、還有蓍草根，他記得同一個架上還有痛通花的種子磨成粉——他摸到了——吸進這種藥粉，肺部馬上出血。

腳步聲靠近的瞬間，奇勒一翻身，將毒粉灑向半空，閃電般躍起的同時拔出一對長刀。

「住手，影行者。」

周邊的空氣忽然凝固，一開始是膠狀，但奇勒使力想竄出去時，空氣又硬得像石頭一樣。

痛通粉停滯在半空，那兩人透過那片霧氣望著奇勒。

金色頭髮、體型像座山的大個兒粗壯的雙臂交抱在胸前：「多利安，別跟我說這些你都料到了。」

他朝另一個人蹙著眉。

另一人只是笑著。

「看上去不怎麼樣啊？」巨人問道。

個子小些那位叫做多利安，藍色眼珠很明亮，留著短鬚，鼻子尖尖的，牙齒整齊潔白。他伸出兩隻手指，夾了一些浮在空中的痛通粉。多利安黑髮上了油，眼珠子跟皮膚顏色都淺，這些特徵指出他來自卡利多，一定就是巫師。「費爾，輸了要甘願，如果我沒先震斷他的劍，現在可就難看了。」

費爾沒好氣道：「我自有辦法。」

「我剛剛不插手，他現在可傷腦筋了，那麼大一具屍體該怎麼移走才好。而且他還沒有『異能』喔。」

費爾哼了一聲。多利安揮揮手，毒粉落地，整齊地堆成一座小丘。他看著奇勒，奇勒感覺到束縛住他的力場改變形狀，撐著他站起來，但手臂還是只能擺在身側，不能亂動，刀卻還在掌中。「這樣子應該比較舒服？」多利安雖是這麼問，也沒預期奇勒會回答。多利安又用一隻手指輕觸奇勒的手，接著注視他，眼神好像要把他剖開一樣，最後皺著眉頭對費爾說：「你看看。」

費爾讓多利安伸手搭在肩膀上，然後也望著奇勒。奇勒站在原地不知如何是好，心裡很多疑問，但不確定該不該出聲。

過了好一會兒，費爾開口：「他的『脈絡』呢？看起來萬事具備啊，只差——」他猛吐了口氣，

「光明在上，這孩子應該……」

「對，他很厲害，」多利安說：「是個天生的鎧恪理使者。但我關心的不是這一點，你再看清楚些。」

奇勒忽然覺得五內翻攪，好像一股力量要把他身體裡的東西給掏出來。

不知道費爾到底看見什麼，但他很害怕。表情雖然鎮定，但奇勒注意到他肌肉緊繃，渾身透露出恐懼。

「有股力量抵抗我……」多利安又說：「時間的流動快要擊垮我了，被影子覆蓋的東西讓這狀況更惡劣。」

「別看了，」費爾說：「快回來。」

奇勒這才覺得那股入侵體內的外力漸漸消退，不過身體還是動彈不得。多利安蹣跚往後倒，費爾趕緊扶住他的肩膀，厚手掌撐起他的身子。

「你剛剛說我是什麼？你們到底是誰？」奇勒終於開口質問。

多利安啞然失笑，穩住腳步，似乎覺得奇勒很幽默，令他精神一振。「帶著這麼多名字行走的人，居然問別人叫什麼名字？你現在叫做『奇勒』對吧？是古羯羅語的雙關，我挺喜歡。是你想的，還是德佐·布林想的呢？」看見奇勒臉上驚訝的表情，他自言自語地說：「想來是德佐·布林的點子。」

多利安又看著奇勒，好像要看穿他內心一樣。「無名者，還有『瑪拉第』、『奎拉』、『史佩克』、『奇勒』，甚至是『影』……這個不太有新意就是。」

「你在說什麼？」奇勒覺得很荒唐，眼前這兩人到底是誰？

「『御影』就是『影子之王』，」多利安又說：「『影』這種名字，我猜也不是你自己討來的。但你總該有點好奇心才對，難道沒懷疑過？為什麼你身邊的人名字都很普通，『賈爾』、『畢姆』之類，不然就是奴隸綽號，『鼠頭』、『娃娃』什麼的，偏偏你會有『阿索思』這樣一個特別的名字？」

奇勒身體一冷，他聽說過巫師會讀心，但一直不信。此刻聽見對方說出一連串跟他有關的名字，絕對不是湊巧。「你們兩個都是巫師？」

費爾和多利安互望一眼。

「對一半吧。」多利安回答。

「其實一半不到。」費爾接口。

「我曾經是巫師，」多利安解釋道：「話說回來，正確名稱是『符術士』。要是你真的不幸碰上符術士，別用那種貶抑的稱呼比較好。」

「你們到底是誰？」奇勒又問。

「是朋友。」多利安說：「我們走了很遠的路來到這裡，為了要幫你。唔，也不只是幫你而已，除了幫你也要幫——」

「而且為了來到這裡，我們付出很大的代價、遇上很多危險。」費爾打斷以後，還瞪了多利安一眼。

「所以希望你明白：如果我們要殺你，絕對辦得到，如果想傷害你，應該已經動手了。」多利安又說。

「身為刺客，我很清楚『傷害』不一定要把對方殺掉。」奇勒說。

多利安笑了起來，費爾則是一臉憂心。奇勒忽然發現魔法束縛解除了，這一點更奇怪，他們明明知道他出招多快，居然輕易還他自由，而且沒先要他繳械。

「先自我介紹，」多利安又開口：「這位是費爾．庫撒，有朝一日將成為米希魯大陸最出名的兵器匠人，他不僅是維薩納學院的法師，也是二階大劍師。」

好極了。「你呢？」奇勒追問。

「說了你不會信。」多利安看來很樂的模樣。

「不說說看怎麼知道？」

「我是修肯迪跟荷瑟拉兩學院的法師，也曾經是達到十二『殊羅』[3]的符術大師。」

「很厲害嘛。」其實奇勒根本聽不懂。

「對你而言，重點在於我是『預言者』，我叫多利安。」他操起卡利多語的腔調：「多利安．烏蘇爾。」

「你剛說的對，」費爾在一旁講：「他不相信你。」

能殺死刺客的，除了自己犯的錯，就是其他刺客、法師、或者符術士這三種人。德佐．布林認為符術士最難纏，所以教過奇勒相關知識。「把手臂伸出來我看看。」奇勒說。

「嗯，你知道『符印』是吧，」多利安說：「你瞭解多少呢？」他把袖子一拉，到手肘處都很正常。

3. 譯註：殊羅（shu'ra）為符術士及符術大師的魔力等級，最高階級為十三殊羅，只有神王能夠達到。

「我知道巫師身上有符印，符印多寡跟法力成正比，圖形複雜程度跟巫師的技巧有關。」

「多利安，不要胡來啊，」費爾說：「我可不希望你為了這種事情把自己搞瘋，跟他說完該說的就走了吧。」

多利安沒理費爾。「有『異能』的人才可以運用『符印』。與異能相比，『符印』比較容易操作、發揮的效力也來得更強大，可是使用符印會成癮。如果有人跟我一樣，敢說這世間有絕對的善惡標準，會說它是邪物。」多利安目光灼灼地看著奇勒：「『異能』跟人類其他能力一樣，可以為善也可以為惡，但是『符印』本身就是邪惡，使用符印的人會受到汙染。我的家族認為在符術士身上留下標記很方便，所以一般符術士無法擺脫符印；而我的祖先則認為沒有理由的話，不需要給人看見符印，所以烏蘇爾家族懂得如何在不使用符印的時候，使符印消失不見。」

「看來我師父沒有把課上完。」奇勒回答。

「真可惜，烏蘇爾家族應該是你最需要擔心的符術士才對。」

「多利安，把話說完快點——」

「費爾！」多利安喝道：「不要插嘴，你知道該怎麼做。」

大個子瞪著奇勒，但聽從多利安的吩咐不再說話。

「奇勒，」多利安又說：「你現在的要求，好比要戒酒的人破戒喝一杯，之後幾個星期我會非常難過，費爾也得一直照顧我，免得我沉溺於瘋狂之中無法自拔。不過，你值得我這麼做。」

費爾咬緊牙關，想說話又不敢說。

多利安伸出手臂，皮膚表面泛起一層光。奇勒瞪大眼睛，看見多利安手臂上好像有血管蠕動，從裡頭想要往外竄。一轉眼間，黑色異物瘋狂湧出，好像百萬幅黑色刺青彼此交織，一層一層、上下重疊糾纏，不斷有更黑的圖案浮現。符印很美，卻也很恐怖，看來好像有生命，想掙脫多利安的手臂向外逃竄，彷彿要將他的皮膚脹破。符印散發黑氣，充塞整個房間。奇勒很肯定不是自己妄想，光線真的被符印吸收了。

多利安的瞳孔擴散，亮藍色的虹膜只剩下一層邊緣。彷彿沉浸在極致的快感中，而且外表好像年輕了十歲。符印繼續膨脹，甚至發出爆裂聲。

費爾把多利安像個人偶一樣抓起來猛烈搖晃，一直搖一直搖。如果不是奇勒已經嚇壞了，這舉動看在眼裡應該很好笑。費爾的手不肯停，直到房間裡黑氣消散，才將多利安擱在一張椅子上。

多利安發出呻吟，看起來很虛弱、也恢復本來歲數了。他頭也不抬地說：「影行者，很高興你終於相信我了。」

雖說他是相信了，但多利安為什麼知道？「我可不確定這是不是幻術。」

「幻術不會吸收光，幻術也──」費爾一開口，多利安又說：「別擔心，他只是嘴硬，其實已經相信我了。」

多利安又看看奇勒，但馬上轉頭慘叫：「啊，現在連看著你都很危險。你的未來──」他緊緊閉起眼睛。

「你們找我到底為了什麼？」奇勒問。

「無名者，我看得到未來，但我還是人類，所以我希望我也會看錯。依照所見的時間流動，你明天不殺死德佐．布林，卡利多就會攻陷賽納利亞；要是你之後依舊不肯殺他，你深愛的每一個人都會死。

離開御影的伯爵、神駕本人、你過去的朋友、現在的朋友，每一個人都會死。你做對一次，會換來一年的罪惡感；你做對兩次，就得付出自己的生命。」

「這是搞什麼鬼？設這麼大一個局，只是要我暗算師父？你們主子真以為這招有用？」奇勒說：「我說你們花了好大一筆錢，才把跟我有關的消息都買到手吧？」

多利安疲憊地抬手揮了揮：「我不期望你立刻全盤接受，畢竟牽扯太廣，我也很抱歉。現在你以為我們是卡利多人，目的是要設計你背叛德佐．布林，借刀殺人除去眼中釘。不過有件事情可能會讓你重新思考——我真正想求你的事情是，殺了我弟弟，不要讓他得到鎧恪理。」

奇勒又覺得像是被雷打中：「什麼東西？」

「費爾……」多利安繼續說：「說那句話。」

「去問K媽媽。」費爾開口。

奇勒搖搖頭：「等等、等等，什麼啊？問她有關鎧恪理的事情嗎？」

「去問K媽媽。」費爾又重複一遍。

「你說的弟弟又是誰？」

「現在告訴你，你跟他對決就會輸。」多利安搖搖頭，還是不肯看向奇勒：「這該死的力量有什麼用？如果我沒辦法跟你說明白，看得到又能怎樣呢？奇勒，時間像是一條河，絕大多數人沉在水裡，但少數人可以浮到水面，往前看看河怎麼流、或者往後看看之前經過什麼地方。可是我又有點不同，當我精神不專注，意識會脫離時光之河，飄到河面上頭的半空中。我可以看到之後成千上萬的水流，如果你問我一片葉子最後落在何處，我沒有辦法回答你，因為有太多的可能性。水流太過紊亂，我像是追著天上落下的一滴雨，掉進湖裡、衝過瀑布再順流而下，怎麼可能不跟丟呢。但如果我碰觸一個人、或者利用咒語輔佐，有時可以追蹤到水滴的去向。」多利安的目光好像透過牆壁，迷失在另一個世界。

「還有些時候，」他繼續說：「有時候，我飛到更高的地方，看見的不只是水流、還能看見冥冥之中的規律，上自國王、下到農夫，每個人、每個抉擇經緯相纏，好像一幅刺繡。如果我想把錯綜複雜的圖案全看清楚，腦袋一定會炸開。」

多利安眨了一下眼睛，終於又望向奇勒，他瞇起眼睛，好像這麼做造成極大痛楚。

「有時候我只能看見一連串意義不明的畫面。我看見一個年輕人，他看著我死去，表情很痛苦，但我根本不知道他是誰，也不知道他為什麼要傷心。我看見，就在明天，一個方形花瓶可以帶給你希望。我看見一個女孩子趴在你身上痛哭，她想帶你走，可是你太重。她要帶你去哪裡？我不知道。」

奇勒覺得背脊一陣涼意。「女孩子？什麼時候？」該不會是艾雷娜．椎克吧？

「我不知道……等等……」多利安一直眨眼，接著五官忽然僵硬：「你快走！快去問K媽媽！」

費爾將前門甩開，奇勒一下看著他、一下看著多利安，不知道怎麼應付這局面。

「快走，」費爾叫道：「快走！」

奇勒一溜煙跑進夜色中。

費爾望著他的背影很長一段時間，吐了口口水，繼續盯著黑夜的深處，「你剛剛沒說出口的事情，是什麼？」

多利安一邊發抖一邊吐氣：「他會死，不管怎樣都會死。」

「這跟之前說的矛盾吧？」

「我不知道為什麼，也許他根本不是我們所期望的人。」

三十五

奇勒跑得很快，但思緒轉得更快。東方天際漸漸明亮，城裡慢慢出現人影，幸好碰上巡邏的機會不大。奇勒走的這條路上都是小店鋪，不是衛兵特別愛去繞繞的大街。問題是，若真碰上巡邏衛兵，他該說什麼好？早上出來散步，只是正好一身夜行裝、正好帶著違法的草藥和一身兵器，還正好在臉上塗了灰？真巧。

他腳步放慢，想到Ｋ媽媽的住處在附近。這是做什麼？相信一個瘋子和一個巨人說的話？那些符印幾乎從多利安的手臂表面浮起，奇勒看了差點沒吐出來。這麼說來，多利安也許沒瘋，但他到底打什麼主意？以奇勒認識的人而言，會「為所當為」的只有椎克一家，其他人呢，不管是御影、宮廷，或者是現實中其他人，每個人都以自己的利益為優先。

費爾和多利安並未否認前來賽納利亞還有其他目的，但顯然兩人將見到他當成最重要的任務。他們那態度語氣，好像奇勒可以改寫這王國的命運！發什麼神經？但，他當下真的相信了。

倘若兩人想騙他，為什麼不直接說明殺死德佐．布林的好處？還是該說他們挑撥離間的手法比較高明？不過，按照多利安的說詞，奇勒不管怎麼做，最後都會失去一切。算命仙是這樣跟人說話的嗎？

他意識到的時候，已經又跑了起來，而且越跑越快，嚇著路上一個提木桶打水洗衣的婦人。最後奇勒停在Ｋ媽媽家門口，心情七上八下；Ｋ媽媽晚睡早起，但如果說一天中有什麼時段她一定在休息，那就是現在吧，所以她家的門應該也會上鎖。夠了，不要優柔寡斷！

奇勒輕輕敲了門，一邊怪自己膽小，一邊卻又心想，要是沒人應門，就代表該回家了。

但門卻立刻打開，K媽媽家的傭人看起來和奇勒一樣驚訝。她年紀很大，穿著無袖短衫，圍了條披巾。「唉呀，早安，先生，你這身打扮挺特別的。我睡不著呢，一直在想家裡麵粉怎麼會都沒哩，我昨天晚上看了一回，但老是惦記著這事情，覺得很奇怪哪。剛剛正要出去再看看的時候，你就敲門了——唉、唉，我又嘮叨了，活像個發瘋的老笨蛋似的。」

奇勒開了嘴，卻不知道這時該說什麼，好像不管怎樣都搭不上這退休妓女的自言自語。

「我跟我們家夫人說啊，『該抓到那小賊，朝他的頭敲下去，然後把他推進河裡。』她聽完一直笑。要是我還年輕就好啦，那你臉上大概也會有以前那些男人的表情，我現在這兩個布袋以前可是緊緊抓住男人目光的喔，你看了一定會目不轉睛然後撞上牆壁。要是我換上晚上那套衣服——我以前當然也不是穿現在這種老太婆的東西啦——只是這年紀還穿那種東西的話應該會嚇著小孩吧。但我挺懷念——」

「K媽媽醒著嗎？」

「啊？喔，我想應該吧？她這幾天也睡不好的樣子，真可憐，有人去看看她也好。但是一開始啊，我覺得就是那個德佐．布林惹她不開心，她應該也很無奈吧，快要變得跟我一樣人老珠黃啦，都快五十歲囉。說到這個我就想到——」

奇勒穿過她身邊走上樓，心想她說不定還沒會發現呢。

他敲敲房門，等了一會兒，沒有反應，但透過門底縫隙看得見光，所以他逕自推開門。

K媽媽背對他坐在椅子上，房間裡只剩兩根快燒盡的蠟燭。奇勒進去，但她動也不動，過了好久才慢慢轉身，眼睛腫了、紅了，似乎哭了整夜。哭？K媽媽也會哭？

「K媽媽？……妳看起來氣色很糟。」

「你真懂得怎樣跟女生說話。」

奇勒走進房裡，關上房門，這才注意到那些鏡子。K媽媽床邊化妝檯上的鏡子、小手鏡、立鏡，全部都破了，玻璃碎片在地上反射出一點又一點的燭光。

「K媽媽，這是怎麼回事？」

「別那樣叫我，以後都不要再那樣子叫我了。」

「那……怎麼回事？」

「都是假的，奇勒。」她低頭看著大腿，半張臉藏在陰影中：「美麗但是虛假，我帶著那種偽裝太久，忘記底下真實的自己長什麼樣子。」

她轉過身，左邊的臉卸了妝，這也是奇勒第一次看到她沒化妝的模樣，蒼老而憔悴。原本細緻的臉蛋，雖然仍舊小而緊實，卻長滿細紋，眼睛底下的黑眼圈更是活像個女鬼。半張臉有完美妝容、另外半張臉卻是年邁素顏，樣子除了醜還很荒謬、惹人發笑。

奇勒掩飾驚訝的反應太慢，但即便不慢，也未必瞞得過她，然而K媽媽卻好像受傷受得心甘情願。

「我說你來這兒，不是為了看半邊醜臉的怪人而已吧。你有什麼事，奇勒？」

「妳不是怪人──」

「有話直說吧，我知道男人辦正事的時候是什麼樣子。你有事想找我幫忙，到底什麼事？」

「夠了，K媽媽，別──」

「你才夠了！」K媽媽的口氣像抽鞭子一樣嚴厲，不對稱的眼睛望向奇勒身後，視線柔和了下來：「太遲了，是我自己選的。他真該死……但他沒說錯，這種生活是我自己選的，奇勒。每一步都是我自己走的，不是什麼我栽了個大跟斗才落到這步田地。你是為了德佐的事情而來，對吧。」

奇勒用指節敲敲額頭，頭疼起來了，不過看著K媽媽的表情，他知道多說無益，只能退讓了。他到底是不是為了德佐而來？也算是吧，反正他根本不知從何問起才對。

「他告訴我，如果我找不到銀色鎧恪理，就是死路一條。但說真的，我根本不知道他說的是什麼東西。」

K媽媽深深吸了一口氣。「這幾年我都一直叫他要跟你解釋，」她回答：「宙辛．奧凱斯提皇帝曾經將六個鎧恪理分別賜給六位英雄，得到鎧恪理的人本身不是法師，但卻因此得到了如同魔法般的力量。而且我說的，不是像現在法師的微弱魔力，而是七百年前那些大法師的程度。你跟那六個人一樣，你是鎧恪理使者，你天生的『異能』不完整，但是透過鎧恪理就可以發揮出來。」

聽起來K媽媽跟師父什麼都知道，卻一直什麼也不跟他解釋？

「唔，我懂了，謝謝。那妳可以跟我說一下離這兒最近的『神器行』在哪兒嗎？有沒有老闆會給刺客一些折扣啊？」奇勒譏諷道：「就算世界上真有這種厲害的東西，應該不是給法師收走了，就是掉到海底，或是藏在什麼地方吧。」

「是藏著沒錯。」

「意思是說，妳知道銀色鎧恪理在哪裡？」

「你仔細想想，」K媽媽說：「假如你是一國之君，你弄到了一個鎧恪理，但是你沒有能力使用，身邊也沒有你信任的人會用，你會怎麼辦呢？應該會留著以備不時之需，或者是收藏起來傳給後代，你或許也不敢用文字記錄這神器的功能，因為你知道若是你忽然死了，一定會有人搜你遺物，把貴重的東西偷走，所以你可能打算在兒子繼位之前找天告訴他真相。國王都是這麼想，可是也常常什麼都來不及說，直接死了。這種狀況下，鎧恪理會怎麼樣呢？」

「還是到了兒子手上。」

「對，可是兒子不知道這是什麼東西，也許記得父親很保護那玩意兒，也料想得到跟魔法有關係；但就像你剛剛所說，如果真的拿去問法師，那麼神器就算不在他手上被搶走，到了下一代、下兩代也逃不過一劫。於是兒子又把東西藏起來、越藏越隱密，就這麼過了幾十年、幾百年，大家只會以為那是王室珍藏的珠寶。經過七百年這麼長的時間，神器易主太多次，根本沒有人記得它原本是什麼。偏偏有一天，卡利多的『神王』忽然要求賽納利亞進貢這麼一件特殊的寶物，更巧的是某個以愚蠢聞名的國王還把那寶物送給情婦了。」

「妳是說——」奇勒漸漸明白了。

「我也是今天才確定這件事。阿九把古書稱為『馭刃靈珠』的銀色鎧恪理送給黠文公爵夫人，那東西看起來不大，是個奇怪的珠子，外觀像鑽石，帶著銀色光澤。真正棘手的地方在於，這珠子恰巧是王后娜麗亞的最愛，她知道東西不見以後氣炸了，所以明天國王得派個他信得過的人去把東西取回來，我也不知道會是誰。明天晚上，黠文家要舉辦宴會，鎧恪理極可能在宴會時被搶走，因為在場不會有禁衛軍、不會有法師、也不會有魔法結界，珠子可能由黠文夫人戴在身上、或者是擱在她房裡。奇勒，你得明白這件事情牽連多廣。傳說中鎧恪理會自己選擇主人，可是卡利多符術士聲稱已經知道如何以魔法強迫神器服從。如果神王的計畫成功……你可以想像，永生不死的神王能帶來多大的浩劫。」

奇勒光是聽到這點已經頭皮發麻，「妳說的都是真的？有跟師父說了嗎？」

「他跟我……我現在並不想過問他的事情。還有一件事該告訴你，奇勒。」她表情很痛苦，臉撇到一邊：「這些事情，不是只有我知道。」

「意思是說？」

「卡利多方面已經派了人要搶神器，也因為這樣，我的間諜才會聽到風聲。『原則上』他們應該只是想搶神器——」

「『原則上』？」

「他們找的人是胡．吉貝。」

「找上胡．吉貝怎麼可能只搶東西走？那傢伙是殺人魔啊。」

「我知道。」K媽媽說。

「那『死人』是誰？」

「你自己挑吧，這國家近半數貴族會出席盛宴，好比你朋友羅根也收到邀請函，搞不好王子也會到場。他們兩個人好像白天黑夜一樣，恰巧相反、感情卻又好得分不開呢。」

「妳手下的間諜是誰？可以幫我也弄一張邀請函進去嗎？」

她神祕地笑了笑：「我的人幫不上忙，但我知道誰可以，而且正好是那個我一直不想讓你認識的人。」

三十六

奇勒有過很多經驗。他曾經大白天湊近守衛身邊動手殺人。他曾經在守衛搜房間時，躲在桌子底下忍著貓爪子。他曾經躲在貴族家的大酒缸中，品酒師從面前走過，正要挑一瓶適合晚餐的配酒。他也曾經對一鍋肉下毒以後，躲在炙熱爐子的一碼開外，聽著廚子自言自語，懷疑到底加錯什麼配料調出那種怪味。

但他卻從來沒這麼緊張過。

他看著那道門，下人用的小門，心裡十分驚慌。今天他扮成一個老乞丐來討麵包，頭髮弄得又亂又髒，塗泥巴跟牛油在上頭，皮膚抹得乾乾黃黃，手掌也貼出瘤，弄得像是有關節炎一樣。可是想要走到僕人用的側門，得先穿過莊園正門的衛哨。

「喂，老頭兒，」一個矮矮的衛兵揮著大戟問道：「你來幹啥的呀？」

「聽說我們家可洛威小妹在這兒呀，想叫她給我點麵包而已。」

另一個衛兵原本只隨便看他一眼，聽到這句話提高了警覺：「啥？你跟可洛威小姐是親戚嗎？」這人大概快四十，明顯起了戒心

「不、不是啦，不是親戚，」奇勒在胸前抓抓：「就見過面而已嘛。」

兩個衛兵看了看彼此，矮子問道：「裡面正在忙，你要特地叫她出來嗎？」

老衛兵搖搖頭，一邊拍著奇勒全身上下一邊咕噥著，「我說我總有一天會給可洛威小姐害得渾身長

蝨子。」

「是啊、是啊，為了她一切都值得。」

「換你來摸乞丐身體，我看你還說不說得出口，死柏特。」

「吃屎去。」

「進去吧，廚房在那一頭。」那老衛兵對奇勒說完又轉頭回去：「柏特，我忍你很久了喔，你再跟我說什麼吃屎，我就讓你先吃吃看我的鞋跟——」

奇勒裝出膝蓋僵硬的模樣，慢慢朝廚房晃過去。門口兩個衛兵雖然打打鬧鬧，但應該經驗老道，持武器的樣子看來動手不成問題，而且並不因為他看似乞丐就略過搜身。戒備森嚴，看來正式行動少不了阻礙。

他盡可能放慢腳步，趁機想摸清楚莊園地形，但路途終究太短。黠文氏是五代公爵之家，寓所也是賽納利亞最美的景點之一，眺望普利茲河、正對王城，北邊有座國王東橋，表面上為軍事目的興建，但街頭巷尾謠傳是給國王晚上幽會用。假設黠文夫人真是國王的情婦，這莊園位置還真方便；加上黠文公爵在國王命令下長期出使外地——除了公爵以外，所有人都認為國王的安排別有居心。莊園內的地勢是個小丘陵，豪宅蓋在中間，所以即便外頭有十二呎高又加了尖刺的圍牆，還是可以眺望河景。

到了側門以後，奇勒伸手敲門，他不停顫抖，看起來還真像中風。

「來了！」門一打開，女孩兒兩手在圍裙上抹了抹，期待地望著奇勒。

她很美，年約十七歲，身材凹凸有致，就算裹在女僕穿的毛線衣裡，K媽媽旗下那些姑娘看了也一定要眼紅。她臉上疤痕還在，一邊臉頰跟豐唇上都畫了個白色叉叉，還有一條弧線從嘴角連到眼角，疤痕拉扯出不自然的微笑，不過她溫柔的神情卻可以沖淡那股猙獰的感覺。

奇勒還記得當時她的眼睛有多腫，那時候很擔心她會不會就這麼瞎了。現在一看，她兩顆眼珠子都是澄澈的淺棕色，閃著善良喜樂的光芒。鼻子之前斷得一塌糊塗，現在也沒有完全矯直，但至少絕對不醜。牙齒居然都還在——他忽然想通，當年她還小，根本還沒換牙。

「伯伯您請進，」她輕聲說：「我給您找點吃的吧。」她伸手扶著奇勒，而且看來並不介意他老朝著她瞪。女僕領著他到了旁邊小房間一張桌子邊，原本應該是準備給僕人休息待命的。以琳柔聲對著另一個大她十歲左右的女僕講話，說她要招呼客人，請對方先幫她顧廚房。從她說話的語調、那婦人的回應看來，奇勒可以確定以琳在這兒受大家疼愛，而且她應該常常照顧乞丐。

「伯伯，這裡頭還舒服嗎？我去拿油膏給您擦一下，早上這麼冷，手都發疼了吧。」

他怎有資格接受這種對待？面對如此邋遢的乞丐，以琳居然還能和顏悅色，而且明知道對方無以回報，卻還是能將他當成一個「人」。然而這女孩差點因為他的驕傲、愚蠢、窩囊而喪命，她生命中留下的汙點都是因為奇勒。

他以為兩年前就已經放下那份罪惡感。K媽媽告訴他：以琳臉上雖然有疤，卻能逃離更悲慘的命運。但他現在看著那幾道疤痕，只覺得內心的煎熬又要死灰復燃。

以琳拿了一塊硬麵包沾些肉湯放在桌上，還幫他切成小片。「您坐這兒可以吧？等我切一下喔，這樣比較容易嚼。」她把說話音量提高些，似乎慣於面對老人家，臉上的微笑牽動傷痕。

不對……是他將以琳帶來這裡，一個大家喜歡她、而她有能力分麵包給別人的地方。以琳自己選擇成為善良的女孩，但這環境是奇勒塑造的，如果他有做對過什麼，那就是將以琳送到這裡。他閉上眼睛，深深吸進一口氣，再度睜開眼時，視線不再受罪惡感所蒙蔽，這才發現以琳有多美。那頭金髮彷彿在發光，臉頰除了傷疤之外，皮膚完美無瑕，眼睛又大又亮，顴骨很高、嘴唇豐潤，牙齒潔白、頸子纖細，還有曼妙身材。她朝前傾身替他切麵包，胸線呼之欲出——

奇勒趕快調開視線，試著讓心跳慢下來。她也注意到這突如其來的動作，朝著他望過去，臉上露出狐疑表情，看來天真無邪。他真要叫這樣一個女孩子做出對不起主子的事嗎？

他一向將這些複雜情緒揉成一團，塞進靈魂深處黑暗角落裡的那個大櫃子，但現在它們一股腦兒噴湧而出。奇勒哽咽了，他用力眨了眨眼睛。自制！

女孩不在乎他身上衣服多髒多臭，伸手抱住了他。她什麼也沒說，只是輕輕抱著，但他的身體不停顫抖，那股情緒再也壓抑不住。

「妳知道我是誰嗎？」奇勒不再裝成老乞丐的聲音。

以琳．可洛威大惑不解地看著他，還沒弄清楚是怎麼一回事。奇勒很想就這麼繼續裝作是個佝僂老人、逃避那雙溫柔的眼睛，但他做不到，他只能挺直腰桿，站起身，手指也都伸直了。

「奇勒……？」女孩叫道：「是你！你在這兒做什麼啊？是梅格跟艾雷娜叫你來的對不對？天哪，她們到底跟你說了什麼？」以琳的臉忽然紅了，眼神又是期待又是害羞。這女孩怎麼這麼漂亮？她知不知道自己的模樣多令人心動？

問題是，她那表情極度驚喜。她以為奇勒來邀她去梅格說的宴會？她的想像馬上就要破滅。

「忘了奇勒這個人，」他這麼說的時候，覺得心好痛：「看著我，然後告訴我，妳看到了誰。」

「一個老人家？」她回答：「打扮得很像，不過今天不是化妝舞會啊……」她說完臉又一紅，好像覺得不該說到宴會的事情。

「看清楚，娃娃。」他快要說不出話來了。

女孩楞住了，跟他四目對望，又伸手碰了一下他的臉，然後眼睛瞪得更大了。「阿索思……」以琳輕聲說著，另一隻手撐在桌子上穩住自己。「阿索思！」以琳撲上去的動作太快，他差點反射地揮手格擋，但已經被女孩緊緊抱住，而他也只能站著不動，心裡拒絕理解——以琳正抱著他啊。他動不了也思考不了，但感覺並未停止，以琳柔嫩的臉頰磨蹭著他又髒又沒刮鬍子的下巴。女孩身上那種年輕光明的純淨氣味充塞在鼻腔。以琳抱得很緊很緊，手臂用力勾著、身體用力壓著，結實的小腹與充滿女性溫柔的胸脯緊緊貼著，他覺得自己得到徹底的包容。

接著他試探性地，手舉了起來，拍了拍她的背。嘴唇嚐到一股鹹味，那是眼淚，他的眼淚。胸口難以自制地起起伏伏，他忽然哭了起來，緊緊抱住以琳。女孩回以更緊密的擁抱。他知道以琳也哭了，纖細的身體斷斷續續地顫抖。那段時間裡，整個世界只剩下一個擁抱、一次重逢，還有快樂與接納。

「阿索思……我聽說你死了……」以琳忽然開口道。

刺客注定孤獨——奇勒全身一僵，如果真有人可以眼淚落到一半靜止，那應該就是他。

他刻意推開以琳，往後退開一步。以琳拿起手帕拭淚，她的雙眼泛紅，但還是閃閃發亮。奇勒的心裡有股衝動想將這女孩擁進懷中，狠狠地親吻，但他站住不動，等待現實的海浪拍下；他開了口，卻不知道該說什麼才不會破壞這一切。他整頓整頓思緒，想要說出編好的謊話，但卻辦不到。『關係』都是鎖鍊，『感情』只是束縛。德佐說過了，也給過我機會；我可以成為造箭師或藥草師，但我自己選了這條路。

「我師父吩咐過我不可以見妳，」他舌頭都快轉不過來了：「我師父是德佐．布林。」

奇勒看她表情就知道以琳聽過德佐．布林的名字。以琳的眼裡滿是困惑，她聚精會神地思考：如果德佐．布林是「師父」，那他不就……奇勒從她臉上看到一抹不相信的微笑，彷彿是想說：「刺客都是怪物，你又不是。」不過那笑容很快就褪去；不是刺客的話，阿索思為什麼這麼多年不跟她聯絡？不是刺客的話，一個原本混幫會的小孩子怎麼能消失得如此徹底？

她的眼神拉開了距離：「我記得我受重傷的時候，你好像跟誰在爭執，你要對方救我。我一直以為是在作夢，不過那個人應該是德佐．布林吧？」

「對。」

「那你……現在跟他做一樣的事情？」以琳問道。

「差不多。」他想說其實他還差得遠，只是個二流殺手罷了。

「你當他徒弟，換我的命嗎？」她聲音微弱得幾乎聽不見了：「你為了我變成這樣？」

「我不知道可不可以這樣說。我殺死鼠頭以後，他給過我一次機會，但是我不想再過擔心受怕的日子，德佐．布林就是個什麼都不怕的人啊。而且就算只是學徒，他給我的工資很多，那樣我才有錢可以——」他忽然打住。

以琳的眼睛瞇了起來，接著便想通了：「可以養我。」她用雙手蓋住嘴。

奇勒點點頭。妳的人生建築在沾了血的錢上頭。他在幹嘛？應該要說謊的啊，真相只會破壞一切。「抱歉，我不該跟妳說這些，我——」

「你覺得抱歉？」以琳打斷他。奇勒以為接下來她要說：你這人渣！看看你幹的好事！但結果以琳卻說：「你說什麼傻話啊！我的一切都是你給我的！當年我太小了，在街上流浪根本活不下去，那時候就已經是你找東西給我吃；然後也是你從鼠頭那兒把我救出來；你師父本來想讓我死，又是你說服他來救我。你還把我送進一戶愛護我的好人家。」

「但是——難道妳不生氣嗎？」

她嚇了一跳：「生氣？為什麼？」

「要不是我自以為是，那混蛋根本不會對妳下手啊。是因為我羞辱他的關係！我應該要更小心，應該要好好保護妳才對。」

「你那時候才十一歲而已！」以琳回答。

「妳臉上的疤都是我的錯，天……看看妳！妳原本可以是這城裡最美的女孩兒！現在呢，妳卻只能在這兒，整天跟乞丐混在一塊兒。」

「只能在這兒？」她柔聲說：「你知不知道很多女孩子還沒長大就淪落成妓女？我有見過，所以我知道沒有你的話，我的命運會是什麼樣。我每天都心懷感激，感謝自己臉上有疤！」

「可是妳的臉——」奇勒又快哭了。

「阿索思，如果這是我人生裡頭最醜陋的一部分，那我真的覺得我非常幸運。」她笑了，臉上有疤的她還是讓小房間亮了起來，她還是非常地美。

「妳很漂亮。」他說。

以琳又臉紅了。奇勒本來只見過椎克家姊妹會臉紅，而且賽菈長大以後也不會了。「謝謝。」以琳說完，拍了拍他手臂，他身體又一陣麻。

奇勒看著她眼睛，也跟著臉紅了。他不曾覺得這麼尷尬過，居然會臉紅！但他越想只是越覺得困窘。以琳又笑了，並不是在笑他的手足無措，只是天真開朗地笑了，這更讓奇勒心痛。笑聲跟她的人一樣很輕很柔，像大太陽底下一道舒爽的風。

只是她又收起笑容，露出深沉悲哀的神情。「對不起，阿索思──奇勒，很抱歉你為我付出了這麼多，我腦袋都空了。我覺得，神的手好像沒辦法探進兔窩區吧……真的很遺憾。」她望著奇勒好一會兒，又一滴淚滑落臉頰，但她沒有伸手抹掉，只是凝視著奇勒。「奇勒，你是壞人嗎？」

他猶豫了片刻才回答：「是。」

「我不相信，」以琳回答：「壞人應該會說謊的吧。」

「搞不好，我只是比較誠實的壞人。」他撇過頭。

「我認為你還是那個自己餓肚子的時候，會跟朋友分享麵包的男孩。」

「我總是想拿最大的那一塊。」他低語。

「我們記得的怎麼不一樣呢。」以琳說完重重嘆了口氣，然後才擦乾眼淚：「那你……在這兒是為了工作嗎？」

這問題一箭戳進他心窩。「今天晚上的宴會裡，會有一個刺客混進來，他除了殺人還要偷東西。我得弄一張邀請函混進去阻止他。」

「你打算怎麼做？」以琳問。

其實奇勒根本沒有想清楚這件事。「我得把他殺了。」他說的也是實話，胡．吉貝是個變態，如果久沒接工作，就會手癢上街殺乞丐。對他來說，殺人跟酗酒意思一樣。要是奇勒先把銀色鎧恪理盜走，那麼胡．吉貝就得追著他跑，問題是胡．吉貝是真正的刺客，據說功夫跟德佐．布林不相上下。所以要殺他，唯一的機會就是今天晚上，趁胡．吉貝沒防備時下手。

以琳看著一旁。「你真是個刺客的話，應該還有別的辦法可以進去才對。我想你會認識一些懂得偽造文件的人，『奇勒．史登』也應該會有人脈。雖然從我這兒拿一張邀請函是最快的方式，但你來這兒應該不純為這個目的吧？你是來勘查地形的？」

他的沉默回答一切。

「這麼多年來，」以琳轉身背向奇勒，「我以為阿索思已經死了。或許他真的死了吧。抱歉，奇勒，我自己的東西，連生命也可以給你，但不屬於我的東西就沒辦法了。我的忠誠、名節屬於神，信任則交給了於我們家夫人，現在我只能請你離開。」

比他預期的要溫和多了，但終究是將他趕出了以琳的世界。奇勒離開時拱著背、彎著指頭，重新裝出老人家的樣子，走到大門時他還回頭看了看，但以琳根本沒目送他離開。

三十七

高明的突襲總是這樣，發動在最出人意表的時間地點。索隆與瑞格納帶人馬翻過高山、踏過平原，距離賽納利亞北方關口不到兩哩路。

翟爾公爵一行人走在兩片稻田間地勢較高的道路上，迎面有人牽馬拖著貨車過來。田裡面有些農人在耕作，穿著簡單，褲子捲上膝蓋，身上自然沒有武器盔甲。前面牽著馬車的人停在路邊，目不轉睛望著這群官兵。

索隆事後覺得自己該早有警覺，下田的農夫哪會穿著長袖衣褲。距離不到二十步，他才發現牽馬的人原來是符術大師，而且已經放下轡繩、靠攏雙腕，綠色火焰順著符印流出，在手上熊熊燃燒。他手腕互擊，妖火撲了出來。

妖火打中索隆左側的士兵，穿過身體繼續往前。這道法術的結構像是一層層冰，每擊中一人就消去一層；妖火彈起初像人頭一樣大，然後變成拳頭大小打在第二人身上，最後如拇指大小貫穿第三個士兵。無論大小，三個人都當場斃命，全身被火焰吞噬，灑出來的血好似油一般也燃燒起來。

又過一秒鐘，兩側都有人遭妖火攻擊，道路兩旁都是符術大師在施法，於是又三人倒下。

只剩下索隆、翟爾公爵跟兩個護衛而已。此種局面下還想立刻還擊，公爵帶兵紀律立見，但索隆心知這麼下去只會全軍覆沒。一個護衛往右衝、公爵帶著另一人往左，留下索隆獨自面對路中間那一個符術大師。

他沒有妄動。符術大師這場突襲當然事前安排過，一定抓準時間與距離，足夠發射幾次妖火，十二個士兵根本敵不過三個巫師。

所以也顧不得後果了，他沒時間從灑在稻田上的陽光汲取能量，只能從體內拙火取出力量，放出三道小小的光矢快速飛出，避開公爵和護衛兵。兩側的符術大師還在聚集綠色火焰，卻被比指尖還小的光矢打在皮膚上。

光矢並沒有多大殺傷力，其實正面衝突的話，索隆對上一個符術大師都難有勝算，更不用說現在有三人聯手。但是光矢對符術大師還是可以造成衝擊，足以使他們肌肉緊繃，失去短短一秒的專注。兩位符術大師還沒來得及回神，三個歷經戰爭錘鍊的人分別揮出一劍，在各自的馬匹疾馳加速之下，路兩邊的巫師應聲倒地。

第三枝光矢朝著路中央的巫師打過去，卻給他擋了下來，說是「擋」還不如說是給他「吹熄」了，飛到他面前以後好像火苗掉進海裡一樣。巫師揚起火柱反擊，帶著巨龍狂怒的聲勢襲向索隆。

這麼強大的法術他絕對擋不住，所以索隆只好跳下馬背，滾落地的同時又朝敵人射出一道光矢。光矢射偏十呎，巫師理都不想理，反倒操控火柱隨著索隆的動作轉向。近五十呎長的火柱在他手中扭動好像有生命一般，緊緊追著索隆。

光矢打在拖貨車的馬兒肚子上，老馬看見人血、聽到打鬥，加上不自然的火焰飛舞，原本就怕死了，這時嚇得猛一拉貨車，人立了起來，蹄子猛踹。

符術大師面前大火熊熊，根本沒聽見馬嘶聲，還忙著運起火焰朝索隆殺去，沒料到下一秒馬蹄落在背上，踢得他往前撲倒在地。雖然來不及反應，他也知道大事不妙，猛一翻身就看到馬腿落地，蹄子帶著車輪從他身上碾過。

馬車往前衝過去，索隆才從旁邊田裡泥巴鑽出，看著那匹馬好像十年沒跑過似地狂奔。他自己的馬當然已經燒死了，頭骨還在冒煙，前半截身體的皮毛黑了、肉也熟了。

死去士兵身上的火焰已經熄滅，這會兒連煙也幾乎散去，妖火在眼前消失無蹤。妖火蔓延很快，但只能延續大約十秒。

十秒？剛才到現在才十秒而已？

馬蹄聲將他帶回現實，他抬頭看見翟爾公爵，公爵面色鐵青。

「你是法師。」公爵開口。

「是，大人。」索隆沉重地說完，然後沉默，因為已經無可挽回了，公爵也沒有其他路可走。碰上這麼意外的情況，腦袋靈活一些的人，會裝作早知道索隆是法師，以後再慢慢思考怎麼處理；問題是翟爾公爵性格耿直，這是他的優點也是缺點。

「你一直把我的動向報告給其他法師知道？」

「僅限於朋友。」這解釋太薄弱了，索隆也知道聽起來多無力，但他難以想像兩人關係會就此決裂，以為跟在瑞格納身邊十年，友誼不會這麼簡單說斷就斷。

「不對，索隆，」公爵說：「忠臣不會監視上司的一舉一動。今天你的確救了我一命，但是這麼多年下來你都陽奉陰違。你怎麼能這麼做？」

「這不是——」

「一命換一命，走吧。讓你帶一匹馬走，但如果再讓我看見你，我會殺了你。」

「留在他身邊，」多利安曾經這樣說：「這關乎他的性命、關乎一個王國的存續。『你說話、或者沉默，會決定一個王族的生死。』」但多利安沒有明說他得待在翟爾公爵身邊多久。索隆只能在朋友面前一鞠躬，從護衛那兒接過韁繩，護衛震驚到面無表情。索隆跳上馬，背向公爵遠去。

我是解救了賽納利亞，還是毀掉了賽納利亞？

三十八

下午奇勒過得很匆忙，首先他找羅根另循管道取得邀請函，之後他想聯絡德佐·布林，但師父人不在，只如往常留下字條：「去工作。」原本這師父就不多透露工作細節，不過近日奇勒覺得兩人漸行漸遠，彷彿德佐刻意疏離他，以後必須下手除掉奇勒時才不會留情。

德佐不在，也就代表奇勒不用坦承與以琳說過話、而且搞砸了、說不定因此加強黠文家戒備這些蠢事，所以也許算是好結果。眼前問題是，他既然跟羅根說了他會去，也就代表不能偽裝成其他身分；但以琳也知道他想去，要是給她瞧見，說不定會立刻找警衛包圍。

於是即便年輕貴族多半自己騎馬，他還是只好搭馬車。馬車停在莊園門口，他把邀請函交給叫做柏特的守衛，柏特沒發現自己見過奇勒，很仔細地檢查了邀請函後請他入園。對奇勒來說，柏特依舊駐守門口是好現象，這代表黠文家沒那麼多人力可以替換掉早上已經站過崗的人，也就是說警備不可能多嚴密。另一個可能則是他們根本不相信以琳說的話。話說回來，一個女傭又怎麼可能會知道刺客的行動呢。

但他一下馬車就楞住了，前面另外一輛車也開了門，下來一個極瘦的人，是胡·吉貝。他全身包裹著巧克力色皮草跟絲綢，看上去真的像貴族，再加上那頭金色長髮，梳理過後閃閃發亮，臉上掛著一抹自認高人一等的輕蔑微笑。奇勒見狀趕快先退回馬車內，情報果然沒錯。他數到十，擔心馬夫心生懷疑，反而引起注意，於是又快快下了車。奇勒看著胡·吉貝進屋，他跟上去，二度將邀請函拿出來，大得嚇人的白色橡木門前也有衛兵守著。

「那頭老山羊到底點頭了沒啊？」艾稜王子問。

羅根越過長桌望向艾稜王子。黠文家也要面子，所以桌上擺滿各種美食佳餚。餐桌靠著一面牆，大廳的建材主要是白色大理石跟白色橡木，白色背景映襯下，貴族衣著令人眼花撩亂。國境內幾位影響力相當大的百神教祭司穿著色彩繽紛的袍子出席，藝人也以華麗的斗篷或扮裝博取達官貴人的賞識。泰拉．葛瑞芯兩星期以前在其他公開場合露臉，那時穿了超低胸高開叉大紅色禮服，引起一陣嘩然；她是王位繼承第八順位，僅次於王子殿下、幾位公主、羅根、以及她父親葛瑞芯公爵。她喜歡獲得注目，也常常帶動風潮，例如這星期場上就滿滿的大紅色，更不乏大片大片裸露的胸部與腿，大部分妓女都要自嘆弗如了。泰拉這麼做無妨，因為她即便那麼穿，看上去還是性感迷人，不會流於廉價低俗；多數女性其實都沒這本錢。

「我今天早上跟伯爵提——」羅根說到一半住了嘴，眼前飄過一對胸脯。可不是隨隨便便的一對，是完美的一對！其實不算太暴露，可是形狀真棒，而且那曼妙曲線在他面前只有一層薄紗阻隔。羅根連那女性的臉都沒看見，只看到她晃動的臀部與纖細結實的小腿。

「然後呢？」王子滿臉期盼地看著羅根，桌上各色菜餚都拿了一點點到盤子裡準備品嚐。「他怎麼說？」

羅根的臉燙了起來，心想是自己在荒山野嶺待太久了嗎？但不全然是如此吧，他的眼睛老是不受腦袋控制，好像都接收來自另一個地方的命令。回神後他努力回想剛剛說到哪兒了，盤子還是空的，火烤、酒燒還是上了糖霜的東西他都沒拿。「他說啊——啊，這個我喜歡！」羅根夾了一堆草莓到盤子裡，還裝了滿滿一碗巧克力沾醬。

「我怎麼想，都不覺得伯爵回答的會是『這個我喜歡』。」艾稜王子眉毛一挑：「就算他沒答應，你也不用尷尬啊。大家都知道伯爵他脾氣怪了點兒，不然也不會全家人都愛跟平民混在一起。」

「他說好。」

「我就說吧，」王子又道：「他果然怪怪的。」他笑了笑，羅根也跟著笑起來。「那你什麼時候要求婚？」

「明天吧，我生日，成年以後就可以自己決定了。」

「賽菈知道嗎？」王子問。

「她有猜到我最近會行動，但是她一直以為我會先跟家裡商量、跟父母報告過。」

「很好。」

「什麼意思？」羅根問。

他們走到長桌底端，王子靠了過去：「我也準備了生日禮物要給你。我知道你喜歡賽菈，我也不想過問你的感情，可是羅根，你是公爵之子，明天過後你會成為這國家最有權勢的人之一，只有其他幾位公爵、或者我們王室中人能跟你較量。父王他當然希望你與賽菈結婚，原因我想不用多說，但如果你真的選擇賽菈，等於你們家之後兩代都跟王位無緣。」

「殿下——」羅根覺得談論此事相當尷尬。

「沒關係，我們心知肚明，羅根。父王視你為隱憂，大家愛戴你、敬重你，甚至可以說敬畏你。就算你每年有一半的時間遠行，你卻不如我父王所料與這國家疏離，反倒增添了浪漫色彩，把你塑造成捍衛邊境、抵禦卡利多的英雄人物。父王他怕你，羅根，可是我不怕。父王的探子監視你，可是他們不相信自己看見了什麼，他們不認為你真的愛讀書、真的勤練武，也不接受你會是我這個王子的好朋友。他們心裡只有陰謀詭計，所以也只能看見陰謀詭計。但我看得見友誼，我知道有人正在盤算著怎樣毀掉你們家。羅根，我雖然打聽不到這些人究竟想使出什麼手段，但我不會眼睜睜看他們得逞，我會盡全力阻止他們。」他低頭從盤裡拿了些炸大蕉，「今天晚上我會來，其實是要幫我父王辦件事情，交換條件是他會答應我一個要求，任何要求都可以。」

「還真是慷慨。」羅根聽了說。

王子搖了搖手：「我們家笨國王居然把母后最鐘愛的一件首飾送給情婦，所以才要我再把它拿回去。別提這事了，你認識我妹妹吧？」

「認識啊。」潔寧公主應該也在附近，大家都說她是個陽光女孩，很漂亮的十五歲少女。

「她很喜歡你，羅根，已經暗戀你兩年了，老是把你掛在嘴邊。」

「開什麼玩笑啊，我跟她說過不到兩句話哩。」

「那又如何呢。」王子回答：「她是個好孩子，現在很漂亮、以後會更美，而且跟我母后一樣聰明——我知道這一點對你這種飛揚跋扈的人很重要。」

「我哪有『飛揚跋扈』？」羅根問。

「這就對啦，其實我根本不知道那是什麼意思，只是隨便用一個我所知最難的詞彙，不過潔寧會懂喔。」

「殿下您到底想說什麼呢？」

「羅根，潔寧就是我要給你的生日禮物。如果你想的話，就讓你娶她，只要你一句話就成。」

羅根嚇了一大跳：「這種生日禮物也太誇張了吧。」

「你整個家族可以因此復興，我們的小孩可以一起長大，你的孫子孫女和我的孫子孫女可以一起登上王位。羅根，你是世界上最好的朋友，而朋友這種關係是多數王子根本沒辦法擁有的。我想幫你，而且我保證你會過著美滿的日子。潔寧長大了會是個很棒的女人，反正你也已經注意到了才對。」王子朝旁邊點點頭。羅根順著那方向望著大廳另一邊，這才發現今天晚上已經見過潔寧了，或者該說見過她的胸部才對。

他臉像著火了，想要回些話又不知道可以說什麼。潔寧站在另一邊，氣質高貴優雅，感覺比實際年齡成熟，不過有個朋友過去對她說了些話，她又咯咯笑起來。

王子也笑了：「只要你開口，前一分鐘你腦袋裡那些事情通通可以成真，而且完全合乎法統。」

「我、我……」羅根勉強開口：「殿下，我跟賽菈彼此相愛，非常感謝您的好意，但是——」

「羅根！這是為了大家好，答應吧。你父母都會非常開心，你家可以得救，連潔寧都會喜出望外啊。」

「你還沒跟公主殿下說吧？」

「當然沒有，不過你好好想想吧。賽菈當然不錯，但事實上她沒有那麼美、沒像你想要的那麼聰明，你也知道外頭都說她些什麼——」

「艾稜殿下，她絕對不是水性楊花的女人，她連跟我都只有接吻過——」

「那為什麼別人會說——」

「別人說她閒話是因為對她父親有誤會。我愛她，我要娶她。」

「借過一下……」一個年輕金髮美女從兩人間穿過去夾了個甜麵包捲，她一身惹火豔紅，胸部擦過王子，好像就要從那套領口開到肚臍的暴露上衣蹦出來一樣。王子注意到了，羅根也看到了，不過一向都是王子展開行動。

「我叫斐瑞狄亞娜，」女孩在王子目光往上時開口：「抱歉打斷你們聊天。」這根本不是道歉，也根本不是意外。

斐瑞狄亞娜溜回人群中，舞者般曼妙的姿態勾走了王子的視線和心。「嗯，反正你就多考慮看看吧，我明天再問問你。」王子看著斐瑞狄亞娜走向後院，她回頭看了看，發現王子的目光，露出一抹微笑。

王子看了看自己的盤子，桌上的每道菜他都取了一點，再看看羅根那一盤，也堆滿了，但都是同一種東西。「朋友啊，」他說：「這就是我們的差別吧？我先走一步啦，有道菜我是無論如何都得嚐嚐看才行。」

羅根嘆口氣，目光落在潔寧身上，潔寧也正看著他，身旁的朋友好像在慫恿她來搭訕。

真麻煩。賽菈人在哪兒啊？

三十九

每一道樓梯都有守衛看著，這狀況可不妙。奇勒悄悄穿過會場，儘可能保持神色如常，免得引起別人注意，實在很不容易。最大麻煩在於必須避開胡・吉貝，對方行動模式應該跟他一樣，要是奇勒先被發現，等於失去唯一優勢。

他溜進後院。通常他都避免到後院去，因為這裡會有很多情侶。看見情侶躲在月光底下卿卿我我，最容易令人感到孤單。

不過現在，奇勒的目標是上二樓。後院走廊上方就是陽臺，他心想要是找出路線，或許可以非常快地爬上去，不至於給人看到。上二樓以後要找出鎧恪理，他認為應該收在公爵夫人房內。人總會把最喜歡的珠寶藏在身邊。

牆上沒有可爬的地方，也許他能夠從欄杆起跳，蹬牆直躍上二樓陽臺邊緣攀上去。足足十五呎的高度，不是不可能，但只有一次機會，要是失足落下，摔入玫瑰叢發出的聲音不可能沒人注意到。

隨便，總比呆站在這兒好。奇勒深呼吸一口氣。

「奇勒？」有個女子的聲音傳來：「咦，真的是你。你怎麼在這兒？」

他緊張地轉身打招呼：「賽菈啊。」

賽菈看來似乎花上整天時間為晚宴梳妝打扮，禮服款式保守，但經典且優雅，不像是椎克伯爵能夠負擔的價錢。「哇，賽菈，妳這身衣服……」

她露出微笑，臉上一亮，但只維持片刻。「是羅根他媽媽送我的。」

奇勒又轉過身，手抓著欄杆。河的另一邊有高牆，王城的高塔沐浴在月光中，如同賽菈一般可見而不可及。

賽菈走到他身旁，「你知道羅根他──」

「我聽說了。」

她伸出手蓋在奇勒手上。奇勒轉身，兩個人眼神交會。「奇勒，我不知道該怎麼辦。我覺得自己應該愛他吧，很想答應，但我又──」

他一把將賽菈勾進懷中，手臂繞到她背後，纏著她的頸子。他拉近賽菈，然後吻了她。賽菈先是喘著氣，接著熱烈回吻。

他聽見有人重重甩上門的聲音，聽起來很遙遠，好像在河對岸的王城裡頭，所以一定沒關係。但他忽然察覺賽菈全身一僵，急著要退開。

一隻手搭上奇勒肩膀，非常用力。

「你這是做什麼！」羅根大叫，把奇勒整個人掉過頭。

一張又一張臉從陰暗角落探出來，走廊那頭安靜了下來，奇勒看見王子也在附近。

「我早就該這麼做了。」奇勒回答：「你介意嗎？」

「喔，慘了。」王子自言自語，急著掙脫纏在身上的金髮美女。

奇勒轉頭作勢要再吻賽菈一次，羅根見狀一伸手將他揪回來，奇勒順勢出拳打在羅根下巴。羅根這大個子被打退了一步，用力眨著眼睛。

賽菈嚇壞了，躲在一旁，但根本也沒人注意她。羅根站好以後，擺出搏擊姿勢，奇勒也運起名為風吹顫楊的空手架勢。

羅根衝上來出手攻擊，動作跟奇勒預期的一模一樣，因為他太正派了，拳頭都落在腰帶上方，這是書上教的鉤拳招式。他動作很快，與外表給人的感覺不相稱，但只要他用這種有規則可循的戰鬥方式，不管多敏捷都跟個廢人一樣。奇勒輕鬆地閃過或撥開他的攻擊，腳步緩緩後退。

一會兒圍觀人群越來越多，還有人大叫外頭打起來了，更多賓客擠出來湊熱鬧。

黠文家的衛兵倒是盡責，率先衝了出來，上前想要勸架。

「別管他們，」王子卻開口說：「讓他們打吧。」

衛兵聽令停下腳步。奇勒十分吃驚，分神沒有躲開羅根接下來的一拳，肚子裡的空氣一股腦兒從口中噴出，搖搖晃晃地後退。羅根重心壓在腳趾上逐步迫近，奇勒轉眼間被逼到欄杆邊。

奇勒喘了幾回，勉強擋住攻勢。呼吸平緩後他也怒火中燒，擋住一拳後壓低身子竄到羅根面前，對準他的肋骨一瞬間四連擊，並且趁機衝出封鎖。

羅根回頭，手一揮帶起一陣勁風，同時踏步向前；奇勒又低頭閃過，出腳踢在羅根的骨盆上。羅根的腳步給踢偏了，沒踩穩，往前一摔；奇勒的拳頭又往他臉上落下，把羅根打倒在地。

「別起來。」奇勒說。

圍觀人群看呆了，短暫沉默之後響起竊竊私語。他們沒看過奇勒那麼俐落的身手，可是不管多厲害，搏擊時出腳，在他們眼中可不是正派人士所為。奇勒不在乎，只想盡快收拾殘局。

羅根手腳並用爬起身，然後跪在地上，看似想要站起來。老天，跟當年在競技場的情況一樣，羅根不知道什麼時候該裝死，於是奇勒只好往他側腦一踹，將他給踢昏。

賽菈狂奔到羅根身邊。

「妳不是一直說要我們兩個打一場嗎？看樣子贏的人是我。」奇勒得意地朝她笑了笑。群眾又是一陣議論紛紛，低聲譴責這個勝之不武的年輕人。

賽菈甩了他一巴掌，打得他上下排牙齒狠狠相撞。「和羅根相比，你算得上是個男子漢嗎！」她跪在羅根身邊。奇勒發現自己已經被驅逐出她的世界。

他拉了拉衣服與斗篷，朝人群中間走過去。最前排的人趕緊後退，好像碰到他很丟臉似的；外圍的人以為還在打，兀自推擠著想湊熱鬧。距離門口幾呎時，奇勒再度混入人群中，沒人注意到他是誰。他沿著牆壁走到僕人用的樓梯口，現在沒人看守，他趕緊走上樓。

實在不是什麼成功的計畫，不只壞了假身分的名聲，也可能暴露行蹤給胡．吉貝知道了。無論如何，他總算成功上了二樓，這是目前最要緊的一件事，剩下的明天再煩惱。上樓之後的工作就簡單了，不簡單不行哪。

胡．吉貝看到駐守在樓梯口的守衛出去了，有兩個傻貴族在院子鬧事。他也覺得心動，想要趁機上樓，但他對自己的能力有信心，何況現在不上去，他的計畫並不受到影響，反倒是急著上樓會錯失一些寶貴情報。

黠文夫人站在後院門口邊，不知是真的身體不適，還是假裝如此。國王為什麼選她當情婦，這可是生命奧妙的又一樁實例。即便是現在這個國王，以其尊貴地位，也一定能找到更美的人。黠文夫人證明了近親繁衍有其缺陷，她相當高挑，有張馬臉，巨大又蒼老，與身上衣服極不相稱，而且她性慾之旺盛聞名全國——只有她丈夫不知道。

胡．吉貝看了看，認為夫人只是裝的。她情感豐富但通常不形於色，現在應該只是想找藉口上樓去。

時候到了。她跟守衛吩咐了一兩句，然後對剛從後院進來的客人致歉。那些錯過好戲的客人大半都很失望。

那個守衛跟一般衛兵差不多，心思沒多細膩，收到指令就直朝剛回到樓梯口站崗的同僚走去，靠在耳朵邊傳了口令。站崗的守衛點點頭。夫人等王子走進來，也對他低聲說了幾句話，王子將倚在他臂膀上的金髮女子支開，夫人則裝出更不舒服的模樣。

過一會兒，夫人跟丈夫說她不太舒服，想要先上樓，還婉拒公爵找人隨行，逕自上了樓梯。想必她是跟丈夫說她躺一會兒就好了，還交代他「親愛的，好好玩」之類。

王子就謹慎許多，但也不會太難追蹤。他先去餐桌取了點燜肉，客氣地跟幾位仕女聊天，然後告辭說要去洗手間。洗手間就在僕人用的階梯下。片刻之後，他從陰暗角落探出頭，張望一陣確定沒有人注意，便從樓梯口守衛身邊走過。守衛裝作沒看見他。

胡．吉貝隱匿在影子裡，跟在王子後面。守衛忙著故意別過頭裝作沒看見王子；以刺客的身手，也許不靠魔法，上樓同樣不會被發現。

僕人用的樓梯通往二樓的大走廊，開口就在公爵的房間旁。二樓地板也是白色大理石，走廊中央鋪著紅地毯，直達另外一翼，也就是公爵夫人的房間。由於晚宴結束後，一、二樓都開放給賓客活動或休息，所以這邊燈火黯淡，避免有人誤闖。

奇勒不知道還有多少時間可取得馭刃靈珠，但他知道動作越快越好，而且他這才意識到，既然他能趁守衛不在時溜上樓，別人當然也可以。說不定胡．吉貝已經上來了。

奇勒唯一的勝算是胡．吉貝除了偷東西外還要殺人。奇勒設身處地地想，換做他來進行任務，最簡單的辦法就是等到夫人取出銀色鎧恪理，想要交給國王派遣的使者那一刻，將他們兩個人都殺掉。這麼一來，胡．吉貝不僅滿足了殺人慾望，也解決掉兩個知道真相的人，甚至國王也沒辦法確認寶珠是否失竊。如果進行調查，等於公開承認自己與公爵夫人有染。

所料沒錯的話，奇勒行動的時限，也就是黠文夫人上樓取出馭刃寶珠之時。她可能一小時之後才上來，也可能兩分鐘之後就上來。

奇勒正要通過大走廊，不料有個守衛朝他走來，他趕忙退到陰暗角落。守衛在中間轉彎，從主梯下樓。奇勒眼看機不可失，加快腳步、不躲不藏直接走出去。主梯樓梯口燈火通明，經過這裡時他也心跳加速，但兩眼直視前方，六步以後又回到暗處。

走廊上有許多擾人視線的雕像跟繪畫。奇勒沒猜錯的話，公爵本身是位藝術家，牆上畫作精美、風格多變，顯現出公爵的眼光與財力。雕像也相當傳神，不過看得出出自同一人之手。

面貌痛苦的人彷佛想把自己從石塊中扯出來，踉蹌的女子回首時滿臉恐懼；男子怒目看著籠罩雙手的黑色大理石雲氣；裸女帶著狂喜神情倒在吞噬其身的雲海中，一臉癡迷。

雖然奇勒很著急，還是在一座雕像前停下腳步。這雕像美得出奇，除了感官的美還多了些什麼，奇勒不知道，他只知道這雕像刻的是以琳。

原來如此。奇勒覺得有什麼東西將他的身體裡給掏得乾乾淨淨、一點兒也不剩。所以她跟公爵上床。女僕面對公爵，想拒絕也很難，說不定她根本不想拒絕。都是這樣子的。

他靠近雕像看，視線經過柔美的肢體、纖瘦的腰部、高挺的胸脯——然後他知道剛剛的異樣感受是什麼。公爵的巧手賦予以琳的雕像一個完美的鼻梁，但卻沒有刻意抹去臉上疤痕。也就是說，公爵不將疤痕當成瑕疵，反而想探究疤痕底下的祕密。

該死，我還有空欣賞藝術品？

他用力吞了口口水，踮腳小跑步通過走廊，到門口前先從背包拿出開鎖器。房內沒有傳出一點光或聲音，他也靜悄悄將鎖打開；鎖芯只有三個彈子，所以只用了他三秒鐘。奇勒一進去，先將門重新鎖好，如此一來要是胡．吉貝也想進門，他還有三秒時間可反應。

奇勒抽出綁在後腰的睪丸刀[4]，刀深一呎長，要是碰上胡．吉貝，他可真希望能有十倍大小的武器，但那些東西他根本沒法子偷渡進來。

他很快看了房內地形。多數人可能是體諒小偷工作辛苦，所以心腸很好，都把貴重東西藏在同樣幾個地方。奇勒檢查地墊下面、掛畫後頭，甚至也翻過梳妝檯下方還有椅子底下，都沒有找到暗門之類的機關。他又探探寫字桌抽屜是否有夾層，一樣沒有。

多數握有貴重物品的人都喜歡把東西收藏在不太麻煩就能檢視的地方，所以奇勒看也不看那座巨大

4. 譯註：睪丸刀（bollock dagger/knife）是中古歐洲常見武器，因護手部位有兩個球形，整把刀形似陽具，故得此名。

的衣櫥。除非黠文夫人放心交給僕人保管，否則馭劍靈珠肯定在某個輕易可及的地方。

麻煩的是，這位公爵夫人似乎也是個收藏家，房間裡頭到處都是小擺飾，而且每個家具的平面上都放了花，大概是公爵回國帶來的禮物吧。房間裡頭給這些東西遮著，沒剩多少平整地方，奇勒也很難看得清楚。

公爵竟還給妻子買花呢。床鋪凌亂、室內空氣帶著些許麝香似的味道，應當是久別重逢，翻雲覆雨了一番。

有個翡翠花瓶引起奇勒注意，它有個方形底座；花瓶雕工細緻，裡面插滿玫瑰、小玫瑰、葵百合、攫蛇花。奇勒看也不看那些花，將瓶子搬到壁爐臺上，撥開爐架上的一個木頭珠寶盒，露出下方的方形凹槽。

他心中浮現一絲希望。那個預言者真的說中了。

花瓶底部跟凹槽完全吻合，奇勒一轉，隱約聽見喀擦一聲。奇勒又將壁爐臺上所有擺飾品都移到地上，轉動機關，壁爐臺完全展開。

裡面有許多文件及金條，但奇勒直接拿起珠寶盒，這大小剛好放得下馭刃靈珠。他打開盒蓋。

空的。

一咬牙，奇勒將東西收好，把壁爐臺闔上。他學到關於預言的寶貴一課，多利安說的是「一個方形花瓶可以帶給你希望」，但他少說了這希望會破滅。去死！奇勒花了點時間，以一根麻痺毒針設下陷阱，說不定胡‧吉貝不會跟著夫人，而是直接進來。

接著他將所有擺飾跟方形花瓶放回桌上，開始仔細思考，東西會在哪裡？這一晚所有可能出問題的環節，幾乎都給他碰上了，唯一的例外就是還沒撞見以琳。

以琳！他胸口一悶，強烈覺得自己已經知道鎧恪理的下落。

四十

才從樓梯間出來，王子就覺得有雙手緊緊抓住他，接著黠文夫人的火熱雙唇貼上他的嘴。王子一直後退，直到撞上公爵房門。

他本來要將夫人推開，但夫人卻伸手在他背後扭開房門，王子差點一跤摔進去。夫人隨手關上門，鎖了起來。

「夫人，」王子開口：「拜託，別這樣。」

「可以啊，」夫人回答：「等我開心了再說。還是該說，等你讓我開心了再說？」

「我說過，我們兩個結束了，要是給我父王發現——」

「我才懶得管你爸，他上床下床都是條蟲。就憑他，哪可能發現什麼。」

「公爵人就在樓下而已——也罷，這些不重要。楚達娜，妳明知道我今天過來的目的。」

「你爸想要那顆珠子的話，可以自己來拿啊。」她說完手探向王子的褲襠。

「妳知道他不能公開見妳，」王子說：「那樣等於存心給我母后難看了。」

「他把東西當禮物送給我，所以是我的。」

「那上頭有魔法啊。父王當初以為只是普通的寶石，但現在卡利多跟我們討那玩意兒。如果不是——住手！」他連忙拍開公爵夫人解他褲帶的手。

「你喜歡的。」公爵夫人說。

「我是喜歡，但已經結束了。那是個錯誤，不會再有第二回。另外，羅根在樓下等我，我跟他說了我上來做什麼。」他撒謊撒得自在，只要能擺脫這女人，什麼都好。矛盾的是，當初他的確很享受跟楚達娜上床；雖然楚達娜容貌醜陋，床上功夫卻比他碰過的女人都高明得多。只不過他怎麼樣都不想要再一次醒來時看見枕邊人是她。

「羅根是你的好朋友，」她又說：「一定能體諒。」

「他的確是好朋友，」王子回答：「但是他眼中非黑即白。妳要知道，他聽說我上樓見父王的情婦，那樣子不知道有多難為情。好了，快點把那珠子拿出來吧。」有時候他還是很慶幸，大家都知道羅根是個正人君子。

「好吧。」公爵夫人沒好氣地說。

「東西在哪裡？公爵隨時會上來。」

「他今天剛回家而已。」

「那又如何？」

「他雖然很差勁，但至少對我忠心不二，每次回國都急著跟我溫存一番，他現在在樓下休息呢。真可憐，被我折騰很久。」她笑了起來，聲音沙啞冷淡：「我一直幻想是跟你——」楚達娜可能自以為這動作很性感，一聳肩將禮服從胸前擠落，朝王子身上磨蹭，又伸手要解他褲帶。

「楚達娜，別這樣，把衣服穿好。東西到底在哪裡？」王子看都不看她的胴體一眼，也感覺得出來這舉動惹火了她。

「我剛剛說了，」她這才肯說：「早就知道今天晚上會是你過來，所以東西我叫僕人先拿著，她待在這兒數過去第二扇門那一間。這樣你滿意了嗎？」她拉起衣服，走到梳妝檯前照鏡子。

王子什麼也沒說便轉過身。他原以為輕輕鬆鬆、幾乎不用費力就能解決這件事情，還叫父王欠他一個大人情，現在才知道以後可跟楚達娜水火不容了。他在內心對自己發誓，以後千萬別再跟已婚女人上床。

沉浸在自個兒思緒裡的王子沒聽見抽屜打開的聲音，也不想回頭看一看楚達娜在做什麼，他不想待在這兒，褲帶都沒繫好就想出去，早離開一秒是一秒。

手搭上門把時，王子聽見楚達娜急促的腳步聲，隨即背上一熱，給什麼東西刺中，感覺很像蜂針。楚達娜的身體整個壓了上來，那蜂針似的東西刺得更深了。王子的頭撞在門版上，覺得又被刺了一下。

不可能是針，太深了，他聽見自己喘息，耳邊揚起一陣巨響。肺不知道怎麼了，呼吸變得好痛苦。又是一刀，耳邊巨響漸漸退去，世界一下子清晰了起來。

他快死了，被一個女人刺死。真糗。他是王子啊，還是這國家頂尖的劍術高手，居然被一個胸部下垂的老女人拿刀刺死。

楚達娜呼吸急促，在他耳邊一直喘，跟做愛時很像。她說話了，邊哭邊說，好像每一刀也戳在她身上似的。這個自怨自艾的賤女人。「對不起……噢，真的對不起。你不知道他是什麼樣的人，我沒辦法、我沒辦法啊——」

又來一刀，王子很氣。他快死了，肺裡都是血，他想把血咳出來，噴出鮮血染紅門板，但兩顆肺已經被剁碎，鮮血湧入傷口，肺裡很快又積滿血。

他身子一軟，跪在門前，楚達娜終於停手。王子眼前一黑，面朝前倒下。

最後映入眼簾的是鑰匙孔，另一頭有一隻眼睛，不帶感情地看著他死。

找到那扇門不是難事，雖然上了鎖，但奇勒幾秒鐘便解開。拜託，別讓她醒著。輕輕推開後，奇勒一進入狹窄房間內，發現自己正對著一把大得出奇的菜刀。刀握在以琳手中，她根本還沒睡。

光線昏暗，以琳根本看不清楚來人是誰，表情又是想叫又是想砍，最後瞧見奇勒手中有刀，索性打算大叫著殺過去。

奇勒用刀背拍落菜刀，閃過以琳揮舞抓抱的手，鑽到她背後，立刻伸手摀住她的嘴。

「是我！是我！」他一邊說一邊扭動身體躲開以琳的肘擊，要摀住她的嘴就沒辦法扣住她雙手，而且她還出腳想踢他要害。「不安靜點兒，妳家夫人的命就沒了！」

看以琳似乎冷靜一點了，奇勒才放開她。

「我就知道！」以琳很生氣，但她壓低聲音：「我就知道不能相信你，根本就是你自己要下手吧。」

「我剛剛的意思是說，妳大吵大鬧的話，一定會把那個刺客引過來。」

她無言以對。「喔。」

「嗯。」房間裡只有月光，奇勒不很肯定，但他似乎看見以琳的臉紅了。

「你可以敲門進來啊。」

「抱歉，習慣了。」

氣氛尷尬了起來，以琳拾起菜刀，收回枕頭底下。她低頭看著自己的睡衣，式樣樸素得掃興，她似乎覺得不好意思，趕緊拿了外衣，先轉過身才套上。

等她再度轉身，奇勒先開口說：「別緊張，現在遮遮掩掩也來不及了。我看過雕像了，妳不穿衣服很漂亮啊。」他何必把最後那一句說得好像以琳是妓女似的？就算以琳真的跟公爵上過床，也是因為她別無選擇啊。她只是這家裡的奴婢而已。明知這麼對她不公平，但奇勒還是忍不住覺得生氣。

以琳身子一縮，好像給人在肚子上打了一拳。「我一直求她不要拿出來擺啊，」她回答：「但是夫人居然說那是她的得意之作，叫我也要引以為傲。」

「夫人？」

「公爵夫人啊。」

「公爵夫人？」奇勒傻呼呼地問。不是公爵……不是公爵嗎？

他一下子像是放下心頭大石般，但也忽然迷惘了。為什麼他覺得放鬆了？

「你以為我是幫公爵做模特兒？」以琳問：「你想到哪兒去了，以為我是公爵的情婦嗎？」看見奇勒臉上的表情，她瞪大了眼睛。

「呃……」奇勒覺得他冤枉以琳了，但接著又覺得生氣，會那麼想很合理啊，幹嘛要覺得過意不去；更何況外頭有個刺客走來走去，怎麼還浪費時間跟女孩子閒話家常？我一定瘋了。「這種事常見。」他回復戒心。

我為什麼要這樣？

跟我遠遠看著她是同一個理由。我為她著迷。

「沒發生在我身上。」以琳回答。

「妳意思是說妳還是……」他想要說得很酸，但越說越氣弱。他幹什麼要酸溜溜的？

「是處女？對啊。」以琳倒是一點也不害臊：「那你呢？」

奇勒一咬牙：「我——現在這兒有個殺人犯。」

以琳似乎正想說他在迴避問題，但隨即面色一沉，快樂的感覺全跑光了。「兩個吧。」她靜靜說。

「啊？」

「有兩個殺人犯。」

她說的是他啊。奇勒點點頭，又覺得哽咽，無地自容。「對，兩個。以琳，我看見胡·吉貝進屋子了，那顆珠子還安全嗎？」

他注意著以琳的目光，果不其然，以琳馬上朝藏東西的地方看過去：衣櫃最下面。

「嗯」她回答：「還……」但她聲音一弱，改口道：「你要把它偷走？」

「抱歉。」奇勒說。

「然後你已經套出我的話了。」

她很純真，但不是傻子。「對。」

那對棕色大眼睛露出怒意：「是真的有刺客混進來，還是你根本在誆我？」

「是真的，這點我可以保證。」奇勒說完撇開了頭。

「你的保證不知道能不能信。」

真痛。「對不起，以琳，可是我必須這麼做。」

「為什麼？」

「這實在很難解釋清楚。」

「我一整天都覺得好丟臉，居然寫了那些信給你。我還覺得很難過，你為我做了好多好多。我也沒跟警衛說你會闖進來，因為我以為——我以為……你果然是個厲害的刺客，奇勒。」她說：「我想阿索思的確是死了。」

不是這樣，不該是這樣啊。

「我真的一定得把東西帶走。」他說。

「我不能讓你這樣做。」

「以琳，妳繼續待在這兒的話，別人會以為妳是共犯。胡．吉貝不殺妳，黠文家也饒不了妳，說不定會把妳丟到『深淵』去。跟我走吧，我不能眼睜睜看妳遭遇那種下場。」

「放心，你撐得過去，換個新名字就好，然後多捐點錢彌補。」

「他們會把妳殺掉！」

「我絕不恩將仇報。」

沒時間了，他得趕快脫身。

奇勒吐了口氣，果然一整晚都走最壞路線。「那，只好對不起了，」他說：「這是為了救妳。」

「對不起什麼？」她問。

奇勒出手揍了她，還打了兩下，第一下在嘴巴，力道足以見血；第二下在她美麗澄澈的眼睛上，把她的眼睛打得又黑又腫，睜不開也就看不見他做了些什麼。以琳搖搖晃晃往後倒，奇勒將她掉了頭，手臂箍住脖子勒緊。她身子一軟癱在奇勒懷中，想必以為就這麼被他殺了，但實際上奇勒只不過扣住她，在她脖子上扎了一根針，幾秒後以琳不省人事。

她一輩子都不會原諒我這麼做，連我自己都無法原諒自己這麼做。奇勒將她放在地上，抽刀劃過自己的手，將血滴在以琳臉上，抹開以後看上去就好像她真的遭人襲擊一樣。在她美麗的臉龐上這麼做實在太醜惡，連他都一反常態覺得噁心，但卻又不得不為，一定得讓別人認為以琳是受害者。看著以琳失去意識倒在地板上，奇勒體會到身為刺客的無奈，這種無奈正是刺客的本質。就算是現在，他並沒有殺人，也不必忍受鼻腔裡那股濃烈的死亡氣味，他還是得闔上那對看得見阿索思的眼睛，打黑那雙照亮他內心黑暗面的眼眸，在那對看透了他的眼珠子上抹血。是誰說刺客不能多愁善感的？

完事以後，奇勒把以琳的手腳擺成適合的姿勢。

銀色鎧恪理塞在衣櫃底層一隻拖鞋內，拿出來以後對著月光檢視，看上去只是平凡的金屬球體，沒有其餘特徵，幾乎有點令人失望。雖然有金屬光澤，珠子其實是透明的，這一點比較希罕些。奇勒沒見過這種東西，只是想像中神器該更加華麗才是。

他把珠子丟進個小袋子中，朝房門走去。目前為止還算順利，說老實話整個晚上只能用多災多難來形容，但要出去總不成問題才對。就算奇勒沒辦法通過把守僕役階梯底下的守衛，他也大可以上前說自己急著找廁所，然後一股腦兒衝進去。即使守衛告誡他二樓不可以隨便上去，他也可以回嘴說既然不能上去，那就該有人看守才對；給客人這麼說，守衛應該也覺得沒面子吧，然後奇勒就可以大大方方回家去。計畫還是有些變數，但以今晚的狀況而言，要說真有什麼事情沒變數，奇勒可絕對不相信呢。

他透過鑰匙孔觀察走廊情況，又仔細聆聽三十秒，確定外頭沒有人。

但一開門，另一邊卻有人以異乎尋常的力量踹上門板。門板朝內一甩，先打到他的臉，然後撞上他肩膀，奇勒整個人往房內摔去。

他原本可以穩住腳步，但最後一刻絆到昏倒的以琳，還是重重跌倒，身體滑過石地板，頭撞到石牆才停下來。

眼冒金星、意識渙散之際，他大概本能地抽出刀，然後又被對方踢掉，所以手才會這麼痛。

「奇勒？」

奇勒眨了好幾次眼睛才回復視力；視線一聚焦，便看見刀尖抵在面前。順著刀身望去，有個一身灰色、披著兜帽的人。

頭昏眼花中，奇勒還在懷疑自己怎麼還沒死，可是不用胡．吉貝扯下兜帽，他已經知道答案了。兩個人都中了K媽媽的計，奇勒差一點殺錯人。

「師父？」

四十一

「你在這兒幹什麼?」德佐反手甩了奇勒一巴掌，怒氣沖沖地站在奇勒面前，批在身上的胡・吉貝幻影漸漸褪去。

奇勒搖搖晃晃地站起來，還覺得天旋地轉、耳朵嗡嗡作響，「我得——因為你出門了——」

「我出門就是為了策畫這次行動啊!」德佐・布林嘶啞地低語：「是為了這件事!算了，守衛還有三分鐘會過來巡邏，我們該走了。」他用腳尖碰了碰以琳的手臂。

「她還活著，」德佐說：「把她殺了，我去處理『死人』，你留下來找鎧恪理，之後再討論要怎麼處罰你。」

太遲了。「你殺了公爵夫人?」奇勒揉著肩膀，剛剛德佐將門給衝開，撞得他好疼。

「『死人』是王子，但有人搶先一步。」外頭階梯傳來沉重的腳步聲，德佐拔出報應，朝走廊望去。

老天，是王子?奇勒又看看倒地不醒的以琳，不管她是個多純潔的女孩也沒用，就算奇勒不動手殺她，別人一定會以為她是竊走鎧恪理還有暗殺王子的共犯。

「奇勒!」

奇勒抬頭，覺得腦袋昏沉，這是一場惡夢吧，為什麼會變成這個樣子。「我已經……」他無力地拿出那個小布包。

德佐繃著臉，一把搶過包包翻開來，馭刃靈珠落進他手中。「可惡，跟我想的一樣。」

「什麼？」奇勒追問，但顯然德佐．布林此刻沒心情回答問題。

「那女孩有看見你的臉嗎？」

奇勒沒作聲，但這等於默認了。

「解決這件事情。奇勒，這不是個普通的要求，是命令。」

大大的白叉壞了那張美麗臉蛋，眼睛又腫又黑。奇勒十年前已經害了她，十年後再度害了她。

「愛是枷鎖。」十年前，他即將成為學徒時，德佐就已經說過這句話。

「不行。」奇勒回答。

德佐回頭看著他：「你說什麼？」報應的劍身沾了黑色的血，在地上滴出一個血泊。

還有時間可以回頭，可以遵守師父的命令，並且活下來。可是他讓以琳死的話，這輩子就永遠無法走出陰影。

「我不會動手殺她，也不會讓你下手。對不起，師父。」

「你知道你說的話代表什麼嗎？」德佐怒道：「這女孩是誰，值得你後半輩子被——」他想通了：「是娃娃。」

「對，師父，抱歉。」

「夜天使在上！我不想聽你說抱歉！我要的是服從——」德佐說到一半，伸出一根手指示意奇勒別出聲。腳步聲越來越近，德佐一閃身以超人的速度出了房間，報應的劍身在微弱光線下依舊閃閃發亮。

砰砰兩聲後，衛兵倒下了，是早上奇勒易容來探查地形時，仔細給他搜過身那個矮矮的年長警衛。

走廊掛的燈從德佐背後投下搖曳光線，將最受黑暗寵愛的他籠罩在陰影裡。他的影子射在奇勒身上，五官隱匿不見；同樣只剩輪廓的報復，劍尖又滴下鮮血，滴答，滴答。德佐開口，語氣如同金屬折斷那樣銳利：「奇勒，這是你最後一次機會。」

「嗯。」奇勒說完，唰地一聲抽出短刀，面對將他養育長大、關係更甚於父親的這個人。「的確是。」

有個金屬滾過地板的聲音朝奇勒過去，他一伸手，鎧恪理竟跳到他的手掌中。

他翻過掌心，看見鎧恪理附著在他手中，放出一團熾白藍光，表面浮現出許多符文，不斷變動轉換，好像正在與他說話。藍光湧向他的臉，他彷彿可以看透鎧恪理，這個神器從他掌上的傷口汲取血液。一抬頭，他又看見德佐·布林沮喪驚惶的面孔。

「不，不可以！那是我的啊！」德佐·布林大叫。

鎧恪理立刻化為一團黑油。

藍光炸出星辰般的光芒，一陣劇痛隨之而來，原本奇勒手中冰冷的觸感有了壓力，好像要將他的手掌給撕裂。他恐懼地看著手上那團正在燃燒的液體，卻注意到它逐漸縮小，正要擠進他手裡。奇勒感覺到鎧恪理流進血液中，全身血管膨脹、扭曲，一陣寒氣在體內繞行。

他不知道這感覺持續多久，只是不斷發抖、出汗、冒冷汗，最後寒意慢慢從肢體散去，一股溫暖取而代之。等奇勒察覺自己躺在地板上的時候，不知道到底只過幾秒鐘，還是已經過了半小時。

不知怎地他覺得很舒暢，就算臉壓在地上他還是覺得很舒服。好像身體完整了、一道鴻溝架起了橋、一個坑洞終於填平。我是鎧恪理使者，我生來如此。

他回過神，抬頭看見恐懼凝固在德佐臉上，可見得只過了幾秒鐘才對。奇勒跳起來，他覺得自己更加強壯、健康，而且前所未有地精力旺盛。

德佐臉上那表情不是憤怒，是深沉的悲哀以及喪親之痛。

奇勒慢慢翻過手掌，看見掌心還是有一道傷，不過不再出血了。鎧恪理好像就從這裡鑽進去——不。這不可能啊。

突然間，他手掌所有毛孔如冒汗般散出一陣黑，黑氣凝聚起來，又變成鎧恪理的樣貌。

奇勒先是有種愉悅感，但馬上被恐懼蓋過。他不太肯定那股快感屬於自己，彷彿是鎧恪理因為找到了他所以覺得高興。他望著德佐，完全不知道這時候該怎麼反應才好。

但他忽然意識到，現在他可以將德佐的臉看得非常清楚。德佐．布林還是站在走廊上，燈光從他後頭打下來。在奇勒得到鎧恪理以前，師父簡直可說是隱形了一樣。現在，奇勒可以看到德佐身軀擋住光線以後，在地板投下一道陰影，可是他又好像可以看穿陰影，就像看著玻璃，雖然知道那片黑暗依舊存在，但並不會阻礙視覺。奇勒又看了看以琳這個小房間，發現不管往哪兒看都一樣，他的眼睛被黑暗接納，更加銳利、清晰——他看得更遠了，可以看見對岸的城堡，原本要日正當中才辦得到。

「我一定得拿到鎧恪理，」德佐開口了：「不交給他的話，他會殺掉我的女兒。夜天使，發發慈悲吧……奇勒，你到底幹了什麼好事！」

「沒有！我什麼也沒做啊！」奇勒說完手一伸：「拿去吧，這給你，快把你女兒贖回來。」

德佐接了過去。他看著奇勒眼睛，語氣很哀傷：「你已經跟它結合了，這種結合會持續一輩子，奇勒。現在你有異能，不管你有沒有把它拿在手中，異能不會消失；神器還有其他力量，但也只有你可以發動，除非你死。」

階梯那頭傳來雜沓的腳步聲，多半是有人聽見德佐方才的吼叫聲。奇勒得趕緊離開，雖然德佐說的話他尚不能完全理解。

德佐轉身面對衝上樓的人，奇勒腦中又響起預言者說的話：「你明天不殺死德佐．布林，卡利多就會攻陷賽納利亞；要是你之後依舊不肯殺他，你深愛的每一個人都會死。你做對一次，會換來一年心結；你做對兩次，就得付出自己的生命。」

他手中還握著刀，德佐也轉過身，奇勒可以現在了結一切。即便反應速度快如德佐，這種近距離也不可能躲過奇勒的攻擊。如此一來，卡利多不會侵攻賽納利亞，奇勒在乎的所有人將能得救——換句話說，以琳的性命沒話說，還有羅根的性命，也許包括椎克一家人的性命，都操在他手中。而且國與國之間的戰爭不止於此，恐怕有幾萬條人命取決於此刻；只要俐落一刀下去，德佐就會死去。他不是說生命空虛、毫無價值或意義、根本不必在乎？他死了，也不算是失去什麼重要東西，都是他自己說的啊。

德佐說的可不只這些，但奇勒根本沒有相信過。德佐已經中了K媽媽暗算，奇勒實在不忍心再補上一刀。

這一瞬間，世界清晰得令他害怕，彷彿時空凍結、化做一粒晶瑩的鑽石，每一面都在他眼前焯焯生輝。他看著右手邊的以琳，左手邊的德佐，德佐、以琳，以琳、德佐。他的選擇，決定兩個人的未來。殺死以琳，也就是殺死心愛的女孩；殺死德佐，也就是殺死扶養他長大的人。不管哪一面，現實如此明亮而殘酷，當一個人活下來，另一個人就得死。

「不對，」奇勒說：「師父，動手吧，殺了我。」

德佐看著他，好像無法相信自己的耳朵。

「她看見的只有我，我死了的話，她對誰都不算是威脅。然後你可以得到鎧恪理，這樣你女兒也得救了。」

德佐．布林的眼裡充滿一種奇勒從沒看過的神色，原本剛毅的五官好像柔和了起來，變了個人，不再蒼老、疲憊、狼狽，透露出與奇勒相似的年輕神采，奇勒沒想過他也會有這種樣貌。德佐眨眨眼睛，無底的哀痛之井彷彿要溢出淚來，他搖搖頭說：「快走吧，孩子。」

奇勒也想走，他想趕快逃跑，但他知道自己是對的，這是唯一的辦法。他站在原地，動也不動，並非優柔寡斷，而是祈求德佐可以在他勇氣逍逝前動手。我到底在說什麼？我不想死啊，我想活下去，我想帶以琳走，我希望可以——

公爵房間的門忽然打開，渾身是血的公爵夫人衝了出來，口裡大喊著：「快來人！王子遭人行刺了！」

德佐立刻行動，他朝奇勒一撞，兩個人都飛進以琳房間。奇勒反應過來時，腦袋想的是不要踩到以琳，而德佐腳步還沒停，扯住奇勒的斗蓬，運起異能以不可思議的力量和速度把他給甩出去。奇勒撞破窗戶，飛進夜空中。

不知道該算是神慈悲或無情，還是單純好運，或者德佐真的技藝過人，奇勒不偏不倚落在樹籬中，他撞穿樹籬，在地上滾了幾圈後才跳起，荒謬的是沒骨折、沒扭傷，連一點擦傷也沒有。他抬頭看見剛剛吻過賽菈的院子那頭，許多賓客聽見聲音探頭察看，但光線不夠，他們看不分明。

接著屋裡傳來尖叫聲，男女皆有。有人大聲傳令，手持武器的人跑來跑去，鎖鍊甲發出匡啷匡啷的聲響。奇勒仰頭望向二樓，心臟差點兒沒跳出來，這時真不知道該哭該笑，看來事情發展已經不是他所能掌控，但他還活著，感覺很好。

奇勒不知道還能做什麼，便跑到花園側門，破壞門鎖後趁黑離開。

四十二

文官還沒過來敲門，神王蓋洛司．烏蘇爾已經醒來。任誰靠近他房間，神王都會先醒來。雖然這意味睡眠比較短，但他已經老了，不需要睡太多，而且這樣子那些賤奴才會戰戰兢兢。

神王的房間與一般人的想像不同，裡頭寬敞明亮通風，有許多普藍嘉島的彩繪玻璃和象牙框鏡，床上是賽斯來的緞子，地板上鋪有大冰原的猛熊皮草，桌子上跟壁爐臺上都有新鮮花朵。房間擺設由一個頗具美學素養的賤奴來打理，其實神王自己只在乎牆上的畫，主角都是他的嬪妃。神王的女人來自米希魯大陸各個地方，除少數例外都是美人，環肥燕瘦、或黑或白皆有。這些肖像令蓋洛司．烏蘇爾心曠神怡。他酷愛鑑賞女性美，為此也不惜任何代價；在他看來，子嗣的素質越好，對家族、對世界都越有好處。也是因此他才會考慮不那麼美的女性，那是個實驗，他從其餘國家的王室強擄女子回來，試試看會不會生出更優秀的小孩。現在他育有九位王子，其中兩個是由這樣的女子所產下，於是他得到的結論是貴族女性生出合格兒子的機率勉強高出一些，只是與不好看的女人生孩子也太辛苦了點。

一部分為了兒子、另一部分是自己想玩玩看，所以他還特別使一些女性愛上他。結果出乎意料地簡單，不如他原先所想，需要大量花言巧語。女人其實會自己投懷送抱。他聽說有愛的性更美好，但結果不如預期；只要用魔法，他想要女人的身體有什麼反應都不是問題，看著女人對他又恨又怒，卻從他這兒體驗到前所未有的快感，也算是一種樂趣。可惜這種樂趣有代價，就是之後得派人好好看著，不然可能會像之前兩個妃子一樣自刎。

那個文官的手在門上敲了一下，葛洛司揮手，門便開了。文官跪在地上，飛快爬了進來，手在胸前交叉行禮：「吾神、偉大聖主——」

蓋洛司在床上坐起：「夠了，是黠文家那個蕩婦有消息了吧？」

「她說已經殺死王子，但沒有保住鎧恪理。非常遺憾，聖主陛下。」

「反正應該是假貨。」蓋洛司這話是說給自己聽，不是說給文官聽。「攻打莫丹的船已經到了嗎？」

賽納利亞在神王眼中，什麼時候處理都沒關係，不過直接舉兵南下，部隊會卡死幾週甚至幾個月。該死的翟爾公爵在嘯風谷防備嚴密，是個絆腳石。神王有心的話當然打得下來，目前除了艾里泰拉之外，其餘國家的兵力都不是對手，只是身為神王，他並不打算投入許多人力或符術士到前線衝鋒陷陣，除非沒有更好的戰術。

更何況，賽納利亞那個亂七八糟的地方，到底有什麼價值？他大可以把那兒的人都殺光，直接派臣民進駐就好。

蓋洛司．烏蘇爾的眼光並不短淺，他會在賽納利亞布局只是順手而已。可靠消息指出紅色鎧恪理在莫丹國，而且打下莫丹的話就可以包圍賽納利亞，屆時也許可以不戰而屈人之兵，然後打下宿羅國、再攻入法師根據地修肯迪。在他有十足把握之前，不需要跟艾里泰拉開戰。

「兩條船正從賽納利亞外海航行過來。」

「那就好——」

「聖主——」文官說到一半，喉嚨哽住，他很清楚自己打斷了誰說話。

「胡波？」

「是，聖主陛下？」胡波的聲音幾不可聞。

「不准再打斷我說話。」

胡波點頭，睜大了眼睛。

「你剛剛想說什麼？」

「黠文夫人說她在房間外面走廊上，看到有人與鎧恪理結合了。她的描述聽來……沒有錯。」

「卡利之血指引吾——」神王抽了口氣，想不到尋尋覓覓，鎧恪理真的出現了，而且已經跟一個人結合。這樣反而簡單，還沒跟人結合的鎧恪理體積小，非常容易收藏或者就遺失了，但與人結合過的鎧恪理一定會在使用者附近。

「叫船轉向，然後傳令給羅斯，開始執行暗殺計畫，翟爾家還有神駕都得死。告訴羅斯，他有二十四小時時間。」

氣氛很不對勁。瑞格納．翟爾一到家門前就察覺異狀，居然沒有守衛在，不管國王這十年藉故攆走多少個服侍他們家的人，這都太過奇怪。屋子裡頭燈火通明，這也不對，午夜都過了一個鐘頭。

「主君，我該叫人嗎？」護衛戈登．福瑞向他請示。

「先不要。」瑞格納下馬，從鞍囊翻出自家鑰匙，開啟大門後拔出劍。

大門兩邊燈光照不到的地方，各躺著一具屍體，喉嚨都被割斷了。

「不會吧……」瑞格納低聲驚呼：「不會吧。」然後跑進屋內。

一衝進宅內，到處都是紅色。一開始他還無法接受事實，但進入每個房間都看到死人。從死狀看來，似乎是遭人偷襲，家具擺設都沒壞，看似沒有打鬥，只有屍體，連守衛好像也沒抵抗，每個人都是直接切斷咽喉，而且屍體被翻面加快出血速度。這邊是老敦尼上下顛倒癱在椅子上，那兒是羅根的奶媽瑪莉安奈頭上腳下倒在階梯。這光景像是死神親自造訪，沒有人攔得住祂。瑞格納一路上看見忠實的家臣朋友全都斷氣。

然後他快步往樓上跑，穿過葛拉斯克雙生子雕像，朝著卡翠娜的房間狂奔。到二樓走廊，他才初次看到有反抗的跡象，有把劍打壞了藝品展示櫃，祖父的肖像畫畫框給人削去一大塊。警衛看起來終於出手還擊，所以致命傷也都在胸部或者臉上，不過顯然對手技高一籌，最後每個人還是斷了喉嚨，雙腿被抬到牆上。十幾個人流出的血在地上匯聚，地板彷彿是一片血湖。

戈登跪在旁邊，伸手觸碰死去友人的脖子：「還有溫度。」

瑞格納打開自己房門，發出砰的一聲。不知道之前有沒有人鎖門，但現在並沒上鎖。

裡頭有四男兩女，給人扒光衣服，倒在地上圍成一個圓形，上頭半空有另一個頭下腳上的裸體，一腿綁在垂吊天花板的燭臺，另一腿垂著擺盪，畫面非常怪誕，那是卡翠娜。地上那些遺體，每一具背後都被人用刀刻上一個字，組合出的句子是：胡．吉貝留。最後那個句點用一把刀代替，插在管家溫德爾．諾斯的背上。

瑞格納跑出去，到每一間房去察看屍體，他開始大叫家人的名字，把他們轉過來看他們最後一眼。最後恍惚之中，感覺到戈登抓著他猛搖。

「長官！長官！他不在這兒，羅根不在這裡。我們趕快走，請跟我出去。」

他任憑戈登將他拉到屋外，沒了血腥味的空氣非常甘甜。不知道是誰一直嚷嚷著：「喔，天哪。喔，天哪。喔，天哪！」原來是他自己，他已經陷入胡言亂語，戈登並不在意，即便腳步跌跌撞撞也一直把他往外拉。

一到大門，就碰上六個禁衛軍精銳槍兵，他們手擎長槍策馬上前。

「站住！」槍兵隊長大叫，部下立刻將瑞格納包圍起來。「站住！你是瑞格納．翟爾嗎？」

聽見兵器的聲響跟自己的名字，他總算回復理智。「是我，」他低頭看著身上的血，揚起聲音又說一次：「就是我。」

「翟爾公爵，依照上級命令，我來此逮捕你。抱歉失禮了，長官。」這個隊長還很年輕，從那張大眼睛的表情，看得出他不敢相信居然要逮捕翟爾公爵。

「要抓我？」瑞格納的思緒漸漸重回掌控，剛剛心思就像脫韁野馬一樣，現在好不容易肯聽話。

「是，公爵殿下，罪名是謀殺卡翠娜．翟爾夫人。」

瑞格納聽完，覺得一陣寒意竄過身體，不振作的話可能會就此崩潰。他咬緊牙關，眼角溢出淚水，但語氣卻又莫名堅定：「年輕人，你是幾時收到這個命令？」

「報告長官，是一小時以前。」隊長回答完，表情好像有點惱火，明明是來抓人的，怎麼居然聽起對方吩咐。

「她死了還不到十五分鐘，你覺得你收到的命令是怎麼回事？」

隊長臉一白，手上長槍晃了起來。「依照上級給的指示，有目擊者看見您殺——看見您動手，這是一個小時前我聽到的訊息。」隊長望向戈登：「是真的嗎？」

「你何不進去自己看看。」戈登回答。

槍兵隊長下馬進屋，部下緊張地繼續圍住公爵，有幾個不安分地朝窗戶偷看，但一下子便轉過頭。

瑞格納覺得很焦慮，他需要時間沉澱、冷靜。眼淚又從臉頰滑落，但他自己也不明白原因。他得好好思考，說不定能從禁衛軍那問出是誰下的指示，不過問出來也沒用，對方只是照著更高層的交代做事，追溯上去可能是御影，也可能是國王。

過了幾分鐘，槍兵隊長走出來，鬍子上有嘔吐過的痕跡，身體還輕微顫抖。「翟爾公爵，您可以走了。失禮之處請勿見怪……放他走吧。」

槍兵讓出一條路，瑞格納跳上馬，但他沒有動。「你們要繼續服侍殺光我全家的人？」他問道：「我現在要找到我兒子，然後要找出是誰——」他哽咽了，清清喉嚨又說下去，「如果你們跟我走，我保證你們可以抬頭挺胸——」說到最後他又哽咽，再也說不下去了。

槍兵隊長點點頭：「我們願意追隨您，長官。」瑞格納有了第一支小隊。那隊長又說道：「公爵殿下，我……我擅自把綁住夫人的繩子砍斷……實在看不下去。」

瑞格納沒有回話，一扯韁繩衝出大門。為什麼我沒有那麼做？她是我的妻子啊，我到底是什麼樣的男人？

亞耿將軍是昨晚少數沒有出席黠文家宴會的貴族。他沒有獲邀，但他不以為意。

太陽剛從地平線升起，但情勢似乎不因此而明朗起來。通常命案都交給城裡守衛解決，不過死者也通常不會是王位繼承人，所以這一次他得親自查案。

「夫人，妳就把事情說清楚如何？」亞耿知道無論如何都不會有進展。

黠文夫人擤了擤鼻子。亞耿可以確定她是真的情緒崩潰，但卻不知道這是因為她行兇被抓到，還是因為王子身亡。「我說過了，」她回答：「有個刺客——」

「有個什麼？」

她住嘴了。

「妳怎麼會知道『刺客』是什麼呢，楚達娜？」

她搖著頭：「你幹嘛說那些話來混淆我？我要說的就是有個殺手站在我家裡，不然你以為是我自己砍斷守衛的頭嗎？你覺得我力氣有這麼大嗎？不然你去問問以琳啊，她會跟你說。」

去妳的。他早就知道問也沒用，黠文夫人別說是力氣，她也沒有武器啊。另外，如果王子是她暗算的，她有的是機會可以洗手洗臉，又為什麼要大叫把人都引上二樓？

「解釋一下這個。」將軍拿出夫人前一夜穿的紅色禮服，「這在妳櫃子裡找到的，皺成一團，上頭沾了血才乾不久，而且是很大一片血漬。」

「那個——那個殺手殺死王子以後，他倒下來，我……我接住他，他就死在我懷裡啊。我原本想立刻叫人幫忙，可是殺手還站在外面，我很怕、很慌，受不了全身都是血。」

「你們兩個單獨在房間裡面做什麼？」

公爵夫人瞪著他，那雙眼睛好像燒紅的炭：「放肆！」

「放肆的是妳吧，楚達娜？」亞耿將軍說：「妳竟敢背著丈夫，不只跟國王私通，還跟國王的兒子私通？這是什麼變態的娛樂？妳就這麼想要王子跟他父親過不去？」

她上前要甩巴掌，卻被將軍閃開。

「楚達娜，妳總不可能把這國家裡每個人都打一巴掌。染了血的刀在妳房裡，妳們家僕人指認那是妳的東西沒錯。依我看來，妳大概就是等著斬首，除非國王下令要妳像平常犯了謀反罪的人一樣，受車輪刑[5]。」

一聽見這番話，楚達娜．黠文臉色先白後綠，沒再多說什麼。亞耿將軍生氣地招手，部下進來將夫人帶出去。

「那與您的身分不相稱。」旁邊傳來一個女子聲音。

亞耿一轉頭，看見以琳．可洛威，也就是黠文家的女僕，她先前被發現給人打暈了倒在房間裡。她身材姣好，臉蛋也漂亮，只是受過傷有疤痕。黠文夫人一直自認是藝術家，連身邊的人都得美才行。

「嗯，」亞耿回答：「我想是吧，不過看到她做的那些事情……實在太過分了。」

「我們家夫人的確有些選擇值得非議，」以琳說：「傷過人、破壞過別人的婚姻，但她不至於殺人啊，將軍大人。昨天晚上發生的事情，問我就可以了。」

「真的嗎？也對，妳就是她剛剛說的女孩子。」將軍的聲音不由自主尖銳起來，他正在腦海中拼湊線索。為什麼那個綽號矮子，現在更矮了一個頭的守衛，會給人殺死？公爵夫人刺殺王子時沒有出聲，後來換了衣服，但為什麼沒有先洗手，就喊人上樓？

倘若她真的心狠手辣殺了王子，動機可能是王子想斷絕關係導致她怒不可遏，而她也算冷靜，試圖

5. 譯註：車輪刑有多種變化，基本行刑方式為將罪犯綁於車輪上搥打至死。

藏好證據，那麼提早把人叫上樓，則是完完全全自相矛盾。

還有一個矛盾點，有些客人的證詞指出，他們聽見樓上傳來男人的叫喊聲。會是守衛嗎？因為闖入房間，看到王子遭刺，所以出聲大叫，然後被砍了頭？砍頭可不是簡單的事情，亞耿當然明白，就算能找到脊椎骨的縫隙，需要的力道還是很大啊。他親自給矮子驗屍過，矮子是給人一刀砍斷脊椎骨而死。

他又望著以琳。「抱歉，」他說：「現在沒什麼頭緒，妳能提供任何線索都好。」

以琳抬起頭，雙眼噙著淚：「我知道殺死王子的兇手是誰，他是一個刺客，偽裝成貴族的模樣。我早就知道他的身分，也知道他會混進去，但我原以為他不會真的傷人。那個人叫做奇勒，全名是奇勒·史登。」

「什麼？」亞耿問。

「是真的，我向您發誓。」

「小姐，妳對你們家夫人忠心耿耿，這一點我很讚賞，但是實在不需要這麼誇張。妳堅持這番口供的話，只會害自己被送進大牢，運氣不好還會變成共犯或者過失殺人幫兇，這可是要處絞刑。為了替黠文夫人解圍，妳確定願意做到這種程度嗎？」

「我不是為了她才這樣說啊。」女孩臉上滾落兩行淚。

「那是因為奇勒·史登嗎？他就是和羅根·翟爾打起來的那年輕人吧？想不到妳這麼討厭他。」

以琳撇開頭，淚珠在晨光中閃閃動人，像是寶石一樣。「不是這樣的，先生，不是您說的這樣。」

「將軍大人，」門外一個士兵輕聲報告，樣子很慌張：「我剛剛從翟爾家回來，那邊一團混亂，幾百人衝進去大哭大鬧，人都死了。」

「先冷靜下來。你說死了是什麼意思？被人謀殺嗎？」

「長官，那狀況說是屠殺比較合適。」

「那到底死了哪些人？」

「長官，全部都死了。」

四十三

國王坐立難安。寶座的主要材質是象牙跟犀角，以黃金鑲嵌格狀花紋，非常大也非常氣派，卻更顯得國王像個小男孩。謁見廳今日沒有外人，侍衛駐守在固定位置以及幾個密道，剩下一個便是德佐·布林。空蕩蕩的謁見廳像是巨大山洞，牆壁上垂著旗幟跟掛毯，不過仍舊揮不去石砌廳室裡的寒氣。高聳的天花板由七對柱子撐起，兩組七階的樓梯往上通往王位。

德佐站著沒說話，等國王自己開口。他腦裡已經擬定作戰計畫，這是本能反應。狀況不對的話，首先宰掉國王身旁那個符術士，再來是王位兩側的侍衛，接著是國王。之後靠異能從王座往上跳，旗子後面藏了一條密道，殺死躲在裡頭的弓箭手，然後就沒人逮得住他了。

所有作戰計畫都一樣，時機未到前不知道能不能奏效，不過先有個概略方針是好事，特別是不知道敵人手中握有什麼情報的狀況。德佐發現自己正伸手掏大蒜出來，嚼大蒜是他平復緊繃情緒的辦法。他勉強穩住手，現在不能讓對手看出內心動搖；結果保持雙手穩定居然沒想像中容易。

「你讓我兒子死掉，」國王揚聲道：「昨天晚上我兒子被他們殺掉，你居然什麼也沒做！」

「我不是保鏢。」

國王從站在旁邊的侍衛那裡抽了長矛朝德佐射去。德佐意外發現他射得很準，動也不動的話胸骨就會破個大洞。

但當然他不會不動。雖然腳步沒有挪，上半身還是擺了一下，看似隨意草率──他希望藉此激怒國王。

長矛在地上彈了一下，木頭與金屬跟石頭地板摩擦發出刺耳嘎嘎聲。鎧甲叮叮咚咚，以及弓箭手拉滿弦的聲音由各個方向傳過來，但侍衛還不敢出手。

「我沒說的話，你什麼屎也不是！」國王斥道，往前走下七階的梯子，就站在德佐面前。又是一次很差勁的站位，至少使得三個弓手沒法放箭。「你……你是坨屎！你這只會拉屎的屎！」

「陛下，」德佐冷冷地說：「以您的身分地位，罵人的詞彙一而再再而三提到屎尿，只會顯出您的腦袋裡裝了些什麼。」

國王起先聽了一楞，侍衛則是驚駭地對望。國王看到他們那模樣，意識到給德佐羞辱了一頓，立刻反手朝德佐打去。德佐這次沒有躲，現在任何快速動作都可能引起緊張的弓手不慎鬆了弦。

國王每根手指都戴有戒指，其中兩個在德佐臉上刮出血痕。

德佐咬緊牙關忍住怒氣，深呼吸一次、兩次，然後才開口：「艾稜，你還活著，不是因為我不肯跟你以命換命，只是因為我不想被業餘的人給做掉。你給我聽清楚：要是你敢再對我動手，不到一秒你就會變成屍體，『國王陛下』。」

艾稜九世舉起手，似乎真想馬上駕崩。不過他又縮回手，眼神得意洋洋：「我說德佐啊，現在可還不會讓你死，我準備了比死更好的下場等著你。其實呢，德佐．布林，我對你還蠻熟的，你有一個祕密，我知道是什麼喔。」

「我都發抖了呢。」

「你有個徒弟，裝成貴族的年輕小伙子。叫做凱勒什麼的吧？而且他還跟自命清高的椎克家族住在一塊兒呢。他劍術應該很不錯吧，圖里先生？」

德佐背脊都涼了。*夜天使慈悲。*他們居然知道。這情勢太過糟糕。既然對方得知奇勒是他的徒弟，就會將王子的死歸咎在奇勒身上，尤其奇勒跟羅根大打出手，鬧得人盡皆知。徒弟涉入王子命案，國王自然也會假設這是師父默許，甚至授意的結果。

羅斯知道了可不會高興。

德佐嘎吱嘎吱地咀嚼大蒜，稍微覺得鎮定了點。他吸了口氣，放鬆自己。*這些傢伙怎麼知道的？*

*圖里先生。該死，能出問題的環節遲早都要出問題。*不是有人通風報信，也不是什麼精心安排的計畫，國王說得出這名字，代表椎克家有王室派去的間諜，原本有點權勢的人遭監控就很正常。那間諜見到德佐進門，記下他的樣子，也許後來又在御花園看到國王跟德佐對峙之類。細節就不重要了。

「我可真想叫卜蘭在這兒看看你臉上的表情啊，德佐。話說回來，卜蘭怎麼不見了？」國王問身邊內侍。

「陛下，他剛回城堡，正要過來向您彙報。他先前去翟爾家調查……與黠文家命案相關的事務。」

德佐喉嚨一緊，卜蘭．亞耿將軍有辦法將線索拼湊出來，找出奇勒。如果他現在進來晉見，德佐就逃不了了。

國王聳聳肩，「反正是他的損失。」說著他被自己說的話觸動心弦，悲哀、憤怒溢於言表，驟然變了個人：「你這坨屎讓他們殺了我兒子，那我就讓你那小伙子也活不下去。他會死在最意想不到的人手上，而且呢……從現在開始，他隨時都可能丟掉小命。」

「聽說你昨天跟羅根小小打了一架?」椎克伯爵問道。

奇勒眨了下惺忪睡眼,本來累得半死,一秒內就清醒過來。回來以後只睡了幾個鐘頭,而且又做了惡夢。每次看見人死,都會夢到鼠頭。

兩人隔著餐桌,奇勒叉了一片蛋送到嘴前,聽到伯爵這問題,趕緊把蛋送進口中爭取時間。他含糊地說:「沒事啦。」

這可不妙,伯爵既然知道他倆打架,應該就會聽說王子遇害。奇勒本以為早上有時間收拾行李,趁椎克家收到風聲前離開。他心知一定得走,只是沒想到一刻也緩不得。

「賽菈很生氣,」伯爵說:「她帶羅根去一個住在黠文家附近的姑姑那兒包紮傷口,幾分鐘前才回來。」

「喔。」奇勒繼續嚼他的蛋。賽菈如果是在兩人打架之後立刻帶羅根走,那她跟伯爵可能都沒聽說王子遭人行刺的事件,看樣子奇勒的運勢總算否極泰來。可是就算眼前不受王子命案波及,賽菈回家告訴伯爵昨晚的事情,恐怕也會很棘手。

「我昨天答應羅根可以跟我女兒求婚了。你應該知道這件事情,對吧?」

伯爵這番話說得算委婉,意思其實就是你都跟我說你對我女兒沒意思了,還在我準女婿、你最好的朋友面前吻她,而且還揍了我準女婿一頓,這到底天殺的是什麼意思啊?

「呃……」奇勒眼角餘光看見窗外有人影閃過,老門房神情尷尬、東倒西歪地追在後頭。

前門砰地一聲開了,又過一會兒,餐廳的門也給人重重推開,桌上的盤子都被震得鍠啷鍠啷響。

「先生!」老門房想叫住那人。

羅根卻逕自衝進來，紅著眼睛但是氣勢威猛，手裡還有一把艾里泰拉國的闊刃巨劍。

奇勒跳了起來，椅子被他往後彈到牆邊。這下子他被困在角落了，椎克伯爵也站起來不知道嚷嚷些什麼，但已經來不及了，誰也阻止不了羅根。

羅根舉著闊刃劍，奇勒則拿起了餐桌刀。

「我訂婚了！」羅根大叫，一把將奇勒抱在懷中。

羅根放開以後，奇勒才感覺到心臟又跳動起來，椎克伯爵也鬆一口氣癱在椅子上。

「你這混帳東西！」奇勒回答：「恭喜啦！我不是早就說過這招會有用？」

「哪一招？」伯爵喘過氣以後開口問。

羅根沒理會伯爵，接著往下說：「你也沒必要那麼用力打我啊。」

「得讓她相信才行啊。」奇勒回答。

「你差點害她變寡婦啦！自從競技場那一次以後，我就沒被打得那麼慘了。」

「兩位，抱歉，」伯爵插嘴道：「你們到底說的是要讓她相信哪一招？」

兩個人這才不再自顧自地聊天，一起歉咎地看著伯爵。「呃，」羅根說：「奇勒說賽菈其實是愛我的，只是需要有人點醒她，所以就……」他讓話尾淡去。

「意思是說，奇勒，你安排了兩人爭風吃醋的戲碼，在大庭廣眾之下出醜，欺騙我女兒的感情，把她的心當成玩具送人？」

「不能這樣說——」但他無法直視伯爵的目光：「抱歉，伯爵。」

「還把一向規規矩矩的羅根也給拖下水？」伯爵又問。

「對不起，伯爵。」奇勒看羅根也是一臉難受的模樣。

伯爵的眼神在他們兩個之間飄來飄去，最後笑了出來。「神會保佑你！」他說完緊緊抱住奇勒。他放開之後，又轉過頭，兩眼帶淚抓住羅根手臂：「神很眷顧你啊，孩子。」

亞耿將軍在護衛陪同下疾步走進城堡，天亮才三小時，這天對他來說已經顯得漫長。看見他臉上表情，守門的士兵不敢叫他等，立刻開了門，下人也紛紛撤離走廊。進入謁見廳的時候，有個披著斗篷的人從裡頭出來，他覺得很面熟，不過對方的臉給帽子擋住了看不見。將軍心想應該是國王的探子，現在沒空搭理。

他沒有好消息可以報告。翟爾氏身為國內第一世家，滅門慘案竟與王子血案發生在同一天，這實在非同小可。亞耿對王子印象頗佳，但跟翟爾家可是有私人交情。他到翟爾家調查過，目前還無法判斷到底是哪一路人馬下的手。

種種跡象都指出一連串事件背後有個更大的陰謀，目標乍看之下是想謀奪王位，不過為什麼會用這種手段呢？殺死王子當然直接撼動王位繼承，可是殺掉翟爾家的家臣、僕從以致於翟爾夫人，都沒有什麼政治效果才對吧？今天是羅根．翟爾的生日，他即將繼承父親傳承的公爵爵位；要滅掉一門貴族，應該先從有繼承權的人下手才對，殺死其他人的意義不大。除非是他消息不夠靈通，不然據他所知，翟爾父子應該都還活著。

對岡德王室而言，王子亡故不只是一大打擊，同時也極度難堪。大家對國王私下胡來本不以為意，但王子死了，而且顯然死前跟黠文夫人有染，王室聲望因此一落千丈。王子遭到暗殺恐怕不僅僅是一樁悲劇，同時既是醜聞也是恐怖事件的開端。

將軍不免懷疑，國王比較在意的是醜聞，還是背後的陰謀？而王后又會怎麼看待呢？

他走向王座，登上階梯。國王身邊還是那些人，亞耿將軍一個也信不過。

「出去，」他吼道：「請各位全部退下！」

「恕我無禮，」費袞．薩法斯第說：「我身為國王的首席──」

「退下！」亞耿朝他咆哮。

法師身子一縮，跟著其他人魚貫而出。將軍示意要自己的部下也出去。

國王連頭也不抬，良久才開口：「卜蘭，我毀了。歷史會怎樣說我呢？」說你軟弱自私，無德無能。「陛下，眼前有更要緊的事情。」

「每個人都在說這件事情，卜蘭。我兒子──她居然把我兒子給殺掉了──」國王哭了起來。

原來這傢伙也會想到別人啊。要是他多流露一點這樣的人性就好了。

「陛下，殺死王子的並不是公爵夫人。」

「你說什麼？」國王抬起頭，朦朧雙眼望著亞耿將軍。

「真正的兇手是一名刺客。」

「卜蘭，誰動手不是重點！背後的主使者就是楚達娜，再加上羅根．翟爾！」

「羅根．翟爾？陛下您這話意思是？」

「卜蘭，你以為只有你一個人在調查案情而已嗎？我派出去的探子全都打聽清楚了，羅根是主謀，楚達娜不過是幫兇而已。我已經要人去把他給抓回來了。」

亞耿突然覺得一陣暈眩，這怎麼可能呢？事情絕對不是這樣。「羅根為什麼要這樣做？」他問道：「羅根與王子殿下是最要好的朋友，而且他這個人沒什麼野心。更何況他才剛與賽菈．椎克訂婚啊，對方只是個伯爵家的千金而已！」

「這不是鬥爭，跟他有沒有野心無關哪，卜蘭。動機只是嫉妒而已。羅根因為一些小事情，覺得被我兒子羞辱了，你也知道那個年紀的男孩子是什麼心態，不管王室做什麼，翟爾家看了都要眼紅。另外，我有人證，可以證明羅根確實恐嚇過我兒子。」

將軍開始覺得拼圖一片一片組合起來，終於要露出全貌。奇勒．史登，假冒的貴族，真實身分是個刺客，與羅根走得很近。羅根盛怒之下，雇用奇勒殺死王子，乍看合情合理。唯一不對的地方，在於主角是羅根，亞耿跟這孩子很熟，他怎麼想也無法相信。

「卜蘭，他們找的刺客是誰？」國王問。

「奇勒．史登。」

國王聞言哼了聲：「看樣子神也站在我這邊了。」

「陛下是說……？」

「我已經叫胡．吉貝的徒弟去殺了他，是個女刺客呢，不知道你信不信。那個叫做奇勒的傢伙，其實就是德佐．布林的徒弟，不過現在應該已經斷氣了。」

奇勒是德佐．布林的徒弟？前一刻將軍還覺得謎題快要解開了，現在卻又身陷五里霧中。國王不是脅迫德佐．布林聽命了嗎，那他徒弟怎麼會去殺死雇主的兒子呢，這是怎麼回事？

還有，翟爾家找到的遺體上，刻著胡．吉貝的名號。將軍當然想得通，傻子才會犯下滅門血案之後留名，但亞耿在現場仔細看過，可以肯定確實兇手是單槍匹馬殺光翟爾家上下。以他所知，能夠做到這種事情的，確實只有刺客而已，而現場的蛛絲馬跡與胡．吉貝的風格吻合。他不認為德佐．布林會毀壞屍體，以德佐的眼光來說，那也太不專業了。

胡．吉貝若是犯案後還署名，前提必然是認為公權力拿他無可奈何。剛剛國王還說王子之死不是鬥爭，但這兒可是賽納利亞王國，每件事情背後都是一場鬥爭。

德佐．布林的徒弟真殺死王子的話，怎麼還會留下目擊者？德佐的徒弟跟他本人應該有同等素養，證人很好收拾才對。

絕對是一場鬥爭。

亞耿緊緊皺眉：「陛下，嘯風谷可有消息回報？」

「沒有。」

「換句話說，卡利多的部隊應該至少還在四天路程外。請問陛下，今天晚上的祭典打算如何辦理？」

「兒子前一天才死，我沒心情過什麼仲夏節。」

將軍心一沉：「陛下，我建議您照常舉行。」

「我才不會替殺死我兒子的兇手舉行慶典！」國王目露兇光。亞耿第一次覺得他不像任性稚子，而是個真正的國君。「我一定得有所行動！」國王又說：「不然大家會以為——」他滔滔不絕地說了一堆，但是亞耿根本沒在聽。

大家會以為……關鍵就在這裡了，大家會怎樣以為呢？

王子已死，兇手不管是國王的情婦，或者是個刺客，都是相當難堪的醜事。聲望崇高的翟爾家，成員不是死了就是關在大牢。亞耿將軍懷疑，現在說不定正有人混進嘯風谷的要塞內，正要謀害瑞格納。幕後黑手煞費苦心安排一環又一環的陰謀，沒道理留瑞格納一個活口。

在外人眼中，會以為國王心生嫉妒，居然下令將自己的兒子給殺死，並且嫁禍給不老實的情婦。再多放出一點風聲，翟爾家的血案也能有效引導輿論。大家會把兩件慘案連結在一起，但連接點在哪裡呢？

翟爾家的王位繼承順序僅次於岡德家，不過翟爾家從未對大位表露出興趣。國王個性軟弱加上嫉妒心強，有心人在背後議論一番，很容易將他塑造出疑神疑鬼的形象。相對地，翟爾家受到的敬重遠遠超過岡德王室，因此很多人會認為忠心事主的翟爾家，居然遭國王以滿門抄斬作為回報。

羅根——翟爾家的新主人，國王抓了他，應該會想把他關在大牢不放出來。但是大家都認為他對王位毫無非分之想，所以才會跟地位低下的椎克家千金訂婚。

此時此刻，若是國王死了，繼位者是誰？

原本呼聲最高的羅根．翟爾淪為階下囚，還很可能死在監牢裡。國王已經沒了兒子，大女兒才十五歲，其他子女就更不用提，他們根本不可能獨當一面。王后娜麗亞也許會想出面主持大局，不過國王之前對她戒心太重，已經將她給排擠到邊緣，娜麗亞好像也樂得不過問政事。黠文家因為涉入這次醜聞，必定一蹶不振，這麼一來繼承權往後落到葛瑞芯以及威索羅斯兩家族內；葛瑞芯家勢力不夠大，至於威索羅斯家則是王后的娘家，本來希望很大，可是王后的哥哥赫夫靈不在國內，因此想搶下寶座並不容易。如果再往下看，則有十幾個貴族世家可以展開角力戰。

最後根本沒有誰能穩住位子，四路人馬鬥得你死我活，演變成為內戰，而且這場內戰之波濤洶湧，是十年前瑞格納讓位給岡德家以求天下太平那次所遠遠不能及。

至於這些日子令他憂心忡忡的其餘勢力呢？御影跟卡利多在這樣一場內戰內會扮演什麼角色？價碼夠高的話，卡利多買得到御影的合作。

想到這裡，他真的覺得水落石出了。

亞耿將軍大罵一聲。由於很少聽他語帶不敬，原本自說自話的國王也為之一楞。無論國王在將軍臉上看見什麼，都使他陷入恐懼。

「到底怎麼了，卜蘭？」

這麼多年來，他和國王都太專注在卡利多的直接侵略上頭，忽略對方可能會從內部進行破壞。現在卡利多已經把王位繼承順序給攪得天翻地覆，將國王逼到死胡同裡，等到可以依法繼承王位的人選都死光以後，他們大概就會除掉艾稜．岡德。卡利多的動作想必會非常迅速，不讓國王有機會另立繼承者，或者彌補已經岌岌可危的君主威信。賽納利亞沒了龍頭，卡利多便可以隔岸觀火，隨時揮軍南下。

「陛下，請您仔細聽清楚，這一切都是政變的前奏。我們只剩下幾天時間，等對方開始行動，我們之前針對卡利多做了多少準備都無用武之地，當然您也會是第一個犧牲者。」

國王的臉蒙上了恐懼的陰影：「我正在聽。」

四十四

奇勒又跟羅根祝賀幾句以後，留下年輕公爵和準岳父多聊聊。賽菈在房裡更衣還沒出來，三人有共識，認為婚禮之後羅根與奇勒才在她面前和好，可能比較妥當。

「要是我沒收到請柬，也會體諒你啦。」奇勒對羅根說：「等你跟她說出真相再來跟我賠罪吧。總之恭喜啦！」

他上樓進了自己房間，解下外衣丟在角落，瞪著鏡子裡的倒影。「也恭喜你啊，馬上就要被師父殺死，而且生命裡每個女人都討厭你喔。」

這時他看見鏡子旁邊有一疊信用緞帶捆著，拿起一看，上頭的便條有德佐的字跡。「既然你已經越線了，也就沒必要再瞞著你。」

什麼意思？奇勒解開緞帶，拿了第一封信展開閱讀，是小孩子的筆跡，而且句子不太通順。「謝謝，東止真的很謝謝你。我喜歡這裡。你人好好。今天是我生日。我愛你。以琳敬上。」下面有一段大人幫忙加上的註記：「抱歉，椎克伯爵，她聽到我們聊起恩人，從我們教她寫字以後，就一直吵著要寫這封信，我們也拗不過她。要是造成不便，請告訴我們一聲。蓋爾．可洛威敬上。」

奇勒看傻了，原來每年都有一封給他的信，而且篇幅越來越長，筆跡也越來越娟秀。他一邊讀，一邊覺得好像看著以琳在眼前長大，其實她也換過名字，只不過她不用埋葬之前的身分，也不會逃避童年的軟弱與無助。

十五歲那年，她信上寫著：「波爾問我，會不會因為臉上有疤痕所以很生氣。他說這對我真是不公平，但我說我能逃離兔窩區，卻有很多人沒辦法，這才是不公平。看看我現在的生活！這都是因為你啊……」

奇勒只能粗略地將這些信看過一遍，現在的每分每秒都是借來的壽命，王子亡故的消息不久便會傳開。可惡啊！女孩子怎麼有這麼多話可說？他急忙拿出最後一封信，日期不過幾天前而已。

「你不知道你所做的一切對我而言意義多重大。我之前提過，你寄來的錢幫了我們全家人，特別是在我繼父過世之後，但是不只如此而已。單是知道這世界上某個地方，有一位年輕貴族居然會在乎我，（我耶！只是個奴隸的小孩，臉上還有疤呢！）感覺就好不一樣，你讓我覺得自己很特別。上星期，波耳跟我求婚了，」奇勒讀到這兒，還真想親眼見見這個波爾，然後在他屁股上踹一腳。「雖然我覺得他脾氣很糟還……有別的缺點，但原本差一點兒就答應。可是因為有你，使我相信就算我臉上有疤，也不需要有人求婚就急著答應，我相信神準備了更好的人生在前面等著。」喔，她也老把神掛在嘴邊，很好。大概就是這樣，她才會認識椎克家的人吧。「謝謝你，然後再一次為上回寫的東西說聲抱歉，我自己想到都覺得好可怕啊，請不要介意。」

嗯？奇勒拿了之前一封信出來看，忍不住笑了起來，以琳根本就陷入十六歲女孩子那種浪漫幻想裡。「我覺得我愛上你了，事實上我很肯定我愛上你了。去年我自己去椎克伯爵家送信，都長這麼大了，媽媽才終於肯讓我自己做這些事情。我好像看到你了。也許不是你吧，但也許是你，椎克伯爵家裡有個男孩子，跟你一樣是年輕貴族，他很英俊，大家都很喜愛他。我的意思是說，一看就知道大家怎麼看待他，連椎克伯爵也視他如己出。嗯，我知道應該不是你吧，他不像你一樣富有，家道中落所以才跟伯爵住在一起……」奇勒看到這兒差點無法呼吸，原來以琳一年前就見過他，還覺得他很英俊？「……不過跟愛情比起來，錢也沒那麼重要吧。」

信上有……不會吧……但是真的，那是淚水灑在紙上的痕跡。

奇勒看著三個女孩子長大，不會大驚小怪，只是心想不知道以琳是從那個地方開始哭。「既然你個性這麼剛毅木訥，從來都不回信，所以我決定要叫你奇勒了。搞不好其實你又胖又醜鼻子很大……真的非常抱歉！應該重寫一次才對，但是媽媽說我已經用太多張紙了。對不起，我真是沒禮貌。不過，能不能請你至少回一次信呢？明年我送信過去的時候，讓伯爵轉交給我？波爾說我這樣不是迷戀一個人，而是迷戀一大袋錢。」以琳當時的確是對他一無所知，不過她也才剛十六歲啊，所以奇勒更想去踹這個叫做波爾的傢伙了。「但我知道不是這樣，而且這跟本不是什麼迷戀，我是真的愛你，奇勒。」

他看見這行字，覺得背脊一涼，多麼希望親耳聽見這句話，又是多麼希望聽見她說這句話！這幾句話就在他眼前，但卻被重重欺瞞遮蔽。她明明對著奇勒寫下這些話，卻不知道奇勒就是他，也不知道椎克伯爵會把信交給德佐。她不知道奇勒真的就是她的恩人，也不知道奇勒其實就是阿索思。當然她更不知道奇勒是個殺手，不知道她見過奇勒一次，奇勒卻已經偷偷看著她不知道幾百次。只要騰得出時間，奇勒每週都會躲著看她兩回，都是在席林大道的市集那兒。奇勒在那裡看著市集中的她慢慢長大，而且每一次都在心裡跟自己說，下星期不要再來偷看了，時間一到卻又忍不住那股衝動。雖然只是遠遠地看著，奇勒也深陷迷戀中，不是嗎？他告訴自己這是不可以偷嚐的禁果，卻又因此受到更大的吸引。他一直催眠自己，說是只想看看以琳過得好不好，等他無法否認內心情感，又總說這種情緒總有一天會淡去。

現在他都已經二十歲了，卻還在等著那情感消逝。讀了信，他忽然生出一絲希望——其實以琳也暗戀他！但這希望一瞬間破滅，好像千督國產的瓷器摔在地上，一點點可能性就在眼前粉碎。昨天以琳那種訝異表情，原來背後有這緣故：我是奇勒、是阿索思，是資助她的年輕貴族，而且我也一直愛著她！這一切像是槌子敲在她心坎上。我是奇勒、是阿索思、是妳心裡的那個年輕貴族……而且是個殺人犯。幫幫我，妳得先信任我，這樣我才能背叛妳的信任。

沒時間傷感了，奇勒已經花太多時間在這些信件上面。他留下一個目擊證人，對方知道他是刺客、知道他是奇勒．史登，而且大概也堅信他竊走了馭刃靈珠。十年苦心維持的假身分，為了一顆最後留不住的珠子毀於一旦。

女傭通常早上會送幾桶熱水進來，但桶子現在是空的。也不知道為什麼，空桶子讓他情緒崩潰，眼睛熱熱的，眼淚就快流出來。他自己都覺得可笑，桶子空著不過是件小事，在他眼裡卻好像是天上諸神或者是椎克家相信的唯一神想要給他最後一擊，所有的厄運都降臨在他頭上。

師父想殺他，他賭上性命救回來的女孩子恨他，連賽菈．椎克這個原本還弄不清楚自己心是在奇勒還是羅根身上的女孩，經過昨天晚上的事情也討厭他了。最糟糕的一點在於，這種種惡果都是他自找的，所有的壞事都肇因於他做了一個又一個錯誤決定。

好吧，至少桶子空著這件事情，可跟他沒有關係。奇勒提了水桶，下樓時正好碰上女傭提著兩桶熱水上來。

「早。」奇勒打了招呼，他不認得這女僕，但覺得她比管家布朗溫太太請來的那些僕人都漂亮得多。

「啊，真抱歉我遲了今天是我第一天來這裡工作什麼都還找不到呢。真的真的很抱歉。」女孩急急忙忙說完，從奇勒身邊鑽過去，奇勒很難不感覺到她那對豐滿胸脯從他光裸的胸口擦過。女僕走進他房間，他也追了過去。

「我幫妳提——」

「您別開玩笑了吧？」女孩反問道：「拜託您別跟伯爵或者管家太太說我遲了。我覺得管家太太不太喜歡我所以要是我第一天就出紕漏一定會被趕走，但是先生我非常非常需要這份工作啊。」她把水桶放下之後，兩隻手緊緊扣在一起。

「等等，」奇勒說：「妳先別緊張啊，我沒開玩笑。叫我奇勒就可以了。」他微笑伸手過去。

女孩見狀似乎也放下心防，笑著跟他握了手。她目光在奇勒打赤膊的胸肌和腹肌留連，時間很短，但似乎頗為欣賞。「我叫斐瑞狄亞娜。」

門房又帶了一個面貌英俊的雷迪許人進入書房。羅根正好去廚房找點東西填肚子，所以只有椎克伯爵在房內。「閣下，」門房報告說：「這個人堅持要當面傳口信給您。」

「我知道了，謝謝。」椎克伯爵回答。

那個雷迪許人散發出眾氣質，實在不像個信差，反倒像是宮廷中人或者吟遊詩人。而且他手上拿了一樣東西，椎克伯爵不由得把注意力全放在那東西上頭。那是一枝箭，而且從鋼製箭鏃到後面的羽毛，全染上鮮血般的濃稠紅色。

門房一出去，那男人便開口：「早安，伯爵閣下，我真希望不是在這種場合和您碰面，不過我帶來的口信十分重要。這枝箭是德佐．布林託您轉交的物品，口信是：『要是他還沒死，把東西交給他，要他晚餐時到搖擺小妞酒館見我。』」說完話雷迪許人便鞠躬，並將箭矢呈給伯爵。

羅根的笑聲從門口傳進來：「『要是他還沒死』？奇勒的朋友看到我剛剛進來了是吧？」

椎克伯爵也咯咯笑著：「無論是誰見了你那模樣都嚇壞了吧。」他又轉頭對信差說，「我會轉告他，謝謝你。」

「大人，」那個雷迪許人轉身面向羅根，「請您節哀順變。」然後又鞠躬，退了出去。

羅根大惑不解，搖著頭問：「是哀悼我結束單身生活嗎？」

「不知道。我以前去過雷迪許人的國家，實在不懂他們的幽默哪。我該把這個拿上樓才對。」

「我還以為岳父要先教導女婿成婚之後怎麼跟妻子親密互動呢。」

椎克伯爵聽了笑道：「你說得還真含蓄。」

「賽菈是個含蓄的女孩子啊。」羅根回答。

「羅根啊，相信我，結了婚之後的親密互動一點都不用含蓄，」伯爵看了一眼手上那枝箭，將它擱在旁邊：「嗯，做愛這檔事嘛，首先你要知道的是……」

斐瑞狄雅娜揉揉肩膀，「真高興在這地方還能遇上好人不然布朗溫太太好兇喔！你不介意吧？」

「不介意。」奇勒說歸說，但其實不知道對方到底問的是什麼，只是覺得自己好像該這樣回答。

斐瑞狄雅娜的動作，好像那是世界上再自然不過的事情一樣，她把馬甲鬆開來，奇勒注意到她先前把馬甲捆得非常緊。「好多啦。」斐瑞狄雅娜深呼吸一口氣，把門關上鎖好，走到水桶邊脫下馬甲丟在地上。

「呃——」奇勒想說話，但斐瑞狄雅娜彎腰拎起水桶。

她的乳溝應該有六呎深，否則奇勒不會整個人陷在裡頭。他張開嘴巴，但說不出話來，還費了好大的勁才把視線往上移。斐瑞狄雅娜看著他，奇勒雙頰發燙，可是發覺女孩臉上一點不悅也沒有。她手翻了一下，解開束起的頭髮，金色波浪灑了下來。「先生，您準備好要沐浴了嗎？」

「還沒！我是說——我的意思是——」

「是您要等一會兒再沐浴對吧。」她說完走了過去，伸手到背後解開扣子。

等一會兒？奇勒往後退，但心裡的抵抗漸漸崩潰。有何不可呢？我有什麼好等的？難道還要等以琳嗎？斐瑞狄雅娜的美貌占據他全部視野，她的秀髮落在他指尖、胸口，她的胸部、臀部都好美，而且她也想要他。反正只是上床而已，跟愛什麼的沒有關係，沒必要浪漫、也不用給承諾，就是一股激情罷了。這樣單純多了。很像K媽媽的處事方式，跟椎克伯爵可就不一樣了。但，去他媽的，斐瑞狄雅娜的胴體比起什麼大學者都還要能打動人啊！

他小腿撞到床，差點兒倒了下去。「我覺得不太自——」

斐瑞狄雅娜的手抬到他胸前，然後重重拍了下去。奇勒往後一倒，同時看見斐瑞狄雅娜的另一隻手從背後探出，畫出一道銀弧。

奇勒的背撞上床鋪的那一刻，斐瑞狄雅娜已經叉開雙腿壓住他雙手，將他緊緊制住，一手揪住他頭髮，另一手拿刀抵住他脖子。

「不自在是吧？」她幫奇勒把話說完，但手裡的刀子可一點開玩笑的意思也沒有，戳在奇勒皮膚上，多出一絲一毫的力氣就會見血，而她瞄準的位置正是動脈。奇勒就算想要喘息，都得注意不能移動脖子。

「該死，」他說：「妳是胡．吉貝的徒弟，斐瑞狄雅娜，暱稱是V。我怎麼會忘記呢？」

她冷笑著說：「你替誰工作？王子是我的『死人』。」

「老實說這還真尷尬，居然給另外一個刺客推倒了。唔，應該強調是女刺客。」

「可惜不是用你期望的方式推倒你。」她用臀部蹭蹭奇勒，奇勒臉又紅了。

她捏捏奇勒的臉頰，「其實你長得挺不錯，殺死你真可惜。」

「我想應該是我要覺得可惜才對。」

「別懊惱啊，」她說：「我的異能其中一項就是魅術，你沒流口水已經把持得很不錯了。」

「妳是說，這些都是幻——」

「手亂動就沒命，」她提醒道：「身材是真的，多謝指教。」

「是我謝妳才對，只是這把刀壓著喉嚨，害我不能好好表達愛慕之情。」

「假如你是想靠口才脫身，還得多練練。你到底是替誰工作？」

「是國王派妳來的，」奇勒說：「對不對？」

「挺有骨氣，」她說：「這我欣賞。」

「要是把我弄濕了，對妳對我都一樣尷尬啊。」奇勒說完，斐瑞狄雅娜咯咯地笑，奇勒也盡可能爽朗地笑道：「這次比較好笑嗎？」

「好一些。給你個獎勵。我是從國王那邊接下工作沒錯，你把人家兒子給殺了，他可氣死了。我收了國王的錢，但其實執行的是羅斯下的命令。現在給你最後一次機會。」她手上又使了些力，奇勒得儘可能側過頭，不然就要皮開肉綻了。

「妳也知道我這是進退兩難，」奇勒拚命歪著脖子說：「我不說的話，妳會慢慢折騰我，但是我可以晚一點死。我一說出口，妳會賞我個痛快，但我馬上就會死。」

「所以你就用緩兵之計，賭賭看會不會有人救你。很聰明，我也覺得你該是個聰明人。大家都覺得奇怪，德佐．布林怎麼會收個沒有異能的徒弟，我猜關鍵就是在腦袋吧。」

「『大家』？你們該不會在我身上下注吧？等一下，大家都說我沒有異能嗎？」

「大家都知道，在御影裡頭沒有祕密可言。」V說：「看樣子你不打算告訴我是替誰工作吧？搞不好又是羅斯，他那人做起事情滴水不漏。我甚至聽說黠文夫人跟這件事情也有牽連。不過是不是刺客幹的，我一看就知道。」

「其實妳話還挺多的。」奇勒說。

他如果手還可以動，一定會甩自己一巴掌。切記：想要爭取時間，就不要批評對手講話囉唆。

斐瑞狄雅娜的美麗臉龐有半秒時間極其醜惡，奇勒幾乎看得到她心中的另一個胡．吉貝。她又笑了起來，但惡意揮之不去。「投胎以後，」她說：「記得再多練練。」

接下來應該會感覺到刀子滑過，脖子上的肉開一條縫，然後熱熱的。奇勒的肌肉不由自主緊繃起來，心裡充滿絕望。

這時有人敲了門。「奇勒？」伯爵的聲音傳來，V的手一縮，立刻轉過頭。

奇勒連忙撇過頭、身子弓起，想要將她甩開。或許應該說，他是這麼指揮自己的身體，可是體內似乎有道閃電流竄，一陣快感帶著巨大力量湧上來，彷彿他上半輩子都臥病在床，直到現在才徹底痊癒。德佐說過，這是他應有的異能，現在他終於可以發揮了。

V給他這麼一震，身子彈上半空，但她的手還抓著奇勒的頭髮，一條腿跟他的腿交纏，所以非但沒有飛出去，反而是往上彈之後又重重摔在他身上。V還想要拿刀砍他，但奇勒雙手已經掙脫束縛，馬上扣住她手腕然後朝床下翻滾。

落到床底下以後，奇勒壓在她上頭。V哼了一聲，膝蓋朝上頂向他兩腿間，奇勒只覺得褲子裡像是大爆炸一樣。他慘叫以後，用殘存的力氣握著V的手不放開，但V還是翻了身，換她壓在上頭。

「奇勒？」伯爵的聲音又從門外傳進來：「你房裡有小姐在嗎？」

我才不會說她是什麼小姐！奇勒下體劇痛，動都快動不了了，更別提還擊。「救命！」

「真丟臉。」V說。

奇勒還是只能呻吟。

她跳開，奇勒急忙站起來，房門也跟著被撞開，但他遲了一步，V已經將手中的刀朝伯爵射去。

伯爵一閃身，毫髮無傷避開飛刀，而且手一揚，霎時亮出飛刀，但他遲疑了。V看見伯爵抬手，飛身朝窗戶撲去。

奇勒衝上前，搶過伯爵的刀射向V。他依稀看見自己射中V的肩膀，接著抽出枕頭底下藏的劍，追到窗邊時已經不見V的蹤影。

伯爵一臉震驚，另一手握著一枝紅色的箭。「我猶豫了，」他這句話若是從別人口中說出，聽起來都像是覺得自己力有未逮，但伯爵的語氣卻像是凱旋歸來：「過了這麼多年，我一直沒有信心，但都是真的。我變了，感謝神！」

奇勒一臉茫然地看著伯爵：「什麼意思？」

「奇勒，我們該談談。」

四十五

「我這一兩天就會死，所以賈爾，你要仔細聽。」K媽媽說。

賈爾遲疑了一下子，然後啜了口K媽媽為他斟的椰汁茶。

這小子真是冷淡得要死。不過，這也就是為什麼要找他來，而不是找別人來。「明天或者後天，奇勒或德佐會來殺我，」她說：「因為我要奇勒去殺他以為是胡．吉貝的人，實際上那是德佐的偽裝。不管他們誰活下來，一定會發現中了我的計，害他們自相殘殺。我知道你跟奇勒之前是朋友——」

「現在也是。」

「沒關係，我並沒有想要你為我報仇，是我自己該死。反正，在這裡的生活也只是無止盡的失落罷了。」這孩子眼裡是同情嗎？她認為是，但她不在乎。反正他活到這年紀就會懂了。

「那有什麼地方要我幫忙呢，K媽媽？」

「我不是要你幫忙什麼。賈爾，現在情勢瞬息萬變，速度太快了。羅斯想要拿下神駕的位置，我想龐．卓丁隨時可能會死。」

「那妳不警告他一聲嗎？就這麼放任羅斯暗算他？」

「背後有兩個原因，賈爾。不管你知道哪一個都很可能會害你也喪命，你願意加入這一局嗎？」

賈爾蹙眉，真真切切地深思了一陣，最後點點頭。

「我會不管龐．卓丁的第一個原因，是因為我自顧不暇。我會設計德佐跟奇勒，也是被羅斯逼的，他拿什麼手段逼我，我不想多說，受的羞辱已經太多。現在問題是，我被羅斯制住了不能讓他察覺、甚至是懷疑我會反抗，否則我會失去比性命還寶貴的東西。所以我會死，而你得接替我的位置。」

「妳要把九人眾的位子傳給我？」

她對著自己那杯茶笑了笑：「賈爾，其實我不只是九人眾，我也當了十九年的神駕。」看見一向臨危不亂的得意門生終於靠在椅背瞪大眼睛，她得意了起來。

「天哪，」賈爾說：「有些事情這樣子就說得通了。」

K媽媽又笑了，這麼多年來，她第一次發自內心想笑。如果暴露弱點感覺就是這樣，那她好像明白德佐為什麼能夠享受工作中的危險了。因為危險，也因為死亡就在眼前，才會覺得活著很美好。

「告訴我是怎麼運作的。」賈爾又說。

換成K媽媽，也會問同樣一件事。換做是她，一樣會就這麼接受神駕說自己將死，開始研究神駕的死與她有何牽連，省掉對神駕表達哀傷。也許吧，她會做些表情裝作難過，但裝的就是裝的，賈爾只是不想造假，這一點說不定該尊敬才對。賈爾真的從她這兒學到不少，只不過她還是感傷。

「對不起。」賈爾說了，聽來似乎發自內心。也許他真覺得抱歉，當初教他要控制感情、同情的是她，現在她死期將至，竟沉溺在軟弱的情緒裡頭，還期望賈爾同情她。K媽媽不知道賈爾到底是怎麼想的，賈爾已經成為她所要求的那個樣子，看著他比照鏡子還可怕。

「御影裡每個人都知道自己的頂頭上司是誰，聰明人還會打聽出更上頭是九人眾裡的哪一個，連神駕是誰也是公開的祕密，也就是根本不算祕密。把這些線索拼湊一下，放在一群小偷跟妓女身上，不難看出御影的權力結構到底是怎麼一回事。過去十四年沒什麼問題，局勢大致上都算是平穩。」

「之所以平穩，是單純運氣，還是因為有妳掌舵？」賈爾問。

「的確是靠我，」K媽媽老實地說：「我派人暗殺先王，讓艾稜繼承，這樣子就不會有來自王室的壓力，之後也把內部紛爭給處理好。但是，御影這種組織原本就該波濤洶湧啊，賈爾。小偷、強盜、殺手、妓女，這些人本來就不懂什麼叫團結，你殺我、我殺你是家常便飯，你長大這幾年，是難得的安穩日子。

「我成為神駕之後的頭五年，御影總共死了八個『神駕』，六個遭組織外的人暗算，兩個想奪權的由我親自解決。當時的九人眾，只有兩個位置到現在沒換人。後來十四年裡，我讓龐・卓丁儘管享樂，只要他乖乖出席會議，口風緊一點，別出紕漏就好。但我倒也沒想到，傀儡居然能撐這麼久。」

「那麼，只有九人眾知道真正的神駕是誰？」賈爾問。

「刺客也知道，不過刺客受到魔法制約，不可以違抗命令。這系統還是有瑕疵，好比龐・卓丁光是收回扣跟賄賂就已經跟我一樣有錢，但新成員察覺拍他馬屁對前途沒什麼助益，有些人會因此惱火，反正那種人原本就沒資格加入九人眾。更重要的是，躲在檯面下，我才能掌握實權，同時又保住性命。」

「羅斯跟這件事情的關係是？」

「他剛進入九人眾，還不知道這個祕密，所以我才說龐・卓丁活不過這一兩天。羅斯以為殺死他，就可以登上神駕寶座。他這種念頭倒也暴露出我躲在幕後的最大缺失：既然只有另外八個人知道真正的神駕是誰，那羅斯只要逼這八個人就範，就等於真正得到神駕的權力。」

「但如果其他九人眾都這麼怕他，我又怎麼坐得穩？」賈爾繼續問。

K媽媽笑道：「很簡單，坐上去就對了。我當然不會讓你手無寸鐵打這場仗，」她伸手從抽屜取出一本小冊子，「這是間諜名冊。我想應該不用我說，你也知道這本子存在越久，你的生命越沒有保障。」

賈爾接了過去：「我會馬上背熟。」

K媽媽靠在椅背上：「賈爾，他的立場很穩，大家都怕他。」

「所以只能幫到這兒？」賈爾問。

「抱歉，我還不能把財產藏在哪裡也告訴你。像我這種年紀的女人，如果僥倖活下來了，總還需要一點保障。何況等我死了，你有很多時間可以慢慢找出來。」

「可以給我些建議嗎？」賈爾問。K媽媽點點頭。「我跟蹤了你說的那群人。」

K媽媽又點點頭。和賈爾相處久了，她知道不用追問，賈爾也會一五一十交代清楚。

「他們的確是巫師，在城北邊對瑞格納．翟爾展開奇襲。翟爾公爵只帶了很少的兵馬，大部分在衝突中死了，要不是他身邊有一位法師，應該會被全滅。」

聽到這兒，K媽媽挑起眉毛。

「我站在遠處觀戰，事後公爵跟那個法師好像起了爭執，分道揚鑣。我猜，公爵原本並不知道身邊那個人是法師。」

「那個法師打敗三個巫師？」

「看上去厲害的法術都是巫師那邊施展的，但是黑煙散去以後——我是說他們真的燒出一大片黑煙——卻是那個法師活下來。我覺得他是靠頭腦，先干擾了兩個巫師，讓公爵的部下有機可趁揮劍砍人，然後又驚嚇一匹馬去把剩下一個巫師給踩死。我不懂法術，也許沒這麼單純，但看起來是我說的那樣。」

「還有呢？」

「跟法師吵架以後，翟爾公爵帶著唯一一個倖存的士兵離開，繞遠路進城，午夜抵達自己家門口，之後的事情妳應該也聽說了？」

「死了二十八個人，放縱胡．吉貝的結果。」

「也是羅斯下的命令？」賈爾問。

K媽媽點頭：「可惜刺客受到的魔法制約還是有些漏洞。」

「是椿慘案。總之，翟爾公爵碰上來逮捕他的人，結果反而說服那些人跟他走，現在躲到表親家裡，打算私下匯聚一股勢力。原本跟他在一起的法師是個賽斯人，名字叫做索隆。其他細節我還沒查到，只知道半小時以前，他人還在白鶴酒館。」

「賈爾，你從不會叫人失望。」

他想繼續問下去，但有人敲了門。一個侍女進來，遞上一張字條，K媽媽將字條交到賈爾手上。

「暗碼破解方式，本子上有寫。」

一會兒他就破解出來。「龐．卓丁死了，」賈爾抬起頭看著K媽媽，「現在我該怎麼做？」

「從現在開始，」她回答：「這是你自己的問題了。」

「奇勒，我想跟你談談你的未來。」

應該不會長篇大論吧。

椎克伯爵從背心口袋掏出夾鼻眼鏡，卻沒有戴上，拿在手裡邊搖邊說：「我有個提議，奇勒，已經思考很久了，你根本不是當刺客的料啊。聽我說，我替你想了一條出路，孩子。我想，奇勒，你可以跟艾雷娜結婚。」

「伯爵？」

「我知道聽起來很唐突，但是你可以好好考慮。」

「伯爵，她才十五歲而已。」

「喔，我不是說現在就成婚，我的意思是你們可以先訂婚。艾雷娜也暗戀你好幾年了，我想我們可以看看過幾年之後會不會有發展，這段期間你就……跟在我身邊好好學。」

「伯爵，我不太確定我聽得懂你的意思。應該說，我確定我根本聽不懂你在說什麼。」

椎克伯爵拿著眼鏡拍自己的手：「奇勒，我是希望你可以——我想給你一個機會，脫離你現在過的這種生活。你跟在我身邊實習，過一陣子就可以接手這個工作。我也跟王后談過了，發現確實可以把頭銜傳給你。這麼一來，奇勒，你就可以變成伯爵。我知道這並不是什麼了不得的身分，但至少可以使你名正言順，你這幾年偽裝的身分就可以變成真的了。」

奇勒合不攏嘴：「把爵位傳給我？什麼叫做傳給我？」

「唉，奇勒，反正這個爵位對我沒用處啊。另外，嘖嘖……我沒有兒子可以繼承，伯爵頭銜對你有用，對我則一點用也沒有。反正呢，就算你不願意跟艾雷娜訂婚，我還是會這樣做。這可以幫你爭取一點時間，奇勒，你要好好思考你這輩子打算怎麼過，你可以獲得自由，不需要受到他們控制。」

自由。脫離御影。奇勒從未見過如伯爵一般慈悲的人——可是經過昨夜，一切都已經太遲。

奇勒盯著地板，點了點頭：「伯爵，抱歉，不會有用的，相信我。我……你已經對我很好、很好，我根本不值得你這麼做。不過，我不認為——」他朝在外頭野餐的羅根與賽菈撇撇頭，「我不認為那是我可以過的生活。」

「我知道你打算要走了，奇勒。」

伯爵就是這樣，一針見血。「是。」

「很快嗎？」

「我本來應該已經出發了。」

「或許這就是神的旨意，要我現在跟你談一談。德佐大概跟你說過，叫你別聽我說教對吧？」椎克伯爵也望向窗外，聲音帶著一股沉痛。

「他說如果我信了你的話，會害死自己。」

「這一點，我想他倒是說的沒錯。」椎克伯爵回答，轉身看著奇勒：「其實，他以前為我工作過。」

「什麼？師父他？」

伯爵淺淺地笑了。

「是說他當刺客之前嗎？」奇勒很難想像德佐．布林有過不當刺客的時候，只不過他總不會一出生就是刺客才對。

伯爵卻搖搖頭。「不，我是說他以前幫我殺人，所以我們才會認識。也是因為這層關係，他才會把你交到我這兒。你也看得出來，德佐他除了公事以外，朋友不多。」

「你？伯爵你會要他殺人？」

「別大聲嚷嚷啊，我夫人知道這件事，但僕人可是會嚇壞。我一直不想用文字對你說，希望可以靠著以身作則給你親自見證，但也許這是我不好。以前就有聖徒說：『無時不教、不避言教』。我可以多占用你幾分鐘嗎？」

奇勒心裡想拒絕。一方面，看著敬重的長輩對自己孜孜教誨，但一開始就打定主意不會接受，那種氣氛很差勁。另外一方面，奇勒已經命在旦夕，隨時可能有人為了昨天晚上的竊案衝進來抓人，美好人生的泡泡也會當場破滅。羅根會知道他的真實身分，賽菈會多一個怨恨他的理由，伯爵臉上失望的神情更是能令他痛徹心扉。奇勒知道伯爵一定會對他大失所望，但卻沒有機會知道他昨天晚上為了救人付出多大代價。不管他現在是否留下來聽伯爵說話，東窗事發之後伯爵都會對奇勒失望，他又何苦留下來面對呢。

「當然。」但他只能這麼回答，因為伯爵扶養他長大，給了他這兔窩來的小子難以想像的生活，奇勒欠他太多了。

「我父親從我祖父那兒繼承了一大筆財產，足夠讓他去和果汀．葛瑞芯、布藍．威索羅斯還有達芬．馬凱爾這些公爵之子混在一塊兒。唔，我想你可能沒聽過馬凱爾這一家，因為他們家在八年戰爭裡頭斷了香火。重點是，我父親為了跟這些名門貴族攀關係，他揮金如土，時常舉辦宴會、賭博、包下整間青樓等等。我祖父走得早，所以更沒有人管他，結果很快我們就家道中落了，然後我爸爸走上絕路。十九歲的時候，我繼承岌岌可危的家業。原本我生意頭腦就好，但是一直認為那不符合貴族的地位，跟很多心高氣傲的人一樣，明知不該固執卻反而更放不下身段。

「不過現實啊，有太多的手段可以壓垮一個人。欠債還錢是其中一種。想來並不奇怪，我父親借錢的對象裡頭，恰巧有人提供我賺『黑錢』的辦法，於是我進入御影做事，帶我入門的是所謂的大司庫。話說他要是真夠本領，應該是讓我欠御影的債越來越多才對，但我很快就摸清楚人與錢之間的流動，比大司庫懂得還要多。真正怪異的是，那時我完全不懂什麼叫做良心不安。

「能賺錢的生意我就投資，例如吸引特殊客群的妓院，不管多變態都沒關係。我也經營賭場，還從世界各地招攬高手，好讓客人的荷包更扁。我還做過香料走私，花錢買通海關不要查貨。如果有人跟我競爭、想要分一杯羹，我就直接找打手去把對方給處理掉。打手第一次不小心把對方給打死那時候，我非常地吃驚，但反正我不喜歡那個人，加上一切都是為了振興我們家族，而且因為眼不見為淨，所以我也沒什麼罪惡感。後來跟當時的御影大司庫起了衝突，我沒猶豫多久便找來德佐，而且當年我還傻傻的，根本不知道他第一時間就去請示神駕是否同意。結果神駕答應了，然後我取而代之，成為御影的新司庫。」

雖然一字一句奇勒都聽進去了，但是他覺得難以置信。他從小看到大的椎克伯爵，怎麼可能是這樣的人？榮柏．椎克居然曾經是九人眾之一？

「後來我常常出國，在其他國家擴展事業版圖，經營得相當不錯，也因此才有了那麼恐怖的念頭……當然，一開始我不知道自己的計畫會那麼可怕，還很沾沾自喜呢。進入御影四年以後，我不只償清了債務，還看見一個賺大錢的機會。我的想法得到御影支持，花了十年時間終於打通關節，立法施行奴隸制度。表面上當然是有限度地施行，針對重刑犯或者無產者，我們聲稱只將無能力自主生活的人貶為奴隸，但此後妓院裡面就都是不用付工資的奴隸女人。我還生出另一個主意，也就是生死格鬥，結果很多人沉迷在這種感官刺激裡頭無法自拔，我們不只蓋了格鬥場收門票，還壟斷了裡頭食物飲料的生意，加上開賭局以及操縱賭金，錢滾進來的速度遠遠超乎我們一開始的預期。於是我也有更多機會請德佐幫忙，就這樣跟他有了交情。不過他有他的一套原則，不是什麼工作都接。如果有人想搶我的生意，為的也是圖利自己，那他就會動手；但如果有人只是想要推翻奴隸制度，我就得去找安德斯·古卡，刀疤瑞伯，剪刀手喬努斯，或者是胡·吉貝這些人才行。

「但你得明白，就算我幹了這些事情，我那時候也不認為自己是壞人。我不喜歡生死格鬥，所以不去看。我知道船上的奴隸下不了船，死的時候槳還綁在身上，所以我不搭這樣的船。我也知道收容奴隸小孩的地方有時候直接就變成雛妓院，當然我也不會上門尋歡。德佐·布林出任務的地點，我也不會主動驗收成果，我只負責下命令，錢就會像下雨般滾滾而來。最好笑的一點，就在於我這個人根本也胸無大志，那時候我的財力在這國家名列前茅，能超過我的只有神駕、國王跟少數貴族，我覺得很滿意了。要不是我很安分，神駕也許早就殺了我吧。只是她認為沒有對付我的必要，根本不把我當成威脅，加上德佐·布林也是這麼告訴她。」說到這兒，伯爵搖搖頭。「抱歉，我離題了，只是我很久沒有提起這些往事。」他嘆了口氣。

「錯就錯在我愛上一個不對的女人。剛開始不知道為什麼，我深深受到烏拉娜所吸引，甚至可以說是著魔了一樣，我花了很久時間才搞懂背後的原因。我原本還想躲著她，因為看見她，我就覺得好難受。最後我終於明白，原來那是因為她跟我正好相反。你懂嗎，奇勒，她是個純真無瑕的人，但奇怪的是她居然也愛上我。當然，她並不知道我的真實身分。我不會用本名去做那些勾當，也不會張揚自己的財富給其他貴族知道。我往黑暗裡越陷越深，但同時對她的愛，還有自慚形穢的感覺也跟著日漸加深。

我怎麼可以活在黑暗裡，卻愛上那道光？」

這問題像一把長槍插在奇勒心坎上，他同樣覺得好慚愧。

「後來，她開始關心奴隸問題，奇勒，而且她決定要親自去看看孩童收容所、遊船、格鬥場。我不敢讓她一個人去，結果也就親眼看到我到底種下什麼惡果。」伯爵眼神迷濛：「唉，奇勒，你真該看看她的模樣。在那些臭氣沖天、陰暗絕望的地方，她的出現帶來一陣清爽的微風，給人一線希望。我一手打造出黑暗，但她卻將光明帶進去。在格鬥場，我們見到一位冠軍鬥士，殺過五十個人，卻哭倒在烏拉娜懷中。

「那時候我覺得被撕裂成兩半。我想要離開黑暗，但是我跟一般人一樣懦弱，不肯付出應付的代價。於是我旅行去賽斯國，那裡的奴隸制度跟我們不太一樣。我回到賽納利亞以後，祕密推動立法，希望可以每七年解放一次奴隸。御影讓這條法律通過了，但附加了但書稍做修改，結果根本什麼改變也沒有。之後有一天，烏拉娜當時已經是我未婚妻了，她哭著跑到我住的地方，因為她父母搭乘馬車出了意外，傷勢相當嚴重，她懷疑我岳母可能撐不下去，非常需要我幫忙。但同一時間，九人眾也在我家開會，因為戴文國王又想要廢掉奴隸法，那可會使御影損失幾百萬金幣。奇勒，你覺得我會要誰先離開呢？」

「你支開九人眾？」奇勒低呼。這種蔑視會害伯爵送命的。

「我叫烏拉娜走。」

「可惡！啊，對不起——」

「不用道歉，我自己也這樣覺得，我真是太可惡了。神在這時伸出援手，奇勒。我再也無法忍受，覺得心好像死了。我那時心想，如果就這麼與御影斷絕關係，當然會惹來殺身之禍，但我也意識到：御影想要的是我那份巨大事業，如果全部移交給一個人，那個人也可以繼續營運，我就真的難逃一死。所以我不可以那麼做，我得用盡所有手段，把所有生意放出去，讓多路人馬瓜分掉。」

「於是我展開行動，」伯爵說：「之前那些年，我破壞很多美好事物，又建立很多醜惡的東西。我將賺來的錢，拿去資助與我相反的人，透過他們的手重建美好家園、毀去醜陋不堪。事成之後，我二度一文不值，家道再次中落，還跟很多有權有勢的人結仇。我去找烏拉娜，將事情真相告訴她，要求跟她解除婚約。」

「那，她怎麼反應？」奇勒問。

「知道我是怎樣一個人以後，她當然很傷心啊，奇勒。尤其她原本以為她真的瞭解我，卻發現其實對我一無所知。我解釋了很久，她最後居然肯原諒我，我真不敢相信她居然可以原諒我，我自己都花了更長的時間才接受自己。又過了一年，奴隸制度再度作廢，我也在背後出了一份力，之後我們結婚了。過去二十年，我努力工作，有時候受到以前的名聲牽累，有時候卻又因為新的形象而遭人另眼相看。你也知道，貴族對於那些真正需要賺錢養家的人都是怎樣的態度。但我的錢都是乾淨錢，神也對我很好，我們家不愁吃穿，孩子都算乖巧。羅根終於向賽菈求婚，她也終於答應了，所以羅根以後就是我的女婿。這樣我還夫復何求呢？這些事情我好久以前就該告訴你才對，也說不定你在御影裡頭已經聽到一點風聲了。」

「不，伯爵，我完全沒聽說。」奇勒回答。

「孩子，希望你現在可以明白，我懂你的處境。我知道御影會用些什麼卑劣手段，也知道想要脫身要付出很大代價。神對我相當寬待，祂沒有要我把所有罪孽都償清，但我想關鍵在於我是願意承受代價的。這就是贖罪跟後悔的差異：看到奴隸制度造成的惡果，我後悔了，卻不願意承擔應負的責任。而當我願意面對後，神馬上就給了我一條出路。」

「但是，伯爵，你怎麼活下來的？我的意思是說，你不只是離開組織而已，你還把原本好幾百萬的生意給毀掉了！」

椎克伯爵笑了笑：「是神的旨意啊，奇勒。神，再加上德佐．布林。德佐挺欣賞我，他覺得我真是傻子一個，但還是對我有好感，所以他出手保護我。惹上他可不是開玩笑的。」

多謝提醒啊。

「奇勒，重點是假如你願意擺脫這種生活，其實可以辦得到。或許你會有所眷戀，我想你的表現很出色吧，所以難免會有成就感。人沒有辦法徹底彌補每一個過錯，但是你絕對有機會得到救贖。天無絕人之路，只要你願意犧牲，神會幫助，給你機會保護那些無價之寶。我要告訴你的就是，這世界上還是有奇蹟，看看那兒。」他指著窗外，搖搖頭一副不可思議的表情：「我的女兒，居然要跟羅根這樣一個好孩子結婚了，真是神的眷顧。」

奇勒眨眼忍著淚，差點兒沒看見伯爵身子往前傾，朝著前門望去。等他自己看見士兵推開老門房走進庭院，嚇得視線都清楚了，立刻站起身來，沒想到士兵並不是朝屋內走，反倒停在羅跟與賽菈身邊。伯爵打開窗戶，正好聽見隊長攤開卷軸大聲朗讀。

「羅根．翟爾公爵，因刺殺艾稜．岡德王子，以叛逆罪加以逮捕。」

四十六

椎克伯爵連忙出去。奇勒遲疑了，就在十年前他與羅根打架、開啟一段友誼的同樣地方。他不該露臉。此時無法判斷士兵知道多少，他們都能把羅根和王子命案牽扯在一起，天知道還有多少人被當作是共犯？國王可能開始有被害妄想了，無論情勢如何發展，引起士兵的注意都是不智之舉。

但羅根大惑不解的神情直直撞進奇勒心裡。羅根站起來，任由那些個頭比他矮的人解下佩劍，模樣像是一隻不知道為什麼給人踢了一腳的狗，眼睛瞪得大大的。奇勒暗罵自己真傻，然後追著伯爵出去。

「我得請你們解釋清楚。」椎克伯爵雖然看似弱不禁風，但一言一行卻透露出威嚴莊重，在場眾人都不由得注視著他。

「伯爵閣下，我們，呃，是來進行逮捕的。恐怕能說的只有這樣。」這個隊長有黃色皮膚加上一對杏眼，長得不高但是挺結實，不過看他表情，似乎要盡全力才能站在伯爵面前不被氣勢壓倒。

「阿圖里安隊長，你想抓的是一位公爵，而你並沒有這種權力。依據胡洛二世在位第八年時，對於普通法所做的第三修正案，若要逮捕公爵，必須要有犯罪事實、兩名證人，並且提出合理犯案動機。若要進行監禁，也必須具備其中兩者。」

阿圖里安隊長吞了口口水，似乎是靠著意志力才沒被伯爵的氣勢壓垮：「我……唔，犯罪事實指的是受害者屍體吧？這樣我只要帶兩名證人，並且提出動機，您就可以讓我帶走公爵殿下了？」

「你得先有屍體才行。」椎克伯爵回答。

隊長點點頭：「呃，確實有，伯爵閣下。昨天晚上在黠文家已經找到王子遺體；至於動機……這實在不方便說啊，閣下。」

「假使你們意圖在我家，不經合法程序帶走翟爾公爵，身為本國貴族，我有權利也有義務行使武力保護他。」

「你們家會被殺光喔！」一個士兵奚落道。

「殺光我們家，你們就會掀起內戰。你們有這種打算嗎？」椎克伯爵講完，剛剛出言的士兵也接不了口，范恩．阿圖里安面色鐵青。伯爵又說：「你們可以想辦法指出節操出眾的翟爾公爵有什麼動機暗殺王子，不然就請回去吧。」

「閣下，」阿圖里安隊長看著地上：「恕我直言，動機是嫉妒。」

奇勒不知怎地，目光飄向賽菈。他看見賽菈到現在還沒從震驚中回神，而且隨著隊長越來越尷尬，她開始往後縮，彷彿知道隊長想要說什麼。

「翟爾公爵發現王子……曾經與伯爵您的千金有染。」

「荒唐！」羅根說：「這是我聽過最可笑的指控了。拜託，她跟我都沒上過床啊！我是她未婚夫呢！艾稜跟她常見面不代表──」

不過羅根看見賽菈的表情，話也說不下去了。「賽菈，不會吧……妳沒有，快告訴我妳沒有。」羅根覺得自己的靈魂赤裸，全世界的箭都朝他射去。

賽菈痛哭失聲，聽了叫人心碎。男人們沒有一個上前，她跑進屋子裡，大家眼見羅根的痛楚，不知如何是好。

羅根轉頭問伯爵：「你知道這件事？」

椎克伯爵搖搖頭：「我不知道是誰，但她說她有告訴你，而你原諒她了。」

羅根又看著奇勒。

「一樣。」奇勒低聲回答。

羅根聽完，像是又中了一箭般用力喘息。「隊長，」他說：「我跟你走。」

剛剛多嘴的士兵，在隊長示意下上前，給羅根銬上手銬。「可憐的孩子，」他雖然說得很小聲，好像只是要給羅根一個人聽見，但是因為其他人都不出聲，所以每個人都聽見了，「就這麼跟王子當表兄弟囉。」

這是奇勒第二次看到羅根動怒。上一次，羅根還是小孩，不像現在這麼孔武有力。如果是刺客，或許能夠察覺羅根的肌肉繃緊，或許反射速度會快得足以閃避，但是那士兵不是刺客，一點機會也沒有。羅根在兩邊手銬都銬上以前抽出手，對著那士兵臉上就是一拳轟過去。奇勒心想連他也沒見過這麼大的力道，如果師父以異能強化肌肉，或許單就力氣可以媲美，不過拳頭後面那全身的質量可就遠遠不如羅根。

士兵給他打得向後飛出去，是真的飛了起來，腳離地以後還撞倒後面兩個同伴。人還沒落地，奇勒的宿羅刀已經出現在手中，但在他衝上去之前，伯爵的手指深深掐住他手臂。

「住手！奇勒。」伯爵說。

士兵撲上去制服羅根，羅根只是怒吼。

「別動手，」伯爵說：「寧可……」他的表情和羅根一樣沉痛，悲哀但是堅定，「寧可承擔別人的惡行，不要自己犯下惡行。在我家土地上，不要傷及無辜。」

羅根沒有繼續動手，士兵將他壓在地上以後，先把手拽到背後銬上，然後在他腿上也上了枷鎖，才讓他站起來。

「剛剛伯爵叫你奇勒？你是奇勒．史登？」阿圖里安隊長問。

奇勒點點頭。

「你也遭到叛逆罪起訴，此外你身為御影成員，以謀殺圖利，並且涉及艾稜王子命案。椎克伯爵，現在證人、屍體、動機兼具。來人啊，把他抓起來！」

阿圖里安隊長看見羅根的樣子或許也很同情，不過他還真是機靈；奇勒剛剛太注意羅根的情緒，居然沒注意到早就有人繞到後面包圍。隊長一聲令下，馬上有兩個人上前扣住他的手臂。

他手臂往前揮，原本只想甩得兩個士兵重心不穩，然後趁機向後倒，沒想到身上的異能如蓄勢待發的蛇，一發勁，那力道遠遠超乎以往，兩個士兵給他往前一甩撞在一起，奇勒那柄劍的劍身夾在兩個士兵之間。要是奇勒轉動劍柄，這兩個士兵立刻見紅，甚至可能刺穿他們身上的熟皮軟甲。不過奇勒將劍收進鞘內——他的動作怎麼可以這麼快？他才剛把兩個士兵摔出去，向後一倒的時候，劍就收好了。

奇勒向後倒下，然後一伸手翻個筋斗，這對他有如兒戲般簡單。站好以後，他轉身朝伯爵家小花園一邊牆壁跑去，往上跳時他心想要抓住十二呎高的牆頭，卻跳得太高，牆頭只到膝蓋高度，結果整個人捲成一團滾了過去，運氣很好沒有受傷，落在牆外土地上。

一站起身，他先壓下異能。花園內士兵叫喊起來，但不可能追得到他。奇勒現在是真正的刺客了，不知道師父會有什麼看法。而他雖然成就了自己的夢想，卻覺得悲慘得無以復加。

「狀況還好嗎？」亞耿將軍問起阿圖里安隊長，兩人穿過城堡長廊，正要進入俗稱深淵的大牢。

「狀況……很不好。亂七八糟啊，將軍大人。我只能說，這是我出過最差勁的一回任務了。」

「很遺憾嗎，隊長？聽說你死了一個部下。」

「容我直言，其實這是替我擺脫一個蠢才，不然那傢伙的姊姊是男爵夫人，我一直擰不走。是那傢伙自尋死路。雖然我不該這麼說，但是將軍大人，您該看看羅根的表情。我敢發誓，絕對不是他幹的。」

「我知道，我知道。我會盡量想辦法救他。」兩個人穿過警衛，這扇門分隔了城堡與深淵。深淵第一層專門囚禁貴族，牢房很小，但跟下層比較總是舒服一些。以琳沒有貴族身分，將軍還是把她關在地下一樓，他實在不忍心要一個年輕女孩兒到更下面的地方去，如果國王真的問起來，他會說只是方便就近審問。

亞耿站在羅根牢房外。「范恩，」他又開口：「這孩子知道自己家發生的事情了沒？」

個子不高的范恩．阿圖里安搖搖頭，「將軍大人，我這兒已經死了一個士兵，要是連這件事情都跟他提，我怕會沒辦法收拾哪。」

「處理得很好，勞你費心了。」將軍如果面對部屬當然不會如此委婉地請人退下，只不過即便將軍的軍階僅次於國王，阿圖里安隊長卻是直屬國王的禁衛軍，並不歸亞耿管轄。還好他們雖非朋友，關係卻也不差，阿圖里安馬上聽出將軍的意思，隨即告辭離開。

因為與自己根本無關的命案而身陷囹圄，居然還要面對全家慘死的悲劇。要開口告訴羅根這件事情實在很難，但卻是亞耿的職責所在，而他總是盡忠職守。開門之前，亞耿先敲了門，彷彿他們不是身在深淵裡頭，這也只是一次尋常的拜訪。不過裡頭沒有反應。

亞耿推開門。十呎見方的貴族囚室，四面牆壁打磨光滑，以防人犯自殺。房裡備有長條石塊，供做床鋪使用，每週更換稻草。住在這兒的舒適程度，只能說比下層要好而已。就算鋪上新鮮稻草，類似雞蛋酸臭後的氣味，以及很多人聚居在密閉空間的那些味道，還是會從其他牢房飄進來，揮之不去。羅根看起來完全不在乎這些味道，其實該說他看起來什麼都不在乎了，臉上有瘀青，還有兩行淚。亞耿將軍進來以後，他抬起頭，但是眼神好久才聚焦，神情失落，肩膀低垂，大手攤開擺在腿上，頭髮凌亂。但他並非獨處，王后坐在他身旁，像慈母一樣抓著羅根無力的手。

天佑吾后，她過來是想親口告訴這孩子吧。

艾稜九世真是糟蹋了娜麗亞．威索羅斯這王后，不然她可以說是最得力的左右手。要是她成為瑞格納的王后該有多好。然而娜麗亞心甘情願讓國王排擠到邊緣，盡自己所能照顧好原本四個、現在剩下三個孩子。亞耿以前就想過，或許孩子是她生存的唯一動力吧。

「王后殿下、公爵殿下。」亞耿行禮道。

「恕我失禮，不起身了。」羅根回答。

「不用客氣。」

「有人說我父親也死了，還說是他做的。國王派人去抓他，罪名是殺死我母親。到底是怎麼一回事？」羅根問。

「據我目前所知，你父親尚在人世。他返家的時候，身邊只剩下一、兩名衛兵，因為他們還沒進城，就已經碰上埋伏。有人處心積慮，想要殺光除你以外所有翟爾家的人。另外，會有官兵捉拿你父親，根本不是國王授意。我還在追查是誰下的令，不過去你家的那批人，可能逃出城了，也可能追隨你父親離開，這一點尚未確認。」

「將軍，艾稜不是我殺的，」羅根說：「他是我的朋友，就算他……別人說他……」

「我們明白。我們──我是指王后和我，我們不覺得兇手是你。」

「他昨天晚上還跟我聊天，你們知道嗎？他知道我要跟賽菈求婚，還叫我先緩一緩。他提醒我其他人說賽菈什麼閒話，還不知發什麼神經，居然要我娶潔寧公主。我當時覺得奇怪，以為他真的太大方，沒想到都是假的，他根本是心虛。真可惡！」

羅根看著王后，又說：「對不起，我不該這樣子說他，但我真的、真的很氣──可是我也非常非常歉疚！我能體諒他們的啊，王后殿下，我真的可以。天哪，他們為什麼不直接跟我說就好了呢！」

兩個人靜靜地哭泣，王后只是掐掐羅根的手。

過了一會兒，羅根又抬頭看著亞耿。「我聽說奇勒才是真兇，也在椎克伯爵家看到他的動作，很快，快得不可思議。但你們確定嗎？」

天哪。這孩子才剛遭到未婚妻和王子背叛，現在又想知道是不是遭到最要好的朋友出賣。亞耿不知道羅根撐不撐得過去──他需要羅根支持到最後，卻又不能不告訴他真相，實在不想瞞他。「我可以肯定的是，王子遇害的時候，奇勒的確在二樓。我還可以確定，他是一名刺客，本名恐怕不是奇勒，也根本不是史登家族的人。關於他的身分，大概兩星期可以查清楚。我已經派人快馬加鞭去史登家詢問，不過單程要接近一星期時間。現階段，手邊線索不足以做出結論，但是孩子，我會盡力。」

「將軍閣下願意來看我，已經對我很好了。」羅根說完，挺直背脊：「我並非不知感恩圖報，不過我猜，將軍跟王后兩位同時出現，應該找我還有別的事情，否則不會這麼快、這麼巧。」

王后跟將軍交換眼神，似乎已有默契，然後將軍開口：「羅根，你說的沒錯。事實上，這個國家面臨重大危機，我們也希望可以給你時間整理情緒。相信你知道你父親與我是好朋友，而你家遭遇的狀況更是慘絕人寰。

「但是，我們得請你暫時把情緒放下。賽納利亞面對的威脅有多大，目前不得而知，但我個人推斷已經相當危急。十年前，國王決定採取手段解決你父親，是我提議將他派往嘯風谷駐守。我知道你父親可以讓嘯風谷成為堅固堡壘，也認為卡利多遲早會展開侵略。或許就是靠著你父親的領導統馭，戰火遲遲沒有燃起，多數人也盲目期待相安無事的局面延續下去。大家都明白，一旦兩國交鋒，我們一點勝算也沒有。

「在我看來，王子、你母親、你們家的僕從們，都只是戰爭的第一波犧牲者，這場戰爭跟以往不同，不依靠軍隊武力，而是透過暗殺達成目的。碰上軍隊，我們有所準備，勉強可以抗衡。但暗殺卻很難應付。」

「先請王后恕罪，」羅根插嘴說：「但我為什麼要在乎國王保不保得住人頭呢？陛下未曾厚待我們翟爾家。」

「你這話很公允。」王后說。

「就你個人的角度，」亞耿回答：「要注意的是，國王一死，你只能永遠關在這裡，不然就是被人暗殺。而就整個國家的層面來看，國王死了以後會爆發內戰，貴族會召回效忠自己的軍隊，卡利多則會趁機進逼邊界。就算我國軍力全部集結，也無法逼退卡利多；要嚇阻卡利多，唯一手段是使戰爭代價顯得太高，讓他們不願貿然行動。而我們的軍力一旦分散，最後防線也就潰散。」

「所以你推測會有一連串暗殺計畫？」羅根問。

「應該幾天內就會開始了。但是，羅根，卡利多的計畫能有效，建立在幾個前提上。他們知道你被捕了，想必也已經開始搧風點火，散布對國王不利的言論，將最近這些事件歸罪於國王，甚至說是他的陰謀。我們現在必須以卡利多沒設想到的手段反擊才行。」

「是什麼手段？」

王后開口：「卡利多雇用胡．吉貝，他是刺客中的佼佼者。胡．吉貝要殺國王應該不成問題，要保住國王，最好、也可能是唯一辦法，就是使卡利多無法從國王駕崩得到好處，而這取決於是否有人能繼承王位。倘若沒有戰亂，再過幾年的話，潔寧或者我也許都可以，問題是當下……我們兩個都不行，有些貴族世家絕不接受女性統率出征。」

「那，你們打算怎麼辦？再生個王子出來？」

亞耿侷促不安：「也算是吧。」

王后說：「我們需要一個聲望夠好的人出面鞏固王權，這個人的繼承地位必須足以排除異議。」

羅根看著將軍，忽然明白兩個人的弦外之音，情緒再度湧現在臉上：「你們根本不知道自己在說什麼吧。」

「我很清楚自己的意思，」王后淡淡地回答：「羅根，你父親有提過我的事情嗎？」

「只有讚美過您而已，王后殿下。」

「你父親跟我其實訂過婚，羅根。婚約歷經十年，我們都認定了對方，不只談戀愛，連將來小孩的名字也取了。當年先王沒有子嗣，與我成婚可以確保翟爾家繼承王位，但我父親卻背叛瑞格納，不遵照與你祖父指腹為婚的約定，私自將我許配給艾稜・岡德。我的婚禮只有很少人到場，僅只合法而已。我連事前想通知瑞格納都辦不到。先王十四年後才過世，這時間夠我懷胎生子，夠你父親成家立業，岡德家卻也用這段時間編造可笑的背景，把艾稜拱成所謂九世，儼然他是名正言順的王族子弟。戴文王過世以後，你父親其實可以起兵奪位，而且他會贏，但卻沒有這樣做，那是因為我、還有我的孩子。

「羅根，我被賣進一樁我所鄙視的婚姻，被賣給一個我不愛、這輩子都不可能會愛的男人。我知道什麼是政治婚姻，我甚至知道當年的我換算成土地跟爵位是多少價錢，那就是我家在先王死後獲得的好處。」王后言語如鋼，冷靜、清楚、威嚴：「我愛的人始終是你父親，但這二十五年裡，我們幾乎沒說過話。我嫁入了岡德家，他也不得不娶葛瑞芯家的女兒，以免家族被邊緣化，和馬凱爾氏一樣走上窮途末路。我聽說他過得並不算美滿，所以如果你以為這麼逼你，我會覺得開心，那真是大錯特錯了。」

羅根的父親沒說過這些事情，但羅根現在忽然想通了，原來母親之前那些年，一直都在計較這件事。她會尖酸刻薄地批判父親，而且始終懷疑他有情婦，但羅根很肯定父親並沒有外遇。而父親其實也有一次漏了口風，說羅根母親真正可以嫉妒的對象，也就只有那麼一個而已。

「我只希望，你結婚以後，不會像我一樣痛苦。」王后說。

羅根雙手掩面：「殿下，我難以用語言表達……表達我對賽菈的憤怒，可是我答應過她父親要娶她了。」

「為了國家存續，國王依法可以解除境內任何婚約。」亞耿說。

「但國王不可以破壞我的人格！」羅根說：「我發過誓！還有，該死，我還是愛賽菈啊，我現在還是愛她。你們只是想要我演一場戲吧？計畫是什麼，讓國王收養我嗎？假裝我是繼承人，等你們再生一個王子？」

「就算是演戲，也可以讓這國家度過難關啊，孩子。」將軍說：「更可以保護你們家不至於滅亡。你不活下去，你們家就完蛋了。而且就算我們料錯了敵軍的行動，這麼做還可以保住你的尊嚴，把你帶出大牢。」

「羅根，」王后又淡淡地道：「這不是演戲，雖然我們的確用這理由說服國王。他沒有度量，要是都聽他的，翟爾家根本不可能和王位扯上關係。」

「殿下，」將軍插嘴：「羅根他不需要——」

「卜蘭，每個人都有權知道自己會犧牲什麼。」她注視亞耿，過一會兒後亞耿低頭了。王后轉頭看著羅根：「羅根，以前我將全部希望寄託在孩子身上，現在我則將兒子的死歸咎於我丈夫。要不是他跟黠文家那蕩婦……」她眨眨眼睛，不肯落淚，「國王跟我只會有這麼一個兒子，我不可能再跟他行房，絕對不可能。如果他想逼我，或者廢后另立，我們也會表態；他敢亂來的話，會有刺客提早送他上路。換句話說，羅根，只要你答應，王位遲早都是你的。」

羅根一句話也沒說。

「多數人聽到這種大好機會，一定不肯放過。」亞耿說：「但多數人也不會成為好國王。我們知道你根本對王位沒有野心，但你不只是最適合這位子的人，也是如今唯一能夠坐上去的人。」

「『羅根』是當年瑞格納與我說好，要給長子取的名字，」王后說：「我知道這要求代表什麼意義，羅根，而我已經向你提出要求了。」

四十七

棋局態勢不妙，棋子在多利安面前排開，像軍隊一樣排在多利安面前。其實不能說它們像軍隊，因為它們本來就是軍隊，只是戰場上沒幾個士兵穿著制服，很多棋子甚至不是自願要動。「愚蠢的王」羞辱了「指揮官」，「不情願的王」此時跪在某處，「祕密法師」的祕密使他與「可以成為王的人」分開，「會動的影子」和「名妓」不知道自己該選擇哪一邊。「小牛郎」動得很快，但還是太慢、太慢了；「鼠輩王子」已經率領齷齪大軍，從兔窩探頭，一群人渣構築的巨浪。「放浪王子」跟「鐵匠」也能有一席之地，只要……

可惡啊！光是看著這些棋子就很吃力。他平常可以專注在某個棋子上，看見那棋子面對什麼分歧：「指揮官」碰上喝醉的國王對他破口大罵，「會動的影子」在一間蜜月套房碰上「學徒」。不過在他想要把棋子固定住，分辨出相對位置的時候，又會看見每個棋子在不同時期的狀況，好比說十七年以後「鐵匠」蹲在熔爐邊，叫兒子趕快回去工作。問題是看見這樣的畫面，他還是不知道要怎樣保護費爾，讓他活得到那時候。

他趕快回神。「被綁架的人」又到底在哪裡？

有時候，他覺得自己只是吹過戰場的一陣微風，雖然什麼都看見了，但能力所及不過就是吹歪一兩枝箭別傷到人。「祕密法師」人呢？啊。

「快去開門。」多利安說。

費爾原本坐在小桌子邊磨劍，聽多利安開口才抬起頭。兩人在席林區租了間小房子，多利安說這裡才不會有人打擾。費爾起身開門。

有個人剛從門口走過，毅然決然地沿著大街前進，髮色、姿態都很眼熟。那人的眼角餘光可能也察覺異狀，畢竟如費爾這樣一座金髮小山很難錯過，於是轉身，手搭上劍。

「費爾？」

費爾的表情跟索隆一樣吃驚，多利安又開口：「你們兩個都進來吧。」進去之後，費爾還是忍不住嘀咕一頓，說多利安為什麼老是不肯先跟他說明白些，多利安還是微笑以對。太多得看、太多得知道。眼前的小事情，很容易就會忽略。

「多利安！」索隆緊緊抱住老友：「我真想把你給掐死，你知不知道你隨口一句『翟爾大人』把我害得多慘？」

多利安還是笑著，他當然知道。「呵，朋友，」他抓著索隆的手臂：「你做得很好。」

「而且看起來也很好，」費爾跟著說：「你走的時候都發福了，現在你看看，十年操練可是有成果呢。」

索隆笑了笑，但笑容很快淡去：「多利安，先說正事，我得弄清楚。你當初要我去找的，到底是羅根還是瑞格納?我記得你是說『翟爾大人』不是『翟爾公爵』，等我到他們家，卻發現兩個人都可以叫做『大人』，那我做的到底對還是不對?」

「對、對。他們兩個都需要你幫忙，你也好幾次解救了他們，有些事情你自己知道，有些事情你自己也不知情。」或許，索隆所做的事情之中，最重要的一項也是他自己最不認同的一項，那就是促成羅根與奇勒結識。「但我不能騙你，我並沒有預見你會將身分保密，原以為你幾年前就會告訴他。以我現在看到的路徑來說，絕大多數狀況下，瑞格納．翟爾會死。」

「我真是個膽小鬼。」索隆說。

「嘖，」費爾說：「索隆，說別的我還信，說你是膽小鬼我可不信。」

多利安沒有說話，只有眼神流露理解。他所瞭解的與費爾不同，他知道索隆不說出身分確實是因為膽怯。好幾次索隆想要講明白，卻不願意賭上與瑞格納的情誼。最遺憾的一點在於，假如瑞格納聽到索隆親口說出來，絕對能夠體諒，並且一笑置之。然而意外發現真相，卻使瑞格納覺得遭到朋友出賣，而他曾經眼睜睜看著未婚妻被出賣給另一個男人。

「你的能力越來越強了。」索隆說。

「對，現在跟他說話真痛苦。」費爾跟著說。

「想不到修肯迪那些弟兄，居然肯讓你到這兒來。」索隆又說。

多利安跟費爾聞言，對看了一眼。

「你們沒通報獲准，就自己離開？」索隆見狀問。

沒人回答。

「還是直接抗命？」

「更糟。」多利安說。

費爾笑了出來，索隆一聽就知道，自己又被扯進多利安難以想像的計畫中。

「你們到底做了什麼好事？」他問。

「東西是我們找到的，所以應該屬於我們，他們根本無權過問。」多利安說。

「不會吧。」

多利安聳聳肩。

「在哪裡？」索隆問完，看見兩個人沒什麼表情，反而知道了答案。「你們把它帶到這兒來？」

費爾走到小床邊，將被子掀開。夸亟收在鞘內，擺在床鋪上。劍鞘是白色皮革，刻著金色的希瑞語咒文，尖端也鑲以黃金。

「這肯定不是它原本的劍鞘。」

「看到這種東西，我就對鑄劍沒興趣了，」費爾說：「劍鞘是原本的，不過上面加了一大堆法術，精細得可以媲美甘督絲綢，我想他們只是想保住皮料而已。這劍鞘不會髒、不會凹，上頭的黃金都是純金，還特別硬化過，強度超過鋼鐵。要是我可以掌握這種技術，賺的錢應該十二代子孫都用不完吧。」

「我們不敢拔劍，當然也不會貿然想用它。」多利安說。

「我可希望你們別亂來。」索隆說：「多利安，把它帶來是什麼原因？你又看見什麼了？」

多利安搖搖頭：「這麼強的神器會干擾我的預知能力，它們本身的力量、引發的慾念都太龐大了，我的視線一片模糊。」

但他才說完，心神又飄盪開來。飄蕩這個說詞可能太溫和了，他看著索隆的時候，忽然有很多影像從索隆身邊冒出來，都是不可思議的畫面。他看見索隆以寡擊眾，又看見索隆變成白髮蒼蒼的老人，其實並不老，只是——可惡，他還沒能理解，影像就消失了。索隆索隆索隆。索隆快死了。索隆在殺人。索隆在一條給風暴打翻的船上。索隆從刺客手中救了瑞格納。索隆殺死國王。索隆毀掉賽納利亞。索隆將多利安押到卡利多。在一間掛了很多女性肖像的漂亮房間裡，還有另一個美女，她叫做潔寧。多利安心一沉，他看見蓋洛司．烏蘇爾。

「多利安？多利安？」朋友的呼喚好遠好遠，但多利安跟著聲音回到現實中。

他抖抖身子，大喘一口氣，彷彿剛從冰水裡出來。

「能力越強，症狀就越嚴重？」索隆問。

「他用自己的理智交換未來的畫面，」費爾說：「我勸他他也不聽。」

「我必須要做的事情，並不需要我神智清醒，」多利安簡單地回答：「需要的是我的預視。」他好像拿了骰子，不只兩個而已，是滿手骰子，每個骰子都有十幾面。我能通殺幾局呢？他骰完也看不到點數，只知道索隆已經想離開；縱使老友相見分外溫馨，但索隆想拯救瑞格納．翟爾。依他所見，索隆一走希望就會破滅。未來有時候邏輯縝密，有時候卻又莫名其妙。

「好了，剛剛我們說到哪裡？」他繼續裝出無所不知的模樣：「費爾的異能不夠強，不能用夸亟。別生氣，朋友，你對異能的控制，可是比我們兩個還要精準。而我雖然可以用，但必須回復符術士的身分，單以法師能力來說，我還是不夠強。然而若以符印的力量驅動夸亟，後果太可怕了，無法預測我會做出什麼事情來。我們三個裡面，只有你，索隆，你是這房間，甚至是這國度中唯一可以握住這把劍還不會死的人，雖然離死只有一線之隔便是。你只能運用這把劍極小一部分力量，用得太多會賠上性命。唔……」他看著半空，忽然捕捉到另一個畫面。未來已經決定好了。

「你大老遠把它帶來，不可能沒有目的吧？」索隆問。

箭在弦上。

「確實沒目的。我們只是要把夸亟從那些弟兄手中帶走，這是唯一一次機會。等我們下次過去，他們就不會再相信我們，重重戒備之下，不會再有機可乘。」

「多利安，你還是相信你說的那個唯一神？」索隆又問。

「我還覺得，他有時候以為自己就是神呢。」費爾的語氣異常尖銳，多利安聽完卻覺得當頭棒喝。雖然心痛，但他活該，因為他真的在假扮為神。

「費爾說的沒錯。」多利安說：「索隆，我一直在引誘你把劍拿走，不該這樣對你的，很抱歉。」

「可惡，」索隆說：「你知道我想把劍拿走？」

多利安點頭：「我不知道這樣做到底對還是不對。其實我只提早一秒知道你會經過這扇門。夸亟在身邊，我的預視受到干擾。如果你拿走這把劍，說不定它就會落入卡利多手中；比起失去你的朋友，也就是瑞格納．翟爾，甚至是失去這個王國，代價都要來得恐怖多了。」

「風險太大了！」費爾說。

「但這把劍如果沒有人可以用來幫助任何人，那不就是廢物？」索隆說。

「能不讓符術大師搶走就夠了！」費爾說：「這樣就夠了。我們都知道，世界上能運用夸亟而不死的法師根本沒幾個；我們也都知道，能操縱夸亟的符術大師可多了。要是夸亟在他們手上，還有誰能匹敵？」

「我有個感覺，」多利安開口：「也許這是神在試探我。我就是覺得應該這樣做，好像跟光明守護者有關係。」

「我以為你早就不管那些古代預言了。」索隆說。

「如果你把夸亟帶走，守護者會在我們有生之年裡誕生，」多利安開口的同時，已經知道即將成真：「我活到現在，一直聲稱真的對神有信心，但假使我只是一直照自己看見的畫面做事，又算是什麼信心？你們說對不對？我認為，神就是想要我們面對這巨大的風險，但祂會將一切導向正途。」

費爾聽完攤著手：「多利安，神一直都是你的出口。現在你用理性思考撞牆了，就說是神在跟你說話。這太荒謬了，要是真的如你所說，神創造了世界萬物，那理性想必也是祂賜予我們的，對吧？神為什麼會要我們做出這麼不理性的事情？」

「我說的沒有錯。」

「多利安，」索隆插嘴問：「我真的有辦法用這把劍嗎？」

「你拔劍出鞘後，方圓五十哩內所有人都會知道，連不具異能的人也能察覺。你還是會汲取太多魔力，承受隨之而來的風險，但至少你的能力上限超過使用夸亟的門檻。未來流轉太快，我無法看得清楚，可是我能告訴你一件事情，索隆。侵略部隊正朝莫丹國前進。」在奇勒沒殺死德佐·布林之前。

「卡利多這次想打不一樣的戰爭，船今天晚上會到，他們準備了六十名符術士。」

「六十？這比法師學校的人數還多！」費爾說。

「而且其中有至少三個是符術大師等級，可以召喚獄龍助陣。」

「要是看見長翅膀的小人，我會先跑。[6]」索隆說。

「你們瘋了嗎？」費爾說：「多利安，我們該走了，這國家註定要滅亡，夸亟會被卡利多搶走，你

6. 譯註：此指符術大師操縱獄龍的方式。

也會被卡利多關起來，然後這世界還有希望可言嗎？沒勝算的仗就不要打！」

「費爾，如果神不站在我們這邊，不管哪一場仗，我們都不會有勝算。」

「不要再跟我說那些神不神的鬼話！我不會讓索隆把夸亟帶走，而且我還要把你帶回修肯迪，你已經腦袋不清醒了。」

「太遲了。」索隆一把拎起床上的夸亟。

「你很清楚，我搶得過來。」費爾說。

「鬥劍的話，我確實比不過你，」索隆也明白這點：「但假如你想搶，我會啟動夸亟的魔力對付你。多利安剛剛說過，五十哩範圍內，所有符術士都會發現這裡有一件神器，絕對不可能不過來看看。」

「你不敢。」費爾說。

索隆臉上那種強烈信念，多利安自從看他取得藍袍、離開脩法斯提學院以來，沒有再見到過。跟當年一樣，他看上去不像是個高強法師，反而像是戰場上的軍人。「我會動手，」索隆說：「我生命有十年光陰耗在這個小國裡，但這十年我很開心。挺身捍衛自己的信念，比起當個旁觀者批判有付諸行動的人要好得多。你該試試看，而且我記得你以前不是這樣子的吧？當初跟我們一起把劍取回來的費爾．庫撤到哪兒去了？我現在還要繼續努力，不會放棄這柄劍發揮功用的機會。費爾，我們能夠對抗卡利多啊，怎麼可以放棄？」

「反正你下定決心以後，就跟多利安一樣，說什麼都沒用了。」費爾說。

「謝謝。」索隆回答。

「我可沒說那是讚美。」

四十八

結果逮到下令捉拿瑞格納的人並沒有什麼幫助。他用過午餐走出酒館時被抓到，很快很痛地拷問過後，說出更上頭的指揮者叫做泰德斯．卜拉特。

泰德斯．卜拉特去了一間妓院，叫做眨眼姑娘酒館，正在二樓享受呢。瑞格納帶著人到了樓下，分散在各桌等著，雖然試著不引人注意，但實在不成功。

氣氛令瑞格納不安。他不認識叫做泰德斯的軍官，不過軍人會在午後去妓院，通常是知道有大事要發生，而且是可能無法生還的大事。此外他也不喜歡出現在公眾場合。幾年之前他到哪裡都會被人認出來，畢竟當年大家認定他是下任國王。現在不同了，大多人不敢看他第二眼，畢竟瑞格納身材高大，威脅感十足，身為有錢貴族出現在兔窩區反倒顯得微不足道了。

那軍官總算下來了。泰德斯膚色黝黑，濃密黑眉毛連成一線，感覺好像永遠發著脾氣。等他經過身邊，瑞格納站起來，一路跟他到了馬廄。之前已經花錢支開馬廄小廝，所以瑞格納跟上去時，泰德斯的鼻孔跟嘴角都是血，而且給四個士兵架住，正在破口大罵。

「我不是來聽你說這些的，中尉。」瑞格納說完比了個手勢，部下朝泰德斯膝蓋內側踹去，將他踢倒在水槽前。瑞格納揪住他的頭髮，將他的臉按進水中。

「把他的手綁起來。看樣子要花一點時間。」瑞格納說。

泰德斯的頭被拉起來，大口喘氣，手不停亂揮。部下很快把他兩手捆好，但泰德斯．卜拉特竟對瑞格納吐口水，只是沒吐中，又罵了幾句。

「學不乖是吧。」瑞格納嘆氣，又把他的頭壓進水裡，這次等到他手臂不亂動了才拉起來。「人犯的手不亂動，」他對部下解釋：「代表他們開始體認到不專注在眼前狀況上，就真的會死。我想這一回，他會比較有禮貌些。」

他將泰德斯拉起來。泰德斯的黑頭髮往下垂到眉毛，都貼在額頭上。泰德斯重重地吸一口氣以後才問：「你是誰？」

「瑞格納．翟爾公爵，現在你得告訴我我家人怎麼死的。」

對方又說粗話了。

「把他轉過來一點。」瑞格納的部下聽命辦事，然後公爵一拳打在泰德斯心窩，逼他吐掉大半空氣，只有時間吸一小口，就又被壓到水槽中。

瑞格納這次等到氣泡冒出水面才把他拉起來，但只拉起來一下子就又把泰德斯再壓下去。這樣的動作重複四遍以後，第五次拉上來才放開他的頭。

「泰德斯．卜拉特，我沒時間跟你耗，殺了你對我一點損失也沒有。你該還記得，我已經殺了我妻子和我全家上下吧？下一次我再把你的臉按進水裡，就會等你死掉才鬆手。」

真正的恐懼像水彩一樣刷過中尉的臉。「他們什麼都沒說啊——等等、等等！我發誓，我要到今天晚上才會得到新指令，這件事情要一直追溯到最上面去，家裡的老大……你懂吧。」

「御影？」

「對。」

「這答案不夠好，抱歉。」

泰德斯的頭又被壓進水裡，他雙手瘋狂揮舞，但是腿跪著、手也綁著，根本無力反抗。「先設定極限，然後超過極限，」瑞格納繼續跟部下說：「多數人察覺到所謂的極限，就會一直反抗，在心裡對自己說『我撐得過去』。拉他起來吧。」

拉起來以後，泰德斯口裡吐著水，氣喘吁吁。「想到什麼了嗎？」瑞格納問歸問，根本不給對方時間，馬上再把他壓下去。

「長官，」一名部下看似不安地問：「恕我冒犯，請問您怎麼學到這些技巧的？」

瑞格納冷笑：「我年輕的時候，在邊境遭到勒諾族俘虜。時間不夠，沒辦法把當年學到的東西全教給你們。拉起來吧。」

「等等！」泰德斯大叫：「我聽說胡．吉貝的下一個『死人』是王后，還有那些公主。我只知道這麼多了，真的！今天晚上宴會過後，他會去王后房裡殺人。別殺我！我只知道這麼多！」

當初承諾的是一條戰艦，但卡爾卓莎．韋恩卻只有一條海牛似的破船。這來自賽斯的女海盜，給錢鬼迷心竅了。去他媽的我怎麼會答應啊？她對著左舷大吼下令，幾個男人馬上奔走，調整帆向多吃一點風。船帆？那根本是床單吧？帆面太小，而這兩艘船都又胖又拙，就算找隻猴子單手划槳都還更快些。總之，賽納利亞的船艦馬上就要到了，卡爾卓莎．韋恩卻不知該如何防守。

「如果你們有點子的話，也該動手了。」她對著甲板上圍成一圈的巫師說。

「臭娘們，」巫師頭目回答：「別過問符術士做事情，懂不懂？」一直到最後三個字，他的視線才從卡爾卓莎袒露的胸部往上移。

「去死吧你們。」卡爾卓莎轉頭吐了一口痰，不願意讓人看出自己給巫師盯得極不自在。打從出海以來，那些傢伙就死盯著她胸脯不放。通常在外國人面前，卡爾卓莎才不想穿衣服，她就是要叫卡利多水手覺得尷尬，但碰上巫師可不能一概而論。

卡爾卓莎索性下令收帆，吩咐下甲板的人開使用力划槳，不過不會有用的，卡利多人的設計不只是船本身糟糕，連槳也一樣慘，太短了。雖然船上有幾百人，卻沒有辦法把力氣都換成速度，沒那麼多枝槳、也沒那麼多槳手的位置。她罵自己貪心、罵巫師窩囊——都在心裡罵。

過一會兒，三艘賽納利亞戰艦就會撞上來，真丟臉啊。賽納利亞的海軍應該也就只有個十來艘船，卡爾卓莎居然看見裡頭最棒的三艘都在眼前。如果她在自己的雀鷹號，或者任何一條賽斯船上、有賽斯水手幫忙，根本不用擔心。

賽納利亞戰艦都逼近到百步內距離了，巫師才站起身。敵人算好角度打算直接撞上來破壞船槳。八十步、七十步……五十步……三十步……

巫師們將手臂靠在一起，口中吟唱咒語，甲板上比起剛才好像要暗了一些，但卻看不出有什麼變化。賽納利亞戰艦上的水手與士兵彼此大喊著也對她大喊著，已經準備好迎接衝擊然後登船作戰。

「該死的傢伙，」她大吼：「快點想辦法啊！」

她眼角餘光似乎看見什麼巨大的東西從船底下游過，轉身準備抓穩，但卻給潑了滿臉水。接著聽見很大的聲響，等視線清楚時，看見賽納利亞戰艦的碎片飛過半空，但碎片並不多，顯然不是整艘船被撞毀。

然後她透過淺淺的海水看見下方的戰艦，不知怎地一下被吸入水底。剛剛飛過的碎屑，只是戰艦被打翻時甲板與斷帆的碎片。

海面變黑，乍看如烏雲蔽日，但那黑影卻會起伏。過了一會兒，卡爾卓莎意識到是個物體從船底經過，體積大得不得了。她看著巫師誦唱，彼此手臂交纏，黑色刺青好像脫離了皮膚，彼此連接，有力地脈動著。巫師群滿身大汗，似乎正在進行什麼費力的儀式。

水高高湧起，如一枝巨大箭矢從水底射出，波浪在第二艘賽納利亞戰艦附近停下。五十步外，敵船士兵在甲板大呼小叫，有人拔劍，有人拉弓朝海面射，船長想要把船掉過頭。

前五秒鐘沒有任何變卦，轉瞬之間兩個灰色龐然大物拍上甲板。那東西實在太大，卡爾卓莎猜不出到底會是什麼，這兩個物體分別蓋住船身四分之一，接下來整艘戰艦被垂直往上抬起十步高度，這時候卡爾卓莎終於看清楚，原來灰色物體是一隻灰色巨手的手指，那隻怪手往下一縮，賽納利亞戰艦也就跟著沒入浪間，海水灌進去以後解體爆裂，木板隨著浪花飛射而出。

黑色陰影又動了起來，不可思議地巨大。最後一艘賽納利亞戰艦上的官兵已經尖叫起來，卡爾卓莎聽見對方領袖還在發號司令，可是情勢太過混亂。那艘戰艦想要撤退，其實剛剛趁著前兩艘戰艦遭攻擊的時候，這艘戰艦還不斷逼近，已經快要撞上卡爾卓莎這條又大又笨的海牛。

海面再度隆起，這次沒有空檔，海中巨獸以不可思議的速度潛到賽納利亞戰船底下，然後瞬間竄高，背鰭的高度足足有三十呎。

牠的背鰭將船切成兩截，尾巴掃了兩下，兩截船身被拍入水中。卡爾卓莎這時才注意到卡利多士兵已經群聚在甲板上，他們看了高興地大聲歡呼。

她正要叫大夥兒回到崗位待命，卻發現士兵的歡呼嘎然而止，伸手指著前方。她跟著掉轉目光，看見海面再次隆起，而且直朝這條海牛而來。巫師汗流浹背，滿臉驚惶。

「不對！」一個年輕巫師大叫起來：「這樣沒用，要這樣才對！」

某種波動自巫師群蕩至海怪身上，但似乎沒有任何效用，士兵的歡呼都變成驚恐的哀嚎。

但那巨獸忽然轉頭，朝遠方遊走。

士兵又一陣歡呼，巫師紛紛癱在地上，但卡爾卓莎馬上察覺，事情還沒有告一段落。她一邊下令要人趕快操槳揚帆，一邊則留心巫師群的行動。

巫師頭目正對著剛剛那年輕人說話。卡爾卓莎若沒猜錯，是那年輕人成功控制海怪，救了所有人的命。年輕人搖搖頭，雙眼瞪著甲板。

「服從至死。」卡爾卓莎聽到他這麼說。

巫師頭目再次開口，聲音太低沉，卡爾卓莎無法得知內容，只見其餘巫師將手搭在拯救大家的年輕人身上，他的刺青浮起，不斷膨脹擴大，兩條手臂都轉黑，接著爆裂——不是朝外將身體炸碎，而是在體內炸開，彷彿黑色刺青是血管，流過的血液太多，將血管撐爆，黑色的血流到體表上。失控的刺青在年輕人皮膚底下暈開，他很快倒在甲板上不停抽搐，不久以後全身烏黑，抖動幾回後發出哽咽，斷氣身亡。

其餘船員刻意對巫師群視而不見，卡爾卓莎發覺只有她一直注意他們。巫師頭目又說了一句話，其他巫師把年輕人丟入海中，然後頭目一轉身，那對藍得過火的眼睛落在卡爾卓莎身上。

不會有下次，卡爾卓莎暗自發誓，不會有下次。

「德佐，你知道威脅人的訣竅是什麼嗎？」羅斯問道。他面前是張高級橡木桌，跟兔窩陋居格格不入。德佐得站著跟他說話，好像宮廷中人面對國王一樣。羅斯的椅子甚至墊高，更像是那麼回事。

「知道。」德佐可沒心情跟他玩文字遊戲。

「何不說給我聽聽。」羅斯目光離開手上那些調查報告，表情可不太高興。

德佐暗地咒著自己、咒著命運，他盡其所能避開這麼一天，付出多少代價、忍受多少不幸，卻還是躲不過。「用自己的優勢，取得更多優勢。」

「你倒是讓我很為難啊，你讓每個人都相信你什麼也不會在乎。」

「謝謝。」德佐沒有笑，他一點也不想在這人面前卑躬屈膝。

「問題是，我有一個比你更好的腦袋。」

「『聰明』，只要兩個字。」

聽見德佐漫不經心的譏諷，羅斯那對間隔很近的眼睛瞇了起來。他還年輕，身材瘦長，臉形很多稜角，靠著山羊鬍與長髮修飾線條。羅斯厭惡別人耍嘴皮子糾正他，或者也可以說他討厭所有人。最後他索性伸出手等著。

德佐將一個漂亮的銀玻璃珠倒在他手中。

羅斯看了一會兒，把珠子丟回去，表情更兇惡。「別跟我玩這種把戲，我知道這次找到的是真貨，有兩個手下看見有人跟珠子結合了。」

「那你的手下應該也知道有人先到一步。」

「是啊。」

羅斯學著K媽媽的聲調問話，也許以為學她說話能更顯權威，但如果他以為模仿K媽媽足以鞏固權力，實在大錯特錯。有時候，德佐真想直接了當說出真相，其實K媽媽是神駕本尊啊。羅斯顯然還不知情，但K媽媽居然設計德佐；德佐並不想把人該做的事情交到鼠輩手上，假如要殺葛溫芙，他會親自動手。假如？真是太心軟了，「等」我殺她的時候才對。她居然敢騙我，非死不可。

「是。」德佐也死板地回答。

「那你現在應該看看我手上還有什麼王牌。」

德佐並沒看見他做什麼手勢，但有個老人走進這小屋；他不僅矮，駝背的程度根本不像是人類軀體所能承受。老人有藍色眼珠，目光穿透人心，極少一點銀髮鋪在光禿禿的頭頂上。

這老人咧開嘴的笑容裡沒有牙齒：「我是符術大師尼夫．達達，並且身兼吾王的顧問，為其卜卦。」

符術大師，不是低階符術士而已。德佐．布林一下子覺得格外沉重。「真榮幸。我印象中你們不是叫那個狗王做『聖主』才對？」德佐說。

「吾王，」尼夫．達達回答：「羅斯．烏蘇爾，乃是神王陛下第九位親王。」說完他對羅斯鞠躬。

夜天使在上，這傢伙不是開玩笑的。

尼夫．達達用瘦弱的手抓住德佐的下巴往下拉，直到德佐直視他的眼睛。「他知道是誰奪走馭刃靈珠。」

符術大師在場，沒有必要否認。傳聞說符術大師會讀心，即便並非事實，但差異不大。德佐知道，大部分符術大師根本不會讀心術，少數所謂可以讀心者，也並不是真能掌握別人心思。德佐聽過一個說法，很久很久以前了，他不想記得是什麼時候的事情，但那說法解釋了所謂的讀心術。符術大師看著一個人，能夠捕捉到這個人看過的一些景象，而高明的符術大師在這些畫面裡，可以窺探出許多資訊。在目前局勢下，這種能力與讀心術幾乎一樣。我所看到的，跟我所知道的，兩者之間有所不同，但要怎樣化為優勢？

「是我的學徒。」德佐說。

羅斯．烏蘇爾挑起眉毛。夜天使保佑，他是烏蘇爾家族的人？

「他根本不知道那是什麼東西，」德佐又說：「我也不知道是誰派他去，不過他不曾未經我同意擅自行動。」

「看來你不應該這麼有把握吧？」尼夫說。

「我會把鎧恪理拿回來，只是得給我時間。」

「鎧恪理？」羅斯問。

羅斯自己從沒說過這個詞，很蠢、很不應該的錯誤，德佐果然被逼急了。

「馭刃靈珠。」他改口道。

「我已經給過你機會坦白，德佐。我接下來要做的事情，是你自找的。」羅斯朝著小屋門口守衛比了個手勢：「把女孩帶來。」

一陣子以後，有人拉著小女孩進來。不知道是因為藥物或者魔法，她昏迷不醒，所以守衛也不怎麼好抬。女孩大概十一歲左右，很瘦很狼狽，但不是流浪街頭的鼠輩那樣子，只是太苗條了一點，然後沒有梳洗好。長長的黑色鬈髮，五官跟母親一樣既像天使又像魔鬼，長大後會比芳達還漂亮吧。感謝老天，除了身高跟德佐比較像，其他都遺傳到媽媽。烏麗是個可愛的女孩子，這是德佐第一次見到自己的骨肉。

德佐心裡的某處原本酸酸的，現在痛了。

「德佐，你不肯心甘情願配合，」羅斯說：「通常我是會殺雞儆猴，但你也知道，現在我不會動手。我太需要你了，至少這幾天都還是如此。所以我可能應該，嗯，好比說砍斷她的手給你做警告，而且要讓她明白這都是你不肯伸出援手，是你選擇傷害她。這樣子，你會比較合作嗎？」

德佐呆若木雞，只是望著女兒。*他的女兒啊！怎麼會落到這樣一個人手中？*之前女兒成為國王使力的工具，結果國王居然又讓這傢伙把女兒給搶走了。

「我看這樣好了，」羅斯說：「我們來的話就砍一隻手，你自己來的話切一根指頭就好。」

還有一條路。到現在都還有一條路。德佐身上有把刀淬了劇毒，白角蝰毒液，原本是要留給奇勒的。就算對這麼小的孩子來說，也不會感到疼痛，幾秒鐘她就會死。也許羅斯會嚇得措手不及，德佐可以趁機離開。但，只是也許。

他殺得死女兒，可能也得賠上自己的命，奇勒卻能夠因此活下來。反之，羅斯．烏蘇爾會要他去殺死奇勒，然後得到鎧恪理。鎧恪理很好偽造，前提是羅斯身邊沒有符術大師在。

但他真能殺死親生女兒嗎？不殺的話，又等於看著對方殺死奇勒。

「她什麼也沒做。」德佐說。

「拜託，」羅斯回答：「你自己雙手沾滿血，還叫人不要傷及無辜啊。」

「沒有必要傷她。」

羅斯冷笑：「換成別人說這句話，我一定笑掉大牙。你記不記得，上一次你說烏蘇爾家族在唬弄你，結果發生什麼事？」

德佐無法繼續面無表情，悲傷的情緒全湧現心頭。

「誰能料到，」羅斯繼續說：「父王抓了母親，我又抓了女兒。德佐．布林，你學到教訓了沒？我認為應該有。如果這爛戲到這兒就落幕，我父王會很高興。他要脅你，想拿到假的鎧恪理，結果沒得手；我要脅你，要的是真鎧恪理，而且我會成功。」羅斯說這番話時，尼夫．達達眼睛一閃，看得出來他並不欣賞親王發下豪語。不過德佐還沒個譜，不知道怎麼在兩個人的小小嫌隙間見縫插針。

「那我就這麼要脅你吧，德佐．布林：如果我認為你想反抗，你女兒就會死。在她死之前，還會受到很多……所謂的凌辱，什麼樣的手段，你就自己想像吧——我也會好好想想。殺她之前我一定會花好幾個月，一點一點增加她的折磨，這可是我最喜歡的一檔事，而且我是卡利女神最虔誠的使徒，這女孩死之前就會先變成行屍走肉。德佐．布林，你聽懂了嗎，我說得很清楚吧？」

「非常清楚。」德佐咬緊牙根，他無法下手殺死女兒。夜天使在上，他下不了手啊。他會想出辦法的，以前每次都想得到辦法，總會有什麼方式可以度過這次危機。他會找出來，他會把面前這兩個傢伙都給宰了。

羅斯扯開微笑，「現在，把你那個徒弟的事情一字不漏交代清楚。我說了，要一字不漏。」

四十九

進入藍豬酒館的辦公室後，奇勒卸下魔法幻影，手臂勾住賈爾喉嚨，另一手摀住他的嘴。

「唔嗯、唔唔嗯！」賈爾掙扎著悶哼。

「別慌，是我。」奇勒怕他大叫，先朝他耳邊低語，才慢慢鬆開手。

賈爾揉揉脖子：「可惡，奇勒，輕一點哪。你怎麼進來的？」

「有事找你幫忙。」

「我想也是，我正好有事找你。」

「怎麼了？」

「開我第一格抽屜，自己看看，比我解釋要快。」賈爾回答。

奇勒照辦，找到一張字條，上頭寫著：羅斯的本名是羅斯．烏蘇爾，也就是說他是卡利多的親王，已經獲選為神駕。奇勒是王子命案的嫌犯，國王已經派人搜捕。奇勒看完把字條擱在一邊。

「我需要你幫忙，賈爾，再一次就好。」

「你的意思是，上頭說的事情你都知道了？」

「知不知道都一樣，我還是得找你幫忙。」

「會害我被殺嗎？」

「我想知道K媽媽躲在哪裡。」

賈爾瞇起眼睛：「我該問原因嗎？」

「我得殺她。」

「在她為你付出這麼多以後？你──」

「她設計了我，賈爾，你應該也知情。她利用我暗殺德佐．布林，K媽媽真的太厲害了，我差點以為是我自己的意思。」

「殺她之前，也許你該先聽聽她的說法。面對恩人，殺死她似乎不該是你最優先的選擇。」賈爾說。

「她讓我相信為了救一個朋友，我得殺死胡．吉貝，結果那個人根本不是胡．吉貝，是德佐偽裝的。她算計我跟德佐，害我毀了一個朋友的人生以及所愛的一切。」

「抱歉，我不能幫你。」

「我沒問你能不能。」奇勒說。

「所以你打算屈打成招嗎？」賈爾問。

「有必要的話。」

「她去避風頭了，」賈爾毫無懼色：「K媽媽不久以前與德佐．布林大吵一架，我不知道為的是什麼，但她幫過我，我不會背叛她。」

「賈爾，你也知道她一轉眼就會出賣你。」

「我知道。」賈爾回答：「奇勒，我可以出賣肉體，但我盡力保住其他東西。現在我還有一絲尊嚴，要是你把剩下的這些都搶走，那你殺死的就不只是K媽媽一個人而已。」

「死都不說，這件事情用講得很容易，但要做到沒這麼簡單。」奇勒說：「賈爾，我沒用過刑，但我知道有些什麼手段。」

「真想對我嚴刑拷打，你早就動手了才對。」

兩人凝視對方，最後奇勒先轉頭，無奈寫在臉上。

「奇勒，希望你明白，其他事情我二話不說，一定會幫你。」

「我懂。」奇勒嘆道：「不過賈爾，還是先有準備，情勢演變快得大家難以想像。」

有人敲了門。

「誰？」賈爾問。

一個酒館圍事探頭進來。「德——德佐．布林想見您。」圍事看起來非常慌張。

奇勒催動異能想要隱形，就跟進入藍豬酒館時一樣。

但一點用也沒用。呿！他連忙鑽進賈爾的桌子底下。

「先生，要見他嗎？」圍事又問一遍，門只開了一條縫，他沒看見奇勒。

「呃，請他進來吧。」賈爾回答。

門關上以後馬上又打開。奇勒不敢探頭看，要是臉露出來太多，足以讓他看見德佐，代表德佐也會看見他。

「不要浪費彼此時間，」他聽見德佐的聲音，還有腳步聲在地板上輕輕迴響，最後是桌子的嘎嘎聲，有人坐在上頭，「我知道你跟奇勒是朋友。」德佐就在奇勒上面幾吋處。

賈爾嘟囔了聲表示承認。

「我要請你幫我盡快帶個口信給他，我自己已經試著聯絡，但我得確定他知道才行。跟他說我要和他談談，到『搖擺小妞』酒館找我，接下來兩個鐘頭我都會在。還有，告訴他這是『阿入太若』。」

「是哪幾個字啊？」賈爾說完，走到桌子前面，拿起墨罐中的羽毛筆。

德佐說完，賈爾發出悶哼聲，大概是被德佐給擒住。

「小牛郎，動作快，這件事情很重要，如果他沒來，我會找你算帳。」桌子又嘎嘎叫著，德佐放開賈爾走了出去。

門關上以後，奇勒才從桌子底下爬出來。

賈爾看見後瞪大眼睛：「你剛剛在桌子下面？」

「總不能每次都華麗登場。」

賈爾搖搖頭：「太離譜了，」他拿起剛剛抄的紙條問道：「『阿入太若』是什麼意思？」

「不流血，也就是說見面之後不會跟我動手。」

「你相信嗎？你昨天晚上才動手想殺他。」

「師父是想殺我，但他會用專業的方法，這是他對我的尊重。窗子借我用吧？跟他見面之前還得好好準備。」

「你自便。」

奇勒掀開窗子，回頭對朋友說：「抱歉，我總得試試看。我一定得殺了她，你是找她最快的管道。」

「對不起，我不能幫這個忙。」

爬出窗戶以後，奇勒先移動到賈爾看不見的死角，然後又一次嘗試以異能消去形跡，這次輕而易舉地成功了，完美無缺啊。但明明做法一樣，他自己也不清楚剛剛在辦公室內為什麼失敗。

夜天使在上。奇勒體會到控制異能絕非易事，即便有德佐指導也一樣，單憑自己想要摸清楚箇中玄妙恐怕不可能。

他回到窗邊。過了一分鐘，賈爾往窗外張望，又走回桌前匆匆寫下幾句話，叫人進來把信送出去。

奇勒沿著外牆走，看見信差從側門出去，便跟在後頭。他早料到賈爾不肯說，但他希望賈爾這輩子都不會知道，這次是奇勒利用了他。

信在好幾人手中傳遞，這些男孩子本領不一，有幾個隱匿得很好，奇勒差點跟丟；其餘則只是找到下一個人把信送上而已。

半小時以後，他尾隨信差來到城東的一間小房子。奇勒看到男孩最後將信交給門口的守衛，是個有對杏眼以及筆直黑髮的倚穆國人。以前奇勒曾在K媽媽家見過他，這樣應該沒錯了，K媽媽就躲在這兒，奇勒決定之後再回來處理。

他趕到搖擺小妞酒館。

德佐．布林坐在靠牆的座位，桌上擺了一個包袱。奇勒坐下以後，把腰上束帶解開，卸除兵器放上去，包括本來就藏在束帶中的匕首、脇差，背上的宿羅長柄劍，兩把袖裡劍，腰帶上的飛刀與短鏢，以及一把靴頭刀。

「就這些嗎？」德佐．布林冷嘲熱諷道。

奇勒將束帶一卷，跟德佐的包袱擺在一塊兒，看上去一樣大小。「我們兩個似乎都要行動了。」

德佐點點頭，將手中那杯難喝的雷迪許黑啤酒放在桌面正中央，免得滑過木板接縫時灑出來。

「你有話要跟我說？」奇勒覺得奇怪，不知師父為什麼喝酒，德佐．布林工作從不飲酒的。

「他們抓了我女兒要脅我，不是空口說白話。羅斯這人根本心理變態。」

「你不交出鎧恪理，他就殺了你女兒。」奇勒猜測。

德佐．布林以喝酒回應。

「所以你非殺我不可。」奇勒又說。

德佐看著奇勒的眼睛。答案是肯定的。

「是單純的工作，還是我不合格？」奇勒發問時覺得胃開始痛了起來。

「不合格？」德佐．布林抬起頭，嗤之以鼻。「很多刺客都得經過所謂的『考驗』，有時是刻意設計的，因為一些初出茅廬的刺客問題很大——他們有天分，但卻不能變成好刺客。但也有些時候，刺客技藝爐火純青了，還是會受到考驗，所以資歷深的刺客人數很少。」

「我的考驗，」德佐繼續說：「是芳達，也就是葛溫芙的妹妹。我們以為彼此相愛，可以克服現實阻礙，於是我帶著這麼大一個弱點繼續過刺客生活，結果芳達被蓋洛司．烏蘇爾綁架。他在找鎧恪理，到現在還不放棄，我也一樣。」

奇勒開口：「我根本不懂那是什麼東西，也不是每次都能使出異能。鎧恪理不在我身邊，我還是能使用它嗎？」

「別插嘴，我不是在跟你閒聊，何況你該猜得到，我既然想殺你，就沒理由繼續教你。」德佐說：「總之，鎧恪理有強大的魔力，我花了多年時間想找到，蓋洛司．烏蘇爾也一樣。他認為有了鎧恪理，就能從眾親王和符術大師中脫穎而出，登上神王寶座。所以他才會綁走芳達，還告訴我芳達被困在什麼地方，如果我不把鎧恪理交給他，就會殺死芳達。」

「你一向不太擅長處理威脅。」奇勒說。

「我以為我是一向都很擅長才對。」德佐說：「當時的狀況是，我能取得鎧恪理的時間有限，據稱與鎧恪理結合的人已經不久於人世，必須在他斷氣那一瞬間得手。蓋洛司當然會把芳達帶到郊區藏起來，同時我知道御影那一晚準備毒死鎧恪理的主人。我想蓋洛司一定也知道，只是我不可能同時出現在兩個地方，我一定得做個選擇。

「我瞭解蓋洛司．烏蘇爾，他擅長機關陷阱，而且心機之重、城府之深是我比不上的。我猜想如果我去救芳達，可能會觸動陷阱，或者遭到符術士圍攻而死。他以前曾經用過一種設計，一旦我進門，觸動了機關，芳達就會被殺死。這就是他的作風，我想救人的話反而會害死她；我要是再奉上鎧恪理，當然他就贏得更徹底。奇勒，這就是我碰上的『考驗』，我到底應該闖進陷阱當個英雄，還是該理智一點，放棄芳達取得鎧恪理？」

「你選擇了鎧恪理。」

「結果卻是假的。」德佐看著桌子，聲音開始顫抖：「發現之後我拔腿狂奔，偷了一匹馬，一直騎到牠累死，但還是在日出半個鐘頭以後才趕到芳達被囚禁的那間小屋。她已經死了。我查過所有門窗，一點異狀也沒有。我不知道是因為蓋洛司派手下收拾過，是因為他那次單靠魔法而已，還是從一開始就沒設任何機關陷阱。那畜生，他是故意的。」他大大喝下一口酒，「我是個刺客，愛情對我而言只是枷鎖。能證明我沒有做錯的唯一辦法，就是成為最強、最厲害的刺客。」

奇勒覺得有什麼哽著喉嚨。

「所以奇勒，我們不可以愛，也是為什麼我一直不讓你談戀愛。我自己犯過錯，露出一次弱點，已經過了這麼多年，現在還在那次錯誤的陰影中。而你之所以會死，不是因為你做錯什麼，是因為我做錯了。現實就是如此，我犯的錯總是由別人承擔。我錯了，奇勒，我以為考驗只會有一次，但是不對，人生本身就是考驗。」

對奇勒而言，德佐一直被他過去的決定糾纏。他只剩下皮囊而已，雖然表面上是傳說中的刺客，卻是犧牲一切才換來的地位。奇勒曾經想成為另一個德佐，對他的技藝羨畏不已；德佐的確最強，但掀開傳說的外衣，是不是還找得到真正的他？

「我的考驗則是以琳，」奇勒暗自朝著自己心中的空虛發笑：「想必你是不會跟我聯手，一起對付他們吧？」

「讓羅斯折磨我女兒、殺死我女兒？孩子，我只有兩個選擇，你死，不然就是她死。」德佐從錢包掏出一枚金幣：「王冠的話羅斯贏，城堡的話我輸。」

他將金幣彈出，落在桌子上，但不可思議地，錢幣竟然直立在桌上。

「總會有其他的路。」奇勒說完，慢慢收回異能。幹得好，我做得到。

德佐拿起酒杯喝了口酒，然後又放回桌子中央：「奇勒，我花了十五年功夫想要得到馭刃靈珠，我不知道它在哪裡，也不知道是不是已經跟別人結合，更不知道有沒有什麼魔法加以守護。我只知道像你這樣的體質，應該可以吸引鎧恪理，而你的需求越大，那股召喚也就越強。所以我之前工作時帶著你跑遍這城裡各個角落，但我怎麼會知道東西在國王手上，而且他居然以為只是普通寶石？沒有人知道這東西的特殊之處，所有沒有人在意、沒有人討論。此外，我曾經以為自己判斷錯誤，也許你的異能只是暫時堵塞，也許我逼你夠緊的話，你的異能就會爆發出來。都花上十五年了，你覺得我會就這樣把東西送你？十五年心血輕易拱手讓人？」

「但你當初是打算這麼做。」奇勒覺得訝異。

「想得美，我拿到手的話才不會給你。」德佐雖然這麼說，但奇勒並不相信。師父其實一直都準備將鎧恪理交給他，只不過現在殺出了羅斯。

「師父，我們聯手，一定可以對付羅斯。」

德佐沉默了半晌才開口：「你知道嗎，我以前跟你很像啊，孩子。很久的一段時間。你該看看當年的我才對，應該會喜歡我，搞不好我們可以當好朋友。」

*我現在也喜歡你啊，師父，我想跟你當朋友。*這些話奇勒只能在心裡說，無法化作聲音，但也無關緊要，反正德佐不會相信。

「小子，羅斯是卡利多人的王子，身邊還有一個符術大師。再過不久，他身邊的巫師人數，會比南方這兒的法師總數還多，更不用說還有一支軍隊供他差遣。現在連御影都落在他手裡，沒指望了，動不了他。就算夜天使下凡，也不會冒這個險。」

奇勒手一攤，不願再聽到德佐那番宿命而迷信的論調：「我以為夜天使所向無敵才對。」

「夜天使永生不死，不等同於所向無敵。」德佐．布林嚼起大蒜：「基地裡的東西你儘管拿去用，我不希望你死的原因，是因為我的裝備比較好。」

「我不會跟你打的，師父。」

「你會打，而且也會死。然後我會想念你。」

「師父？」奇勒忽然想到多利安說過的一段話：「我的名字是什麼意思？」

「你是說『奇勒』嗎？那你知不知道『大敗』是什麼意思？」

「就是輸了？」奇勒反問：「例如『奇勒與德佐決鬥，奇勒大敗』？」

「對，但是同一個詞，也可以反過來用，意思完全相反。」

「你是說像『德佐大敗奇勒』這樣？」

德佐笑了，不過臉上陰鬱不減。「沒錯，同樣是『大敗』，可以是贏、也可以是輸，正好相反。你的名字也一樣，意思是『殺人的人』與『被殺的人』。」

「聽不懂。」奇勒說。

「有一天你會懂的，願夜天使眷顧你，孩子。要記住，夜天使有三張面孔。」

「哪三張？」

「報復、正義、慈悲，夜天使知道該以哪一種面貌現世。你還要分清楚，報復跟單純的報仇不一樣。現在，你可以走了。」

奇勒起身，俐落地將武器掛回身上，臀部擦撞到桌子，剛剛立著的金幣倒了下去，他來不及用異能穩住，不過也不在意了。他不願意用錢幣決定命運。「師父，」他看著德佐的眼睛，一鞠躬：「卡立亞木，洛多。謝謝你給我的一切。」

「謝謝？」德佐鼻子一哼，拿起金幣來看，是城堡圖樣。城堡的話我輸。「謝謝？你這小子還是同樣該死。」

五十

距離德佐出手還有一小時時間，奇勒之所以能肯定，是因為看見德佐喝下一整杯黑啤酒。德佐．布林絕不會在體內有酒精時執行任務。

現在是前往基地的好時機，而且若是運氣好，從現場缺少的武器道具，奇勒可以判斷出德佐想用什麼方式殺他。

為求安全，他從基地後門進入，很快解除門鎖上第一重陷阱，仔細檢查有沒有第二道。倘若沒有隱匿，奇勒會覺得全身是破綻，但這次異能還受控制，成功召出匿影覆蓋在身上。他不確定自己製造的匿影效果如何，但後巷原本就昏暗、行人極少，所以可以放心慢慢來。第二個陷阱設在門框上，在門另一邊，奇勒看了搖搖頭，師父還說自己不擅長陷阱，以抬起門閂的壓力變化來觸發，這可不是簡單的設計。

第二道陷阱也拆除後，奇勒動手開鎖。師父說過，在一道門設下超過兩個陷阱是浪費時間，第一個陷阱就該得手了。不然，可以把第一個陷阱弄得單純，使對手失去戒心，第二個陷阱好好安排，也是有效的策略。兩個陷阱以後，除非對手是笨蛋，不然一定會滴水不漏地檢查，什麼機關也藏不住。

門鎖對奇勒來說是小事一樁，他在這扇門已經練習好幾年，幾乎一眨眼就挑起彈子。不對勁！奇勒五指一張鬆開工具，門簧跳開，一根黑針從指間掠過，所幸沒有破皮。

「呼。」黑色液體是莨菪與童厄草汁，毒性並不致命，但能使人癱瘓好幾日，毒性發作夠快，奇勒逃不遠。那是刺客獨門配方之一——多出一道陷阱，代表師父還在測試他。「兩個陷阱以後，除非是笨蛋，不然一定會滴水不漏地檢查……」真恐怖。

奇勒戰戰兢兢地走進去，和他剛投入德佐門下前幾個月的住處相比，新基地沒那麼寬敞，裡面還養了動物，因此又吵又臭又髒。

那些家畜卻都不見了，奇勒皺起眉頭，繞一圈以後肯定牠們早上還在這裡。

奇勒又往裡面走，看到師父桌子上留有一封信。他兩手持刀將信挑開來看，不願意用手接觸，雖然奇勒認為師父不至於直接在信紙上下毒，但他剛剛也沒料到門上有第三道陷阱。

「奇勒，」信上是德佐緊密克制的字跡：「別緊張，用接觸式毒藥殺你未免太不過癮。很高興你沒栽在第三個陷阱，如果你利用對我的瞭解想要對付我，那是自尋死路。

「我會想念你。你是我最接近家人的對象，很抱歉害你走上這條路。K媽媽與我都盡力想將你改造成刺客，我想是因為你，所以我們沒成功。我沒有想過，還能有人對我這麼重要。」

奇勒眨著眼睛不肯掉淚，他怎麼有辦法殺死寫下這樣一段話的人。德佐．布林不只是奇勒的師父，他也是奇勒的父親。

「今晚一切就要結束，」信還沒完：「想救你朋友的話，就要找到我。——俄．索」

俄．索？師父為何對奇勒還要用化名，或者說他在暗示什麼？還有他說救朋友，又是什麼意思呢？師父知道以琳的下落了？但為什麼要對她出手？會不會說的是賈爾？奇勒想到最後，整張臉都白了。

牲畜全部不見，但師父其他東西都還在，所以他並非打算遷徙。

那些牲畜對廚房而言可是美味，試吃者也要幾個鐘頭才會身體不適——屆時，好菜已經上桌。

還有德佐．布林只有工作結束才飲酒。

那麼多牲畜，全部都消失，這麼大手筆的場合不多。

「慘了……」看來師父是在仲夏節慶典的食物下毒，以琳和賈爾不會出席那種場合。師父的情報比他要多，這恐怕代表羅根會到場。

羅斯策畫的政變，今晚展開。

奇勒覺得頭昏，手按著桌子鎮定自己，瓶罐與燒杯撞擊發出叮噹聲。他拉高視線，看到這幾年一直看見的東西。角蝰毒液剩下不多，師父這次是認真的。與德佐會面、又讀了這封信，奇勒本以為他不會真的下手，但看樣子他會。對師父來說這就是工作，多年前放棄芳達性命時，他已經跨越那條界線，永遠無法回頭。

這也是德佐．布林典型的作風。德佐給奇勒機會，提供足夠線索讓他知道地點，足夠動機讓他願意作戰，而一旦對峙，德佐也會盡全力取勝，一向如此。

奇勒腦袋放空了，但身體知道該怎麼做。他將棉布條穿過淬毒小刀的小洞，滴了角蝰毒液在上頭。

羅根不愛吃兔肉，於是奇勒拿了雞肉跟鳥肉用的解毒劑，暗自祈禱羅根不會碰豬肉。豬肉上的毒本身不致命，可是沒有解毒藥方，羅根這樣的壯漢若是癱瘓，奇勒也沒法子抬走。

他清潔身體，但沒用香皂以免留下氣味，接著露出前臂綁上短刀，一邊小腿藏起折刀，然後換上衣服褲子，是以千督棉織成的黑色迷彩緊身衣。武器肩帶扣好，檢查腰帶上的毒藥跟鉤索，淬了毒的小刀裝進特製的刀鞘，匕首與宿羅長柄劍都就定位。

這時他看見名為報應的劍。師父將黑色巨劍留在牆上，是故意把順手兵器讓給他。想來師父會這麼自嘲：反正不是從奇勒身上取回去，就是往後再也沒機會用劍。

師父是認真的，這次賭上性命。奇勒恭恭敬敬地拿下報應收在背上。報應比他用過的劍都重些，但現在有了異能，算是剛剛好。

終於準備完成，他走向門口，卻停下腳步。奇勒頭靠在木頭門板上，只是呼吸，再呼吸。為什麼會變成這樣呢？今晚，他，或者師父，其中一個會死。奇勒連潛入王宮後該怎麼做都還沒有個底。他只知道不行動，羅根就會死。

五十一

德佐．布林披著異能匿影，沿著賽納利亞城堡屋椽爬進大廳內。刺客的工作很多變，他喜歡這一點，但他可不想當女僕。

只不過他忍不住拿一塊抹布擦起椽木，一吋一吋緩慢而細心地擦拭，將塵埃刮起。椽木吊在大廳上方五十呎處，沒有清理不知算不算怪事，總之德佐受不了髒亂。

但無論他多小心，難免會有結塊的灰塵掉下去——像是下雪天的雲一樣旋轉飄落，透露出隱形人的位置。

下面的貴族賓客很好心地沒往上看，慶典順暢地進行，經過前一夜的大事件，所有人都想要參與。男男女女交談著，聲音嗡嗡作響迴盪到屋椽上，他們慶祝著仲夏節，也竊竊私語討論國王此刻正在做什麼。顯然最好的一道菜是羅根，他坐在顯貴才能坐的高臺子上，但大家都聽說他被捕了，眼光自然離不開。羅根怎麼又出現在這裡呢？

羅根的樣子像是人生沒了希望——在德佐看來的確是。以德佐對艾稜．岡德國王的理解，會讓羅根露臉，就是為了當眾羞辱他給全國貴族看。說不定等會兒就宣布判處死刑，甚至當場執行。

德佐繼續前進，不慎推落一大塊十年歷史的灰塵。他無奈地看著，那塊黑色東西轉啊轉地飄向一張邊桌，在半空散開了些，但還是整片降在某個手勢很多的仕女手臂上。

她拍拍手臂，繼續聊天，停也不停一下。

德佐咬著牙，一邊擦落更多灰塵一邊繼續緩緩移動，他好像快滑下去了。當然，他一直提醒自己會滑下去，只有這樣才能保持警覺。但這一次，也許他真的會滑下去。發生太多事情，太多與他自身有關的事情。

德佐到了數根屋椽交叉的地方，這裡是支撐屋頂的軸心，從上頭過不去，一定得繞路或者從下面爬過去。當年設計這天花板的人，想必沒把潛入的便利性給考慮進去。

他在兩腕套上鉤爪，十指先卡進椽木斜斜相交的縫隙間，這麼做手指自然很痛，但是刺客都學會忽略痛覺。接著他兩腳滑落，身體在空中擺盪，心想如果一團影子摔進菜裡，底下那胖貴婦不知作何反應。他將全身重量壓在指尖，藉此將手指插得更深，然後抽出右手，盪到另外一側，抓住軸心彼端。

幸好他的手臂很長，三根手指順利卡在另一邊縫隙，然後調整重心；椽木表面的塵埃量剛剛好，於是三根指頭又滑了出來。

德佐往下掉了三吋，然後他的手腕上揚，爪子鉤住剛剛手指卡住的那條縫。鉤爪撐住了。德佐鬆開左手，身體一盪——這時候摔下去，可就不會上桌，而是直接掉在肥婆頭頂。他僅靠深深陷入手腕的鉤爪支撐，手伸長的話手指的高度恰足以抓住椽木。德佐又盪了一次，扯脫鉤爪，用另外一隻手攀住橫梁的邊緣。

他以指尖勾住橫梁的同一側，全身重量都懸在上面，但橫梁的灰塵有一吋厚，手指快勾不住了。他剛剛覺得自己喜歡這工作？

訓練有素的他，下半身一捲，腳便搭了上去，靈巧地翻到橫梁上趴好。過程中拍落許多塵埃，有些風險無法迴避。

但有些可以。我並沒有將風險減到最低吧？德佐想甩開這念頭，不過像個清潔婦般擦拭屋椽耗不了他多大的心神。德佐給了足夠提示引導奇勒前來此處阻止羅斯的陰謀，他甚至還想出可以逼奇勒過來的理由，以免奇勒決定遠走他鄉。大叔，你運氣很背。不過他還在乎運氣好壞嗎？對他而言什麼結果都是輸。

大廳頭桌那兒，國王站了起來，脹紅了臉腳步蹣跚。他舉起酒杯：「貴客、眾卿，適逢仲夏前夕，我等一則以喜、一則以悲。朕——昨日種種實在令朕難以言語形容。卡翠娜·翟爾及其全數家臣慘遭其夫兇殘所害，舉國上下為之哀戚，而朕也同時痛失愛子。」國王聲調哽咽，真情流露，不少人紅了眼眶。王子雖不檢點，還是年輕有為；翟爾氏夫妻數十年來受人敬重，更是代代相傳的名門望族。

「今晚我們齊聚一堂，慶祝仲夏之夜。或許有人質疑，國家遭逢黑暗之際，我等何喜之有？但依朕觀之，我等所敬所愛者之一生足以令人欣喜，實在無須急於哀悼。」亞耿將軍坐在國王左手邊，面色凝重但頻頻點頭，德佐心想這演講稿不知多少出自他手，恐怕大半都是吧。

國王忽然吞下酒，似乎忘記舉杯該先敬酒，下面貴族也不知所措，該喝還是該聽？結果一半人拿起酒杯、一半人不敢妄動。國王自顧自地說下去，聲音更加宏亮：「我告訴你們為什麼要聚在這兒，因為那些害死我兒子的混帳東西阻止不了我。他們打不倒我的，我想做什麼他們連個屁也管不著！」

亞耿將軍面露難色，艾稜九世居然忘記自稱為朕，看樣子真的喝太多。

「還有我告訴你們，我才是國王。今天晚上這裡一堆人滿腦子陰謀詭計——都是叛國賊！我知道！你們這些叛國賊全部得死！」國王氣得臉都紫了：「我知道你們在哪裡，我知道你們想幹什麼，不過你們的計謀操你媽的不會有屁用！」

唔，他學會新的粗口。

「卜蘭你給我坐好！」看見將軍要起身，國王便咆哮道。

臺下貴族嚇得噤聲。

「有人把這國家賣給卡利多。這個人殺死王子，他殺死我的兒子！羅根．翟爾，給我站起來！」

賽菈．椎克依其身分地位坐在很後面，但是即便從這麼高的位置，德佐都能看見她那驚惶的表情。賽菈一定以為國王想要公然處決羅根。其實在座這麼想的人並非只有她而已。

羅根站起來，一臉震驚。他面貌俊美，德佐也知道他身形高壯，此外上自貴族豪門，下至市井小民，對他都讚譽有加。

「羅根，」國王吼道：「你被控殺死我兒，今晚卻出現在此，參加慶典！我兒子是不是你殺的？」

好幾個貴族出言替羅根辯護，他們大聲疾呼羅根不會做出這種事情。禁衛軍士兵很緊張，望向阿圖里安隊長等候指示，隊長點點頭，兩個護衛走上前到羅根左右。

哼。德佐終於爬到國王與羅根所在位置上方。他心想，就算先前那番恫嚇還不夠奇勒出手，依這局勢演變，奇勒也該會想殺死他了。無辜的人總是輸的那一方。

「讓他說！」國王怒喝，還罵了一連串粗話，會場頓時鴉雀無聲，大家屏息以待。

羅根高亢而清楚地回答：「國王陛下，王子是我的朋友，我否認所有不實指控。」

國王安靜了一會兒，隨後又開口：「翟爾公爵，我願意相信你。」他轉身對著眾爵說，「依朕所見，翟爾公爵無罪之有。那麼翟爾公爵，你是否願意盡其所能，為國效命？」

德佐僵住，和那些貴族一樣目瞪口呆。

「我願意。」羅根聲音依舊清晰，但面部表情明顯僵硬，視線落在賽菈．椎克身上。

搞什麼鬼？看起來好像排演過一樣。

「那麼，翟爾公爵，朕在此立你為賽納利亞王儲，並藉此機會對全國宣布一項喜訊：翟爾公爵與潔寧公主已於今日下午完婚。王室育有子嗣之前，國王大位將傳授予你。你是否願意接受此等重擔、此等榮耀？」

「我願意。」

廳中每一張臉，都由焦慮轉為難以置信，又轉為敬畏。

潔寧．岡德起身，站到羅根旁邊，看來就是個十五歲少女的羞澀模樣。德佐聽見賽菈．椎克低呼一聲，手掩著口竄了出去，但除了羅根與德佐以外，沒有人注意到她。因為她狂奔出廳時，有人開始歡呼，接著喝采聲從每一張嘴裡傳出。

國王斟了酒，王公貴族跟著舉杯朝羅根致意：「翟爾王子萬歲！翟爾王子萬歲！羅根．翟爾萬歲！」

國王坐下，歡呼沒有歇止，所有人目光落在羅根與潔寧身上。國王表情很煩，因為底下這些貴族口中喊的是「翟爾王子」，而不是依照慣例以名字稱呼「羅根王子」。或許只是因為順口，但卻也一再提醒他羅根不是岡德家的人——大家居然還都這麼開心。

羅根或許有些木然，但還是風度翩翩地接受大家喝采，對著朋友點頭致意。這時，新婚妻子上前拉住他的手，連她也覺得自己太大膽表現對羅根的情意了，臉上有種羞澀神態。貴族們看了更是高興，場子裡賀喜聲到了高潮，國王的樣子也越來越難看。

各種讚嘆聲持續不斷。下人們歡欣鼓舞。守衛們歡欣鼓舞。貴族臉上表情，彷彿是頭頂上那片遮蔽住未來的烏雲也散了。好多人說著：「羅根．翟爾將成為多麼英明的君主啊！」接著是更多的歡呼。艾稜．岡德氣得臉又紫了，卻沒有人注意他一分一毫。

「翟爾王子！翟爾王子！」

「翟爾王子萬歲！萬萬歲！」

國王像是中風那般跳了起來：「快下去！去圓房吧你。」羅根離他不到五步距離，但他扯著嗓子大吼。亞耿將軍趕忙站起身，卻給國王硬生生推到一邊。

羅根看著國王，十分訝異，貴族也都安靜下來。

「你聾了嗎？」國王咆哮：「去操我女兒啊！」

公主面色慘白，羅根也差不多。然後潔寧的臉脹紅了，窘得不知所措，彷彿想要在地上找一個洞鑽進去。羅根臉上也飄過一抹紅潮，但那是難以遏止的怒氣。他身邊兩個禁衛軍看了一慌，德佐也心想國王是不是失心瘋了。

賓客不敢出聲，連呼吸也停住。

「出去！滾出去！滾上你們的床！操！」國王叫喊道。

羅根氣得臉色鐵青、渾身顫抖，他扶著新婚妻子離開，守衛緊張地跟著。

「你們其他人，」國王又開口：「明天為我兒子舉辦告別式，我發誓我一定會把殺死他的兇手找出來，就算把你們全部人都吊死我也在所不惜！」

說完話，國王一屁股坐下，像個孩子般哭了起來。這期間德佐一直躲在天花板上，動也不動。下面赴宴的貴族們又驚又納悶，慢慢就座之後呆瞪著國王，什麼話也不敢說。

德佐心思轉了起來。羅斯一定沒料到會有這種變卦，不可能料到的。但是德佐也很肯定，羅斯人已經在城堡內了，說不定就在下面這大廳也不一定。某個小貴族身邊的侍衛其實是他們的人，負責打暗號，倘若他脫下鋼盔，則代表計畫終止。

接下來，他花了一點時間想通剛剛目睹的事件——不是國王瘋了與否，而是賜婚羅根。這一步棋相當高明，原本國王死了，翟爾家後人死於大牢，四大氏族必定明爭暗鬥，但現在羅根繼承王位是順理成章的結果。以他本身的名望，加上岡德王室後援，比起艾稜九世更能服眾得多。

高明歸高明，但已經太遲了。城內各處都有羅斯安插的人，他恐怕也不敢拖延下去，要是明天才開始行動，羅根成婚這點將改變整個態勢。至於現在，只要死亡名單多加這對新人即可。

德佐等待著，看來羅斯與他想法一致。有個僕人走到發命令的守衛身旁說了幾句話，那人點點頭以後，手碰也沒碰頭上的鋼盔，也就是說行動照舊。

無論羅斯想怎樣亡羊補牢，其中一環必定是殺死羅根·翟爾王子——他人應該在北塔中，要找到不難。羅斯可能會想把這個工作交代給德佐，但是德佐可不打算順了卡利多人的意；答應的事情他會做好，不過別想叫他動奇勒的朋友。

第一道菜便是德佐準備的兔肉，之前一年他都餵兔子吃毒芹，不過分量不多。賓客單是把兔肉吞進肚子不會怎麼樣，除非他們也吃了一開始的椋鳥肉前菜。不到半小時，吃了兔肉的人會開始身體不適，毒芹的效力一開始很平緩，從兩腿慢慢失去知覺，敏感一點的人或許注意到腿有點重，但麻痺很快往上蔓延，不久會造成嘔吐。吃下兩份兔肉的人四肢還會抽搐。

時機點不太妙。下毒可不是一門精準科學，隨時都有人會注意到食物有問題。德佐得在出差錯前先行發難。

他將繩索一端綁在椽上，繩索以黑絲編成，貴得出奇，不過也是德佐所找到最纖細、最不易被看見的材質。事前他為這次任務特別做了一副挽具，套上絲索以後，他滑下橫梁。

靠著橫梁穩住身子，德佐低頭觀察目標，國王在正下方，於是他彎起膝蓋，身體蜷曲，感覺到挽具陷進肩膀裡，然後鬆手頭朝下垂降。

時機成了關鍵。德佐單手抓住絲索，藉由調整絲索的位置跟鬆緊，可以俯衝或者急煞。一旦開始行動，動作就得非常快：他身上覆蓋著匿影，但繩索上可沒有。

在這偌大宮殿之中，有根繩子像吊著重物般懸在國王頭頂上，一定會被發現。禁衛軍不是等閒之輩，范恩．阿圖里安精心挑選過。

德佐用另一隻手掏出兩個小丸子，是以毒蕈調配的藥物。雖然他將藥丸做得很小，但溶解速度不快，而以這次任務性質，他也不能做成藥粉。

場中貴族還是不敢出聲。國王哭得差不多了，也察覺到大家都看著他。

「你們看什麼看？」他大吼，把周圍全罵了一遍：「我女兒要出嫁了啊！還不喝酒，你們該死！聊天啊！」他又乾了一杯。

賓客們假裝談天說地，過了不久也就真的都在竊竊私語。德佐想像得到，大家都很懷疑國王是不是神智不清，連他也不免好奇起來。

他更好奇等國王喝了下一杯酒，這些人又會有什麼想法。

一個侍者進來，為國王斟滿了酒杯。國王身邊的酒政先嚐一小口，在嘴裡漱過，沒有異狀才將杯子遞給國王，但國王重重地將杯子放在桌上。

「國王陛下，」亞耿將軍從國王左側開口：「可以與您談談嗎？」

國王轉身，德佐馬上鬆開絲索，身子便像箭矢似地往下衝。距離桌面十呎，他又扯緊絲索，瞬間停了下來。藥丸很輕，十呎要丟得準不容易，但德佐練習過。問題是他固定絲索時絞了一圈，所以現在他也忽然旋轉起來，雖然不快但終究是旋轉著。

無所謂了，沒時間重來一遍。

第一顆藥丸正中目標，落在國王杯子裡。第二顆打在邊緣彈出去，在桌上滾了幾吋停在國王的盤子邊。

德佐冷靜地拿出第三粒藥丸丟進酒杯。

國王舉起酒杯正要喝下，亞耿將軍卻又開口：「陛下，您今天也許喝得夠多了。」說完便伸手要從國王手中接過杯子。

德佐沒浪費時間觀察國王反應，他從背上抽出一根短管子，目光落在亞耿後方，國王的親信法師費衮．薩法斯第。瞄是瞄準了，可是繩索一轉，他來不及吹箭。

他本想射法師的腿，賭的是毒芹生效以後，法師雙腿失去知覺，不會意識到自己中箭。等他轉回來，卻又來不及了，國王跟將軍兩個人比手畫腳地爭執了起來。

去他媽的爛袍子！法師的袍子只露出小腿六吋，德佐又轉過來時他正動著腳。不能執著在小腿上了。這種箭他就只有一枝而已——不知道上面抹的是什麼，總之是卡利多人的機密，可以抑制法師的魔力。

他吹出了箭，命中法師大腿。

法師臉上閃過一絲不適的表情，就在法師伸手要去摸大腿的時候，一個御影安插的僕人貼身上前問道：「抱歉，先生。還要不要添點酒？」問話同時趁機將毒箭拔下。這傢伙真機靈，手也很巧，可能是城裡第一的扒手；話說回來，羅斯本來就只找最頂尖的人。

「我的杯子還滿的啊，你白痴嗎？」法師回答，「你這送酒的，該不會自己喝醉了吧？」

德佐收起繩索，絲料材質收起來費力多了。回到梁上他先歇了會，不知道國王到底有沒有喝下酒，但能做的事情到此為止，現在只能靜觀其變了。

五十二

「你就喝到死吧。」亞耿這麼說。他不在乎國王會不會聽見，也不在乎國王會不會砍他的頭。

我還以為這白痴聽得懂人話，結果他居然當著大家的面羞辱自己女兒，羞辱一個犧牲一切只為了挽救這國家的男人。

亞耿雖然說服國王依計行事，賜婚羅根與潔寧，但卻不能使國王發自內心接受這件事情。國王嫉妒羅根的俊美、羅根的聰敏，看見來賓個個都對這種發展感到高興更加惱羞成怒。眼見連女兒都興奮地想趕快嫁給羅根，一點保留也沒有，完全氣炸了。但亞耿心想，假使這十年服侍這麼個窩囊國君尚有任何建樹，那就是說動國王指定羅根為王儲吧。

可惜羅根也不會原諒他，一切只是為了國家存亡而已。有時候，這種重擔逼得一個人得做出以往他絕對不願意做的事情。亞耿當年因為同樣理由，決定屈膝於艾稜九世之下。羅根與他一樣，不會逃避責任，但是與他也一樣的，則是不必然會喜歡這種抉擇。

羅根可能下半輩子都會怨恨亞耿吧。但是賽納利亞終於可以有一位賢君。以羅根的智慧、人望、正直，也許這個國家還可以擺脫那些牛鬼神蛇呢。亞耿願意付出這樣的代價，只是難免覺得辛酸。他知道羅根看著他的眼神──知道這是一條不歸路。他也看到了賽菈．椎克的表情。羅根往後得背負著背叛那女子的歉疚，亞耿看了實在難過萬分，所以一整晚沒吃什麼東西。

國王把剩的酒喝下去了。貴族依舊交頭接耳，並非往年仲夏節那種愉快活潑的宴會，每個人都壓低音量、露出鬼鬼祟祟的模樣，因為他們都在猜國王到底怎麼了，先立了王儲，卻又馬上糟蹋他。

一定是瘋了。

很慢很慢地，國王的淚乾了，話停了。他看著大廳，眼神充滿怨懟。他動了脣，卻連亞耿都得傾著身子才聽得見他到底說些什麼。並不意外，國王只是罵啊罵地，一句又一句嗡嗡嗡地罵個不停，腦袋裡只剩下怒氣而已。

接著國王又笑了。大廳再次沉寂。國王笑得更大聲。他指著一個貴族，是向來低調的波茲伯爵。大家順著國王的指尖望向波茲伯爵。

伯爵僵住了，臉泛紅，但是國王並沒開口說話，注意力又飄到別的地方，嘴裡繼續喃喃自語。好長一段時間，大家只能看看波茲伯爵，再看看國王。

也坐在頭等席的大法官施提格羅猝然起身大喊：「菜有問題！」接著腳步踉蹌，倒回椅子上，翻起白眼來。

他隔壁是國王向來看不順眼的魯爾閣下，魯爾也突然間往前一倒，臉壓在盤子上，整個人動也不動。

國王大笑。亞耿轉身看著他。其實國王根本不是在笑魯爾，但這時機實在巧得可怕。

席間有人高喊：「我們中毒了！」

「國王下毒殺我們！」

亞耿回頭一看，想知道是誰在亂喊，但卻找不出來。難道是僕人喊的？但僕人應該沒這個膽子啊。

隨後又有聲音冒出來：「是國王！國王想毒死大家！」

國王卻笑著站起來，醉醺醺、搖搖晃晃地踏步，然後對已經一片混亂的大廳嚷嚷那些不堪入耳的言語。許多人急忙離席，地板與椅子腳刮擦的聲音此起彼落，有些人站起來以後又倒下了，還有一位年邁的爵爺對著他的餐盤嘔吐。有位年輕小姐癱倒後也吐了。

亞耿也站起身，朝著士兵大聲下令。

頭等席旁的側門忽然被撞開，一個身穿翟爾家制服的人跑進來，他高舉雙手表示自己沒帶武器，衣服破破爛爛地還沾了血，眼窩旁邊開了一道傷口，鮮血順著臉頰滑落。

翟爾家的制服？但是今天羅根並沒有帶人隨行。

「謀反啊！」闖進那人高吼：「快來幫忙！有士兵要刺殺羅根王子！國王的手下想暗算羅根王子啊！我們人太少了，快來幫幫忙！」

亞耿拔劍，轉頭對國王的侍衛說：「一定有什麼誤會，你、你、還有你，跟我來。」他又朝著受傷的人問，「帶我們去——」

「不准！」國王暴跳如雷，笑聲馬上變成怒斥。

「陛下，我們得保護——」

「不准把我的人帶走，都給我留下來！通通給我留下來！卜蘭，你也一樣！你是我的人。我的！是我的！」

亞耿覺得彷彿是第一次看清國王的真面目。他知道艾稜九世是個壞心眼的幼稚小孩，但時間一久，他忘記了壞心眼的幼稚小孩戴上王冠會有多危險。

亞耿看著國王的侍衛，他們眼裡全寫滿鄙視，看得出來他們很想去救羅根，羅根是他們的王子了。

問題是身為禁衛軍的責任，使他們無法違抗國王的指令。

羅根，他們的王子。

亞耿頓悟了，原來是這麼簡單的一回事。身上的責任與真正的信念，這麼多年來第一次合而為一。

「阿圖里安隊長，」亞耿以發號司令的語氣說話，在場每個皇家侍衛都聽得見：「隊長！國王駕崩時，你們的職責是什麼？」

個兒不高的隊長眨眨眼睛，「將軍，我們的職責是保護新王，也就是現在的王儲！」

「國王萬歲。」亞耿說。

國王還看著他，大惑不解，當亞耿回身一劍劈來，他才睜大眼睛。

艾稜國王口裡粗話才說到一半，腦袋與身體便分了家，遺體撞到桌子、撞翻椅子，然後滑落地面。

侍衛還來不及反應，亞耿兩手將劍高舉過頭。

「我發誓我願意接受任何審判，如果覺得有必要可以現在就殺了我，但你們現在的職責是保護王子，快去！」

一瞬間侍衛不知道該怎麼辦好，大廳裡的喧囂恍如隔世。仕紳、仕女尖叫不休，下人拿起餐刀就要保護主子，還有很多人高喊「謀反啦！」、「殺人啦！」各種聲音此起彼落。

阿圖里安隊長高喝道：「前王已死，新王當立！保護王儲，保護翟爾王！」

於是亞耿、皇家侍衛，還有十幾名拿著刀的貴族一起衝出了大廳。

進入國王西橋可見距離前，奇勒放慢腳步，集中精神想著化身為影子，然後看看自己，真的變為鋸齒狀的一團陰影。好現象，師父教過他，鋸齒線條可以掩飾人類形體，使刺客更難以發現。奇勒認為異能應該也可以隔絕他的腳步聲。他凝聚心神在這念頭上，但並不確定是否真的有用，也不能冒險試探。

到了轉角他看見守衛，國王西橋有一道閘門，與城堡正門相仿。門扇是手掌粗的橡木鑲以鐵條，足足二十呎高，頂端裝有尖刺，中間內嵌一個小門。兩個穿著鍊甲的高大衛兵看來緊張，其中一個侷促難安，一直轉頭朝左右看。另外一個較為鎮定，除了河那頭之外，其餘方向逃不過他銳利目光。奇勒湊近後，儘管兩人帶著頭盔，還是被奇勒認出來了。不只是因為雙胞胎兄弟臉上有對稱的閃電刺青，也因為奇勒熟知這兩個御影打手的實力：鼻梁歪了的是雷夫，另一個是伯奈。

奇勒往伯奈刻意迴避的方向看去，黑暗之中有一條笨重駁船平躺於河面，看似擱淺的海牛。船門開著，沒有人點燈，不過黑暗已經無法阻絕奇勒的視力。要是他有時間，應該會驚訝於夜色越深沉，所有東西都沒入影子以後，他反而看得更清楚。

透過船門他看見一列又一列士兵，都穿著賽納利亞軍服，可是他們在手臂上捆了紅布條。士兵綁在左手臂，軍官則是右手臂。

這不是賽納利亞的軍隊。官兵的臉藏在鋼盔底下，被夜色遮蔽，但是奇勒看得見冷峻的五官，是北方人的特徵。他們的髮色是烏鴉雙翼的黑，雙眼泛著凍湖的藍，骨架粗大、身材高壯，受過風吹日曬也經歷戰場磨練。不是單純的卡利多軍人，是卡利多高原人部隊，也是神王麾下最驍勇善戰的精銳兵團。全部都是。

這支部隊若在白晝進入皇宮，一下子就會被賽納利亞人認出來；但是在夜晚，賽納利亞士兵需要過一段時間，才會察覺是遭受外國侵攻。賽納利亞的官兵遲早也會察覺，紅色布條就是卡利多人分辨敵我的標誌，但這也需要時間。每支部隊初次遇上卡利多軍，都要重複一次這個學習過程。

奇勒看見另一條船靠岸，百步之外而已。與卡利多一般人相比，高原軍更是寬肩胸厚。高原人還有一些部落獨立於山區，但納入帝國的這一群，已經成為最可怕的戰士。

四、五百名高原人，奇勒無法估算正確數字，但他推測另一條船上該也是滿滿的精兵。也就是說，卡利多想趁今晚一舉拿下王城，賽納利亞其餘地區會如四肢失去頭腦指揮，不久全面淪陷。

幾個巫師出現，一面交談一面沿蜿蜒小路從水邊登上橋，一直看著城堡上空，好像在等著什麼信號。

奇勒猶豫不決。他覺得該進宮救羅根——羅斯一定派了胡．吉貝或者德佐．布林暗殺所有公爵。羅根在邊境與卡利多人征戰過，更是心腹大患。城堡裡就算還沒出人命，也不會等太久。但他除了進去阻止暗殺行動，也可以留在這裡對抗卡利多入侵。

就憑他嗎？真是瘋了。

然而看見船隻停靠在橋旁，奇勒覺得怒氣湧了上來。他不覺得需要對賽納利亞忠心，可是他的確放不下羅根以及椎克伯爵。要是這支軍隊衝進城堡，就會血流成河。

換句話說，他也腹背受敵。很好。

奇勒看著御影的兩個打手在橋上就位，想必他們對這橋上各種防禦措施既不懂也不想懂，更不會費心拆除工事，只知道轉動曲軸升起厚重的水門。

接著，城堡上空出現一道藍綠色火焰畫出的光弧。奇勒開始行動。

底下巫師面露喜色，與軍官說了幾句。軍官大聲發號司令，便有個卡利多士兵高舉火把，揮舞兩次。雷夫、伯奈也取了火把分別走到橋左右，跟著揮動兩次。

一切就緒。是啊。

奇勒抽出報應，黑劍出鞘時唰唰作響，兩個打手聞聲轉過身。雷夫眨眨眼，上半身向前傾，但手裡拿著火把，黑暗中的東西根本看不清楚，只見一片黑鐵倏地竄出，破空而來，速度快得難以想像。電光火石之間，打手兄弟已經身亡。奇勒從伯奈手裡取下火把安置好，低頭監視河邊動靜。卡利多人已經整列行軍，成一路縱隊，踏著曲折小道要上橋。

他又從伯奈身上找出鑰匙，開了閘門內嵌的小門，控制水門的曲軸開關就在裡頭。水門是片單純的大閘門，調整平衡石的位置可將之抬高或者拋入河中，以現在來說則是砸在船上。

奇勒動手了，水門一下子滑落兩呎——卻沒有聽見船被砸爛的聲音，而是聽到鏗、鏗的金屬交鳴聲。奇勒又從橋緣探頭一看，水門落下後遭到魔法阻擋，結界在夜空中發出亮光。巫師聚在頭一條船甲板上，大呼小叫起來。

他跑進衛哨內，找到灶具跟一鍋正在燉的湯、一些廚具、鋼盔、幾件斗蓬、裝有男人物品的幾口木箱子，矮桌上還有一副𩩲骨牌。櫃子裡面有幾個大桶子，堆滿了大張舊地毯。

奇勒又衝出衛哨，在一座保護王城的重要橋梁上頭，國王不可能只設下這麼簡單的防備吧。他看到橋墩，是木頭搭建，但外層裹上鐵皮，所以不怕火，但還是會給河水滲透，因為鐵皮反而更不透氣，所以每隔幾年都會腐朽，必須加以更換。

國王為什麼只想擋住火。

奇勒一會兒想通了。橋兩側有許多長橫木，裝置在樞軸上，橫木前端裝有大陶土球，直徑跟奇勒身高相仿。看得出土球表層底下是鐵，因為頂端突出鐵環，上頭綁了繫索。陶球表面上還突出好幾個把手。

他抓住把手一抽，發現裡頭有個托座，抽出來後油臭味撲面而來。呆瞪著這些裝置，過了珍貴的幾秒鐘以後，奇勒這下明白了。橫木可以轉動伸出，將裝滿燃油的大土球懸在河面上空，船隻從底下經過時，啟動機關拋下——如果命中，就可以看到精彩的煙火。

他連忙跑回門口，抓了衛兵帶的火把，很快關閉鎖緊大門。卡利多軍上岸的前鋒已經接近橋頭了。

我到底在做什麼？

第一條船正要從橋底經過，時間不夠了。奇勒踹了固定橫木的安全拴，然後又用力推，但是怎樣也不動，還害他差點兒給綳緊的繩索絆倒。他罵了一聲，又朝著木頭撞，心想平常衛兵都不上油的嗎？

後來他才想到可以用異能啊。力量從身體深處竄出，這樣下來扛起一整輛貨車也不成問題。他對著木頭用力推，發現自己身體發著微光，原本不規則的黑影隨著他改變異能運用而流轉著。

運氣好的話，可以趁他們還不知道我在這兒就收拾掉。

一團滋滋作響的綠色巫火飛過土球，差一碼沒有打中。橋底下傳來一波吶喊，不管巫師看見的是奇勒本人還是他的火把，顯然發起脾氣了。

奇勒繼續推著橫木，但腳沒有東西抵住，一直滑開，橫木還是不為所動。

另一團巫火打在土球上，彈跳到半空，奇勒沒多理會。船到了奇勒正下方，甲板上有個紅髮巫師，在面前招出一個白色小物體。那白色東西像蜂鳥一樣飛了起來，巫師唸誦咒語，皮膚上符印浮現，發出驚人魔力，指引白色物體的方向。

奇勒使力，又給腳邊的繩子絆到。

白色物體越靠越近，奇勒看清楚了，是個假人似的東西。體積很小，不到一呎高，顏色像是麵糊，形狀跟那紅髮巫師頗為神似。小人輕輕落在土球上，爪子插進鐵片中，簡直削鐵如泥，接著轉頭對著奇勒發出嘶嘶聲，露出滿口獠牙。

奇勒急忙後退，差點兒摔到橋底下。

下方又生出一波震盪，紅髮巫師面前的空氣，像是石頭丟進池塘般，冒出一圈一圈的漣漪。漣漪底下彷彿有什麼在動，很大的東西。空間延伸著——

然後裂開。奇勒看見地獄和一閃而過的龍皮；獄龍所經之處，空間都被那股壓力給撕裂了。

獄龍朝著奇勒這方向撲來。

離他二十呎處，空間支離破碎，奇勒只瞥見一眼，那是張形似七鰓鰻的血盆大口，好像空心圓錐內部生滿了森森白牙。最窄的一圈牙撞上小人，圓錐往內收縮，利齒將那麵糊般的東西撕成碎片。接著一圈又一圈牙齒朝中心擠壓，怪力碾碎小人周邊所有物體，錐管一縮，全吸了進去。

最後，獄龍最寬的一排牙扣住陶球最寬的部位，一咬之後，獄龍轉眼退回洞中，跟來時一樣出人意表。周圍空氣又漾起漣漪，然後漸漸平息，好像什麼也沒發生過。

麵糊人不見了，陶土球也有四分之三被吞掉，剩下的部分被平平切過，內裡鐵層也像豬油般被咬掉了。球裡頭裝的油滴到河面上浮在船邊，船上卡利多人看了歡呼起來。第一艘船已經過了水門，第二條船這才要進來。

奇勒有種無力感，奔走間差點又給繩子絆倒，狠狠地罵了一回，但視線跟著繩子走去，發現繩子全部連接到一組滑輪上，又與橫木相接。

「我真是大笨蛋！」他趕緊抓了繩子飛快地使勁拉扯，支撐另一顆陶球的橫木開始往外擺動，非常順暢輕鬆。奇勒又聽見喊叫聲，兩道綠色巫火閃過。

在滑輪那兒還有一根繩子，比較細，但應該是關鍵。

奇勒用力一扯，頂著土球的橫木突然掉落，球也跟著往下落。起初奇勒心想不妙，居然把唯一的武器給摔進水裡了。但沒想到球受到頂端繫著的繩子牽引，開始鐘擺運動，朝著第二條船的吃水線直直撞上去。

沒有爆炸。擊中駁船的是巨球陶土底下的鐵，船身被敲出個大洞，碾過擠在裡頭的高原人戰士。球體其餘部分就都是土，受到衝擊以後崩解。裡面裝滿的油噴在船上的人身上、他們的裝備上，木頭甲板全是一片黏滑。

奇勒由上空眺望那條船，從船身大洞看見裡面的人在大叫著，但他以為這球應該更具威——

砰！

駁船爆炸了，火焰竄出土球砸出的大洞，洞口被炸成原本的三倍大，熊熊烈火自每一道舷窗竄出，哀嚎聲不絕於耳，船上的人被火海吞噬。

原本站在甲板上的人一個不穩便摔出去，其中不少落入水中。因為身上穿著甲冑，他們只能絕望地沉入和緩的河浪中。

大火來得快去得也快，忽然像是熄了。舷窗持續冒出濃煙，不停有人衝到上甲板。船身傾斜得很厲害，有個頭上破洞還在流血的軍官扯起嗓子大叫，但一點用處也沒有，士兵一個個往水裡跳，想游上看似很近的河岸——結果一個個如大石頭般沉入河水中。水不深，不過對於穿著重甲的人來說，夠了。

而這段中場休息，只是因為火焰原本以油為食，現在決定吞噬木頭。烈火如飢餓的兇獸再度探頭，每一層甲板都成了火窟。雖然船還在前進，但奇勒看得出來，它是靠不了岸的。少數人反應過來以後，先脫了甲冑才跳下水，也有人跳到橋墩上抓著不放，不過此時已經至少有兩百個高原戰士無法踏上賽納利亞的土地了。

奇勒背後，橋口閘門轟然一響。他心裡暗罵自己真蠢，剛剛就該跑了，居然還留下來看熱鬧呢。從他上橋，到現在炸沉一條船，王宮裡面一直沒有人出來看看，距離剛剛天空中的信號都已經過了兩分鐘。不管外面這情勢看來多危急，城堡內一定更加混亂。

閘門炸開了，一群巫師渾身散發妖光，踏著煙霧跟碎片穿過閘門的廢墟。

奇勒朝城堡跑去。

五十三

尼夫·達達和十幾名穿著賽納利亞軍服的手下跟在身後，羅斯穿過狹廊，在一個小房間前右轉，砰砰砰地踏上一條窄樓梯。

這些走廊、通道、僕役梯交錯縱橫令人眼花撩亂，但羅斯帶著部下要去北塔，走這條路線會省下兩倍的時間。時間緊迫，羅斯花了多年苦心播種、澆水、施肥，他的計畫將在今晚開花結果。而羅斯不改貪婪小孩的性子，每顆果實他都想親手摘來嚐，讓血紅色的汁液滴落下巴。

王后與兩位小公主差不多要斷氣了，羅斯知道了覺得挺遺憾的。怎麼會這樣呢，他想親眼瞧瞧的啊。他希望沒人會去亂動屍體，這樣隔天還能看一看。他下過這樣的命令，也相信胡·吉貝會一絲不苟地執行，但這終究是場戰爭，會有什麼發展還很難說。

也沒辦法了。總不能要他錯過國王嚥氣那一刻吧。

這才是高潮啊！要不是羅斯得躲藏在角落裡，他老早笑出來了。

羅斯原本的打算，是自己拿著架好的弩箭，一整晚瞄著國王額頭。他想親手要國王的命，但阿圖里安隊長的手下訓練有素，羅斯只能混進大廳中，沒辦法連武器也帶進去，算是有點可惜。要不是有德佐在，計畫說不定會出差錯，那就輪到父王要羅斯的命了。

幸好進行得很順利。德佐聽命辦事，果然是個行家，對全場下毒的手法極其高明。試毒員試吃所有菜色時，羅斯也在廚房裡，但那些試毒員沒一個出現異狀。對國王下毒更是挑戰了體能極限，而且藥物效果比德佐自己保證的還要神奇。以後羅斯會派更多任務給他，有德佐這樣的工具，羅斯可以散布遠超過他所想像的痛苦。毒藥！他沒想過下藥有這麼多種可能性，德佐可以好好教他各種用法。誰能想到，德佐對國王下的藥，居然可以把亞耿逼入絕境？

將軍忍不住斬下昏君頭顱時，羅斯在底下差點大笑起來。這比自己動手還要爽快。原來逼人欺君犯上、泯滅良心，會是這麼微妙而快感十足的事情啊。

羅斯與手下在宴廳逗留了一陣子，等到將軍帶著部下中計離開，然後也開始行動。計畫不出差錯的話——羅斯的計畫絕不出差錯——今晚會有比亞耿弒君更美味的果實。父王肯定滿意。

神王麾下六百名高原族菁英戰士，半小時內將抵達王城，黎明時分還會有一千名增援。神王指示羅斯，部隊不可折損超過一半，隔天他會率領大軍親自進駐。

羅斯自認為可將兵力損失壓在四分之一，甚至更少，意氣風發地結束烏德贊[7]。神王會封羅斯為賽納利亞藩王，自封為高王[8]，最後把整個帝國都傳給羅斯。

羅斯在最後一條狹窄甬道停下，手下正從後面跟上；他暫且將日後的燦爛先拋諸腦後。這裡有一道密門，穿過階梯就是北塔地下，羅斯朝部下做了手勢。

部下上前把密門撞開，亮劍衝入走道。塔底有兩個榮譽侍衛，但才剛發現遭到奇襲就已經死了，一

7. 譯註：卡利多語中，神王子嗣證明自己能力價值的考驗儀式。
8. 譯註：獲得米希魯大陸絕大多數土地的王者，稱之為「高王」。

點抵抗的機會也沒有。

「守住這裡，別讓亞耿上樓。」羅斯說：「接下來就是王儲和公主了。」說完他低頭檢查弩箭。

羅根坐在床緣等待。他闔上眼，揉著太陽穴。目前北塔頂端的寢室裡，只有羅根一個人在。潔寧．岡德——該改稱為潔寧．翟爾了——她先離開讓羅根準備一下。

準備一下。

羅根有種噁心感，他當然幻想過做愛的情境，但他一向努力將慾念集中在同一個女人身上，但那不是潔寧。

賽菈接受求婚時，羅根以為所有的想像即將成真，今天早上兩個人還在討論婚禮細節。現在全走了樣。

他聽見地毯上有赤腳走過的腳步聲，抬起頭來看，潔寧一頭茂密捲髮垂至背上。她穿了一件透明的白絲睡衣，臉上帶著緊張的微笑，美得令人怦然心動。昨天晚上，她穿的晚禮服性感撩人——老天！只是前一夜的事情嗎？——那些挑逗、誘惑，現在都可以成真。羅根的雙眼飲進潔寧的胴體線條，她的翹臀收束成水蛇腰，又隆起為完美的雙峰，柔滑圓潤的曲線充滿美感。肌膚在燭光下映出金色光芒，乳頭隔著那白絲若隱若現，她喉嚨不安地動著，站姿透露出羞赧。羅根想要她、想得到她，慾望從深處轟然而起，房間裡其他事物都黯淡無光，除了眼前的美人兒，還有他想做的那些事情以外，全世界都不復存在。

但他撇開了頭。他覺得好慚愧。喉嚨哽著什麼，好像無法呼吸。

「我很醜嗎？」潔寧問。

他又抬起頭，看見潔寧雙臂抱胸，眼眶已經閃著淚。他覺得心痛，又撇開了頭。

「不是這樣的，公主，請過來這兒。」

她沒有動。這樣說是不夠的。

羅根看著她的眼睛：「妳很漂亮，很美，美得讓我目眩神迷，讓我覺得心痛。過來這兒坐下吧。」

潔寧跟他一起坐在床上，靠得很近，卻沒有接觸。羅根對她認識不深，只知道連父親都覺得羅根配不上公主；還有大家都喜歡潔寧，說她「陽光」、「定下心了」，還有她未滿十六歲。「陽光」一詞羅根可以理解，剛剛晚宴上她就幾乎發著光——在她父親開口以前。那傢伙真混帳。羅根覺得能體會父親當年的感受，得眼睜睜看著心愛的女人嫁給那種丈夫。

至於所謂的「定下心」，也同樣用在潔寧的哥哥身上。不過這麼說王子，意思是說王子終於收斂起拈花惹草的習性，準備好好擔起執政大任。用在潔寧身上，說她「定下心」，可能是指她不會在王宮跟人玩捉迷藏之類吧。

潔寧跟賽菈截然不同，現在則成為他的妻子。

「我——我今天早上才剛與另一個女孩訂婚，一個我深愛許多年的女孩……我還是愛她。潔寧……我可以這樣子叫妳嗎？」

「夫君，你想要怎樣叫我都可以。」潔寧聲調冷淡，羅根傷了她，然而她覺得受傷的理由都太荒唐了。可惡，她還小啊，這兩天也並非只有羅根面對一連串意外衝擊。

「潔寧，妳有戀愛過嗎？」

她思考這問題的態度，比起羅根預期內的十五歲女孩子來說，算是相當成熟。「我……喜歡過男孩子吧。」

「那不一樣。」羅根打斷她，但馬上就後悔自己沒有控制語氣。

「你打算背著我，」她馬上反擊：「跟她偷情嗎？」

這句話好像打了羅根一個巴掌。想必事情發展對於潔寧而言同樣難以接受，她會有什麼感覺呢？暗戀著他、嫁給了她，卻發現他還愛另外一個人？羅根把臉埋進雙手中：「我與妳成婚，是因為國王要我這麼做，是因為這個國家需要我。但我既然發過誓，我就會對妳忠實，潔寧。我會盡丈夫的義務。」

「包括產下子嗣的義務嗎？」她又問。

語氣裡的冰冷並未溶解，羅根該知道意思的，卻又回答：「對。」

潔寧躺上床，把睡衣往上一扯，雙腿打開，「那就盡你的義務吧。」說完以後，潔寧轉頭盯著牆壁。

「潔寧——妳看著我！」他替潔寧把衣服拉好——幸好他說話的時候，看的是潔寧的臉，因為即便拉上衣服，潔寧的身體還是不斷刺激著他、激發他的動物本能。「潔寧，我會當個好丈夫，但我沒辦法把心給妳，現在還不行。我看著妳，就會覺得想跟妳做愛好過分，可是妳是我的妻子啊！可惡，要是妳沒有這麼——這麼漂亮就好了！如果我看著妳，不會想到那些——那些我們今天晚上應該要做的事情，事情就簡單多了。妳聽得懂嗎？」

顯然潔寧還是不懂，但是她起身跪坐著。一轉眼，潔寧又成了個小女孩，為自己方才的舉動臉紅，但眼神依舊凝重。

羅根攤開手：「這不能怪妳，我自己也還不很清楚，現在的狀況好複雜。從艾稜他——」

「現在不要提到我哥哥好嗎？」

「我失去了一切。然後每件事情都……都不對。」他覺得自己怎麼可以這樣自私？他的確失去了好友，但潔寧也失去兄長，一定也很心痛吧。「對不起。」他說。

「我也很抱歉，」潔寧的眼睛還噙著淚，可是目光堅定了起來：「我從小就知道，長大以後國家要我跟誰結婚，我就得跟誰結婚。我一直不想跟人戀愛，因為我知道遲早有一天，父王得把我送給別人。這兩年我很努力別喜歡上你，我也知道你只把我當成個傻丫頭，但你知道我原本大概會嫁給誰嗎？宿羅國的某兩個王子，一個喜歡男的，另一個六十歲了。艾里泰拉也有一個，六歲。羅綴卡的王子不會說我們的語言，而且已經有兩任妻子；卡利多人還把妻子當成財產對待。最後在莫丹國還有個對象，死過兩任妻子，原因都很可疑。

「然後是你。大家愛戴你，如果碰上英明的國王，會藉此機會修補兩家的關係吧，偏偏我父親討厭你。我只能遠遠看著你，聽我哥哥或者其他女孩子說一些關於你的事情，我聽說你很勇敢，你為人正直，你對朋友忠實，而且非常聰明。我哥哥說過，在他認識的人裡，不會因為我的頭腦而感到壓力的，就只有你而已。不知道你能不能想像，我每次說話都得故意用簡單的字眼，而且還要一直假裝很多事情都不懂，不然會壞了名節呢。」

羅根不太肯定自己懂不懂，女性應該不需要假裝自己很笨吧？

「我聽說可以嫁給你的時候，」潔寧說：「就好像小女孩的夢想都要實現了一樣。就算我父親是那種反應、賽菈是那種反應，還有我哥哥——」她深呼吸一口氣，「抱歉，我知道你只是想對我誠實，我也明白這不是你自己要求的。我覺得很難受，居然得要你失去她，我才能得到你。我想你這兩天真的遭遇太多意外了，」她微微揚起下顎，表露出公主的尊貴，「但我會盡一切努力，讓自己成為一個好的意外，夫君。我會努力讓自己值得你的愛。」

真是不可思議的女人！羅根昨夜初見潔寧，只看見她的胸脯。再次看見她，是她跟朋友談天，像個天真孩子。但他真是太傻了。潔寧．岡德——現在的潔寧．翟爾——是個擁有女王資質的女人。無論氣質態度或者犧牲奉獻的態度，那力量深深撼動了羅根。他一直希望找得到匹配的妻子，但現在，他希望自己可以匹配得上妻子。

「我也會盡力培養我們之間的感情，潔寧。」羅根說：「只是我——」

她伸出手指抵住羅根的唇：「叫我小寧可以嗎？」

「小寧？」羅根也伸手撫過她滑嫩的臉頰，眼睛掃過她的身體。我有權這麼做，我可以這麼做，而且我應該這麼做。「小寧，我可以吻妳嗎？」

她又成了嬌羞的女孩兒，直到兩人嘴唇貼在一起。然後，雖然她依舊猶豫、遲疑、而且太過純潔，羅根還是覺得她是全世界最溫暖、最柔軟、最美麗可愛的女孩。她是那麼地有女人味、那麼地惹人憐愛，羅根忍不住抱住潔寧，緊緊擁在懷中。

過了好幾分鐘，羅根鬆開潔寧，轉頭看著房門。

「別走。」她開口說。

門外階梯傳來沉重的腳步聲。很多雙靴子。

連在黑暗中穿好衣服的時間也沒有，羅根滾離潔寧身邊，拿起佩劍。

五十四

瑞格納．翟爾閃進走廊，看著卜蘭．亞耿帶著十幾名禁衛軍跑過去，更奇怪的是，後頭居然跟著幾個胖貴族。

「保護王儲！國王萬歲！」其中一人大叫。

保護王儲？那麼風聲有錯，瑞格納聽到的是艾稜．岡德十世昨晚遭人暗殺。要是只有亞耿將軍一個人在，瑞格納就會上前叫住他，可惜范恩．阿圖里安也在場。禁衛軍隊長受命逮捕瑞格納，雖非自願，但他一定會盡力達成。

遠方靠近王宮中心處也傳來喊叫聲，不過瑞格納聽不出他們在嚷嚷什麼。對於目前情勢無法掌握，他也焦慮起來，但不管城堡裡出了什麼大事，他都無力介入，因為瑞格納只帶了六個部下進來，全部沒有盔甲。光是要帶著劍偽裝成下人混進王城已經很不容易，現在他只希望趕快找到娜麗亞，帶著她逃出去。

王后的寢宮在城堡東北二樓，瑞格納與部下三人一組在堡內移動，他們原本佯做從容，不願引起僕役警戒，但現在他很快揮著手，要大家集合起來，開始加快腳步。

前往王后寢宮的路上，一個僕人或者守衛都沒撞見，這種好運令人難以置信。只要遇上兩個禁衛軍，對方一定全副武裝，瑞格納等人很難活命。

瑞格納敲著寢宮大門，接著逕自打開。有個侍女正要開門，結果嚇一跳往後縮。

「是你！」那侍女喊道：「殺人兇手！王后殿下快逃！」

娜麗亞．岡德坐在一張搖椅上，腿上那幅刺繡看似根本沒動過。她立刻起身，卻是招手要侍女退下。「別說傻話了，妳出去吧。」兩個小公主，阿萊娜和伊莉斯，樣子好像剛哭過，也猶豫地站起來。她們年紀還小，根本不認得翟爾公爵。

「你到這兒做什麼？」娜麗亞又開口問：「你怎麼進來的？」

「妳有性命危險，昨天晚上殺光我家的人，今天又收了錢要來取妳的命。娜——王后殿下，請妳快點離開。」他別過頭。

「公爵大人，」娜麗亞的用詞適於迎接一個要臣，卻也像是夫人迎接丈夫。在瑞格納的耳朵裡，這兩個字彷彿等同於「除了你以外我沒愛過別人」。

「公爵大人，」她又說了一次：「瑞格納，你要帶我去哪裡都沒關係，但是不可以丟下他們兩個。如果我有危險，他們也不可能沒事。」

「妳就帶著兩個女兒一起走吧。」

「我說的是羅根和潔寧，他們今天下午結婚了。」

保護王儲！國王萬歲！方才聽見的口號剎時理所當然了起來，原來背後沒說的是：九世駕崩、新王即位，而他們要保護的王儲，或者說新王，就是羅根。

岡德王室到此為止，接替的人是羅根。

更善良的人，應該不會這麼想吧。瑞格納知道的。更忠誠的丈夫，應該也不會這麼想的吧。但瑞格納腦海中第一個念頭，就是娜麗亞的丈夫終於死了，那個造就無數悲劇的可恨小人終於不再礙事。而他自己的原配也不再礙事，忽然間他和娜麗亞都奇蹟似地從二十二年的婚姻桎梏中解放。二十二年了，他本以為這是無期徒刑，卻在這瞬間脫離囚籠。

以前他只能在父親與指揮官兩種身分中得到驕傲與滿足，未曾期盼返家時能享受婚姻美滿。然而此刻，幸福不再遙不可及，僅只一步之遙，還正對他展露歡顏，雙眸充滿愛意。倘若回家時看見的是娜麗亞，能與她共築愛巢、交換心裡話、分享人生的點點滴滴，並和她同床共枕，那會是多麼不一樣的光景啊。

只要娜麗亞願意，瑞格納會娶她，和她結婚。

但是他也漸漸意識到這件事情背後糾葛有多深。羅根是新王？若是瑞格納跟娜麗亞生下孩子，記載王室系譜的學者會做惡夢吧。但瑞格納哪在意呢。

他覺得心情輕鬆，忍不住放聲大笑，但笑意瞬即消退。亞耿剛剛帶了一群衛兵與貴族去找羅根，手上拿的還是餐刀。

羅根有危險，所以才要去保護他。兒子有危險，他這個做爸爸的居然躲起來。

沒時間向娜麗亞解釋國王已死、她獲得自由等等了，瑞格納得趕快行動，他不知道還有多少時間。

「他們碰上麻煩了，大家跟我走！」瑞格納舉起劍：「我們——」某個帶著溫度的東西戳進他的背，又抽了出去。

他按著胸口同時轉身，非常難受。不知名的黑色形體穿梭於陰影間，部下喉嚨猝然綻出血花，一個一個宛如斷了線的傀儡戲偶癱軟倒地，不再呼吸。瑞格納鬆開手掌，覺得有種黏滑觸感。

低頭一看，胸口衣服沾了大片血跡。瑞格納又抬起頭望向娜麗亞，影子竄至她身後將她抓住，黑色大手抬起她下巴，另一手持著貫穿瑞格納的同一把細長短劍。娜麗亞的視線還停在瑞格納身上，眼神充滿恐懼。

「娜麗亞……」他跌跪在地，眼前一片白茫茫。他努力想睜開眼，卻赫然明白他其實一直都睜著眼，但這已經不再重要。

禁衛軍和貴族組成的護衛隊跟隨亞耿前進，但此行並不順暢。幾百年間，賽納利亞王宮經過幾次擴建，結構從未整理；有兩次他們在路上給鎖著的門擋下，七嘴八舌爭辯到底要劈開門還是要另覓途徑，結果都選擇繞路。

好不容易踏上通往北塔的甬道，禁衛軍開始衝刺，亞耿追在後頭，幾個貴族氣喘吁吁跟著，連呼吸都不順暢了，早就無力繼續高呼什麼保護王儲或者國王萬歲。

亞耿踏進北塔一樓前廳，便聽見大家的咒罵，以及敲打門板的聲音。

禁衛軍之一葛爾上校站在塔口，催促著大腹便便的兩個貴族：「兩位大人，趕快進來！」

掃視裡頭一圈以後，亞耿要年輕力壯的人動手把裡頭那道門給劈開。前廳不大，不足二十呎平方，家具也不多，但天花板很高，完全隱沒在黑暗中。這裡只有兩個出入口，一扇門擋住樓梯，一扇門到外頭長廊，所以也不可能再次繞道而行。

他覺得事有蹊蹺。上樓的門鎖住了，這代表原本駐守此處的衛兵被殺死或者制服。

亞耿將軍一回頭，恰巧看見葛爾把貴族全部招進塔中。將軍衝了過去，經過羅根那位胖表哥，隸屬翟爾家族分支的洛翟爵士身邊，張開嘴正想要示警，但他一個字都沒喊出口，葛爾的鐵手套已經一拳擊中他下顎。

亞耿將軍往後倒，最後只能從地板看著葛爾把門緊閉，上了門閂。

接著另一個禁衛軍衝上去用肩膀撞門，可惜一點用也沒有，又過了一會兒，亞耿聽見葛爾從外頭找東西把門堵住的聲音。

「中計了。」珥瓦爵士的見地十分中肯。

眾人頓時手足無措，有個禁衛軍把將軍給扶起來，而將軍觀察大家臉上表情，知道所有人都會意過來了。

既然有自己人反叛，代表謀取王儲性命的行動絕非單一事件，計畫相當縝密。過去幾天內所有事件都經過精心設計──從王子之死，到現在一干人等困於塔內都是。換句話說，他們逃出生天的機率極低。

「該怎麼辦，長官？」一個部下開口問。

「打通那扇門。」亞耿將軍指著樓梯口那扇門。雖然可能為時已晚，即便衝上去也只會找到敵兵以及王室遺體，但亞耿畢竟是沙場老將，明白懊悔錯過的機會只是虛擲更多光陰，日後再反省也不遲，當然前提是還有日後。

禁衛軍繼續攻門，卻聽見唰的一聲，弩箭飛來。

一個士兵應聲倒地，胸前的護甲像絲巾般被射穿。亞耿暗罵一聲，環顧四周，卻沒在牆壁上看到任何射箭口。

眾人左顧右盼，希望擋得住不知由何處發動的奇襲。

唰。又一人癱倒在同袍懷中，中箭身亡。

亞耿等人抬頭望著一片漆黑，但因為一盞吊燈掛得很低，上頭有什麼完全看不見，只聽見黑暗中盪起低沉的笑聲。

不分侍衛貴族，每個人連忙就地尋找掩護，但這空間裡能躲的地方實在太少。

一名士兵馬上滾到厚實的高背椅後面，也有貴族拆了牆上的羅賓爵士肖像畫，立在身前當擋箭牌。

「快破門！」亞耿口中下令，但是心裡已然絕望。出去也沒有用，敵人在城堡內不知有多少人手跟埋伏，加上他們居然掌握了密道。當年充滿被害妄想的胡拉克國王翻修城堡時，新闢許多密室與密道，現在遭到敵人占據，只要躲在暗處就可以收拾掉所有禁衛軍，他們毫無反擊能力。

唰。躲在椅子後面的士兵身體一僵，箭矢穿透椅背，也穿透他的身體。出手的人想藉此昭示禁衛軍所處境況有多悽慘。

「快破門！」亞耿又吼道。

長官都期望部下勇氣過人，實際上卻絕少有士兵如這群禁衛軍般，願意冒著生命危險上前拆門。他們心裡清楚，傷亡絕對免不了，但若想要有人活著出去，這是唯一的一條路。

唰。一個禁衛軍揮劍砍門，揮到一半中了箭摔倒在地。捧著畫像的昂哲爵士兩手無力，像小女孩般嚶嚶啜泣。

唰。乍看之下好像是一個士兵突然往旁邊跳躍，他耳窩中箭，噴著血往門框彈去。

門板給他們劈出一條縫，剩下的三個禁衛軍之一發出歡呼。

不料裂縫中飛出一箭，射進他的肩膀，那力道牽著他的身子翻轉，然後天花板又飛來一枝弩箭，射穿他的脊椎。

剩下兩名禁衛軍終於崩潰，一個人的劍砸在地上，跪下哀求道：「拜託，拜託不要……拜託。」

另外一位則是阿圖里安隊長本人，他像著魔似地瘋狂劈門，憑著一身結實肌肉，門板很快給他打得搖搖晃晃。裂縫越來越大，露出後頭的門閂。

兩枝箭從裂縫竄出，他閃身同時再度出劍，卻被第三枝箭削過臉頰。阿圖里安猛地撇頭，臉上依舊留下乾淨俐落的一道血痕，耳朵也少了半片。

阿圖里安一面狂嘯，一面把劍如矛般射進劈出的洞，伸手挑開了門閂，手臂卻給一枝箭矢刺穿。他強忍痛楚，抓著門板用力一拉，硬生生把整片門板都扯了下來。

樓梯上站了五個卡利多弓箭手，身上穿的卻是賽納利亞軍服。他們後面還有六個劍士和一個巫師，另外地上倒了一個弓箭手，隊長的劍刺穿了他的腹部。五名弓手同時放箭。

全身都是窟窿的阿圖里安往後一摔，倒在跪地的禁衛軍身旁，禁衛軍見狀尖叫了起來。

唰。尖叫轉為哽咽，接著嘎然而止，那年輕人也倒下了，躺在自己的血泊中。

然後是戰場上一片混亂之中出現的詭異間奏，亞耿將軍雖然並非沒經歷過，卻一直難以適應。一個弓箭手放下武器，走進前廳。剛剛他也朝著隊長攻擊，現在卻不帶嘲弄口吻、意外客氣地說著「抱歉」，然後把將軍抓著門板的手指給扳開。他又走回樓梯口，在亞耿將軍以及幾個貴族注視下，把門板裝了回去。

恍如隔世的片刻之中，將軍望著貴族們，貴族們也望著將軍。進來塔裡的人，都是為了解救王儲，不惜賭上性命的忠臣，也許笨了點，但是非常勇敢。將軍看著拿著畫像當掩護的昂哲爵士，心想正是他這個將軍領著他們進來送死。

敵人設下的陷阱極其巧妙。宣稱羅根有危險的那個「翟爾家僕」顯然也是這群侵略者的樁腳，這一招不僅成功分散了禁衛軍兵力，大半人因此離開宴會廳，更重要的是有去蕪存菁的意義在。會跟亞耿過來保護羅根的貴族，有一些連將軍自己都沒預料到，可是這些人在最危難的時刻，以行動顯示出他們對新王的效忠。

殺死這些人，卡利多也就除掉了征服賽納利亞的絆腳石，一石二鳥。

除了傷重士兵的哽咽與喘息，亞耿又聽見其他聲音，他馬上辨認出來，是十字弓絞上了弦。

軋軋喀。軋軋喀。

「為了讓你們有人可怨，」一個帶著淺淺笑意的聲音從上頭敵軍藏匿處傳來：「我是羅斯．烏蘇爾親王。」

「烏蘇爾家的人！」布瑞頓爵士咒罵著。

「看樣子是我們的榮幸呢。」洛翟爵士這麼說。

一支弩箭鑽進洛翟爵士那肥滋滋的肚子，霸道地從他背上穿透而出，勾著一大串內臟。洛翟爵士往後退到牆邊，癱坐下去。

好幾名貴族順了羅斯．烏蘇爾的意開口痛罵他，也有人過去察看洛翟爵士的傷勢，他不停地喘氣、發抖。亞耿將軍站著沒動，要他倒下得等他死了再說。

軋軋喀。軋軋喀。

「將軍，真感謝你。」羅斯又開口說：「你做得很好，先是幫我殺了國王；這弒君之罪可真是精彩。接著你又幫我把大家都帶進設好的圈套裡，我一定重重有賞。」

「你說什麼？」布瑞頓爵士一臉倉皇看著將軍：「卜蘭，不是真的吧。」

下一枝箭射進布瑞頓爵士的心窩。

「他說謊。」不過將軍回答時，布瑞頓爵士已經斷氣了。

軋軋喀。軋軋喀。

昂哲爵士看著亞耿將軍，表情非常害怕，他還緊緊扣著那幅肖像畫。「拜託，叫他住手啊，」他已經發現自己是在場最後一位貴族，忍不住哀求道：「其實我根本不想跟你過來，是我老婆逼我的！」

羅賓爵士的畫像破了一個洞，昂哲爵士跟著往後退。他靠著牆壁好一段時間，痛得擠眉弄眼的同時還抓著那幅畫不放，厭惡寫滿他的表情，似乎以為一幅畫真擋得住弩箭。最後昂哲爵士整個身體壓在畫像上，裱框被他壓成碎片。

軋軋喀。軋軋喀。

「畜生！」洛翟爵士換氣之間瞪著亞耿將軍：「你這畜生！」

然後他眉心多了一根箭。

將軍舉起劍，臉上毫無懼色。

羅斯冷笑：「將軍閣下，我可沒說謊，確實有份獎勵要給你。」

「我可不會怕了你。」將軍說。

軋軋喀。軋軋喀。弩箭擊中亞耿膝蓋，他覺得骨頭都被打碎了，倒在一張椅子上摔了下去。下一枝箭穿過手肘，簡直要將他整條手臂扯下一樣。他勉強將自己撐起來坐著，另一手像個溺水的人般攀住椅子。

「我手下的刺客擔保你會傻傻跳進陷阱，畢竟你都已經傻到會相信他的話了。」羅斯說。

「德佐．布林！」

「沒錯。不過呢，他可沒提到你居然會把國王給殺了！真是絕妙滋味啊，你們居然把翟爾公爵給弄進王室系譜裡頭？他跟你是朋友對不對？你可是害羅根那小子賠上性命囉。我知道你不怕死啊，將軍大人，」羅斯說：「但我要把你的命賞給你，你就帶著這份恥辱活下去吧。好啦，你快點爬出去吧，窩囊廢。」

「我會用我餘生追殺你到天涯海角。」亞耿緊緊咬住牙關。

「怎麼可能，你已經是條落水狗了，卜蘭。你可以阻止我的啊，結果呢？你卻幫我鋪好每一步路。我要帶手下上樓去啦，王儲跟公主馬上就會死，都是因為你沒有攔住我。我殺你做什麼？這一切是拜你所賜呢。」

羅斯說完就離開了，留下將軍在原地自生自滅。

五十五

邦倫．甘柏中士以背部寬厚的肌肉撐開艾里泰拉式長弓。就算壯得像頭牛，也不可能單憑雙手力氣就拉開它。艾里泰拉長弓以粗紫杉製成，沒有拉弦時長達七呎，兩百步距離內都可以射穿鐵甲；他還聽說過有人在五百步外射中四呎大的目標，但幸好現在他不需要那種好眼力。

甘柏站在王城廣場衛哨的屋頂上，部隊受到叛徒所騙，被困在裡頭出不去。那傢伙不知是膽子太小或者找不到火把，沒有將衛哨連同這些官兵一起燒光。部下在天花板敲出一個大洞，把他拱了出去。

在他開弓之前，巫師就朝他射出巫火，不過射歪了，從他頭上很高的地方飛過。廣場上目前只有一個符術士，看來是留守待命。以甘柏所在的高度，看得見更多侵略者自國王東橋湧入，但他現在必須專心對付符術士。是個女巫師，紅色頭髮、皮膚白晰，沉重地喘著氣，上一發巫火可能對她負擔頗重，但她再次振作起來，手臂上的黑色符印也繃緊了。

一箭不中，恐怕難有第二次機會。這次巫師會壓低準心，衛哨茅草屋頂若是著了火，裡頭四十個部下都活不了。

他背肌一收，箭鏃往後，三隻手指抵著臉，羊腸線靠在脣邊。甘柏根本沒有瞄準，完全憑著直覺。女巫師兩掌間冒出一團火球，箭鏃從火球中間穿過；這弓箭威力既然連甲冑都擋不住，自然可以貫穿無形火焰或者年輕女子的腹部。她兩腳離地飛了出去，好像給一匹疾奔的馬兒拖走，最後屍體被那枝箭釘在後頭大門上。

甘柏沒有意識到自己又架上另一枝箭。要是他可以選擇，就會跳下屋頂，趕快把部下放出來。可是一瞬間戰意在血脈中流動，十七年的軍旅生涯，這還是第一次真正作戰。

箭栝輕觸甘柏的脣後飛出，命中橋上率領高原戰士縱隊的巫師。這一箭射得極其漂亮，可說是甘柏一生之作，穿過三排正在跑步的士兵，落在跑步中揮動著手臂的女巫師腋窩，將她轟到了橋邊，一個不穩就摔進普利茲河。

但高原人軍隊腳步緩也不緩，甘柏中士見狀知道大事不妙。敵軍中有兩個弓箭手和一個巫師脫隊，朝他這方向望過來，其他士兵持續過橋。弓手搭上箭，巫師輕輕碰了碰，他們的箭尖隨即冒出火焰。

甘柏連忙滾下屋頂，兩枝火箭降在茅草屋頂上，而且那火勢蔓延之快太不自然。他才剛把堵門的東西清開，裡頭就冒出了濃煙。

「長官，下一步怎麼辦？」一個士兵開口問，大家都圍在他旁邊。

「對方沒辦法一舉殲滅我們，才會用各種辦法分散我們的軍力。我看對方有兩百、甚至三百人，所以現在先趕到下面的營房去。」那邊應該有兩百人駐守，勉強算是勢均力敵，但面對高原人和巫師，甘柏也不知道人數還有多大意義。

「我才不幹！」一個年輕士兵說：「幹嘛為那個阿九丟掉小命。趁著國王東橋還沒事，我要走了。」

「朱爾斯，我不會讓你一走了之。」甘柏回答：「拿了錢就得做事，不盡責就是叛國，這樣子跟把我們堵在營房等死的康耶沒什麼兩樣。」

「那一點小錢算個屁啊。」

「我們被徵召的時候，就已經知道拿得到多少薪餉。」

「那就任你處置吧，長官。」朱爾斯把劍收回鞘內，自信滿滿地轉過身，朝著東橋跑去。

剩下三十九個人都看著甘柏。

弓弦又靠上脣畔，他低聲為兩人的靈魂禱告，然後一箭射穿朱爾斯的脖子。我也變成所謂的戰爭英雄了嗎？專門殺女人跟手下。

「戰爭開始了，」他開口說：「還有問題嗎？」

奇勒在匿影的掩護之下跑過王宮內佣人的住區，還是沒有衛兵出來，到現在都還無法集結防禦，情勢之惡劣可見一斑。

然而他卻忽然捲入戰局中，有至少一支小隊的高原戰士看似繞道潛入，正在屠殺人數有兩倍的賽納利亞士兵。

賽納利亞這一方陣線快要崩潰了，軍官高吼著命令卻無力回天。看見軍官的臉，奇勒呆了一下，那是甘柏啊，就是他第一次出任務殺人，在北塔碰見的那一個守衛。

奇勒衝了進去，殺死這些卡利多戰士對他而言像切麥桿一樣簡單，只是簡單的動作，不過殺死根本看不到自己的人也沒什麼好光彩。

起初沒有人注意到他。這城堡原本就用灰暗的石頭砌成，此時也只有搖曳的火把作為照明，對旁人而言他只是一團黑影。奇勒砍下一個卡利多人的頭，又剖開另一人的肚子，救了遭到夾攻的甘柏。

奇勒的動作絲毫沒有慢下來，宛如龍捲風般捲了過去。他是夜天使的其中一面：報復。殺戮對他而言不是一種行為，只是一個狀態。奇勒等同於殺戮。若是一滴罪人的血可以交換一滴無辜者的血，那過了今晚他就洗清罪孽了。

報應的冰冷黑色劍刃切開了金屬、皮革、以及血肉，那是世界上最美好的觸感。奇勒迷失在這狂亂、異乎尋常的冥想之中，旋轉、突插，飛身、砍劈、搥打、穿刺，毀去他們的肉體、葬送他們的未來。太快了。不到半分鐘時間，所有卡利多戰士全部斷氣，連苟延殘喘的人也沒有，死亡來得徹底而純粹。

賽納利亞士兵大受震撼。這群人根本是披著甲冑的綿羊，對著貌似一團幾何陰影的奇勒目瞪口呆，連武器都忘記舉起來，完全沒有作戰的態勢。他們看著死神化身站在面前，除了訝異還是訝異。

「夜天使與你們並肩作戰。」奇勒說完，心想已經耽擱太久，羅根搞不好已經丟了小命，便趕快遁入王宮。

路上看到的門都緊閉著，宮殿內靜得出奇。奇勒只能猜想，也許僕役不是躲起來，便是逃出去了吧。

一陣腳步聲使他回過神，奇勒趕緊躲進走廊轉角的一個門口。雖然肉眼看不見他，但今天晚上這城堡裡可不是只有凡夫俗子在。

「大約兩百多個敵軍士兵困在樓下。」一個軍官對著另一個披著甲冑帶著劍的人說話；另一個人身材窄小，看得出應該是個巫師。「十五分鐘左右應該可以收拾掉，符術士大人。」

「花園裡的貴族又怎麼樣？」巫師問。

又一陣高原戰士的腳步聲由近而遠經過，奇勒沒聽見答案，但他現在知道貴族被困在花園，雖然從沒去過，事實上奇勒一直都避開城堡不靠近，但至少看過畫像。要是畫師沒有竄改太多，應該找得到才對。奇勒心想上那兒去找羅根與德佐總是個開始。

他更深入王宮內，朝著花園前進。這段路上出現許多死屍，地板上到處都是血，可是奇勒沒有慢下腳步，倒地的多半是貴族身邊的護衛。

這些傢伙真可憐。奇勒對於從事護衛工作但卻沒好好訓練自己的人，通常沒什麼同情心，但這一回可是大屠殺。超過四十名護衛有的已經嚥氣，有的還在掙扎，抽搐著踢腿或者口吐白沫。奇勒一算，高原人只死了八個而已。

順著血跡跟屍體，奇勒走到一扇兩片式胡桃木門前，門由外側上了橫木門住。他解下木條，輕輕推開門。

「怎麼回事？」卡利多腔調的粗嗓子問道。

奇勒從門縫退開，躲到又一尊九世的英勇雕像後，同時看見房間裡面全是貴族，有幾名高原戰士把守。除了紳士淑女們，居然也有幾個小孩子。他們的共通之處便是模樣狼狽飽受驚嚇，有的已經哭了，也有人毒發正在嘔吐。

從奇勒看不見的角度有腳步聲傳來，高原戰士拿出武器備戰，戟頭將一片門勾開，有個身高與身寬幾乎一樣的卡利多軍官站在後頭。

軍官勾開另一片門，招了兩個手下進走廊，他們背對背，舉劍戒備，目光直盯著雕像，看著奇勒，但是奇勒緊緊靠在雕像後面，手臂貼著雕像的手臂，腿也貼著雕像的腿。

「沒人啊，長官。」一個士兵說。

花園裡頭的景象沒有圖畫那樣壯觀，現在有十個卡利多士兵，加上四、五十名貴族。貴族全部沒有武裝，但幸好卡利多人也沒有派巫師留守。奇勒推測他們一定認為巫師太厲害，不該浪費在看守人犯這種工作上。

俘虜裡頭有些是賽納利亞位階最高的王親國戚，他已經認出幾個重要大臣。會把人全關在這裡，代表羅斯覺得很快能夠攻占王城，接著親自挑選新政權的輔佐官，其他人都得死。

貴族們一臉迷惘，似乎無法相信會碰上這樣的事情。一夕之間風雲變色，這戲劇性發展遠遠超乎他們所能理解。有些人面色憔悴，也有人受傷流血，不過絕大多數看來無恙，幾個哭著的仕女連頭髮都沒亂，其他人就算上衣或裙子破了，表情也還算鎮定。

奇勒聽見身後士兵說：「隊長，要小心點啊，木條怎麼可能自己掉下來！」

「我們的任務是守好這房間，所以不能出去。」

「但是我們還不知道外頭是誰啊……長官。」

「留在這裡就對了。」矮胖軍官的語調表示無須再議。

奇勒為那年輕高原人感到悲哀，他的直覺很敏銳，以後可以成為好長官。

但奇勒還是在他背後一步外卸下匿影。

他告訴自己，現身不是為了公平，是因為必須保存異能應付之後的狀況。

年輕戰士還沒來得及拔劍，就被奇勒開腸剖肚。刺客動作如行雲流水，自士兵身邊旋過，左手射出飛刀，穿透一人的硬皮甲跟肋骨，又抓住一人持的劍對準另一名敵兵插下去；接著他頭朝另一個高原人臉上一撞、手抓住他的身子一扭，用這士兵的背吃下隊長長戟一記重擊。

一個高原士兵朝他劈去，奇勒低身避過，抽出脥差戳進高原人的鼠蹊部，躺在地上時一招踢腿又踹了個人飛出去，還藉反作用力跳起來站好。

六人倒地，還剩下四個。其中之一性子太急，大喝一聲衝刺過來，好像嚷嚷著說奇勒殺死他哥哥，但奇勒一擋一刺，就送這弟弟去陪哥哥了。最後三個人同時撲上，刀光一閃後，裡頭一個人手連著劍飛了出去，第二個人跟奇勒過了五招，最後抽身太慢，給奇勒在臉上劃過一道，照子沒了。

奇勒躍過隊長橫掃的長戟，轉身與他正面交鋒時反手握刀，往後一刺，了結剛剛斷了手的人。

敵兵隊長丟了戟，拔出細劍。奇勒不禁啞然失笑，心想他挑兵器的品味真是極端，且注意到對方身後有異。那隊長緩緩別過臉，眉頭緊蹙，但不敢轉頭。

一位俏麗仕女舉起盆栽朝卡利多隊長後腦砸下，花跟土散落一地，盆子本身卻連條裂縫也沒有。

「謝謝你救了大家，」女子邊喘邊說：「不過你幹嘛看我啊？差點害我把命給搞丟了。」她就是頭髮或妝容都毫不紊亂，絲毫未受亂象影響的仕女之一。即便剛剛砸破一個人腦袋，她看上去依舊冷靜，只是拍了拍衣服上的塵土，順便檢查一下有沒有沾到地上血跡。看著這女人身上那襲超低胸禮服，奇勒暗忖她逃跑時衣服沒滑掉也算是高明。他認得眼前的美女。

「反正他沒回頭不是嗎？」奇勒反問泰拉．葛瑞芯，心底慶幸自己臉上罩著黑頭巾。原本只是習慣而已，但此時沒有蓋住臉的話，不少貴族可能就認出他了。

「喔，我可沒有——」

忽然傳來敲門聲，泰拉和其他貴族都僵著不敢動。三聲、兩聲、三聲、兩聲，接著聲音傳進來：

「隊長，新命令！殿下要你把人犯全部殺光，率兵前往廣場協助鎮壓反抗分子。」

「你們得快點離開。」奇勒用裡頭貴族都可以聽見的音量說：「有至少兩百名高原戰士通過國王西橋，可能已經在廣場跟護衛隊作戰。想活命的話，趕快找把武器，然後把困在下面的士兵救出來。剩下的守衛應該都去了廣場，跟他們一起行動，才能衝出王宮開始反擊。王宮已經保不住了，應該說首都也已經淪陷了，要是你們動作不快點，連性命也留不住。」

他身邊這些貴族像是被潑了冰水一樣，有些人瑟縮得更厲害，卻也有人彷彿找回了骨氣。

「我們也想反抗，先生，」泰拉・葛瑞芯說：「不過有些人中了毒——」

「我知道你們中的毒，但是能活到現在，代表吃進去的量不多，半小時之內就會好起來。羅根・翟爾在哪裡？」

「恕我直言，我是泰拉・葛瑞芯，現在可能該說是葛瑞芯女王了。你——」

奇勒眼睛一瞇：「羅根・翟爾——到底在哪裡？」

「死了。他已經死了。國王死了，王后死了，公主也全部都死了。」

他頓時有種天翻地覆，給人在肚子痛打了一棒的感覺：「妳確定嗎？有親眼看見？」

「國王死的時候，大家都還在大廳。我被抓來這裡以前，去了王后跟公主的房間看到她們……死得很慘。」她搖搖頭：「羅根和潔寧我沒有親眼看見，但是他們應該會是最先死的吧。國王宣布他們完婚以後他們先離開了，十分鐘之後敵人開始行動，將軍帶人去救他們，但是恐怕太遲了。剛剛那些卡利多人還自吹自擂，說他們痛宰了禁衛軍。」

「在哪兒發生的事情？」

「我不知道，總之太——」

「有沒有人知道羅根在哪裡？」奇勒直接大聲問。

在貴族臉上表情，看得出來其中一些知道答案，只是不肯告訴他，因為一旦說了，奇勒就會丟下他們離開，淨是些窩囊廢。花園深處傳來一陣呻吟，他立刻擠過站著那些人，看見一個臉色死白的人躺在地上冒汗，嘴角帶著白沫，頭旁邊是一灘嘔吐物。病況太過嚴重，奇勒差點兒認不出來。這是椎克伯爵。

他趕緊跪在伯爵身邊，從藥草袋取了幾片葉子塞進伯爵口中。

「你有解毒劑？」一個中了毒但還站得住的貴族問道：「給我！」

「給我！」另一個人也叫道，兩個人朝奇勒衝去，卻給奇勒揮出報應抵住喉嚨。

「誰敢碰我或碰他，我保證讓他死。」

「他不過是個伯爵而已啊！」一個肥胖顫抖的貴婦說：「又沒有錢！你要什麼我都可以給你！」

奇勒心中冷酷無情的那面想收著解毒劑，好好懲罰這群人的自私與猥瑣，但他終究將藥草包拋給泰拉．葛瑞芯：「分給最需要的人，已經昏迷的人吃了也沒用，能夠站起來的人不吃也會好。」

她瞠目結舌，第一次被人這樣指使，但還是照著做了。

時間一點一滴從奇勒的指尖溜走。他雖然已經在城堡裡面，卻不知道最需要他的人到底在哪裡。他低頭看著伯爵，不知道會不會連伯爵也救不回來。

伯爵動了動，睜開眼睛，慢慢聚焦在奇勒臉上，看樣子還撐得過去。「北塔。」

「羅根去了北塔嗎？」

伯爵點點頭，眼神再度渙散，看來非常疲憊。

「已經來不及了。」泰拉．葛瑞芯堅持：「跟我們一起奮戰，我可以給你土地、爵位、特赦——」

奇勒無視貴族驚呼，匿影一捲便縱身離開。

羅斯的部下衝上樓，一腳將寢室門踹開。羅斯與尼夫．達達跟在十一個士兵後面，在門口便聽見手下又叫又嚎。寢室的門頗寬，足供三人並肩進入，但是因為前面那四排士兵，結果羅斯雖然聽見手下慘叫知道狀況不對，卻看不到究竟怎麼一回事。他聽到拳腳相向、劍刃砍破護甲、還有頭骨像甜瓜般砸爛的聲音。

在他身邊，尼夫．達達已經伸出滿是符印的手臂，只聽見符術大師低吟幾個句子，一道衝擊波帶著詭譎寂靜朝四面八方轟出，連羅斯的走狗也給這一招打倒在地。

眼看面前三人朝自己摔過來，羅斯肌肉一繃心想多半要被撞飛了，但那三人又給一道隱形力場彈開。尼夫．達達在他身邊事先設下了結界。

符術大師又念起咒語，房內亮了起來。羅斯跟著尼夫進去後，手下一個個站起來。

羅根也想跳起身，但是手腳彷彿被極大重量給壓在地面，而且一絲不掛、氣急敗壞。羅斯的八個手下拾起脫手的兵刃，羅斯也將劍收回鞘內。六個卡利多士兵倒地，都受了重傷渾身染血，三個已經死了，另外三個也只是苟延殘喘，看來羅根的劍術不容小覷。

公主躺在床上，透明薄紗撩起，十分驚慌地不停扭動手腳，但卻沒辦法把衣服給理好，因為她也被尼夫．達達以魔法壓制。

羅斯坐到床鋪上，靠在公主旁邊，視線掃過這具成熟的胴體。他舔了舔手指，從公主的鎖骨往下在她的身體上游移。

「希望我沒打擾到你們啊。」

潔寧．岡德眼睛閃過一絲怒意，她給羅斯這輕慢舉動惹得又羞又氣。

羅斯又用手指按在她唇上，在她出聲前阻止她開口。「我是來給新人祝賀的呢，美人兒。」羅斯又說：「新婚愉快嗎？妳對丈夫的能耐滿不滿意啊？」

他轉頭望向赤身裸體的羅根，蹙起眉頭：「應該挺滿意的吧。至於親愛的翟爾公爵——讓他站起來。」羅斯下令道。「是不是該改口稱翟爾王子比較好？別多心了，我連她媽媽的裸體都看過，想必她以後也——」

羅根往前撲，可是手腳依舊無法移動。一個士兵上前甩了他一巴掌。

羅斯自顧自地說下去，好像完全沒被打斷過，只是咂咂嘴：「以後，這就是問題所在了。以後呢，公主大概也會有對豐胸翹臀吧。」他朝公主一笑，掐掐她臉頰，然後站了起來。尼夫．達達控制魔力，讓潔寧也從床上站起，在丈夫身邊顫抖著。

「可是妳沒有以後了，希望妳有享受到新婚甜蜜。羅根啊羅根，我可希望你沒把時間浪費在前戲喔——因為你這段婚姻到此結束了。」

這短暫片刻好似不斷延長。羅斯最愛的，便是看著受他摧殘的人，臉上的表情由迷惑轉變為恐懼，然後陷入絕望。

「你到底是誰？」羅根目光中沒有半分恐懼。

「我叫做羅斯，而且我就是派人要了你哥哥性命的人喔，潔寧公主。」羅斯完全沒理會羅根，仔細瞧著這一字一句怎樣如巨浪拍過那少女，而且他不肯停下來，不肯給公主出言駁斥的任何機會。

「而我羅斯，也是御影的神駕。潔寧公主，妳父王的死也經過我一手安排。還不到十分鐘之前，我在大廳親眼看著他人頭落地呢。」

「而我羅斯．烏蘇爾，」他又說：「也是卡利多親王，是我派人殺了妳妹妹、妳母親。潔寧，仔細聽，說不定妳還聽得到她們的慘叫聲。」羅斯一隻手指靠在耳邊，裝出專心聆聽的樣子嘲弄公主。

「公主，你們夫妻倆是我取得賽納利亞王位的最後阻礙。這王位我是要定了，所以恐怕非殺掉你們不可。你們兩個要不要決定一下誰先死啊？」

羅斯每說完一句話，都凝視著潔寧的眼睛，啃噬她那逐漸凋零的希望，以絕望為刃在她心上劃下一道一道深刻的傷。此刻他抽出真刀，扭著她轉向羅根。

羅根大叫著，卻沒有聲音，他的嘴給尼夫．達達塞住了，但還是用力想要掙脫束縛，全身肌肉繃得緊緊的。可惜想從尼夫．達達的法術逃脫，比摘下天上的星星還要困難。

「殿下，」門外傳來士兵的叫喊聲：「我們一條船被毀了，符術士請您去鎮壓敵軍反抗。」

看見公主眼睛裡頭重新燃起希望之火，羅斯興奮地微微發抖。「反抗，」他說：「搞不好他們救得了妳啊，公主！不對、不對，妳的大英雄不是在這兒嗎？羅根，你怎麼站著發呆，還不趕快拯救你的公主？」

羅根手腳肌肉賁張，魔法桎梏鬆動、稀薄了些；但尼夫．達達唸了一句咒文，威力再度增強，王儲還是動彈不得。

「看來你是不打算救她了。」羅斯回頭看著潔寧：「但妳可是公主呢，禁衛軍總會來的吧。話說回來，你們的大將軍應該也正趕著救駕呢！」他將頭髮往後一撥，露出帶著醜陋傷疤的耳朵，「只不過亞耿和禁衛軍已經被我宰掉啦，什麼英雄都沒了。潔寧，沒人會來救妳的。」

他走到潔寧背後，空著的手搭上公主的纖腰，一把扯開她的衣服，然後捧著她的乳房。潔寧眼裡冒出一滴淚，羅斯又彎下頭，像愛人般親密地在她頸子印下一吻，不過眼睛挑釁地盯著羅根。

接著，羅斯一刀劃過他剛剛親吻的地方。

然後手一推，潔寧撞進羅根懷中，右側頸鮮血噴湧而出。尼夫·達達故意稍稍放鬆對羅根的箝制，讓他可以輕輕抱著女孩，卻又沒辦法用手按住傷口為她止血。

羅根雙眼滿是驚嚇憐惜，忍不住哭嚎起來。這種發自靈魂最深處的苦難哀痛，也是羅斯耳裡最美妙動人的音符。羅根擁著公主上氣不接下氣的嬌弱身軀，羅斯卻在一旁享用這恐懼之宴，想將每個畫面都印在腦海中，這樣的記憶可以陪他度過漫漫長夜。

可是羅根忽然撇了頭，注視著潔寧。從這角度，羅斯就看不見他的表情。

「小寧，我在這兒，」羅根與公主目光相交：「我不會離開妳。」這輕柔的語調觸怒了羅斯，難道他們覺得羅斯無所謂了嗎？而且這種安撫居然將潔寧公主和羅根拉出羅斯一手創造的黑暗世界，還築起一片他無法穿越的高牆。

潔寧也看著羅根雙眼，羅斯看得出公主解脫了——不是從死亡得到解脫，而是不再感到絕望。「其實你原本會愛上我的，對不對？」潔寧問。

羅斯心想他剛剛下手應該重一些，不只砍傷動脈，也砍斷氣管才對。他衝上去給羅根一個巴掌，但對羅根來說不過是蚊子咬，羅根連視線都沒離開公主一分一毫。

「小寧，小寧……」他溫柔地說：「我已經愛上妳了啊，很快就會去陪妳了。」

「妳該死了吧！」羅斯隔著不到一步距離怒吼，可是對兩人而言卻像是一陣微弱的風聲而已。潔寧膝蓋顫動，羅根又將她再拉近些，閉上眼睛在公主耳邊呢喃，讓她以生命將他的胸口染紅。

「殿下，外頭需要您去指揮。」來報信的士兵語氣更加緊急。

潔寧在羅根懷裡顫抖，他看也不看羅斯一眼，只是不斷地撫慰潔寧。潔寧抽了三口氣後，終於癱在羅根身上，眼睫輕拍了幾回後永遠地閉上了。尼夫．達達去除約束公主的束縛，她緩緩滑到地板上。

「不對！這樣不對！」羅斯叫了起來。公主根本不害怕啊，他沒有少做半件事，但公主面對死亡卻沒有畏懼。誰會不怕死呢？不對，這不公平。

他又甩了羅根巴掌，一回、兩回，又一回、再一回。「羅根．翟爾，你不會死得這麼乾淨俐落。」羅斯一邊罵一邊轉身對著部下，下巴抽搐起來：「把他丟進大牢給人雞姦去。」

「殿下！」傳令士兵闖進房間裡：「您一定要——」

羅斯揪起那士兵的頭髮，瘋狂惱火地拿刀在他臉上捅了好幾次，把他轉了半圈要砍他喉嚨，不過失手從耳朵上方切過，扯下一大片帶著頭髮的頭皮。士兵哭嚎起來，這次羅斯又揪住他，終於斬斷了咽喉。

尼夫．達達打開寢室的密門，用魔法讓公主的屍體浮起飄到羅斯面前。

「尼夫，你這是做什麼？」

「神王陛下想要展示王族的頭顱，所以不管你想幹嘛，動作最好快一點。」

他沒有以敬稱稱呼羅斯，果然能出錯的事情都出差錯，父王也快要到了。羅斯轉過身喘著氣，士兵那片噁心的頭皮還握在手裡，他氣得全身發抖。抓住羅根的手下看著羅斯，嚇得臉色發白。「等他被人玩夠了，頭砍下來帶給我，把他丟進去之前先閹了他，東西可別丟，我要拿來做皮包，還要他一邊流血一邊給人玩弄到死。」

五十六

北塔一樓地板上除了滿滿的血以外，還有人死後排泄出的穢物，所以血腥味中還混了屎尿的惡臭，奇勒一推開門住的門就忍不住掩起口鼻。

看了一眼之後，他大致猜得出狀況。禁衛軍被困在這房間內，遭人以十字弓射殺。但是奇勒皺起眉頭。十字弓？這房間太小了吧？

這時他看見頭頂上有處小平臺，現在塔裡昏暗，他的視覺可以充分發揮。看屍體散落的位置，其實出手的只有一個人，不過這是甕中捉鱉，簡單得很。

想救王儲的人落得如此下場。不過有條血跡延伸到門邊，或許有一個人勉強逃出去了。

奇勒覺得噁心，繼續往樓上跑去，然後找到六個卡利多人屍體，所以故事後半段他也推測得出。羅根的衣物散在附近，應當是跟妻子在床上時有人闖進，於是他跳起來作戰，殺死六個全副武裝的敵兵。依照地上有焦痕判斷，羅根應該被人以魔法打傷或者制伏了。

還有一大灘黏稠的血液，表示羅斯故意折磨羅根，使他大量出血，或者是他把夫妻兩個都殺了。但是王儲和公主的屍體都不在寢室內，看來卡利多人打算把羅根的遺體跟王族擺在一塊兒示眾，好使賽納利亞人認清王族血脈斷絕、無人足以繼位的事實。

地板上有一件破碎的女性睡衣。公主如此年輕貌美，此時可能被帶到某處遭人輪姦到死。

奇勒想換個角度思考，想用理智冷靜分析情勢，想把絕望的衝擊隔絕在腦袋外。有沒有可能公主死了，但是羅根還活著？

問題是軍人不可能留羅根活命，反而先殺死可以強暴的女人。加上羅根不僅是劍術高明的勇士，還是賽納利亞的王儲。暗殺其餘王室成員的行動，執行過程冷酷但精確，即便卡利多人有可能忽然為了任何理由放過一條人命，對象也不會是羅根。

悲痛的情緒如同貨真價實的拳頭一樣打在奇勒身上。羅根死了。奇勒最好的朋友死了。羅根的死，都是奇勒的錯。

他原本可以阻止這樁悲劇。如果前一夜殺死德佐．布林就好了。那時候師父背對著他，絕對可以得手。多利安提醒過他了，提醒過了啊！

他要害羅根多慘才夠呢？他坐視羅根的朋友艾稜王子遇刺身亡，隱瞞賽菈與王子之間的醜聞，羅根為此涉嫌謀殺重罪囚於大牢，最後還不得不違背婚約，被迫與一個根本不認識的女孩子結婚，旋即給人殺死。他那入洞房不到一小時的新婚妻子，死前還得任人玷汙糟蹋。

奇勒腿一軟，坐在地上啜泣：「羅根，對不起，對不起，都是我的錯。」他伸手撐著地面，卻在血泊中沾了滿手鮮血。奇勒看著掌中一片暗紅，想起五年前首次獨身出任務，也在這裡見了血。殺死第一個無辜受害者以後，他的人生就一直都無法擺脫血；一邊殺人一邊前進，繞了一大圈又回到原地。殺死一個無辜的人，之後除了繼續殺下去別無他途。這五年來，他確實實現了當初的夢想：他越來越像德佐．布林了。現在的奇勒是個殺人犯，他夜裡睡不好，總是無法熟眠。他功夫越來越厲害，而且時時緊繃，不過他雙手在此沾上的血未曾洗淨，反而越積越多。現在羅根的血也染上去了，毫無疑問，絕非偶然。

椎克家相信神會與人交易：祂以歡笑交易淚水、以喜樂交易悲苦。但是刺客是與惡魔做買賣，以命換命。而且一如德佐所說，付出代價的永遠是別人。

但我自己的錯，一定得要別人承擔惡果嗎？沒有別條路可走？他手上的血說不可能，這是不可能的。現實就是如此，很嚴苛，讓人不舒服、充滿怨懟，然而這就是現實。

「我破了自己的原則。」一個閃動的影子說。

奇勒頭也不抬，根本不在意自己是不是會死。但對方也不說話了，過了好久以後，奇勒苦澀地問：「你是指『不用講求公平，殺死最重要』這件事嗎？」

德佐．布林從匿影中現身：「奇勒，還有最後一條守則要教你。」

「是什麼呢，師父？」

「你已經算是個刺客了，奇勒。你學過如何盡力在每次作戰中勝利，但在此之外的守則是：打不贏的場合，就不要打。」

「好，」奇勒說：「那你贏了。」

德佐站在那兒好一會兒：「徒弟，來吧，這就是你的『試煉』。」

「你的人生只有這些嗎？」奇勒終於抬起頭來，「只有一堆考驗和挑戰？」

「我的人生？所有人生都一樣。」

「但是這樣不夠好。」奇勒說：「這些人不該死，卡利多不該得逞，這樣子不對。」

「我沒有說這樣是對的。我的世界並不是非黑即白，對你來說也應該如此才對，奇勒。在這世界上沒有絕對，只有相對，好一點或壞一點，深一點的影子跟淺一點的影子。不管今天晚上怎樣收場，賽納利亞都不可能戰勝卡利多。以現在情況而言，犧牲一些貴族就可以保住成千上萬的黎民百姓，可說是兩害取其輕。」

「比較好？我最要好的朋友死了，他的妻子搞不好正給那些畜生玩弄！你怎麼可以袖手旁觀，什麼也不做？甚至還幫他們？」

「因為生命沒有意義。」德佐回答。

「胡扯！真這麼相信的話，你早該死了才對！」

「我的確在很久以前就死了。世事無常，而我們根本沒辦法改變任何人、任何事，尤其最難改變的是我們自己。這場戰爭來了、去了，成王敗寇，很多人死得一點意義也沒有。但是我們會活下去。永遠如此。至少，我會。」

「這不是正道！」

「你想要怎樣的正道？正義嗎？去童話故事裡頭找吧，看看你會不會找到溫暖跟慰藉。」

「很久很久以前，你也相信過童話故事的。」奇勒說話時，伸手指著黑劍護手上刻著的正義二字。

「我以前相信過很多東西，但它們不會因此成真。」德佐回答。

「那麼誰過得比較好呢？羅根，還是我們？羅根晚上睡得安穩，我卻厭惡自己。我總是夢到殺人的畫面，嚇出一身冷汗驚醒過來。你呢，喝到不省人事，灑錢在妓女身上。」

「羅根已經死了。」德佐說：「下輩子看他能不能戴上王冠，現在他就算戴上了也沒用，不是嗎？」

奇勒露出奇怪的眼神看著德佐．布林：「你自己說生命空虛、沒有意義，我們殺人的時候不會奪走什麼有價值的東西。現在你倒是堅持好死不如賴活，未免太虛偽了吧。」

「人沒有不虛偽的。」德佐伸手從胸前口袋掏出一疊捲起來的紙：「要是你殺死我，就把這個拿去，看了你會明白一些事情，就當作是你繼承了我的衣缽吧。如果是我殺了你……也罷，等我也死了，會到地獄最深的地方跟你敘敘舊。」

德佐又將那疊紙塞回口袋裡，拔出一把巨劍，劍柄綁著一條紅色絲帶，比起報應要更長更重。但以德佐的異能而言，單手舞劍不成問題。

「別這樣，」奇勒說：「我不想跟你打。」

但是德佐還是步步逼近。奇勒站定不動，沒有任何自衛動作：「你把馭刃靈珠交給他們了嗎？」

德佐停下腳步，拿出一個小布袋，掏出銀色珠子。「你說這個啊？」他回答：「有什麼用，還是假貨。」他把珠子往窗戶砸去，玻璃碎裂，飛散進黑暗中。

「你這是做什麼？」奇勒追問。

「夜天使在上！」德佐叫道：「你把我的鎧恪理搶走，跟它結合了。你到現在都不明白嗎？」

聽在奇勒耳中只覺得他說的是外國話。結合？奇勒也認為自己跟鎧恪理結合了，不然不會忽然開啟異能。問題是，德佐剛剛說那只是假貨？

「太離譜了。」德佐搖搖頭：「拔劍吧，孩子。」

「所以報應是我的了？」奇勒問。

「你拿不了太久，因為你沒資格繼承我的位子。」德佐舉起自己的劍。

「我不想跟你決鬥，」奇勒還是不願意拔劍：「我不跟你打。」

德佐出手了，奇勒在最後一瞬間抽出報應抵擋，兩人皆以異能強化的力量應戰，兩把劍的劍身都受到震盪而顫動。

「我就知道鎧恪理在你體內了。」德佐露出殘酷的微笑。

奇勒本來存著一絲冀望，以為德佐沒時間好好指導他使用異能，應該多少會手下留情。他現在知道錯了。德佐劍勢如驟雨襲來，快得不可思議。

奇勒倉皇後退，格下幾招以後又朝後跳，繼續閃避。但是德佐毫不手軟，什麼步數都出來了，除了連綿不絕的劍招以外，劍柄懸著的絲帶也捲出一道又一道紅弧，若是中了這擾敵之計，一個不留神沒躲開，巨劍就會插進肋骨。

而且他要應付的不只是德佐的劍。以德佐的身手，朝奇勒頭上一劈之後，可以馬上再朝他膝蓋踹去、左手瞬間甩出一掌，招招相扣、源源不絕。

邊擋邊躲的奇勒只能一再後退，德佐根本沒給他時間思考。但是奇勒對這房間的地形算是熟悉，知道整座塔的頂樓就只有這一個房間，所以結構是個大圓，只有入口跟裡頭浴室有兩面平牆。

再者，與德佐對戰是他習慣的事情，在這過程中他反而漸漸冷靜下來。他知道自己以前沒贏過，可是這次不同，一定會不同。

力量從體內汩汩湧出，灌入雙臂，一股酥麻感覺流過，好像全身汗毛都豎了起來。他揮劍撥開德佐一記突刺，彷彿那把巨劍只有原本的四分之一重而已。德佐立時抽身，腳步也開始有所顧忌。

奇勒站在離牆一碼處，旁邊有個櫻桃木衣櫃。德佐的劍朝他雙眼刺去，但這只是個假動作，真正的殺招是對奇勒前弓的膝蓋出了腿。奇勒往身後的牆邊一跳，同時出腳迎向德佐的踢腿。德佐原本以為奇勒一定會抵擋他的假動作，所以力道過猛，劍身砍進了櫃子裡。

背撞上石牆以後，奇勒借力穩住身子。德佐沒有忙著把巨劍抽出，而是自背上取出一對鉤劍，劍身沒有什麼特別，只是前端彎曲可以奪下敵劍罷了，不過在握柄護手上另有新月狀的刀刃。

「這玩意兒很討厭。」奇勒見狀說。

「我知道。」

奇勒採取主動，還在適應異能對格鬥招式帶來的影響。目前他掌握到的要訣，自然是藉由異能使肌肉反應更快更強，但這不代表兩人都以異能戰鬥時，速度就會無止盡提升。畢竟異能不會連大腦判斷速度也提高，因此不是單純地越打越快，奇勒一定得要更謹慎，而且他還不確定異能可不可以保護肉體。要是不小心給德佐灌注異能的腿給踢中，肋骨會像枯枝那樣變成碎片，還是也會受異能之助而得以承受？

有些事情不要去找答案會比較好。

德佐等著奇勒進攻，鉤劍防禦嚴密，但靠近床鋪的時候，鉤子出招了。奇勒一劍刺去，他劍身一轉，鉤子箝住報應後扯開，另一把鉤劍隨即自奇勒頭頂劈下。

往後彈出的奇勒發現已經被逼到大窗戶邊。德佐箭步追上，鉤劍接住奇勒緩慢的一劍，這次沒有撥開，而是兩鉤齊出，將報應緊緊鎖住。

奇勒往前一衝，德佐揚手將報應甩出去，匡啷一聲落在奇勒身後地板上。德佐緊接著一腳正中奇勒胸口，奇勒正要抽出匕首的手臂也沒緩下那一腳的來勢。

奇勒撞向窗戶，感覺到玻璃跟窗框在背後粉碎，窗門也斷了。他落入一片空無，覺得頭暈目眩。

得抓住什麼東西，任何東西都好，奇勒在半空如貓般無奈但俐落地翻轉，落下途中他飛刀離手，在月光下閃閃發亮。

然後他的手指擊破一扇精緻的窗玻璃，抓了滿手的木頭與碎玻璃，窗戶也被他的重量衝開。他的臉撞上塔壁，發出一陣刮擦聲，手一滑，玻璃劃破五指，磨著骨頭，所幸還是抓牢了窗框。

奇勒眨眨眼睛，單手懸在窗邊，鮮血順著臂彎滴到臉上。吊掛在玄武岩塔基上空兩百呎高度，他看著下面河流經過。佛斯島上唯一一個火山口噴出蒸汽，模糊了岸邊停靠的一艘船。蒸汽在月亮下閃閃發光，奇勒看到遠處那艘船邊有人正在說話。即便在這麼高的地方，他還是聽得見金鐵交鳴，而且看得見卡利多侵略部隊逼得宮殿廣場的賽納利亞兵節節敗退。

甘柏中士帶著貴族與超過兩百名賽納利亞士兵自前門出現，他們按照奇勒的指示，嘗試突破封鎖逃出城堡，但他們衝向東門時，對面卻有一百名以上卡利多高原戰士正要增援。

沒出幾秒鐘，王城廣場已經成為賽納利亞之戰的前線，不過王城與首都保不住了。要是貴族們死在這裡，賽納利亞也就形同滅亡；要是他們在高原戰士中殺出血路、衝過東橋，還有集結抵抗的機會。

機會渺茫，但賽納利亞人從來也不期待什麼光明燦爛的未來。

上頭傳來啪一聲，奇勒滑下四吋，抓著窗框往上爬時又從窗檯扯下一根鉸鍊，接著最後一根也飛了出去。

他見狀朝貼在塔壁上的遮雨板撲去，手指擦過板葉時緊緊扣住，抓破三片板子後勉強撐住了。

窗戶給他扯下之後安安靜靜地下墜，在呼嘯的風中翻轉，最後砸在離河岸邊幾步的地方——要是奇勒掉下去，也會落在一樣的位置。窗戶摔裂，變成一團團木屑跟玻璃渣。

他又抬頭看，遮雨板的鉸鍊也撐不住了，慢慢從石磚中探出頭。

很好。

德佐．布林站在一場大屠殺中間，但視而不見。寢室內到處都是屍體，王族用的床邊還擺著剛摘的百合——白色百合花，染上艷紅的鮮血。

他腳邊一片腥紅裡有件原本雪白的睡衣。地磚有黑色圓形焦痕，空氣中瀰漫著巫火的辛辣味道，壓抑住香水味。

但德佐只是怔怔地望著面前那扇被撞開的窗戶，帶著些痘疤的臉上難掩訝異。狂風從外頭捲入，簾子飛舞，他的灰髮也刺進眼睛。

他的右手在指尖把玩著一把小刀，轉啊轉啊轉，停下來。轉啊轉啊轉，換邊。他察覺自己的舉動後，將刀收進鞘，沉重地拉上黑灰斑駁的斗蓬，蓋住底下掛滿短鏢、匕首、各式工具囊袋的腰帶。

不該這樣結束的。不該這麼空虛的。他轉身背向那扇窗子，停下腳步。似乎聽見夜風呼號中還有其他聲音，德佐微微撇過頭。

奇勒強迫沾滿血的右手放開遮雨板，摸摸身上，匕首鞘和背上的劍鞘一樣是空的。他悶哼一聲，拱起身體從小腿取出刺刀，但是手指割得到處都是傷口，沒什麼力氣，也差不多失去知覺了，差一點把刺刀給溜了出去。

遮雨板跟城牆之間繫著的繩子一下子就會斷，鉸鍊也發出嘎嘎聲響，奇勒知道不妙，但對這些聲音也無能為力。他快快吸了兩口氣，兩隻腳往塔壁一蹬，藉由異能力量讓整個人像是巨大的鞦韆那樣，往上朝撞破的窗戶盪過去。

奇勒手抓著的遮雨板給扯離塔牆，他差一點兒飛得不夠高，又要撞向牆壁；還好最後鑽進了塔頂寢室摔在地上。

而且他還撞向德佐的腳。德佐被撞倒，壓在奇勒身上，手裡的一把鉤劍被撞飛到窗外。遮雨板擋在兩人中間，正好將德佐的手箝制在難以出招的角度，奇勒隔著遮雨板一掌推向德佐的臉。

「我不想——」他用了全身的力量加上異能這麼一推，德佐被他推得向後飛去。

奇勒趁機滾到旁邊站起來。

不料德佐．布林比他還快起身，踹了張板凳飛向奇勒，奇勒出腳撥開，不過還是重心不穩絆倒了，臉仆地趴在飾毯上。

快如閃電的德佐．布林舉起鉤劍就要砍下，奇勒既沒打算站起來也不想閃到旁邊，他選擇揪起飾毯一抽。

這一抽，德佐不由自主地往前撲倒，膝蓋撞上奇勒的肩膀，鉤劍當然撲了個空，然後滾了出去。

德佐起先使的那把巨劍還卡在窗戶邊的櫃子上，報應的距離近一點。奇勒抓住劍柄立刻回身。

「——跟你——」

德佐縱身想拾起脫手的鉤劍。

「——打！」奇勒朝鉤劍躍去踩住。

德佐使出渾身解數拉扯鉤劍，原本以為鐵製劍身承受得住，不過還是在離劍柄一吋的地方折斷。

「孩子，你說不要打，但是偏偏又不肯死。」德佐把斷劍丟在一旁，不再拿出其他兵器。

「師父，不要逼我。」奇勒出劍抵住德佐的咽喉。

「你違抗我命令的時候，就已經做出選擇了。」

「為什麼要這樣？」

「要不是因為錯認了你，我根本不打算收徒弟的。願夜天使寬恕我。」

「我不是在說我自己！」奇勒的雙手顫抖，連帶著手中的劍也晃動了起來。「你為什麼逼我出賣最要好的朋友？」

「因為你壞了規矩。因為生命空虛。因為我也壞了規矩。」德佐聳聳肩：「該來的總是會來。」

「這什麼鬼道理！」

德佐的雙手拱在胸前搭起小帳篷，嘴脣輕輕嘶起：「你知道嗎，羅根死之前慘叫好大聲，真可悲。」

奇勒出了劍，理應劃過德佐的脖子，但德佐沒躲，單手抓住劍，好像這劍根本沒開鋒似的。但德佐的兩隻手還是拱在身前，抓住報應的手是純粹的法術。

那隻手將報應扯脫奇勒手中，同時又飛來好多隻手朝奇勒打去。奇勒拚命抵擋，但節節敗退，德佐鎮定地走向奇勒，異能攻擊一波又一波。

奇勒不知該怎麼應付，只能加快防守，問題是德佐的法術總是更快。不知不覺中，奇勒的異能也召出影子般的手，幫奇勒擋住幾次攻擊，可惜差得太多，不足以逆轉退勢。

最後德佐的影子手扣住奇勒四肢，將他固定在牆上，他連一吋都動不了。

「孩子啊，」德佐開口：「要是我教會你怎麼運用異能，你一定會非常出色。」

德佐拿出一把飛刀，在指頭間轉了幾圈，重新握在手中。德佐頓了一會兒，似乎覺得該說什麼，最後又搖了搖頭。

「抱歉，奇勒。」

「不必抱歉。生命空虛，不是嗎？」

德佐嘆了口氣，眼睛瞪著躺在奇勒腳邊閃著黑光的報應。月光很近，但月亮遙不可及。德佐疤痕累累的臉上盡是痛苦懊悔。

順著他的目光，奇勒也看著德佐這麼多年來一直慣用的黑劍，而且回憶起——

德佐繃著臉，一把搶過包包翻開。馭刃靈珠落進他手中。「可惡，跟我想的一樣。」他的聲音在安靜的黠文家宅走廊裡聽起來格外刺耳。

「什麼？」奇勒追問。

假的。又是假的鎧恪理。

但顯然德佐．布林此刻沒心情回答問題。

「那女孩有看見你的臉嗎？」

奇勒沒作聲，但這等於默認了。

「解決這件事情。奇勒，這不是普通要求，是命令。」

「不行。」奇勒回答。

德佐不可置信地看著他：「你說什麼？」報應的劍身沾了黑色的血，在地上滴出一個血泊。

「我不會動手殺她，也不會讓你下手。」

「這女孩是誰，值得你後半輩子被——」他想通了：「是娃娃。」

「對，師父，抱歉。」

「夜天使在上！我不想聽你說抱歉！我要的是服從——」德佐說到一半，伸出一根手指示意奇勒別出聲。腳步聲越來越近，德佐一閃身以超人的速度出了房間，報應的劍身在微弱光線下閃著銀光。

閃著銀光？報應是黑色的才對啊。

有個金屬滾過地板的聲音朝奇勒過去，他一伸手，鎧恪理竟跳到他的手掌中。

「不，不可以！那是我的啊！」德佐．布林大叫。

鎧恪理立刻化為一團黑油。

德佐之前說了什麼？銀色的是假貨。還罵奇勒偷了他的鎧恪理。他說的根本不是銀色鎧恪理，而是黑色鎧恪理，是德佐多年來帶在身邊的鎧恪理，黑色鎧恪理一直覆蓋在報應劍身。

鎧恪理會選擇自己的主人，而不知何故，黑色鎧恪理居然選擇了奇勒。也許這件事情多年前就已經注定了，在他見了娃娃，被德佐毒打的時候。當時黑色劍身上發出藍色光暈，德佐同樣大叫「住手！不是這個，這個是我的啊！」之後藍光閃爍、燒進奇勒的手指；德佐在緊要關頭把劍拋出去，阻止結合儀式完成，不然奇勒就不能為他吸引銀色鎧恪理了。現在真相大白，奇勒之所以無法召喚出銀色鎧恪理，是因為他們所以為的目標又是假貨。這座城市裡頭只有一個鎧恪理，那就是德佐的黑色鎧恪理。

德佐讓奇勒活下來的那一天，就知道他已經永遠失去黑色鎧恪理。今晚德佐甚至還把它留給奇勒使用，這樣奇勒才有機會戰勝。

可惜太遲了。

德佐看起來好像還想說什麼，好像想要發洩滿腔痛苦。可是他一向不藉言詞表達情緒。

他從幾步之外對準奇勒的臉拋出飛刀。

時間不會為誰停留。

世界不會凝縮在一把飛刀的尖端。

絕望卻被奇勒心中瘋狂湧出的希望之光蒸發，他根本沒注意到他居然抬起了手。他不知道為什麼手可以動，也不知道為什麼鎧恪理會從躺在地上的黑劍跑到他手中，但它就是出現了。

只是一秒鐘的幾分之一，實際上並未放慢。奇勒的指尖放出黑色黏稠物，如團痰液般飛濺到射向他胸口的飛刀。

等他看清楚的時候，飛刀不見了。

叮。

他低頭尋找聲音來源，鎧恪理在地板上朝他滾去，而且輪廓並不穩定。碰到他的靴子以後，鎧恪理開始溶解，並爬上他的皮膚，他立刻感受到強大力量進入體內。

接著他只不過是在心裡聳聳肩，困住他的影子手就全被震開。奇勒平穩地落地，然後朝師父伸手放出能量。

彷彿是道龍捲風迎面而來，德佐被擊倒，滾了好幾圈後滑到房間另一端，撞到牆壁才停下來。

奇勒再次策動異能，躺在地上的報應浮起回到他手中。

「打不贏的時候，不要打。」奇勒說：「根本不想贏的話，也不要打。對不對？」

德佐勉強站起身，已經手無寸鐵，卻還是擺出搏擊架勢，冷笑著說：「有時候是不得不打啊。」

「但不是現在。」奇勒說完，舉起報應衝向德佐。德佐不閃不避，直直盯著奇勒的眼睛，蓄勢待發。奇勒卻在最後一秒偏了身，從窗戶一躍而下，跳進灑落北塔的月光中。

剛剛掛在塔牆時看見的那艘船，羅斯也在上頭。

五十七

羅根無意讓任何人拿他下面那話兒去做成錢包，羅斯．烏蘇爾更是門兒都沒有。應該說，羅根打算殺掉那畜生。他並不擔心不僅沒武器還裸著身子——羅斯以為這樣子就能害他失去尊嚴，但對他而言，這股憤怒就是力量。之前一天所見的種種殘酷恐怖暴行，已經徹底重塑羅根，過一陣子他將重新為人，此刻卻只是冷硬清澈的憤怒。羅根判斷他即便雙手遭捆，同樣可以解決兩名守衛；有了體內流竄的這股怒火，能阻擋他的東西少之又少。

但魔法是其中之一。羅斯也知道這一點，所以派了巫師尼夫．達達將羅根押送到大牢。看起來，尼夫．達達已經將城堡構造熟記，否則不會在僕役區、暗梯和地窨間行走如此順暢。

賽納利亞城只有一座監獄，與王宮之間以一條地道相接，地道裡面現在站滿了卡利多高原人。監獄跟市街間隔著分岔的普利茲河，所以人犯送入牢獄時需搭乘駁船。進去的多、出來的少，被丟進地牢的人也可以說是就這麼給大地吞噬了。

不過呢，羅根心裡除了憤怒外剩下的那一塊空白想著，或許這監獄被人稱作深淵，還有其他原因。佛斯島北邊不斷噴出濃煙，先在地牢灌滿硫磺味，才飄到外頭散去。

尼夫．達達帶路到一扇鐵柵門前停下腳步，押送羅根的士兵東翻西翻卻摸不出鑰匙。尼夫瞪了他一眼，在門鎖前面揮了揮手，手臂上黑色符印才剛動，鎖已經打開了。

士兵這才找到鑰匙，只能尷尬一笑。

「我還有其他事情要辦，」尼夫說：「後面你們可以自己處理吧？」

「可以，長官。」士兵雖這麼說，望向羅根時卻顯得緊張。

羅根心中竊喜，光著身子跟兩個武裝士兵對打當然不是什麼好主意，但比起受到尼夫的法術箝制好多了。他現在雙手完全不能動，兩腳只能勉強碎步前進。這種狀況下只能用一籌莫展形容。

「很好，法術會維持十分鐘。」尼夫吩咐。

「時間很充裕，長官。」士兵回答。

尼夫．達達悶哼一聲就離開了。大鼻子的士兵鎖好鐵柵門，羅根藉機適應了昏暗光線。前面左右都是厚重的門，鑲著鐵格窗。

「怕你不知道，」大鼻子開口：「這幾間可是最上等的套房，溫暖的小窩哪，貴族才住得起，但可不是留給你的。」他咯咯笑著。

羅根面無表情地看著他。

「那邊那條斜坡上去就到地面了，當然也不是給你走的。」

另一個臉像黃鼠狼的士兵看著大鼻子說：「你就這麼愛取笑死人？」

「是啊，」大鼻子回答，還把手指插進鼻孔裡。「幹嘛？」他看見黃鼠狼瞪著自己瞧：「我挖鼻孔不行嗎。」

「閉嘴，」黃鼠狼問：「下三樓去？」

「對，帶去給那些『大嘴巴』，動作快點吧。」經過第四扇門，大鼻子敲了敲：「甜心，我待會兒再來找妳喔！」

牢房內傳出低呼，但裡面的女人沒有探頭看。

「這小騷貨真是叫我心癢癢，」大鼻子又說：「你看過沒？」

黃鼠狼搖搖頭，大鼻子又繼續：「她臉上的疤比高原人身上的跳蚤還多，但是反正不用看臉，你說是不是啊？」

「碰了她，小心親王把你的頭給砍下來。」黃鼠狼答道。

「啊，他哪會知道啊？」

「他今天晚上會過來，說要把御影的人放出去，順便看看那個女的跟一個之前帶進來的小孩。」黃鼠狼回應。

「今天晚上？嘖，她的話我不用五分鐘啦。」大鼻子說完賊笑著。

他們下了兩層樓，都是人造通道，很多人聚在一起後的那種臭味越來越濃重，而且混雜了硫磺、汗水還有一些羅根不知道是什麼的氣味。他三不五時會試著掙脫束縛術，但法術還是沒失效，他幾乎動彈不得。但一路上羅根也眼觀四面、靜候良機，因為只掙脫束縛還不夠，他必須擺平這兩個士兵，搶到鑰匙，還要記得出去的路。

剛剛說大嘴巴在地下三樓，下去之後是個天然石穴，只有些微人工拓寬的痕跡。羅根沒聽到什麼大嘴巴的聲音。

「我們不用更深入了。」大鼻子停在一道兩片式鐵門前：「剩下的事情交給裡面的畜生解決，我可不打算把他從『洞』裡拉出來，別叫我靠近那群禽獸。」

「『洞』？」羅根問。

大鼻子斜睨了羅根一眼，但好像更想嚇嚇他：「地獄後面的那個洞啦。強姦、殺人、心理變態，連吊死都嫌便宜的傢伙，通通關在這裡頭讓他們自己胡攪一通。他們得自己從岩石上汲水喝；獄卒永遠不送足夠的麵包，聽說有時候還先撒尿在上頭呢。」

「那誰來……你知道的？」黃鼠狼一邊問一邊困窘地拔出刀子：「法術可是時間到就沒了。」

「來什麼哪？」大鼻子反問。

「就是，切蛋蛋啊。」

羅根又動了動手腳，法術威力還是一樣強，手臂卡在身體兩側動彈不得，軀幹只能維持筆直，兩條腿跨一步只有幾吋遠，而且這兩個士兵很清楚他的情況。老天。他沒時間了。

「我來吧，」大鼻子吼著，從旁邊拿了枝套索出來，繩圈鉤住羅根頸子，然後將把手遞給黃鼠狼。

「你抓好，不要冒險。刀給我吧。」

黃鼠狼乖乖將刀交給大鼻子，刀子沒什麼特別，但是羅根忍不住緊盯著。恐懼滲透進他的憤怒之中，心裡那片冰漸漸溶解、消退。*他們真的要這麼做。天哪，不要。*他像受困的動物甩動手腳，但不管他怎樣用力地搖啊轉啊扭啊，動不了就是動不了。

大鼻子笑了起來，黃鼠狼拉緊繩圈，羅根面色轉紫，但他在意的不是呼吸。*讓他們殺死我也罷。天哪！*大鼻子又開口：「可惜我們當同事的時間不夠久。」

「什麼意思？」黃鼠狼很緊張，雙手牢牢抓著套索。

大鼻子一刀插進黃鼠狼的眼窩，黃鼠狼踮起了腳，全身劇烈顫抖一陣以後倒下。

「老同事的話我會放你條活路，不會一刀斃命啊。」大鼻子說完又笑了，接著幫羅根砍斷繩圈。羅根瞪著他，不知道該說什麼，憤怒跟恐懼都慢慢沉寂。

大鼻子可沒搭理他：「等你可以動的時候，把這些穿上。可惜他們送來的人體型跟你差很多。」他一邊說話，一邊把黃鼠狼的衣褲都解下。

「你到底是誰啊？」羅根問。

「不重要，」大鼻子把長褲朝羅根拋去：「重點是我替誰做事。」他壓低聲音，不讓其他囚犯聽見，「我的主子是賈爾，也是你朋友的朋友。」

「你說誰？」

「賈爾叫我這麼告訴你。」大鼻子又把黃鼠狼的內褲給割破：「我只管奉命行事——」

「你現在這是幹嘛？」羅根插嘴問。

「割他蛋蛋。」

「噢，該死！」羅根趕緊閉上眼睛。要不是身體受到魔法拘束，他更想撇過頭。

大鼻子還是不管他，動手就切。「他媽的！這刀不夠漂亮，還能算數就是。運氣不錯啊，他的毛色跟你一樣呢。」說到一半他站起來，手拿著那塊肉在羅根面前晃：「我說小朋友，這也不是我自己想幹的啊。可是呢，要是我跟你很巧地『捲入衝突身亡』，然後羅斯又看到這傢伙的小鳥兒，我們就不會被追殺了。你懂不懂？」

「不懂。」

「那就糟糕啦，我們可沒時間討論。我剛剛路上的閒扯淡可不是謊話，剛進來那一區確實關了個女人跟小女孩，賈爾要我把她們也帶走，才能查清楚羅斯的目的。看樣子你身上的法術漸漸解除了，幫我抬一條腿吧。」

羅根確實察覺手臂多用點力就能動，腿則幾乎正常了。他抓住黃鼠狼的腳——不肯看他鼠蹊部——與大鼻子一起將他拖走。

「所以你說那些話，是為了要通知我？」羅根問。

大鼻子皺起眉頭，看著地板上一道長形鐵柵門。下面的「洞」極深，即便有火把照耀，羅根也看不見底。大鼻子拿出鑰匙，打開柵門外圍的一個小門，底下馬上傳來抽鼻子聞嗅和哼哼呼呼的聲音，羅根實在覺得不像人類。

「也是趁我殺他之前，套套看是不是有什麼我不知道的消息。」大鼻子回答：「幫我把他丟進去。別擔心，這很深，旁邊幾乎是垂直的。」

羅根不大情願地上前幫忙，而且他還不夠靈活，不太能蹲下捉住柵欄，所以大鼻子只好親自上，然後由羅根把黃鼠狼給推進去。

一落進去，馬上引來惡魔般的歡呼轟然作響，隨即是那些人犯的爭奪戰。

羅根一邊發抖一邊退開：「現在有什麼計畫？」

「計畫？」大鼻子朝洞裡的黑暗看一眼，搖搖頭說：「快點出去啊。要是羅斯今天打了勝仗，他一定急著要找你。賈爾已經安插了人，他們會說有看見你的屍體，然後其他人會出面說也有看見我被殺，還偷了我身上的遺物，這時就可以把羅斯的『錢包』呈上去。」

「聽來真不可靠，」羅根回答：「你要不要先把柵門關起來？」

「王宮裡頭有好幾百人打起來，想要掌握每個人的下落本來就不可能，羅斯也知道才對。反正目前我們也只能用這種辦法暫時保住你的命，至於『錢包』到底要不要處理，交給賈爾決定吧。」

大鼻子又朝洞裡面看去，現在很清楚聽得見有人在啃東西。他轉頭對羅根賊笑說：「聽起來挺詭異的，你說是吧？」

羅根用力搖頭，一回神，看見一條細套索從「洞」裡飛出，神準地落在大鼻子肩膀上。才這麼一眼，羅根也注意到套索是用肌腱編起來的。他馬上想到一個可怕的問題：這種地方有什麼生物體型夠大，能讓他們取了肌腱編成繩子？

大鼻子露出驚惶神色。套索一收拉得他兩腳騰空，落進洞內前他撐開手腳抓住柵門邊緣，可是手臂這麼一張，套索便往上束住脖子。洞內有人咯咯笑了起來，羅根趕緊往前衝，雖然手腳跟前半小時比起來快多了，但還是沒趕上。

繩索壓迫脖子，大鼻子眼珠往外爆，看來恐怕有五個人在下頭拉這套索。大鼻子手臂沒力氣了，朝羅根眨了一次眼睛，雙眼突出的樣子十分猙獰。

他雙臂一鬆，整個人往洞裡栽去。

羅根想要抓住他的手，可是不但落空，加上束縛術尚有一點效力在，他重心不穩，自己也朝洞口摔去。

幸好抓住了柵門，視線正好落在洞裡，依稀看見幾個人圍在一起，手臂起起落落，口裡尖聲喊叫，撕扯著大鼻子的身體也撕扯著彼此。大鼻子慌張地揮舞手腳，發出哀嚎。

足足一分鐘時間，羅根困在那兒，沒辦法從洞口移開。大鼻子的聲音慢慢消失，那些模糊身影也退開吃自己搶到的肉。

有一個人看見羅根，口裡大叫。

羅根使出渾身力氣把自己往旁邊盪去，這時也感覺到魔法終於給他衝開了。他背靠在崎嶇的石塊上，坐穩後趕緊關上柵門。

大鼻子剛剛被扯進洞裡的時候，鑰匙掉了下來，但是羅根顫抖得很厲害，也沒辦法拿穩上鎖了。他蹣跚起身，退到後面。

羅根拿起黃鼠狼的衣服往身上套，雖然他比較高大、肌肉比較多，所幸黃鼠狼的衣服寬鬆，不然他根本就穿不進去。靴子穿起來腳掌夾得挺痛，但他趕緊站起來。

他試著擠出一點力氣，想回頭把鐵柵門關好。就算這輩子都不會再進監獄，他往後也還是會在惡夢中回顧這一天所見光景。其實他真的很不願意走回洞邊。

可是他更不願意讓那些禽獸有分毫可能脫逃出來。

羅根心裡清楚現在動作一定要快，但還是很慢很小心地朝洞口走回去。距離柵門幾步遠時，他停下腳步，裡頭沒有騷亂，但依稀聽得見那些人渣剝裂人肉發出的聲響，聽在他耳朵裡好想嘔吐。

上頭傳來腳步聲，話語在石壁間迴盪。

「喂！你！」問話的人語帶卡利多腔調。

洞口前面最後一間牢房的人回了話，不過羅根聽不出到底說了什麼。

「有沒有看到兩個士兵帶著一個人犯過來？」

羅根嚇得楞住了，牢房裡又冒出咕噥聲。

「我就說吧，」問話的人說：「他們才不會到這兒來，相信我，沒有人想要靠近洞的。」

羅根暗暗感謝牢房裡頭那人，儘管對方恐怕沒打算救他，只是看到官兵就習慣扯謊。

「你以為囚犯會說老實話？」應答的人也帶著卡利多腔調，但是更有教養些：「親王下令確認羅根．翟爾的死活，其他人已經開始搜索地牢了，你打算礙事嗎？」

「小的不敢！」

走廊忽然亮起極不自然也毫不搖曳的紅色光芒。

巫師！死定了，這下子要往哪兒躲？

在微弱火光中，羅根看了走廊上下，找不到什麼凹陷處或者小縫隙，而且是條死路。

我一而再、再而三地死裡逃生，是為了死在這兒嗎？

他思忖著是否要乾脆朝來人衝去，但手邊僅有一把短刀，勝算微乎其微，要是能搶先殺死巫師，或許還有一線生機。

「這裡邪氣太重，我覺得頭昏腦脹的。」一個剛剛沒聽過的聲音說。

「的確。」先前那位巫師回答：「我還沒感應到這麼多惡念過，唔，晉見吾王的時候除外。」

不知道為什麼，他們居然笑了起來。聽見有六個人大笑，羅根的心可是碎了。

六個人裡頭搞不好有五個巫師，至少現在已經聽到兩個在對話。即便是兩個巫師、四個士兵，羅根也莫可奈何。紅光越來越耀眼，對方就要到了。

羅根戰戰兢兢地看著鐵柵門，只剩下這一條路了。椎克伯爵曾經對他說，生命寶貴，自殺是懦夫所為，不珍惜神所賜予的珍禮、虛擲生命可是重罪。

而奇勒又是怎麼說的呢？他們兩個曾經遇上些妓女，據說活在比黑市還要黑的境地裡，她們不受御影控制及保護，必須自己討生活，但那些女孩兒才十二歲不到，只能靠著提供一些羅根聽都沒聽說過的變態性服務來掙錢。奇勒的結語是：「為了活下來，再不可思議的事情你都會做。」

為了活下來，再不可思議的事情你都會做。

羅根將鐵柵門拉開，滑進裡面，一隻手抓著欄杆將它鎖上，然後把鑰匙塞在口袋中，接著抽出刀子，墜進無底地獄中。

五十八

奇勒飛在空中才意識到河面有多遠。當然他沒什麼藉口好說，畢竟不到五分鐘之前，他還懸在窗戶外頭，看著一模一樣的地形。不過現在河流在他眼前逐漸變大，速度很快。好在他會繞過那些岩石。接著會臉朝下以超高速撞在水面上。訓練有素的潛水高手或許有辦法不受傷，但奇勒可沒學過這門功夫。

等他視野中只剩下水，奇勒伸出雙手，異能在身邊展開瘦長楔形的防護。衝入水中時，他伸出的雙手其實沒什麼功用，但是楔形的異能防護切開水面，他平安潛入水中。但與水面接觸後那一瞬間，異能消散了。河水像是巨人的手掌，猛地闔上包覆他的全身。

奇勒又作夢了，然而他不知道這算不算作夢，他其實……其實什麼？思緒從指縫間溜走，一去不返。

過去十年裡，每次他看見人死去，就會作一樣的夢。每一次他都能有片刻意識，察覺那只是一場夢。他知道是作夢，可是知道是哪一個夢境以後，卻更無法逃離。夢境膨脹蔓延包圍了他，他又回到十一歲那年。

修船廠裡好黑，一個人也沒有，銀色月光冷颼颼地灑落。阿索思策畫了這一切，卻還是又驚又怕。一轉身，鼠頭就在後面，身上一絲不掛。

阿索思慢慢靠近一個洞。以前要將船從普利茲河拉進廠內，就是通過這個洞。他慢慢靠近繩子，繩子一端綁了石頭，另一端是繩圈。

「再親我一次，」鼠頭站在阿索思前面，兩手激情地抓著他：「再親我一次！」

繩圈呢？他擺在這附近的啊？阿索思看見那塊可以將鼠頭帶進水裡溺死的石頭，但繩圈到底——鼠頭拉近他，在他臉上呼著熱氣，伸手拉扯阿索思的衣服——

奇勒砰地一聲撞在河底，回神睜開眼睛時，看見報應受撞擊從手中彈出，漂在面前幾吋外。武器跟著衝入水底，奇勒卻沒被劍刃開腸剖肚，運氣算是不錯。

他突然感覺胸口一陣悶痛，趕緊抓了劍往上浮去。

我在下面失神了多久？應該不會太長，否則就該漂到更遠的地方，而且溺死了才對。幾秒以後，奇勒又呼吸到空氣，訝異地發現這麼從天而降居然沒有受傷，但是剛剛打鬥受傷的鼻子跟手指還在流血，附近水面被稍稍染紅。水流將他沖到一塊岩石邊，他趕緊攀了上去。

他被河水帶到國王東橋底下靠近佛斯島那一側，就在黠文氏宅邸對面。所站之處的河岸也是王宮圍牆的基底，想往上游去必須又爬又游，所以花了十分鐘時間才終於精疲力竭地跋涉到一個可以上岸的地方。

剛剛他看見羅斯從島的北端下船，要到那裡有兩條路，一條是繼續走水路穿過許多巨岩，另一條路則是穿越覆蓋佛斯島斷層那片又矮又臭的建築。

奇勒心想，他沒辦法再花上十到二十分鐘時間涉水，否則即便他抵達時羅斯還沒離開，他的體力恐怕也不勝負荷了。好不容易鼻孔不再出血，手上傷口簡單包紮以後也好了一些，但一下水這些傷口又會裂開，失血過多已經害他手部劇痛而且身體衰弱。

換作別天晚上，奇勒一定會離開，以他現在這種體能沒辦法殺人。但此刻邏輯已經不重要，看見羅斯所做的一切，這一夜奇勒絕對不能走。

佛斯島斷層這片建築用石頭砌成，三十步寬，僅地上一層樓高，但在工程師眼中可說是個奇蹟之作。可惜奇勒對建築瞭解不多，他心想貴族們大概並不欣賞味道像臭蛋的曠世鉅作吧。

繼續行動實在很蠢，奇勒已經累得無暇分神使用異能，驅動異能本身也得用上異能。他靠在一片厚重的門上稍微養精蓄銳，手中還是握著報應。他低頭看著那把劍，注視著刻在劍身上的那字。正義。不過不對，現在刻的不是正義。他眨了眨眼睛。

慈悲。銀色的字體，位置跟之前黑色的正義一模一樣。劍柄上垂直的方向，之前被鎧恪理覆蓋的黑色部分，也浮現出銀色的報復兩個字。

鎧恪理不見了。奇勒累得傻了，還差點心灰意冷起來。但他忽然回想到神器去了什麼地方。滲進我的皮膚了？他不禁懷疑自己到底有多累？是幻想，是幻覺。

他攤開手掌，忽然掌心間黑油如汗水般冒出，最初是液態，過了一下子便凝結成溫潤的黑色金屬狀球，顏色如午夜般深沉，出奇地平凡。這就是黑色鎧恪理，而當年羅根說過的故事，只提到六個類似的神器，分別是白、綠、棕、銀、紅、藍。宙辛．奧凱斯提皇帝與隨侍在側的大法師伊茲拉將六件神物授予選出的六位勇士，卻因此輕蔑了皇帝最好的朋友，導致這位好友變節。大戰過後，世人覬覦神器的力量，也導致持有神器的人往往死於非命。

奇勒努力回想背棄皇帝的那個朋友叫做什麼名字。俄凱勒斯．索恩。原來宙辛皇帝根本沒有鄙棄朋友，一切都是演戲，為的是給朋友一條活路，也是為了保護神物不落入敵人之手。根本沒人知道世界上還有黑色鎧恪理的存在，自然也就沒有人追殺俄凱勒斯，他就這麼活了下來。

德佐在信上的署名是「俄．索」。

「天哪。」奇勒抽了口涼氣，不敢繼續想下去，他怕他會沒力氣繼續行動。「幫幫我，」奇勒對著鎧恪理說：「請你服從我吧。」他的手一擠，鎧恪理溶解後滑上皮膚，蓋住衣服、臉頰、眼睛，奇勒瑟縮了，可是他發現還是看得相當清楚——十分自然地可以透過一層黑暗視物。低頭看著雙手跟黑劍，奇勒看到自己的手跟劍都散發魔力的光輝，接著消失無蹤，而且並不只是像刺客使用匿影而已，是貨真價實地消失了。如今的他不像以前是朦朧的影子，而是徹底地隱形。

這不是驚嘆的好時機，還有許多挑戰等待。距離先前在港口處看見羅斯，已經過了十分鐘以上，今夜想取羅斯的命，奇勒必須快馬加鞭。他開了鎖以後步入室內。

矮樓內部十分悶熱，窄長的木版走道圍著中間一座直徑有十五步寬的圓形煙囪，管身很厚，以金屬鑄造而成，外側加上木架支撐。這條煙囪深入地底至少四層樓深度，由斷層插入地殼。

看著深邃的斷層，奇勒明白為什麼會將此處稱為建築奇觀。設計者不只活用了地底散出的熱氣，也阻擋普利茲河水流入斷層中。

河道不避開斷層，會導致河水沸騰，魚死光了當然沒有漁夫，賽納利亞也失去最主要的食物來源。

儘管此刻不到半里外的王宮一片騷亂，渾然無知的工人仍持續工作：檢修繩索、控制滑輪、給器械上油以及更換薄金屬板。

奇勒走過一條狹長甬道，轉了幾次彎以後到了個交叉口，一邊有扇門通往地下，另一邊則是維修門，通往煙囪的北側出口——羅斯也在那個方向。

他朝北邊走去，兩片式寬門可供大型機具通過，奇勒只推開一點點偷看。

外頭有個年輕女巫師，頭髮束在後頭，符印浮現的手臂交叉在胸前。她望著一條石頭斜坡，奇勒看不見是誰在跟她說話，可是發現附近還有十幾個服裝類似的人。

他輕輕闔上門，回頭往另一條路走，開門以後煙囪轉彎與地面平行。

向旁邊彎曲的煙囪其實像是一條冒著煙的大隧道，原本十五步寬，到了最後一架風扇處已經縮至四步而已。這個區域的地面以薄金屬板強化過，工人可以在煙囪裡維修煙囪鑽入地底前的大風扇，也可以處理熱空氣排入賽納利亞夜空前的這具小風扇。北側的風扇轉得很慢，如果羅斯從這裡經過，奇勒該可以看見。

奇勒謹慎地走進煙囪，試探地踩了踩地板，發現他的體重壓在上頭也不會發出嘎吱聲。然而，就在奇勒要關上身後那道門以前，心中還是隱隱覺得不安。

帶著硫磺味的霧氣，在煙囪內經過漫長的一段旅程，慵懶地沒入了外頭的夜色中。煙囪的下三分之一白煙滾滾、揮之不去。唯一的光源是外頭的月亮，但穿過風扇葉片後變得稀疏。在煙霧與舞動的光影之間，奇勒的視覺並不比一般人強上多少。

還有別人在煙囪裡。

五十九

德佐的心跟著奇勒飛出了該死的窗外。他站在窗邊一直等著，直至奇勒浮出水面。

真厲害。這麼多年下來我都沒試過，他倒是頭一天就幹這蠢事——居然還成功了。奇勒爬上岸以後朝北走，他的目的地德佐了然於心。頑固的傻瓜。當年他不肯接受自己暗殺鼠頭失敗，過了三小時馬上取了那變態的性命，這種固執到現在都沒有變。

奇勒總是執著於他認為正確的事，不顧後果、不顧其他人的看法，連德佐也嚇阻不了他。看著奇勒，德佐想起了宙辛·奧凱提斯。奇勒選擇信任德佐，不管德佐是什麼樣的人，他都堅信到底，跟當年的宙辛皇帝一模一樣。奇勒只是個該死的小孩，不過他選擇信任的人可比俄凱勒斯·索恩糟多了。

疼痛在德佐·布林生命中的每一條纖維共鳴。他有成千上萬個身分，曾經相信他的人一個一個淡出，然而宙辛看見過真正的他，奇勒也看見了真正的他。七百年以來，他的存在第一次如此痛苦不堪。他的生命彷彿是個巨大的傷口，全世界都是鹽巴。*我到底做錯了什麼？*

他動了起來。不管換過多少面具，俄凱勒斯·索恩以及現在的德佐·布林都是行動至上的人。他將異能凝聚在手腳上——失去鎧恪理還能這麼做，感覺十分奇妙——接著他踏出窗外，但是卻未落下。

異能強化後的腳掌扣住塔壁，他身子往前下翻，手掌也黏在牆壁上，像是昆蟲一樣臉朝下伏行塔壁。奇勒可還沒得到他的真傳，他很多招數甚至還沒在奇勒面前使出來過呢。

他知道奇勒要去什麼地方，也知道更快速的路線，因此並不著急。城堡廣場上兩軍交戰聲引起他注意，德佐藏身匿影中，朝廣場爬去。

目前雙方僵持不下，兩百名賽納利亞官兵加上四十多位派不上用場的貴族，衝不過堵在東橋上的一百多個卡利多士兵。卡利多這邊有六個符術士在，但是戰局發展至今，想必符術士除了振奮士氣也沒太大用處，魔力應該已經所剩無幾。

德佐既懂戰略也擅長刺殺之道，很快判斷出幾個關鍵角色。有時觀察戰局並不算難，軍官通常都居於要位，符術士也一樣；但偶而會有某幾個士兵才是周邊同伴的支助。要是這些關鍵角色死了，局勢就會扭轉過來。卡利多這側，身負重責大任的人包括兩個軍官、三個符術士，還有一個體格特別高大的高原戰士。賽納利亞這邊則只有兩人帶頭，一個是使著艾里泰拉式長弓的士官，另一個則是泰拉．葛瑞芯。

那個士官只是單純的軍人，德佐觀察他臉上的表情，知道他應當是第一次碰上真正的戰爭，可能當初為了知道自己有幾分能耐而從戎，今晚終於得償宿願。這個士官通過了他的試煉，證明了他的實力。他所散發出的強烈氣勢，周遭的人都感覺到了。

而泰拉．葛瑞芯不管身在何處都鶴立雞群，縱使蔚藍外衣已經破破爛爛，卻更顯出她的器度跟身材一樣傲人。泰拉相信沒有人膽敢傷她分毫，也相信身邊所有人都會聽從她號令，她同樣震懾了所有人。

「甘柏中士……」下頭傳來的聲音，聽在德佐耳裡相當熟悉。中士又放了一枝箭，擊斃一個符術士，可惜不是關鍵角色。

椎克伯爵的身影出現在前門，他抓著中士，「又有一百個卡利多兵過來了。」但他的聲音幾乎淹沒在金鐵交鳴以及兩軍進退的吵雜之中。

一看見伯爵，德佐心上那道由奇勒撕裂的傷口，好像又鋪了一層鹽。德佐原本以為伯爵留在家裡，沒想到會在這兒見到他，而且他不僅餘毒未清，也難以逃出這戰場。

「他媽的！」甘柏忍不住大罵。

德佐轉身打算離開。這些賽納利亞人死定了，但是與他無關，他自己的審判日還沒有到。

「夜天使！」中士忽然喊叫：「如果祢還與我們同在，請出來並肩作戰吧！夜天使！請現身吧！」

德佐聽了一楞，猜想著這代表奇勒曾經介入過兩軍之間的鬥爭。也罷，奇勒，為了你、為了伯爵、為了宙辛，也為了那些曾經相信殺手可以做好事的傻瓜們，這件事情就由我來收拾吧。

「弓箭給我。」德佐以異能投出充滿殺意的聲音，甘柏中士一回頭，與椎克伯爵一起看見門外那團影子。中士趕緊將長弓與一把箭矢拋過去。

德佐的手接住弓，並以異能接住箭。射出一箭的同時以異能抽出下一枝箭。他蹲在垂直的牆壁，以心眼觀察著要殺的目標。

巨人般的高原戰士眉心中箭率先倒下，接著是符術士、然後是那些軍官，最後橋正面卡利多的前鋒部隊也全數斃命。超過二十枝箭，德佐用了不到十秒鐘全部射出。他心想自己準頭還是很好，畢竟當年的蓋倫．星火可是長弓高手。

之後他把長弓朝甘柏擲了回去，甘柏似乎還不明白發生什麼事。椎克伯爵則不一樣，他不需要看著廣場，也知道賽納利亞人終於殺得出一條血路，而卡利多軍先是遲疑，然後陣線崩潰，這種結果在他眼中絲毫不意外。伯爵只是一逕盯著德佐。

甘柏訝異地罵了幾句，伯爵卻開口說出祝福的言語。然而德佐並沒有接受他的祝福，他早就閃身離開。

別祝福我。別可憐我。別在傷口上灑鹽。別把光打進我這陰暗角落。讓一切結束。拜託。

六十

恐懼襲捲奇勒，他跳進濃煙中，頭頂上傳來悶滯的撞擊聲跟金屬摩擦聲。轉過身，他看見一把刀插在門上，另一把刀插在煙囪的金屬殼上。

「看樣子你已經知道可以隱形了，嗯？」德佐．布林的聲音從隧道南端巨大風扇周邊的一片漆黑中傳來。

「夠了！我說過我不想跟你打！」奇勒一說完話，立刻移動位置。

他掃視著黑暗。就算德佐不能完全隱形，這地方煙霧光影交錯，有匿影術也已經足夠。

「孩子，剛剛那次俯衝可真漂亮。你是打算變成傳奇人物嗎？」德佐問著，聲音異常緊繃哀傷。奇勒嚇了一跳，德佐不知道什麼時候到了北邊小風扇那裡，他得從距離奇勒身邊一步的地方經過才到得了啊。

「你到底是誰？」奇勒問：「是俄凱勒斯．索恩對不對？」他這次說完話差點忘記移動，一把刀子射向距離得奇勒腹部一掌寬的牆上，鏗鏘落在地上。

「俄凱勒斯是個傻子。他假扮惡魔，現在我要替惡魔討債了。」德佐的聲音嘶啞低沉，聽起來剛哭過。

「師父，」取得鎧恪理之後，這是奇勒第一次如此尊稱他：「你為什麼不跟我聯手呢？我們可以一起把羅斯殺掉。他就在外面，對吧？」

「外頭還有一整船的符術士跟符術大師。」德佐回答：「奇勒，已經結束了，卡利多不出一小時就可以拿下這座城。日出時會有更多高原軍抵達，現在也已經有正規軍朝市區前進。賽納利亞能領兵抵抗的人不是死了就是逃了。」

遠處傳來鑼聲，沿著溼冷窄小的煙囪迴盪而來。暖暖的空氣從地底深處往上溢出。

奇勒很難受，他這麼努力卻什麼成果也沒有。也許殺了些士兵、救了些貴族——但大家的命運根本沒有改變。

他躡手躡腳靠近北邊的小風扇，現在轉速變快了。透過扇葉，奇勒看見羅斯正在跟巫師商議。

德佐說的沒錯，外面有幾十名巫師，雖然有些正要回船，但羅斯身邊還是至少有二十人，更不用說他本來就帶著十二個魁梧的高原戰士在身旁護衛。

「羅斯殺死我最好的朋友。」奇勒說：「我一定要殺了他，今晚就要。」

「那你得先過我這一關。」

「我不跟你打。」

「你之前一直都想知道，我們真的交起手，你到底能不能贏。」德佐說：「我知道你想過這件事，而你現在也終於有了異能跟鎧恪理。你還小的時候，說過不會再讓任何人擊敗你，絕對不會。你也說過你要成為殺手。那我到底有沒有把你給訓練好呢？」

「混蛋！我才不跟你打。俄凱勒斯到底是誰？」奇勒叫道。

德佐聲音揚起，在風扇捲起的熱氣中吟誦：

「惡徒之手欲加害他，
然邪不勝正，
反將遭到吞噬；
罪人持劍欲貫穿他，
他屹立不搖，
由此世之屋脊躍下，
王者亦難倖免……」

吟誦聲漸弱，德佐又靜靜地說：「我沒有做到。」

「你到底在說什麼啊？剛剛那是什麼？預言之類的嗎？」

「說的不是我，所謂的光明守護者也不是宙辛。說的是你啊，奇勒。你是報應的靈魂，你是夜天使。你是我應受的報復。」

尋仇只是自取滅亡，報復卻是源於追求正義、消弭罪孽。夜天使即是報應的化身，三面分別為：報復、正義、慈悲。

「我跟你無冤無仇，命還是你撿回來的。」奇勒回答。

德佐面色一沉：「沒錯，但也只是你的血肉之軀而已。奇勒，我順著那可惡的鎧恪理心意將近七百年，我侍奉著一個已經死了的君主，服務那些配不上他的子民。我活在影子裡，最後跟影子分不開了。我付出我曾擁有的一切，為了一個一開始我就無法理解的希望之夢。但是把一個人的重重面具剝開之後，卻發現最後一張臉也不剩，徹徹底底空了，這該怎麼辦呢？我違背了鎧恪理的心意一次。七百年來就那麼一次，於是它捨棄了我。

「奇勒，這七百年裡，我一天都沒有變老。直到我遇見了葛溫芙跟芳達。我愛上她了，奇勒。」

「我知道，」奇勒溫和地回應：「芳達的事我很遺憾。」

德佐卻搖搖頭：「不，我愛的並不是芳達，我只是要——我要葛溫芙知道，看著心愛的人與別人上床是什麼滋味。我跟她們姊妹倆都做愛，錢是給了葛溫芙，但事實上真正被我當成妓女的是芳達。我一開始想要找到銀色鎧恪理，就是為了這緣故啊，我想要交給葛溫芙，如此一來她就不會跟我愛過的其他人一樣，漸漸蒼老，然後死去。問題是戴文王手上那顆石頭是假貨，所以我把它留給蓋洛司．烏蘇爾的手下。當時唯一可以保住芳達性命的辦法，是把我自己的鎧恪理交出去。在她那一條命和我的力量、我的永生之間權衡，我根本不愛她啊，這代價實在太高了。所以我才讓她死。

「從那一天起，鎧恪理不再受我控制，而我也開始變老。黑色鎧恪理變成只是劍上的黑漆，而且還用正義兩個大字嘲弄我。它給我的正義就是讓我變老、失去力量，面對死亡。你是我唯一的希望，奇勒。我知道你是鎧恪理使者，你可以把鎧恪理召喚到身邊。一直有風聲提到另一個鎧恪理就在這裡，黑色鎧恪理抗拒我了，但銀色的也許還能用。雖然只是渺茫的希望，但至少是個機會，是我的救贖、我的生命。結果呢，你卻只召喚出我的鎧恪理，就在我打你的那一天，在你賭上性命保護那女孩的時候，你已經跟它結合了。我失去理智，因為你把我唯一擁有的東西也給奪走。我沒了名聲、沒了榮譽，我的能耐一天不如一天，朋友一個一個死去，連我心愛的女子也對我懷著怨恨，然後你就這麼把我的希望給搶走了。」他撇開頭：「我想殺死你，但我卻又辦不到，」他朝口中拋進一瓣大蒜，「我知道你根本沒有殺戮天性，就算目標是鼠頭那樣的敗類也一樣。我很清楚，你不可能為了一個人可能做出的事情，就去殺死對方。」

「什麼意思？」奇勒起了雞皮疙瘩。

「弱肉強食，你會死在那裡。我得救你，即使我知道這一刻總是要來的。」

「到底是什麼意思？」奇勒問。不要，老天，拜託不要是我想的那樣……

「不是鼠頭毀了那丫頭的臉，」德佐說：「是我。」

隧道裡頭已有一半被煙霧籠罩，大風扇慢了下來，小風扇的轉速就和奇勒的心跳一樣快。月光被扇葉切成一截又一截，恣意地扔進了滾滾白霧中。

奇勒動不了也無法呼吸，連出聲反駁都做不到。德佐在說謊，他一定在說謊。奇勒知道鼠頭是什麼樣的人，也看過鼠頭那種眼神，鼠頭的心中才有那種邪惡。

奇勒沒看過德佐的邪惡，對吧？雖然看過師父殺害無辜的人，不過奇勒不願意面對入眼的罪惡罷了。

大風扇越轉越快，呼呼的風聲把時間切得細碎，風扇的轉動彷彿訴說時間自有其意義。

「不……」真相哽住奇勒的喉嚨，他幾乎擠不出字來。德佐．布林的確會這麼做。生命空虛、生命空虛啊。流落街頭的女孩，價值端看賣身能賣到多少價錢。

「不！」奇勒吼叫道。

「結束了，奇勒。」德佐身形一閃，隱沒在黑暗中。奇勒心中一股怒氣化做火焰，在體內熊熊燃起。

風扇咻咻轉動送來熱風，腳步聲在奇勒耳裡模模糊糊，他身體一旋衝了出去。化為黑影的刺客從奇勒身旁竄過，捲起一陣煙霧繚繞。

奇勒聽見對方拔劍出鞘的聲音，連忙跟著抽出報應，但影子逼近得太快太急，兩人一交鋒，奇勒虎口一震，巨劍脫手，身子也往後摔出。

他安靜緩慢地站起來，努力集中感官，壓低身子藏在白煙後。心中怒火暫時壓制疲憊，他藉著這股情緒凝聚心神。

現下他找不出可以利用的地形，就算靠著南面的大風扇可以保護後背，卻容易遭德佐．布林逼入扇葉下被打暈。雖說風扇葉片並不銳利，不至於斷手斷腳，但在德佐．布林面前片刻分神都跟死了沒兩樣。

隧道的牆壁與頂部各處設有握把，方便工人進行維修，然而奇勒所站位置，握把在頭上至少十呎處。

他施展異能往上一跳，發現可以抓住握把，不過右手握緊時，卻差點兒摔下來。他壓根兒忘記了先前摔出窗戶時，手指已經割得亂七八糟。

奇勒身子一扭，腳卡進另一根握把後頭，穩住了身子。既然右手沒力氣撐住體重，便騰出來抽刺刀。鑼聲又響了，他注視著刺刀，八吋筆直刀刃前端有個鋒利的角度，可以刺破護甲。可惜以他現在這雙手，連要好好揮刀都還是個問題。

於是他又把刺刀收好，從另一個特製的刀鞘裡抽出極短且有彎刃的小刀。跟刺刀比起來，長度只有一半，但是刀脊上有四個小孔，孔內塞有棉花。刀鞘濕了，所以他也不知道小刀上的白角蝰毒液是否已被河水沖掉。這時候別無選擇了。

風速慢了，然後忽然完全靜止。大風扇的轉軸上過油，還拖著扇葉喀達喀達不肯停。

奇勒完全靜止，等待著時機。霧氣慢慢轉淡，過一會兒隧道就不至於伸手難見五指。德佐若是有動作，奇勒即便看不見他的身形，也可以從霧氣擾動察覺他的位置。

扇葉越來越慢，只剩下一點低鳴。除了心跳在耳骨迴盪，奇勒聽不到其他聲音。他繃緊神經，不只努力找出刺客的方位，也努力保持靜止，並且安靜無聲。

若是給德佐先聽見他，那奇勒一點掩護也沒有。他腳卡在握把上，沒辦法說走就走，這姿勢幾乎是任對方宰割。

想要有優勢便得先發制人。德佐也說過，贏得先機是最重要的致勝條件。

一分鐘過去了。

風扇完全靜止，外頭那些低沉耳語也消失了。煙霧隨著氣溫降低而蜷縮回地底。

奇勒極緩慢極痛苦地轉頭，連摩擦衣領的聲音也不敢發出。霧氣淡了，漸漸從北邊出口散去，現在應該要能看得見一些動靜，好比氣旋什麼的。

他轉頭的時候，呼吸很慢很小心。之前撞塔壁撞出了鼻血，所以只有一邊鼻孔能通。左手像是著了火，兩腿也持續疼痛，但他還是不敢動、不敢出聲。

懸在上頭的他，心裡不免害怕起來。他怎麼能跟德佐決鬥呢？師父殺過多少人？在以前的測試與挑戰裡頭，他總共敗下陣幾回？還有，德佐可以一直守在隧道底，搞不好現在也站在北邊風扇旁，光線由他背後打進來，奇勒一落地，他立刻會看見。

就憑奇勒，能殺死一個傳奇嗎？

奇勒試著平緩心跳。他喉嚨很緊，支撐他一整夜的高昂情緒開始冷卻，他覺得冰冷又空虛。德佐說的沒有錯，這世界上沒有正義容身之處。羅根死了。以琳遭到拷打。幹下這些壞事、卑劣超乎奇勒想像的人，卻即將獲得勝利。一直都是如此。好人總是贏不了壞人。

他快要撐不住了。德佐也遲早會聽見他的心跳，心臟在胸口砰呀砰地響個不停呢。他強作鎮定，慢慢吸進一口氣。

耐心！要有耐心。

他又緩緩吸一口氣，卻因此楞住了。空氣中有股淡淡的味道。

蒜！看來師徒思考方式都一樣，德佐跟奇勒一樣掛在隧道頂，就在幾吋外的地方而已，像是鏡子裡的倒影，而且同樣望著底下的煙霧想找出異狀。

奇勒抬頭，手裡亮出小刀，但恐怕發出了什麼聲音，因為前面那根握把上的影子同時間動了起來。

他感覺到手中的刀劃破布料，另一手連忙架起格擋，兩人雙雙掉落地面。

奇勒摔得很重，濺起隧道底部的積水，後頸不知是不是撞著了金屬板，覺得有些刺痛。他一翻身跳起來，隨即聽見對方拔劍的聲音。

德佐的輪廓浮現，奇勒也不再隱形。他太累了，沒辦法繼續維持異能，只覺得自己像是條被擰乾的抹布。德佐手上的劍有三呎長，他手裡小刀卻僅只四吋。

「終究走到這一步。」德佐說：「我想你招數也出盡了吧，該不會像在塔上那樣還留一手？」

「那招只是誤打誤撞。」奇勒回答：「我確實是沒招可出了。」

「所以說我不讓你去找羅斯是對的吧?」德佐又擠出令人生氣的笑。

可是奇勒已經沒力氣發怒了，他身體裡頭空空的。「應該不重要了吧，」他只說：「但真希望我的血換的是他的人頭，不是你的。」

他把小刀收回鞘內。

「是白角蝰毒液，對不對?」德佐說完笑了笑：「一定是。」他朝奇勒行了禮，也收起劍。

接著德佐兩腿一軟，抓著牆上的握把勉強沒有摔倒：「我一直想知道會是什麼感覺呢。」他伸手探著衣服上的裂痕。奇勒原以為只劃開他衣服，這才發現德佐胸口有一道淺傷。

「師父!」奇勒衝上前扶著站不穩的德佐。

德佐咯咯笑了，面色已經像屍體一樣慘白：「我很久很久沒想過死這件事情，好像也不是那麼糟嘛。」說完又擠擠眉，「也沒多舒服就是。奇勒，答應我一件事。」

「你儘管說。」

「照顧我那小女兒，把她救出來。K媽媽一定知道她被帶到哪裡去。」

「我沒辦法，」奇勒說：「我也想，但我做不到。」

他轉過頭，拔出德佐用的短鏢。他還以為後頸的刺痛是因為摔在地板上，但一動起來他就知道沒這麼單純。是枝毒鏢，所以奇勒同樣離死不遠。

德佐看見又笑了。「我手氣真好，」他說：「把我搬到隧道外頭，不然全身都是硫磺味。」

奇勒攙扶著他一起走出去，然後讓德佐坐在通道上，自己坐在對面，覺得精疲力盡。

所以短鏢上可能是王蛇毒液搭配毒芹汁吧。

「你真的很愛那個叫以琳的丫頭是吧？」

「嗯，」奇勒說：「我真的愛她。」奇怪的是，這也是他唯一的遺憾。他好希望自己是個不同的人，一個更好的人。

「我好像該死了才對。」德佐說。

「刀子沾了水。」奇勒開始暈眩，是毒性發作了嗎？

德佐又想要笑，兩眼卻充滿哀戚。「宙辛以前跟我說過，『六色鎧恪理交給六個光明天使，但有一個鎧恪理要看顧著黑夜。』奇勒，黑色鎧恪理選擇了你，你就成為夜天使。雖然世人渺小還不知感恩，但你得為他們做點什麼，給他們帶來希望。你的任務就在眼前：殺了羅斯。為了這座城市、為了我的女兒，也為了我。」他五指緊緊掐住奇勒的手臂，「孩子，我要為這一切向你道歉。希望有一天，你會原諒……」話說到一半，德佐眼皮重得睜不開，他掙扎著想要保持清醒。

奇勒覺得德佐一定語無倫次了，他應該最清楚奇勒也難逃一死，恐怕是中毒後思緒紊亂。「我已經原諒你了啊。」奇勒說：「可惜我們就這麼死在彼此手上。」

德佐聽了眼睛忽然一亮，好像生出力氣對抗血液裡的毒素。他微笑著說：「我根本沒有下毒……鏢……跟信都……」說著身子輕輕顫抖，眼睛還看著奇勒，德佐．布林嚥下了最後一口氣。

奇勒為德佐闔上眼睛。他覺得巨大的空洞霸占了他的身體，想哭卻哽著哭不出來，失落在咽喉裡的黑暗虛無中。奇勒木然地站起，德佐的遺體從他腿上滑落，頭顱重重敲在鐵皮地板上。德佐的四肢癱軟，失去以往的優雅，折成怪異的形狀。不會動了，只是具屍體罷了。活著的時候，每個人都獨一無二；死了以後，卻都只是肉塊罷了。德佐．布林，跟其他死人並無二致。

奇勒麻木地伸手探進屍體的口袋，掏出德佐先前說要給他的遺書。信就藏在剛剛小刀留下的傷口下面。

也因此信紙沾滿了血，上頭的字跡完全看不清楚。不管德佐想說什麼、想解釋什麼、想把什麼東西交代給奇勒，都隨著他這最後一段模糊文字佚失了。奇勒只剩下自己而已。

他跪在地上，一點力氣也沒有，然後抱著死去的刺客哭了起來，哭了好久好久。

六十一

拂曉時，奇勒跌跌撞撞穿過街道，回到一處基地。離開以前，他在佛斯島北端給德佐立了碑。當時附近已經沒有人了，奇勒在港口偷了一條小船，順流而下回到兔窩區。他累得沒力氣划船。

結果小船停在當年殺死鼠頭的地方。天色還暗，正是他們這種人鬼鬼祟祟行動的好時機。奇勒暗忖，不知道鼠頭是不是還懸在水中，不得安息的靈魂帶著昔日的仇恨與惡意看著奇勒的小船。

這個早晨需要獨處冥思。他下意識解開門上陷阱進了裡頭。德佐．布林說的沒錯，直接去找羅斯算帳是死路一條，奇勒累得連自己有沒有中毒都分不清楚，隨便碰上一個符術士都能收拾掉他。

要是真的宰掉羅斯．烏蘇爾為人間除一大患也算值得，但虛擲性命這種事情，奇勒可不幹。他鎖了門，卻又停下腳步，回過頭轉了門鎖三次。上鎖、解鎖、再上鎖。就當是紀念師父吧。

奇勒拿了水壺倒滿水槽，開始洗淨雙手沾的血。鏡子裡的臉孔冰冷鎮定，而師父的生命痕跡就這麼隨水而去。水壺把手上也沾了血，一點點而已。他的手在上頭留下很小的一個汙點。

他抓起水壺朝鏡子砸去，水壺跟鏡片都碎了，陶瓷與玻璃碎片噴向牆壁，灑在房間內，也灑在他的衣服與臉上。他跪了下來，又開始哭。

最後他睡著了，醒來時狀況比他應得的好多了。接著他洗了個神清氣爽的澡，剃鬍根時在破鏡一角看見自己嘴角上揚。師父根本不想殺我，只是忍不住用那個飛鏢證明他辦得到。那老混蛋。奇勒在心裡笑著。真的真的很老的混蛋哪。

雖然是拿死人開玩笑，但聊勝於無。

換好衣服，配上武器，奇勒不禁感慨昨天失去不少精良裝備。匕首、毒藥、鉤爪、飛刀、刺刀、毒刀——他愛用的東西幾乎都沒了，只有報應還帶在身邊。我居然哀悼裝備，不是哀悼羅根、德佐或者以琳。感到荒唐的他，又為此笑了起來。

他覺得自己哪兒怪怪的，不過也許這是正常反應。以前他沒有失去過真正在乎的人，但這次一夜就走了三個。

下午他離開基地時，外頭到處都是人，街頭巷尾議論紛紛。大家聊著昨夜王宮發生什麼事，聊著一支憑空出現的軍隊、一支從佛斯島斷層噴發出來的大軍。有人說南方來了法師，也有人說是北方來的巫師。高原軍殺光城堡理所有人，卡利多很快就會占領這座城市。

有些人聊著聊著面露焦慮，奇勒甚至也看見有人收拾行李放上車準備出城避難，不過人數不多。多數居民似乎不相信大難將至。

K媽媽的藏匿地點還是由那個精壯的倚穆人守著。他假裝在修籬笆，奇勒連隱形都不想，從容地朝那個人走過去，佯裝是要問路，卻出手按在那人藏著的短劍上。守衛想拔劍已經太遲，給奇勒緊緊鎖住，隨後奇勒一個手刀劈斷他胸骨。那守衛張大嘴巴喘氣，活像是條魚。

奇勒從他腰間取了鑰匙開門，進去後把門鎖好，然後披上匿影。

隱形的他在書房找到人，K媽媽看著妓院送來的一些報告，而奇勒也就站在她背後靜靜地一起看。

K媽媽似乎是想拼湊出王城內的事件經過。

針頭插進她手臂後頭鬆弛的肌肉。K媽媽驚呼一聲伸手拔針，接著她慢慢把椅子轉過來，看上去十分蒼老。

「你好啊，奇勒。」她開口：「還以為你昨天就會來找我。」

他出現在另一張椅子上，像是個散漫的年輕死神：「妳怎麼知道是我？」

「如果是德佐，一定會用讓我非常難受的毒藥。」

「這是紫花蔥根與風信子鱗莖調配而成。」奇勒回答：「妳差不多要開始難受了。」

「用發作很慢的毒藥，你是打算給我點時間吧。不過何必呢，奇勒？要我道歉？要看我哭、看我求你嗎？」

「是要妳回想，要妳記得，要妳感到後悔。」

「所謂報應，竟是個初出茅廬的殺手在街上發毒藥給老妓女啊。」

「沒錯，所以妳為了什麼暗算德佐，現在就得失去什麼。」

「那麼是什麼呢，大哲人？」她露出蛇蠍般的笑容。

「控制。」奇勒的聲調平版，毫無感情：「別想拉繩鈴，我手上藏了短弩，可是不太準，一個差錯可就會廢了妳的手。」

「你說那叫做控制是嗎。」K媽媽打直腰桿，一如往常似問非問：「你知道嗎，就算是妓院工作的姑娘，被人強暴的次數可也不一樣呢。有些女孩子反反覆覆一直碰上，但有些女孩子連一次也沒有過。愛強暴人的那些畜生，不知道怎麼回事，就是分得出哪些女孩兒曾經受害。奇勒，我不會說那是『控制』，那只不過是尊嚴而已。你能想像，一個十四歲女孩子連老鴇都保護不了她的時候，還能留下多少尊嚴嗎？

「我十四歲那年被帶到一個貴族家裡去，接下來十五個小時，享用我肉體的不只是他，還有他身邊十個親近的好友。之後我得做個抉擇，奇勒，我選的是尊嚴。要是你以為對我下個屎尿失禁、致死方休的毒，就可以逼我求饒，那你可錯得厲害。」

奇勒不為所動：「妳為什麼要設計我們師徒？」

看著奇勒坐在一旁表現出刺客特有的耐性，K媽媽的輕蔑漸漸溶解。她足足五分鐘沒說話，但奇勒還是如同死神在一旁靜候，而且奇勒算算時間，知道K媽媽也差不多開始想嘔吐了。

「我愛德佐。」她終於開口說。

奇勒眨眨眼：「妳說什麼？」

「我跟不知道幾百個已婚男人上過床，可實在看不出結婚有什麼好處呢，奇勒。但是，如果德佐開口，我會願意嫁給他的。德佐他——他被你殺了，對不對？我想沒錯吧。德佐做事不按常理，但他是個好人，也是個誠實的人，」K媽媽嘴唇抽動：「我最沒辦法應付的就是誠實。有關我的那些醜陋真相，聽他口裡說了不知道幾百遍。我身體裡那個黑暗嚴酷的東西無法忍受光明。」

她笑了笑，聲音又苦又乾：「而且他一直愛著芳達，但是芳達根本不值得他的愛。」

奇勒搖搖頭：「妳為此就要殺他？萬一是我被他殺了怎麼辦？」

「他視你如己出。這是你跟鎧恪理結合後他親口跟我說的。他還說一命換一命是上天定下的規矩。從那時候起，他就認定會為你而死了，奇勒。呵，他有時候想抗拒這個結果，但是他一直都比自己想像得遵守原則。而且，芳達死後，他也變了。

「奇勒，我警告過德佐。芳達很可愛很天真爛漫，但這樣的女孩沒有心，所以她也不知道自己會傷了別人的心。德佐在她眼中新鮮刺激，跟德佐交往只是種叛逆的表現。問題是，在德佐看清楚她的性格之前，芳達就死了，所以芳達在德佐心裡永遠那麼完美，像個聖人一樣。而我呢，永遠只是啤酒杯裡的一口口水。」

「他並不愛芳達。」奇勒說。

「呵，我知道，但是德佐自己不明白。他這人在很多方面特立獨行，但卻還是以為興奮刺激加上上床就能叫做愛，跟其他男人沒兩樣。」K媽媽肚子一陣痙攣，忍不住拱起背。

奇勒又搖搖頭：「他說他只是要妳吃醋，要妳知道妳跟別的男人上床，他會有什麼感覺。可是芳達死了，他以為妳不可能原諒這件事。葛溫芙，他愛的是妳。」

她嗤之以鼻：「他哪可能說這種話？奇勒，德佐連自己女兒的命都不要啊。」

「這才是妳害他的原因嗎？」

「我不能讓那孩子死掉啊，奇勒。你還不懂嗎？尤莉是德佐的女兒，但可不是我的外甥。」

「那她媽媽——不會吧。」

「我不能把她留在身邊，這一點我很清楚。我不喜歡喝打胎藥，但是那一次我是根本吞不下肚。我端著那杯藥汁在手上，最後都涼了，心裡一直跟自己說遲早要出今天這樣的事情——但我還是喝不下去。神駕生女兒，這不是最明顯的目標嗎？每個人都會知道我的弱點，更糟的是大家只會把我當成個普通女人，手上別想掌握什麼權力。為此我逃出城，偷偷生下孩子然後將她藏好。但德佐就算認為她是芳達的女兒，也忍心看她死？他怎麼可以這樣？羅斯威脅他，但是德佐卻說對方虛張聲勢。他根本不知道羅斯是什麼樣的角色，羅斯絕對下得了手。想要救尤莉，我只好讓德佐先死。只有德佐死了，羅斯就沒理由完成說過的威脅。在一個愛了十五年的男人跟親生女兒之間，我必須做個選擇，奇勒，而我選擇的是女兒。反正德佐想死，我現在也想死，你不可能拿走我不想給的東西。」

「他並不認為羅斯在唬弄他。」

K媽媽彷彿還沒聽懂。「嗯？」她搖搖頭，但奇勒看得出她內心那道誤解築起的高牆，已經一磚一瓦逐漸崩潰。德佐接受人家恫嚇，代表德佐在乎那個未曾謀面的女兒。德佐如果會在乎，那就代表德佐也懂得愛。K媽媽一直無法對德佐敞開心扉，就是因為她始終認為德佐不願在乎也不能在乎。

十五年來她隱瞞自己的感情，十五年來他也隱瞞自己的感情。也就是說K媽媽背叛的，是一個愛她的男人。她設計奇勒與德佐師徒對決，也就等於逼那個愛她的男人走上絕路。「唔……嗯……不可能。」

「他的遺願，是要我把尤莉救出來，還說妳知道尤莉被關在什麼地方。」

「老天。」她吃力地擠出哽咽的聲音，身子又抽搐了一回，但她的表情卻好像欣然迎接這痛苦到來。她真的想死。

「K媽媽，我會去救那孩子，但是妳得告訴我她在哪。」

「她被關在深淵，和以琳一樣在貴族囚房。」

「以琳也在那兒？」奇勒閃電般跳了起來：「那我得回去一趟。」他走到門口，又轉身抽出報應。

K媽媽神情空洞地望著他，還在思考他剛剛說的那番話。

「我以前一直不懂，為什麼師父要叫這把劍做『報應』而不是『正義』。」奇勒將鎧恪理從劍上撤去，露出底下的慈悲兩個字：「倘若正義之下還有別的，那又為什麼不乾脆叫做慈悲呢？但現在我明白了。是妳讓我明白的，K媽媽。有時候，人並不真的應該得所應得；如果世界上只有正義，那一切也都只是徒然。」

他從袋子掏出一管解毒劑，擱在K媽媽面前桌上。「這就是慈悲，但要不要接受得由妳自己決定，還有半小時。」他開了門：「我希望妳接受，K媽媽。不然我會想念妳的。」

「奇勒，」K媽媽叫住門前的他：「他真的——真的說他愛我？」

她雖然咬著牙，繃著臉，眼色沉重，但淚水畫過兩頰。這是奇勒第一次看見她哭。奇勒輕輕點點頭後離去，她彎腰癱軟在椅子上，淚濕臉頰，堅定地凝望可以救命的藥瓶。

六十二

奇勒趕往王宮，但即便他速度再快，很可能都已經太遲。賽納利亞首都各處已經陷入政變餘波，依附於御影的打手最快掌握這個良機：失去上級、失去付錢的主子，城中守衛也不用幹活，王法蕩然無存。為御影效勞多年的那些貪瀆衛兵率先發難，動手燒殺擄掠，這種行為像瘟疫般快速擴散。不過由於卡利多高原軍駐守在范登大橋以及普利茲河東岸，所以亂象侷限於兔窩區。顯而易見，侵略部隊的指揮者也希望保全市區，或者說有價值的東西他們要自己拿走。

兩個男人死在奇勒手上，因為他們居然想殘害婦女。但是奇勒沒時間多搭理層出不窮的劫匪，他隱身後偷渡過河，避開了那些該更加謹慎的符術士。

到東岸以後他偷了一匹馬，心裡想起夜天使的種種。這麼多年來，師父常說到夜天使，可是奇勒都沒注意聽。他以為夜天使只是迷信，是古老諸神衰亡後的最後一抹痕跡。

接著他想到縱使救了以琳，她又會如何看待。這件事情一想到他就難過，以琳是因為他而身陷囹圄，而且她認為是奇勒殺死王子，所以厭惡他。然後奇勒又盤算著該怎樣對羅斯出手。羅斯身邊一定有很多符術士、高原戰士守著，搞不好雙胞胎打手剩下的那個也在場。光想著這些人，奇勒就覺得心煩，越來越不知道如何應付。

其實他連符術士能否看穿匿影都不知道，而要確定這件事的唯一辦法，代價卻又大得過分。最後他靈機一動，找了鏡子看看自己的樣子，想知道鎧恪理的力量是不是跟他所想的一樣強大。結果他大吃一驚。很多刺客說自己成了鬼魅、來無影去無蹤，但其實只是自吹自擂，這世界上沒有真正的隱形術。

奇勒也只見過另一個刺客潛行，那模樣像是很大一團無法分辨的物體。德佐．布林披上匿影時，六呎高的身體化做斑駁暗點──只要光線不亮，以實用性而言已經趨近完美，加上德佐．布林靜止不動的時候，比影子還要像是影子。

然而奇勒是真的隱形。一般刺客只要移動時，就會露出破綻，可是奇勒走動時，連空氣都不會擾動。

想到他花了很多時間練習不靠異能隱藏蹤跡，奇勒不免有些惱火，好像白白浪費了很多心力。不過他思路一轉，現在可是要溜過一群巫師身邊，也許當年的苦練還是有價值。

他策馬順著席林大道進入赫拉克路，在黠文氏宅邸邊轉了彎，跳下馬策動鎧恪理消弭身形。接近國王東橋時，太陽已經西沉。

戒備之森嚴不出他所料，橋前大門就有二十名卡利多正規軍。兩個符術士在旁待命，柵門後頭另有兩個正在聊天，佛斯島周邊至少四艘船不停逡巡。

還好奇勒並不打算闖進城堡，也還好他有帶著輕便的裝備。閃過石頭、大樹、灌木，他來到橋邊，從包裹取出十字弓。他討厭這種武器，笨重遲緩，而且只要懂得對準，什麼笨蛋都能用。

奇勒裝上特製弩箭，檢查上頭纏的纜繩，然後身子壓在橋邊。師父以前怎麼說的？他真的該多練習使用他不喜歡的兵器？

他皺起眉頭瞄準，因為橋樁外面包覆鐵皮，所以目標變得很小。他得擊中最後一根橋樁頂端暴露出的木質部位，只有四吋寬，而且遠在四十步外，加上現在吹著微風。十字弓在這樣的距離，誤差會到兩吋。好吧，意思是他至少還可以射歪兩吋。

但如果真射偏了，往右偏沒關係，若是往上或往下，弩箭會打在鐵皮上——發出的聲音連死人都吵得醒。而若朝左偏，弩箭會飛過橋，打在城堡的岩壁上，反彈後應該會掉進水裡。

奇勒真的很討厭十字弓。

他打算等到船幾乎在橋底才要射箭。船上的人從耀眼的夕陽下進入橋底陰影中，看得一定不很清楚。他吐了半口氣，順暢地拉動弓弦到位。

弩箭飛出，纜繩在空中發出呼呼聲——不過是朝著最後一根橋樁右邊四吋的地方飛去。

奇勒趕緊伸手抓住還在捲動的纜繩，止住弩箭的去勢時距離城牆只剩不到三呎距離。

弩箭開始下墜，奇勒用最快速度兩手連番抽回，纜繩繞在他原先瞄準位置的右邊橫梁上，然後朝著橋樁甩去。奇勒連忙一扯，可是弩箭還是敲在鐵皮上。

鉤子卡住了，奇勒收緊以後，纜繩貼齊橋底。

一個符術士走到橋邊，神色慌張地抓著欄杆，低頭正好看見巡邏船經過。「喂！」他嚷嚷起來：「你們注意點啊！」

船上一個輕裝士兵抬頭，給太陽照得瞇起眼：「好啦，你少在那邊——」但忽然看清對方是符術士，馬上把話吃了回去。

符術士走了，船上士兵也跟其他划船的人繼續聊天。看來他們都以為剛剛的聲音是對方弄出來的。

奇勒連慶幸幸運的餘裕也沒浪費，固定纜繩、藏好十字弓，確定下一條船還有頗遠的距離，腿勾上纜繩從河谷峭壁滑出。

好一段時間他都擔心會就這麼死掉，因為纜繩一直往下垂。真是便宜了他們！不過他支持到後來，發現繩子撐得住他的重量，只是他得頭下腳上前進而已。奇勒的腿環住繩索，靠兩手往前爬，繩子這麼下垂，代表過了一半以後他得準備翻身往上。

但是他沒繼續掙扎，在倒數第二根橋樁停下來，觀察橋樁的鐵皮。經年累月的風吹雨打導致表面坑坑疤疤，而且還垂直，實在不是往上爬的好地方。

現下卻也沒其他選擇。奇勒必須在下一條船行經橋底前離開繩索。他雖然隱形了，但下垂的繩子可顯而易見。

他從繩子往橋樁一盪——然後摔了下去。奇勒的四肢雖然抱住鐵皮，但是橋樁直徑太粗，根本抱不住。粗糙的鐵皮提供的摩擦力不足以阻止落勢，卻把他手臂和大腿內側刮得破了皮。

還好掉進水中的速度不快，水花也不多。奇勒趕緊攀上水面，靠著橋樁等下一艘巡邏船經過。身上帶了那麼多武器，奇勒根本沒辦法游泳，但是他腳一蹬橋樁，彈到離河岸夠近的地方，閉氣直接踩著河底前進，還可以在溺死前探頭勉強呼吸。

然後奇勒往北方走，循著昨天晚上的同一條路線前進。師父死了也好，不然看到奇勒今天的表現，弩箭射歪了還在大腿留下尷尬的傷口，就算不宰了他也得奚落他十年吧。他會說的話，彷彿就在奇勒耳邊響起：「記不記得，上回你居然跟橋也有一腿？」

奇勒在船庫找到藏身地點，開始清理裝備，他只能先假設武器上的毒藥被河水給沖掉了——已經連續兩天發生一樣的事了。擰乾衣服之後，他也不敢等到完全晾乾，既然已經到了目的地，快進快出比較理想。他勘查船庫四周，沒有衛兵看守，看來卡利多人覺得靠巡邏就夠了。

往下進入深淵的長坡前有兩人把關，神情緊繃，顯然對於分配到的任務不太自在。奇勒心想這怪不得他們，深淵不僅臭，三不五時還傳出怪嚎，加上偶而地底傳來震動，換做是奇勒也會覺得不舒服吧。

報應一閃，左右兩個人立時倒下。奇勒將兩具屍體拖進一旁草叢中，自他們身上取下鑰匙。

深淵入口刻意設計得非常駭人，以求震懾押送至此的囚犯。打開門之後，奇勒眼前的斜坡確實如同延伸自巨大咽喉的舌頭，兩旁火山玻璃岩雕刻成帶勾的牙齒，上頭兩塊紅色玻璃岩後插有火把，搖曳光線化作惡魔的雙眼。

漂亮。奇勒心無旁騖，只注意人聲，順著那條舌頭往下跑，轉了彎進入貴族囚室區。以前他從德佐的朋友那兒得到情報，大致瞭解這座監獄的結構，但他當然沒想親自進來看過。

到了要找的牢房前面，他先檢查門上是否設有機關，接下來在甬道上靜待好一陣子，只是聆聽而已。真是莫名其妙——他居然不敢打開這扇門。他有膽子在巫師身邊竄來竄去，也敢跟御影的人馬起衝突，卻不敢面對以琳和尤莉。

*天哪！*他來這兒就是為了救以琳出去，但他卻不敢聽以琳說出的話，這豈不荒謬嗎。也有可能她根本什麼也不會說，光是瞪著他的眼色就夠他受的了。奇勒願意為她犧牲一切啊！可是以琳並不明白這一點。她只知道自己什麼壞事也沒做，卻給人抓進大牢受苦。

也罷，等下去事態也不會好轉。

奇勒開了鎖，解除鎧恪理的隱身法術，摘下臉上的黑色面具。

十尺見方的牢房，除了小床之外，還有以琳跟她大腿上一個小女娃。不過奇勒沒多注意那小女孩兒，視線黏在以琳身上移不開。以琳回望著他，有些不知所措。她的臉才像是張面具——奇勒心想這比喻真貼切，因為以琳兩邊眼睛給他打黑，現在活似一隻臉上有疤的浣熊。

如果她不是因為奇勒才受傷，奇勒大概會忍不住咯咯笑出來吧。

「爸爸！」小女孩叫了出來，扭著身子跳下以琳大腿。以琳還是瞪著奇勒，差點沒注意到小女孩跑掉了。尤莉小手一張抱住奇勒：「媽媽說過你會來！她說你一定會來救我們，媽媽也來了嗎？」

以琳忽然瞇起眼，奇勒好不容易才把目光移開，趕緊把女娃的手拉開。「呃，妳是尤莉對吧。」媽媽？她說的是K媽媽，還是保姆？遲一些他還得把這個「爸爸」的問題給說清楚，但他到底該怎麼說呢？「對不起，妳媽媽搞不好已經死了喔，我本來想殺她的啦，但後來改變主意了，所以我有給她解毒劑，她自己想死的話就不能怪我喔。還有妳爸爸是我昨天晚上殺掉的，其實我們是好朋友，真遺憾呢。」

他蹲下來，好讓尤莉看得見他的眼睛。「尤莉，妳媽媽沒有來，但我會帶妳出去，妳可不可以很安靜、很安靜？」

「我可以像老鼠那麼小聲喔。」這孩子看來一點都不怕，不知是還不懂事，還是因為以琳花過很大一番功夫哄住了她。

「嗨，以琳。」他站起來問。

「嗨，天知道我該叫你什麼。」

「他叫德佐，妳叫他佐叔好了。」尤莉說話時，奇勒對她眨了眨眼，挺高興這女孩兒中途插話。雖說小孩子通常很麻煩，但至少尤莉幫他轉移了話題，不然他此時此地實在不想延續原本的對話。

以琳看了尤莉一會兒，目光又回到奇勒身上，眼神問著這是你女兒嗎？奇勒搖搖頭，問道：「一起走？」

她沉下臉，奇勒只好當作是同意。

「跟我來吧。」他對尤莉說：「要跟老鼠一樣安安靜靜的喔，記得吧？」還是趕快脫身好。情感糾葛之後再說，也許永遠不說。

兩個女孩跟著奇勒往斜坡走去，既緊張而且完全沒掩護。以琳牽著尤莉的手待在奇勒背後，走到牙齒那段路上，她將小女孩拉到身邊耳語安撫。

奇勒走上斜坡，把門推開一條縫。

門板倏地一震，插進三根箭。

「該死！」奇勒低罵。

進來的時候太簡單，奇勒早該想到了。他原以為城內混亂，卡利多人應該無暇注意監獄。他趕緊將門重新鎖好，還將鑰匙折斷卡在鎖孔上。讓你們這些混帳費點力。

「往另一頭走！」他說完拉著以琳小跑步：「妳們看不見我，但我就在旁邊，我會保護妳們，注意聽我聲音就對了。」鎧恪理形成的黑色液體從他毛孔中冒出。

不知道以琳眼睜睜看著他消失無蹤是否感到訝異，但即便她吃驚，也隱藏得很好。她拉著尤莉走，朝著空氣問：「該不該用跑的？」

「快步走就可以。」奇勒回答。

謝天謝地，通往城堡地下的那道門沒人看守。或許蔓延全國的戰火還是幫了一點忙，或許剛才只是巡邏士兵看見屍體而已。

進門以後，奇勒同樣上鎖並將鑰匙卡在鎖孔裡，三個人慢慢爬上樓梯，從一條給僕人走的通道進了城堡內。

又前進沒多遠，他們很快到了岔路。一邊有群沒在值勤的卡利多士兵懶洋洋靠在牆壁上說著笑話，奇勒要以琳她們先停下來，自己走了過去，又聽到他們其中一個對著後頭開著的房間叫了一聲。

這時候殺掉外頭的士兵，房間裡面的人會發出警報。當然他還是逃得出去，但以琳、尤莉一定出不去，所以他又退回去。

「聽我指示……」他說：「走！」

以琳馬上拉下頭巾，慢慢穿過那條走廊，垂頭拱背，一隻腳像瘸了般在身後拖著，看上去就是個老太婆，而且完全遮住了尤莉。

這麼走自然慢上加慢，不過有個士兵轉頭看見她，完全沒想到要跟同伴說些什麼。

「真聰明。」奇勒跟了上去，以琳也回復正常速度。

「我長大的地方，傻女孩可沒辦法保住貞操。」以琳回答。

「妳在城東長大，」奇勒又說：「跟兔窩那兒不一樣吧。」

「你以為在那些縱慾的貴族身邊做事，真的比較安全？」

「我們要去哪裡？」尤莉問。

「噓……」奇勒示警，他們又到了一條岔路，順著這方向會到廚房，但那一頭傳來笑鬧聲，恐怕不適合把以琳跟尤莉給帶進去。右邊有扇門，但鎖上了，左邊路上則沒有人。

奇勒取出開鎖工具，冒著有人從廚房出來的風險。他覺得選擇阻力最低的路徑，並不一定就最安全。

門鎖很快打開了，沒料到門的另一端被什麼東西抵著。說不定是某個下人知道城內有亂，用盡一切辦法把房間給堵起來。

「我們要去哪裡？」尤莉又問了一次。

奇勒早知道這小女娃的天真可愛會煩死他，只希望這種折磨能夠快點結束。這一次，他讓以琳出聲示意尤莉安靜。

施展異能的話，不管門後頭堵了什麼東西，奇勒都可以一腳踹開——問題是發出的噪音也會把廚房那一頭所有人給引過來。偏偏奇勒又覺得事態緊急，他不願意放著兩個女孩在走廊，自己一個人偵察地形。

「走左邊吧。」他低聲說。

拐過彎後走廊登高了幾階，奇勒聽見後頭傳來鎖甲叮叮噹噹的聲音，以及靴子鞋釘的敲擊聲。

「快點！」他又說。後面那群人移動得很慢，所以他們並不是在追捕逃犯，只是上頭找他們過去。奇勒退回階梯，往外瞥了一眼，至少有二十個人。

他追上以琳跟尤莉，三人行經幾扇門，已經沒辦法注意腳步聲會不會被聽到了。奇勒試了一下兩旁的門把，每一道門都鎖著。

「我們為什麼要去寶座廳啊？」尤莉忽然問道。

奇勒停下腳步，以琳瞪大眼睛看著小女孩，看來與他同樣吃驚。「妳剛剛說什麼？」他問。

「我們為什麼要——」

「妳怎麼知道這是哪裡？」奇勒追問。

「我住在這裡啊。我媽媽是宮女，我們兩個的房間在——」

「尤莉，妳知道出去的路嗎？走哪裡可以繞過寶座？快說啊！」

「我不能上來這裡啦！」她回答：「會被罵！」

「該死！」奇勒說：「妳到底知不知道出去的路？」

尤莉搖搖頭，模樣很害怕。果然不會這麼簡單是吧？

「你還真懂得哄小孩啊？」以琳在一旁說道，然後摸摸尤莉的臉頰，蹲下跟她齊高：「尤莉，妳以前上來過這裡嗎？」她語調很溫和，「就算上來過，我們也不會罵妳喔，真的。」

可是尤莉已經嚇得不敢開口了。

腳步聲越來越近。

「快走！」奇勒抓起以琳的手，拖著她跑了起來，以琳則拎著尤莉不放。

他心裡覺得不妙，這狀況太乾淨俐落，就只有這麼一條路可以選。

只有一條路……這就對了！這王宮裡頭才不可能只有一條路。奇勒一邊跑一邊注意天花板跟牆壁，不再試著打開經過的門。又轉了一次彎以後，他猝然停下腳步。

奇勒解除隱身，「以琳，看得到上面的第三片壁板嗎？」

「看不到。」她回答：「直接告訴我該怎麼做好了？」

「壓下去就可以了，我會把妳抬高。這座城堡裡面有很多密道，妳想辦法找一條路出去，問尤莉也許會比較清楚。」

她點點頭，奇勒便蹲在牆邊。以琳拉起裙子，腳踏在奇勒大腿上，但忽然意識到這種角度，裙底風光可就一覽無遺，不禁皺起眉頭，可是也沒猶豫，接著踩著他肩膀、站到他兩掌上。她扶著牆壁保持平衡，奇勒站起來，伸直手臂，把以琳高高舉到半空中。

以琳照他所指示，將那片壁板推開，鑽進裡頭的窄洞，回身時奇勒已經把尤莉抱了起來。

「接得穩嗎？」他問。

「不穩也得穩。」她回答時，後頭的腳步聲幾乎要到了。

奇勒隨手一拋，尤莉就飛了上去。異能還真他媽的方便啊。

以琳抓住小女孩，卻開始往外滑，肩膀都滑出洞外了，不過應該是在洞裡卡著什麼地方固定了重心，她穩住，悶哼了一聲，尤莉也扭動身子往上爬，總算是鑽了進去。

「喔……我有進來過耶。」尤莉這才說。

奇勒拿出一把匕首，丟上去給以琳。

她接住以後問：「這是要做什麼用？」

「那玩意兒還能做什麼用？」他反問。

「多謝啊。快上來吧，還擠得下，別磨蹭了。」

然而奇勒沒有動作。多利安說過：「你做對兩次，就得付出自己的生命。」師父說過：「有比生命更寶貴的東西。」伯爵也說：「人沒有辦法徹底彌補每一個過錯，但是你絕對有機會得到救贖，天無絕人之路。只要你願意做出犧牲，神會幫助你保護那些無價之寶。」

他望向以琳。確實是無價之寶。於是他對著以琳笑了。以琳以看著瘋子的眼神看著他。

「奇勒，快啊！」

「以琳，這是個陷阱。假如他們在這裡沒攔到我，就會去搜那些密道，裡面太窄了，我根本沒辦法保護妳們。妳帶尤莉快點逃出去吧，到藍豬酒館找賈爾，他會接應妳。」

「他們會殺了你的啊，奇勒。既然是陷阱，你就更不能——」

「我剛剛看了喔，」他打斷以琳，嘴角上揚：「妳的腿很美。」

奇勒眨了眨眼睛，然後消失無蹤。

六十三

符術大師尼夫．達達今天咒罵了羅斯．烏蘇爾不下百次。服侍神王之子是至高的榮耀，不過既然與神王有關，背後一定有其代價。親王若是無法通過烏德贊證明自己的價值，隨侍的符術大師將會受到連帶處分。此外，符術大師必須徹底遵從親王的命令，除非親王的命令與神王的旨意抵觸。

這就是尼夫不滿的原因。他並沒有徹底聽從羅斯的命令，但這是因為他要收拾羅斯的爛攤子。羅斯還自以為這麼做是個成就，尼夫還得拚了老命才能加以阻止。幸好羅斯忙於接管王宮跟首都市區，無暇過問尼夫的動向。更何況羅斯一下子有了六十名符術大師可以號令，其中有三位都跟尼夫實力相近。就算羅斯真的派人找他，尼夫選的這間僕人房也相當偏僻，可不會輕易就被發現。

他的成果現在躺在床上，雖然違背了羅斯的命令，但只是無足輕重的欺瞞與叛逆，為了博取神王的恩寵。是個美人胚子，神王當然不缺美女，但這女孩有內在美，剛烈、睿智、還是個沒圓房就死了丈夫的處女公主。潔寧．翟爾確實身價不凡，值得神王收進後宮，也因此尼夫．達達才要從死門關前把她給搶回來。

如他這般資歷的符術大師，自然知道如何保住一條人命。隨著年歲增長，他們對於這件事情的興趣就與日俱增。*但我真是個天才，天才啊！*

羅斯大放厥詞時，計謀在尼夫腦海中成形。那臭小鬼一如往常像瀉肚子一樣瘋言瘋語，幸好他那刀的力道沒有過度，只切開頸子的一側，傷口也未深及氣管。尼夫放著公主流血直到她渾身無力，然後悄悄伸出一條魔力觸鬚，在公主的橫隔膜強壓一下，逼她大吐一口氣，第二、第三條觸鬚往上幫她闔上雙眼，第四條觸鬚則覆蓋在脖子傷口上面。最後尼夫使點小手段，使大家注意力自公主身上轉移，如此一來沒人會察覺她還在呼吸。公主到手了。

尼夫．達達殺死七名侍女，終於找到與公主同種的血液。差勁。以他的能力該做得更俐落，但至少公主的命是保住了。他還決定留下那道疤，疤痕似乎給公主增添了莫名的魅力。為了善後，他進市區找到一個與公主有幾分神似的女子取了人頭，跟王族首級混在一塊兒吊掛於東門示眾。只要頭髮顏色沒錯、髮型別差太多，臉再被好好打一頓，看上去都一樣。不過尼夫．達達還是覺得這次雖然累得半死，卻幹得非常漂亮。

明晨神王抵達，對羅斯．烏蘇爾不知是賞是罰，但他尼夫．達達可絕對會獲得讚賞。

他出房間以前停下腳步，外頭好像不大對勁。他回到窗邊，開了遮板，因為是僕人的住處，所以沒有玻璃。尼夫從縫隙中望著賽納利亞王宮的石雕花園。

符術士判斷這是魔力樞紐處，便在花園內設營。同為符術大師的苟洛埃跟著部隊占領別國以後，總喜歡褻瀆人家的神明或祖先。他們不在城堡房間中休息只是裝模作樣，然而踐踏敵國是苟洛埃上戰場時，藉以搏得神王青睞的手段。俗不可耐。

尼夫．達達看見一個人爬到石像上，雖看不清楚那人樣貌，但可以肯定並非卡利多人。好像是個賽斯人吧，但是賽斯人帶把劍爬到雕像上頭做什麼？這可是戰爭時期呢。底下還有一個鐵匠般魁梧身材的金髮壯漢跟著，神情焦慮地東張西望。尼夫忍不住搖搖頭，苟洛埃可不會放過瞧不起他的人。

「神王的巫師走狗們！」石像上那人發出極其宏亮的聲音嚷嚷，音量利用魔法放大十倍不止。他是法師？「神王的巫師走狗，給我聽清楚！今天，就在這座雕像上，我要把你們全部擊潰！讓你們嚐嚐傲慢的代價！」

若不是他口出妄言，多數巫師會把他交給苟洛埃解決；但他這麼說話，只好給他點顏色瞧瞧，要他再也說不出話來。當場有三十名符術士身上的符印都翻騰浮現。

可是尼夫的魔力感官隨即炸裂，朝牆壁一靠就倒了下去。這感覺就好像耳朵邊有上千個惡魔在嘶吼。巨大的魔力像烈火，也像第二個太陽，在王城裡面爆發，火海撲來時尼夫的符印劇痛。方才沒有發動符印是存活的關鍵，席捲整個王城的強大魔力遠超過尼夫．達達所能想像，連神王都不可能辦得到。

零星的魔力波動朝那龐大能量竄去，尼夫知道是外頭的符術士。一開始沒有啟動符印的人，現在想要反擊，但這種抵抗就好比蚊蠅拍動翅膀，以為能夠滅掉篝火，卻不料火舌反撲回去，纏上他們身子，將他們燒成一柱灰。尼夫感覺得到同伴的符印黑色蔓紋一絲一絲斷裂、一點一點炸成碎片。

魔力烈火的源頭就在廣場花園中。尼夫．達達該留在這兒保住小命？還是該出去對抗熾熱的火焰？即便他敢出去面對，那個魔力超凡入聖的法師會怎麼收拾他？然而他若不做點什麼，神王又會怎樣令他生不如死？

奇勒打開盡頭那扇門，進入王座廳，心裡冒出一個奇怪而抽離的念頭。難怪深淵入口的守衛神情緊張，他們知道自己是誘餌啊。現在，我也是。

接著他想起德佐．布林口中的準則：生命空虛。但是德佐自己都沒辦法守住這條原則，根本就是空談。懷著這樣的念頭，沒有拯救誰的命，也沒有使生命變得更美好。以刺客的立場而言，或許泯滅良知，即便只是試著丟掉良心這玩意兒，就能夠輕鬆一點。德佐也嘗試過，結果人格太過高尚的他終究辦不到。

奇勒思忖著怎麼會走到這步田地。他已經準備好迎接死期。是他太過高傲，以為可以對抗種種劣勢？是他欠德佐一份情，要以生命保護尤莉？是他對羅斯恨之入骨，不報大仇不能甘願？還是因為愛？

愛？別傻了。他對以琳有感覺，這不可否認。那是激烈、陶醉、無法理喻的感覺。也許真的是愛。但他愛的是以琳，還是一個形象而已？一個從遠方眺望，在腦海中以種種臆測拼湊出的形象？

或許，指引他來到這裡的，是殘存的一絲浪漫情懷；是稚克夫人唸過的那些故事裡，王子跟英雄所留下的印象。或許，他跟相信勇氣、犧牲這些虛假節操的人生活在一起太久，連德佐也沒辦法要他摒棄那些念頭。或許他被傳染了吧。

但他為什麼身在此處已經不重要，這是對的事。他無足輕重，假使說他的空虛生命可以交換到以琳的性命，那也就是成就了一樁好事，唯一一件他可以引以為傲的事。若是順便給了尤莉一線生機，當然更好。

而且這也是給他一個機會：殺死羅斯的機會。奇勒以前面對戰鬥，感受到的是信心，但這一次不同。他踏進王座廳玄關時，感受到的是平靜。

一聲刺耳高嘯傳來，廳中眾人馬上望向門口，手搭在武器上頭。

魔法警報，他們知道我來了。

裡頭自然有高原戰士，這在意料之中，但奇勒沒想過會有三十名之多。有巫師同樣不意外，但竟有五個。

方才藏了以琳跟尤莉的那條死路上，房門打開，又有十個高原人從他背後衝進來。

他快步朝地板撲倒，想藉此閃過第一波攻擊。王座廳很大，象牙與犀角雕刻的寶座設在高臺上，底下七層階梯是兩排議事大臣的座位。羅斯當然坐在國王的位置上，左右各一個巫師，另外三個散在高臺前，高原戰士則團團包圍王座廳。

兩個高原戰士知道看不見對手，拔了劍朝門口亂揮碰運氣，不過奇勒叫他們撲了個空，然後從背上抽出報應，跳了起來。

巫師唸誦咒語，忽然間小小的手掌漫天飛舞。這些手掌到處亂攫，想找出奇勒的位置。小手在地上翻騰撲抓，有時還會抓到彼此。

奇勒跳開，朝著魔手揮劍，可是劍刃穿透過去，一點用處也沒有。

魔手朝他簇湧過去，逮著他以後開始膨脹。又有兩個巫師同時念咒，一搭一唱應和著強化法術威力。奇勒被魔手扣住，身體拉直，然後感覺到不知什麼更大的東西抓著他，奇勒彷彿成了給巨人手指鉤住的嬰兒。

那股力量撕扯著他，奇勒感覺得到鎧恪理的遮蔽就要碎裂，便索性除去隱形術。既然動彈不得，是否隱身沒有太大分別。

太精彩了，有史以來知道陷阱還衝進去的蠢人裡頭，想必就以他的下場最不堪。

一開始奇勒還認為——好吧，期許——至少帶幾個士兵陪葬，運氣好的話順手宰掉一個巫師，殺掉兩個算是出師了。德佐現在一定滿臉嫌惡的表情大搖其頭。

「我就知道你一定會來，德佐．布林。」羅斯在王座上面樂道，站起來對巫師揮了揮手，奇勒被抬至半空往前送，魔法把他搬上了階梯停在王座前面一階。

德佐．布林？老天，原來這陷阱還不是為我準備的呢。

魔手摘下了奇勒的面具。

「奇勒？」羅斯一臉愕然，但隨即大笑。

「親王殿下，請多留意，」羅斯右側的紅髮巫師開口：「鎧恪理在他身上。」

羅斯鼓掌叫好，還是笑個不停，一副無法相信自己這麼好運的表情：「來得正是時候！喔，奇勒，若是換了別人，搞不好還願意放你一馬呢。」

奇勒原本想反脣相譏，但他看見羅斯的眼睛，卻覺得口乾舌燥，說不出話來。若說他以往接手的死人，靈魂都帶著一淌黑水，那麼羅斯靈魂中的黑就好像一條長河，陰冷深沉沒有盡頭，狂浪拍打出如雷巨響吞沒萬物。這男人打從心底厭棄一切善與美。

「隊長，」羅斯問：「小丫頭跟刀疤女呢？」

跟在奇勒之後進來的其中一人回答：「殿下，我們追丟了。」

「真令人失望啊，隊長。」但羅斯的語調其實很開心：「去把她們抓回來。」

「是，殿下。」隊長帶著原班人馬又退了出去。

羅斯回頭看著奇勒。「現在，」他說：「我要來用點心了。奇勒，你知不知道我找你找了多久？」

奇勒眨眨眼睛，將情緒抽離，藉此將面前這人散發出的邪氣隔絕於感官外。他強做鎮定回應：「既然我是來取你性命，我說嘛——嗯，應該是你有天照了鏡子，發現自己生得這麼醜，就一直在等我來了吧。」

羅斯鼓掌說：「挺伶牙俐齒的。奇勒，你知道嗎，我覺得你好像躲在我背後很多年，暗中破壞我的每一步計畫，特別是你居然偷走我要的鎧恪理，這可真的惹毛我了。」

「我沒打算要你好過。」奇勒說歸說，但他其實聽不明白。暗地壞他的事很多年？羅斯真的瘋了嗎，奇勒根本不認識他。不過他胡言亂語久一點也好，奇勒正偷偷地用力對抗束縛。

可是魔法拘束跟鋼鐵做的鐐銬沒兩樣，這下子可真的糟糕了。奇勒一個辦法也想不到，甚至連方向也沒有，而且他認為就算有那種聰明才智想得出什麼計策，恐怕也難起什麼作用。卡利多兵將他團團圍住，巫師用禿鷹般的眼神盯著他，身上的符印隱隱蠕動，羅斯得意之情溢於言表。

「你確實讓人很不好過哪，每次都在最要緊的那一刻冒出來。」

「跟你嫖男人傳染的疹子差不多？」

「喔，有骨氣。很好，我昨天殺人沒殺過癮呢。」

「你朝自己插一劍，全天下人都會覺得很過癮。」

「奇勒，你有過機會可以殺我，」羅斯聳聳肩：「但你失敗了。可惜我不知道你居然成了個刺客，昨天才知道你的真名。殺你這檔事得等到我幫我父王取得這個王國再說。」

「我不會怪你啊。」我有過機會？

「輸得真有風度，這也是德佐教你的嗎？」

奇勒沒回話。都這個節骨眼了，還在乎鬥智是不是屈居下風，似乎真的很蠢。要是他夠聰明，應該一開始就不會衝進來才是。

「說老實話，」羅斯又說：「我對新一輩的刺客還真是沒信心。胡．吉貝的徒弟跟你一樣不中用，真差勁。你不覺得換成德佐的話，就算被逮到也一定帶個人陪葬嗎？我說你跟你師父比起來，可是遜色多了啊，奇勒。話說回來，你師父人呢？叫晚輩處理他自己的事情，不是他的風格。」

「他替你做事，所以昨天晚上我殺了他。」

卡利多的親王又拍起手，邊笑邊叫：「這可真是我聽過最令人開心的事情了啊。他為了救你沒完成我的命令，但你卻因為他替我做事而把他給宰了。真是的，奇勒。」他步下臺階，站在奇勒面前，「要是你們這些刺客能信的話，我一定當場付錢請你幫我做事，但是你這個人太危險。更何況，你居然和我的鎧恪理結合了。」

羅斯身旁的巫師不安分了起來，似乎因為羅斯與奇勒太過靠近而覺得焦慮。

奇勒見狀，心想這巫師應該知道什麼奇勒還不知道的事情。否則以他現在全身肌肉動不了半分的狀況，對方擔心什麼呢。

等等，這就對了。所以他才會這麼緊張，那巫師認為鎧恪理會對羅斯的安危造成威脅，既然他會這麼想，代表這可能性很大。

羅斯從腰上鞘內抽出一把精緻的長劍：「我對你很失望。」

「為什麼失望？」奇勒一邊問，一邊快速轉動腦袋思考到底可以如何運用鎧恪理。他有什麼線索？鎧恪理啟動了他的異能，賦予他強大夜視力跟隱形能力，可以從皮膚湧出，隱蔽效果比任何一個刺客都要厲害。

這些有什麼用？

「我本來以為會更有趣些。」羅斯說：「應該要告訴你，你把我的人生搞得多麼烏煙瘴氣，但是你跟德佐・布林一個樣兒，連自己的死活也不顧。」他舉起劍。

「我哪裡不顧啦。」奇勒做出害怕的樣子：「我是怎麼毀了你的人生？」

別這麼乾脆啊！

「抱歉，我可不打算滿足你的好奇心。」

「又不是為了我，」奇勒改口道：「你應該最清楚，你父王這些符術士跟官兵們都會把他們所見所聞報告給神王知道。你不把整個故事說給他們聽聽嗎？」這番話其實挺笨拙，但是生死懸於一線間，考慮周全比想像中困難多了。

羅斯聽了一楞，考慮了起來。

到底有什麼用，鎧恪理的功能也就如此而已啊。對了！昨天晚上它還「吃」了一把刀子！不知道是依據什麼邏輯運作的；魔法也許根本沒有邏輯可言。

吸收、吞噬……這就是它的力量所在！奇勒依稀記得，神器吞噬飛刀以後，他感覺到體內生出一股力量。吞噬者。德佐・布林曾經用過這個稱呼。也許快要想出答案了。

「想得美，」羅斯開口：「我不需要在別人面前賣弄，就算是你也一樣。這件事情只關乎我們兩個而已，阿索思。」他將長劍交給身旁的巫師，然後將長髮撩到耳朵後面——

其實他根本沒有耳朵。左耳看起來像是給火燒掉了，右邊耳朵則是被刀子切下。

阿索思被揪到船廠中間強壓跪下。要鼠頭跟著他進來這間黑暗陰森的船廠並不容易，但是阿索思說服了他。鼠頭傻傻地把腳踏進阿索思事前在地板上準備好的繩圈中，但阿索思現在動不了，連深呼吸也沒辦法。鼠頭離他只有幾吋，光著身子的模樣好嚇人，還一直叫他做這做那。鼠頭出手打了阿索思，阿索思嚐到血的味道，但意識到自己終於動了起來，拿了繩圈在鼠頭腳踝上拉緊。鼠頭大叫著，膝蓋蹬上了阿索思的臉。

阿索思往後飛出去，落在大石頭上，刮得背很痛。現在他面前就是那個大洞，修好的船從這裡降至汙濁的河面。阿索思急急忙忙站起來，張開雙臂環著那石塊，同時一直抬頭看，怕那年紀比他要長的大男孩已經衝了過來。

鼠頭卻是看著阿索思、看著那洞、看著石頭，然後看到繩子與自己的腳踝。阿索思不會忘記鼠頭當時的眼神。那是驚恐。鼠頭衝過來，阿索思將石頭推進水裡。

繩子一收，還在狂奔的鼠頭被拉了出去，他張牙舞爪地想抓住阿索思，但沒有得手，手指在腐爛木頭地板上刮擦，最後還是掉進大洞消失蹤影，揚起一陣水花。

不料過一會兒，阿索思聽見哀嚎，他走到大洞邊緣查看。

鼠頭居然以指尖攀附在那兒求饒著。這怎麼可能呢？阿索思一看，原來那石塊卡在河道中撐起船廠地板的柵格狀支柱，石頭夾在裡頭搖搖欲墜。鼠頭別亂動的話，就不至於會被拖至水底。

阿索思走到鼠頭的衣服旁，翻出他的刀子。鼠頭還在哀求，眼淚從臉頰滑落，但阿索思耳朵裡只有腦袋充血的轟轟聲。他蹲在鼠頭面前，謹慎而無懼。鼠頭的手因為支撐全身重量而顫抖，以他那笨重身材不可能這麼撐下去太久，也不可能冒險伸一隻手來抓阿索思。

寒光一閃，阿索思抓著鼠頭的耳朵切下來，鼠頭慘叫一聲忍不住鬆手。

他的身體撞上石塊，石塊掉了下去。阿索思最後看見的，是鼠頭被拖進河裡之前那張驚懼不已的面孔，那張臉被他在半空揮舞的手給擋住，他想抓住什麼，不管什麼都好，但什麼也沒抓到。

阿索思等了好一會兒，才慢慢走出船廠。

他臉上的痘子不見了，也蓄鬍遮掩住痘疤。身材一樣，但離開兔窩區以後應該瘦了許多。不過只要看見刀口歪七扭八的斷耳，加上那對眼珠子。我的天！剛剛看著那對麻木不仁的眼睛，居然沒有反應過來？那眼神一模一樣啊。

「鼠頭……」奇勒抽了一口涼氣，剛浮現端倪的救命計畫又炸成碎片，頓時覺得又變回當年的小男孩，排隊等著挨鼠頭打罵，除了哭之外沒膽子做其他事情。

「我應該死了，你說是吧？真好笑，別人也是這樣子說你呢。」羅斯搖搖頭，聲音壓得很低，只想給奇勒聽見：「因為你做的那些事情，尼夫．達達把我另一邊耳朵給燒了，當作懲罰。阿索思，你害我多浪費三年時間，足足三年以後我才爬到幫會老大的位置。那一天我閉氣閉了——天知道到底有多久。我用力扯著你綁在我腳踝上的繩子，生命跟著氣泡一點一點從我身體飄出去，最後是尼夫把我拉上去。他在旁邊看了整個經過，還說他其實一直考慮放我自生自滅也罷。他殺了我身邊的大個兒，你應該記得那個『羅斯』對吧？趁你師父來之前，在那條繩子上，成了我的替死鬼。而我被迫到兔窩區另一頭，進了些破破爛爛的幫會重新來過。只差那麼一點點，我就辜負了父王的期望。」他震怒顫抖，又撥開頭髮露出被燒過的殘耳，「在我受的懲罰裡，這還只是最輕的一種。之後呢，你卻方便地『死』了。我從來都不信，阿索思。我知道你一定躲在什麼地方，總有一天又會來壞我的事。要是我有時間，保證會好好折磨你幾年，一定要把你逼得超越人類忍耐力極限，而且我還要治好你，讓你有永遠吃不完的苦頭。」他閉上眼睛，音量越來越小：「可惜我沒這麼多閒工夫。要是留你這條小命，我父王倒是會有很多別的計畫，鎧恪理也或落到他手裡。我已經為這個鎧恪理付出代價了，我現在就要跟它結合。」他冷笑，「有遺言嗎？」

奇勒早就無法專注、心緒不寧。恐懼、慌亂占據思考，他沒辦法解開謎團，但此時此刻那答案比什麼都重要。德佐早就教過他，害怕的情緒必須面對，可是面對以後就該忽略。他剛剛想到哪裡了呢？吞噬者？魔法？「去他媽的。」他脫口而出，卻沒意識到自己發出聲音。

羅斯聽了挑起眉毛：「嘖嘖，老套，但用字可挺精準。」他取回長劍緊緊握住劍柄，肩膀微微往後壓，看來準備出劍。頭與身體即將分家，奇勒打從靈魂深處想要呼救。

一聲巨響在低於常人聽覺的頻率中爆開，奇勒覺得肚子好像被雷打中。同時，魔力的藍白色光芒滿盈於視野，他看見一道能量的牆如箭矢般快速劃過空氣。

整座城堡搖晃了起來，每個人都摔倒在地。奇勒往四周一看，大家都是一臉驚訝，羅斯四腳朝天摔在階梯上，嘴合不攏，但長劍還在手中。

奇勒赫然察覺身上有部分魔力箝制已經解開，他轉頭看看其他人，發現魔力像藍白色暴風雨斜斜地打下，無聲無息地穿過牆壁跟人體，然後凝聚在束縛力場周邊。巫師製造的束縛力場，就跟他們的符印一樣烏黑，然而一被藍光觸到就發出嘶嘶聲燃燒起來。

藍光更進一步，黏上了巫師放出的魔力，順著黑色符印如野火般一路延燒到巫師身上。

三個巫師發出慘叫，隨著他們化為火柱，扣住奇勒的魔法也霎時消失。不過奇勒的目光卻停在自己身上，鎧恪理覆蓋體表像是一層黑色皮膚，藍色光點墜落在上頭，像是雨滴打在池塘似地漾起漣漪後消失不見，鎧恪理的力量隨之益發壯大。

所以吞噬者連魔法也能吞食。

然後魔力震波就消失了。

極為短暫的一段沉默以後，羅斯朝著剛剛沒使用符印的兩個巫師大叫，房裡只剩他們兩個巫師還活著。「抓住他！」羅斯自己也揮劍朝奇勒臉上招呼過去。

不可思議的是，那兩名巫師居然也立刻反應過來照羅斯的吩咐做。束縛力場又纏上奇勒的手跟腿，然而接觸當下隨著他心念一動，鎧恪理啟動，攀附於力場上，扭轉，吸食，魔法又被吞噬。

奇勒在力場徹底崩潰前就抽身往後，以全身的異能力量震破束縛，羅斯的劍尖從他咽喉前面幾吋劃過。

然而力場雖然萎縮，卻還沒有完全消失。他的身子笨拙地仰倒，雙腿最後才掙脫，奇勒在絆倒時身子一扭，左手甩出飛刀。

一個士兵悶哼倒地。

奇勒摔在階梯第二層，背貼著地板，這麼一震害他狂噴一口氣，但在地上滑動時他的手並沒閒著。他左右還好幾個高原戰士，不過隨著劍光閃動，靴子被劃破後個個腳踝見紅。

三個戰士倒地，其他人見狀衝了上來。奇勒一蹬腿站起來，有點喘不過氣，但已經準備好大戰一場。

六十四

索隆試著自己爬下雕像。羅根．維卓坎國王是賽納利亞開國先祖之一，說不定根本只是神話人物，索隆也記不清楚他的豐功偉業，但從瑞格納．翟爾給兒子沿用同名來看，想必這位先王一定頗為英勇。而且這先王地位一定頗為特殊，才能有這種大小的雕塑，舉劍姿勢傲氣不凡。然而索隆選了這雕像，原因倒不是為了什麼象徵意義，而是因為他要花園內所有符術士都能看見他，還要方圓五百步內所有施展符印力量的符術士，在他舉起夸亟後勉強支撐的五秒之內全部喪命。

現在夸亟掉在石像上，費爾隔著條毯子包好拾起，還對著索隆嚷嚷些什麼，但是索隆聽不清楚他說的字句。索隆覺得全身著火，身體裡每一條血管都劇痛著，指尖觸及石像卻麻木得沒有感覺。他站在石像肩膀上，搭著維卓坎王高舉的石劍穩住身子，剛剛他舉起夸亟釋放魔力時也是和維卓坎王一樣的姿勢。索隆手一鬆，腿一軟，忽然倒了下去。

費爾也不算接住了他，但至少沒讓他摔下去。

「我走不動了。」索隆說話時，還是覺得大腦冒著火，眼前彩虹般五顏六色，頭皮依舊發燙：「好厲害啊，費爾，才那麼小一部分力量就可以……」

費爾揪起他扛在肩上，像是普通人扛著小孩子。他說了什麼，不過索隆還是聽不清楚，費爾便再說了一遍。

「喔，我收拾了大概五十個吧，剩下大概還有十個。」索隆說：「有一個在東橋上。」他忽然想到多利安說過什麼事情，非常要緊的事情，當時多利安沒讓費爾聽見。

不要讓費爾死。他比那把劍還重要。

「得先把你放下來了。」費爾說：「別擔心，不會丟下你不管。」

在一片斑駁的綠色與藍色中，卡利多兵從東門蜂擁而來。索隆連自己怎麼離開花園的都沒有注意，只是對眼前所見大笑不止。費爾居然把夸亟當成一把劍來用。

不過看費爾使劍還真是種享受，已經不是驚人足以形容的了。費爾是個天生劍手，難以想見的敏捷反應、無法置信的強勁力道，每個動作都精準得像是舞者。一片綠色、藍色、紅色光芒中，費爾擊敗了無數士兵。他一丁點兒多餘動作也沒有，對手頂多揮動一次武器，不是讓他閃開就是被他擋下，隨後便遭他格殺。

費爾口裡罵著什麼，索隆視線跟著過去，但混亂的顏色太濃烈。大個子又把他舉起來扛在肩膀上拔腿狂奔，然後索隆看見下方是橋面的木板。

「抓好！」費爾說。

靠在他背上的索隆趕緊抓住他腰帶兩側，費爾滾開往旁邊閃躲。索隆的兩條腿在費爾前面蹦蹦跳跳，頭則是一直撞著他的背，所以只能看見夸亟畫出的短促光弧而已。費爾滾了一圈，他算過方向，不會把索隆給甩出去，夸亟又揚起，接著他以全速奔馳。索隆朝後頭看見三具屍體倒在橋上。這好傢伙，扛著索隆都可以一瞬間打敗三人，功力真是深厚。

費爾又開口說：「多利安告訴我，活命希望跟水有關，但千萬別跳。得找條繩子！」

索隆抬起頭，彷彿以為在費爾背上彈來彈去還能幫得上忙。他沒看見什麼繩子，倒是發現後頭有個符術士，在手裡燃起一團巫火；他想大叫，不過一口氣順不過來。

「該死的多利安！」費爾吼了起來：「哪來什麼鬼繩子啊？」

「趴下！」索隆終於叫出聲。

費爾不愧是大劍師，反應速度十分驚人，一聽見索隆叫聲瞬時伏地。巫火從兩人頭上飛過，打中守著前方關口的一群卡利多兵然後爆炸，衝擊力將索隆震開，要是撞上照亮橋面的大火盆一定會頭破血流。

在他們後面的那個老巫師又開始在手中蓄積魔力。從身上的符印，索隆判斷得出他是符術大師。費爾抓住索隆的領子，把他甩到大火盆後面，這麼做雖然使索隆獲得掩護，卻暴露出費爾自己的位置。這次敵人使用的招式已經不是巫火，連索隆也沒見過；激昂紅光射向費爾，在空中留下清楚的軌跡。費爾架起魔法護盾後趕緊閃避。

魔法護盾將光束彈射到一個跑上前的士兵身上，護盾也隨之爆裂。震波把費爾像個布娃娃般拋出去，夸亟也脫了手。

索隆不知道哪裡來的力氣，抓起費爾拉到大火盆後面一起躲著。

又有兩個符術士過來支援先前那個符術大師，他們身後跟著一大群士兵；橋對面的柵門打開，更多人衝了進來。

費爾坐起身，看著二十呎外毫無遮掩的夸亟。「我可以用它。」他說：「我可以保住它。」

「不行！」索隆大叫：「你會死的！」

敵兵和符術士停下腳步、重整旗鼓，逼近的速度減慢，但更加謹慎有紀律。

「我個人生死算什麼，索隆。不可以讓他們把劍給搶走啊。」

「費爾，你根本撐不到它發出魔力的時候，就算你賠上性命也擠不出一秒鐘的威力啊。」

「但它還在眼前！」

「這也在眼前啊。」索隆指著橋側。

費爾看了一眼：「你開什麼玩笑？」

從橋緣往外一看，有條黑色絲索掛在橋底下，延伸到兩端橋口，現在給風吹出來所以才看得見。費爾注視的倒不是這條絲索，而是墜落下去的高度。

「嘿，這是預言對吧？所以沒問題的。」索隆一邊說，一邊希望他的世界不要再閃起黃光。

「每次跟多利安說的都沒有完全一樣啊！」

「要是他跟你說你得這麼做，你確定你還願意來？」

「才不幹。你少在那邊自以為知道些什麼地點頭了，我已經看夠多利安做一樣的動作啦。」費爾望向不斷靠近的士兵與術士，「好啦，你先。」

他還想去拿夸亟，真是愛逞英雄的笨蛋。

「不行，」索隆回答：「我沒力氣，抓不住繩子，自己上去一定會死。」

費爾站起身：「那我先試試看——」他運起異能想要把夸亟給移動過來，但他的法術卻立刻被符印塑造出的魔手給壓制，魔手還順著波紋軌跡朝他爬過去。索隆見狀，隨即用法術把黑蔓斬斷。

一用了魔力，索隆又覺得眼冒金星：「唉，別再害我了，拜託。費爾，讓我騎在你背上。」他沒時間解釋，符術士已經追上來了。

「就算我瘋了還是知道你很胖啊！」費爾說完還是把索隆拉到背上。

「魔力借我用。我想出辦法了……而且我不胖！」

安全的時候，費爾對索隆或者多利安想出的辦法多所質疑，但上了戰場他卻是絕對服從，所以開放了自己的脈絡，任由索隆汲取魔力。索隆在他背上達成聯繫以後，編織了五道波紋。操縱魔力時索隆還是覺得疼，但比動用自己的異能時要和緩許多。

「預備，」他說道：「跳。」

費爾從橋旁邊往下跳，絲索的位置非常好，但不是因為風，也不是因為預言，而是因為索隆的一條波紋將它拉了出來。費爾抓住以後，索隆開始操控其餘的波紋。

大火盆表面裂開許多洞，裡頭空氣受到壓縮，帶著油液往外噴出。索隆的最後一道波紋，在油液中間擦出一點火花。

令他倆振奮的咻一聲，整條河給火光映出一片橙跟白，熱風掃過墜落的兩個法師。

之後事情發生得太快，很難反應過來。費爾用雙手和一條腿勾住絲索，立刻身子一轉、頭下腳上。一變方向，索隆趕緊搭著費爾肩膀牢牢抓住，要不是剛剛的魔力聯繫，索隆早就像塊石頭一樣沉入河底。絲索繫著橋兩端，被兩人重量扯出一個往下的弧度，問題是他們兩個根本來不及爬到中心點，也就是說他們才沿著絲索爬了不過十五步距離，絲索連接城堡的那一頭便鬆脫。

索隆看見強光在頭頂炸開，也依稀注意到他們似乎以極快的速度朝著河面衝去。橋梁隱沒在一片火海中，點點星火興奮地朝夜空飛舞，但他懷疑那是頭痛欲裂才會看見的景象。最後，他們撞在又冷又硬的東西上。

他換了口氣，但這時機可真不巧，又冷又硬的東西一下子成了又冷又濕的東西，兩個人掉進水裡頭，他咳水時已經跟著費爾出了水面。索隆腦子一團亂，懷疑著到底是那傢伙非常會游泳，還是什麼力量拉了他們一把。

費爾跪在淺灘上，兩手緊緊交握。因為坐在他肩頭，索隆清楚看見費爾的手被絲索割出血來，深可見骨。

「啊，你們兩個的狀況比我預期的好多了。」多利安的聲音跟著他的法術傳來，將兩人拖離河水：「兩位不能再虛擲光陰了，我們得馬上出發，不然沒法子及時抵達卡利多。」

「虛擲光陰是吧？」索隆倒是慶幸現在還有力氣發脾氣。

「要去卡利多？」費爾跟著問。

「嗯，我未來的新娘在那兒等著呢，但我不知道她是誰。反正夸亟應該也會被送過去吧。」

費爾又忍不住咒罵。索隆呢，手臂斷了、眼前一片紫色、很多地方不舒服，但還是笑了。

六十五

只要靠近他的劍光、他的掃腿、他的鋼拳，卡利多人便如被夏日風暴吹襲的穀子般飛快落地。奇勒原本就是個戰鬥天才，而戰鬥對他來說突然有了意義。原本的一片混亂變得美麗、複雜、環環相扣，且合乎邏輯。

看著對方的臉，他立刻能夠判斷下一步：擋左邊、遲疑、前刺、結束。又一個人死了，倒得夠遠，不會礙著奇勒行動。接著，往右掃腿、翻滾、出拳打鼻梁。迴旋斬他腳筋，切他咽喉。擋，回擊，戳刺。

戰鬥韻律與音樂韻律很類似，各個心室順著旋律敲打，精確地落在節拍上。金鐵交鳴的高亢，拳腳到肉的低沉，與男人咒罵的中低音應和；由輕至重、由重至輕，以撕裂鎖甲的鏗鏘聲劃下休止符。

奇勒的異能在歌唱，身體在舞蹈，他風采翩翩，激烈卻又精妙。時間未曾緩慢，但他意識到自己的肢體回應下意識所見的景象——轉身低伏，閃避敵人來襲的瞬間，大腦並不真的知道敵人出招，卻能以驚人的速度優雅迎戰，彷彿他就是死亡天使，他就是夜天使。

高原戰士打算以人海戰術壓制他，出劍從奇勒耳邊一吋處削過、從奇勒腹部前半吋處劃過、從奇勒大腿外四分之一吋處掠過。他在刀光劍影中竄動，越來越靠近敵人，直到遭他擊斃的屍體沒空間往後倒，給後頭的高原戰士往前朝他推來。

奇勒將報應收回劍鞘，出手擒住一個舉著刀往他砍來的瘦削高原戰士，將那士兵一扭反刺在同袍身上。接著奇勒短刀往背上一探，擋住後頭來的偷襲，另一手擲出飛刀，插進另一個敵兵的眼窩。

兩枝長矛朝他刺去，奇勒一個下腰避開之後，伸手猛拉兩個持矛士兵，讓他們互相殘殺。同時奇勒又跳起來，順勢一腳踹毀另一個敵兵的臉。

然而這麼戰下去不會有什麼好結果。在密閉空間中和多人持武器周旋，加上死者一個一個躺臥在地板上，再糾纏下去他會更難脫身。

於是奇勒動作如貓般輕巧，踏著死後跪地士兵的背，躍上方才那對長矛兵之一的肩頭。他往旁邊空翻時，一顆拳頭大小的綠色巫火球飛了過來，砸在斗蓬上爆成一團火花。奇勒一落地，連忙壓低身子避開一劍，這時斗蓬燃起綠色火焰，他一邊閃躲兩枝長矛，一邊趕緊將斗蓬從身上扯下。

奇勒站了起來，抓住斗蓬邊緣朝敵人甩去。綠火迅速蔓延那人的皮膚，燒出熾烈的藍光，那人痛得慘叫。

又一個火球帶著滋滋聲破空而至，奇勒閃到支撐著高聳天花板的柱子後面。平靜了半晌，奇勒估算在場的高原戰士，有一半以上已經被他擊殺或者癱瘓，問題是剩下的人也更能發揮多打一的優勢，一則以喜一則以憂。

「隊長為首！留空隙給符術士！」羅斯大聲號令。士兵立刻以隊長為中心排出楔形陣，擋在奇勒與羅斯之間，羅斯已經退回王座看戲。

奇勒躲在柱子後面時也沒閒著，他知道如果想找機會對羅斯出手，就勢必得殺掉那兩個巫師。兩個巫師也同樣端詳著兩根柱子之間，認定奇勒一定會從那裡探出頭。

他將鎧恪理凝聚在掌中，並在心裡仔細回想魔手指尖觸及身體的感覺，然後將鎧恪理覆蓋在劍身。

鎧恪理好像感應到主人的危急，立刻貼在劍上，然後和劍一起消失無蹤。

奇勒從柱子後面竄出，魔手立刻襲來。他揮劍在半空劃了一圈，馬上感覺到魔手皺縮消失。他拉著王座廳內牆壁上的掛毯一角，再度繞回柱子後，但是巫師指尖的巫火來得更快。

要是有時間反應，奇勒並不會用劍去擋——以兵器擋魔法是個相當荒唐的行徑，然而這是他的本能反應。劍身打在綠色火球上頭，火球非但沒有炸裂，還咻地一聲沉進劍刃內。

他繼續抓著掛毯往柱子後面衝，另一隻手上的黑劍已經現形，因為上頭爆著綠色的火花。奇勒運起所有異能，往上一跳。

衝上了王座廳半空以後，掛毯被柱子卡住收緊，這股力量轉變奇勒的方向，將他彈上了謁見臺的階梯。

另外一個巫師可能是趁奇勒不注意時拋出了巫火，他沒有看見，但掛毯在奇勒鬆手之前已經斷裂。他落在臺階上的時候，手上的掛毯只剩八呎長，還著了火。奇勒順手便對著高原軍扔去，然後朝站在兩步之外，口中正在唸咒的巫師揮劍。

巫師的頭被削開，露出大腦，但在轉身倒下前竟將咒語唸完了。濃厚的黑色浮印原本在他的皮膚底下蠕動扭曲，此刻如肌肉般急遽膨脹，從巫師的手臂噴湧而出。

瀕死的巫師體內迸出強大魔力，還踉蹌地想抓住奇勒。奇勒縱身一翻到了他背後，狠狠踹了一腿，將這巫師踹得飛了出去，撞在一群高原戰士裡頭。

從巫師身上探出的黑色藤蔓無比貪婪地見人就抓，還啃噬那些人的身體，發出鋸木頭的刺耳聲響。

士兵遭到黑色蔓紋攻擊時，奇勒與其說是看見，不如說是感覺到背後有一道白光成形。他一轉身，剛好看見一個麵糰似的小人朝他飛來。他倉皇揮劍，卻被小人躲過，小人伸出小爪插進奇勒胸口。

奇勒感覺到空間震盪，空氣起了波瀾，這時他已經往旁邊跳開。現實空間沸騰，朝著他直直追來，泛起漣漪的空氣扭曲，無論他怎麼跑都窮追不捨。接著，空氣分開了，奇勒一路往牆壁騰躍，半途差點兒迎面撞上一顆巫火彈。

獄龍從另一個空間衝進來，奇勒千鈞一髮地避開，但牠身體不斷翻騰將裂隙撐開，利爪扣在兩根柱子上，跟奇勒只有幾呎距離。奇勒把小人從胸前扯下，摔在一個士兵的臉上。

獄龍又衝了出去，奇勒同時垂直躍起。那張七腮鰻般的噁心大口罩住了尖叫的戰士，將他吸進地獄。奇勒站穩的時候，獄龍和那士兵都消失了。

他一轉身跳上謁見臺頂端，可惜慢了一步，腳才離地，一團模糊的光球已經砸了過來。想取飛刀也來不及了，奇勒只好硬著頭皮對僅存的巫師揮劍。

魔法在他左邊肩膀炸開。奇勒剛剛來勢洶洶地往前跳，現在這麼一震，他在空中翻了個圈才摔下地。他落在王座旁的大理石地板上，覺得膝蓋骨好像碎了。

奇勒有很長一段時間無法聚焦，他一直眨眼，好不容易把血給逼出眼眶，只看見報復沒柄插在十步之外的巫師身上，包覆著鎧恪理的黑色劍身由巫師背後穿出。

他隨即發現是從一個人的跨下看見這光景，視線往上拉，瞧見羅斯那張臉。

「站起來。」羅斯開口，一面舉劍刺入奇勒後腰，在他腎臟上扭動劍刃。奇勒喘不過氣。灼熱的劍又抽了出去，一股力量把奇勒給舉了起來。

痛覺像迷霧一樣籠罩奇勒，他什麼也看不清、分不出。奇勒覺得奇怪，巫師都死了。是誰把他給抬起來的？

「神王烏蘇爾所生的親王，都有巫師血脈。」羅斯說：「你不知道嗎？」

奇勒呆若木雞地瞪著眼前這人。羅斯有異能？看不見的手鬆開箝制，奇勒落地，碎掉的左膝撐不住體重，他攔腰倒下，又給大理石地板撞傷。

「給我站起來！」羅斯說話時又提劍刺向奇勒的鼠蹊部，口裡不停咒罵。奇勒的頭垂落地板，聽不清楚羅斯到底在嚷嚷什麼，聲音越來越淡，跟劇痛之下發出的嘶嚎相比，像是在說悄悄話一樣。

羅斯又朝奇勒腹部刺了一劍，又一陣劇痛席捲奇勒。接下來羅斯應該是又將奇勒給舉起，奇勒感覺到自己的頭往一邊偏去，而且痛楚越來越劇烈。

他的身體每一吋都好像著了火、泡在酒精裡還灑上了鹽巴。他的眼瞼好像塞滿了碎玻璃，視神經被無數小牙齒囓咬著。繼眼睛之後，每一條肌肉、肌腱、全部的體組織都承受同樣的痛苦。奇勒哀嚎了起來。

但他的心智卻清醒了。

奇勒眨眨眼。他就站在羅斯面前，意志清楚，可是很不好受。剛剛那一摔，大概又是左側膝蓋先著地，那條腿已經沒知覺了。他知道自己內傷也很重——出血由腸子擴散到內臟，胃液酸灼著腸道。腎裡頭大概都是黑血吧。他的左肩看起來，好像是給巨人用槌子敲過那樣。

「不會讓你好死的，」羅斯惡狠狠地說：「我不准。你幹了那麼多好事，看看你闖下什麼禍！父王一定會大發雷霆！」

看樣子結束了。奇勒步步走向死亡。他可以用還沒斷的右腿勉強站立，然而已經沒武器了，劍跟鎧恪理都在十步以外；以現在的狀況而言，就跟隔著一片大海是同樣意思。他手無寸鐵，羅斯卻直到現在都非常小心，不肯走入他伸手可及的攻擊範圍內。奇勒連小刀都生不出一把來。

「準備好受死了嗎？」羅斯目露殺機。

奇勒看著自己的右手，此時渾身的腥紅或瘀青，手指卻還完好無缺、像新的一樣。但他昨天晚上不是才給窗戶割傷嗎？「準備好了。」他回答時自己都嚇了一跳。

「有什麼悔恨嗎？」羅斯問。

奇勒望著他，再度覺得理解了這個人。奇勒心裡一直都存有足夠分量的黑暗，因此他可以體會惡徒的心思。羅斯要從他這兒擰出最後一點苦痛，要叫他想著沒完成的心願抱撼而終。羅斯想要看見他絕望。「死很簡單，」奇勒回答：「只需要一瞬間的勇氣而已，我真正做不到的是好好活下去。相比之下，死算什麼？」

「你馬上就知道答案了。」羅斯吐了一口口水。

奇勒冷笑，看見羅斯憤怒的表情笑意更盛。

「殺羅根的時候好玩多了。」羅斯說完，一劍插進奇勒胸口。

羅根！這個名字比羅斯手中的劍傷他更深。奇勒靠著殺人度日，走上末路毫不意外，甚至合乎天理。但是羅根從沒想過傷害人，慘遭羅斯殺害太過冤枉，不公平也不正義。

奇勒看著穿過胸前的劍刃，抓住羅斯握劍的手拉近羅斯，直到羅斯的劍沒柄。羅斯瞪大了眼睛。

「我是夜天使。」奇勒因為被刺穿肺部而喘著氣，「我要執行正義，為了羅根。」

大理石地板傳來金屬滾動的聲音。鎧恪理朝奇勒手中飛去——卻被羅斯半途攔下。羅斯一副得意的模樣，猖狂地大笑。

不過奇勒卻抓著羅斯的肩膀，直視他的眼睛。「我是夜天使，」奇勒又說一遍：「我要執行正義，為了羅根。」說完奇勒舉起右手。

羅斯露出迷惘的神情，接著望向他的左手，發現鎧恪理化成液態從指縫間溜走，無論怎麼抓，都像當年在船廠落水時一樣，什麼東西也抓不著。鎧恪理在奇勒掌心漸漸凝固，形成一柄巨大的拳刃。

奇勒一拳擊向羅斯胸口。

羅斯低頭，表情從不可置信轉為愕然倉皇。奇勒拔出拳刃；羅斯感覺到心臟的血液直接灌進肺裡，慌張更進一步成為徹底的恐懼。

他發出尖嚎，不肯接受死亡。

奇勒把他推開，想要退遠些，但是肢體已經不受控制，膝蓋再度癱軟，跟著卡利多親王一起倒地。

羅斯與奇勒四目相對，倒在大理石地板上等死，兩人都無法克制一陣陣抽搐，呼吸也是同樣的沉重費力。羅斯眼裡太過濃烈的害怕跟慌亂導致他心神麻痺，似乎已經無法看清楚就在幾吋外的奇勒，而且眼神越來越遙遠，染滿了湧自靈魂深處的畏怯。

奇勒卻正好相反，他心滿意足了。夜天使公正地分配死亡，他也得到了一份。當然不能說是好事，但至少公平正義，是他應得的結果。看著羅斯帶著不安怨恨嚥下最後一口氣，奇勒期盼死亡能夠帶來正義之外的美好事物，可惜他已經沒有力氣跳脫這段生命、這次死亡、這殘酷的制裁。

有個人將他的身體翻過來。是個女人。她的臉龐慢慢清晰，是以琳。以琳讓奇勒枕在她大腿上，輕輕撫摸他的頭髮。以琳哭了，奇勒看不清楚她的疤，伸出手輕撫她臉頰。真是個天使般的女孩。

接下來他看見自己的手。一點事情也沒有，更不可思議的是連血也沒沾到。這是他生命中第一次雙手清白無瑕。**清白無瑕！**

死神來臨，奇勒只能投降。

六十六

泰拉．葛瑞芯付了一大筆錢給她所見過最俊美的男子。賈爾自稱代表神駕發言，但他那副從容氣度，泰拉不禁懷疑他根本就是神駕本人。站在泰拉的立場，自然並不願意將這麼多錢送進御影手中，但她沒有別的路可走，神王大軍將於黎明抵達，她已經困在城裡太久了。

政變的結果與神王預料有所不同，卡利多軍雖控制橋梁、王宮、城門等處，某些關卡卻僅靠基本的兵將支撐；但若等到援軍抵達，狀況可又不同了。因此，泰拉．葛瑞芯必須趕快帶著貴族離開，她現在不肯把一半家產交給賈爾，結果就是全部家產都要落入神王手中。王族滅門以後，她就登上大位，身為女王必須當機立斷。

午夜時分，貨車都裝滿了，大家也都等候著。時機成熟。

泰拉站在自家莊園外面，這裡與其他公爵寓所相仿，都是歷史悠久、防守牢固的碉堡，不過裡頭的東西全清空了，只剩下瀰漫著燃油味的空殼。他們灑了一桶又一桶的油，灑在各個房間裡，灑在太大太重無法搬運的傳家古董上，灑在度過幾百年光陰的梁柱凹痕間。時候到了。賈爾會派遣刺客，午夜一過便將守著東門的卡利多軍全數殲滅。其餘貴族瑟縮在自家外面，泰拉從她家那片挑高的前院，可以看見一些人聚集在赫拉克街上，正觀望著她是不是下得了手。

她在心中把家門緊閉。等她回來，會重建這宅子，會把這裡變得比以前壯觀兩倍。

泰拉．葛瑞芯走出大門，從甘柏中士手裡接過火把。弓箭手圍在她身邊，她親自給每一枝箭點上火。見她點頭，弓箭手發了箭。

葛瑞芯家陷入火海，火舌從每一扇窗衝出，朝天際竄去。女王不願親眼目睹，她上了馬，領著隊伍前進。她身後那支悲慘的部隊有三百名士兵，還有六百多個僕人與商人。他們列隊沿著大街朝東門移動。

城東市區的豪宅一棟一棟陷入火海。大家火葬了自己擁有的一切，不只是貴族捨棄萬貫家財，倚附著貴族的下人也跟著一窮二白。然而毀滅的火苗也是希望的燈號。賽納利亞人在心中吶喊著，你們贏了，但什麼也奪不走；你們逼迫我們遠走他鄉，不過你們休想霸占我們的家，除了焦土以外你們什麼也得不到。

彷彿回應東邊這片火海，其他地區也冒出零星火光。很多商家把店鋪給燒了。鐵匠將火爐加熱到炸裂，麵包師傅敲壞烤爐，磨坊主人將石磨推進普利茲河底，貨倉老闆也讓整間倉庫付之一炬，牧人則宰殺全部牲畜。船主受到巫師魔法阻擋，出不了普利茲河，索性鑿沉所有船隻。

好幾千人加入這次逃難，原本貴族帶著家眷的隊伍只是涓涓細流，最後則匯聚成一條大河、一支大軍，浩浩蕩蕩掃過這座城池——他們戰敗了，但腳步毫不停歇。有人推著車、有人騎著馬，也有人赤腳空腹。有的人連聲咒罵，有的人低頭禱告，有的人回頭露出悵然眼色，還有一些人哭了。不少人跟兄弟姊妹、父母小孩失散，然而這些賽納利亞的孤兒心裡，還有一道渺小微弱的希望之光尚未熄滅。

他們對著那道光發誓：我會回來。我一定會回來。

尼夫・達達跟著一群符術士、將軍、官兵上了國王西橋，迎接神王蓋洛司・烏蘇爾的大軍進城，但他一直躲在角落。神王今天披著雪貂斗蓬，更顯出北方民族的白皙膚色，他胸口袒露，只有一條沉重的金鍊彰顯其尊貴地位。以其年齡而論，神王身體相當強健、肌肉結實發達。進入城堡廣場前，神王在大門停下馬，上頭懸掛了六顆人頭，第七根尖樁卻是空的。

「葛爾指揮官。」

「是，吾王——呃，吾神、聖主陛下。」原本是禁衛軍的葛爾清清喉嚨，現在狀況頗為不妙。羅斯跟尼夫．達達的計畫雖然有了成果，但神王軍隊的折損遠比預期要重，一整船高原軍戰士陣亡，預計該抓到的貴族也逃了大半。此刻市區四處大火，賽納利亞工商百業化為灰燼。

目前尚未出現反抗軍，但保住性命的貴族人數不少，所以只是時間問題。符術士原本是南進莫丹國的主力，現在所剩不多，一瞬間死了超過五十名。這個事件尚未釐清真相，只有風聲提及一個異能無比強大的法師，是狂人伊茲拉及宙辛皇帝以來所僅見。也因此，侵攻宿羅國的行動還沒有開始就被迫終止。神王的兒子甫完成烏德贊，旋即遇刺身亡。

如今還必須鎮壓御影勢力，也得將現實的火跟人心中的火都給撲滅才成。有人必須為這慘況付出代價，尼夫．達達絞盡腦汁思索著怎樣讓那個人不會是他。

「為什麼少掛一個人頭？」神王問道：「誰來解釋？」

胡林．葛爾指揮官在馬鞍上轉過身，一臉呆樣看著空樁：「我們還沒找到王子，我是說，謀取王位的叛賊，呃，羅根．翟爾的屍體，陛下。我們……我們確定他已經死了，有很多目擊報告，但是戰況混亂……我們會盡快搜查清楚！」

「是嗎。」神王沒有望向胡林．葛爾，而是端詳著掛在半空的王族頭顱：「那麼，那個殺了我兒子的影子呢？他也死了嗎？」

尼夫感受得到神王話語中的寒意。他們後來衝進王座廳的時候，一度以為是賽納利亞的菁英部隊展開反擊，殺死廳裡所有卡利多人。但是尼夫找到一個只有腳被斬斷的人。他表示昏迷前目睹了大部分經過，根本只有一個人，一道影子，自稱為夜天使。這個故事已經在部隊中流傳開來。

能夠隱身的人，能夠獨身殺死三十個高原戰士、五個符術士，加上一位親王。這個人刀槍不入，魔法也拿他沒輒。絕對是胡言亂語。光從他們找到的血跡看來，這個人肯定已經死了。但是，屍體不在場……

「陛下，有人將他的屍體給拖走了。我們順著血跡，找到一條密道。血跡的量很多，如果真的只有一個人，他一定已經斷氣了。」

「指揮官，這次似乎有太多死人找不到屍體了。去查清楚。記得準備另外一顆頭過來，最好是跟羅根·翟爾長得像一點。」

真不公平。法爾·卡利烏斯可是率先踏上賽納利亞土地的高原戰士。船起火快沉沒時，他是少數腦袋靈光，知道要先脫盔甲才跳水的人之一，所以才沒有像其他蠢蛋一樣一去不返。上岸之後他赤手空拳作戰，衝進城堡廣場以後才從戰死的同袍身上拔下裝備來用。即便如此，他都還殺了六個賽納利亞士兵、兩個貴族，如果連小孩也算會是六個貴族，但他不往臉上貼金。

一夜的機智跟英勇，換來什麼報酬？就這份爛差事。其他小隊可以去打家劫舍；水準以上的部隊派去西邊，也就這些蠻人口中的兔窩區，菁英部隊則留在城東區，戰利品更加豐碩。法爾的小隊幾乎死光了，所以上級要他留下來幫忙清理東橋上的爛攤子。

這工作不僅髒，而且挺危險。巫師幫忙滅了火，但木板已經燒爛不少，站上去會嘎嘎響，甚至直接斷裂。橋墩還好，外頭包了鐵皮所以不怕火，問題是他也不能只站在橋墩上啊，根本無濟於事。

最慘的一點便是要清理遺體。有些人死得像是烤過頭的牛排肉，外頭一片黑炭，內臟骨頭碾碎了還冒血水，加上焦肉、焦髮那種味道！法爾在屍體上翻搜，看到也許值些錢的東西就收著，然後把死人從橋緣丟進水中。其他小隊一些弟兄或許希望能好好安葬同伴，不過法爾才懶得搬這些又臭又噁心的東西過橋，管他們有什麼意見。

整理到一半，他看見一把劍。想來起火的時候，這把劍已經被壓在某具屍體底下了吧，所以才會完好無恙，劍柄上連煙燻過的痕跡也沒有。是相當別緻的一把劍，握柄有龍紋雕刻，一定是將軍、指揮官一類的佩劍。法爾帶著這把劍，回去部族裡頭一定大受讚賞，他也該得到一點掌聲了才對。上頭說發現異常的東西，都要呈報給符術大師檢查。是啊，先看看他們是怎樣對我的吧。

他轉頭四處張望，其他也在橋上清理的士兵沒留意這頭，於是他把自己的劍拔出來丟在地上，將那柄華貴的劍塞進劍鞘。形狀不很合，但至少不會掉出來。劍柄有點麻煩，龍紋太顯眼了，不過纏上皮帶只要一會兒功夫，他的手算是很靈巧。所以幾小時以後，這把劍誰也認不出來。

拾獲這把劍，前途似乎光明了起來。他覺得跟他的英勇表現還不成正比，但總算是個開始。

符術士步下底端的通道，走向被這些南方賤民說是地獄屁眼的地方。一走近，令人作嘔昏眩的強大痛苦隨即席捲而來，她腳步沒踩穩，跌靠在牆壁上。陪同的士兵回頭探視，滿臉驚惶。

「沒什麼。」符術士走到洞口柵欄前，口中誦咒，紅光在她面前亮起。

洞裡的居民瞇起眼睛往後退，術士又念起咒，光球降入洞內。她察看了所有人犯，十男一女、加上一個牙齒全被銼平的智障兒，怎麼看那個謀奪王位的人都不在裡頭。

術士轉過身，覺得頭有些暈，退了出去。她忍住落荒而逃的衝動。

一分鐘以後，有個大塊頭男人從石頭後面一個凹槽竄出。

女囚犯看著他搖搖頭：「真傻，不管他們想拿你怎麼樣，一定會比待在這裡好。看看你這模樣，窩囊廢一個，馬上就會被這洞給打垮啦，十三號。」

羅根坦然回望女囚。她渾身上下骯髒不堪，衣服開了好幾處洞，還缺了幾顆牙。女人那張臉，是這洞裡唯一勉強接近人性良善的東西。「不管人類價值在這裡多卑微，活在這地獄的境況有多悲慘，我一定會支持下去。」羅根回答。

「他很愛說些聽不懂的字眼哪，是不是？」旁邊那個外號魚鰭的壯漢開口。魚鰭咧嘴笑時露出都是血的牙齦，這是壞血病的症狀。他把那條用肌腱編出的繩子掛在身上：「這傢伙個子不小，肉挺多呢，我們可以好好吃一頓。」

壞血症代表他們缺乏食糧，也代表魚鰭這人活得夠久撐得到現在，是有能力生存下來的人。羅根的視線朝他掃去，拔出身上帶的刀，這也是能夠對付這些禽獸的唯一武器。「我先把話說清楚。」他改了說話文謅謅的習慣：「我不會被你們打垮、不會這個洞打垮，我絕對不認輸，絕．不．認．輸。」

「帥哥，你叫什麼名字啊？」女人問。

羅根意識到自己冷笑著，身體裡湧起什麼凶猛原始的東西，那東西發出聲音，它說其他人失敗跌倒一蹶不振的地方，我卻可以戰勝；我不一樣，我是全新的，我一定會成功。「叫我『王』吧。」儘管面對種種憂慮悲傷，羅根依舊率性一笑。至少他強壯有力。

沒錯。生存，這就是那個祕密，是隱藏在他槁木死灰心中的一絲餘火。只希望他能夠保護這火不被吹熄。

終章

以琳敲敲修桶匠的店門。她披散著頭髮，拱起背，覆蓋塵土的腳扭向一邊。卡利多大軍昨天抵達，神王蓋洛司．烏蘇爾獎勵有功將士，少數戰績彪炳者想要什麼可以自行帶走。所以今天走在賽納利亞街上，樣子太漂亮可不是好事。

她費了兩天功夫，好不容易找到這個地方。修桶匠解開門閂，招手要她進去，然後指著店鋪後面。賈爾面前桌子上擺滿文件，腳邊則都是滿滿的錢袋。「我找到送妳們出去的辦法了。」他說：「有個卡利多商隊老闆答應帶妳們走，但是妳們得躺在貨櫃裡頭，和巴魯錫茶葉以及一些更難聞的東西一塊，直到出城門為止，但貨櫃一定夠大，裝得下妳和那小女娃。今天一入夜，妳們就動身。」

「這種走私商人，你信得過嗎？」以琳問。

「我誰都不能信吧。」賈爾露出疲態：「對，他是卡利多人，妳是個漂亮女孩子。但就因為他是卡利多人，才比較有把握可以帶妳們過得了關。另外，他已經跟我們合作二十年了，我也用盡所有辦法，讓他覺得把妳們平安送出去比較有利益。」

「花了一筆鉅款吧。」以琳又說。

「現在只給他半筆鉅款，」賈爾唇齒間透露出淺淺笑意：「另外半筆，等我收到妳報平安的訊息以後再說。」

「謝謝。」

「我只能為奇勒盡這一點心意。」賈爾慚愧地低著頭，「除此之外，我也不能替他做什麼了。」

以琳抱住賈爾，「這樣已經太多了，謝謝你。」

「那丫頭在樓下，她不肯丟下她的男──不肯走開。」

他認得這個地方。金裡透白的暖意包圍著他。在光芒中，他的肌膚也亮了起來。他踏著自在輕鬆的步伐走過這條隧道，心中充滿渴望，但並不焦急。

溫柔的指尖為他闔上了眼。

小孩尖叫。悔恨。悲傷。黑暗。冰冷。

他眨眨眼，逼走那個惡夢，換了一口氣。白色與金色的光芒又籠罩住他。

「尤莉，幫我一下，抓住他的手臂。」

冷冷的石頭摩擦著他的背，很不舒服。很痛。很絕望。

接著連冰涼與刮擦的感覺也淡去。

他腳步搖晃，繼續深入隧道。他邁開步伐小跑。這就是他歸屬的地方了。在這裡，他不會感覺到痛。

一滴淚落在他臉上。一個女人的聲音，但他分辨不出對方說了什麼。

他摔倒在地，趴在那兒，心裡很恐慌，但那惡夢終於不再侵擾他。他跪著，然後站起來，跨出下一步，結果撞到了……空氣。

他伸手出去，探到一層隱形牆，觸感冷得像鐵、平滑如同玻璃。隱形牆的另一邊，暖意更加旺盛，金白色光芒呼喚著他。那些人就在前方嗎？

有個力量牽引著他，他感覺到一陣扭曲，慢慢地，一個房間在眼前成形——其實那個空間本身依舊模糊不清，他只看見許多人一直注視著他，不過他分辨不出這些人到底是誰。真正能夠聚焦的，是面前一個坐在低矮王座上的人，另外還有兩扇門。右手邊那道門用黃金打造而成，邊緣的縫隙透出光，是剛剛奇勒沐浴著的那種金白色。左手邊的門是樸素的木質，裝了簡單的鐵手把。面前那男人有一對機智、狼般的黃色眼睛，不很高，但散發出強烈的威嚴。

「這是什麼地方？」奇勒問。

男人露齒而笑：「不是天堂，也不是地獄。你一定要個地名的話，就叫這裡做『謎的門廳』吧。這是我的領土。」

「你是誰？」

「我凱勒斯習慣叫我『狼』。」

「我凱勒斯？你是說德佐嗎？」奇勒又問。

「在你面前有個抉擇，你可以選一扇門。選擇金色的門，我會把你送回剛剛那兒，還會對你說聲抱歉，打斷了你的旅程。」

「我的旅程？」

「通往天堂、地獄、破滅、新生的旅程，或者死亡另外一邊任何目的地的旅程。」

「所以你知道另一邊有什麼？」奇勒問。

「阿索思，這裡是謎的門廳，在這裡你找不到解答，只能找到選擇。」狼咧嘴而笑，看不出一絲歡樂，那是狩獵者的冷笑：「如果你選擇穿過木門，你會回到你的生命、你的肉體、你的時空——有一點差距就是了。你的身體需要幾天時間才能康復。但你會成為名符其實的夜天使，跟俄凱勒斯之前一樣。你也會跟他一樣，不受時間荼毒——這種體質恐怕要年紀大一些的人才喜歡就是。你的復原力會遠遠超越一般人，而你們稱之為異能的力量也會變得更強。你並非不死之身，但你卻可以死而復生，成為活生生的傳奇人物。」

聽起來挺不錯。有點好過頭了。我可以跟俄凱勒斯．索恩一樣。我可以跟德佐一樣。想到跟德佐一樣，他倒是猶豫了一陣。永生不死是個重擔，不管怎麼造成的，就是這種力量，或是太多時間造成的精神壓力，導致俄凱勒斯．索恩從貴族、英雄，變成德佐．布林那般絕望淒苦的殺人魔。他也想起曾有一次他諷刺德佐：

「我以為夜天使無人能敵才對。」

「夜天使永生不死，不等同於無人能敵。」

「你為什麼要給我這種能力？」奇勒問。

「說不定跟我一點關係也沒有，說不定都是錯恪理搞的鬼。」

「代價呢？」

「喔，德佐教了你不少，是吧？」狼的表情幾乎稱得上憂傷了：「說老實話，我也不知道。我告訴你的，也是從比我瞭解更多的人口中聽來。他們認為死而復生違反了自然規律，逆天而行的結果是失去死後的世界，也就是說俄凱勒斯拿永恆存在交換了七百年現世壽命。但那些人說的話不一定對。也許根本沒有影響——甚至是根本沒有所謂的死後世界可以受到影響。不過呢，我不是適合回答這個問題的……人……我自己也選擇了這樣的生命。」

奇勒朝金色的門走去，門後的光芒好美，他剛剛體會到無瑕的寧靜。哪個傻瓜會願意用金色光芒中永恆的平靜喜樂，交換他原本生命中的血腥、背德、絕望與欺瞞呢？

但他靠近時，那扇門忽然起了變化。黃金熔解在地上成了一灘液體，旋即從中升起一道巨大火柱，彷彿要將奇勒焚燒殆盡。火柱消失了，金門重現眼前。奇勒瞥了狼一眼。

「永恆……」狼說：「應該不太適合你吧。」

「你幹的好事？」

「簡單的幻術而已。但要是你來審判奇勒．史登，會願意讓他生活在永恆的天國？」

「看來你很在意我的選擇是什麼？」

「夜天使，你已經進入這局遊戲裡，大家都會關注你的一舉一動。」

奇勒不知道自己站在那邊多久，他只知道如果做了錯誤決定，未來會有很漫長的時間活在懊悔中。這不是加加減減可以計算出來的答案，算式中有太多的無限、也有太多的零，他不知道要怎麼擺在等式的兩端。永恆的天國賭上永恆的地獄，或者是殘缺的人間生涯賭上純粹而仁慈的回歸虛無，賭注怎麼下都不對。奇勒不像椎克伯爵一樣相信神，也不像德佐一樣堅定認為沒有神。他知道的是，無論從任何人的角度來看，他都犯過許多罪行。但他也知道自己做過一些好事，例如他願意用他的生命作為交換，讓以琳活下去。

以琳。她的身影占據了奇勒的腦海，奇勒忽然覺得心好痛。倘若他選擇復活，就算以琳肯接納他，以琳會老、會死，在他漫長的不死歲月中僅占片段而已；然而更有可能的是，以琳不肯接納他，到死都不肯。

種種的如果、種種的或許，在他心中那座毫無根基，憑著臆測堆砌出的高塔中起起落落，只有以琳的身影揮之不去。奇勒愛她，這份愛不曾動搖。

只要是為了以琳，他都願意以身犯險。

他做出決定，衝向那扇樸素木門，他大叫——

——然後彈了起來。

以琳尖叫了，尤莉也尖叫了。

大口喘著氣的奇勒把上衣扯開來看。

胸前平坦，皮膚一點損傷也沒有。他又伸手輕觸重傷的肩膀，也復原了，跟右手手指一樣。渾身上下一道疤也找不著。

他坐在那兒眨了幾次眼，還沒回過神看看旁邊的尤莉與以琳。兩個女孩楞楞望著他。

「我活著，我還活著？」

「對，奇勒。」K媽媽走進房內。她的冷靜反倒顯得不真實。

奇勒傻呼呼地坐在床上好一陣子，所以都是真的。他最後開口說：「不可思議。『奇勒，意思是殺人者、也是被殺者』，德佐早就知道了吧。」

尤莉可能是看了奇勒與K媽媽的鎮定模樣，所以也不把奇勒死而重生當一回事。以琳可沒辦法輕易接受，猝然站起身朝外走去。

「以琳，等等，」奇勒叫道：「等等，告訴我一件事情。」以琳停下腳步，回過頭看著奇勒，眼睛噙著淚，既困惑又害怕，同時充滿希望。

「是誰在妳臉上留下疤的？不是德佐吧？是鼠頭對不對？」

「你復活是為了問我這件事情嗎？當然是鼠頭啊！」說完她就跑了出去。

「等等，以琳！對不起！」奇勒想要起來，但發現剛剛坐起身原來就用光全部力氣了。以琳已經不見蹤影。「不對啊，我跟她道什麼歉啊？」

尤莉發起脾氣瞪著奇勒：「你不是真的要讓她走掉吧？」

奇勒像攀著救生索一樣抓著床沿。他看了看尤莉，接著無奈地攤開手——又趕緊放下來，不然他會滾下床。「我哪攔得住她？」

尤莉跺了跺腳，也一溜煙跑了出去。

K媽媽倒是笑了起來，但是這笑聲跟以往不同，比較深沉、飽滿，是發自內心的快樂，彷彿在她選擇繼續活著的那一瞬間，也同時放下了以往的尖酸刻薄。「奇勒啊，我知道你在想什麼。德佐說是他傷了以琳，但他當然是撒謊激你啊。不這麼做他救不了你，只有殺死他，你才能真正繼承那個位置。如果前一個主人沒死，你與鎧恪理的結合就不算完整。」

兩個人坐著半晌沒說話。奇勒回想起德佐的死如何改變了他的人生，也覺得很慚愧，居然誤會了師父，以為他真的罪大惡極，還相信他能幹下把娃娃毀容這般殘酷的事。不過奇勒喜歡接下來腦海中浮現的畫面。德佐．布林果然是個傳奇，他的真實身分是俄凱勒斯．索恩，一個大英雄。奇勒心想也許歷史上很多大人物都是師父的化名而已。但這麼想著，他開始心痛，開始覺得體內有種空虛，瀕臨潰堤的淚水被他強忍住，只是哽咽地說：「我會想念他的。」

K媽媽的眼神跟他一樣：「我也會。但情況會好轉的，我不知道怎麼說，但我真的這麼相信。」

奇勒點點頭：「妳決定要活下去。」他眨著眼睛不讓淚滑落，不想在K媽媽面前失控。

「你也一樣啊。」她挑了挑眉，不知怎地看起來既悲傷又快樂，還有一絲笑意：「奇勒，不管她自己發現了沒，她是愛你的。她一個人把你拖出王宮，說什麼也不肯拋下你。後來賈爾的手下找到她，把你給帶到這兒，那時候尤莉才發現你的傷口都癒合了。」

「她在生我的氣哪。」奇勒回答。

「戀愛中的女人都是這樣子，我懂。」

「妳告訴尤莉她的媽媽是誰了嗎？」奇勒問。

「還沒，我一輩子也不會說，不能讓她過這種生活。」

「但她需要一個家。」

「我比較希望你跟以琳能給她這個家。」

夜幕如烏雲籠罩普利茲河東岸。城裡燒了一整天，味道給夜風吹得四處瀰漫。河面上還映出些火光，與煙霧連成一氣的低垂雲層好像一塊枕頭貼在這座城市的臉上。

一輛貨車喀噠喀噠沿著街道前進，駝背車伕的臉給惡臭的霧氣遮蔽，他追上一個跛腳外翻的拱背婦人。

「要不要上車？」車伕沙啞的嗓音問道。

那婦人懷著期望轉過頭，她雖然用頭巾包住臉，但看得出有對年輕的眸子，不過給人打得發紫。她記得卡利多車伕應該是黑髮，身材臃腫，但眼前這人明明白髮而且瘦削，駝背的身軀都快消失在層層衣服裡了。她搖搖頭，撇過臉。

「以琳，說句話嘛？」奇勒用自己的聲音問。

她退縮了：「我應該要怕你才對吧？」

「我不會傷害妳的啊。」奇勒說。

以琳的黑眼圈上頭，眉毛狐疑地上揚。

「唔，不會真的想傷害妳。」

「你這是做什麼呢？」以琳一邊問一邊東張西望，現在街上沒人。

「我想帶妳離開。」奇勒搔搔漂白的頭髮，微笑穿透易容化妝：「帶妳跟尤莉一起走，到哪裡都可以。等一下我就要去接她。」

「奇勒，為什麼是我呢？」

他被問得啞口無言：「一直都是妳啊。我愛——」

「別說你愛我這種話了。」以琳打斷他：「你怎麼可能會愛這個呢？」她扯下頭巾，指著臉上的疤，「你怎麼可能喜歡上一個怪胎？」

奇勒搖搖頭：「我愛的不是妳的疤，以琳。我不喜歡妳的疤——」

「所以除了我的疤，你看不到別的了。」

「我還沒說完啊。」他繼續說下去：「以琳，從小我就一直看著妳，看了很久很久。妳說的對，我以前真的只看得見妳臉上的疤，而且我不會騙妳說妳的疤很好看之類。疤痕很醜，但是妳不醜啊，以琳。我看著妳的時候，看見的是一個非常漂亮的女孩子，一個很聰明、口齒伶俐的女孩，而且有一顆善良的心。雖然我活到現在看見的都是醜惡的事情，但是因為妳，我願意相信人性本善。」

他看得出來，以琳正在吸收剛剛那些話。唉，K媽媽，希望我有從妳那邊學到說話的藝術啊。希望我天資駑鈍但還有救。

以琳揮動雙手，看上去像是兩隻撲騰的小鳥一樣：「你怎麼能說這種話？你根本和我不熟啊！」

「妳不是娃娃了嗎？」

她垂下手，小鳥打算休息一會兒。「是啊，」她回答：「但我不覺得你還是以前的阿索思。」

「的確不是。」他坦承：「我也不知道現在的我到底是誰，但我知道我跟師父不一樣，也不想過著跟他一樣的生活。」

以琳的表情似乎透露出一絲希望。「奇勒，」她又開口，而且奇勒聽得出她是故意這麼稱呼，「我會永遠感激你，但是我們在一起只會是悲劇。你會毀了我。」

「為什麼這麼說？」

「K媽媽說，你師父把我以前寫的信都沒收了。」

「是啊，不過我花了一整個下午全讀過了。」奇勒說。

她卻黯然一笑：「那你怎麼還不懂？」

女孩子都不講理的嗎？他搖搖頭。

「我們還小的時候，你保護我、照顧我，還給了我一個真正的家，所以我想要一輩子待在你身邊。

我長大的那幾年，你成了我的恩人，因此我覺得自己很特別，所以我很天真地想像你是個年輕英俊的貴族，在心中偷偷仰慕你。你是屬於我的奇勒，屬於我的落魄貴族，是椎克姊妹說的故事裡頭的男主角。最後，你又勇闖大牢，把我給救了出來。」

他越聽越糊塗：「怎麼妳的語氣，好像這些都是壞事一樣？」

「唉，奇勒。等到一個傻丫頭發現自己根本配不上那個她暗戀一輩子的男人，下場會是如何？」

「妳？配不上？」

「奇勒，這是童話故事啊，不應該發生在我身上，也不會有好結果。你會覺得膩、會碰上更美的人，然後就會離開我。我受了這樣的傷就再也好不起來，因為我只懂得很蠢很盲目發自內心用全力去愛一個人，就算粉身碎骨也要堅持下去。我沒辦法動心以後就跟你上床，起床後目送你去過你自己的人生，我做不到。」

「我不是要妳跟我做愛啊。」

「那就是我太醜了——」

他真是怎麼說怎麼錯。「夠了！」奇勒大吼，嚇得以琳不敢出聲。「我覺得妳是我見過最漂亮的女孩子，以琳，而且妳是最純、最棒的人。我不是只想要玩玩妳！」

以琳滿臉錯愕，但顯然並不喜歡給人這樣子吼叫。

「以琳……」奇勒的語氣平靜下來：「對不起，我不應該大吼大叫，還有我也不應該打妳，就算是為了要救妳也不應該。這幾天裡頭，我覺得我死了兩次，搞不好真的死掉過，我也不確定。可以肯定的是，我發現自己可能會死的時候，唯一的遺憾就是妳。等等，我不是說妳的疤！」他看見以琳又摸著臉，「我遺憾的是我沒辦法成為妳願意廝守終生的人。而且就算妳願意跟我走，我也覺得那不對。以琳，妳跟我從同樣悲慘的起點出發，但是妳成了現在的妳，我卻成了現在這模樣。我不喜歡我做過的事情、我這樣的身分。妳說妳不配擁有童話故事？那我也沒資格得到再一次機會吧。但我還是要請妳再給我一次機會。妳覺得這樣的愛太危險嗎？可是我看到不願意冒這風險會有什麼後果。K媽媽跟我師父，他們明明相愛，卻因為害怕風險，所以毀掉了彼此的愛情。不論怎麼選擇，其實都是要冒險的啊。

「以琳，我願意承擔風險，我想從妳的眼睛去看看這個世界。我想要認識妳，我想要配得上妳。我希望有一天照鏡子時會喜歡裡面的倒影。我不知道下一步要往哪裡去，但我知道我想跟妳一起面對。我不是要妳跟我上床，以琳，不過未來某一天，說不定我會有那個資格，要妳給我一些更長久的東西吧。」他轉過身，覺得面對以琳比面對高原軍還要艱難，但仍舊伸出手：「以琳，拜託，跟我走吧。」

她先是皺起眉頭，然後看著遠方，眼睛閃著淚光，不過也許只是風中的灰燼而已。以琳很快眨了幾次眼，才又抬起頭望向奇勒，在他臉上尋覓了好一陣子。奇勒直視著她那對棕色大眼睛。過去好多次他都忍不住要避開，害怕會讓以琳看見真正的他，害怕以琳無法承受他身上的汙穢。這一次，他們四目相交，奇勒敞開了心胸，不再隱藏黑暗面，也不再隱瞞愛意。他任憑以琳的視線穿透到最深的角落。

出乎他意料地，以琳的眼神中洋溢著比正義更溫柔、比慈悲更溫暖的某種情感。

「我覺得好害怕，奇勒。」

「我也一樣。」他回答。

然後她牽起了奇勒的手。

《夜天使1：黯影之途》全文完

認識布蘭特・威克斯……

成為作家以前，你做過哪些工作？

對我來說寫作是必然的一條路，只是什麼時候開始而已。多數作家在真正開始寫作以前，通常做過很多光怪陸離的事情，但我十三歲的時候就知道自己想成為一個小說家，於是我也打定主意不對其他職業涉獵太深，主要是存錢，等到時機成熟我就要開始嘗試。為了維持生計，我曾經當過酒保、教過英文。結婚以後，我跟太太都認為我應該專心在寫作上。如果配偶不能把貧窮當浪漫、沒有無比耐性並且死忠支持，而且會想要很多的玩具，那最好別輕言嘗試。但在我們兩個身上，這行得通。

你個人閱讀以奇幻小說為主，或者也欣賞其他類型的作品？

奇幻小說是我個人的最愛，但是如同多數作家一樣，我閱讀領域很雜。例如我也喜歡讀歷史故事，因為可以在人類心理的領域之中跳脫自身文化的侷限。在奇幻故事裡頭，讀到一些非常異文化的橋段，多數人只會覺得：嘖，就這樣囉。但如果是在歷史故事裡面看見，反應就會變成：怎麼會發生這種事呢？為什麼那些人可以接受？另一個很有趣的地方，是可以在歷史故事中看見其他小說作者「借用」了些什麼，好比說我讀到十六世紀義大利的波吉亞，好像當頭棒喝一樣發現教宗亞歷山大七世就是教父，身邊有些不正常的孩子。我深入研究了一下，才知道原來馬里歐・普佐（Mario Puzo）承認過這段引用。除了歷史故事之外，懸疑類型、或者暢銷書榜上的作品，甚至所謂的古典作品我也都會接觸。

夜天使三部曲的主題非常晦暗冷硬，你怎麼會有這種發想？

這個問題要回答起來比較費功夫。

首先呢，很少有作家會這樣明講，但是寫作裡頭最困難的一點就在於找點子，所以我花錢請了一個住在保加利亞的人幫我想，我只要負責把東西寫成小說就可以了。唔，其實故事大綱是從紐約一個電子郵件祕密群組來的，沒出書的人不可以加入，沒加入的人不可以出書。

其次，在我看來三部曲中最黑暗的部分，其實是《黯影之途》一開頭，兒童遭到虐待的地方。剛開始著手撰寫這故事時，我妻子（她是心理輔導碩士）正在幫助遭到性侵害而有異常行為的孩子們。像這樣的兒童如果沒有得到援助，長大後也常常對別人有侵犯行為，光是想到八歲的小孩虐待五歲的小孩就很令人害怕，八歲的人可以做出這麼壞的事情？而犯下性侵害的成年人，是否真的心理創傷太深，沒辦法為他們對別人造成的傷害負起責任？換成青少年的話，立場又有什麼不同？分界到底在哪裡？為了保護當事人隱私，也為了不使我受到太大影響，我太太只告訴我一點點狀況而已，不過很顯然那是嚴重的犯罪。在我們所處的社會裡，兒童受到這麼大的傷害，這是令人恐慌的事情，而我只是將這情境再做一點延伸，讓虐待事件發生在一個公權不彰的黑幫文化裡——然而，坦白說，我又把強度降低了一些。巧的是，今年洛杉磯時報真對黑幫文化做了專題報導，一位受訪的黑幫成員表示目前他們的圈子裡面性虐待十分猖狂，不過卻是不能說的禁忌，就算是純正的黑幫繞舌（gangsta rap）裡頭也不會有這個元素存在。依照那為受訪者所言，混幫派的年輕男性有九成以上都曾遭到性虐待，女性則幾乎無一倖免。假如他說的貼近事實，我想性侵害與這些年輕人會沉迷在毒癮、殺人或者自殘，都脫不了干係。

最後呢，說這三本書晦暗冷硬，我想就跟說喬治·克隆尼是個醜小鴨、一輩子不可能紅是差不多的意思。唔，也許他當年真是如此也未必，但事情沒有這麼單純。在這三本書裡，的確有些黑暗、殘酷的地方，但我認為這些情節經過調配，最後都指向希望與救贖，唯一分別在於讀者認為這份希望微薄淒涼或者很強大。你對於希望的概念，是一個聰明的女孩子，每次作業都乖乖做完，然後想要在考試拿到高分？你對於救贖的概念，是在超商捐一張發票之類的嗎？如果放棄希望也不會絕望，那樣的希望就顯得不起眼；缺了連英雄都感到害怕、令人窒息的黑暗，救贖看來也變得廉價了。我在這個故事裡，希望看到的是角色掙扎由黑暗奔向光明，這也是書名裡頭隱藏的意涵。因此，沒有錯，故事的起點黑暗又冷酷，因為沒有這樣的場景，光明跟和平也會失去意義、失去價值、變得很無謂。

創作這三部曲的過程中，你受到哪些人事物的影響呢？

史提芬·凱納爾（Stephen J. Cannell）曾經說過，每個作家被問起受到什麼影響，都會有一個「死亡作家名單」。所以呢，我該給的正確答案大概是艾略特、史坦貝克、西蒙波娃、契科夫、傅科、葉慈、齊克果等等——但真相並非如此。對我影響最大的，並不是這樣模糊遙遠的人物。不過我這真是自毀形象啊，這下子以後只有克林貢人會跟我搭訕了。

在我年紀還很小的時候，托爾金引領我走入這個世界裡，其實我有時候覺得蠻討厭的，他讓我這麼喜歡奇幻文學，卻只留下四本著作而已。我後來當然看過不少奇幻故事，但是多數寫得並不怎樣，導致我最後還是又拿了魔戒起來看。羅伯特·喬丹（Robert Jordan）繼承了托爾金在我心中的地位，我十三歲第一次寫小說就差一點兒剽竊了他的作品，後來花了很長時間才逃脫他的陰影。喬治·馬丁（George R.

R. Martin）也是一位巨匠，他讓我明白原來只要作者真的讓一兩名主角死亡或者殘廢，下一次再有主要角色遭遇危險的時候，讀者可會真的擔心起來。描述兒童是很困難的——尤其是描寫聰明的小孩更難，一不小心就太早熟而顯得太少見，所以我也喜歡歐森．史考特．卡德（Orson Scott Card）的作品，印象中他說自己的觀點是「殘純的純真」：年紀小不代表腦袋不好，天真是因為不夠世故而並非天生就是道德楷模。

有一位作家我不太願意提，但還是要承認莎士比亞對我影響頗深。好吧，說都說了，總之他筆下的人物，就連壞蛋也一樣，都極具張力、相當迷人，我還直接引用了他寫過的一段故事，也就是身為國王的人，面對朋友犯了王法的兩難處境。

你有最喜歡的角色嗎？如果有的話，喜歡的原因是？

不得不承認我喜歡德佐．布林。他很壞。有一天我讀到一篇文章，探討關於厲害而富魅力的人物，他們為達目的不擇手段，也因為沒有同理心這樣的弱點，而可以把別人當成工具。這樣的人物呢，在小說裡面通常叫做英雄。想想看，例如詹姆士．龐德。不過在心裡學上，這種人有另一個稱呼是「反社會」。我想要的就是創造出一個很強很無情的人物，但他並不反社會。德佐．布林武藝了得又充滿矛盾，寫起來很過癮，他才不管自己有沒有犯到別人，也不屑於欺瞞虛假之事，可是呢，他卻一直活在謊言跟假象之中。這是一個渾然天成的角色，表象上頭露出裂縫，他一輩子做了很多好事，也做了很多壞事，但這就跟所有歷史上的大人物一樣。君士坦丁大帝雖然挽救了羅馬帝國，卻也屠殺了反抗他的三萬人。華盛頓與傑佛遜以人人生而平等為理念而建國，自己家中卻有奴隸。亞伯拉罕．林肯居然也有種族歧視，連金恩和甘迺迪都對妻子不忠。顯然何者比較重要，取決於我們自己的價值和理由，不過每一件事情背後都要有理由。好比德佐也一直把自己想得比實際上要惡劣，這種念頭就是因為道德觀念太深才會出現。

另一個我也蠻欣賞的角色是V，最初登場時她還蠻像套樣板的典型人物，但隨著故事發展成了在奇幻小說中幾乎沒出現過的類型。我想這種樣板角色與作家想要創造堅強的女性形象有關，但通常這樣的女性角色會被塑造為有乳房的男人，或者說是女版的反社會龐德。即便她們還是有些情緒，也都不會是「軟弱」的那一面。如果作者本身是男性，描寫的難度會更高，需要更多的心力。為了不想在這兒透漏劇情破壞閱讀樂趣，我只能說我很喜歡她後來的變化。

話說回來，欣賞歸欣賞，真的有這兩個人，我也不敢與他們見面。他們應該是會為了心情爽快就狠狠扁我一頓的那種人吧。

哪一個角色與你最相似？

這就簡單了，K媽媽。下一題？

你已經完成奇勒的傳奇故事，你認為之後還有機會再度造訪這個世界嗎？或者你腦海裡已經有了新故事的構想呢？

兩種可能都有耶！住保加利亞的那傢伙挺忙的呢。我已經寫了不少在《黯影彼端》十七年後發生什麼事，主要圍繞在下一代……看了就知道。同樣預計是三部曲，不需要讀過前作，可是已經看過夜天使的讀者絕對還有機會見到熟悉的角色。

米希魯大陸幅員很廣，但我也醞釀了一個新世界，覺得很興奮呢。有全新的魔法、全新的文化，是個很酷的背景設定，保證非常有趣。至於故事內容呢——出場人物、誰在什麼地方做什麼一類的細節，還沒有規劃出來。

剛進入作家這一行，你在出版過程中覺得那一個環節最新奇？

接到電話，有人通知你版權賣出的時候，非常震驚也非常興奮。很震撼哪，笑一整天嘴都僵了，不過那時候根本還不懂出書是怎麼一回事。

我覺得最振奮的一刻，大概就是一位法國編輯來函，說他花了一整晚將《黯影之途》給讀完，還說他從事這一行十二年來，會讓他這麼急著讀完的書並不多。打從我十三歲第一次寫小說，我就想像著有人會讀到三更半夜還不肯睡——後來我則是告訴自己，總得先出書才有這機會啊，而且我也以為這麼做的人應該會是隔天數學課一直打瞌睡的小朋友，不會是個編輯才對吧。所以那一天我真的很開心。

中英名詞對照

Braeton 布瑞頓
Bran 布侖
Brand Wesseros 布藍・威索羅斯
Brant Agon 卜蘭・亞耿
Brit Haggin 布瑞特・哈金
Bronwyn 布朗溫
Burning Man 火人幫
Burz 波茲
Calla 卡萊
Catherine 凱薩琳
Catrinna 卡翠娜
Cenaria 賽納利亞國
Ceura 宿羅國
conduit 脈絡
Conyer 康耶
Corbin Fishill 柯賓・費希爾
Corvaer Blackwell 寇費爾・布萊克維
Crucible 試煉
Curoch 力量之劍「夸亟」
Dabin Vosha 達賓・波夏
Darvin Makell 達芬・馬凱爾
Davi 戴維
Daydra 黛卓
deader 死人
Devon Corgi 迪馮・寇基
Devourer 吞噬者
Doll Girl 娃娃
Dorg Gamet 多格・蓋米
Dorgan Dunwal 多庚・當瓦爾
Aalyep 艾列普
Abinazae 俄比納贊
Acaelus Thorne 俄凱勒斯・索恩
Alayna 阿萊娜
Aleine Gunder 艾稜・岡德
Alitaera 艾里泰拉國
Alkestia 奧凱斯提亞
Anders Gurka 安德斯・古卡
Antechamber of Mystery 謎的門廳
ariamu 紫花蔥根
Arikus Daadrul 艾瑞卡斯・達筑爾
Aristachos 亞里斯塔裘
assassin 殺手
atheling 親王
avorida paste 甘露膏
Azo 阿索
Azoth 阿索思
Bamran Gamble 邦倫・甘柏
barush tea 巴魯錫茶葉
Bernerd 伯奈
Bev 貝芙
Bim 畢姆
Birt 柏特
Blademaster 大劍師
Blaedan 布雷丹
Bleeding Man 血人幫
Blue Boar 藍豬酒館
body magic 體術
Bra'aden 布瑞登王室

Great Sea 大洋
Guardian of Light 光明守護者
Gurden Fray 戈登・弗瑞
gurka 前曲刀
Gwinvere Kirena 葛溫芙・祈蓮娜
Haran 哈朗
Harelip 兔唇
Havermere 海弗米
Havrin 赫夫靈
hecatonarch 百神教祭司
High King 高王
Hokkai 霍凱
Holiness 聖主
Hooper 胡波
Horak Road 赫拉克路
Horak Street 赫拉克街
Hoth'salar 荷瑟拉學院
Howler 大嘴巴
Hu Gibbet 胡吉貝
hunter 獵者
Hurin Gher 胡林・葛爾
Hurlak 胡拉克
Hurol II 胡洛二世
Hyrillic 希瑞語
Ilena 艾雷娜
Irenaea Blochwei 伊瑞尼亞・卜拉威
Iures 規律之杖「幽睿」
Ja' laliel 傑拉里爾
Jadwin 黠文
Drissa Nile 卓莎・耐爾
Dunnel 敦尼
Durdun 德敦
Durzo Blint 德佐・布林
East Kingsbridge 國王東橋
Eight Years' War 八年戰爭
Elene Cromwyll 以琳・可洛威
Elise 伊莉斯
Ezra the Mad 狂人伊茲拉
Feir Cousat 費爾・庫撒
Fergund Sa'fasti 費袞・薩法斯第
Ferl Khalius 法爾・卡利烏斯
Fist 執拳
Friaku 弗里亞庫
Fury 怒
Gandu 干督
Gare Cromwyll 蓋爾・可洛威
Garoth Ursuul 蓋洛司・烏蘇爾
Gerk 葛可
Ggaelan Starfire 蓋倫・史塔菲
Globe of Edges 馭刃靈珠
glore vyrden 拙火
gorathi 荷洛提
Gordin Graesin 果汀・葛瑞芯
Goroel 荷洛埃
Graeblan 圭布朗
Graesin 葛瑞芯
Grasq's Twins 葛拉斯克雙生子
Gravaar 瓜伐部族

Midcyru 米希魯大陸
Midsummer 仲夏節
mistarille 祕銀
Modai 莫丹國
Modaini Smoking Club 莫丹煙館
Momma K K媽媽
Nalia 娜麗亞
Neph Dada 尼夫・達達
Niner 阿九
Nose 大鼻子
Nysos 奈索斯
One God 唯一神
ootai 椰汁茶
Oren Razin 歐倫・瑞金
Ossein 奧森國
Phineas Seratsin 菲尼斯・塞瑞欽
Pit Wyrm 獄龍
Planga 普蘭嘉
Plith River 普利茲河
Pod 帕德
Pol 波爾
Pol Graykin 波貴肯
Pon Dradin 龐・卓丁
Procl 蒲羅科
Pronwi 蓬葦草
Rat 鼠頭
Red Bashers 紅色打手
Red Hand 紅手
Regnus Gyre 瑞格納・翟爾

Jaen 詹安
Jaera 羯羅
Jail 傑拉
Jarl 賈爾
Jasin 嘉辛
Jay-Oh 阿賈
Jeni 小寧
Jenine 潔寧
Jonus Severing 剪刀手喬努斯
Jorsin Alkestes 宙辛・奧凱斯提
Jules 朱爾斯
Kaede 卡蒂
ka'kari 鎧恪理
Kaldrosa Wyn 卡爾卓莎・韋恩
Khalidor 卡利多國
kinderperil 童厄草
King 王
Kirof 基洛夫
Ladesh 雷迪許國
lae'knaught 勒諾族
Lefty 雷夫
Lodricar 羅綴卡
Logan Gyre 羅根・翟爾
Logan Verdroekan 羅根・維卓坎
lo-Gyre 洛翟
Mags 梅格
Marianne 瑪莉安奈
Maw 深淵
meister 符術士

The Freeze　大冰原
The Twins　雙子山
The Wolf　狼
Tipsy Tart　搖擺小妞
Tomoi Bridge　拓摩伊大橋
Trace Arvagulania　崔絲・阿法古拉尼亞
Trudana　楚達娜
Tulii　圖里
Tuntun　痛通花
Two Fist　雙拳幫
Ubdal　烏布朵花
Ulana　烏拉娜
Ulyssandra　尤莉珊卓
Underlord　隱王
Ungert　昂哲
Urwer　珥瓦
Uurdthan　烏德贊
Vanden Bridge　范登橋
Vin Arturian　范恩・阿圖里安
Viridiana　斐瑞狄亞娜
Vos Island Crack　佛斯島斷層
Vürdmeister　符術大師
Vy'sana　維薩納學院
Waeddryn　瓦德林
Warren　兔窩
Weasel　黃鼠郎
weave　（魔法）波紋
Weese　威斯
Wendel North　溫德爾・諾斯
Ren Vorden　倫佛登
Retribution　報應
Rimbold Drake　榮柏・椎克
Roth Grimson　羅斯・葛理森
Ruel　魯爾
Rurstahk Slaagen　盧斯塔克・斯拉根
Rusty Knife　鏽刀
Sa'kagé　影
Scarred Wrable　刀疤瑞伯
Screaming Winds　嘯風谷
Serah　賽菈
Seth　賽斯國
Shadowstrider　影行者
Shinga　神駕
Sho'cendi　修肯迪
Shrad Marden　旭瑞德・瑪登
shu'ra　殊羅
Sidlin Market　席林市集
Sidlin Way　席林大道
snapserpent　攫蛇花
Solon Tofusin　索隆・托夫森
Sparrowhawk　雀鷹號
Stiglor　施提格羅
Talent　異能
Tallan　塔朗
Tawgathu　拖格圖
Terah Graesin　泰拉・葛瑞芯
Thaddeus Blat　泰德斯・卜拉特
The Chantry　天使教會

Wesseros 威索羅斯

wetboy 刺客

White Crane 白鶴酒館

Wind Through Aspens 風吹顫楊

Windseeker 逐風者

Winking Wench 眨眼姑娘酒館

wytch 巫師

wytchfire 巫火

Year of Joy 喜樂之年

Ymmur 倚穆國

Yosar Glin 攸沙・葛林

國家圖書館出版品預行編目資料

夜天使1: 黯影之途／布蘭特・威克斯（Brent Weeks）著.
陳岳辰 譯 --初版. --臺北市：泰電電業，2010. 04
面； 公分.--（Across：6）
譯自：The Night Angel Trilogy: The Way of Shadows

ISBN 978-986-6535-57-4（平裝）

874.57　　99002819

ACROSS 06

夜天使1

黯影之途

THE NIGHT ANGEL TRILOGY 1
THE WAY OF SHADOWS

作者／布蘭特・威克斯（Brent Weeks）
譯者／陳岳辰
總編輯／呂靜如
系列主編／郭湘吟
責任編輯／蓋　子
版面構成／朱海絹
封面插畫／林旺廷
封面設計／ADporter
出版／泰電電業股份有限公司
地址／100 臺北市中正區博愛路七十六號八樓
電話／(02)2381-1180　傳真／(02)2314-3621
劃撥帳號／1942-3543 泰電電業股份有限公司
馥林官網／http://www.fullon.com.tw
書系部落格／http://acrossto.blogspot.com/
總經銷／時報文化出版企業股份有限公司
電話／(02)2306-6842
地址／臺北縣中和市連城路一三四巷十六號
印刷／海王印刷事業股份有限公司
■二〇一〇年四月初版
定價／三八〇元
ISBN／978-986-6535-57-4
版權所有・翻印必究（Printed in Taiwan）
■本書如有缺頁、破損、裝訂錯誤，請寄回本公司更換

THE WAY OF SHADOWS © 2008 by Brent Weeks
Complex Chinese language edition published in agreement with Brent Weeks c/o Donald Maass Literary Agency, through The Grayhawk Agency.
Complex Chinese edition copyright:
2010 TAI TIEN ELECTRIC CO., LTD.
All rights reserved.

FL 265660

廣告回郵
台北(免)
字第13382號
免貼郵票

一〇〇台北市博愛路七十六號八樓

泰電電業股份有限公司　收

姓名：

地址：□□□□□

E-mail：

有部落格的讀者們，
請密切注意馥林官網 www.fullon.com.tw
參加不定期推出的活動，
即有機會獲得馥林超值好禮一份。

誠摯感謝您購買本書，請將回函卡填好寄回馥林文化（免附回郵），即可不定期收到最新出版資訊及優惠通知，我們將於每月抽出兩名幸運讀者贈送馥林好書。

1. 購買書名

2. 生日　　年　　月　　日

3. 性別　○男 ○女

4. 教育程度　○高中及以下 ○專科與大學 ○研究所及以上

5. 職業　○製造業 ○銷售業 ○金融業 ○資訊業 ○學生
○大眾傳播 ○服務業 ○軍警○公務員 ○教職 ○其他

6. 從何處得知本書
○實體書店文宣立牌：○金石堂 ○誠品 ○其他
○網路活動 ○報章雜誌 ○試讀本、文宣品 ○廣播電視 ○酷卡 ○親友推薦
○雙河彎月刊 ○公車廣告 ○其他

7. 購書方式
實體書店：○金石堂 ○誠品 ○PAGEONE ○墊腳石 ○FNAC ○其他＿＿＿
網路書店：○金石堂 ○誠品 ○博客來 ○其他＿＿＿＿
○傳真訂購 ○郵政劃撥 ○其他＿＿＿＿＿

8. 您對本書的評價（請填代號1.非常滿意 2.滿意 3.普通 4.再改進）
＿書名 ＿封面設計 ＿版面編排 ＿內容 ＿文／譯筆 ＿價格

9. 您對馥林文化出版的書籍　○經常購買 ○視主題或作者選購 ○初次購買

10. 您願意收到《双河灣》雜誌嗎？　○願意 ○不願意

11. 您對我們的建議

馥林官網www.fullon.com.tw，服務專線(02)2381-1180轉394